보이지 않는 인간 1

Invisible Man

INVISIBLE MAN
by Ralph Ellison

세계문학전집 190

보이지 않는 인간 1

Invisible Man

랠프 엘리슨

조영환 옮김

민음사

아이더에게

"당신은 구조됐소." 갈수록 더 혼돈스럽고 화가 난 델라노 선장이 외쳤다. "당신은 구조됐단 말이오. 그런데 왜 그렇게 얼굴에 그림자가 가득하오?"
— 허먼 멜빌, 『베니토 세리노』 중에서

해리   내 말 들어라, 너희가 보고 있는 것은 내가 아니다. 너희가 웃는 대상도 내가 아니고 비밀스러운 시선으로 죄를 묻는 대상도 내가 아니다. 그게 사람이라면 너희가 나라고 생각한 다른 사람이다. 시체를 좋아하는 너희 입맛대로 그 시체나 실컷 먹어라……. — T. S. 엘리엇, 『가족의 재회』 중에서

차례

프롤로그   11

1장   28

2장   55

3장   106

4장   143

5장   158

6장   196

7장   217

8장   231

9장   244

10장   277

11장   324

12장   351

13장   364

14장   412

2권 차례

15장   7

16장   27

17장   59

18장   96

19장   131

20장   150

21장   180

22장   204

23장   229

24장   277

25장   308

에필로그   359

작품 해설   375

작가 연보   385

프롤로그

　나는 보이지 않는 인간이다. 아니, 그렇지만 에드거 앨런 포를 사로잡은 유령이나 할리우드 영화에 나오는 심령체 같은 존재라는 말은 아니다. 나는 살과 뼈가 있고, 섬유질과 체액으로 이루어진, 실체를 지닌 인간이다. 게다가 어쩌면 정신까지도 있다고 할 수 있다. 내가 보이지 않는 이유는 사람들이 나를 보려고 하지 않기 때문이다. 나는 마치 서커스의 곁들이 프로그램에서 가끔씩 등장하는 몸뚱이 없는 머리들처럼, 실물을 왜곡해서 보여 주는 단단한 거울들로 둘러싸인 것 같다. 사람들은 내게 다가올 때 내 주변의 것이나 혹은 자신들의 상상 속에서 꾸며진 것만을 본다. 그야말로 그들은 모든 것을 빠짐없이 다 보면서도 정작 나의 진정한 모습은 보지 않는다.

　또한 내가 보이지 않는 것은 몸에 무슨 생화학적인 변이가 일어나서 그런 것도 절대 아니다. 내가 말하려고 하는 보이지 않는 현상은 바로 나와 접촉하는 사람들의 눈이 갖는 특이한

11

성질 때문에 일어난다. 그것은 '내부'의 눈, 즉 신체의 눈을 통하여 실체를 바라보는 또 다른 눈이 존재하는 데서 비롯되는 문제이다. 지금 나는 불평하거나 항의하는 것이 아니다. 보이지 않는 것이 때론 편할 때도 있지만 대부분은 짜증나는 일이다. 눈이 나쁜 사람들과는 계속 부딪치게 된다. 그러고 보면 내가 실제 존재하는지 의심스럽기도 하다. 그저 다른 사람들의 마음속에나 존재하는 유령에 지나지 않는 건 아닐까 하는 생각도 든다. 말하자면 잠든 사람이 악몽 속에서 필사적으로 제거하려는 인물 같다고나 할까. 이런 기분이 들 때면 분통이 터져 내 편에서 사람들에게 다가가 부딪치기 시작한다. 솔직히 말해 그런 기분을 느낄 때가 대부분이다. 나는 이 실제 세계에 존재한다는 사실을 스스로 확인하고 싶고, 모든 소리와 고뇌의 일부라는 것을 느끼고 싶어서 견디다 못해 주먹을 휘두르고 욕을 내뱉으며 사람들에게 나를 인식시키려 한다. 그렇지만 슬프게도 성공한 경우는 거의 없다.

어느 날 밤, 나는 우연히 한 남자와 부딪쳤다. 완전히 어둠이 내리지 않은 때라 내가 보였는지 그는 나에게 욕설을 내뱉었다. 나는 곧바로 그에게 달려들어 멱살을 움켜쥐고 사과할 것을 요구했다. 그는 키가 크고 금발이었다. 내가 얼굴을 들이대자 그는 푸른 눈으로 거만하게 노려보며 욕을 해 댔고, 발버둥 치는 그에게서 뜨거운 입김이 느껴졌다. 나는 그의 턱을 내 머리 위까지 바짝 잡아당겨서, 언젠가 봤던 서부 인디언들식으로 들이받아 버렸다. 그의 살이 찢어지고 피가 터져 나오는 것을 느끼면서 나는 "사과해, 사과하란 말이야!"라고 소리를 질렀다. 그래도 그는 계속해서 욕설을 퍼부으며 빠져나가려고 버둥거렸다. 나는 그가 피를 흠뻑 흘리면서 축 처져 주저앉을 때까지 계속해서 들이받았다. 그는 입에 피거품을 물고 여전히 내게 욕설을 했고 나는 그를 미친 듯이 계속해서 걷어찼다. 그야말로 밟아 버렸던 것이다. 그러고는 격분한 나머지 나이프를 꺼내서 그의 목을 그어 버리려고 했다. 그 황량한 골목의 가로등 바로 밑에서 한 손으로 그의 멱살을 움켜잡고 이빨로 나이프를 열어젖혔다. 그런데 그 순간 문득 그가 실제로 나를 못 봤을지도 모른다는 생각이 들었다. 그는 단지 자신이 걸어 다니며 악몽을 꾸고 있다고 생각할지도 모른다. 난 그를 밀어내며 허공을 그었고 그는 다시 길바닥으로 나가떨어졌다. 지나가던 자동차의 불빛이 어둠을 가르는 순간을 이용해 나는 그를 뚫어지게 노려보았다. 그는 신음 소리를 내며 아스팔트 위에 쓰러져 있었다. 그는 유령에게 거의 죽을 뻔했던 것이다. 그 순간 나는 기운이 쭉 빠져 버렸다. 그리고 마치 술에 취한 사람처럼 다리가 풀려서 힘없이 휘청거렸다. 그렇지만 재미있다는 생각도 들었다. 무언가 이자의 우둔한 머리로부터 불쑥 튀어나온 것이 그를 거의 죽도록 두들겨 팬 셈이니 말이다. 나는 이런 어처구니없는 광경을 보면서 웃음이 나기 시작했다. 그가 죽음의 순간에 깨어날 수 있었을까? 죽음의 신이 그를 깨어나게 놓아주었을까? 그렇지만 나는 머뭇거릴 틈이 없었다. 어둠 속으로 달아나면서 너무나 크게 웃어서 배가 터지는 줄 알았다. 다음 날 《데일리 뉴스》에 "괴한의 습격"이라는 표제로 실린 그의 사진을 보았다. 가엾은 멍청이, 보이지 않는 인간에게 당한 앞 못 보는 불쌍한 멍청이라고 생각하며 진심으로 동정심이 들었다.

평소 나는 그렇게 공공연히 난폭하게 굴지는 않았다.(물론 과거처럼 폭력을 무시해 버리는 방식으로 부인할 생각은 없지만.) 나는 보이지 않는 상태임을 염두에 두고 잠든 사람들을 깨우지 않도록 조심조심 걸어 다닌다. 때론 잠든 사람들을 깨우지 않는 것이 상책일 수도 있다. 세상에 몽유병자들처럼 위험한 존재도 없으니까 말이다. 나는 때마침 상대방이 눈치 챌 수 없게 싸움을 벌일 수 있는 방법을 알았다. 예컨대 나는 얼마 전부터 한 전력회사와 싸움을 벌이고 있다. 나는 그들의 전기를 쓰면서도 요금은 한 푼도 안 내고 있는데 그들은 그것을 모른다. 그렇다, 전기가 빠져나가고 있다는 사실을 의심은 하겠지만 어디로 새어 나가는지 모르는 것이다. 기껏해야 그들은 발전기 뒤에 붙은 계량기를 보고서 엄청난 양의 전류가 할렘의 정글 속 어딘가로 사라지고 있다는 사실 정도만 알 것이다. 물론 우스운 일은 내가 할렘이 아닌 그 접경 지역 어딘가에 살고 있다는 사실이다. 수년 전(내가 보이지 않는 것의 이점을 발견하기 전) 나는 정상적으로 전기를 쓰고 터무니없이 비싼 전기료를 납부했다. 그러나 이제 더 이상 그런 짓은 하지 않는다. 나는 나의 아파트와 함께 그런 모든 것들을 때려치웠고 과거의 생활 방식도 버렸다. 그것은 나도 다른 사람들처럼 눈에 보이는 인간이라는 잘못된 가정에 기초한 방식이었다. 그러나 이제 나는 스스로 보이지 않는 인간임을 깨닫고는 오로지 백인에게만 임대해 주는 건물에서 공짜로 산다. 내가 사는 곳은 지하실의 한 구역인데 그곳은 19세기에 폐쇄되어 잊혀져 버린 곳이다. 나는 파괴자 라스로부터 벗어나려고 도망가던 날 밤 이곳을 처음 발견했다. 그날 밤 일은 이 이야기의 뒷부분에야 나오는데 — 아마도 거의 끝부분쯤 — 너무 앞서 가는 것 같다. 하긴 끝은 시작 속에 있으며 훨씬 앞서 잠재돼 있는 것이기도 하지만 말이다.

아무튼 지금 중요한 것은 내가 집을 구했다는 사실이다. 아니 집이라기보다는 땅속 동굴이라고 해야겠지. 그렇지만 이곳을 마치 무덤처럼 축축하고 차가운 곳일 거라고 성급히 판단해서는 안 된다. 동굴도 추운 곳이 있고 따듯한 곳이 있기 마련이다. 내가 사는 동굴은 따듯한 곳이다. 곰이 겨울을 나기 위해 동굴로 들어가서 봄까지 지내는 걸 생각해 보라. 곰은 봄이 되면 마치 병아리가 껍질을 깨고 나오듯 동굴에서 어슬렁거리며 기어 나온다. 내가 이런 말은 하는 이유는, 눈에 보이지 않고 동굴에 산다고 해서 내가 죽었다고 생각하는 것은 오산이라는 점을 확실히 해 두고 싶어서이다. 나는 죽지도 않았고 가사 상태에 있지도 않다. 단지 지금 동면 상태에 있으니 곰 같은 친구라고 불러 주면 좋겠다.

내 동굴은 따듯하고 빛으로 가득하다. 그렇다, 정말 빛으로 가득하다. 뉴욕에서 내 동굴보다 밝은 곳이 있을까. 브로드웨이는 물론 사진사들이 꿈에서나 그려 보는 엠파이어 스테이트 빌딩의 불빛도 따라올 수 없을 것이다. 사실, 이렇게 말하면 여러분을 기만하는 것이다. 그 두 장소야말로 우리 문명 전체에서 가장 어두운 곳에 속한다. 아 참, 그게 아니라, 우리 '문화' 중에서 그렇다.(문명과 문화 사이에는 아주 중요한 차이가 있다고 들었다.) 이런 말이 마치 장난이나 모순처럼 들릴지도 모르겠지만 세상은 바로 그런 방식으로, 즉 모순에 의해 돌아간다. 다시 말하자면 화살이 아닌 부메랑처럼 움직인다는 것이다.(역사는 나선형으로 움직인다고 말하는 사람들을 조심하라. 그들은 부메랑을 던질 준비를 하고 있다. 항상 철모를 준비하라.) 나는 안다. 나는 내 머리를 뚫고 가는 부메랑을 너무도 여러 번 당해 봐서 이제는 밝음 속에서도 어둠을 볼 줄 안다. 그리고 나는 빛을 사랑한다. 그런데 보이지 않는 인간이 빛을 필요로 하고, 빛을 갈망하며, 빛을 사랑한다고 하니 이상하게 들릴지도 모르겠다. 그러나 그것은 바로 내가 보이지 않는다는 사실 때문일 것이다. 빛은 나의 실체를 확인해 주고 나의 형체를 만들어 준다. 언젠가 한 예쁜 소녀가 나에게 자신의 반복되는 악몽에 대해 말해 준 적이 있다. 그녀는 꿈에서, 넓고 어두운 방 한가운데 누워 있으며 자신의 얼굴이 점점 부풀어 올라 방 전체를 가득 채우는 느낌을 받는다. 그러고는 마침내 형체가 없는 거대한 덩어리가 되고 눈은 물컹거리는 젤리처럼 되어 굴뚝 위로 밀려 올라간다. 나도 마찬가지다. 빛이 없으면 나는 보이지 않을 뿐 아니라 형체도 없어진다. 자신의 형체를 인식하지 못하는 것은 죽은 삶을 사는 것과 마찬가지다. 나는 이십여 년이나 살고 난 후에야 자신이 보이지 않는다는 사실을 발견하고 비로소 살아 있는 상태가 되었다.

　내가 전력회사를 상대로 싸움을 벌이는 것도 바로 이 때문이다. 더 깊은 이유를 들자면, 그들과의 투쟁이 나에게 살아 있는 느낌을 더욱 생생하게 해 주기 때문이다. 전력회사와 싸우는 또 하나의 이유는, 내가 자신을 보호하는 방법을 알기도 전에 그들은 내게서 너무나 많은 돈을 가져갔기 때문이다. 지하의 내 동굴에는 정확히 1369개의 전구가 매달려 있다. 나는 직접 천장 전체에 빽빽하게 배선을 했다. 한 줄 한 줄 빠짐없이. 그것도 형광등이 아닌 전기를 많이 잡아먹는 구형의 필라멘트 전구들을 사용했다. 일종의 사보타주 행위이다. 벽에도 이미 전선을 엮기 시작했다. 안면이 있는 고물상 친구가 내게 전선과 소켓을 제공한다. 물론 그 친구는 시력을 가지고 있다. 폭풍이나 홍수를 비롯한 그 무엇도 빛에 대한, 그것도 더 밝은 빛에 대한 우리의 욕구를 저지하지 못한다. 진리는 곧 빛이요 빛은 곧 진리다. 사방의 벽에 작업을 마치고 나면 바닥에도 전선을 깔고 전구를 연결할 작정이다. 어떤 식으로 작업을 해야 될지는 잘 모르겠지만. 어쨌든 누구나 나만큼 오랫동안 보이지 않는 인간으로 살다 보면 무엇이든 만들어 내는 솜씨를 갖게 마련이다. 그러니 그 문제를 해결할 수 있을 것이다. 어쩌면 나는 침대에 누운 채로도 커피포트를 불 위에 올려놓는 장치를 만들 수도 있을 것이다. 그리고 침대를 따뜻하게 데우는 장치를 만들어 낼지도 모른다. 마치 자신의 신발을 따뜻하게 데우는 장치를 고안해서 사진잡지에 실렸던 어떤 사람처럼 말이다. 비록 보이지는 않지만 나도 미국의 위대한 땜장이 전통을 이어받았다. 나도 포드나 에디슨, 또는 프랭클린과 한 부류에 속할 수 있다. 나는 이론과 개념을 함께 갖추었으니 '사상가-땜장이'라 불러 달라. 그렇다. 나는 내 신발을 따뜻하게 만들 것이다. 대개는 구멍이 많이 나 있으니 그런 장치가 필요하다. 나는 그것만이 아니라 다른 것도 만들 생각이다.

내겐 지금 라디오 겸 전축이 한 대 있는데 앞으로 다섯 대쯤 더 가질 생각이다. 내 동굴은 음향이 죽어 있는 상태라고 할 수 있다. 음악을 들을 때 나는 귀만이 아닌 온몸으로 그 진동을 느끼고 싶다. 루이 암스트롱이 연주하고 노래하는 「내가 뭘 어쨌다고 이렇게 검고 우울해야 하는가」를 다섯 장의 음반으로 듣고 싶다. 다섯 장을 동시에 말이다. 요즘은 가끔 내가 좋아하는 디저트인 바닐라 아이스크림과 슬로진을 마시면서 루이의 노래를 듣곤 한다. 하얀 바닐라 더미 위에 그 빨간 술을 붓고 반짝반짝 김이 오르는 것을 바라보는 동안 루이는 군대식 악기로 한 줄기 빛 같은 서정적인 음악을 만들어 낸다. 내가 루이 암스트롱을 좋아하는 이유는 아마도 그가 보이지 않는 상태에서 시를 지어냈기 때문인지도 모른다. 그는 자신이 보이지 않는 인간이라는 사실을 모르기 때문에 그럴 수 있는 것이 분명하다. 그리고 보이지 않는 것에 대한 나의 인식은 그의 음악을 이해하는 데 도움이 된다. 한번은 동네 녀석들에게 담배 한 개비를 빌려 달라 했더니 그들이 마리화나를 주었다. 나는 집에 돌아와 전축을 틀어 놓고 앉아 마리화나에 불을 붙였다. 그날 밤은 이상했다. 말하자면 보이지 않는 것은 시간 감각을 약간 바꾸어 놓아서 절대로 시간의 박자에 맞출 수가 없다. 어떤 때는 앞서 가기도 하고 어떤 때는 뒤처진다. 시간의 빠르고 지각할 수 없는 흐름 대신에 시간의 마디들만 인식하게 된다. 그것은 시간이 정지해 있거나 혹은 앞으로 훌쩍 뛰어넘는 지점들이다. 우리는 그런 시간의 마디 사이로 빠져 들어가 사방을 둘러본다. 그리고 루이의 음악에서 우리가 어렴풋이 듣는 것이 바로 그것이다.

언젠가 나는 프로 선수와 시골뜨기 선수의 권투 경기를 본적이 있다. 프로 선수는 날렵하고 놀랍도록 기술이 뛰어났다. 그의 몸은 날쌔고 율동적으로 움직이는 강한 물줄기와 같았다. 시골뜨기가 놀라 당황한 상태로 양팔을 올리고 있는 동안 프로 선수는 일백 번이 넘도록 많은 펀치를 날렸다. 그런데 세찬 펀치의 공세 속에서 휘청거리던 시골뜨기가 갑자기 일격을 가했고 그 펀치는 뛰어난 기술과 스피드 그리고 발놀림을 가진 프로 선수를 땅속의 시체처럼 싸늘하게 만들어 버렸다. 도박꾼들의 돈이 링으로 날아들었다. 한 방의 큰 펀치가 승리를 이끈 것이다. 시골뜨기는 그저 상대방의 시간 감각 속으로 잠깐 들어갔던 것뿐이다. 그런 식으로 나는 마리화나의 마력에 취해 분석적으로 음악을 듣는 방법을 발견했다. 들리지 않던 소리가 들려왔고 각 선율은 독자적으로 존재했으며 나머지 소리들과는 명확하게 분리되어 제각각 내용을 전달했다. 그리고 다른 소리들이 나오도록 참을성 있게 멈춰 있었다. 그날 밤 나는 시간적인 의미만이 아닌 공간적인 의미로도 들을 수 있다는 사실을 알게 됐다. 나는 음악 속으로 들어갔을 뿐 아니라 마치 단테처럼 깊숙한 바닥까지 내려간 것이다.

열정적인 템포의 빠른 움직임 밑에는 느린 템포가 있었고 동굴도 하나 있었다. 나는 그 속으로 들어가 사방을 둘러보았다. 그리고 한 늙은 여인이 플라멩코처럼 세상의 고난이 가득 담긴 영가를 노래하는 소리를 들었다. 그 밑에 더 낮은 층이 있었고 거기서는 상앗빛 살결의 아름다운 소녀가 자신의 알몸에 대해 흥정하고 있는 노예 소유주들 앞에 서서 내 어머니와 같은 목소리로 애원하고 있었다. 그리고 나는 그 밑에 또 하나의 더 낮은 층이 있는 것을 발견하였다. 그곳은 조금 더 빠른 템포였는데, 거기서 누군가 외치는 소리가 들려왔다.

"형제자매 여러분, 오늘 아침 나는 '어둠속의 어둠'에 대하여 전하고자 합니다."

그러자 신도들의 목소리가 들려왔다. "그 어둠은 가장 어두우며, 형제여, 가장 어두우며……."

　　"태초에는……." 그들이 울부짖었다.

　　"……어둠이 있었다……."

　　"그것을 설교해 주세요……."

　　"태양은, 주여……."

　　"……피와 같이 붉었으며……."

　　"붉었으며……."

　　"이제 어둠은……." 설교자가 외쳤다.

　　"피와 같이……."

　　"내 말은 어둠은……."

　　"형제여, 바로 그것을 설교해 주세요……."

　　"……그렇지만 어둠은 결코……."

　　"붉은 것이오, 주여, 붉은 것. 그가 붉다고 했습니다!"

　　"아멘, 형제여……."

　　"어둠이 너희에게……."

　　"맞습니다, 그러할 것입니다……."

　　"맞습니다, 그러할 것입니다……."

　　"……그리고 또한 어둠은 그렇게 못할 것입니다……."

　　"……맞습니다, 못할 것입니다……."

　　"그러할 것입니다……."

　　"주여, 그러할 것입니다……."

　　"……그리고 또한 그렇지 않을 것입니다."

　　"할렐루야……."

　　"……어둠은 여러분을, 영광이여, 영광이여, 오, 주여, 고래의 뱃속으로 집어넣을 것입니다."*

"존경하는 형제여, 그것을 설교해 주세요……"

"……그리고 여러분을 시험에 들게 하고……."

"좋으시고 전능하신 하느님!"

"그 옛날의 뱃속!"

"어둠은 여러분을 만들기도 하고……."

"어둠은……."

"……어둠은 여러분을 파괴하기도 할지니……."

"사실이지 않습니까, 신이시여?"

그리고 그 순간 트롬본 음색의 목소리가 나에게 날아들었다.

"당장 꺼지지 못해, 이 얼간아! 배신하려는 참이냐?"

거기서 쫓겨 나오던 나는 영가를 노래하던 늙은 여가수의
탄식 소리를 들었다.

"여보게, 가서 하느님을 저주하고 죽게나."

나는 발걸음을 멈추고 그녀에게 무슨 뜻인지 물었다.

"나는 정말로 나의 주인을 사랑했다네." 그녀가 말했다.

"미워했어야 해요."

"그 양반은 내게 아들 몇 놈을 갖게 해 주었지. 그리고 난
그 애들을 사랑하기 때문에 애들 아버지를 사랑하는 법도 알
게 되었네. 물론 그를 미워하면서도 말이지."

"저 역시 양면적인 감정을 점점 알아 가고 있어요. 내가 여
기 온 것도 그 때문이죠." 내가 말했다.

---

* 구약성경 『요나서』에서 신은 자신의 명령을 어기고 도망가는 요나를 고래
의 뱃속에 넣었다가 꺼내어 올바른 길로 인도한다.

"그게 무슨 말이지?"

"아무것도 아니에요. 무엇이라고 한 마디로 설명하기 힘듭니다. 그런데 왜 슬퍼하고 계세요?"

"그 양반이 죽어서 이렇게 슬퍼하고 있네." 그녀가 말했다.

"그러면 위층에서 웃고 있는 사람은 도대체 누구예요?"

"내 아들 녀석들이지. 걔들은 기뻐하고 있지."

"네, 저도 이해할 수 있어요." 내가 말했다.

"나도 역시 웃음이 나와. 하지만 슬프기도 하지. 그 양반은 우리를 자유의 몸으로 만들어 준다고 약속했지만 결국 해 주지 못하고 말았어. 그래도 난 그를 사랑했네……."

"사랑했다고요? 그러면……."

"아무렴, 그렇지만 난 다른 것을 더 사랑했지."

"그게 뭔데요?"

"자유지."

"자유요? 자유는 증오하는 데 있는 것 같아요." 내가 말했다.

"아니야, 자유는 사랑하는 데 있다네. 나는 그 양반을 사랑했기에 독약을 먹였어. 그는 서리 맞은 사과처럼 시들어 버렸지. 안 그랬으면 저 녀석들이 집에서 만든 칼로 토막을 내 버렸을 거야."

"어딘가 잘못된 게 있었군요. 뭐가 뭔지 모르겠어요."

그리고 나는 다른 것들을 말하고 싶었다. 그러나 그때 위층에서 웃음소리가 너무 크게 들려왔고 내겐 마치 신음 소리처럼 들렸다. 나는 그 소리에서 벗어나고 싶었지만 그럴 수가 없었다. 막 그곳을 나서던 순간에 나는 그게 무슨 자유였냐고 묻고 싶은 충동이 일어 되돌아섰다. 그녀는 양손으로 머리를 감싸고 앉아서 나직이 흐느끼고 있었다. 그녀의 갈색 가죽 빛 얼굴은 슬픔으로 가득 차 있었다.

"저, 당신이 그토록 사랑한 자유란 도대체 무엇인가요?" 나는 마음속의 질문을 했다.

그녀는 놀란 듯 보였으나 이내 생각에 잠기더니 다시 당황하는 기색을 보였다. "그냥 완전히 잊어버렸네. 모든 게 온통 뒤죽박죽이야. 처음에 이것이다 싶으면 나중엔 또 저것 같기도 하지. 완전히 머리를 돌게 만든다네. 지금 생각하니 그건 다름 아니라 머릿속에서 떠오르는 것을 말로 할 줄 아는 것인가 봐. 그래도 그건 참 힘든 일이라네. 너무 짧은 시간 동안 내겐 너무 많은 일이 일어났어. 마치 감기를 앓은 것 같아. 걷기만 하면 머리가 어지러워서 넘어지거든. 그게 아니면 애들 때문이겠지. 걔들이 웃기 시작하면 백인들을 잡아 죽이고 싶다는 뜻이야. 걔들은 정말 지독해. 정말 그렇다네……."

"하지만 자유는 뭐란 말이에요?"

"여보게, 골치 아프니 이제 날 좀 내버려 두게!"

나는 현기증을 느끼면서 그곳을 나왔다. 그리고 나온 지 얼마 안 됐을 때였다.

육 척 거구인 그녀의 아들 하나가 난데없이 나타나서 나에게 주먹을 날렸다.

"도대체 당신 왜 이러는 거야?" 내가 소리쳤다.

"네놈이 엄마를 울렸잖아!"

"내가 어쨌다고?" 나는 주먹을 피해 가며 물었다.

"엄마한테 쓸데없는 걸 물었잖아. 당장 꺼지고 다시는 나타나지 마라. 앞으로 그런 걸 묻고 싶거든 너 자신에게나 물어봐!"

그는 차디찬 돌덩이처럼 단단히 나를 움켜쥐었다. 그의 손가락이 숨통을 조여서 숨 막혀 죽는가 보다 하는 생각이 드는 순간, 그가 비로소 손을 놓았다. 나는 정신이 몽롱해서 비틀거렸고 귓속에는 음악 소리가 신경질적으로 들렸다. 주변은 어두웠다. 머리가 맑아지자 나는 그의 발소리가 들리는 것 같아서 어둡고 좁은 통로를 더듬거리며 내려갔다. 잠시 슬픔이 밀려왔고 나는 평화와 안정, 즉 평온함에 대한 깊은 갈망을 갖게 되었다. 그것은 결코 내가 이를 수 없다고 생각했던 상태이다. 그러나 트럼펫 소리가 요란하게 울리고 리듬은 너무 빠르게 흘렀다. 심장 박동 같은 작은북 소리가 트럼펫 소리를 압도하기 시작하면서 내 귀를 가득 채웠다. 목이 말랐다. 길을 더듬어 내려가는 동안 손에 닿는 차가운 수도관 속으로 물이 빠르게 흘러가는 소리를 들었다. 그렇지만 뒤에 닿을 듯한 발소리 때문에 멈추어 서서 물을 찾을 수가 없었다.

"어이, 라스." 내가 불렀다. "파괴자, 당신인가, 라인하트?"

대답은 없고 단지 나를 따라오는 규칙적인 발소리만 들렸다. 한번은 도로를 건너려고 시도했지만 질주하는 자동차가 요란한 소리를 내며 스쳐 지나가는 바람에 다리 살갗만 벗겨졌다.

어쨌든 나는 그곳에서 빠져나왔다. 그 소리의 지하 세계로부터 서둘러 올라오니 루이 암스트롱의 천진난만한 노랫소리가 들렸다.

내가 뭘 어쨌다고
이렇게 검고
우울해야 하는가?

처음에는 겁이 났다. 그 익숙한 음악은 내가 할 수 없는 어떤 행동을 요구했던 것이다. 만약 내가 그 지하에서 머뭇거렸다면 무언가 행동으로 옮기려고 했을지도 모른다. 그러나 나는 지금 거의 아무도 이 음악을 귀담아 듣지 않는다는 사실을 알고 있다. 나는 땀에 흠뻑 젖어 의자 끝에 걸터앉아 있었다. 마치 나의 1369개의 전구 모두가 라스와 라인하트의 감시를 받는 3등급 독방 안의 뜨겁고 강력한 조명등이 된 것 같았다. 그건 정말 나를 기진맥진하게 만들었다. 마치 며칠간의 지독한 굶주림 끝에 오는 무시무시한 평온함 속에서 한 시간 동안 계속해서 숨을 멈추고 있었던 것 같은 상태이다. 그러나 보이지 않는 인간에게는 소리의 침묵을 듣는 것이 이상스럽게도 만족스런 경험이었다. 나는 내 존재에 대한 알 수 없는 강박관념이 있음을 발견했었다. 물론 매번 그것에 "네." 하며 따를 수는 없었지만 말이다. 그래도 그 이후로는 마리화나를 피우지 않았다. 그것이 불법이라서가 아니라 구석구석을 둘러보는 것으로 충분했기 때문이다.(보이지 않는 인간에게는 흔한 일이다.) 그렇지만 구석구석까지 다 듣고 다니는 것은 무리다. 그건 행동을 방해한다. 그리고 잭 동지와 동지회에서 보낸 슬프고 어려운 시절에도 불구하고 나는 행동이 결여된 것은 아무것도 믿지 않는다.

잠깐, 다음의 정의를 들어 보라. 동면이란 더 확실한 실행을 위한 은밀한 준비 과정이다.

게다가 마약은 인간의 시간 감각을 완전히 마비시킨다. 그렇게 되면 내가 밝은 아침을 피해야 한다는 사실을 잊고 외출할지도 모르며 새까만 얼간이 녀석이 노랗고 붉은 무늬의 전차

나 거칠게 달리는 버스 같은 것으로 나를 치어 길에 뻗어 버리게 할 수도 있는 노릇이다. 아니면 행동을 취해야 하는 순간이 왔을 때 내 동굴을 나설 생각을 못 할지도 모른다.

아무튼 나는 전력회사의 선물 덕분에 즐겁게 생활하고 있다. 사람들은 내가 코앞에 있어도 몰라볼 것이며, 심지어 내가 존재한다는 사실조차 믿지 않으므로 내가 건물로 들어가는 전깃줄을 끊어서 지하의 내 동굴로 끌어 넣었다는 것을 안다 한들 별문제 될 것도 없다. 이전에 나는 내가 쫓겨 들어오게 된 어둠속에 살았었지만 이제는 나도 볼 수 있다. 나는 나의 보이지 않는, 불가시성의 어둠을 밝힌 것이다. 그리고 반대로 어둠의 불가시성을 밝혔다고도 할 수 있다. 그래서 나는 나의 고립에 대한 보이지 않는 음악을 연주한다. 이 말은 무엇인가 틀린 것처럼 들린다. 그렇지 않은가? 그렇지만 맞는 말이다. 당신이 음악을 듣는 것은 단순히 그것이 보이지 않고 들리기 때문이다. 전문 음악가들에게는 예외겠지만. 보이지 않는 현상을 글로 써 보려는 강박관념은 바로 보이지 않는 것에 대한 음악을 만들어 내려는 충동이 아닐까? 그러나 나는 웅변가요, 민중 선동가이다. 지금? 아니 과거에 그랬다는 것이고 아마도 앞으로 다시 그렇게 될 수도 있다는 말이다. 모든 병이 다 죽음에 이르는 것은 아니다. 보이지 않는 것도 마찬가지다.

여러분의 목소리가 들린다. "정말 끔찍하고 무책임한 악당이로군!" 여러분의 말이 맞다. 나도 그 말에 적극 동의한다. 나는 역사상 그 누구보다도 가장 무책임한 존재이다. 무책임은 바로 나의 보이지 않는 성질의 일부분이기도 하다. 여러분이 무책임을 어떤 식으로 해석하든 그것은 일종의 거부를 의미한다. 그러나 아무도 나를 보려고 하지 않는데 내가 과연 누구에게 책임을 질 수 있으며, 또 왜 그래야만 하는가? 책임이란 인식에 기초하는 것이며 인식이란 상호 동의의 한 형태이다. 내가 거의 죽일 뻔했던 그 녀석의 경우를 예로 들어 보자. 그 살인에 가까운 행위는 누구의 책임이었나? 나인가? 아니다. 나는 그것을 받아들일 수 없다. 아무도 나에게 책임을 강요할 수 없다. 나를 들이받은 것이 바로 그 녀석이고 나를 모욕한 것도 그 녀석이다. 자신의 안전을 위해서 그는 나의 히스테리 상태, 즉 내게 있는 '위험한 잠재성'을 알아봤어야 하는 것 아닌가? 그가 꿈속에서 길을 헤매고 있었다고 가정해 보자. 그래도 그는 꿈속의 세계를 지배하지 않았는가. 세상에, 그건 너무나도 현실적이다. 그리고 그 세계에서 나를 배제해 버리지 않았던가? 그 녀석이 소리 질러 경찰을 불렀다면 내가 가해자로 붙잡힐 수도 있지 않았을까? 그래. 맞다. 맞는 말이다. 여러분의 말에 동의하기로 하자. 나는 무책임한 인간이다. 왜냐하면 나는 사회의 더 높은 이익을 보호하기 위해서 칼을 휘둘렀어야 하는데 못했기 때문이다. 언젠가는 그런 어리석음 때문에 우리는 비극적인 곤경에 처하게 될 것이다. 모든 몽상가들과 몽유병자들은 그 대가를 치러야 하며 보이지 않는 희생자 역시 모두의 운명에 책임이 있다. 그러나 난 그 책임을 회피했다. 그리고 머릿속에 온통 윙윙거리던 서로 모순된 생각들 때문에 너무나도 혼란스러워졌다. 나는 비겁했다……

하지만 내가 뭘 어쨌다고 그토록 우울해야 하는가? 인내심을 가지고 나의 이야기에 귀를 기울여 주기 바란다.

1장

　아주 오래전, 그러니까 거의 이십 년 전으로 거슬러 올라가
는 일이다. 나는 평생 동안 무언가를 찾아 헤맸다. 그리고 어딜
가나 누군가는 내게 그것이 무엇인지를 가르쳐 주려 했었다.
나는 보통 그들의 해답을 받아들였다. 비록 그 해답들이 서로
상반되고 심지어 자체적인 모순을 안고 있는 경우도 많았지만
말이다. 나는 순진했다. 나는 나 자신을 찾고 있었던 것이며,
결국 나 자신만이 대답할 수 있는 문제를 남들에게 묻고 다녔
다. 나는 나 자신일 뿐 그 누구도 아니다. 다른 사람이라면 태
어나면서부터 알고 있을 법한 이런 깨달음을 얻기 위해 나는
오랜 세월을 보내야 했고, 그것에 대한 나의 기대는 아주 고통
스러운 결과로 되돌아왔다. 그러나 먼저 나는 자신이 보이지
않는 인간이라는 사실을 알아야 했다.
　그러나 나는 선천적인 기형아도 아니고 역사의 기형아도 아
니다. 다른 것들은 팔십오 년 전에 이미 다 평등했으니(불평등

했을 수도 있겠지만) 나는 무엇이든 될 법했다. 나는 나의 할아버지와 할머니가 노예였다는 사실을 부끄럽게 여기지 않는다. 다만 한때 부끄럽게 여겼던 나 자신이 부끄러울 뿐이다. 약 팔십오 년 전, 그들은 자유의 몸이 될 것이라는 말을 들었다. 즉 공공생활의 모든 면에서 다른 사람들과 평등하며, 사회활동에서는 마치 손가락들이 제각각이듯 분명하게 독립될 수 있다고 했다. 할아버지와 할머니는 그 말을 믿었고 기뻐서 어쩔 줄을 몰랐다. 그들은 자신의 자리를 떠나지 않고 열심히 일했으며 아들에게도 그렇게 하도록 가르쳤다. 그러나 문제는 바로 할아버지였다. 할아버지는 괴짜였고 사람들은 내가 그를 닮았다고들 한다. 할아버지는 문제를 일으킨 장본인이다. 임종 때 할아버지는 아버지를 불러다가 이렇게 말했다.

"애야, 내가 죽은 뒤에도 너는 계속해서 싸워야 한다. 네게 이런 말을 한 적은 없지만, 사실 우리네 삶이란 전쟁이야. 나는 살아 있는 동안 내내 배신자였어. 전쟁 후 남부에 대한 지배가 강화될 때 난 총을 포기했지. 그 이후로는 계속 적지에서 스파이 활동을 했어. 사자 입 속에다 머리를 처박고 살아야 한다. 예, 예 하면서 상대방을 사로잡고, 웃으면서 그놈들의 발밑을 파는 거지. 놈들에게 죽고 파멸당할 때까지도 복종하는 척하라는 말이야. 그러고는 놈들이 토하거나 창자가 터질 때까지 너를 씹어 삼키라고 해."

모두들 이 노인이 미쳤다고 생각했다. 생전에 더없이 온순했던 사람이었으니 말이다. 어린아이들은 방 밖으로 급히 내보내지고 커튼이 내려졌다. 램프의 불꽃은 희미해져서 할아버지의 숨결처럼 심지에서 바지직 소리를 내며 흔들렸다. "애들에게도 그렇게 가르쳐라." 할아버지는 거친 숨을 몰아쉬며 가까스로 말하고는 숨을 거두었다.

우리 가족들은 할아버지의 죽음보다는 마지막 남긴 유언에 더 충격을 받았다. 그 유언이 모두에게 너무나 큰 불안감을 주었기 때문에 할아버지가 죽었다는 실감이 나지 않았다. 나는 할아버지가 한 말을 잊어버리라는 엄한 주의를 받았다. 사실 가족이 아닌 남에게 이 이야기가 언급된 것은 이번이 처음이다. 그렇지만 나는 그것에 엄청난 영향을 받았다. 할아버지의 말이 무슨 뜻인지 확실히 알 수 없었다. 할아버지는 말썽이라고는 전혀 일으킨 적이 없는 조용한 노인이었는데, 죽는 순간에 자신을 배신자이며 스파이라고 했으니 말이다. 또 자신의 유순한 태도를 위험한 행동이었다고도 했다. 아무튼 그것은 계속해서 내 마음 한구석에 풀리지 않은 수수께끼로 남아 있었다.

매사에 일이 잘 풀릴 때면 할아버지 생각이 났고 죄책감이 들어 마음이 불편했다. 마치 나도 모르는 사이에 할아버지의 충고를 따르는 것 같았다. 설상가상으로 모두들 나의 그런 점을 좋아했다. 심지어 마을에서 흑인을 가장 싫어하는 백인들까지도 나를 칭찬했다. 나는 모범적인 행동의 본보기로 여겨졌다. 할아버지가 그랬던 것처럼 말이다. 그런데 혼란스러운 점은 할아버지가 그것을 배신으로 간주했다는 사실이다. 나의 행동에 대해서 칭찬을 받을 때면 나는 어떻게 보면 백인들이 원하는 것과는 정반대의 행동을 하고 있다는 죄책감을 느꼈다. 만약 그들이 사실을 알게 된다면 내가 반대로 행동해 주길 원할 것이다. 또 나는 퉁명스럽고 비열했어야 하며 그것이 바로 그들이 원하는 바였으리라는 죄책감도 들었다. 비록 그들이 속아서 내가 자신들이 원하는 방식으로 행동하고 있다고 생각하더라도 말이다. 언젠가 그들이 나를 배신자로 생각하면 나는 갈 곳이 없어질 것이라는 생각으로 겁이 났다. 그렇지만 다른 방식으로 행동하기는 더더욱 겁이 났다. 왜냐하면 백인들이 그런 것을 싫어했기 때문이다. 할아버지의 유언은 저주와도 같았다. 졸업식 날 나는 감사의 연설을 하면서 겸손이 비결이며 그것이 바로 성장의 핵심이라고 말했다.(그걸 전적으로 믿은 것은 아니지만 — 할아버지를 생각하면 어떻게 믿을 수 있겠는가? — 적어도 효과가 있다고 믿었을 뿐이다.) 연설은 대성공이었다. 모두들 나를 칭찬했고 마을의 백인 지도급 인사들의 모임에 나와 그 연설을 해 달라는 초청도 받았다. 그야말로 우리 마을 전체의 쾌거였다.

인사들의 모임은 마을에서 가장 큰 호텔의 메인 볼룸에서 열렸다. 도착하자마자 나는 그것이 남자들만의 모임이라는 사실을 알았다. 그리고 어쨌든 모임에 왔으니 여흥을 위한, 동창 녀석들과 겨루는 배틀로열에 참가하라는 말을 들었다. 바로 그 배틀로열이 모임의 첫 순서였다.

마을의 중요한 인사들이 모두 턱시도 차림으로 거기에 모여 있었다. 그들은 뷔페 음식을 게걸스럽게 먹고 있거나, 맥주나 위스키를 들이켜면서 검정 시가를 피우고 있었다. 볼룸은 천정이 높고, 매우 넓은 장소였다. 이동식 링의 세 면을 둘러싸고 의자들이 가지런히 놓여 있었다. 나머지 한 면은 비어 있어서 잘 닦인 바닥이 번쩍거리며 드러나 보였다. 아무래도 나는 배틀로열에 대해 불안한 마음이 들었다. 싸움을 싫어해서가 아니라 참가할 녀석들이 그다지 마음에 들지 않았기 때문이다. 녀석들은 내 마음을 힘들게 하는 할아버지의 저주 같은 것은 알리가 없는 깡패들이었다. 누가 봐도 그들은 깡패였다. 그리고 또 그 배틀로열에 끼어들면 내 연설의 품위가 떨어질 수도 있다는 생각도 들었다. 이처럼 보이지 않는 인간이 되기 전에 나는 나 스스로를 미래의 부커 워싱턴* 같은 사람으로 그려 보곤 했다.

다른 녀석들 역시 나를 그다지 좋아하지 않았다. 녀석들은 모두 아홉 명이었다. 나는 나름대로 그들보다 우월하다고 생각했고 그들과 함께 종업원용 엘리베이터에 끼어 타도록 취급받은 점이 불쾌했다. 그들도 내가 함께 탄 것을 싫어했다. 사실 엘리베이터가 따뜻하게 불을 밝힌 층들을 빠르게 스쳐가는 동안, 녀석들은 내가 전에 그들의 친구 하나를 격투기에서 때려 눕혀 하룻밤 동안 일을 못하게 만들었다고 주장했고 이에 대해 서로 입씨름을 했다.

우리는 승강기에서 내려 로코코풍의 복도를 지나 대기실로 안내되었고 거기서 경기 복장으로 갈아입었다. 그리고 각자 권투글러브를 한 켤레씩 지급받고서는 다시 커다란 거울이 달린 홀로 안내되었다. 우리는 볼룸으로 들어가는 동안 조심스럽게 서로 바라보며 그곳의 소음보다 우리 말소리가 크게 들리지 않도록 나직이 소곤거렸다. 홀 안은 담배 연기로 자욱했다. 그리고 사람들은 이미 위스키를 마셔 술기운이 오른 상태였다. 특히 마을에서 가장 중요한 위치에 있는 인사들 몇 명이 흠뻑 취

---

* 미국의 흑인 교육자이자 지도자.

한 모습을 보고는 깜짝 놀랐다. 은행가, 변호사, 판사, 의사, 소방서장, 교사, 그리고 사업가들과 같은 중요한 인물들이 거기 다 모여 있었다. 심지어 가장 존경받는 목사도 보였다. 보이지는 않았지만 앞쪽에선 무엇인가 한창 진행 중이었다. 나팔 소리가 자극적으로 울려 퍼지자 사람들은 일어서서 앞 쪽으로 몰려갔다. 우리는 서로 바짝 붙어서 한 덩어리를 이루었다. 우리의 벗은 상체는 서로 맞닿아 있었고 긴장하여 흘린 땀으로 번들거렸다. 한편 저 앞쪽에 앉은 인사들은, 아직도 우리에겐 보이지 않는 무언가를 보며 점점 더 흥분하고 있었다. 그 순간 나는, 내게 이곳으로 오라고 했던 교장 선생님이 외치는 소리를 들었다. "여러분, 저 검둥이들을 올려 보내세요. 저 검둥이들 말입니다!"

우리는 볼룸의 앞쪽으로 황급히 떠밀려 갔다. 거기는 담배와 술 냄새가 훨씬 지독했다. 그런 후 각자의 위치에 세워졌다. 나는 거의 오줌을 지릴 뻔했다. 수많은 얼굴들이 우리를 둘러싼 채 노려보거나 재미있어했으며 링의 한가운데에는 멋진 금발의 여자가 완전히 벗은 상태로 우리를 향해 서 있었다. 쥐죽은 듯한 침묵이 흘렀다. 한 줄기 차가운 바람에 몸이 으스스해졌다. 나는 물러서려 했지만 뒤도 옆도 사람들로 막혀 있었다. 어떤 애들은 고개를 숙인 채 떨고 있었다. 문득 알 수 없는 죄의식과 두려움이 스쳐 갔다. 이가 딱딱 부딪쳤고, 피부에 소름이 돋았으며, 무릎은 후들거렸다.

그럼에도 나는 나도 모르게 강한 호기심에 이끌려 그녀를 바라보았다. 아마 보는 대가로 장님이 된다 하더라도 보고 말았을 것이다. 머리카락은 서커스의 큐피 인형처럼 노랬으며, 얼굴은 분과 립스틱을 진하게 발라서 거의 얼빠진 가면 같았고, 눈은 움푹 들어간 것이 아프리카 원숭이의 엉덩이처럼 푸르죽죽했다. 나는 눈으로 그녀의 몸을 천천히 더듬어 가면서 그녀에게 침을 뱉고 싶은 욕망을 느꼈다. 그녀의 젖가슴은 마치 동인도 사원의 돔처럼 둥글고 단단했다. 나는 그녀와 아주 가깝게 서 있어서 그녀의 고운 살결은 물론 분홍빛으로 곧게 선 젖꼭지 주변으로 진주 같은 땀방울들이 이슬처럼 반짝이는 것까지 볼 수 있었다. 나는 그 자리에서 뛰쳐나가고 싶기도 했고 바닥 밑으로 꺼져 버리고도 싶었다. 또 그녀에게 다가가서 내 눈이나 다른 사람들 눈에 그녀가 보이지 않도록 내 몸으로 가려 버리고도 싶었다. 그런가 하면 그녀의 부드러운 허벅지를 만져 보고도 싶었고, 그녀를 애무한 후 파괴해 버리거나 사랑한 후 죽여 버리고도 싶었고, 또 그녀의 눈앞에서 사라지고도 싶었다. 하지만 한편으로는 그녀의 배에 새겨진 작은 성조기 문신 아래로 허벅지가 계곡을 이룬 그곳을 어루만져 보고도 싶었다. 나는 그녀가 초첨없는 눈으로 여기 있는 모든 사람들 가운데 유독 나만을 바라보는 것 같다는 생각이 들었다.

이윽고 그녀는 춤을 추기 시작했다. 느릿하고 관능적인 동작이었다. 수많은 담배에서 뿜어져 나오는 연기가 얇은 베일처럼 그녀의 몸에 달라붙었다. 그녀는 마치 성난 잿빛 바다에서 나를 부르는, 베일에 감싸인 한 마리 예쁜 새처럼 보였다. 나는 무아지경에 빠졌다. 그런데 그 순간 나팔 소리가 들리고 인사들이 우리에게 소리를 지르고 있다는 것을 깨달았다. 어떤 사람들은 우리가 쳐다보면 야유를 보냈고 반대로 어떤 사람들은 안 본다고 야유를 보냈다. 내 오른쪽에서 한 녀석이 쓰러지는 것이 보였다. 그러자 한 사내가 테이블 위의 은색 주전자를 들고 그에게 급히 달려가 얼음물을 끼얹으며 일으켜 세웠다. 그래도 그의 머리가 아래로 처지고 두껍고 푸르스름한 입술 사이로 신음 소리가 새어나오자 우리들 중 두 명에게 그를 부축하도록 시켰다. 어떤 녀석은 집으로 보내 달라고 애원하기 시작했다. 그는 우리들 중 몸집이 제일 큰 녀석이었다. 그가 입은 진홍색 트렁크는 너무 작아서, 마치 은밀하고 나지막한 나팔의 신음 소리에 반응이라도 하듯 돌출되어 나온 그의 물건을 감출 수가 없었다. 그래도 그는 자신의 글러브로 그걸 가리려고 애쓰고 있었다.

그러는 동안에도 금발 여인은 계속해서 춤을 추면서 자신을 넋 놓고 바라보는 인사들에게 어렴풋한 미소를 지어 보였고 겁먹은 우리에게도 똑같은 미소를 보냈다. 한 사업가가 입을 헤벌리고 침을 흘리면서 그녀를 굶주린 듯 바라보는 모습이 눈에 띄었다. 커다란 덩치에 올챙이처럼 배가 튀어나와 불룩해진 셔츠 앞부분에는 다이아몬드 단추가 붙어 있었다. 금발 여인이 풍만한 엉덩이를 흔들 때마다 그는 대머리에 얹힌 몇 가닥 얇은 머리카락을 쓸어 넘기기도 했고, 팔을 위로 올린 채 술 취한 팬더처럼 어정쩡한 자세로 배를 천천히 음란하게 돌려 대기도 했다. 그는 완전히 넋이 나간 상태였다.

음악이 빨라졌다. 금발의 댄서가 무표정한 얼굴로 요란하게 몸을 움직이자 사내들은 그녀를 만져 보려고 손을 뻗기 시작했다. 나는 그들의 두꺼운 손가락들이 그녀의 부드러운 살 속으로 묻히는 광경을 보았다. 몇몇 사람들은 이를 말리려 했지만 그녀가 우아한 걸음걸이로 원을 그리며 무대를 돌자 그들은 반들반들한 마루 위에 넘어지고 미끄러지면서 그녀를 쫓아다녔다. 완전히 난장판이었다. 그들이 웃음을 터뜨리며 그녀를 쫓아다니자 의자들은 부딪혀 넘어지고 술은 마구 엎질러졌다. 그들은 그녀가 거의 문을 빠져나가기 직전에 그녀를 잡았다. 그리고 그녀를 번쩍 들어서 마치 대학 신입생들이 신고식을 하듯이 공중으로 던져 올렸다. 그녀의 붉은 입술은 웃는 형태로 고정되어 있었지만 두 눈에는 공포와 혐오감이 비쳤다. 그것은 거의 나의 공포와도 같았으며 일부 다른 아이들에게서도 보이던 공포였다. 그들은 그녀를 두 번이나 공중으로 던져 올렸으며, 그녀의 부드러운 젖가슴은 바람에 부딪혀서 납작해지는 듯했고, 공중에서 휘돌려지면서 두 다리는 거칠게 벌어졌다. 다행히 조금 덜 취한 몇몇 사람들이 그녀가 피할 수 있도록 도와주었다. 나도 그곳을 벗어나 다른 애들과 함께 대기실로 가려고 했다.

일부 사람들은 여전히 광란의 상태에서 소리를 지르고 있었다. 우리는 빠져나오려 하는 순간 곧 제지당했고 링으로 되돌아가라는 지시를 받았다. 시키는 대로 따라야 할 뿐 어쩔 도리가 없었다. 우리 열 명은 모두 로프 밑으로 기어 올라갔으며 하얀 천으로 된 넓은 밴드로 눈을 가리게 되었다. 우리가 로프에 등을 대고 서자 누군가 동정심이 생겼는지 용기를 북돋아 주려 했다. 우리 중 일부는 웃어 보려고도 했다.

"저기 저 녀석 보이지?" 누군가 말했다. "종이 울리면 바로 뛰어가서 녀석의 배를 정확하게 갈겨 버리란 말이야. 녀석을 못 잡으면 내가 널 가만두지 않을 거야. 저 녀석 생김새가 정말 맘에 안 든단 말이지." 우리는 모두 똑같은 말을 들었다. 눈가리개가 씌워졌다. 심지어 그 순간에도 나는 내가 할 연설을 다시 생각해 보았다. 그 한 마디 한 마디가 내 마음속에서 불꽃처럼 밝게 빛났다. 눈가리개가 조여지는 느낌이 들어 미간을 찌푸렸다 다시 펴서 느슨해지도록 만들었다.

그러나 그 순간 갑자기 알 수 없는 공포감이 엄습해 왔다. 나는 어둠에 익숙하지 못했다. 갑자기 독사들이 우글거리는 깜깜한 방으로 들어간 기분이었다. 격투를 시작하라고 끈질기게 외쳐 대는 고함 소리들이 어렴풋이 들려왔다.

"어서 시작해!"

"난 저 큰 검둥이 녀석을 맡지!"

나는 조금이라도 더 익숙한 소리를 들으면 약간의 안도감이라도 얻을 수 있을까 싶어서 교장 선생님의 목소리를 구별해 내려 애썼다.

"난 저쪽 검둥이 새끼들을 맡을 거야."

"안 돼요, 잭슨. 안 돼요." 누군가 소리쳤다.

"누가 여기 잭 좀 붙잡게 도와줘요."

"난 저기 황갈색 검둥이 놈을 맡고 싶어. 저놈의 사지를 찢어 버려야지."

첫 번째 목소리가 고함을 질렀다.

나는 로프에 기대선 채 부들부들 떨었다. 내가 바로 그들이 말하는 황갈색이었고, 또 그가 나를 마치 바삭바삭한 생강 과자 먹듯이 이빨로 씹어 먹을 것 같았기 때문이다.

대난투극이 벌어졌다. 의자들이 이리저리 차이고 혼신을 다하는 듯한 끙끙거리는 소리가 들렸다. 나는 보고 싶었다. 그 어느 때보다도 절박하게 보고 싶었다. 하지만 눈가리개는 살갗

을 조이는 두꺼운 상처 딱지처럼 단단하게 붙어 있었다. 글러
브를 낀 손으로 하얀 천을 밀어내려고 하자 누군가 소리를 질
렀다.

"앗! 안 돼, 이 검둥이 새끼야! 그대로 둬!"

"잭슨이 검둥이 하나를 죽이기 전에 어서 종을 쳐요!"

갑작스런 정적을 깨고 누군가의 목소리가 울렸다. 나는 종
이 울리는 소리를 들었고 질질 끌며 앞으로 다가오는 발소리
를 들었다.

글러브를 낀 주먹 하나가 내 머리를 후려쳤다. 나는 휘청거
리다가 누군가가 지나가자 어설프게 주먹을 휘둘렀다. 팔을 휘
두를 때의 충격이 팔을 타고 어깨까지 전해지는 것이 느껴졌
다. 마치 아홉 녀석 전부가 한꺼번에 나에게 달려드는 것 같았
다. 나는 있는 힘껏 주먹을 휘둘렀지만 사방에서 주먹이 쏟아
졌다. 너무나 많은 주먹이 나를 때려서 아무래도 링 위에서 나
혼자만 눈가리개를 한 것 같은 생각이 들었고, 아니면 잭슨이
라는 사람이 결국 나를 잡은 것이 아닌가 하는 생각도 들었다.

눈을 가린 상태에서 나는 더 이상 마음대로 움직일 수가 없
었다. 내게 품위라곤 찾아볼 수가 없었다. 나는 마치 갓난아이
나 술 취한 사람처럼 비틀거렸다. 담배 연기는 더욱 진해졌고
그것 때문에 주먹을 맞을 때마다 더 가슴이 타고 숨이 막혀
오는 듯했다. 침은 마치 뜨겁고 쓴 접착제 같았다. 머리에 한
방 맞자 입 안에 따뜻한 피가 고였다. 온통 피 범벅이었다. 내
몸에 축축하게 느껴지는 것이 땀인지 피인지 분간할 수도 없
었다. 주먹 하나가 내 목덜미를 강타했다. 내 몸이 쓰러지는 것
을 느꼈고 이내 머리가 바닥에 부딪혔다. 눈가리개 속의 깜깜

한 세상이 푸른 섬광으로 가득 메워졌다. 나는 앞으로 엎어진 채 녹다운된 척하고 있었으나 사람들이 나를 붙잡아 일으켜 세웠다. "움직여, 이 검둥이 놈아! 싸워 보란 말이야!"

두 팔은 마치 납덩어리처럼 무거웠고 머리는 얻어맞아 욱신거렸다. 나는 더듬거리며 가까스로 로프로 가 기대어 서서 숨을 돌리려고 했다. 그때 주먹이 배를 또 강타했고 나는 다시 쓰러졌다. 마치 연기가 칼로 변해서 내장을 도려내는 것 같았다. 나는 사방을 빙빙 도는 사람들 다리에 이리저리 밀리다가 마침내 몸을 일으켜 세웠다. 그리고 푸르스름한 연기 속에서 땀으로 범벅이 된 검은 형체들이 좌우로 움직이는 모습이 보이는 것을 깨달았다. 그들은 마치 드럼 연주같이 빠르게 쿵쾅거리는 주먹 소리에 맞추어 몸을 좌우로 흔들어 대는, 술에 취한 무희들처럼 보였다.

모두가 미친 듯이 싸우고 있었다. 그야말로 완전히 난장판이었다. 모두들 너 나 할 것 없이 무조건 서로 치고받았으며 한 패가 되어 싸워도 오래가지 못했다. 둘, 셋, 넷이 한 명을 상대로 싸우다가도 자기네끼리 치고받았으며 또 다른 패거리에게 한꺼번에 공격을 받기도 했다. 주먹을 쥔 채로 혹은 펼친 채로 복부 아래고 등이고 할 것 없이 마구 때렸다. 반쯤은 시야가 확보되자 나는 이제 그다지 공포감이 들지 않았다. 나는 특별히 주의를 끌지 않을 만큼 적당히 주먹을 피하면서 이 그룹 저 그룹 옮겨 다니며 조심스럽게 움직였다. 애들은 앞을 못 보는 꽃게들이 몸을 보호하기 위해 조심스럽게 웅크리듯 머리를 어깨로 바짝 끌어당긴 채 팔을 앞으로 불안하게 내뻗었고, 마치 극히 민감한 달팽이들이 머리에 달린 촉수를 움직이듯 연기로 가득 찬 허공에 대고 주먹을 휘저으며 더듬더듬 움직였다. 한쪽 구석에서는 한 녀석이 허공에 대고 요란하게 주먹을 휘두르는 것이 언뜻 보였고 이내 링 포스트를 잘못 가격하여 내지른 고통스러운 비명이 들렸다. 그 순간 나는 그가 손을 움켜쥐고 몸을 웅크리는 모습을 보았고, 그는 이내 무방비 상태로 머리를 얻어맞고 쓰러졌다. 나는 한 패거리와 다른 패거리를 싸우게 만들었다. 싸움에 살짝 끼어들어 주먹을 날리고는 막무가내로 내게 주먹이 날아오면 다른 녀석들이 맞도록 밀어 넣은 뒤 사정거리에서 빠져나왔다. 연기 때문에 매우 고통스러웠다. 이 난투극은 삼 분 간격으로 휴식을 알리는 종소리도 없고 라운드도 없었다. 홀이 빙빙 돌았다. 불빛도, 연기도, 그리고 흥분한 백인들의 얼굴에 둘러싸인 땀투성이 몸뚱이들도 모두 소용돌이쳤다. 내 코와 입에서 피가 흘렀고 가슴에도 피가 튀었다.

사람들은 계속해서 소리를 질렀다. "갈겨 버려, 검둥이 녀석아! 배를 강타하란 말이야!"

"올려 쳐! 죽여! 저 큰 녀석을 죽여 버려!"

내가 거짓으로 넘어지는 순간 한 녀석이 옆으로 쿵 하고 쓰러지는 모습이 보였다. 마치 주먹 한 방에 우리가 동시에 쓰러지는 것 같았다. 그리고 그를 쓰러뜨린 두 녀석이 그의 몸 위로 넘어지면서 운동화를 신은 발 하나가 쓰러진 녀석의 사타구니 속으로 파고들었다. 나는 몸을 굴려 그 자리를 피했다. 고통스러운 욕지기가 느껴졌다.

우리가 맹렬하게 싸우면 싸울수록 사람들은 더 위협적으로 변했다. 그 순간에도 나는 다시 연설이 걱정되기 시작했다. 그게 어떻게 되려나? 사람들이 내 능력을 인정할까? 내게 무엇인가 주려나?

나는 거의 기계적으로 싸우고 있었다. 그때 나는 문득 애들이 하나 둘 링을 떠나고 있다는 사실을 알아챘다. 나는 깜짝 놀랐고 예측할 수 없는 위험에 나 홀로 남겨졌다는 생각으로 공포에 사로잡혔다. 그러나 곧 이유를 깨달았다. 녀석들이 자기들끼리 미리 그렇게 짜 놓았던 것이다. 링에는 두 사람만이 남아 승자의 자리를 두고 싸움을 벌이는 것이 관례이다. 나는 그 사실을 너무 늦게 깨달았다. 종이 울리자 턱시도를 입은 두 사람이 링으로 뛰어 올라와 눈가리개를 풀어 주었다. 상대 패거리 중 가장 덩치가 큰 태틀럭이 눈앞에 서 있었다. 속이 울렁거렸다. 귓속에서 종소리가 멈추는가 싶더니 다시 울리기 시작했고 녀석은 나를 향해 잽싸게 다가왔다. 이런저런 생각할 것도 없이 바로 그의 코를 힘껏 내갈겼다. 그래도 그는 계속해서 다가왔고 퀴퀴한 땀 냄새를 진하게 풍겼다. 그의 얼굴은 마치 텅 빈 검은 공간 같았으며, 단지 두 눈만이 나에 대한 증오와 우리 모두에게 일어난 일로 인하여 생긴 강한 공포감으로 벌겋게 충혈된 채 번뜩였다. 나는 초조해지기 시작했다. 나는 연설을 하고 싶었는데 그가 못 하게 하려는 듯 나에게 달려들었기 때문이다. 그의 주먹을 맞으면서도 연거푸 그를 갈겼다. 그리고 순간적으로 충동이 일어나 그를 가볍게 치고 클린치하면서 속삭였다. "나에게 쓰러진 척해. 상금은 네가 갖고."

"네놈 허리를 박살내 주마." 그는 쉰 목소리로 나직이 대꾸했다.

"저들을 위해서?"

"날 위해서다, 이 새끼야."

사람들이 우리에게 떨어지라고 소리를 질렀다. 태틀럭의 주먹이 나를 반쯤 휙 돌게 만들었는데 마치 회전 카메라가 흔들리는 장면을 돌아가며 보여 주듯, 불그스레한 얼굴들이 푸르스름하게 떠 있는 연기 밑에서 흥분하여 잔뜩 웅크린 채 소리를 지르는 모습이 보였다. 잠시 세상이 흔들리고, 엉클어지고, 흘러가 버린 것 같은 기분이 들었다. 그런 후 곧 머리가 맑아졌다. 태틀럭이 눈앞에서 살짝살짝 뛰는 것이 보였다. 내 눈 앞에서 펄럭이는 그림자는 바로 잽을 넣는 그의 왼손이었다. 나는 다시 고개를 숙이며 다가가 머리를 그의 축축한 어깨 위에 올려놓고는 속삭였다.

"내가 5달러 더 줄게."

"웃기지 마."

하지만 그의 근육은 내 체중에 눌려 다소 풀어진 듯했다. 나는 다시 작게 말했다. "7달러?"

"네 어미나 줘라." 그는 내 가슴 밑을 쪼갤 듯이 갈기며 말했다.

나는 그를 붙잡고 머리로 들이받은 뒤 뒤로 물러섰다. 주먹이 온몸으로 쏟아졌고 나는 자포자기한 상태에서 필사적으로 받아쳤다. 나는 세상 그 무엇보다도 연설을 너무나 하고 싶었다. 오직 이 사람들만이 나의 능력을 올바르게 판단할 수 있을 것 같았기 때문이다. 그런데 지금 이 바보 같은 광대 녀석이 내 기회를 날려 버리고 있었다. 나는 이제 신중하게 싸우기 시작했다. 그를 치기 위해 파고들었다가 재빨리 빠져나오곤 했다. 행운의 주먹이 그의 턱에 작렬하여 충격을 주었다. 그러자 큰 소리로 외치는 목소리가 들렸다. "나는 저 큰 녀석에게 돈을 걸었단 말이야."

　이 소리를 듣자 나는 거의 두 팔을 밑으로 떨어트릴 뻔했다. 혼란스러웠다. 저 소리에 저항하여 꼭 이기려고 해야만 할까? 그것은 내 연설에 위배되는 것은 아닐까? 이 순간이 바로 겸손과 무저항을 보여 줄 기회는 아닐까? 이런 생각으로 뛰어다니는 순간 머리에 주먹이 날아들었으며 도깨비 상자에서 뭐가 튀어나오듯 눈을 불쑥 튀어나오게 만들었다. 그리고 동시에 나의 딜레마도 날려 버렸다. 내가 넘어지자 홀이 붉게 변했다. 마치 꿈속에서 넘어지는 듯 몸이 나른했으며 쓰러질 장소를 찾느라 망설이는 사이 마룻바닥이 참지 못하고 세차게 솟구쳐 올라 나를 맞이했다. 잠시 후 정신이 들었다. 최면을 거는 듯한 목소리가 힘주어 '다섯'을 외치고 있었다. 나는 그 자리에 누운 채로 내 검붉은 피가 한 마리 나비가 되어 반짝이다가 링바닥의 더러운 잿빛 세계로 스며들어 가는 것을 몽롱하게 바라보았다.

　"열." 하고 늘린 듯한 목소리가 들리자 누군가 나를 일으켜 세워 의자로 끌고 갔다. 나는 멍한 상태로 앉아 있었다. 심장이 뛸 때마다 눈이 욱신거리고 아팠지만 그래도 나는 이제 연설을 할 수 있을지 궁금했다. 몸은 흠뻑 젖었고 입에서는 여전히 피가 떨어지고 있었다. 우리는 모두 벽을 향해 세워졌다. 다른 녀석들은 나를 거들떠보지도 않고 태틀럭을 축하해 주면서 돈을 얼마나 받게 될지 헤아리고 있었다. 한 녀석은 얻어맞은 손을 붙잡고 흐느끼고 있었다. 앞을 올려다보니 하얀 재킷을 입은 종업원들이 이동식 링을 밀어내고, 의자들에 둘러싸인 빈 공간에 작고 네모진 카펫을 깔고 있었다. 어쩌면 내가 저 카펫 위에 서서 연설하게 될지도 모르겠다는 생각이 들었다.

그때 사회자가 우리를 불렀다. "애들아, 이리들 올라와서 돈 받아 가라."

우리는 사람들이 의자에 앉아 웃고 떠들면서 기다리는 쪽으로 달려 나갔다. 이젠 모두들 다정해 보였다.

"카펫 위에 있다." 사회자가 말했다. 카펫 위는 갖가지 크기의 동전과 몇 장의 구겨진 지폐들로 가득 덮여 있었다. 그러나 나를 흥분시킨 것은 여기저기 흩어져 있는 금화들이었다.

"얘들아, 이게 다 너희들 거다." 사회자가 말했다. "가질 수 있는 만큼 다 가져가라."

"그렇지, 삼보." 한 금발의 남자가 내게 은밀하게 윙크하며 말했다.

나는 고통도 잊고 흥분해서 부르르 떨었다. 나는 금화와 지폐를 갖기로 마음먹었다. 양손을 다 사용할 작정이었다. 내 옆의 녀석이 금화에 손대지 못하도록 몸으로 밀어내야지.

"자, 이제 카펫을 중심으로 둘러앉도록 해라." 사회자가 지시했다. "그리고 내가 신호를 보내기 전에는 아무도 돈에 손대서는 안 돼."

"이거 재미있겠는데." 누군가 말했다.

시키는 대로 우리는 네모난 카펫 주위로 무릎을 꿇고 앉았다. 사회자가 반점이 잔뜩 난 손을 천천히 들어 올리자 우리의 시선도 따라 올라갔다.

누군가의 목소리가 들렸다.

"이 검둥이 녀석들, 마치 기도를 올리는 꼴이네."

그때 "준비, 시작!" 하고 사회자의 구령이 떨어졌다.

나는 카펫의 파란 무늬 위에 놓인 노란 동전을 향해 돌진했다. 그러나 손을 갖다 대는 순간 깜짝 놀라 비명을 질렀다. 내 주변에서도 비명이 터져 나왔다. 나는 미친 듯이 손을 떼려고 했지만 떨어지지 않았다. 뜨겁고 강렬한 충격이 내 몸 전체를 찢는 듯했고 물에 빠진 생쥐처럼 후들거리게 했다. 카펫에 전류가 연결되어 있던 것이다. 결국 몸을 뒤흔들며 빠져나와 보니 머리카락이 다 곤두서 있었다. 또 근육은 불룩거렸고 신경은 자극을 받아 뒤틀렸다. 그러나 아이들은 그 정도의 충격으로는 멈추지 않았다. 일부 녀석들은 두려움과 당혹감 속에서도 웃음을 터뜨리며 뒤로 물러섰다가 다른 아이들이 고통스럽게 몸을 뒤틀며 떨어뜨린 동전들을 낚아챘다. 사람들은 위에서 우리가 버둥거리는 모습을 보면서 배꼽을 잡고 웃었다.

"주워, 빌어먹을, 주우란 말이야!" 누군가 굵은 목소리를 내는 앵무새처럼 소리쳤다. "가서 주우라니까!"

나는 재빠르게 바닥을 기어 다니며 동전을 주웠다. 가급적 일반 동전은 피하고 지폐나 금화를 주우려 했다. 전기 충격을 무시하려고 크게 웃으면서 신속하게 동전들을 쓸어내렸다. 그러는 사이 나는 내가 전기를 머금을 수 있다는 사실을 깨달았다. 터무니없는 소리처럼 들리겠지만 어쨌든 사실이었다. 그때 사람들이 우리를 카펫 위로 밀어 넣기 시작했다. 당혹스럽게 웃으면서 우리는 그들의 손을 애써 뿌리치고 계속해서 동전을 주우러 다녔다. 우리는 모두 땀에 흠뻑 젖어 미끈거렸기 때문에 쉽게 잡히지 않았다. 그러나 그때 갑자기 한 녀석이 높이 들어 올려지는 모습이 보였다. 그는 마치 서커스에 출연하는 물개처럼 땀으로 번쩍거렸다. 그러고는 바닥으로 떨어졌는데 그의 젖은 등은 전기가 통하는 카펫 위에 수평으로 닿았다. 그는 비명을 지르면서 그야말로 드러누워서 춤을 추는 듯 팔꿈치로 광적으로 바닥을 쳐 댔으며 수많은 모기 떼에 쏘인 말가죽처럼 근육을 씰룩거렸다. 마침내 굴러서 카펫을 벗어났을 때 그의 얼굴은 잿빛으로 변해 있었다. 그리고 웃음소리가 터져 나오는 볼룸에서 그가 도망쳐 나가자 아무도 제지하지 않았다.

"돈 가져가." 사회자가 말했다. "확실한 미국 돈이란 말이야."

그러자 우리는 계속해서 돈을 잡아채서 움켜쥐고, 또 잡아채서 움켜쥐었다. 나는 카펫에 너무 가깝게 붙지 않도록 조심했다. 술 냄새가 가득한 뜨거운 입김이 마치 악취로 오염된 공기처럼 내게 내려앉는 것이 느껴지자 나는 손을 뻗어서 의자 다리를 잡았다. 의자에는 누군가 앉아 있었으나 나는 결사적으로 그것을 붙들고 늘어졌다.

"놔, 검둥아! 놓지 못해!"

그는 커다란 얼굴을 내게 들이대며 나를 밀어내려고 했다. 하지만 내 몸이 미끄러웠고 그 역시 너무 취해 있었다. 그는 바로 여러 영화관과 유흥업소를 소유한 콜코드 씨였다. 그가 나를 잡을 때마다 나는 그의 손에서 미끄러져 나왔다. 그것은 정말 힘든 투쟁이었다. 나는 취한 그보다 카펫이 더 두려웠기 때문에 끈질기게 의자를 붙들고 늘어졌다. 순간적으로 그를 카펫 위로 넘어뜨리려고 했다가 스스로 깜짝 놀랐다. 내가 그런 일을 실행에 옮기려 하다니, 너무나도 엄청난 일이었다. 나는 노골적인 모습을 보이지 않으려고 했지만 의자에서 넘어뜨리려고 그의 다리를 잡자 그는 크게 웃으면서 벌떡 일어났다. 그러고는 술에 취해 몽롱한 눈으로 나를 노려보더니 내 가슴을 무자비하게 걷어찼다. 의자 다리는 내 손을 빠져나갔고 내 몸은 바닥을 나뒹굴었다. 마치 뜨거운 석탄 더미 위를 뒹구는 느낌이었다. 그곳을 굴러 나오기까지 마치 백 년도 더 걸린 것 같았다. 그 백 년 동안 내 몸의 가장 깊은 곳에서부터 내 안의 두려움에 질린 숨결까지 모두 익어 버렸다. 그리고 숨결은 뜨겁게 달구어져서 폭발할 지경에 이르렀다. 눈 깜짝할 사이에 끝날 일이라고 나는 굴러 나오며 생각했다. 눈 깜짝할 사이에 끝날 거야.

그러나 아직 끝나지 않았다. 다른 쪽에도 사람들이 기다리고 있었던 것이다. 그들은 의자에서 몸을 앞으로 구부리며 내밀었는데 마치 졸도한 사람처럼 벌겋게 부푼 얼굴들이었다. 그들의 손가락들이 나를 잡으려 하자 나는 마치 잘못 받은 풋볼 공이 선수의 손끝에서 굴러 나가듯이 다시 석탄 더미 위로 굴러 들어갔다. 이번에는 운이 좋게도 카펫을 밀어낼 수 있었다. 그때 동전들이 쩔렁거리며 바닥으로 떨어졌고, 아이들이 서로 먼저 주우려고 다투는 소리가 들렸다. 사회자의 명령 소리가 들렸다. "됐다, 얘들아. 이제 끝났다. 가서 옷 입고 돈을 받아 가도록 해라."

나는 행주처럼 축 처졌다. 등은 마치 채찍으로 얻어맞은 느낌이었다.

아이들이 모두 옷을 입고 나자 사회자가 들어오더니 5달러씩을 나눠 주었다. 태틀럭은 링에 마지막까지 남았다고 예외적으로 10달러를 받았다. 그리고 사회자는 우리에게 돌아가라고 했다. 나는 연설할 기회는 사라졌다고 생각했다. 절망적인 기분으로 어두운 골목으로 나서는 순간 사회자가 나를 불러 세우더니 돌아오라고 했다. 나는 볼룸으로 되돌아갔다. 사람들은 의자를 뒤로 밀어 놓고는 모여서 이야기를 나누고 있었다.

사회자는 테이블을 두드리며 조용히 하도록 했다. "여러분." 그가 말했다. "하마터면 오늘 프로그램의 중요한 부분을 잊어버릴 뻔했습니다. 신사 여러분, 오늘의 가장 중요한 부분입니다. 이 소년은 어제 졸업식에서 했던 연설을 다시 하기 위해 여기에 왔습니다……."

"브라보!"

"이 소년이 여기 그린우드의 학생 중 가장 영리하다고 합니다. 듣기로는 포켓 사전에 나오는 것보다 어려운 단어를 더 많이 알고 있다고 합니다."

많은 박수와 웃음이 터져 나왔다.

"여러분, 이제 이 소년에게 귀를 기울여 주시기 바랍니다."

내가 그들 앞에 선 후에도 웃음소리가 계속 들렸다. 나는 입이 바싹 말랐고 한쪽 눈동자가 떨렸다. 나는 천천히 연설을 시작했지만 확실히 목소리가 뻣뻣하게 긴장되어 있었다. 사람들이 "더 크게! 더 크게!"를 외치기 시작했던 것을 보면 말이다.

"우리 젊은 세대는 위대한 지도자요 교육자이신 그분의 지혜를 찬양합니다." 나는 크게 소리쳤다. "그는 최초로 다음과 같이 불꽃처럼 빛나는 지혜의 말씀을 전했습니다. '여러 날 동안 바다에서 길을 잃고 헤매던 배 한 척이 갑자기 우방의 선박을 발견했다. 그 불운한 배는 돛대에 '물, 물, 우리는 목말라 죽는다!'라는 신호를 매달았다. 그러자 우방의 배가 대답했다.

'당신들이 있는 그 자리에서 물통을 던져라.' 곤궁에 빠진 배의 선장은 마침내 그 권고를 받아들여서 물통을 던졌다. 그러자 그것은 아마존 강의 어귀에서 흘러나온 신선하고 반짝이는 물로 가득 차서 떠올랐다.' 저는 그분처럼, 그리고 그분의 말을 빌려 말하고 싶습니다. 이국땅에서 자신들의 생활환경을 향상시키는 일에 몰두하고 있는 우리 동족에게, 그리고 바로 자신들의 이웃인 남부의 백인들과 우호적인 관계를 만들어 가는 일의 중요성을 간과하고 있는 우리 동족에게 말하고 싶습니다. '당신들이 있는 그 자리에서 물통을 던져라.' 우리 주변의 모든 인종의 사람들과 친구를 사귀는데 있어서도 대담하게 그 자리에서 물통을 던지라는 것입니다……."

나는 거의 기계적으로 이야기했고, 너무나도 열중했던 나머지 바싹 마른 입 안이 상처에서 나온 피로 가득 차 거의 질식할 정도가 될 때까지도 사람들이 여전히 떠들며 웃고 있다는 사실을 깨닫지 못했다. 나는 기침이 나오자 연설을 그만두고 모래로 채워진 기다란 놋쇠 타구로 가서 피를 뱉어 내고 싶은 생각이 들었다. 그렇지만 몇몇 사람들, 특히 교장 선생님이 듣고 있었으므로 겁이 나서 그럴 수 없었다. 그래서 피고 침이고 모두 삼켜 버리고는 연설을 계속했다.(당시 나는 정말 강한 인내력을 가지고 있었다. 얼마나 큰 열정이었던가! 정의에 대한 강한 믿음을 보라!) 나는 통증에도 불구하고 더욱 큰 소리로 말했다. 그래도 여전히 사람들은 떠들고 웃었으며 마치 더러운 귓구멍이 솜으로 꽉 막혀서 귀머거리가 된 것처럼 보였다. 그래서 나는 더 격앙된 감정으로 힘주어 말했다. 나는 귀를 닫아 버리고는 구역질이 날 때까지 피를 삼켰다. 연설이 전날보다 백 배는 더 길게 느껴졌다. 그렇지만 나는 한 마디도 빼놓을 수가 없었다. 하나도 남김없이 이야기해야 했다. 기억해 두었던 모든 뉘앙스를 살려서 전달해야 했다. 그게 전부가 아니었다. 내가 세 개 이상의 음절이 들어간 단어를 말할라치면 여러 사람들이 다시 말해 달라고 소리쳤다. 내가 "사회적 책임"이라는 어구를 쓰면 그들은 이렇게 소리 질렀다.

"뭐라고 했니, 얘야?"

"사회적 책임이요." 내가 대답했다.

"뭐?"

"사회적……."

"더 크게."

"……책임."

"더 크게 해 봐!"

"책……."

"다시 해 봐!"

"……임."

내가 피를 삼키느라 잠시 헷갈려 실수를 범할 때까지 실내는 요란한 웃음으로 가득 차 있었다. 나는 그만 신문 사설에서 비난받거나 혹은 은밀한 곳에서나 논의되는 어떤 단어를 외치고 말았던 것이다

"사회적……."

"뭐라고?" 사람들이 소리 질렀다.

"……평등……."

웃음소리가 마치 연기처럼 갑작스런 정적 속으로 사라졌다. 나는 어리둥절하여 눈을 떴다. 불쾌감을 나타내는 소리가 여

기저기서 들렸다. 사회자가 황급히 앞으로 나섰다. 사람들은 나에게 적의에 찬 말들을 외쳐 댔다. 하지만 나는 도무지 까닭을 알 수 없었다.

앞줄에 앉아 있던 키 작고 콧수염이 성글성글 난 사내가 큰 소리로 외쳤다.

"다시 천천히 말해 봐라, 얘야."

"무슨 말을요?"

"네가 방금 한 말 말이야!"

"사회적 책임이요." 내가 말했다.

"건방 떨려고 했던 건 아니지, 그렇지?" 그가 말했다. 불쾌한 말투는 아니었다.

"아닙니다."

"'평등'이라는 말은 확실히 실수란 말이지?"

"네, 그렇습니다. 피를 삼키다가 그랬습니다."

"그래, 그러면 우리가 이해할 수 있도록 더 천천히 말하는 것이 좋겠네. 우리는 너를 공평하게 다루려고 해. 그렇지만 너도 항상 너의 분수를 알아야 한다. 좋아, 이제 계속해 봐라."

나는 두려웠다. 그곳을 빠져나오고도 싶었지만 계속해서 연설을 하고도 싶었다. 그리고 그들이 나를 또 끌어 내릴까 봐 겁이 나기도 했던 것이다.

"감사합니다."

나는 중단되었던 부분에서부터 다시 시작했으며 앞서처럼 사람들은 나를 무시했다.

그런데도 연설이 끝났을 때는 우레와 같은 박수가 터져 나왔다. 나는 교장 선생님이 얇고 흰 종이로 포장한 물건을 손에 들고 나오는 모습을 보고는 깜짝 놀랐다. 그는 정숙해 달라는 손짓을 하며 사람들을 향해 말했다.

"여러분, 여러분은 제가 이 소년을 과찬했던 것이 아님을 아셨을 겁니다. 이 소년은 연설을 잘합니다. 그러니 앞으로 언젠가는 자신의 동족들을 올바른 길로 인도할 것입니다. 그것이 요즘 얼마나 중요한지는 말하지 않아도 잘 아실 겁니다. 여기 이 학생은 착하고 총명한 학생입니다. 그러므로 저는 그가 올바른 길로 성장해 가길 북돋워 주기 위해서 교육위원회의 이름으로 그에게 이 같은 상을 주고 싶습니다."

그는 잠시 말을 멈추고는 포장지를 벗겨 내어 번들번들한 송아지 가죽 가방을 꺼내 들었다.

"바로 셰드 위트모어 상점의 최고급 가방입니다."

"자, 학생!" 그는 나를 향해 말했다.

"이 상을 받아서 잘 간직하렴. 이것을 네가 할 역할의 상징이라고 생각하고 소중하게 여겨라. 지금처럼 계속해서 너를 성장시켜 나가면 언젠가 가방은 너의 동족의 운명을 개척해 나갈 중요한 서류들로 채워질 것이다."

나는 너무나도 감동한 나머지 감사하다는 말도 하지 못했다. 피 섞인 침이 마치 미지의 신대륙 같은 모양으로 가죽 위에 흘러내렸다. 나는 황급히 그것을 닦아 냈다. 나는 꿈에서조차도 생각하지 못했던 내 존재의 중요성을 느꼈다.

"열어서 안에 뭐가 들었는지 봐라." 누군가 말했다.

그 말을 듣고 나는 신선한 가죽 냄새를 맡으며 떨리는 손으로 가방 안에서 공문서 같은 서류를 집었다. 그것은 흑인들을 위한 주립대학의 장학증서였다. 두 눈엔 눈물이 가득 고인 채 나는 어색한 자세로 그곳을 빠져나왔다.

나는 너무나 기뻤다. 너무도 기뻤던 나머지 내가 주워 모았던 금화들이 단지 어떤 자동차를 광고하는 포켓용 놋쇠 토큰이었다는 사실을 알고도 전혀 개의치 않았다.

내가 집에 돌아오자 모두들 흥분을 감추지 못했다. 다음 날은 이웃들이 축하해 주기 위해 찾아왔다. 심지어 나는 할아버지로부터도 자유로움을 느꼈다. 할아버지가 임종할 때 말한 저주가 늘 나의 승리를 망쳐 놓았으니 말이다. 나는 가방을 손에 든 채 할아버지 사진 아래 서서 그의 검고 고집 센 얼굴을 향해 의기양양한 미소를 지어 보였다. 나를 사로잡은 것은 할아버지의 얼굴이었다. 그의 두 눈은 내가 가는 곳마다 따라다니는 것 같았다.

그날 밤 나는 할아버지와 함께 서커스를 구경하러 간 꿈을 꾸었다. 할아버지는 광대들이 어떤 짓을 해도 웃지 않았다. 나중에 할아버지는 내게 가방을 열어서 안에 있는 것을 읽어 보라고 했다. 할아버지의 말대로 가방을 열어 보니 주(州)의 봉인과 함께 밀봉된 봉투 하나가 있었다. 그리고 봉투 속에는 끊임없이 또 다른 봉투가 있고, 그 봉투 속에 또 다른 봉투가 들어 있었다. 결국 나는 지쳐서 쓰러질 지경이 되었다. "그것은 전부 세월이다." 할아버지가 말했다. "이제 저 봉투를 열어 봐라." 봉투를 열어 보니 금색 글씨로 짧은 메시지가 적힌 서류가 있었다. "읽어 봐라." 할아버지가 말했다. "크게 읽어 봐."

"관계자 귀하." 나는 억양을 붙여서 노래하듯 읽었다. "이 흑인 소년을 계속 뛰게 하시오."

나는 잠에서 깨어났지만 노인의 웃음소리가 여전히 귀에 울렸다.

(그것은 내가 운명적으로 잊지 못할 꿈이었으며, 그 후 여러 해 동안 되풀이해서 꾼 꿈이었다. 그렇지만 당시에는 그 꿈의 의미를 이해할 통찰력이 없었다. 그리고 나는 우선 대학에 다녀야 했다.)

2장

　대학의 캠퍼스는 아름다웠다. 그곳은 덩굴로 뒤덮인 오래된 건물들로 이루어져 있었으며, 구내 도로는 단아한 모습으로 굽이돌았고, 길가에 늘어선 나무 울타리와 야생 장미꽃은 여름 햇살 아래 눈부시게 빛났다. 인동덩굴과 자줏빛 등나무 덩굴이 무겁게 늘어져 있었고 하얀 목련은 벌들이 윙윙 날아다니는 허공에서 향기를 서로 뒤섞었다. 나는 여기 내 동굴 속에서 자주 그곳을 회상하곤 했다. 봄이면 푸르게 변해 가던 잔디, 꼬리를 푸드덕거리며 노래하던 앵무새, 학교 건물들을 내리비추던 달빛, 값지고 짧았던 수업시간이 끝났음을 알리던 교회 탑의 종소리, 그리고 화사한 여름옷을 입고 잔디밭을 오가던 여학생들.

　여기 동굴 속에서 밤이 오면 나는 눈을 감고 여학생 기숙사로 이어지는 금지된 길을 걸어 보곤 했다. 길은 따뜻하게 불빛을 밝힌 시계탑 건물을 지나 달빛 아래서 더욱 하얗게 보이는 흰색의 조그만 가정학과 실습동에 이른다. 그리고 밑으로 경사지며 구부러진 길은 어둠 속에서 땅을 흔드는 묵직한 소리를 내고 있는 검은색 발전소와 평행을 이룬다. 발전소의 창문은 용광로의 불꽃으로 붉은 빛을 발하고 있다. 그리고 길은 잔가지와 덤불이 엉켜 있는 메마른 강바닥 위의 다리로 이어진다. 통나무 다리는 연인들의 데이트 코스로 만들어졌지만 한 번도 사용되지 않은 채 순결하게 남아 있다. 길을 따라 올라가 도시의 반 블록 정도나 될 만큼 긴 베란다가 딸린 건물들을 지나면 갑자기 건물도 새도 풀도 보이지 않는 갈림길이 나오고 그 길이 정신병자 수용소로 연결된다.

나는 항상 여기까지 와서 눈을 뜬다. 마법은 깨지고 나는 한 번도 사냥된 적이 없기에 사람을 무서워하지 않는 토끼들을 다시 보려고 애쓴다. 그것들은 울타리나 길가에서 스스럼없이 놀았다. 그리고 나는 깨진 유리 조각이나 햇볕에 달궈진 돌들 사이에서 자라는 자주색, 은색이 섞인 엉겅퀴들과 한 줄로 부산하게 움직이는 개미들을 본다. 그러고는 돌아서서 오던 길을 따라 병원으로 이어진 구부러진 길로 되돌아온다. 이 병원의 어떤 병동에서는 밤마다 헤픈 견습 간호사들이 그곳 사정을 잘 아는 운 좋은 녀석들에게 약보다 훨씬 값진 것을 처방해 주었다.

이윽고 나는 학교 예배당 앞에 멈춘다. 그러면 계절은 갑자기 겨울이 되어, 달은 하늘 높이 떠 있고 예배당 첨탑에선 종소리가 울린다. 그리고 한 무리의 트롬본이 크리스마스 캐롤을 연주하는 소리가 넓게 울려 퍼진다. 마치 온 세상이 외로움에 빠진 듯 고요와 아픔이 내려앉는다. 나는 높이 걸린 달 아래서서 귀를 기울인다. 그러자 네 개의 트롬본과 오르간이 「주는 나의 성채」를 연주하는 소리가 장엄하고 편안하게 들려온다. 음악 소리는 그날 밤처럼 맑고, 투명하고, 잔잔하고, 외롭게 모든 것 위를 떠다닌다. 나는 응답이라도 하듯 그 자리에서 일어서서 마음의 눈으로 황톳길 너머 텅 빈 벌판에 둘러싸인 통나무집을 바라본다. 그리고 길 저편에는 완만하게 흐르다 보니 물이 고인 곳마다 초록보다 누런색에 가까운 수초들로 덮여버린 강이 보인다.

텅 빈 벌판을 지나 기찻길 건널목에 이르면 햇볕에 뒤틀려버린 판잣집들이 나온다. 그곳은 상이군인들이 목발과 지팡이를 짚고 절뚝거리며 찾아와 창녀들을 만나던 곳이다. 때로 그들은 다리가 잘린 불구자들을 빨간 휠체어에 태워서 밀고 오기도 했다. 가끔 나는 거기까지도 음악 소리가 들릴까 귀를 기울여 보지만 깊은 슬픔에 잠긴 창녀들의 술에 취한 웃음소리만 떠오른다.

이제 나는 세 갈래 길이 동상 근처에서 만나는 원형광장에 선다. 그곳에서 우리는 일요일마다 사 열로 서서 매끈한 아스팔트를 행진하다가 방향을 바꾸어 예배당으로 들어갔다. 우리는 제복을 다려 입고, 구두는 번쩍번쩍 광을 냈으며, 마음은 단단히 조여 맸다. 또 눈은 로봇처럼 고정시켜 놓아 하얗게 칠해진 낮은 사열대에 있는 참관인들과 학교 관계자들에게 눈을 돌릴 수 없었다.

모두 너무 오래전의 일이라서 현재의 보이지 않는 나에게는 그런 일이 실제로 있었는지 의심스러울 정도이다. 그리고 이제 내 마음의 눈에는 대학 설립자의 동상이 비친다. 그것은 냉정한 아버지의 상징이다. 양손을 앞으로 뻗은 설립자는 자신 앞에 무릎을 꿇고 앉은 노예의 얼굴 위에서 펄럭이는 단단한 금속질의 주름 진 베일을 걷어 올리려는 숨 막히는 순간의 모습을 보여 주고 있다. 나는 실제로 그 베일이 걷히는 것인지 아니면 제자리에 더 확실하게 덮여지는 것인지도 알 수 없어서 어리둥절한 채 서 있다. 또 내가 목격하는 것이 드러냄인지 아니면 더욱 효과적으로 감추는 것인지도 종잡을 수 없다. 이렇게 내가 골몰히 바라보는 사이 날갯짓 소리가 들리고 눈앞에 한 무리의 찌르레기 새들이 날아가는 것이 보인다. 그리고 다시 돌아보니 내가 한 번도 본 적이 없는 세계를 텅 빈 눈으로 바라보는 청동 얼굴은 하얀 새 똥으로 덮여 있다. 그리고 그것은 또 다른 모호함을 만들어 내어 어둠 속을 더듬는 내 마음을 더욱 혼란스럽게 했다. 왜 새들에게 더럽혀진 동상이 깨끗한 동상보다 더 위엄이 있는 걸까?

오, 길게 뻗은 푸른 캠퍼스여. 오, 해 질 녘에 들려오던 잔잔한 노랫소리여. 오, 예배당 첨탑에 입 맞추고 향기로운 밤에 넘쳐흐르던 달빛이여. 오, 아침이면 울려 대던 나팔 소리여. 오, 정오면 우리를 군인처럼 행진시키던 드럼 소리여. 무엇이 현실이고 무엇이 확실한 것이었을까? 즐거움이나 무료함을 달래는 것 이상의 무엇이었겠는가? 만약 내가 보이지 않는 인간이라면 무엇이 현실일 수 있었겠는가? 만약 현실이었다면 왜 나는 푸른 섬 어디에서도 파괴되고 썩어 말라 버린 샘 말고는 그 어떤 샘도 기억할 수 없는 걸까? 왜 나의 회상 어디에서도 비는 내리지 않고, 왜 내 기억 어디에도 빗소리는 들리지 않고, 왜 비는 나의 아주 가까운 과거를 덮고 있는 단단하고 메마른 표면에조차 스며들지 않는 걸까? 왜 나는 봄날 피어나는 씨앗의 향기 대신에 죽은 잔디밭 위에 널린 누런색 분뇨만이 떠오르는 걸까? 왜? 그리고 어떻게 그럴 수 있을까? 어떻게, 왜 그런 걸까?

풀은 어김없이 자라났고 나무에선 푸른 잎이 돋았다. 그리고 그것들은 거리에 그림자를 드리우고 그늘을 만들어 주었다. 그렇게 어김없이 봄마다 개교기념일이면 북부에서 백만장자들이 내려왔다. 그들이 오는 모습이란 정말 대단했지! 미소를 지으며 와서는 여기저기 살펴보고 격려를 하는가 하면 나직이 대화를 나누기도 했으며 귀를 기울이는 우리 흑인들과 황인종 학생들에게 연설을 하기도 했다. 그리고 떠날 때는 저마다 큰 액수의 수표를 한 장씩 남기고 갔다. 그것은 교묘한 마술이고 달빛이 만들어 낸 연금술의 산물이었음이 분명하다. 학교는 꽃들이 여기저기 널린 황무지가 됐고, 바위들은 가라앉아 버렸으며, 메마른 바람은 숨어 버리고, 길 잃은 귀뚜라미들이 노랑나비들을 향해 울어 댔으니 말이다.

그리고 오, 오, 오, 그 억만장자들이여!

그들은 모두 죽고 없는 내 다른 삶의 일부여서 지금 모두 기억할 수는 없다.(그 시절은 내가 존재했듯이 분명 존재했지만 이제 그 시절과 그 시절의 나는 더 이상 존재하지 않는다.) 그렇지만 그 사람만은 기억한다. 3학년이 끝날 무렵 나는 그 사람이 학교에 머문 한 주 동안 그의 운전사로 일했다. 얼굴은 산타클로스처럼 불그레했으며 머리는 덥수룩한 은빛 백발이었다. 또 그는 편안하고 격식을 차리지 않는 매너를 가지고 있었는데 나에게까지 그렇게 대해 주었다. 보스턴 출신, 시가 애호가, 품위 있는 흑인에 대한 이야기를 잘하는 사람, 빈틈없는 은행가, 유능한 과학자, 관리자, 박애주의자, 사십 세에 백인의 짐을 떠맡은 사람, 육십 세엔 위대한 전통의 상징.

우리는 함께 차를 탔다. 힘센 엔진은 부르릉거리며 나에게 자랑스러운 마음과 더불어 불안한 마음도 잔뜩 갖게 만들었다. 차에서는 박하 향과 시가 연기 냄새가 났다. 우리 차가 천천히 지나갈 때면 학생들은 우리를 알아보고는 웃음을 지어 보였다. 나는 막 저녁을 먹고 나온 참이었는데 트림을 참느라고 몸을 앞으로 구부리다가 실수로 핸들을 눌러 버렸다. 그러자 트림 대신 사람들을 놀라게 하는 커다란 경적소리가 나와 버렸다. 거리의 사람들이 고개를 돌려 유심히 쳐다보았다.

"정말 죄송합니다, 이사님." 나는 사과하면서도 그가 블레드소 총장에게 이 사실을 전할까 봐 걱정됐다. 그러면 총장은 다시는 내게 운전을 허락하지 않을 것이기 때문이다.

"괜찮아, 괜찮아."

"어디로 모셔다 드릴까요?"

"어디 보자……."

그가 아주 얇은 시계를 들여다보고는 다시 자신의 체크무늬 조끼 주머니 속에 넣는 것이 백미러로 보였다. 그는 부드러운 실크 셔츠를 입었고 푸른색과 흰색의 물방울무늬 나비넥타이가 두드러져 보였다. 그는 기품이 있었고 행동은 단정하고 부드러웠다.

"다음 회의에 들어가기는 아직 이르군." 그가 말했다.

"그냥 드라이브나 좀 하지. 자네 좋은 데로 어디든 가 보게

나.”

“캠퍼스는 다 보셨습니까?”

“그럴 거야. 내가 학교 설립자 중 한 사람이니까.”

“세상에! 전 그것도 모르고 있었습니다. 그럼 도로를 몇 군
데 달려 보도록 하죠.”

물론 나는 그가 설립자 가운데 한 사람이란 것을 알고 있었
다. 그렇지만 부유한 백인들에게 아첨을 해 두면 이득이 된다
는 점 역시 알고 있었다. 잘하면 그가 팁을 두둑하게 줄지도 모
르고, 아니면 옷 한 벌, 아니면 내년 장학금을 줄지도 모른다.

“여기 말고 자네 좋은 대로 아무 데나 가세나. 여기 캠퍼스는
내 인생의 일부이고 나는 내 인생을 잘 아는 편이니까 말일세.”

“네, 이사님.”

그는 여전히 미소 짓고 있었다.

덩굴로 덮인 건물들이 서 있는 푸른 캠퍼스가 순식간에 뒤
로 사라졌다. 차는 도로 위를 넘실거리며 달려갔다. 나는 어떻
게 캠퍼스가 그의 인생의 일부일 수 있을까 하는 궁금증이 생겼
다. 어떻게 사람이 자신의 인생을 “잘 아는 편”이 될 수 있을까?

“젊은 친구, 자넨 훌륭한 학교의 일원이네. 위대한 꿈이 실현
된 것이지…….”

“네.” 내가 대답했다.

“자네도 분명 그렇겠지만 난 이 학교와 인연을 맺게 된 것
을 행운이라고 생각하네. 나는 오래전에 이곳에 왔지. 그땐 자
네의 이 아름다운 캠퍼스가 온통 황무지였네. 나무도 없었고,
꽃도 없었고, 기름진 농지도 없었어. 그때는 자네가 태어나기
도 전이었지…….”

나는 그의 이야기에 빠져서 열심히 들었다. 그리고 그가 말하는 시절로 돌아가 보려고 생각을 집중하면서 내 눈은 고속도로 위의 하얀 중앙선에 고정되어 있었다.

"자네 양친께서도 아직 젊었을 때야. 노예 제도가 사라진 지 얼마 되지 않은 시기였고. 자네 동포들은 어떻게 해야 할지 모르고 있었어. 그리고 솔직히 말하면 우리들 가운데 대다수도 자네 동포들이 어떤 방향으로 가야 옳은 것인지 몰랐다네. 그렇지만 이 학교의 위대한 설립자는 그걸 알고 있었어. 그는 내 친구였고, 나는 그의 비전을 신봉했네. 너무나도 신봉했던 나머지 가끔은 그것이 그의 비전이었는지 나의 비전이었는지 헷갈릴 정도라네."

그는 나지막이 웃었고 눈가에 주름이 잡혔다.

"물론 그건 그의 비전이었지. 난 단지 도와준 것뿐이야. 그와 함께 여기 내려와서 황무지를 둘러보고 그를 돕기 위해 할 수 있는 일은 무엇이든 했다네. 그리고 봄마다 내려와서 세월이 만들어 내는 변화를 지켜보는 것이 나의 즐거운 운명이었지. 그건 내게 내 자신의 일보다도 더 즐겁고 만족스러운 일이었어. 정말이지 즐거운 운명이었네."

그의 목소리는 부드러웠지만 내가 헤아릴 수 없는 많은 의미를 담고 있었다. 차를 몰고 가는 동안, 도서관에 진열되어 있는 누렇게 변색된 학교의 초창기 사진들이 내 머릿속에 번득이며 스쳐 지나갔다. 그것들은 경련을 일으키듯 갑작스럽고 파편적으로 되살아났다. 사진 속에는 노새와 소가 끄는 마차를 타고 가는 사람들의 모습이 담겨 있다. 그들은 먼지가 묻은 검정 옷을 입었고 거의 모두가 특징이 없이 동일해 보였다. 모두 표정 없는 얼굴로 뭔가를 기다리는 듯 보이는 흑인 무리였다. 그리고 그들 사이에는 예외 없이, 미소 짓고 있는 백인 남녀들의 모습이 섞여 있었다. 백인들은 이목구비가 뚜렷하여 눈에 띄었으며, 우아하고 자신만만한 표정이었다.

비록 나는 설립자와 블레드소 박사를 알아볼 수 있었지만 아직도 사진 속의 인물들이 실제로 존재했던 것처럼 느껴지지 않았고 단지 사전의 맨 뒷장에서나 볼 수 있는 기호나 부호들처럼 생각됐다……. 그러나 나는 이제 위대한 사업에 동참한 기분이었으며 내 발이 누르는 힘에 따라서 차가 유유히 달려나가자 뒷좌석에서 회상에 잠긴 부유한 노인과 하나가 된 것 같았다…….

"즐거운 운명이야." 그가 되풀이했다. "자네의 운명도 이만큼 즐겁길 바라네."

"네, 이사님. 감사합니다." 나는 그가 나에게 즐거운 일이 있기를 희망한다는 사실에 기뻐하며 대답했다.

하지만 한편으로는 갈피를 잡을 수 없었다. 어떻게 사람의 운명이 '즐거울' 수 있단 말인가? 나는 줄곧 운명이란 고통스러운 어떤 것으로 생각해 왔다. 내가 아는 사람은 아무도 운명을 즐거운 것이라고 말하지 않았다. 심지어 우리에게 그리스 희곡을 읽혔던 우드리지 선생조차도 마찬가지였다.

학교 소유지의 가장 끝자락을 지나자 나는 문득 고속도로에서 빠져나와 낯설게 보이는 도로를 향해 들어가 보기로 마음먹었다. 도로에 나무들은 보이지 않았고 하늘은 눈부셨다. 도로의 저 아래편 창고에 매달린 양철 표지판이 태양에 반사되어 눈부시게 빛나고 있었다. 언덕 위에서 홀로 몸을 구부리고

괭이질을 하던 농부가 지친 듯 몸을 일으켜 세우더니 손을 흔들었다. 그는 사람이라기보다는 지평선 위에 선 그림자 같았다.

"우리가 얼마나 멀리 왔나?" 어깨 너머로 묻는 소리가 들렸다.

"1마일 정도 왔습니다, 이사님."

"이 지역은 기억이 나지 않는군." 그가 말했다.

나는 대답하지 않았다. 나는 내 앞에서 운명이니 뭐니 하는 말을 처음으로 꺼냈던 사람, 나의 할아버지를 생각하고 있었다. 운명에 관해선 즐거운 것이 아무것도 없었으며 나는 그것을 잊으려고 노력해 왔다. 그런데 지금 운명이라고 부르는 것을 너무도 즐거워하는 이 백인 노인과 함께 좋은 차를 타고 드라이브를 하다 보니 두려움이 생겼다. 할아버지 같으면 지금의 내 상황을 배신이라고 말했을 텐데 나는 이 상황이 어떤 점에서 배신인지 알 수가 없었다. 문득 나는 이 백인 노인도 나와 같은 생각을 했을지도 모른다는 생각이 들어 죄의식에 사로잡혔다. 이 사람이 무슨 생각을 했을까? 이 사람은 할아버지와 같은 흑인들이 우리 대학이 설립되기 직전에 자유의 몸이 되었다는 사실을 알고 있을까?

옆길로 들어서면서 나는 부서진 수레에 매여 있는 황소 무리를 보았다. 누더기를 걸친 마부는 우거진 숲의 나무 그늘에 앉아 졸고 있었다.

"보셨습니까, 이사님?"

"뭘 말인가?"

"황소들 말입니다."

"아, 아니. 나무들 때문에 안 보이네." 그는 뒤를 돌아보며 말했다. "좋은 재목이군."

"죄송합니다, 이사님. 차를 돌릴까요?"

"아니, 그럴 필요는 없네." 그가 말했다. "더 가 보게."

나는 잠든 사람의 야위고 허기진 얼굴을 생각하면서 계속 차를 몰았다. 그는 바로 내가 두려워하는 종류의 백인이었다. 갈색의 평원은 지평선까지 뻗어 있었다. 한 떼의 새들이 내려앉아 빙빙 돌다가 마치 보이지 않는 끈에 매달린 것처럼 하늘로 솟구쳐 올랐다. 자동차 보닛 위로 뜨거운 열기가 춤추듯 피어올랐다. 타이어는 고속도로를 구르며 노래를 했다. 마침내 나는 용기를 내어 그에게 물었다.

"이사님, 어떻게 학교에 관심을 갖게 되셨어요?"

"젊었을 때부터 나는 자네 민족이 어쩐지 내 운명과 아주 밀접하게 관련되어 있다고 믿었는데 아마 그것 때문인 것 같아. 이해하겠나?"

"확실히는 잘 모르겠습니다."

나는 대답하면서도 모른다는 사실을 인정하기가 부끄러웠다.

"에머슨을 공부한 적이 있지 않나?"

"에머슨 말입니까, 이사님?"

"랠프 월도 에머슨 말일세."

나는 아직까지도 그 인물에 대해 공부한 적이 없는 사실이 창피스러웠다.

"아직 못했습니다, 이사님. 아직 에머슨까지는 배우지 못했거든요."

"그래?"

그는 놀란 어조로 말했다.

"좋아, 괜찮네. 나는 뉴잉글랜드 출신이야. 에머슨처럼 말이지. 자네는 그 사람에 대하여 배워야 할 거야. 자네 민족에게 중요한 사람이기 때문이지. 그는 자네 민족의 운명에 관여한 사람이야. 그렇지, 내가 말하고자 하는 점이 바로 그 점이야. 나는 자네 민족이 어떤 식으로든 내 운명과 연관되어 있다는 느낌을 가지고 있었다네. 자네 민족에게 일어난 일은 내게 일어날 일과도 연관되어 있다는 느낌 말일세……."

나는 차의 속도를 늦추면서 그 말을 이해해 보려고 했다. 백미러를 통해, 그가 손톱이 잘 다듬어진 가느다란 손가락으로 우아하게 시가를 쥔 채 길게 타들어 간 재를 응시하는 모습이 보였다.

"그래, 젊은 친구. 자넨 내 운명이야. 오직 자네만이 정말 그것이 무엇인지 내게 말해 줄 수 있어. 이해하겠나?"

"이해할 것 같습니다."

"내 말은, 내가 자네 학교를 도와주느라 보낸 세월의 결과가 자네에게 달려 있단 말일세. 그것이야말로 내 인생의 진정한 과업이었네. 은행 일이나 연구 활동이 아니라 인간의 삶을 직접 만들어 가는 일 말이야."

그는 앞좌석 쪽으로 몸을 바짝 붙이고 이전과 다르게 열렬한 어조로 말하고 있었다. 고속도로에서 눈을 떼지 않고는 그를 보기가 힘들었다.

"또 다른 이유가 하나 있지. 더 중요한 이유지. 더 열정적이고, 그렇지, 다른 어떤 것보다 더 신성한 이유." 그는 더 이상 나를 바라보지 않고 혼잣말을 중얼거리듯 말했다. "그래, 다른 어떤 이유들보다 더 신성한 것이지. 한 아이, 즉 내 딸 때문이었어. 그 애는 시인이 꿀 수 있는 가장 자유로운 꿈보다도 더 특별하고, 아름다웠고, 순수했고, 완벽했고, 우아했지. 나는 그 애가 내 혈육이라는 것이 믿어지지 않을 정도였어. 그 애의 아름다움은 가장 순수한 생명수가 솟아나는 샘이었네. 그 애를 바라보는 것은 그 물을 마시고, 마시고, 또 마시는 것과 같았지…… 그 애는 보기 드문 완벽한 창조물이었고 가장 순수한 예술작품이었네. 맑은 달빛 아래 피어난 우아한 한 떨기 꽃이었다네. 이 세상의 존재가 아니었어. 성서에 나오는 소녀같이 우아하고 여왕다운 인품을 지녔던 거야. 난 아무래도 믿기가 힘들었네. 그녀가 나의……."

그는 갑자기 조끼 주머니를 더듬거리더니 뒷좌석 너머로 무언가를 불쑥 내밀어 나를 놀라게 했다.

"이걸 보게, 젊은 친구. 자네가 학교에 다닐 수 있는 행운은 바로 이 애 덕분이야."

나는 백금 테두리가 둘러진 채색된 초상화를 바라보았다. 나는 하마터면 그걸 떨어뜨릴 뻔했다. 꿈같은 용모의 우아한 젊은 여성이 나를 바라보고 있었던 것이다. 그녀는 아주 아름다웠다. 그때 생각으로는 그녀가 너무나 아름다워서, 아름다움을 느낀 정도만큼 경의를 표해야 할지 아니면 그냥 예의를 차리는 정도로 행동해야 할지 갈피를 잡을 수 없었다. 그러면서도 나는 과거에 그녀를, 혹은 그녀와 비슷한 누군가를 본 것도 같았다. 지금 생각하니 부드럽고 얇은 천으로 만든 하늘거리는 옷 때문에 그녀가 그토록 아름다워 보였던 것 같다. 오늘날 여성 잡지에서 볼 수 있는 현대풍의 맵시가 있고, 잘 지어지고, 선이 두드러지고, 단조롭고, 간소화되고, 기계로 새겨진 가는 장식 무늬가 있고, 통풍이 잘되는 그런 옷을 그녀가 입었다면 기계로 가공한 값비싼 보석처럼 평범하고 생명이 없는 듯 보였을 것이다. 그렇지만 그땐 나도 그의 열정에 공감하고 있었다.

"그 애는 평생 동안 너무나도 순수했네." 그는 슬픈 어조로 말했다. "너무나 순수하고, 착하고, 아름다웠어. 우리는 배를 타고 함께 세계 여행을 떠났어. 그 애와 나, 단둘이서만. 그런데 이탈리아를 여행하던 중에 그 애가 병이 났네. 처음엔 대수롭지 않게 생각하고 계속해서 알프스를 넘어갔네. 그리고 뮌헨에 도착했을 즈음, 그 애는 이미 쇠약해져 있었어. 마침내 대사관에서 주최한 한 파티에 참석하던 중 그 애가 쓰러졌지. 세계 최고라는 의술로도 그 애를 구해 낼 수가 없었네. 돌아오는 여행길은 외롭고 참담했네. 그 애가 세상을 떠난 뒤로 내가 하는 모든 일은 그 애를 추모하는 기념비를 세우는 과정이었다고 할 수 있지."

그는 잠시 말을 멈추었고 그의 파란 눈은 햇빛 아래 멀리 뻗어 있는 들판 저편을 바라보았다. 나는 다시 사진을 보면서 도대체 이 사람이 왜 나에게 자신의 마음을 열어 놓는지 궁금했다. 나는 결코 누구에게도 마음을 열었던 적이 없었다. 그것은 위험한 일이기 때문이다. 첫째, 그 무엇에 대해서도 자신의 마음을 열어 놓는 것은 위험했다. 왜냐하면 그렇게 하면 결코 원하는 것을 얻을 수 없기 때문이다. 누군가 혹은 어떤 상황이 그것을 나에게서 빼앗아 가기 때문이다. 그러면 아무도 나를 이해하지 않고 비웃거나 미쳤다고 생각할 테니 위험한 것이었다.

"그러니 젊은 친구, 자네는 내 인생에 아주 밀접하게 연관되어 있다네. 자네가 나를 한 번도 본 적이 없더라도 말일세. 자네는 위대한 꿈과 아름다운 기념비에 연관되어 있어. 자네가 훌륭한 농부, 요리사, 전도사, 의사, 가수, 기술자, 그 무엇이 되더라도, 그리고 심지어 아무것도 되지 못하더라도 자네는 나의 운명이네. 그러니 나에게 꼭 편지를 써서 결과를 알려 줘야 해."

나는 백미러를 통해 그가 미소 짓고 있는 것을 보고서 안심이 되었다. 그렇지만 마음은 혼란스러웠다. 그가 나에게 농담을 하는 걸까? 마치 책 속의 인물처럼 단지 나의 반응을 보기 위해 내게 말을 걸었던 것일까? 아니면, 이런 생각까지 하기는 싫지만, 이 부자 노인이 살짝 돌아 버린 것은 아닐까? 내가 어떻게 이 사람의 운명을 말해 줄 수 있겠는가? 그가 얼굴을 들자 백미러를 통해 순간적으로 서로 눈이 마주쳤다. 나는 얼른 고개를 숙이고 도로를 가르는 눈부시게 하얀 차선으로 눈을 돌렸다.

도로를 따라 서 있는 나무들은 굵고 키가 컸다. 우리가 커브 길로 들어서자 메추라기가 떼를 지어 날아올랐다가 들판에 갈색으로 섞이며 내려앉았다.

"내 운명을 말해 주겠다고 약속하겠나?" 그의 목소리가 들렸다.

"네?"

"약속하겠나?"

"바로 지금 말입니까?" 나는 당혹해하며 물었다.

"그건 자네에게 달렸네. 자네가 좋다면 지금도 괜찮고."

나는 입을 다물었다. 그의 목소리는 진지했고 재촉하는 투였다. 나는 아무 대답도 생각나지 않았다. 엔진은 부드럽게 부르릉 소리를 내고 있었다. 자동차 앞 유리에 벌레 한 마리가 부딪히며 노랗고 끈끈한 얼룩을 남겼다.

"지금은 잘 모르겠습니다. 이제 겨우 3학년이라서……"

"그래도 알게 되면 내게 말해 줄 수 있겠지?"

"그렇게 해 보도록 하겠습니다."

"좋아."

내가 백미러를 힐끔 쳐다보니 그는 다시 미소를 짓고 있었다. 나는 그에게 돈 많고, 유명하고, 그리고 학교 경영을 도와서 오늘날의 모습을 갖추도록 만든 것으로 충분하지 않느냐고 묻고 싶었다. 그러나 아무래도 말을 꺼내기는 두려웠다.

"내 생각이 어떤가, 젊은 친구?" 그가 물었다.

"잘 모르겠습니다. 전 단지 이사님은 원하시는 것을 다 소유하셨다는 생각이 드는데요. 왜냐하면 만약 제가 학점을 못 따거나 학교를 떠나게 되더라도 그것이 이사님 잘못이라는 생각은 들지 않을 것 같거든요. 또 이사님은 학교를 현재의 모습이 되도록 만드셨잖아요."

"자넨 그걸로 충분하다고 생각하나?"

"네, 이사님. 총장님도 평소에 그렇게 말씀하시고요. 우리들이 자신의 몫을 갖는다면 그것은 스스로 쟁취한 것이어야 한다고 하시면서 그런 식으로 우리 자신을 성장시켜 나가라고 말씀하셨죠."

"그렇지만 그건 일부에 지나지 않네, 젊은 친구. 나는 재산은 물론 명성과 명예도 있네. 모두 사실이지. 그렇지만 자네의 위대한 설립자는 그 이상을 가지고 있었어. 그에게는 자신의 이념과 행동에 의존하는 수많은 사람들이 있었던 거야. 그가 한 일은 자네 민족 모두에게 영향을 주었지. 어떤 점에서 그는 왕과 같은 힘을 가졌던 거야. 또 어떻게 보면 신과 같은 힘이기도 하고. 나는 내 자신의 일보다 그것이 더 중요하다는 것을 믿게 되었네. 왜냐하면 자네에게 나의 많은 것이 달려 있기 때문이야. 자네는 중요해. 왜냐하면 자네가 실패하면 한 사람으로 인하여, 다시 말해 하나의 불량 톱니바퀴로 인하여 나도 실패하는 것이 되기 때문이야. 예전에는 그것이 별로 중요하지 않았지만 이젠 나도 늙어 가면서 그것이 아주 중요한 것이 되었네."

그렇지만 당신은 내 이름조차 모르지 않는가? 그런 생각을 하며 나는 도대체 뭐가 어떻게 돌아가는지 알 수가 없었다.

"……이것이 내게 얼마나 중요한 일인지 아마 자네는 잘 이해하기 힘들 걸세. 하지만 나중에라도 내가 나 자신의 운명을 알기 위해서 자네에게 의존하고 있다는 사실을 명심하게. 자네와 자네 학우들을 통해서 나는, 말하자면, 300명의 교사도 되고, 700명의 숙련된 기술자도 되고, 800명의 유능한 농부도 될수 있다네. 그런 식으로 나는, 살아 있는 사람들을 통하여 나의 돈, 시간 그리고 희망이 어느 정도 유용하게 투자됐는지를 지켜볼 수 있지. 그리고 또 내 딸에게 살아 있는 기념비를 세워 주는 것이기도 하지. 이해하겠나? 나는 자네의 위대한 설립자가 불모의 진흙을 비옥한 흙으로 바꾸어 놓은 땅에서 맺히는 열매를 볼 수 있다는 말이네."

그의 말소리가 멈추었다. 나는 백미러를 통해 투명하고 푸른 담배 연기 한 타래가 떠도는 것을 보았다. 그리고 케이블에 매달린 전기 라이터가 좌석 등받이 뒤의 제자리로 철컥 하고 돌아가는 소리가 들렸다.

"이젠 이사님을 더 잘 이해할 것 같습니다." 내가 말했다.

"좋아, 젊은 친구."

"이 방향으로 계속 갈까요, 이사님?"

"물론이지."

그는 시골 풍경을 내다보며 말했다.

"난 이 부근을 본 적이 없어. 내겐 새로운 지역이지."

나는 거의 무의식적으로 도로의 흰 선을 따라 운전하면서 그가 한 말을 생각했다. 차가 언덕에 이르자 뜨거운 공기가 흘러 들어와 우리를 감쌌고, 마치 사막을 향해 다가가는 것 같았다. 거의 숨이 막힐 지경에 이르자 나는 몸을 구부려 팬을 틀었다. 갑자기 윙 하고 돌아가는 소리가 났다.

"고맙네." 가벼운 바람이 차 안에 감돌자 그가 말했다.

우리는 이제 판잣집들과 통나무집들이 모여 있는 곳을 지나고 있었다. 날씨에 노출된 판자들은 하얗게 바래고 뒤틀려 있었다. 햇볕에 뒤틀린 판자들이 마치 물에 젖은 카드를 말리기 위해 펼쳐 놓은 듯 지붕 위에 널려 있었다. 집들은 두 개의 네모난 방으로 구성되어 있으며 마루와 지붕이 서로 연결되어 있다. 그리고 그 사이에 현관이 있었다. 우리는 그곳을 지나치면서 집 너머에 있는 들판도 볼 수 있었다. 다른 집들로부터 동떨어져 있는 한 집 앞을 지나는 순간 그가 흥분한 목소리로 차를 멈추라고 했다.

"저건 통나무집인가?"

낡은 통나무집은 갈라진 틈마다 하얀 회반죽이 발라져 있고 밝은 색의 새 널빤지들이 지붕에 조각조각 붙어 있었다. 갑자기 나는 얼떨결에 이 길로 내려온 것을 후회했다. 그리고 빳빳한 새 작업복을 입고 흔들거리는 울타리 옆에서 놀고 있는 아이들을 보자마자 그곳이 누구의 집인지 알아챘다.

"네, 이사님. 통나무집, 맞습니다." 나는 대답했다.

그건 흑인사회에 불명예를 가져온 소작농, 짐 트루블러드의 집이었다. 몇 개월 전, 그는 학교 사람들의 심한 분노를 샀다. 이제는 모두들 낮은 목소리로만 그의 이야기를 하곤 한다. 그 사건이 있기 전에도 그는 학교 근처에 거의 나타나지 않았지만 사람들로부터 가족을 잘 돌보는 근면한 사람으로 평가받았었다. 또한 유머 감각과 묘한 재주로 옛날이야기를 실감나게 해주는 그를 사람들은 좋아했다. 그는 훌륭한 테너 가수이기도 했다. 때때로 특별한 백인 손님이 학교를 방문해서 일요일 저녁 학교 예배당에 모이면 그 지역의 사중주단과 함께 불려 나가, 학교 관리자들이 소위 '초창기 흑인 영가'라고 하는 곡을 부르기도 했다. 우리는 그들이 만들어 내는 저속한 하모니가 당혹스러웠다. 그렇지만 손님들은 경외감에 빠져 있었으므로 우리는 짐 트루블러드가 사중주단을 이끌어 가며 내는 거칠고, 높고, 구슬픈 동물 같은 소리에도 감히 웃을 수 없었다. 이런 일도 이젠 그의 불명예스러운 사건과 더불어 다 지나가 버린 것이 되었다. 그리고 학교 당국자들의 경멸적인 태도는 관용 속에서 많이 누그러졌다가도 다시금 증오로 인해 날카로운 경멸로 변해 버렸다. 보이지 않는 인간이 되기 전 시절의 나는 그들과 나의 증오감 속에 두려움이 가득 차 있다는 사실을 이해할 수 없었다. 그 시절 학교를 다니던 우리는 모두 흑인 밀집 지역의 소작인들을 얼마나 싫어했던가! 우리는 그들의 지위를 높이려고 애썼지만 그들은 트루블러드처럼 온갖 짓을 다 해 우리를 끌어내리는 듯했다.

"아주 오래된 집 같군." 노턴 씨는 황량하고 단단하게 굳은 듯 보이는 마당을 건너다보며 말했다. 거기엔 흰색과 파란색의 체크무늬가 있는 새 무명옷을 입은 두 여자가 무쇠 솥에 빨래를 삶고 있었다. 솥에는 검댕이 묻어 있었다. 솥 가를 핥는 가는 불꽃은 연분홍색으로 보였으며 검정 테가 둘러져서 마치 상복을 입은 것처럼 보였다. 두 여자 모두 만삭의 배를 내민 채 힘겹게 움직이고 있었다.

"그렇습니다." 내가 대답했다. "저 집하고, 저기 비슷하게 생긴 다른 두 집은 노예 제도 시절에 지어진 것들입니다."

"정말인가? 그렇게 오래된 집들이라고는 믿기 힘들겠는걸. 노예 제도 시절부터라니!"

"정말입니다. 저기가 큰 농장이었을 때 지주였던 백인 가문이 아직도 마을에 살고 있습니다."

"그렇지." 그가 말했다. "오래된 가문들이 아직도 많이 남아 있다는 걸 나도 알고 있네. 사람들도 남아 있고. 인간이란 종족은 심지어 퇴보하는 한이 있더라도 살아남기 마련이지. 그런데 이 집들을 보게!" 그는 놀라고 어리둥절한 모습이었다.

"저 여자들이 자기네 집의 나이나 역사에 대해 알 것 같나? 나이 든 쪽은 알 것처럼 보이긴 하네만."

"그렇지 않을 것 같은데요. 저 여자들…… 그렇게 똑똑해 보이지 않는데요."

"똑똑해 보이지 않다니?" 그는 시가를 입에서 떼며 말했다. "저 여자들이 나하고 말하지 않을 것이라는 뜻인가?"

그는 의심스러운 듯이 물었다.

"네, 바로 그렇습니다."

"왜 그렇지?"

나는 설명하고 싶지 않았다. 사실을 말하려니 부끄러운 생각이 들었다. 그렇지만 그는 내가 뭔가를 알고 있다는 것을 눈치 채고는 계속 다그쳤다.

"유쾌한 일은 아닙니다만, 제 생각엔 저 여자들이 우리와 말할 것 같지 않습니다."

"우리가 학교에서 온 사람이라고 하면 틀림없이 우리와 말할걸세. 내가 누구란 걸 말해 줘도 괜찮네."

"그러죠." 내가 대답했다. "그렇지만 저들은 학교의 사람들을 싫어합니다. 절대 학교엔 오지도 않고……."

"뭐라고!"

"정말입니다."

"저기 울타리에 있는 아이들도 그런가?"

"저 애들도 마찬가지입니다."

"아니, 왜 그런 거지?"

"저도 잘 모르겠습니다. 이 지역에 사는 상당수의 사람들이 그렇습니다. 워낙 무지한 탓인 것 같습니다. 전혀 관심이 없는 사람들입니다."

"그래도 난 믿을 수 없네."

아이들은 놀다 말고 뒷짐을 진 채 우리가 탄 차를 말없이 바라보았다. 치수가 큰 작업복들이 작고 볼록 나온 배를 꽉 조여서 마치 아이들도 임신한 것처럼 보였다.

"저 여자들의 남편들은 어떤가?"

나는 머뭇거렸다. 왜 이 사람은 이걸 이상하다고 생각할까?

"그 사람은 우리를 싫어합니다." 내가 말했다.

"그 사람이라니? 저 여자 둘 다 결혼한 몸이 아닌가?"

나는 당황스러워 움찔했다. 그만 실수를 저지른 것이다. "나이가 많은 쪽은 결혼했죠." 나는 마지못해 말했다.

"젊은 여자의 남편은 어찌 되었나?"

"그녀는 남편이……. 그러니까…… 전…….”

"말해 보게나, 젊은 친구. 자넨 저 사람들을 알고 있나?"

"조금밖엔 모릅니다. 얼마 전에 학교에서 저 사람들에 대한 말이 좀 돌았죠."

"무슨 말인데?"

"그러니까 저 젊은 여자가 나이 든 여자의 딸이라는…….”

"그래서?"

"그래서 사람들이 말하길…… 아시다시피…… 말하자면 저 딸에게는 남편이 없다는 것이지요."

"아, 알겠네. 그게 그렇게 이상한 건 아니지. 자네 민족들은…… 아니네. 그게 전부인가?"

"저…….”

"그래, 뭐가 더 있나?"

"사람들은 그것이 그녀의 아버지 짓이라고 합니다."

"뭐라고!"

"그렇답니다……. 아버지가 딸을 임신시켰다는 겁니다."

나는 마치 장난감 풍선에서 일순간에 바람이 빠지듯 짧고 강하게 숨을 들이쉬는 소리를 들었다. 그의 얼굴은 벌겋게 달아올랐다. 나는 이 두 여자에 대하여 부끄러운 생각도 들었으며, 말을 너무 많이 한 것 같고, 그의 감정을 다치게 한 것도 같아서 어찌할 바를 몰랐다.

"학교에서 누가 나와서 이 사건을 조사했나?" 마침내 그가 물었다.

"네." 내가 대답했다.

"무엇이 밝혀졌나?"

"사실이었습니다. 사람들의 말이."

"그자는 왜 그렇게, 그렇게 짐승 같은 짓을 했다던가?"

그는 자리에 깊이 앉아 있었으며 양손은 무릎을 세게 움켜쥐어 손마디엔 핏기가 하나도 보이지 않았다. 나는 시선을 돌려 뜨거운 열기로 눈부신 고속도로 콘크리트를 내려다보았다. 나는 우리가 도로의 흰 선 건너편에서 조용하고 푸른 캠퍼스로 돌아가는 길이길 바랐다.

"그자가 그럼 아내와 딸을 함께 가졌다는 말인가?"

"네."

"그러면 그자가 두 애 모두의 아버지란 말이지?"

"네."

"아냐, 아냐, 아냐!"

그는 엄청나게 고통스러운 듯 소리쳤다. 나는 걱정스럽게 그를 바라보았다. 어떻게 된 거지? 내가 무슨 말을 한 것일까?

"그렇지 않아! 아냐……." 그는 마치 공포에 질린 듯 말했다.

그 사내가 오두막 뒤에서 걸어 나오자 태양이 그의 청색 새 작업복 위로 이글거리며 타오르는 것이 보였다. 그는 황갈색의 새 구두를 신고 뜨거운 땅 위를 가볍게 걸어 다녔다. 그는 체구가 조그마했으나 마당을 익숙하게 거침없이 돌아다녔다. 칠흑 같은 어둠 속에서도 거침없이 다닐 것 같은 익숙함이 배어 있었다. 그는 파란색의 큰 두건으로 부채질을 하면서 여자들에게 다가가 무언가 말을 건넸다. 그러나 여자들은 그에게 뚱하게 대답도 하지 않고, 그를 거의 쳐다보지도 않았다.

"저 사람이 그자인가?" 노턴 씨가 물었다.

"네. 그런 것 같습니다."

"내리게!" 그가 소리쳤다. "저자와 할 말이 있어."

나는 움직일 수 없었다. 나는 경악하였고 그가 트루블러드와 여자들에게 건네려는 말, 그가 물어볼 질문들에 대하여 두렵기도 하고 화가 나기도 했다. 왜 이 사람은 그들을 그냥 내버려 두지 못하는 걸까!

"어서!"

나는 차에서 내려 뒷문을 열었다. 그는 힘겹게 내리더니 무언지 모를 다급한 일에 쫓기는 것처럼 거의 뛰다시피 길을 건너 그 집 마당으로 갔다. 그러자 두 여자는 갑자기 돌아서서 뒤뚱거리며 미친 듯이 집 뒤로 뛰어갔다. 나는 급히 그의 뒤를 따라갔다. 그는 남편과 어린아이들 앞에 이르자 멈추어 섰다. 그들은 갑자기 조용해졌다. 그들의 얼굴에 불안감이 감돌았다. 그들은 부드러우면서도 부정적인 표정이었으며 무심하면서도 무언가 감추려는 눈빛이었다. 그들은 경계심 어린 눈으로 그가 입을 열기를 기다리고 있었다. 가까이서 보니 차에선 보이지 않았던 것이 있었다. 그 사내의 오른쪽 볼에는 마치 거대한 망치로 얻어맞은 것 같은 흉터가 있었다. 상처는 아직 아물지 않아서 진물이 흐르고 있었으며 그는 이따금씩 두건을 휘저으며 날파리들을 쫓았다.

"음, 저……." 노턴 씨는 더듬으며 말을 꺼냈다. "당신과 이야기 좀 해야 되겠소!"

"네, 말씀하시죠." 짐 트루블러드는 놀란 기색도 없이 태연하게 대답하고는 그의 말을 기다렸다.

"그게 사실인지……. 당신이 그랬소?"

"네?" 트루블러드가 물었다. 나는 시선을 피했다.

"당신은 잘도 살아 있군." 노턴 씨가 불쑥 말을 꺼냈다. "그런데 정말인가, 그게……?"

"네?" 농부는 당황하여 미간을 찡그리며 물었다.

"죄송하지만 저 사람은 이사님 말씀을 이해하지 못하는 것 같습니다."

그는 내 말에 아랑곳하지 않고 마치 트루블러드의 얼굴에서 내 눈엔 보이지 않는 어떤 메시지를 읽으려는 듯이 그의 얼굴을 노려보고 있었다.

"그러고도 멀쩡하다니!" 그는 소리 질렀다. 검은 얼굴을 응시하는 그의 푸른 눈동자는 질투와 분노로 이글거리고 있었다. 트루블러드는 난감하다는 듯이 나를 바라보았다. 나는 고개를 돌렸다. 나 역시 이해할 수 없기는 마찬가지였다.

"그런 난리를 저지르고도 어떻게 무사하단 말이오!"

"그럼요! 전 멀쩡합니다."

"그렇다고? 당신은 마음속의 동요도 없고 죄지은 눈을 빼 버릴 필요도 못 느낀다는 말이지?"

"네?"

"대답해 보란 말이야!"

"전 괜찮은데요." 트루블러드는 거북하게 대답했다. "제 눈도 괜찮아요. 속이 거북할 땐 소다수를 조금 마시면 괜찮아지고요."

"아니, 아니, 아니! 그늘진 곳으로 가세나." 그는 이렇게 말하고는 흥분한 듯 주변을 둘러보다가 베란다의 그늘 쪽으로 서둘러 갔다. 우리는 그를 뒤따랐다. 농부는 내 어깨에 손을 얹으려고 했지만 나는 아무것도 설명해 줄 것이 없었기 때문에 그의 손을 떨쳐 버렸다. 우리는 베란다의 캠프용 의자에 반원의 형태로 둘러앉았다. 나는 소작인과 백만장자 사이에 자리를 잡았다. 베란다 주변의 땅은 오랫동안 빨랫물이 버려진 자리여서 하얗게 굳어 있었다.

"요즘은 어떻게 지내고 있소?" 노턴 씨가 물었다. "내가 도울 수 있을지도 모르겠는데."

"그런대로 지낼 만해요. 여기서 일어난 일을 사람들이 알기 전에는 누구에게도 도움을 받을 수 없었죠. 그런데 지금은 사람들이 호기심이 나서 많이들 도와주러 와요. 심지어 저기 언덕배기에 있는 학교의 높으신 양반들도 왔었죠. 거기엔 함정이 있긴 했지만요. 그 양반들은 우리한테 이 지역에서 깨끗이 나가 달라고 했어요. 이사 경비도 주고 100달러 정도의 정착금도 준다면서. 하지만 우린 이곳이 좋아서 그 제안을 거절했죠. 그랬더니 지체 높은 양반 하나를 다시 보내서 협박을 했어요. 떠나지 않으면 백인들을 풀어서 내쫓겠다고요. 그 말에 정말 화가 났지만 겁도 났죠. 학교에서 일하는 그 양반들은 백인들과 아주 가깝게 지내는 사이니까 겁이 날 만도 했죠. 그 양반들이 처음 여기 왔을 때 이런 생각이 들었죠. 오래전에 뭔가 좀 배우려고 책과 농사짓는 데 필요한 내용들을 찾으러 학교에 올라갔을 때 만난 사람들과는 전혀 다른 모습이었다는 말이죠. 그땐 저도 제 땅이 있을 때였습니다. 아무튼 저는 그 양반들이 절 도우려고 그러는 줄 알았어요. 거의 같은 시기에 애를 낳을 여자를 둘이나 데리고 있으니 말이죠.

그런데 그 양반들이 우리를 망신거리라고 말하는 걸 듣고 보니 우리를 쫓아내려는 수작인 걸 알게 됐습니다. 그러자 화가 치밀었죠. 네, 정말 머리끝까지 화가 났었습니다. 그래서 저는 주인님인 부케넌 씨에게 찾아가서 그 일에 대해 말했죠. 그러자 주인님은 마을 보안관에게 전해 줄 쪽지를 써서 제게 가져가라고 했습니다. 저는 그분의 말대로 했죠. 마을 경찰서에 가서 보안관 바버에게 쪽지를 전했던 거죠. 그랬더니 보안관님은 제게 자초지종을 말해 보라고 했습니다. 보안관님은 말을 다 듣고는 사람들을 더 불러 모으더니 제게 다시 한 번 말하라고 하더군요. 그 사람들은 딸에 대한 이야기를 여러 번 듣고 싶어 했습니다. 그러고는 먹을 것과 담배를 가져다 주었죠. 전 깜짝 놀랐습니다. 전혀 기대하지 못한 일이었고 겁에 잔뜩 질려 있었으니까요. 글쎄요, 아마도 이 지역에서 저만큼 백인들의 시간을 많이 뺏은 검둥이 놈도 없을 겁니다. 아무튼 그 사람들은 제게 걱정 말라고 하더라고요. 그리고 학교에 말해서 바로 이곳에서 계속 살 수 있게 해 주겠다고 했죠. 흑인 가운데서도 높으신 분들은 절 나무라지 않았습니다. 흑인이 아무리 잘났다 하더라도 백인들은 언제든지 그를 꺾어 버릴 수 있다는 걸 잘 보여 주는 거죠. 백인 양반들은 제 편을 들어 주었습니다. 그 양반들은 우릴 보려고 여기까지 나와 우리와 이야기도 나누었죠. 그중 어떤 분들은 이 나라 저쪽 끝에 있는 명문학교에서 절 보려고 여기까지 온 높으신 나리들도 있었습니다. 그 양반들은 제게 이것저것 잔뜩 물어보고 노트에 받아 적기도 했죠. 세상 일이나 우리 민족, 그리고 자식들에 대한 저의 생각 같은 걸 물었어요. 그렇지만 아무튼 가장 좋은 건, 전에 어느 때보다도 요즘이 가장 일거리가 많다는 겁니다……."

그는 이제 만족스런 표정으로 거리낌 없이 이야기하고 있었으며 머뭇거리거나 수치스러워하는 흔적이 전혀 보이지 않았다. 노인은 불을 붙이지 않은 시가를 손가락 사이에 끼운 채 어리둥절한 표정으로 듣고 있었다.

"이젠 형편이 아주 좋습니다." 농부가 말했다. "옛날에 춥고 힘들었던 생각을 하면 몸이 오싹합니다."

그는 씹는담배를 한 입 물었다. 베란다에 무언가가 딸랑거리는 소리를 내며 떨어지자 나는 그것을 주워 들고 이따금씩 쳐다보았다. 양철 조각을 눌러 만든 빨간 사과 모양의 물건이었다.

"말하자면 추운 날 불도 제대로 피울 수 없었습니다. 그저 나무 장작만 좀 있었을 뿐 아무것도 없었죠. 석탄도 없고. 도움을 받으려 했지만 아무도 도우려 하지 않았습니다. 전 일거리고 뭐고 아무것도 찾을 수 없었죠. 우린 너무나 추워서 가족이 모두 함께 잠을 잤습니다. 저하고 마누라, 그리고 딸년 셋이서 말입니다. 그렇게 일이 시작되었죠."

그는 헛기침을 하며 목을 가다듬었다. 두 눈은 반짝거렸고 목소리는 아주 낮아서 마치 주문을 외는 것처럼 들렸다. 날파리들과 잘잘한 흰 각다귀들이 그의 상처 주변에 모여들었다.

"바로 그런 식이었죠." 그가 말했다. "제가 한쪽에 눕고 마누라는 반대쪽에, 그리고 딸년이 가운데 누었습니다. 암흑같이 어두운 밤이었습니다. 마치 타르 통 속 같은 암흑이었죠. 애들은 구석에 있는 침대에서 다 같이 누워 잤고요. 제가 아마 가장 늦게 잠들었을 겁니다. 다음 날 먹을거리 구할 생각, 딸년 생각, 그리고 딸년 따라다니는 젊은 사내놈 생각, 이런저런 생각을 하느라고 말입죠. 전 그놈이 맘에 안들었습니다. 그런데 그놈 생각이 계속 나더라고요. 전 그놈한테 딸년에게서 떨어져 나가라고 해야겠다고 작정했죠. 아주 깜깜한 밤이었어요. 애들 중 하나가 잠자면서 보채는 소리를 냈고, 스토브에선 마지막 남은 장작 몇 개비가 탁탁 소리를 내며 꺼져 갔습니다. 비곗살 냄새는 마치 차가운 당밀 접시에 고기 기름을 담아 놓은 것처럼 차갑게 식어서 방에 가득 차 있었죠. 전 여전히 딸년과 그놈 생각에 빠져 있었는데 옆구리에 딸년의 팔이 느껴졌습니다. 그 뒤편에선 마누라가 신음하듯 끙끙거리며 코를 골고 있었죠. 전 식구들 걱정을 하고 있었습니다. 어떻게 해야 먹고살 수 있을까 하고. 그리고 딸년이 저편에 잠들어 있는 다른 애들처럼 어렸을 땐 마누라보다도 절 더 좋아했던 기억을 떠올렸습니다. 우린 그렇게 있었죠. 어둠 속에서 함께 숨 쉬면서. 저는 마음속으로 그들의 모습을 볼 수 있었어요. 마음속으로 차례차례 그들 모두를 바라보았습니다. 딸년은 처음 만났을 때의 마누라의 어린 모습과 똑같았어요. 딸년이 더 예쁘기는 하지만. 아시다시피 저희 흑인들도 점점 외모가 나아지고 있으니까요…….

어쨌든 식구들의 잠자는 숨소리를 들을 수 있었어요. 전 잠이 안 와서 뒤척이고 있었지만 그 소리를 들으며 잠이 들려고 했습니다. 그때 딸년이 잠결에 들릴 듯 말 듯한 낮은 목소리로

'아빠.' 하고 부르는 소리를 들었죠. 저는 그 애가 아직도 안 자나 싶어서 살펴보려고 했습니다. 그런데 그 애의 살 냄새만 맡았을 뿐, 알 수가 없었죠. 그리고 손으로 만져 보니 그 애의 숨결만 느껴지더군요. 그 애가 너무 어렴풋한 소리로 말해서 저는 실제 무슨 소리를 들었는지조차 확실히 자신할 수가 없었죠. 그래서 그냥 그 자리에 누워서 귀를 기울이고 있었습니다. 마치 쏙독새 울음소리 같은 걸 들은 것 같았어요. 그래서 혼자 이렇게 생각했죠. 여기서 꺼져라. 여기서 보이기만 하면 그 늙은 쏙독새를 아주 혼을 내 줄 테다. 그때 저 위의 학교에서 시계 종이 네 번 울리는 소리를 들었습니다. 외롭게 말입니다.

그러고는 옛날 시절을 생각했습니다. 농장을 떠나서 이동식 주택에 살러 갔던 때였죠. 그리고 그 당시 만났던 여자도 생각했어요. 그땐 저도 젊었습니다. 여기 이 젊은 친구처럼. 우린 강가에 있는 이층집에 살았어요. 여름밤에는 함께 침대에 누워 이야기를 하곤 했습니다. 여자가 잠들면 전 혼자 물 위에 비치는 불빛들을 보거나 지나다니는 보트 소리를 듣곤 했죠. 보트에 밴드가 타고 있을 때도 있었습니다. 그럴 땐 전 여자를 깨워서 보트가 지나가는 동안 음악을 듣게 하기도 했죠. 가만히 누워서 조용히 있자면 아주 멀리서부터 들려오는 음악 소리를 들을 수도 있었습니다. 꼭 메추라기 사냥할 때와 비슷했죠. 날이 어두워지면 우두머리 새가 다시 무리들을 불러 모으기 위해 휘파람 같은 소리를 내지 않습니까? 그놈은 사냥꾼이 어딘가에 숨어 있다는 걸 알기 때문에 천천히 나지막이 소리를 내며 다가오죠. 그래도 그놈은 무리를 모아야 하니까 계속해서 다가옵니다. 그 우두머리 놈은 선량한 사람과도 같죠. 자기가 해야 할 일을 하니까요.

보트가 지나가면 그런 식의 소리가 나곤 했습니다. 멀리서 점점 다가오면서 말이죠. 거의 잠들어 가는 사이 처음 한 척이 다가옵니다. 그건 마치 누군가 크고 번뜩거리는 곡괭이로 사람을 천천히 찍어 대는 소리 같았죠. 곡괭이 날이 정면으로 천천히 날아오는 것이 보이면 그걸 피할 수 없을 겁니다. 그것이 내려쳐지는 순간, 곡괭이가 아니고 누군가 멀리서 여러 가지 색의 유리병들을 깨트리고 있었다는 것을 알게 됐죠. 그래도 그 소리는 계속해서 다가오고 있습니다. 계속해서 말이죠. 그리고 가까이 다가온 소리를 듣게 되지요. 마치 2층 창문으로 올라가서 수박이 가득 쌓인 수레들을 바라볼 때와 같은 겁니다. 줄무늬 수박들 위에 싱싱하고 수분 많은 수박 하나가 쫙 갈라져 있어서 시원하고 달콤하게 보이는 겁니다. 어서 와서 먹어 주길 기다리고 있는 것처럼. 그러면 그 수박이 얼마나 빨갛게 잘 익었고 싱싱한지, 그리고 그 안에 든 윤기 나는 검은 씨들이 모두 보일 겁니다.

보트의 양쪽 스크류가 마치 아무도 깨우고 싶지 않다는 듯이 조용히 철썩거리는 소리가 들려왔습니다. 우리, 그러니까 나와 그 여자는 마치 부자라도 된 듯이 거기에 누워 있었죠. 그리고 보트의 밴드는 복숭아 브랜디만큼 달콤하게 연주를 했습니다. 보트가 지나가자 창문에서 불빛이 사라지고 음악 소리도 점점 멀어져 갔습니다. 마치 빨간 드레스를 입고 널따란 밀짚모자를 쓴 아가씨가 제 앞을 지나서 가로수가 양쪽으로 늘어선 길 저편으로 멀어져 가는 것 같은 느낌이었어요. 그 아가씨는 통통하고 생기발랄했고 자신을 바라보는 시선을 의식하고는 꼬리를 쳤죠. 그리고 보는 사람도 그녀가 시선을 의식하고 있다는 걸 알죠. 그래서 결국 거기 서서 그녀의 빨간 모자 끝이 보이지 않을 때까지 바라보는 거죠. 그러고 나서야 그녀가 언덕 뒤로 사라진 것을 깨닫습니다. 저도 그런 경우가 한 번 있었죠. 그때 제 귀에 들린 것은 오로지 곁에 있던 마가렛이라는 이동식 주택에서 만났던 계집애의 숨소리뿐이었습니다. 아마도 그쯤 됐을 무렵에 그 여자가 말했죠. '아빠, 아직 안 주무세요?' 그러면 전 '으음.' 하며 중얼거리듯 말하고는 잠이 들었죠. 저는 이동식 주택에서 살던 시절을 돌이켜 보길 정말 좋아합니다." 짐 트루블러드는 계속해서 말을 이어갔다.

"아무튼 저는 그런 상황에서 매티 루가 '아빠.' 하고 부른 소리를 들었던 것입니다. 그 애가 말하는 투로 보아서 누군가의 꿈을 꾸는 것이 확실했습니다. 그리고 저는 그게 그 젊은 놈일지도 모른다 싶어서 화가 치밀었죠. 저는 혹시라도 그 애가 그 놈의 이름을 부르나 확인하려고 한동안 그 애의 중얼거리는 소리를 들어 보았습니다. 다행히 그놈의 이름을 부르진 않더군요. 저는 잠꼬대를 하는 사람의 손을 따듯한 물에 담그면 모든 비밀을 다 털어놓는다는 사람들의 말이 기억났지만 물이 워낙 차가웠습니다. 물론 따듯한 물이 있어도 그렇게까지 해 보진 않았겠지만요. 그런데 그 애가 돌아누워 몸을 뒤척이다가 제게 닿거나, 이불이 닿지 않아 추웠던 제 목을 팔을 뻗어 감싸 안을 때, 저는 그 애도 이제 어른이 다 되었다는 걸 깨달았습니다. 그 애는 뭔지 모를 소리를 지껄였습니다. 마치 여자가 남자에게 아양을 떨 때 내는 소리 같았죠. 전 그 당시 그 애가 다 자랐다는 걸 알고 있었어요. 그러곤 얼마나 자주 이런 짓을 했는지, 또 상대가 그 개 같은 녀석이 아닐까 하는 생각이 들었습니다. 저는 딸년의 팔을 걷어 냈습니다. 부드럽더군요. 그래도 그 애가 잠에서 깨지 않더군요. 그래서 그 애의 이름을 불렀지만 여전히 잠에서 깨지 않더라고요. 전 자리는 비좁았지만 그래도 그 애한테서 돌아누워서 떨어지려고 했죠. 그래도 여전히 그 애가 내게 가까이 붙어서 몸이 닿는 것을 느꼈습니다. 그때 전 꿈속에 빠졌습니다. 제 꿈에 대해서 말씀드려야겠습니다."

나는 이제 떠나야 할 시간이라고 생각하면서 노턴 씨를 바라보며 자리에서 일어났다. 하지만 노턴 씨는 트루블러드의 이야기에 너무 열중한 나머지 나를 보지 못했다. 난 다시 앉으면서 속으로 그 농부에게 욕을 했다. 빌어먹을 꿈 같으니라고!

"다 기억나는 건 아니지만 비곗살을 찾고 있던 기억은 납니다. 저는 백인들이 사는 시내로 갔죠. 거기 갔더니 사람들이 브로드낵스 씨를 찾아가면 줄 거라고 하더군요. 그 양반이 언덕 위에 살고 있다기에 거길 찾아 올라갔습니다. 그런데 언덕이 어찌나 높은지, 마치 세상에서 제일 높은 것 같았습니다. 올라가면 올라갈수록 브로드낵스 씨 집은 더 멀어지는 것 같았죠. 아무튼 결국 도착은 했습니다. 저는 너무 피곤하기도 했고 그 양반을 빨리 만나고 싶은 마음에 바로 문을 열고 들어갔습니다! 잘못인 줄은 알았지만 참을 수가 없었거든요. 저는 안으로 들어가서 촛불이 가득 켜져 있는 큰 방에 서 있었습니다. 가구는 깨끗하게 반짝거렸고 벽에는 액자들이 걸려 있었죠. 바닥엔 부드러운 양탄자도 깔려 있고. 그런데 사람은 보이지 않았습니다. 그래서 그 양반 이름을 불렀죠. 그런데도 아무도 대답하거나 나오질 않았습니다. 그래서 다른 방문이 보이기에 그 방으로 들어갔죠. 아주 크고 하얀 방이었습니다. 옛날 어렸을 때 어머니하고 가 본 큰 집에서 한 번 본 적이 있는 그런 방이었죠. 그 방은 모든 게 다 하얀색이었습니다. 저는 그 방에 들어갈 이유가 전혀 없다는 걸 알면서도 거기에 들어가서 있었습니다. 게다가 그건 여자 방이었어요. 전 그 방에서 나오려고 했지만 문을 찾을 수가 없었습니다. 여기저기서 온통 여자 냄새가 났고 점점 더 그 냄새가 진해지더라고요.

그러다가 한쪽 구석을 보니 기다란 괘종시계가 있었습니다. 그때 시계에서 종 치는 소리가 들렸고 유리문이 열리면서 백인 여자가 걸어 나왔습니다. 그 여자는 부드럽고 하얀 실크 잠옷만 걸치고 있었어요. 그녀가 저를 물끄러미 바라보자 전 어찌할 바를 몰랐습니다. 도망가고 싶었지만 눈에 보이는 문이라고는 그 여자가 서 있는 시계 안에 있는 것뿐이었어요. 어쨌든 전 움직일 수가 없었지요. 시계 소리는 점점 더 커지면서 빨라지기 시작했습니다. 뭐라고 말을 해 보려고 했지만 입이 떨어지질 않았습니다. 그때 그 여자가 소리를 지르기 시작했습니다. 저는 귀머거리가 된 줄 알았어요. 그 여자의 입이 움직이는 건 보이는데 아무 소리도 들리지 않더라고요. 그래도 시계 소리는 여전히 들리더군요. 저는 단지 브로드넥스 씨를 찾는 중이라고 말하려고 했지만 그 여자가 들으려 하질 않았습니다. 오히려 제게 달려들어 목을 꽉 움켜잡고는 시계 바깥으로 밀어내려고 했죠. 저는 정말 어찌할 바를 몰랐습니다. 그 여자에게 말하고 얼른 나와 버리고 싶었죠. 그런데 그 여자가 저를 붙잡고 놔주질 않으니. 그렇다고 그 여자가 백인이라 겁이 나서 건들 수도 없는 형편이었고. 그래도 저는 너무 겁이 나서 그 여자를 침대에 내동댕이쳐서 떼어 내려 했습니다. 그 여자는 아래로 꺼져 사라져 버리는 것 같았습니다. 침대가 너무나 푹신푹신했죠. 너무 깊이 내려앉아서 두 사람 모두 질식해서 죽을 것 같았습니다. 그때 갑자기 쉭! 하면서 흰색의 작은 거위 떼가 침대에서 날아올랐습니다. 마치 사람들이 말하듯 땅속에 묻어 둔 돈을 파낼 때처럼 말입니다. 세상에! 그것들이 사라지는가 싶더니 문 열리는 소리가 들리고 브로드낵스 씨의 목소리가 들렸습니다. '하찮은 검둥이 녀석들이야, 그냥 내버려 둬.'라고 했죠."

검둥이들은 다 그런 짓거리를 하는 놈들이라고 사람들이 말할 걸 알면서도 이 사람은 어떻게 이런 이야기를 백인에게 늘어놓을 수 있는지 나는 궁금했다. 나는 바닥을 내려다보았다. 마음이 괴로워 눈앞이 붉게 흐려졌다.

"아무튼 저는 멈출 수가 없었습니다. 물론 뭔가 잘못됐다는 느낌이 들긴 했지만요. 저는 이제 그 여자한테서 벗어나 시계 쪽으로 달려갔어요. 처음엔 문이 열리질 않았습니다. 문짝에 무슨 철사 같은 것이 양털 모양으로 구불구불하게 붙어 있었습니다. 어쨌든 문을 열고 안으로 들어갔어요. 실내는 후덥지근하고 깜깜했습니다. 깜깜한 터널을 따라 올라가, 요란한 소리와 열기를 뿜어 대는 기계가 있는 곳까지 갔죠. 학교에 세워 놓은 발전소와 다를 바 없었습니다. 마치 집에 불이 난 것처럼 뜨거웠습니다. 저는 그곳을 빠져나오려고 달리기 시작했습니다. 지칠 때까지 달리고 달렸습니다. 그런데 피곤하기는커녕 달릴수록 더 편안한 기분이 들었습니다. 신나게 달리다 보니 마치 날아가는 듯한 기분이었죠. 날아올라서 마을 위를 둥둥 떠다녔습니다. 그래도 저는 여전히 터널 속에 있었죠. 그런데 저 위쪽을 바라보니 무덤 너머로 도깨비불 같은 밝은 빛이 보이더라고요. 그건 갈수록 점점 더 밝아졌고 저는 그걸 따라가 잡든가 어쩌든가 해야겠다는 생각이 들었습니다. 그랬더니 갑자기 제가 바로 그 빛을 붙잡고 있지 뭡니까. 순간 그 빛은 엄청나게 큰 전구가 터지듯 제 두 눈 속에서 터져 버리고 제 몸을 다 태워 버렸습니다. 타 버렸다기보다는 물에 빠진 것 같았죠. 윗물은 뜨겁고 그 아랫물은 몸이 마비될 정도로 차가운 호수에 말입니다. 그러고는 순간적으로 그 장면이 지나고 저는 어느새 밖으로 나와 서늘한 햇볕 아래로 되돌아왔습니다.

저는 마누라에게 이 황당한 꿈을 말해 주려고 잠에서 깼습니다. 아직 아침은 안 됐지만 날이 밝아 오고 있었어요. 그때 딸년의 얼굴이 바로 제 앞에 보였고 그 애는 마치 발작을 하듯이 저를 때리고, 할퀴고, 또 부들부들 떨면서 울어 댔습니다. 저는 너무나 놀라서 움직일 수조차 없었습니다. 그 애는 '아빠, 아빠, 어떡해.' 하면서 울어 댔습니다. 그러자 그 순간 마누라가 생각났습니다. 마누라는 우리 바로 옆에서 코를 골고 있더군요. 저는 움직이면 그것이 죄가 된다는 생각이 들어 움직일 수 없었습니다. 그리고 움직이지 않고 가만히 있으면 죄가 안 될 거라는 생각도 했습니다. 그건 잠자는 사이에 일어난 일이니까요. 뭐 남자란 가끔 머리를 딴 처녀애들을 보면서 창녀라고 생각하기도 하지만 말이죠. 아시지 않습니까? 어쨌든 제가 움직이지 않으면 마누라가 보게 될 것이라고 생각했습니다. 저는 그렇게 되길 바라지 않았습니다. 그건 죄보다도 더 무서운 일이니까요. 저는 귓속말로 속삭이며 매티 루를 진정시키려고 했습니다. 그러면서 어떻게 하면 죄를 짓지 않고서 이 상황에서 벗어날 수 있을까 궁리를 했습니다. 딸년은 저 때문에 거의 숨이 넘어갈 지경이었죠.

그런데 사람이 한번 그런 꼼짝 못할 상황에 빠지면 어쩔 도리가 없지 않습니까. 이제 사람의 손을 벗어난 것이죠. 제가 바로 그런 상황이었습니다. 안간힘을 써서 벗어나려고 하면서도 함부로 움직일 수는 없는 상황. 들어올 땐 날아서 들어왔지만 걸어서 나가야만 하는 처지였습니다. 저는 움직이지 않으면서 빠져나와야 했습니다. 이 일에 대해 많이 생각해 봤습니다. 사람이 깊게 생각하면 할수록 모든 일이 항상 그런 식이었다는 걸 알게 됩니다. 제 인생이 바로 그런 것이었죠. 제가 생각해 낸, 빠져나올 수 있는 유일한 방법은 한 가지뿐이었습니다. 칼을 쓰는 것이었죠. 하지만 제겐 칼이 없었습니다. 그리고 가을에 어린 돼지들을 거세하는 걸 본 적이 있다면 아시겠지만 죄를 짓지 못하도록 그렇게까지 하는 건 너무한 것 아닙니까. 마치 마음속에서 전투라도 벌어진 듯이 모든 생각이 다 들었습니다. 그런데 곤경에 빠졌다는 생각만으로도 다시 힘이 솟았습니다.

그런데 일이 더 나빠지려니까, 그 애가 더 이상 버티지 못하고 자기가 움직이기 시작했습니다. 처음엔 그 애가 절 밀어내려고 했고, 저도 죄를 짓지 않으려고 그 애가 가까이 오지 못하게 했습니다. 그래서 저는 몸을 뒤로 빼면서 제 어미가 깨지 않게 조용히 하라고 쉬쉬하는데 그 애가 나를 꼭 붙잡고 놔주질 않는 겁니다. 절 놔주기 싫었던 거죠. 그리고 정말 솔직하게 말하자면 저도 떨어지기 싫었던 것 같습니다. 그때 마음은 — 물론 나중에 후회하긴 했지만 — 버밍햄의 그 작자와 같은 심정이었나 봅니다. 자기 집 안에서 문을 걸어 잠그고 경찰에게 총질을 해 대다가 결국 경관이 집에 불을 질러 타 죽었던 작자 말입니다. 저는 어찌할 바를 몰랐습니다. 우린 빠져나가려고 서로 몸을 비틀수록 그대로 더 있고 싶었거든요. 그래서 저는 그 작자처럼 그냥 있었습니다. 끝까지 싸워야 했지요. 그 작자는 죽긴 했지만 지금 생각해 보면 죽기 전에 상당한 만족감을 느꼈을 것 같습니다. 제가 겪은 일이 어디에서도 있을 수 없는 일이라는 건 잘 아는데 어떻게 설명해야 할지는 잘 모르겠습니다. 마치 술꾼이 술에 취한 것 같다고 할까요, 아니면 신앙이 아주 깊은 여자가 너무 흥분한 나머지 옷을 벗어 던진 것 같다고 할까요. 어쩌면 상습 도박꾼이 돈을 잃으면서도 계속 도박을 하는 것 같기도 하고요. 아무튼 무언가에 매달려서 떨어지고 싶어도 떨어질 수가 없었던 말입니다."

"저, 노턴 이사님. 이사님." 나는 숨이 넘어가는 목소리로 말했다. "이제 학교로 돌아가셔야 할 시간입니다. 약속 시간까지 못 가실 것 같은데……."

그는 나를 쳐다보지도 않았다. "조금만." 그는 귀찮다는 듯 손을 휘저으며 말했다.

트루블러드는 이 백인으로부터 눈을 돌려 내게 슬며시 미소를 짓는 것처럼 보였다. 그리고 이야기를 계속했다.

"저는 케이트가 소리를 지를 때까지도 떨어질 수 없었습니다. 그건 피를 얼어붙게 만드는 비명이었죠. 그건 마치 야생말들이 자기 아기를 짓밟는데도 꼼짝없이 보고만 있어야 하는 여자의 비명 같았습니다. 마누라의 머리카락은 귀신이라도 본 듯이 곤두섰죠. 잠옷은 벌어진 채 걸쳐 있었고 목에 돋은 힘줄은 터지기 일보 직전이었습니다. 그리고 두 눈! 세상에 그 눈 말입니다. 저는 딸년과 함께 이불 위에 그대로 누운 채 마누라를 올려다보았죠. 그리고 움직이기엔 너무 기운이 없었습니다. 마누라는 비명을 지르며 아무거나 손에 잡히는 대로 주위 던지기 시작했습니다. 저를 맞추는 것도 있고 빗나가는 것도 있었죠. 작은 것, 큰 것 닥치는 대로 던졌습니다. 그중 차갑고 고약한 냄새가 나는 게 날아와서 머리에 부딪치고 몸을 축축하게 적셔 놓았습니다. 그리고 어떤 건 벽에 부딪치며 마치 대포알처럼 쿵쿵거리는 소리를 냈습니다. 저는 머리를 감싸 막으려고 했죠. 마누라는 미친 여자처럼 알아들을 수 없는 소리를 지껄여 댔습니다.

'잠깐만, 케이트. 그만 해!'라고 저는 말했습니다.

잠시 멈추는가 싶더니 마루를 가로질러 뛰어가는 소리가 들리더라고요. 몸을 비틀어 쳐다봤더니, 글쎄 제 엽총을 들고 있지 않겠습니까! 그러고는 입속에 거품을 물고 총을 장전하면서 말하더군요.

'일어서! 일어서!'라고 말입니다.

'여보, 아냐, 케이트!'라고 저는 그녀를 말렸습니다.

'지옥에나 떨어져라! 내 딸한테서 떨어져!'

'여보, 케이트, 내 말 좀…….'

'시끄러, 어서 일어나!'

'그것 좀 내려놔, 케이트!'

'못 내려놔. 일어나, 어서!'

'산탄이 들어 있다니까, 여보, 큰 총알!'

'알아!'

'그것 좀 제발 내려놓으라니까!'

'네놈의 골통을 박살 내서 지옥으로 보내 주겠어!'

'매티 루가 맞겠어!'

'그 애가 아냐. 바로 네놈이야!'

'산탄이 퍼진다니까, 케이트. 얘도 맞아!'

마누라는 이러저리 움직이며 저를 겨누었습니다.

'준비는 됐겠지……'

'케이트, 이건 꿈 때문이야. 들어 봐……'

'네놈이야말로 듣기나 해. 거기서 일어나!'

마누라는 방아쇠를 철커덕 하고 잡아당겼고 저는 눈을 감았죠. 그런데 천둥번개 소리 대신에 딸년의 비명이 들렸습니다.

'엄마! 으으, 엄마!'

저는 거의 나뒹굴 뻔했고 마누라도 멈칫거렸습니다. 마누라는 총을 내려다보더니 다시 우리를 쳐다봤습니다. 그러고는 마치 열병이라도 난 듯이 잠시 몸을 떨었습니다. 그러더니 갑자기 총을 떨어뜨리고는 고양이처럼 잽싸게 돌아서서는 난로에서 무언가를 집어 들었습니다. 그것에 맞으니 마치 누군가 옆구리를 날카로운 삽으로 파헤치는 것 같았습니다. 숨을 쉴 수가 없었죠. 마누라는 마구 던지면서 계속 뭐라고 소리쳤습니다.

그리고 고개를 들어 보니, 세상에, 마누라가 손에 인두를 들고 있지 뭡니까! 저는 큰 소리로 외쳤습니다. '피는 안 돼, 케이트. 피를 흘려선 안 돼!'

'개만도 못한 놈, 더러운 짓 하느니 피 흘리는 게 낫지!'라고 마누라가 소리를 질렀습니다.

'아니, 케이트. 사실은 그렇지 않아. 꿈속의 죄로 피를 흘리게 해선 안 돼!'

'닥쳐, 검둥이 자식아. 네놈은 더러운 짓을 했어!'

그 당시 마누라에게는 아무리 설명을 해도 소용이 없다는 것을 알았죠. 그래서 마누라가 어떻게 하든 다 받아들이기로 마음을 먹었습니다. 벌을 받는 수밖에 다른 방법이 없는 것 같았으니까요. 그래서 저는 속으로 말했죠. 제일 좋은 방법은 죗값을 치르는 것이다. 넌 케이트에게 두들겨 맞는 게 당연한 건지도 몰라. 잘못은 없지만 마누라는 그렇게 생각하지 않으니까. 넌 맞고 싶지 않겠지만 마누라는 꼭 두들겨 패야 한다고 생각할 거야. 넌 일어나고 싶어도 너무 힘이 빠져서 움직일 수조차 없지.

아무튼 저는 힘이 없어 움직일 수 없었습니다. 마치 추운 겨울, 펌프 손잡이에 입술이 달라붙은 어린애처럼 그 자리에 얼어붙어 버렸던 것입니다. 영락없이 말벌에 쏘여 마비돼 버린 어치 꼴이었죠. 눈은 살아 있지만 벌들이 자기를 죽일 때까지 쏘아 대는 걸 지켜볼 수밖에 없는 형편 말입니다.

그건 저 자신을 머릿속 깊이, 눈동자의 뒤쪽으로 숨어 버리게 만든 것 같았습니다. 마치 폭풍이 불어올 때 바람막이 뒤에 서 있는 것처럼 말이죠. 바깥을 내다보니 케이트가 무언가를 뒤에 질질 끌면서 다가오는 것이 보였습니다. 저는 호기심에 그게 뭔가 보려고 했습니다. 마누라의 잠옷 자락이 난로를 스쳤고 손에 무언가 들고 있는 것이 보였습니다. 저건 손잡이구나 하는 생각이 들었어요. 무슨 손잡이를 들고 있는 걸까? 그런 생각을 하는데 어느새 마누라가 바로 제 위에 떡하니 서 있는 것이 아니겠습니까. 마누라는 마치 사내들이 십 파운드짜리 대장간 망치를 휘두르듯이 두 팔을 휘둘렀어요. 그녀의 손가락 마디는 멍이 들고 피가 났습니다. 망치 자루에 걸려서 잠옷이 치켜 올라갔죠. 그 순간 마누라의 허벅지가 보였는데 차가운 바깥 공기 때문에 푸르스름해져 있었습니다. 또 몸을 굽혔다 폈다 하는 것도 보였고 뭐라 중얼거리는 소리도 들렸죠. 마누라가 팔을 흔들자 땀 냄새도 났습니다. 그리고 번들거리는 나무가 보이는 걸로 봐서 무언가로 저를 내리치려는 것 같았죠. 그런데 맙소사! 맞습니다. 이번엔 그게 이불에 걸려서 이불을 끌어 올렸다가 바닥에 떨어뜨렸습니다. 그러고는 도끼가 무자비하게 날아오는 것이 보였습니다. 그건 제가 며칠 전날을 갈아 놓아서 번쩍번쩍했습니다. 제 몸속 깊이 바람막이 뒤에 숨은 저는 소리를 질렀어요.

'안 돼! 케이트. 맙소사, 케이트, 안 돼!'"

갑자기 그의 목소리가 날카로워져서 나는 깜짝 놀라 그를 쳐다보았다. 트루블러드는 노턴 씨의 멀건 눈을 똑바로 바라보고 있었다. 아이들은 자신들한테 한 소린 줄 알고 놀이를 멈추고 아버지 쪽을 쳐다보았다.

"벽에다 대고 애원하는 거나 마찬가지였을 겁니다." 그는 계속 말을 이어갔다. "도끼가 날아오는 게 보였죠. 도끼날 번쩍이는 것도 보이고 마누라의 성질난 얼굴도 보였습니다. 저는 어깨와 목을 잔뜩 움츠리고 기다렸습니다. 그 순간이 마치 등골 빠지듯 고생하며 보내는 천만년만큼이나 길게 느껴졌죠. 너무 오래 기다리다 보니 전에 저지른 나쁜 짓들이 다 생각나더군요. 너무 오래 기다리는 통에 눈을 떴다, 감았다, 다시 떴습니다. 그때 도끼가 날아오는 게 보였죠. 마치 육 척 황소의 똥이 뚝뚝 떨어지듯이 순식간에 저를 향해 떨어졌습니다. 그러는 동안 제 몸속에서 무언가가 바짝 끌어올려졌다가 물로 변해 버리는 것 같은 기분이 들었습니다. 그 순간 도끼가 보였습니다. 맙소사. 그게 보였다니까요. 그게 보여서 저는 머리를 옆으로 틀었습니다. 어쩔 수 없었죠. 케이트가 정확히 내리치긴 했지만 말입니다. 전 피했습니다. 꼼짝 않고 있으려고 했지만 피해 버렸습니다! 예수 그리스도가 아니고는 누구든 그랬을 겁니다.

얼굴 한쪽이 모조리 떨어져 나가는 것 같았습니다. 마치 뜨거운 납덩어리가 내리치는 기분이었죠. 어찌나 뜨거운지 뜨겁다기보다 아예 얼굴이 마비된 것 같았습니다. 저는 바닥에 그대로 누워 있었어요. 그래도 속으론 등뼈 부러진 강아지처럼 빙글빙글 돌다가 결국 꼬리를 양다리 사이에 감춘 채 다시 아무 감각이 없는 상태로 돌아갔습니다. 얼굴엔 살점이라곤 하나도 없고 뼈다귀만 남은 것 같았죠. 그런데 한 가지 이해 안 가는 게 있었습니다. 아프고 감각이 없어진 가운데서도 안도감이 느껴졌던 겁니다. 그렇습니다. 저는 그 안도감을 더 느껴 보고 싶어서 바람막이 뒤에서 뛰쳐나와 도끼를 들고 있는 케이트 앞으로 뛰어간 것 같습니다. 저는 눈을 뜨고 기다렸죠. 정말입니다. 전 정말 안도감을 더 느껴 보고 싶어서 기다렸습니다. 마누라가 저를 내려다보면서 도끼를 휘두르는 것이 보였습니다. 도끼가 날아오는 것이 보이자 저는 숨을 멈추었죠. 그런데 그 순간 마치 누가 지붕에서 손을 내밀어 잡기라도 한 듯이 도끼가 멈췄습니다. 마누라의 얼굴에 경련이 일어나더니 이번에는 도끼가 마누라 등 뒤의 바닥으로 떨어졌습니다. 마누라는 구역질을 했고 저는 눈을 감고 기다렸습니다. 마누라가 신음 소리를 내며 문을 열고 나가다가 현관에서 바닥으로 굴러떨어지는 소리가 들렸죠. 그리고 그녀가 창자까지 뿌리째 몽땅 게워 내듯이 토하는 소리가 들렸습니다. 그래서 딸애 쪽을 내려다보는데 매티 루의 온몸이 피투성이가 돼 있지 않겠습니까. 그건 제 피였습니다. 제 얼굴에서 피가 났던 겁니다. 그걸 보니 가만히 있기만 할 수는 없었습니다. 저는 일어서서 케이트를 찾으러 비틀비틀 나갔죠. 마누라는 마당의 버드나무 밑에서 무릎을 꿇은 채 신음하고 있었습니다.

'하느님 맙소사, 내가 무슨 짓을 했지! 도대체 무슨 짓을 한 거야!'

케이트는 입에서 퍼런 것을 흘리며 또 토하기 시작했죠. 제가 가서 어루만지려 하자 더 심하게 토하더군요. 저는 손으로 얼굴을 눌러 피를 멈추게 하면서 그 자리에 그냥 서 있었습니다. 도대체 앞으로 어떻게 될지 아득했습니다. 아침 해를 올려다보며 벼락이라도 쳐 주길 바랐죠. 그런데 이미 날이 맑게 밝아 오고 있었습니다. 해는 떠오르고 새소리가 들렸습니다. 그때 저는 벼락을 맞는 것보다도 더 두려워졌습니다. 저는 '주여, 자비를 베푸소서, 주여, 자비를!' 하고 소리를 질렀습니다. 그래도 해는 밝고 또렷하기만 할 뿐 아무 일도 일어나지 않더군요.

아무 일도 일어나진 않았지만 저는 듣도 보도 못한 최악의 일이 제게 닥칠 거라는 걸 알고 있었습니다. 저는 거의 반시간 동안은 거기서 돌처럼 꼼짝 않고 서 있었을 겁니다. 케이트가 일어나서 집 안으로 들어간 뒤에도 저는 그대로 서 있었지요.

피가 옷 위 사방으로 흘러내렸고 날파리들이 달려들었습니다. 저는 피를 멈추게 하려고 집 안으로 들어갔습니다.

매티 루가 쭉 뻗어 있는 걸 보고는 죽은 줄 알았습니다. 얼굴엔 핏기도 없고 숨도 멈춘 것 같았죠. 얼굴이 잿빛으로 변했더군요. 딸년을 도와 보려고 했지만 소용이 없었습니다. 케이트는 제게 말도 하지 않고 아예 쳐다보지도 않았죠. 그래서 저는 마누라가 다시 절 죽이려고 하는 줄 알았는데 그렇게 하진 않더군요. 제가 너무 어지러워 앉아 있는 동안 마누라는 애들을 챙겨서 윌 니콜라스의 집으로 데려갔습니다. 저는 그 모습을 보면서도 어쩔 도리가 없었습니다.

제가 여전히 그렇게 앉아 있는 동안 마누라가 매티 루를 돌보기 위해 여자들 몇을 데리고 돌아왔습니다. 아무도 제게 말을 걸지 않고 마치 제가 새로 나온 농기구나 되는 것처럼 쳐다보기만 하더군요. 기분이 나빴습니다. 저는 꿈을 꾸다가 그런 일이 일어났다고 설명했지만 그들은 저를 경멸하기만 하더군요. 저는 바로 집에서 뛰쳐나와 버렸습니다. 목사님을 만나러 가 보았지만 그분도 절 믿지 않더군요. 그분은 제게 집에서 당장 나가라고 했습니다. 그리고 저를 세상에서 가장 사악한 놈이라고 하면서, 가서 죄를 고백하고 하느님의 용서를 구하라고 하시더군요. 저는 그곳을 나와 기도를 해 보려고 했지만 할 수가 없었습니다. 저 자신이 죄가 있는 건지 아니면 죄가 없는 건지 생각하고, 생각하고, 머리가 터지도록 또 생각해 보았습니다. 저는 아무것도 먹지도 마시지도 못하고 밤에는 잠도 못 잤습니다. 마침내 어느 날 밤, 이른 새벽 무렵에 하늘의 별을 보다가 노래를 흥얼거리기 시작했습니다. 노래할 생각도 전혀

없었는데 저도 모르게 노래가 나온 겁니다. 무슨 노래였는지
도 모르겠습니다. 제 생각에 아마 어떤 찬송가였던 것 같습니
다. 확실한 건 끝에 가선 블루스를 불렀다는 것이죠. 그날 밤
생전 불러 본 적 없는 블루스를 불렀던 겁니다. 노래를 하면서
저는 마음의 결정을 내렸습니다. 나는 나일 뿐 아무도 아니다,
그리고 세상일이 어떻게 돌아가든 내가 할 수 있는 일은 없다
는 걸요. 집으로 돌아가 케이트를 대면하기로 결심했죠. 매티
루도 대면하고요.

집에 돌아와 보니 다들 제가 도망간 걸로 믿고 있었습니다.
동네 여자들이 잔뜩 와서 케이트와 함께 있었죠. 저는 그 여
자들을 다 몰아냈습니다. 여자들을 내보내면서 애들도 나가
놀라고 내보낸 후 문을 잠그고 케이트와 매티 루에게 꿈 이야
기를 해 줬습니다. 그리고 정말 미안한 마음이지만 일단 지나
간 일이니 어쩔 수 없지 않겠느냐고 말했습니다.

'왜 우릴 놔두고 도망가지 않았어?'

마누라의 첫마디가 그것이었습니다.

'나와 애들에게 그만큼 했으면 충분하지 않아?'

'난 나가지 않아.' 제가 말했죠.

'난 남자고 남자는 가족을 버리지 않거든.'

'넌 남자도 아냐.' 마누라가 말했습니다.

'어떤 남자도 너 같은 짓은 안 하거든.'

'그래도 난 남자야.' 제가 말했죠.

'그럼 이제 어떡할 건데?' 마누라가 물었죠.

'이제 어떡하다니?'

'당신의 시커멓고 혐오스런 것이 태어나 당신의 그 못된 짓

을 하느님 앞에서 떠들어 대면 어떡할 참이냐고!'(이런 말은 목사님한테서 배웠을 겁니다.)

'태어나다니?' 제가 말했죠. '대체 누가 태어난단 말이야?'

'우리 둘 말이야. 내가 낳고 매티 루가 낳는다고. 우리 둘이 다 낳는단 말이야, 이 더럽고 미친 개 같은 녀석아!'

그 말에 저는 거의 기절하는 줄 알았습니다. 그제야 저는 딸년이 저를 쳐다보지도 않고 아무하고도 말하려 하지 않는 이유를 깨달았죠.

'당신이 집에 있을 거라면 내가 가서 우리 둘을 위해 클로 아줌마를 불러올 거야.' 케이트가 말했습니다. '평생 동안 사람들에게 손가락질 당할 죄의 씨를 낳을 수는 없어. 매티 루도 마찬가지고.'

클로 아줌마는 산파였습니다. 저는 그 이야기를 듣고는 맥이 빠지긴 했지만 그런 여자가 우리 집 여자들을 데리고 바보 짓을 하게 할 순 없었습니다. 그건 죄에다 죄를 또 쌓는 격이죠. 그래서 케이트에게 안 된다고 말했습니다. 만약 클로 아줌마가 집 근처에라도 오면 노인이고 뭐고 죽여 버릴 거라고 말이죠. 정말 그럴 수도 있었을 겁니다. 그런 식으로 그 문제는 해결됐습니다. 저는 둘이 서로 부둥켜안고 울도록 내버려 두고 집 밖으로 나왔습니다. 저는 다시 어디론가 도망가고도 싶었지만 이런 일을 내버려 두고 도망가 봐야 무슨 소용이 있겠습니까. 어딜 가더라도 항상 뒤따라 다닐 텐데요. 게다가 솔직히 말하면 저는 갈 곳도 없었거든요. 땡전 한 푼 없었고요.

곧 일들이 터지기 시작했습니다. 학교에 있는 흑인 양반들이 저를 쫓아내려고 찾아오기 시작했죠. 그 일 때문에 저는 화가 났었습니다. 그래서 저는 백인들한테 가서 도움을 받았죠. 그건 정말 이해하기 힘든 일이었습니다. 저는 남자로서 자기 가족에게 저지를 수 있는 최악의 잘못을 했는데도 불구하고 백인들은 저를 마을에서 쫓아내기는커녕 아주 선량한 검둥이들보다 더 많은 도움을 주었으니까요. 마누라와 딸년이 저와 대화를 단절한 점을 제외하면 그 어느 때보다도 형편은 좋았습니다. 그리고 케이트는 저와 말은 안 해도 제가 시내에서 가져다 준 옷은 입었죠. 그리고 케이트는 그렇게 오래전부터 갖고 싶어 하던 안경도 곧 갖게 될 겁니다. 그런데 정말 이해할 수 없는 건, 남자로서 자기 가족에게 저지를 수 있는 최악의 잘못을 저질렀는데도 집안 형편이 나빠지기는커녕 더 좋아진다는 사실이었습니다. 저 위의 학교에 있는 흑인 양반들은 절 싫어해도 백인들은 제게 잘 대해 주십니다."

그는 대단한 농부였다. 이야기를 듣는 동안 나는 굴욕과 매혹의 갈림길에서 마음의 갈피를 잡지 못했고, 그런 수치심을 죽이느라고 그의 긴장된 얼굴에서 시종 눈을 떼지 않았다. 그렇게 해서 나는 노턴 씨를 보지 않아도 되었다. 그러나 이제 이야기가 끝나자 나는 앉아서 노턴 씨의 발만 내려다보고 있었다. 마당에선 한 여자가 낮고 쉰 목소리로 찬송가를 불렀다. 아이들이 장난치며 떠드는 소리가 점점 크게 들렸다. 나는 몸을 구부리고 앉아 뜨거운 햇볕 아래서 타 들어가는 나무의 코를 찌르는 쌉쌀한 냄새를 맡았다. 나는 앞에 놓인 두 켤레의 구두를 뚫어지게 바라보았다. 노턴 씨의 구두는 흰색에 검정 테두리가 있었다. 그건 맞춤 구두였는데 옆에 놓인 황갈색의 투박한 싸구려 구두에 비하면 질 좋은 장갑처럼 세련되고 점잖게 잘 다듬어진 모양이었다. 마침내 누군가 헛기침을 했다. 고개를 들어 보니 노턴 씨가 짐 트루블러드의 눈을 소리 없이 빤히 바라보고 있었다. 나는 흠칫 놀랐다. 그의 얼굴에 핏기가 없었기 때문이다. 트루블러드의 검은 얼굴을 향해 번쩍이는 눈을 불태우고 있는 그는 마치 유령처럼 보였다. 트루블러드는 왜 그러느냐는 듯이 나를 바라보았다.

"애들 소리 좀 들어 보세요." 그는 겸연쩍은 듯이 말을 꺼냈다. "「런던 다리 무너지네」를 부르네요."

무언가가 이들 사이에서 일어나고 있었지만 나는 그걸 이해할 수 없었다.

"괜찮으세요, 이사님?" 내가 물었다.

그는 초점 없이 나를 바라보았다. "괜찮냐고?" 그가 말했다.

"네, 이사님. 제 말은, 이제 오후 회의 시간이 된 것 같아서요." 내가 서둘러 말했다.

그는 물끄러미 나를 바라보았다.

나는 그에게 다가가서 다시 물었다.

"정말 괜찮으십니까, 이사님?"

"더워서 그러실 겁니다." 트루블러드가 말했다. "이런 더위는 여기서 태어난 사람이나 버틸 수 있죠."

"어쩌면 그런지도 모르겠네. 이제 가야겠군." 노턴 씨가 말했다.

그는 휘청거리며 일어났다. 여전히 눈은 트루블러드를 뚫어지게 바라보고 있었다. 그러더니 그는 빨간색 모로코식 가죽 지갑을 외투 주머니에서 꺼냈다. 백금 테를 두른 사진이 함께 딸려 나왔지만 이번에는 그걸 보지 않았다.

"여기 있네." 그가 지폐를 내밀며 말했다. "이걸로 내 대신 아이들에게 장난감 좀 사 주게나."

트루블러드는 떨리는 손으로 수표를 받으면서 입은 쩍 벌어지고, 눈은 휘둥그레졌으며, 눈물이 가득 맺혔다. 100달러짜리 지폐였다.

"가세나, 젊은이." 노턴 씨가 속삭이는 목소리로 말했다.

나는 그보다 앞서 차로 가서 문을 열었다. 그가 약간 비틀거리며 차에 오르자 나는 내 팔을 잡으라고 내밀었다. 그의 얼굴은 아직도 하얀 것이 혈색이 없었다.

"여기서 얼른 빠져나가세." 그가 갑자기 힘주어 말했다. "어서 가세!"

"네, 알겠습니다."

나는 기어를 넣고 출발하면서 트루블러드가 손을 흔드는 것을 보았다. "나쁜 새끼!" 나는 입속으로 내뱉었다. "나쁜 새끼 같으니라고! 100달러나 받다니!"

차를 돌려서 출발하는 순간에도 트루블러드가 그 자리에 서 있는 것이 보였다.

그때 갑자기 노턴 씨가 내 어깨에 손을 얹으며 말했다. "나술 좀 마셔야겠네, 젊은이. 위스키라도 조금."

"네, 이사님. 괜찮으십니까?"

"약간 어지럽네. 술 한 잔이면⋯⋯."

그의 목소리가 점점 작아졌다. 가슴에서 무언가 서늘한 것이 느껴졌다. 만약에라도 이 양반에게 무슨 일이 생기면 블레드소 박사는 나를 나무랄 것이다. 나는 어디로 가야 위스키를 구할 수 있을지 생각하면서 속도를 높였다. 시내는 시간이 너무 오래 걸리니까 안 된다. 그러면 딱 한 군데밖에 없었다. '골든데이'.

"곧 위스키를 구해 드리겠습니다, 이사님." 내가 말했다.

"가능한 한 빨리 구하게." 그가 말했다.

3장

내가 그들을 본 것은 철로와 골든데이 사이의 짧은 도로로 진입할 즈음이었다. 나는 처음에는 그들을 알아보지 못했다. 그들은 흰색 차선부터 햇볕에 달구어진 콘크리트 도로변의 너덜너덜하게 잡초가 자라 있는 곳까지 길을 가로막은 채, 엉성하게 무리를 지어 도로를 따라 어슬렁거리며 내려가고 있었다. 나는 속으로 그들에게 욕설을 퍼부었다. 그들이 도로를 막고 있었고 노턴 씨는 숨을 헐떡거리고 있었기 때문이다. 라디에이터 끝의 번쩍이는 곡선 너머로 보이는 그들은 마치 도로를 건설하러 가는 죄수들처럼 보였다. 그런데 사슬에 묶인 죄수는 원래 일렬로 걸어가는 법이고 말을 탄 간수들도 보이지 않았다. 가까이 가서 보니, 그들은 모두 퇴역한 군인들이 입는 헐렁한 잿빛 셔츠와 바지를 입고 있었다. 빌어먹을! 이놈들도 모두 골든데이로 가는 길이군.

"술 좀 주게……." 등 뒤에서 소리가 들렸다.

"곧 드리겠습니다, 이사님."

앞쪽에는 자신을 군악대장쯤으로 여기는 듯 우쭐대며 걷는 사람이 보였다. 그는 엉덩이를 흔들며 큰 걸음으로 힘 있게 걸으면서 지휘를 했는데, 작대기 하나를 머리 위로 올리고 마치 음악에 박자를 맞추기라도 하듯 올렸다 내렸다 했다. 그가 걸음을 늦추면서 작대기를 가슴 높이에 갖다 대고 일행들에게 돌아서는 모습을 보며 나는 차의 속도를 늦추었다. 그래도 사람들은 여전히 그를 무시하고 흩어진 채 걸어갔다. 어떤 사람들은 삼삼오오 모여서 이야기를 하고 어떤 사람들은 몸짓을 해 가며 혼잣말을 하고 있었다.

갑자기 차를 발견한 군악대장이 내게 작대기를 흔들어 댔다. 내가 경적을 울리면서 차를 슬며시 들이밀자 사람들은 도로변으로 비켜섰다. 그런데 군악대장은 양손을 엉덩이 위에 올린 채 양다리로 버티고 서서 꼼짝도 하지 않았다. 나는 그를 치지 않으려고 급브레이크를 밟았다.

군악대장은 사람들을 헤치고 차를 향해 뛰어왔다. 그가 달려들면서 작대기로 보닛을 쾅 하고 치는 소리가 들렸다.

"당신이 누군데 부대를 분산시키는 거요? 암호를 대 보시지. 누가 여기를 지휘하는 거요? 당신네 운전병들은 항상 건방지단 말이야. 암호를 대라니까!"

"이건 퍼싱 장군의 차입니다." 나는 그가 전쟁 당시의 자신의 사령관 이름을 들으면 꼼짝 못한다는 말을 들은 것이 기억났다. 그러자 갑자기 그의 거친 눈빛이 누그러졌고 그는 뒤로 물러서더니 깍듯하게 경례를 붙였다. 그러고는 차의 뒷좌석을 미심쩍은 듯 살펴보더니 고함을 질렀다.

"장군님은 어디 계신가?"

"저기요." 나는 힘없고 창백한 얼굴로 자리에서 몸을 일으키는 노턴 씨를 돌아보면서 말했다.

"뭔가? 왜 멈추었지?"

"상사가 멈추게 했습니다."

"상사? 무슨 상사?" 그가 몸을 일으켜 앉았다.

"장군님이십니까?" 상사가 경례를 하며 물었다. "장군님께서 오늘 전선을 시찰하고 계신 줄 몰랐습니다. 죄송합니다."

"뭐라고……?" 노턴 씨가 말했다.

"장군님은 지금 바쁘시거든요." 내가 재빠르게 말했다.

"그러시겠지." 상사가 말했다. "돌아보실 곳이 많을 테지. 군기가 엉망이거든. 포병 사격도 개판이고." 상사는 도로를 따라 걸어가는 사람들에게 외쳤다. "장군님 가시는 길이니 어서 비켜. 퍼싱 장군님이 가신다. 퍼싱 장군님 가시도록 길을 비켜 드려!"

그가 옆으로 비켜서자 나는 사람들을 피해 차선을 넘어 차를 몰았다. 그리고 골든데이까지 계속 그렇게 옆 차선을 넘어서 달려갔다.

"저 사람이 누구였나?" 노턴 씨가 뒤에서 숨을 헐떡이며 물었다.

"예전에 군인이었던 사람입니다, 이사님. 퇴역 군인이죠. 그 사람들 모두 퇴역 군인들입니다. 약간씩 전쟁 쇼크에 빠져 있는 사람들이죠."

"그러면 통제관은 어디 있나?"

"보이지 않는데요, 이사님. 그래도 저들은 해를 끼칠 사람들은 아닙니다."

"그래도 통제관이 있어야지."

나는 그들이 도착하기 전에 노턴 씨를 골든데이에 데려갔다가 나와야 했다. 그들이 여자를 만나는 날이면 골든데이가 요란해질 테니까 말이다. 나는 그들 중 나머지 사람들은 어디로 갔는지 궁금했다. 한 오십 명은 되어야 했다. 어쨌든 나는 서둘러 들어가서 위스키만 사 가지고 나오면 된다. 그건 그렇고, 노턴 씨는 왜 저런 걸까? 왜 트루블러드 때문에 저렇게까지 심란해하는 걸까? 나는 그의 이야기에 부끄러운 생각도 들었고 몇 번은 웃음이 나오기도 했는데, 노턴 씨는 트루블러드의 이야기에 심한 충격을 받았다. 어쩌면 의사한테 가야 할지도 모르겠다. 그런데 그는 의사에게 가자는 말은 하지 않았다. 빌어먹을 트루블러드 자식.

나는 뛰어 들어가 1파인트만 사 가지고 나올 작정이었다. 그러면 그는 골든데이를 보지 못할 것이다. 나는 뉴올리언즈에서 여자들이 새로 잔뜩 왔다는 소문이 돌 때 친구들하고 딱 한 번 가 봤을 뿐, 그곳에 거의 가지 않았다. 학교 측에서는 골든데이를 점잖은 곳으로 만들어 보려고 노력해 왔지만, 그 지방 백인들이 그곳과 어떤 식으로든 관여가 되고 있어서 결국은 어쩔 수가 없었다. 학교 측에서 할 수 있는 일이라고는 그곳에 갔다가 적발된 학생들을 혼내 주는 것밖에 없었다.

내가 차에서 내려 골든데이로 뛰어갔을 때 노턴 씨는 잠든 사람처럼 누워 있었다. 돈을 달라고 하고 싶었지만 그냥 내 돈을 쓰기로 마음먹었다. 나는 입구에서 잠시 머뭇거렸다. 그곳은 벌써 사람들로 대만원이었다. 헐렁한 잿빛 셔츠와 바지를 입은 퇴역 군인들과, 짧고 꼭 달라붙는 옷에 빳빳하게 풀을 먹인 무명 앞치마를 두른 여자들이 가득 들어차 있었다. 김빠진 맥주 냄새가 사람들이 떠드는 소리와 주크박스 소리를 뚫고 방망이처럼 코를 강타했다. 내가 출입문에 막 들어서는데 둔해 보이는 사내가 내 팔을 붙들고 눈을 빤히 들여다보았다.

"5시 반에 있을 예정이네." 사내가 나를 똑바로 바라보며 말했다.

"뭐가요?"

"모든 것을 포용하는 위대하고 완전한 휴전, 세계의 종말 말일세!"

내가 대꾸도 하기 전에 작고 통통한 여자가 내게 미소를 보내고는 그를 끌고 갔다.

"이제 자기 차례예요. 자기와 내가 위층에 올라가기 전까지는 안 된다고 해 줘요. 왜 항상 내가 자기를 데리러 와야 하는 거지?"

"아냐, 정말이라니까." 그가 말했다. "아침에 파리에서 무전 연락이 왔단 말이야."

"그렇다면 자기, 서둘러야 되겠는걸. 그런 일이 생기기 전에 여기서 돈을 많이 벌어야 하거든요. 잠깐만 비밀로 해 줘요, 알았죠?"

여자는 내게 윙크를 하고는 사람들 속을 뚫고 계단 쪽으로 그를 데리고 갔다. 나는 초조한 마음으로 사람들을 밀치며 바를 향해 걸어갔다.

모인 사람들 중에는 의사, 변호사, 교사, 공무원이었던 자도 다수 섞여 있었다. 요리사도 여럿 있었고 목사와 정치가, 그리고 예술가도 한 사람 보였다. 그중 가장 열중해 있는 작자는 정신과 의사였다. 그 사람들을 볼 때마다 나는 마음이 불편했다. 그들은 내가 항상 어렴풋이 동경하는 직업을 가진 사람들이기 때문이다. 비록 그들이 나를 보는 것 같지는 않았지만 나는 그들을 진짜 환자라고 믿은 적은 없었다. 때로는 그들이 나와 학교 사람들을 상대로 거대하고 복잡한 게임을 하는 것처럼 보였다. 나로서는 절대 이해할 수 없는 규칙과 미묘한 방식으로 운영하면서 그저 한바탕 웃어 보자는 목적을 가진 게임 말이다.

두 사내가 내 앞에 서 있었는데, 그중 하나는 아주 열심히 이야기를 하고 있었다.

"……그리고 존슨이 제프리를 왼쪽 아랫니에서 45도 각도로 갈기자 그의 시신경 전체가 동시에 막혀 버리고, 마치 냉장고의 냉동실처럼 얼어 버려서 자율신경 체계가 붕괴되고, 극도의 근육 경련과 함께 거대한 벽돌쌓기처럼 흔들리다가 미골(尾骨)의 말단으로 시체처럼 쓰러지는가 싶더니, 이어서 괄약근의 신경과 근육에 날카로운 외상적 반응이 나타났지. 여보게, 친구. 그놈들은 그를 쓸어 담아서 생석회를 뿌리고는 수레에 둘둘 말아서 신더군. 따지고 보면 다른 치료법도 없었지."

"실례합니다." 나는 그들을 밀치고 나가면서 말했다.

빅 핼리가 바 뒤편에 있었다. 그의 검은 피부가 땀으로 젖은 셔츠를 통해 비쳐 보였다.

"뭘 줄까, 학생?"

"위스키 더블로 한 잔만 주세요, 핼리. 흘리지 않고 가져갈 수 있게 깊은 잔에다 담아 줘요. 밖에 있는 분이 마실 거니까."

"제길, 안 돼!" 그가 내뱉었다.

"왜요?" 나는 그의 붉어진 눈동자에 서린 노기에 깜짝 놀라면서 물었다.

"너 아직 학생이지, 그렇지?"

"그런데요."

"글쎄, 그 새끼들이 또 내 가게 문을 닫게 하려고 한단 말이야. 그래서 안 돼. 이 안에서는 얼굴이 새파래지도록 마셔도 좋지만, 가지고 나간다면 한 방울도 팔 수 없어."

"하지만 바깥의 차 안에 아픈 사람이 있어요."

"어떤 차? 넌 차가 없잖아."

"백인 차예요. 내가 운전해 주고 있는 거예요."

"넌 학교에 다니잖아."

"그분도 학교에 계신 분이에요."

"그래, 그럼 누가 아픈데?"

"그분요."

"높으신 분이라 여기 못 들어오시나? 가서 우린 인종차별 안 한다고 전해라."

"하지만 환자라니까요."

"죽으라지."

"그 사람은 중요한 분이에요, 핼리. 이사라고요. 그분은 부자인데, 아파서 무슨 일이라도 생기면 나보고 보따리 싸서 고향으로 꺼지라고 할 겁니다."

"그래도 할 수 없어, 학생. 그 사람을 안으로 데리고 와. 그러면 들어가 헤엄을 칠 만큼 많이 팔아 줄 테니까. 내가 특별히 보관하는 술도 내줄 수 있지."

그는 상아 주걱으로 맥주 두 잔의 하얀 거품을 걷어 내고 바 저편으로 밀어 보냈다. 나는 속이 메스꺼웠다. 노턴 씨는 여기 들어오고 싶어 하지 않을 것이다. 그리고 그는 심하게 아프다. 게다가 나는 그에게 이곳에 있는 환자들과 여자들을 보여 주기 싫었다. 나오면서 보니 상황은 더 엉망이 되어 있었다. 하얀 유니폼을 입고 보통 때 사람들을 진정시키는 역할을 하는 수퍼카고가 어디에도 보이지 않았다. 나는 그 점이 마음에 안 들었다. 그가 위층에 올라가고 없으니 사람들이 완전히 제멋대로들 놀고 있는 것 아닌가. 나는 사람들을 헤치며 차로 돌아왔다. 노턴 씨에게 뭐라고 말할까? 내가 차문을 열었을 때도 그는 꼼짝 않고 누워 있었다.

"이사님, 저긴 가져갈 술은 팔지 않는다고 하네요."

그는 꼼짝 않고 누워 있었다.

"이사님."

그는 마치 하얀 석고처럼 누워 있었다. 나는 내심 겁이 나서 가만히 그를 흔들어 보았다. 그는 간신히 숨을 쉬고 있었다. 이번에는 세차게 흔들었다. 그의 머리가 기괴하게 흔들거렸다. 파르스름한 입술이 벌어졌고 그 사이로 길고 가는, 놀랄 만큼 동물적인 치열이 드러났다.

"이사님!"

나는 겁에 질려서 다시 골든데이로 뛰어 들어갔다. 마치 보이지 않는 벽을 통과하는 것처럼 소음을 헤치면서 바를 향해 뛰어갔다.

"핼리! 도와줘요, 그분이 죽어 가고 있어요!"

나는 앞으로 나아가려고 했지만 아무도 내 소리를 못 들은 것 같았다. 나는 양쪽으로 다 막혔다. 사람들은 서로를 막고 서서는 꼼짝 못하고 있었다.

"핼리!"

환자 둘이 고개를 돌려 내 얼굴을 보았다. 그들의 눈은 내 코에서 불과 2인치 밖에 떨어져 있지 않았다.

"이 친구가 왜 이러는 거지, 실베스터?" 키 큰 쪽이 말했다.

"밖에 사람이 죽어 가고 있어요." 내가 소리쳤다.

"그래, 하느님의 위대한 하늘 아래에서 죽는 것도 좋은 일이지."

"그분은 위스키를 드셔야 해요!"

"오, 그렇다면 상황이 다르지." 그들 중 하나가 말하고는 바쪽으로 길을 내주기 시작했다. "고통을 가라앉힐 빛나는 마지막 잔이라. 좀 비켜 주시오."

"학생, 벌써 돌아왔나?" 핼리가 말했다.

"위스키 좀 주세요. 그분이 죽어 가고 있어요!"

"내가 이야기했잖아, 학생, 그 사람을 이 안으로 데리고 오라고. 아니면 죽으라고 그래. 나는 아직도 돈을 더 벌어야 한단 말이야."

"제발 부탁해요. 전 감옥에 가게 될 거예요."

"넌 대학생이니까 한번 생각을 해 봐." 핼리가 말했다.

"그분을 안으로 모셔오는 것이 낫겠네." 실베스터라고 불리는 사내가 말했다. "가세, 내가 도와주겠네."

우리는 다시 사람들을 뚫고 밖으로 나왔다. 노턴 씨는 아까 그대로였다.

"이봐, 실베스터. 이 사람, 토머스 제퍼슨이야!"

"나도 막 그 말을 하려던 참이었어. 난 오래전부터 이 양반과 말을 해 보고 싶었어."

나는 그들을 말없이 바라보았다. 둘 다 미쳤냐는 듯. 아니면 지금 농담을 하는 건가?

"좀 도와주세요." 내가 말했다.

"물론이지."

나는 노턴 씨를 흔들었다.

"이사님!"

"이 양반 술 맛 좀 보게 하려면 서둘러야겠는걸." 그중 하나가 신중하게 말했다.

우리는 노턴 씨를 들어 올렸다. 그는 마치 낡은 자루처럼 흔들렸다.

"빨리!"

그를 들어서 골든데이 쪽으로 옮기던 중 한 사람이 갑자기 멈추었다. 그러자 그의 머리가 밑으로 늘어지면서 하얀 머리카락이 땅바닥에 끌렸다.

"여러분, 이 양반은 내 할아버지요!"

"아뇨, 이분은 백인이고 이름은 노턴입니다."

"난 내 할아버지를 알아보지!. 이분은 토머스 제퍼슨이고, 난 이분의 손자란 말이야. '길거리의 흑인' 쪽으로 말이야." 키큰 사내가 말했다.

"난 자네 말이 전적으로 옳다고 생각하네, 실베스터. 정말이라니까." 그는 노턴 씨를 유심히 들여다보며 말했다. "저 생김새 좀 보게나. 자네와 똑같네. 그대로 빼다 박았군. 이 사람이 자네를 옷까지 입혀서 세상에 뱉어 놓은 건 아닐까?"

"아니, 아니. 그건 우리 아버지였지." 실베스터는 진지하게 말했다.

그리고 그는 입구 쪽으로 가면서 아버지에 대한 욕을 마구 쏟아 냈다. 핼리는 바에서 기다리고 있었다. 그는 어떻게 했는지 사람들을 조용하게 만들고는 홀 가운데에 자리를 마련해 놓았다. 사람들은 노턴 씨를 보려고 가까이 다가왔다.

"누가 의자 좀 가져다주게."

"맞아, 에디 씨를 앉혀야지."

"여보게, 이 사람은 에디 씨가 아니야. 존 록펠러지." 누군가 말했다.

"구세주가 앉으실 의자, 여기 있네."

"다들 물러서게." 핼리가 지시했다. "이 사람에게 자리 좀 내 줘야지."

전에 의사였던 번사이드가 앞으로 뛰쳐나와 노턴 씨의 맥박을 확인했다.

"맥박은 아주 또렷해! 뛰는 정도가 아니라 아주 진동하고 있어. 아주 특이하군. 정말 특이해."

누군가 그를 끌어냈고 핼리는 술병과 잔을 들고 다시 나타났다. "자, 누가 이 사람 머리 좀 뒤로 젖혀 주게나."

내가 움직이기도 전에 키가 작고 얼굴에 곰보 자국이 있는 사내가 나서서 양손으로 노턴 씨의 머리를 잡고 뒤로 길게 젖혔다. 그러고는 마치 이발사가 면도질을 시작할 때처럼 턱을 조심스럽게 쥐고는 빠르고 강하게 흔들었다.

"푸우!"

노턴 씨의 머리가 마치 펀칭 백처럼 격렬하게 움직였다. 다섯 개의 불그스름한 선이 흰 볼 위로 드러나면서 마치 투명한 돌 아래서 불꽃이 타오르듯 피어올랐다. 나는 내 눈을 믿을 수 없었다. 달아나고만 싶었다. 한 여자가 낄낄거렸다. 몇몇 사내들이 문 쪽으로 뛰어 나가는 모습이 보였다.

"그만둬, 이 빌어먹을 바보들아!"

"히스테리 증세야." 곰보 사내가 나직이 말했다.

"저리 좀 비켜 봐." 핼리가 말했다.

"누구 2층에 가서 그 끄나풀 녀석 좀 데리고 와 봐. 빨리 데리고 오라니까!"

"가벼운 히스테리 증상일 뿐이야." 곰보 사내가 밀려나면서 말했다.

"어서 술을 주라니까, 핼리!"

"이봐, 학생. 잔을 들고 있게. 이건 내가 마시려고 아껴 놓았던 브랜디야."

누군가 덤덤한 목소리로 내 귀에 대고 속삭였다. "봐, 내가 5시 반에 일어날 거라고 했지? 이미 조물주께서 왕림하셨네." 멍청한 얼굴의 사내였다.

핼리가 술병을 기울이자 미끈한 호박색의 브랜디가 잔으로 찰랑거리며 흘러 들어가는 것이 보였다. 그런 뒤 노턴 씨의 머리가 뒤로 젖혀지자 나는 잔을 그의 입에 갖다 대고 술을 부었다. 갈색의 액체가 그의 입가에서 가냘픈 턱으로 가늘게 흘러내렸다. 홀이 갑자기 조용해졌다. 손에 어렴풋한 움직임이 느껴졌다. 마치 한바탕 울고 난 후 들먹거리는 어린아이의 가슴 같았다. 아주 가는 혈관이 보이는 눈꺼풀이 껌뻑거렸다. 그는 기침을 했다. 조금씩 홍조가 나타나더니 이내 목으로 올라가면서 얼굴 전체로 퍼졌다.

"그걸 코 밑에 대고 있어, 학생. 냄새를 맡게 하란 말이야."

나는 노턴 씨 코 밑에 대고 술잔을 가볍게 흔들었다. 그는 푸르스름한 눈동자를 드러냈다. 그의 얼굴에는 홍조가 가득했으며 눈에는 물기가 어린 것 같았다. 그는 오른손을 바르르 떨며 턱에다 갖다 대더니 일어나 앉으려고 했다. 그리고 눈을 크게 뜨고는 사방의 얼굴들을 빠르게 돌아보았다. 그러고는 내 얼굴을 보고서야 물기 어린 두 눈은 이제 알아보겠다는 듯 초점을 찾았다.

"이사님께서 의식을 잃으셨어요." 내가 말했다.

"내가 지금 어디 있는 거지, 젊은이?" 그가 힘없이 물었다.

"골든데이입니다, 이사님."

"뭐라고?"

"골든데이요. 술을 마시거나 도박을 하는 장소이죠." 나는 마지못해 덧붙였다.

"자, 브랜디를 한 잔 더 드리지." 핼리가 말했다.

나는 한 잔을 더 따라서 그에게 건넸다. 그는 코를 대고 냄새를 맡아 보더니 잠시 어리둥절한 듯 두 눈을 감고는 술을 들이켰다. 그의 볼이 마치 작은 바람통처럼 부풀어 올랐다. 그는 술로 입 안을 헹구었다.

"고맙네." 이번에는 그가 약간 힘을 주어 말했다. "여기가 어디라고?"

"골든데이입니다." 몇몇 환자가 동시에 대답했다.

그는 천천히 주변을 둘러보더니 소용돌이 장식과 나무에 무늬가 새겨진 발코니를 올려다보았다. 커다란 깃발 하나가 바닥 위로 길게 걸려 있었다. 그는 눈살을 찌푸렸다.

"전에는 이 건물이 어떤 용도로 사용됐었소?"

"처음에는 교회였다가 은행이 됐고, 그 후엔 레스토랑이었고, 아주 세련된 도박장으로도 쓰였죠. 그리고 지금은 제가 쓰죠." 핼리가 대답했다. "누군가 말하길 교도소로도 쓰였다고 합디다."

"일주일에 한 번은 여기에 와서 난장판으로 놀게해 주죠." 누군가 말했다.

"저는 술을 사 가지고 나갈 수가 없었습니다, 이사님. 그래서 어쩔 수 없이 안으로 모시고 들어왔습니다." 나는 겁을 먹은 채 조심스럽게 설명했다.

그는 주변을 둘러보았다. 나는 그의 시선을 따라갔으며, 묵묵히 그를 바라보는 환자들의 다양한 표정을 보고는 깜짝 놀랐다. 적의에 찬 얼굴, 위축된 얼굴, 그리고 공포에 질린 얼굴도 보였다. 또 자기들끼리 있을 때는 그렇게도 난폭하게 굴더니 지금은 어린애처럼 고분고분해 보이는 자들도 있었다. 그런가 하면 어떤 자들은 기묘하게 재미있어하는 표정이었다.

"당신들 모두 환자요?" 노턴 씨가 물었다.

"저는 이 술집의 주인입니다." 핼리가 대답했다. "그리고 여기 이 친구들은……."

"저흰 치료차 이곳으로 보내진 환자들입니다." 작달막하고, 통통하고, 아주 유식해 보이는 사내가 말했다. "하지만……." 그가 미소 지으며 말을 이었다. "당국에서는 일종의 감시자 역할을 하는 수행원을 함께 보냈죠. 치료가 잘 되는지 확인하기 위해서 말이죠."

"당신 미쳤구먼. 나는 에너지 발전기야. 배터리를 충전하려고 여기 왔어." 퇴역 군인 하나가 억지를 부렸다.

"저는 역사학도입니다, 선생님." 또 다른 사내가 과장된 몸짓을 하면서 끼어들었다. "세계는 마치 룰렛의 회전반처럼 돌고 있습니다. 처음에는 흑(黑)이 우위에 있었고 중세에는 백(白)이 우세하지요. 그런데 곧 에티오피아가 숭고한 날개를 펼치게 됩니다. 그러니 돈을 흑에 거세요." 그의 목소리는 흥분하여 떨렸다. "그때까지 태양은 열기를 품지 못하고 지구의 중심에는 얼음만이 있을 겁니다. 지금부터 이 년 후면 저는 제 혼혈 어머니, 그 반백인 암캐를 목욕시켜 줄 만한 나이가 됩니다." 그가 흐릿한 눈 속의 분노를 터뜨리며 펄쩍펄쩍 뛰면서 덧붙였다.

노턴 씨는 눈을 껌뻑이며 등을 곧게 세웠다.

"저는 의사입니다. 맥박 좀 확인할까요?" 번사이드가 노턴 씨의 손목을 잡으며 물었다.

"신경 쓰지 마세요, 선생님. 그 친구는 십 년 동안이나 의사 노릇을 못했거든요. 피를 팔아 돈을 만들어 보려다가 잡혔지요."

"맞아, 내가 그랬어!" 그 사내가 소리를 질렀다. "공식은 내가 발견했는데 존 록펠러가 그걸 훔쳐 간 거야."

"록펠러라고 했나?" 노턴 씨가 말했다. "그렇다면 잘못 알고 있는 게 틀림없네."

"거기 무슨 일이야?" 그때 발코니에서 누군가 소리쳤다. 모두들 그쪽을 돌아보았다. 반바지만 입은 엄청나게 거대한 흑인 사내가 계단에 건들거리며 서 있었다. 그자는 수퍼카고, 즉 수행원이었다. 나는, 그가 빳빳하게 풀 먹인 하얀 제복 차림이 아니라서 못 알아볼 뻔했다. 그는 항상 팔에 구속복을 걸고 다니면서 사람들을 위협했고 보통은 그의 앞에서는 모두들 조용하고 고분고분했다. 그런데 지금은 모두들 그를 알아보지 못했는지 욕설까지 퍼부어 대기 시작했다.

"술 취한 놈이 어떻게 질서를 잡겠다는 거야!" 핼리가 소리쳤다. "샬린! 샬린!"

"네에?" 발코니 위의 어느 방에서 부루퉁한 여자의 목소리가 깜짝 놀랄 만큼 높은 소리로 들려왔다.

"거기 있는 끄나풀 녀석, 그 재수 없는 고자 녀석 좀 데리고 가서 술 좀 깨워 봐. 그리고 하얀 옷 좀 입혀서 이리 내려 보내, 여기 질서 좀 잡으라고. 우리 가게에 백인 손님이 왔단 말이야."

길고 층진 분홍색 원피스를 입은 여자가 발코니 위로 모습을 나타냈다. "당신이야말로 이제 내 말 좀 들어 봐요, 핼리." 그녀는 또박또박 천천히 말했다. "난 여자예요. 그 작자에게 옷을 입히고 싶으면 당신이 직접 해요. 난 한 남자면 됐지 다른 남자들 옷까지 입히지는 않는단 말예요. 내 남자는 지금 뉴올리언즈에 있다고요."

"그럼 다 그만두고, 그 자식 술이나 좀 깨워 봐."

"내가 내려가서 질서를 잡겠어." 수퍼카고가 버럭 소리를 질렀다. "거기 아래에 백인이 와 있다면 질서를 더욱 잘 잡아야지."

바 뒤편에 있던 사내들이 갑자기 성난 욕설을 퍼붓더니 계단으로 뛰어 올라가는 모습이 보였다.

"그놈을 잡아!"

"그놈에게 질서가 무엇인지 보여 줘라!"

"비켜."

다섯 명의 사내가 계단으로 돌진해 갔다. 나는 그 거대한 사내가 몸을 구부리고 양손으로 계단 끝의 기둥을 움켜쥔 채 버티고 선 모습을 보았다. 흰색 반바지만 입은 그의 몸이 번쩍거렸다. 노턴 씨의 뺨을 찰싹 때렸던 작은 사내가 앞장섰다. 그런데 그 작은 사내가 긴 계단을 끝까지 올라가자 한순간 수퍼카고는 몸을 가누더니 그의 가슴을 힘껏 걷어찼다. 작은 사내는 뒤따르던 사람들 한가운데로 원을 그리며 나가떨어졌다. 수퍼카고는 다시 발길질을 할 채비를 갖추었다. 계단은 아주 좁아서 한 번에 한 사람씩밖에 못 올라갔다. 사내들이 빠르게 올라가기가 무섭게 수퍼카고는 그들을 차 냈다. 그는 마치 타자가 배팅 연습을 하면서 외야로 볼을 날리듯이 다리를 휘둘러 그들을 밑으로 차 내렸다. 나는 그 광경을 보느라 노턴 씨도 잊어버렸다. 골든데이는 아수라장이 되었다. 반나체의 여자들이 발코니 뒤의 방들에서 뛰쳐나왔다. 사내들은 마치 풋볼 경기라도 보듯이 우우 하며 고함을 질렀다.

"질서를 지켜!" 수퍼카고는 한 사내를 계단 아래로 날려 보내며 고함을 질렀다.

"사람들이 술병을 던지고 있어요!" 한 여자가 비명을 질렀다. "진짜 술이에요!"

"저 친구가 원하는 질서는 이게 아니야." 누군가 말했다.

술병과 술잔이 소나기처럼 위스키를 뿌리며 날아가서 발코니에 부딪혀 깨졌다. 나는 수퍼카고가 갑자기 이마를 움켜쥐고 일어나는 모습을 보았다. 그의 얼굴은 위스키로 범벅이 돼 있었다. "으악!" 하고 그가 비명을 질렀다. 그리고 그는 휘청거리다가 발목부터 뻣뻣해지며 주춤거렸다. 계단 위에 있던 사내들은 꼼짝 않고 잠시 그를 지켜보더니 다시 계단 위로 뛰어 올라갔다.

수퍼카고는 그들이 밑에서 자신의 다리를 낚아채서 끌어내리려 하자 난간을 얼른 움켜잡았다. 그들이 그의 발목을 잡고 마치 소방관이 호스를 끌고 가듯이 끌고 뛰어 내려가자 그의 머리가 계단에 부딪히며 총알이 발사되듯 연속해서 소리를 냈다. 사람들이 앞으로 모여들었다. 핼리는 바로 내 귀 옆에서 고함을 질렀다. 나는 홀 가운데로 끌려나오는 남자를 바라보았다.

"저 짐승 녀석한테 질서가 뭔지 알려 줘라!"

"내 나이 마흔다섯이야. 그런데 저놈은 마치 자기가 내 아버지나 되는 듯이 굴었어!"

"그렇다면 한 대 차 주고 싶겠군." 키 큰 사내가 수퍼카고의 머리에다 구둣발을 갖다 대며 말했다. 그의 오른쪽 눈꺼풀은 마치 바람이 들어간 듯 부풀어 올랐다.

그때 내 옆에 있던 노턴 씨가 소리를 질렀다. "안 돼! 그만 둬! 이미 쓰러진 사람이잖아!"

"백인 말을 들어 봐." 누군가 말했다.

"저놈은 백인 앞잡이야!"

사람들은 이제 양발로 수퍼카고를 짓밟았으며, 나도 너무나 흥분한 나머지 그들과 합세하고 싶은 충동을 느꼈다. 심지어 여자들도 소리를 질러 댔다. "본때를 보여 줘!" "그 자식은 한 번도 돈을 낸 적이 없어!" "죽여 버려!"

"제발 참아, 여기선 안 돼! 내 집에선 안 된단 말이야!"

"이놈이 멀쩡할 땐 한마디도 못 하잖아!"

"젠장, 안 돼!"

나는 어쩌다 보니 노턴 씨 옆에서 밀려나 실베스터라는 사내 옆에 와 있었다.

"이것 좀 봐, 학생." 그가 말했다. "저기 갈비뼈에서 피 나는 것 보이지?"

나는 고개를 끄덕였다.

"자, 움직이지 말고 그대로 보고 있어."

나는 강요에 못 이긴 듯이 아래쪽 늑골 밑과 좌골 윗부분을 지켜보고 있었다. 실베스터는 발끝으로 정확하게 재더니 마치 축구공을 차듯이 세게 걷어찼다. 수퍼카고는 마치 부상을 당한 말처럼 신음 소리를 냈다.

"학생도 해 봐. 기분이 끝내 줘. 속이 후련해질 거야." 실베스터가 말했다. "어쩔 땐 이 자식이 너무 무서워서 마치 내 머릿속에 들어와 앉아 있는 것 같기도 했지. 이 자식이!" 그는 수퍼카고를 한 번 더 걷어차면서 말했다.

보고 있노라니 한 사내가 양발로 수퍼카고의 가슴을 딛고 올라가 짓밟자 그는 기절해 버렸다. 사람들은 그에게 차가운 맥주를 들이부어서 정신을 차리게 한 다음 또 걷어차서 다시 정신을 잃게 만들었다. 곧 그는 피와 맥주로 범벅이 되었다.

"저 새끼 완전히 맛이 갔군."

"내던져 버려."

"아니, 잠깐만. 누구 나 좀 도와줘."

사람들은 그를 바 위로 들어 올려서 길게 눕히고 시체처럼 양팔을 가슴 위에 포개 놓았다.

"자, 이제 한잔합시다!"

핼리가 마지못해 천천히 바 뒤로 걸어가자 사람들의 욕설이 쏟아졌다.

"얼른 들어가서 술이나 줘, 이 비곗덩어리야!"

"위스키 한 잔 줘!"

"이쪽이야, 이 겁쟁이 녀석아!"

"빨리 달라니까!"

"알았어, 알았어. 진정들 해!" 핼리는 그들에게 서둘러 술을 따라 주며 말했다. "돈만 내라고."

수퍼카고는 힘없이 바 위에 널브러졌으며 사람들은 미치광이처럼 주위를 맴돌았다. 정서적으로 안정돼 보이는 사람들도 흥분에 휩싸여 이성을 잃어버린 듯이 보였다. 어떤 사람들은 목청을 높여서 병원과 나라 그리고 세상에 대한 적대감을 외쳤다. 자칭 작곡가라고 하는 사람은 조율도 안 된 피아노로 자기만 아는, 멋대로 된 곡을 요란하게 쳐 대고 있었다. 그는 건반을 주먹과 팔꿈치로 쳐 대면서 낮은 목소리로 효과음을 냈는데 마치 고통스러워하는 곰의 신음 소리처럼 들렸다. 가장 교양 있는 사람 중 하나가 내 팔을 건드렸다. 그는 전직 화학자로서 항상 번쩍이는 파이 베타 카파*의 상징 열쇠를 지니고 다녔다.

"모두들 자제력을 잃었네." 그는 요란한 소리를 뚫고 말했다. "자네는 여기를 나가는 게 좋을 것 같네."

"노턴 씨를 찾으면 바로 떠날 참입니다." 나는 말했다.

---

* 미국 대학의 우등생 클럽.

노턴 씨는 나와 함께 있던 자리에 있지 않았다. 나는 그의 이름을 부르면서 요란하게 떠드는 사람들 사이를 헤치며 황급히 찾아 다녔다.

마침내 나는 계단 아래 있는 그를 찾았다. 어쩌다 보니 그는 난동을 부리며 휘청거리는 사람들에 밀려서 거기까지 갔고 낡은 인형처럼 의자 위에 축 늘어진 채 누워 있었다. 희미한 불빛 아래로 그의 얼굴은 하얗고 선명하게 보였고 감은 눈은 잘 다듬어진 얼굴에 선명한 선을 이루고 있었다. 나는 사람들의 시끄러운 소리보다 더 크게 그의 이름을 외쳤지만 아무 반응이 없었다. 그는 다시 정신을 잃었던 것이다. 나는 처음에는 그를 가볍게 흔들어 보다가 다시 세차게 흔들어 보기도 했지만 그의 주름진 눈꺼풀은 움직일 기미가 보이지 않았다. 그때 주위를 돌아다니던 몇몇 사람들이 나를 그에게 밀어붙였다. 그러자 바로 눈앞으로 하얀색 덩어리가 거대하게 보였다. 그건 그의 얼굴일 뿐이었는데도 그 순간 형언할 수 없는 공포의 전율을 느꼈다. 나는 그렇게 가까이서 백인의 얼굴을 본 적이 없었다. 공포감에 휩싸인 나는 벗어나려고 애를 썼다. 그는 마치 갑자기 내 앞에 나타난, 형체 없는 하얀색 죽음과도 같았다. 거기에 항상 존재하고 있던 죽음이 골든데이의 광란 속에 비로소 모습을 드러낸 것 같았다.

"소리 좀 그만 질러!" 누군가 나에게 소리치더니 나를 끌어당겼다. 바로 작달막하고 뚱뚱한 사내였다.

나는 그제야 비로소 날카로운 비명이 바로 내 입에서 나오고 있다는 사실을 깨닫고는 입을 틀어막았다. 그는 내게 찡그린 채 미소 지으며 안도감을 나타냈다.

"그래야지." 그는 내 귀에 대고 큰 소리로 말했다. "이 사람도 그냥 사람일 뿐이야. 알았지? 사람일 뿐이라고!"

나는 그에게 노턴 씨는 그 이상이라는 사실, 즉 그는 부유한 백인이고 또 내가 책임져야 할 사람이라고 말해 주고 싶었다. 그러나 내가 그를 책임져야 한다는 건 너무나 엄청난 생각이어서 도저히 말로 옮길 수가 없었다.

"이 사람을 발코니로 옮기세." 그는 나를 노턴 씨의 다리 쪽으로 떠밀면서 말했다. 나는 기계적으로 움직였다. 그가 백인의 겨드랑이를 들어 올리자 나는 노턴 씨의 발목을 들고 계단 밑에서 뒤로 나왔다. 노턴 씨의 머리는 마치 만취한 사람이나 죽은 사람처럼 가슴 위로 축 늘어졌다.

이 퇴역 군인은 여전히 미소 지으며 한 번에 한 계단씩 뒷걸음으로 계단을 올라갔다. 나는 이 사람도 나머지 사람들과 마찬가지로 술에 취한 건 아닐까 걱정이 들기 시작했다. 그때 난간에 기대어 난장판을 구경하던 여자 셋이 우리를 도와 노턴 씨를 끌어올려 주려고 내려오는 모습이 보였다.

"노인네한텐 과했나 보네." 그들 중 하나가 소리쳤다.

"이 사람 완전히 술에 떡이 됐네."

"그러게. 핼리네 술은 백인들이 마시기엔 너무 독하다니까."

"취한 게 아니고 아픈 거야!" 그 작달막하고 뚱뚱한 사내가 말했다. "가서 빈 침대가 있나 좀 찾아봐. 이 사람 좀 잠시 눕혀 놓게."

"알았어요, 아저씨. 제가 또 도와드릴 일은 없나요?"

"그거면 됐어." 그가 말했다.

여자 하나가 앞으로 뛰어 올라왔다. "방금 제 침대 시트를 갈아 놓았거든요. 그리 데려가요." 그녀가 말했다.

잠시 후 노턴 씨는 길이가 보통의 4분의 3 정도 되는 침대에 누워서 가느다랗게 숨을 쉬고 있었다. 나는 그 뚱뚱한 사내가 아주 전문가답게 노턴 씨에게 몸을 구부리고 맥박을 짚는 광경을 지켜보았다.

"의사세요?" 여자 하나가 물었다.

"지금은 아니야. 난 환자거든. 그렇지만 필요한 지식은 가지고 있지."

나는 그를 이곳 사람들과 다를 바 없을 거라 생각하면서 재빠르게 옆으로 밀쳐 냈다.

"괜찮으실 겁니다. 이곳에서 모시고 나갈 수 있도록 정신만 차리게 해 주세요."

"걱정 말게, 젊은이. 난 아래층 사람들과는 다르다네." 그는 말했다. "나는 정말 의사였어. 이 사람을 해치진 않을 걸세. 이 사람은 일종의 가벼운 쇼크 상태일 뿐이야."

우리는 그가 다시 몸을 구부려 노턴 씨의 맥박을 짚고 눈꺼풀을 뒤집어 보는 모습을 지켜보았다.

"가벼운 쇼크야." 그는 되풀이했다.

"여기 골든데이에서는 누구든 쇼크를 받을 만해." 여자 하나가 매끄럽고 육감적으로 부푼 아랫배 위의 앞치마를 가다듬으며 말했다.

어떤 여자는 노턴 씨의 하얀 머리카락을 이마에서 쓸어 올려 어루만지면서 공허하게 미소 지었다. "이 사람 제법 귀엽네. 마치 조그만 백인 아기 같아."

"어떤 늙은 아기를 말하는 거야?" 작고 마른 여자가 물었다.

"바로 그거야, 늙은 아기."

"에드너, 넌 백인을 좋아하지. 바로 그 때문이야." 마른 여자가 말했다.

에드너는 머리를 흔들며 자신도 우습다는 듯 미소를 지었다. "물론이지. 난 백인들을 좋아해. 이 사람, 늙긴 했지만 언제든지 내 침대에 올라와도 괜찮겠어."

"지랄, 나 같으면 저런 노인네라면 죽여 버리겠다."

"뭘 죽이니." 에드너가 말했다. "꼬마야, 이런 백인 부자 양반들은 원숭이 생식기에 숫염소 불알을 가지고 있다는 걸 모르니? 이런 늙은이들은 아무리 가져도 만족하지 못해. 세상을 몽땅 가지려 들지."

의사는 내 얼굴을 보며 미소를 지었다. "봐, 자넨 지금 내분비학의 모든 걸 배우는 중이야. 내가 아까 자네에게 이 사람도 그냥 하나의 사람에 불과하다고 했던 건 틀린 말이군. 지금 보니 이 사람의 일부는 염소 아니면 원숭이 같아. 아니면 둘 다이거나."

"사실이에요. 전에 시카고에서도 이런 사람을 알았는데……." 에드너가 말했다. "너 시카고에 가 본 적도 없잖아." 다른 여자가 가로막았다.

"네가 어떻게 아니? 이 년 전이야. 빌어먹을. 넌 아무것도 몰라. 거기서 본 백인 늙은이는 양쪽에 당나귀 불알을 차고 있던 것 같았다고!"

뚱뚱한 사내는 빙긋이 웃으면서 일어났다. "과학자이자 의사로서 그 이야기를 부정할 수밖에 없군. 그런 수술은 아직까지도 시술된 적이 없거든." 그렇게 말하고는 여자들을 억지로 방에서 몰아냈다.

"만약 이 사람이 깨어나서 저 말을 듣는다면 다시 정신을 잃고 말 거야." 퇴역 군인이 말했다. "게다가 호기심에서 저 여자들이 정말 이 사람이 원숭이 생식기를 가졌는지 확인해 볼지도 모르지. 그러면 유감스럽게도 음란한 장면이 연출될 수도 있거든."

"이분을 모시고 학교로 돌아가야 해요." 내가 말했다.

"알았네, 내가 도울 수 있는 일이 있으면 도와주지. 가서 얼음 좀 찾아보게. 걱정하지 말고."

나는 발코니로 나와서 사람들의 머리 위를 바라보았다. 사람들은 여전히 빙빙 돌고 있었으며, 주크박스에선 음악 소리가 요란하고, 피아노에선 쿵쾅거리는 소리가 났다. 홀의 끄트머리에 있는 바 위에는 맥주에 흠뻑 젖은 수퍼카고가 녹초가 된 말처럼 누워 있었다.

나는 아래로 내려가는 도중, 마시다 놓아 둔 술잔 속에서 커다란 얼음이 반짝거리는 것을 발견했다. 나는 그 차가운 걸 뜨거운 손으로 쥐고 방으로 급히 되돌아갔다.

퇴역 군인은 앉아서 노턴 씨를 응시하고 있었고, 노턴 씨는 이제 약간 고르지 못한 소리를 내며 숨을 쉬고 있었다.

"빨리 왔군." 사내는 일어서서 얼음을 받으려고 손을 내밀며 말했다. "걱정의 속도만큼이나 빠르게 말이야." 그는 혼잣말을 하듯이 덧붙였다. "깨끗한 수건 좀 주게. 저기 세면대 옆에 있는."

내가 수건을 건네주자 그는 얼음을 싸서 노턴 씨의 얼굴에 갖다 대었다.

"괜찮으실까요?" 내가 물었다.

"곧 괜찮아질 거야. 이 사람에게 무슨 일이 있었나?"

"제가 이분을 모시고 운전을 했습니다."

"사고 같은 걸 당했던 건가?"

"아니요. 단지 어떤 농부하고 대화를 나누었을 뿐인데 그만 열이 나서 쓰러지셨어요. 그러고는 아래층 사람들한테 잡혔던 겁니다."

"이 사람 몇 살이지?"

"모르겠어요. 그렇지만 우리 학교 이사들 중 한 분이시니……."

"물론 최초의 이사 중 하나겠지." 그는 푸르스름한 힘줄이 보이는 눈꺼풀을 가볍게 두드리며 말했다. "의식의 수탁자."

"그게 뭔데요?" 내가 물었다.

"아무것도 아니야. 이것 봐, 이제 정신이 드는 것 같군."

나는 방에서 뛰쳐나가고 싶은 충동을 느꼈다. 노턴 씨의 말을 듣기가 두려웠고 그의 눈에 떠오를 눈빛도 무서웠기 때문이다. 그러나 달아나는 것도 두려웠다. 눈꺼풀을 껌뻑이는 그의 얼굴에서 눈을 뗄 수가 없었다. 머리는 전구의 희미한 불빛 속에서 이쪽저쪽으로 움직였다. 마치 내게 들리지 않는 집요한 목소리를 거부하는 것처럼 보였다. 이윽고 그가 눈을 떴다. 푸르고 희멀건 눈동자의 창백한 웅덩이가 드러났고, 마침내 심각한 표정으로 자신을 내려다보는 퇴역 군인을 향하여 응집되었다.

우리 같은 부류의 사람은 노턴 씨와 같은 부류의 사람을 그런 식으로 바라볼 수 없었다. 나는 황급히 앞으로 나섰다.

"이 사람은 진짜 의사랍니다, 이사님." 내가 말했다.

"내가 설명하지." 퇴역 군인이 말했다.

"가서 물 한 잔 가져오게."

나는 잠시 머뭇거렸다. 그는 단호한 눈으로 나를 바라보았다. "물 좀 가져오라니까." 그는 노턴 씨가 일어나 앉도록 도와주기 위해 몸을 돌리면서 말했다.

나는 밖으로 나가 에드너에게 물 한 잔을 부탁했다. 그녀는 아래층 홀에 있는 작은 부엌으로 나를 데리고 가서 초록색 구형 냉장고에서 물 한 잔을 꺼내 주었다.

"나한테 좋은 술이 있어, 자기. 그분에게 드리고 싶으면 말해." 그녀가 말했다.

"이거면 돼요." 나는 말했다. 손이 떨려서 물을 흘렸다. 돌아와 보니 노턴 씨는 혼자 힘으로 앉아서 퇴역 군인과 대화를 나누고 있었다.

"물 여기 있습니다, 이사님." 나는 컵을 내밀며 말했다.

"고맙네." 그는 컵을 받아 들면서 말했다.

"너무 많이 드시진 마세요." 퇴역 군인이 주의를 주었다.

"당신의 진단은 바로 내 주치의 진단과 꼭 같았소." 노턴 씨가 말했다. "유능하다는 의사들을 찾아다니고서야 지금의 진단을 정확히 받을 수 있었다오. 당신은 어떻게 알았소?"

"저도 전문의였습니다."

"그렇지만 어떻게? 이 나라에 그런 지식을 가진 사람이 몇 없을 텐데……."

"그렇다면 그들 중 한 명은 정신병원에 있는 환자겠죠." 퇴역 군인이 말했다. "그렇지만 뭐 특별한 사연이 있는 것도 아닙니다. 그저 잠시 도피를 했던 거죠. 육군 의무대와 함께 프랑스에 갔다가 휴전 뒤에도 남아서 연구도 하고 치료활동도 했습니다."

"아, 그렇군. 그러면 프랑스에는 얼마나 오래 있었소?" 노턴 씨가 물었다.

"오래 있었죠. 결코 잊어서는 안 될 중요한 것들을 잊을 만큼 오래 있었답니다."

"중요한 것들이라니? 무슨 뜻이요?" 노턴 씨가 물었다.

퇴역 군인은 미소를 지으며 머리를 뒤로 젖혔다. "인생에 관한 것들이죠. 대부분의 농부나 일반 사람들도 경험을 통해 항상 알고 있는 것들입니다. 비록 의식적인 사고를 통한 경우는 거의 없지만……."

"죄송합니다만, 이사님." 나는 노턴 씨에게 말했다. "이제 좀 나아지셨으면 가야 하지 않을까요?"

"아직은 아니네." 그는 이렇게 말하고는 의사를 향해 물었다. "아주 흥미롭군요. 그래서 어떻게 됐소?" 그의 한쪽 눈썹에 맺힌 물방울이 마치 생생한 다이아몬드 조각처럼 빛났다. 나는 걸어가 의자에 앉았다. 빌어먹을 퇴역 군인 같으니라고!

"정말 듣고 싶으세요?" 퇴역 군인이 물었다.

"물론이오."

"그러면 저 젊은 친구는 아래층에 내려가서 기다리는 게 나을 것 같은데……."

내가 문을 열자 아래층에서 고함 소리와 뭔가 부서지는 소리가 들려왔다.

"아니, 자네도 여기 있는 게 낫겠네." 뚱뚱한 사내가 말했다. "만약 내가 지금 하려는 이야기를 저기 언덕 위의 학교에 다니던 시절에 조금이라도 엿들었다면 지금 같은 부상자가 되지는 않았을 거네."

"앉게나, 젊은이." 노턴 씨가 말했다. "그러면 당신도 저 대학의 학생이었구료." 그는 퇴역 군인에게 말했다.

나는 다시 앉아서 뚱뚱한 사내가 대학에 다니던 이야기, 의사가 된 이야기, 그리고 세계대전 동안 프랑스에 가게 된 이야기를 늘어놓는 동안, 블레드소 박사 때문에 걱정에 빠져 있었다.

"의사로선 성공했소?" 노턴 씨가 물었다.

"꽤 성공했죠. 몇 번의 뇌수술을 집도했는데 그것으로 약간의 주목을 받았습니다."

"그러면 왜 돌아왔소?"

"향수 때문이죠." 퇴역 군인이 대답했다.

"그러면 도대체 여기서 뭘 하고 있는 거요……?" 노턴 씨가 물었다. "당신의 그 재능을 가지고……."

"궤양 때문이죠." 뚱뚱한 사내가 대답했다.

"정말 운이 없군. 그런데 궤양 때문에 직업을 그만둬야 하는 거요?"

"그렇진 않겠죠. 그렇지만 궤양을 앓고 있는 한, 제가 하는 일에서 위신을 세울 수 없다는 걸 알게 됐습니다." 퇴역 군인은 말했다.

"가혹하게 들리는군." 노턴 씨가 말하는 순간 문이 활짝 열렸다.

갈색 피부에 빨강 머리의 여자가 안을 들여다보았다. "백인 양반 좀 어떠세요?" 그녀는 비틀비틀 들어오면서 말했다. "백인 아저씨. 자기, 정신이 들었네요. 한잔할래요?"

"지금은 안 돼, 헤스터." 퇴역 군인이 말했다. "이분은 아직도 기력이 약한 상태야."

"확실히 그렇게 보이네요. 그러니 술 한 잔이 필요한 거죠. 피 속에 힘을 불어넣어야죠."

"그만, 그만 해, 헤스터."

"알았어요, 알았어……. 그런데 왜 다들 초상집에 온 표정이에요? 여기는 골든데이라는 걸 모르세요?" 그녀는 살며시 트림을 하며 나를 향해 휘청휘청 걸어왔다. "다들 꼴들 좀 봐요. 여기 꼬맹이 학생은 죽도록 겁먹은 표정이네. 여기 백인 아저씨도 두 사람처럼 이상한 푸들같이 구시네. 기분 내세요. 내가 내려가서 헬리한테 술 좀 올려 보내라고 할게요." 그녀는 노턴 씨 앞을 지나가다 그의 볼을 가볍게 두드렸다. 그러자 그의 얼굴이 빨갛게 달아올랐다.

"기분 내세요, 백인 아저씨."

"하하!" 퇴역 군인은 웃었다. "얼굴이 붉어지는 걸 보니 이제 회복되셨다는 신호군요. 난처해하지 마세요. 헤스터는 훌륭한 인도주의자이고 마음이 너그러우면서도 탁월한 기술을 가진 치료사이기도 합니다. 그리고 약손을 가진 아가씨랍니다. 그녀의 정화 능력은 정말 뛰어나죠……. 하하하!"

"정말 안색이 나아지셨습니다, 이사님." 나는 그곳을 빠져나올 기회만 엿보며 말했다. 나는 퇴역 군인의 이야기를 알아들을 수는 있었지만 그 이야기의 속뜻이 무언지 알 수 없었고 노턴 씨도 나처럼 편치 않은 표정이었다. 나에게 한 가지 분명한 사실은 퇴역 군인이 백인에게 거리낌 없이 굴었다는 것인데 그런 건 결국 말썽만 일으키게 된다는 점이었다. 나는 노턴 씨에게 저 사람은 미쳤다고 말해 주고도 싶었지만 그가 백인에게 그런 식으로 말하는 걸 들으면서 상당한 만족감도 느꼈다. 아까 그 여자의 경우는 달랐다. 여자들은 대개 남자가 할 수 없는 것들을 잘해 낸다.

나는 안절부절못하다가 땀으로 몸이 축축해졌지만 퇴역 군인은 내 말에는 아랑곳하지 않고 계속 이야기했다.

"잠깐, 잠깐만." 그는 시선을 노턴 씨에게 고정하며 말했다. "저 밑에는 지금 시간이 거꾸로 가고 있고 때려 부수려는 힘이 치솟아 있어. 저 사람들은 선생이 누구인지 갑자기 알게 될지도 몰라. 그렇게 되면 선생의 목숨은 파산한 회사의 주식 한 장의 가치도 못 될걸. 선생은 소인이 찍히고 구멍이 뚫려 못 쓰는 신세가 되지. 그리고 그저 흩어진 나사들이나 모으는 공인된 자석이나 되고 말 거야. 그러면 어떻게 하겠어? 저 사람들은 돈이고 뭐고 관심이 없어. 그리고 수퍼카고가 황소처럼 쓰러진 마당에 저들은 가치관이고 뭐고 없을 거라고. 어떤 사람들에게는 선생이 위대한 백인 아버지일 수 있고, 어떤 사람들에겐 영혼의 사형 집행자일 수도 있지만 저들에게는 골든데이에 나타난 혼돈의 존재야."

"무슨 말을 하는 거예요?" 나는 물으면서 생각해 보았다. 사형 집행자? 그는 아래층 사람들보다도 더 거칠어져 가고 있었다. 나는 감히 불편한 기색을 보이는 노턴 씨를 바라볼 수조차 없었다.

퇴역 군인은 눈살을 찌푸렸다. "그건 내가 회피해야만 맞설 수 있는 문제야. 정말 바보 같은 명제지. 해부용 매스를 숙련되게 다루도록 곱게 훈련된 이 두 손은 방아쇠를 어루만지길 고

대하고 있다니까. 나는 목숨을 구하기 위해서 돌아왔지만 거부당했어." 그는 말했다. "복면을 쓴 열 명의 사내가 한밤중에 나를 시외로 끌고 나가서는 사람의 목숨을 구했다는 이유로 채찍질을 했어. 그리고 나는 숙련된 손을 가졌다는 이유로, 그리고 내 지식이 내게 존엄성과 ― 부가 아니라 단지 존엄성 말이야 ― 다른 사람에게 건강을 가져다 줄 수 있다는 신념을 가졌다는 이유로 더할 수 없는 굴욕을 당해야 했어!"

그런 후 그는 갑자기 내게 시선을 고정시켰다. "자, 이제는 이해하겠나?"

"무얼 말입니까?" 내가 물었다.

"지금 들은 이야기 말이야!"

"모르겠어요."

"왜?"

"이젠 정말 가야 할 시간입니다." 나는 말했다.

"보다시피." 그는 노턴 씨에게 얼굴을 돌리며 말했다. "이 녀석은 눈도 있고, 귀도 있고, 넓게 퍼진 훌륭한 아프리카인의 코도 가지고 있지만 인생의 단순한 사실들을 이해하지 못해요. '이해'. 이해? 아니 차라리 그보다도 못하지. 이 녀석은 감각을 받아들이긴 하지만 머리를 깊이 회전시키지 못해. 의미 있는 것이라곤 아무것도 없지. 그러니까 이 녀석은 받아들이긴 하지만 소화를 못 시킨다는 말이야. 이미 이 녀석은…… 저런, 맙소사, 봐! 살아 있는 송장이잖아! 이 녀석은 이미 자신의 감정은 물론 인간성까지 억누르는 걸 배워 버렸네요. 이 녀석은 보이지 않으며, 살아 있는 소극성의 화신이고, 선생의 꿈이 가장 완벽하게 실현된 모습이요. 기계 인간!"

노턴 씨는 깜짝 놀란 표정이었다.

"말해 보시지." 퇴역 군인은 갑자기 조용한 어조로 말했다. "왜 학교에 관심을 가지게 되셨소, 노턴 씨?"

"내 운명적인 역할에 대한 의식 때문이오." 노턴 씨는 떨리는 목소리로 대답했다. "나는, 지금도 그렇지만, 당신네 민족이 무언가 중요한 방식으로 내 운명과 결부되어 있다고 느꼈소."

"운명이라니?" 퇴역 군인이 물었다.

"그건 물론 내 과업의 성공을 의미하는 거요."

"그렇군. 그럼 그걸 눈으로 본다면 알아나 보겠어?"

"그야 물론이지." 노턴 씨는 분개한 어조로 말했다. "매년 캠퍼스로 돌아올 때마다 그것이 성장하는 걸 보아 왔소."

"캠퍼스? 왜 그 캠퍼스요?"

"내 운명이 형성된 곳이 바로 그곳이기 때문이오."

퇴역 군인은 웃음을 터뜨렸다.

"캠퍼스라, 대단한 운명이로군!" 그는 일어서서 웃으며 좁다란 방을 이리저리 걸어 다녔다. 그러더니 웃음을 터뜨렸을 때와 마찬가지로 갑자기 웃음을 멈추었다.

"잘 이해하기 힘들겠지만 선생이 저 젊은 친구와 골든데이에 온 것은 아주 잘한 일이야."

"나는 몸이 불편해서 왔던 거요. 아니 저 친구가 데려왔다고 해야겠지." 노턴 씨가 말했다.

"당연히 그렇지. 어쨌든 들어왔고, 그건 잘한 일이야."

"그게 무슨 뜻이오?" 노턴 씨는 짜증스럽게 물었다.

"한 아이가 그들을 인도하리라." 퇴역 군인이 미소 지으며 말했다. "아무튼 농담이 아니라, 두 사람 모두 자신들이 지금 무슨 일을 겪고 있는지 모르고 있기 때문이야. 두 사람 모두 눈에 보이는 것에 대한 진실을 보지도, 듣지도, 냄새 맡지도 못하고 있잖아. 그런 상태로 운명을 찾고 있으니! 그건 고전적인 이야기지. 그리고 이 학생, 이 자동 로봇은 바로 이 지역의 진흙으로 빚어졌고 선생보다는 비교할 수 없을 정도로 안목이 좁지. 휘청거리는 불쌍한 사람들. 두 사람 모두 서로 상대방을 보지 못하는군. 선생에게 이 학생은 성과의 성적표에 쓰인 한 점수에 불과해. 사람이 아니라 사물인 거지. 어린애, 아니 그보다도 더 못한 무정형의 물체야. 그리고 선생은 선생이 가진 권위로 인해 이 애에게 단순한 인간이 아닌 신이자 강한 힘이지……."

노턴 씨는 갑자기 일어섰다.

"가세, 젊은 친구."

그는 화를 내며 말했다.

"아니, 들어 봐. 이 녀석은 마치 자신의 심장 고동 소리를 믿는 것만큼이나 선생을 믿어. 이 녀석은 노예나 실용주의자들에게 똑같이 주입된 저 위대한 오류의 지혜를 믿는단 말이야. 백인은 옳다는 것 말이야. 나는 이 친구의 운명이 무엇인지 알아. 이 친구는 선생의 지시대로 움직일 것이고 그러기 위해서는 맹목성이 그의 주된 재산이 되겠지. 이 녀석은 바로 선생 것이야. 선생의 사람이고 선생의 운명이지. 자, 이제 두 사람 모두 계단으로 해서 저 혼돈 속으로 내려가 버려. 그리고 이곳에서 썩 꺼져. 난 두 사람 모두 역겨워 못 참겠어. 내가 두 사람의 골통을 깨부수는 호의를 베풀기 전에 어서 나가!"

나는 그가 세면대 위의 커다란 흰 주전자를 향해 가는 모습을 보고는 그와 노턴 씨 사이에 끼어들어 서둘러 노턴 씨를 문으로 데리고 나갔다. 뒤돌아보니 그는 웃음과 울음이 뒤섞인 소리를 내며 벽에 기대어 서 있었다.

"서두르게. 저 사람도 다른 사람들처럼 미쳤군." 노턴 씨가 말했다.

"네, 이사님." 나는 그의 목소리에서 전에 없던 분위기를 느끼면서 대답했다.

이제 발코니도 아래층만큼이나 시끌벅적했다. 여자들과 술 취한 퇴역 군인들이 손에 술잔을 든 채로 비틀거리고 있었다. 문이 열린 방을 지나던 순간 에드너가 우리를 발견하고 내 팔을 잡았다.

"백인을 어디로 데려가는 거야?" 그녀가 물었다.

"학교로요." 나는 그녀를 뿌리치며 말했다.

"저 위로 돌아가고 싶지 않아, 자기?" 그녀는 말했다. 나는 그녀를 밀어내려 했다. "거짓말이 아냐. 나는 이 분야에서 최고의 안주인이라니까."

"알았어요. 하지만 제발 우리 좀 가게 내버려 둬요." 나는 애원했다. "나를 곤란하게 만들지 말아요."

우리는 이제 계단을 내려가 빙빙 돌고 있는 사람들 틈으로 들어갔다. 그러자 그녀가 소리를 지르기 시작했다. "그러면 돈을 내놔! 그 사람이 나보다 그렇게 잘났으면 돈 내라고 해!"

그리고 내가 미처 막기도 전에 그녀는 벌써 노턴 씨를 밀어 제쳤다. 우리 두 사람은 계단을 재빠르게 넘어질 듯 내려갔다. 나는 한 사내에게 부딪혀 멈추어 섰는데, 그는 술 취한 사람이 흔히 그러듯 친근한 얼굴로 나를 바라보다가 세게 밀어내었다. 나는 사람들 속으로 깊숙이 나가떨어졌고 노턴 씨의 몸이 빙그르 돌며 지나가는 것이 보였다. 어디선가 그 여자의 비명이 들렸고 핼리의 고함 소리도 들렸다.

"헤이, 헤이, 헤이, 이봐!"

이윽고 나는 신선한 공기가 들어오는 걸 느꼈고 내가 문 가까이에 온 사실을 깨달았다. 나는 사람들을 밀치고 나가서 숨을 헐떡거리며 잠시 서 있었다. 그리고 노턴 씨를 찾기 위해 다시 뛰어들려는 순간, 핼리가 외치는 소리를 들었다. "다들 비켜!!" 그리고 핼리가 노턴 씨를 데리고 문 쪽으로 나오는 모습이 보였다.

"후유!" 그는 백인을 놓아주고 커다란 머리를 흔들며 한숨을 쉬었다.

"고마워요, 핼리." 나는 그렇게 말하고는 더 이상 말을 잇지 못했다.

노턴 씨의 얼굴은 다시 창백해져 있었고 흰 양복은 잔뜩 구겨져 있었다. 그는 휘청거리다가 머리를 방충망에 부딪히며 쓰러졌다.

"이봐요!"

나는 문을 열고 그를 일으켜 세웠다.

"빌어먹을, 또 정신을 잃었군." 핼리가 말했다. "너 어쩌다 이런 백인을 여기 데리고 온 거야?"

"죽었어요?"

"죽다니!" 그는 갑자기 뒤로 물러서면서 화를 냈다. "죽으면 안 돼!"

"어떡하면 좋죠, 핼리?"

"내 술집에선 안 돼. 죽으면 안 돼." 그는 무릎을 꿇으면서 말했다.

노턴 씨가 올려다보았다. "아무도 죽지 않았네. 죽어 가는 중도 아니고." 그는 기분 나쁜 듯이 말했다. "손이나 치우게!"

핼리는 깜짝 놀라 떨어져 나갔다. "아이고, 기뻐라. 정말 괜찮으세요? 이번에는 정말 돌아가신 줄 알았습니다."

"세상에, 좀 조용히 하세요!" 나는 신경질적으로 소리를 질렀다. "이분이 괜찮으시니 당연히 기뻐해야죠."

노턴 씨는 이제 분명히 화가 난 상태였고 이마에는 벗겨진 상처가 보였다. 나는 그보다 앞서 서둘러 차로 달려갔다. 그는 도움 없이 혼자 차에 올라탔고, 나는 달궈진 박하 향과 시가 연기 냄새를 맡으며 운전석에 올라앉았다. 내가 차를 몰고 오는 동안 그는 조용히 침묵을 지켰다.

4장

도로의 흰 선을 따라 달리는 동안 손에 잡은 핸들이 마치 낯선 물건처럼 느껴졌다. 늦은 오후의 뜨거운 햇살은 마치 깊은 밤의 고요한 공기를 타고 먼 곳으로부터 들려오는 지루한 나팔 소리처럼 아른거리며 회색빛 콘크리트로부터 피어올랐다. 백미러로 노턴 씨가 텅 빈 들판을 물끄러미 응시하는 모습이 보였다. 그는 입을 굳게 다물었으며 방충망에 스쳤던 하얀 이마에는 검푸른 멍이 들어 있었다. 그를 보면서 나는 내 안에 차갑게 뭉쳐 있던 두려움이 퍼져 나오는 걸 느꼈다. 이제 어떻게 되는 걸까? 학교 직원들이 뭐라고 할까? 나는 마음속으로, 노턴 씨를 보게 될 블레드소 박사의 표정을 그려 보았다. 그리고 내가 퇴학당하게 되면 쾌재를 부를 몇몇 고향 사람들을 생각했다. 태틀럭의 웃는 얼굴이 눈앞에 아른거렸다. 나를 대학에 보내 준 백인들은 어떻게 생각할까? 노턴 씨는 내게 화가 난 걸까? 골든데이에서 그는 호기심에 가득 찬 모습이었다. 적어도 그 퇴역 군인이 거칠게 말하기 전까지는 말이다. 빌어먹을 트루블러드. 그 자식 잘못이다. 우리가 햇볕 아래 그렇게 오래 앉아 있지만 않았어도 노턴 씨는 위스키를 필요로 하지 않았을 것이다. 그러면 골든데이에 안 가도 됐을 텐데. 그건 그렇고 그 퇴역 군인은 백인에게 왜 그런 식으로 행동했을까?

나는 싸늘한 불안감을 느끼면서 캠퍼스 입구의 붉은 벽돌 기둥 사이로 차를 몰았다. 이젠 단정하게 늘어선 기숙사 건물도 나를 위협하는 것처럼 보였고 완만하게 굽이치는 잔디밭도 흰색 분리선이 그어진 회색빛 고속도로처럼 적의를 품은 듯이 보였다. 차는 예배당의 낮고 길게 뻗은 처마를 지나면서 마치 스스로 억제하듯 속도를 줄였다. 햇빛이 나무들 사이로 시원하게 비치면서 커브 길을 얼룩져 보이게 만들었다. 학생들은 붉은 벽돌색의 테니스 코트 쪽을 향해, 그늘을 지나 부드러운 잔디 언덕을 한가롭게 걸어 내려가고 있었다. 저 너머로는 하얀 유니폼을 입은 선수들이 잔디로 둘러싸인 테니스 코트 바닥의 붉은색과 대조되어 선명하게 보였다. 햇빛에 빛나는 유쾌한 광경이었다. 그곳에서 짧은 간격을 두고 응원 소리가 들려왔다.

내가 처한 곤경을 생각하자니 가슴을 칼로 도려내는 듯 괴로웠다. 나는 제대로 운전할 수 없다는 생각이 들자 도로 한가운데에서 급히 브레이크를 밟았다. 하지만 곧바로 사과하고 다시 차를 몰기 시작했다. 이 조용한 푸르름 속에서 나는 자신의 정체성을 인식해 왔으나 이제는 그것조차 점차 잃어 가고 있다. 짧은 순간, 나는 잔디와 건물, 나의 희망 그리고 꿈이 서로 연관되어 있다는 사실을 깨달았다. 나는 차를 세우고 노턴 씨에게 말하고 싶었다. 오늘 보았던 일에 대하여 용서해 달라고 빌고 싶었고, 마치 어린아이가 부모 앞에서 울 듯 스스럼없는 눈물을 흘리며 간청하고도 싶었다. 우리가 보고 들은 걸 모조리 비난하고 싶었으며 오늘 본 사람들과는 달리 나는 그들을 증오한다는 사실을 알려 주고 싶었다. 그리고 나는 설립자가 세운 원칙을 진심으로 신뢰하고 우리 가난하고 무지한 사람들을 어둠과 수렁으로부터 건져 주기 위해 선의의 손을 내미는 그의 친절함과 미덕을 신뢰한다고 말하고 싶었다. 나는 그의 명령을 따를 것이며 그의 희망대로 사람들을 지도할 것이다. 부지런하고, 예의바르고, 올바른 시민이 되어 모든 사람들의 복지에 기여하고 설립자와 그가 우리에게 펼쳐 준 똑바르고 좁은 길 이외의 모든 길은 피해 가라고 가르칠 것이다. 만약 그가 나에게 화만 내지 않는다면! 만약 그가 나에게 또 한 번의 기회만 준다면 말이다!

내 눈에는 눈물이 가득 고였다. 길들과 건물들이 눈물 속에서 잠깐 흘러 다니다가 이내 얼어붙었다. 그건 마치 겨울에 숲과 풀잎에 얼어붙은 비처럼 반짝거렸다. 그리고 캠퍼스를 온통 하얀 세상으로 변하게 만들고 반짝이는 열매로 나무와 숲을 짓눌러 구부러지게 만들었다. 그러나 눈을 깜빡거리자 그 광경은 사라졌다. 그리고 지금 여기, 뜨거움과 푸르름으로 되돌아왔다. 노턴 씨에게 학교가 나에게 어떤 의미라는 걸 이해시킬 수 있다면 좋으련만.

"이사님 방에 내려 드릴까요?" 내가 물었다. "아니면 본관으로 모실까요? 블레드소 박사님께서 걱정하고 계실 텐데요."

"내 방으로 가세. 그리고 블레드소 박사를 내 방으로 모셔

오게." 그는 간결하게 대답했다.

"알겠습니다."

백미러를 통해 그가 구겨진 손수건으로 앞이마를 조심스럽게 톡톡 눌러 닦는 모습이 보였다. "학교 의사도 좀 불러 주게." 그는 말했다.

나는 옛날 영주들의 집에서나 볼 수 있었던 하얀 기둥들이 늘어선 작은 건물 앞에 차를 세우고, 먼저 내려서 뒷문을 열었다.

"이사님, 저…… 죄송합니다……. 전……."

그는 미간을 찌푸리며 아무 말 없이 단호하게 나를 바라보았다.

"저는 몰랐습니다……. 그러니……."

"블레드소 박사를 내게 보내 주게." 그는 이렇게 말하고는 뒤돌아서 건물로 이어진 자갈길로 휘청거리며 걸어갔다.

나는 다시 차에 올라타 본관 건물로 천천히 차를 몰았다. 내가 지나가자 제비꽃 한 다발을 손에 든 여학생이 반갑게 손을 흔들어 주었다. 부서진 분수대 옆에는 짙은 색 정장 차림의 교수 둘이 점잖게 대화를 나누고 있었다.

건물은 조용했다. 위층으로 올라가면서 나는 블레드소 박사를 떠올려보았다. 넓고 둥그런 그의 얼굴은 공기가 풍선의 안쪽에서 표피를 밀어내듯이 지방이 안에서부터 바깥으로 밀어내어 형체와 부력을 유지하는 것처럼 보였다. 어떤 친구들은 그를 "낡은 양동이 얼굴"이라고도 불렀다. 그는 처음부터 내게 친절했는데, 아마도 내가 입학할 때 고등학교 교장 선생님이 보내 준 편지 덕분인 것 같았다. 무엇보다도 그는 내가 희망하는 모든 것의 본보기였다. 그는 나라 전체의 부유한 사람들에게 영향력을 가진 인물이며, 인종차별과 관련된 문제에 대하여 자문 역할을 하는 인물이자 민족의 지도자이다. 또한 한 대가 아닌 두 대의 캐딜락을 소유하고 높은 수입을 올리는 인물이다. 그리고 상냥하고, 예쁘고, 크림빛 얼굴을 가진 아내도 있다. 더욱 중요한 점은, 그는 흑인이고 대머리인 데다가 백인들로부터 조롱당할 요소를 다 갖추었음에도 불구하고 권력과 권위를 획득했다는 것이다. 또 검고 쭈글쭈글한 머리를 가졌지만 남부 대부분의 백인들보다 더 중요한 자리에 자신을 올려놓았다. 백인들은 그를 비웃을 수 있었을지는 몰라도 절대 무시할 수 없었ㅡ…….

"블레드소 박사님이 내내 찾았어요." 사무실의 아가씨가 말했다.

사무실로 들어서자 그는 전화 통화를 하다가 나를 보더니 말했다. "됐네, 지금 그 학생이 여기 왔네." 그러고는 전화를 끊었다. "노턴 씨는 어디 계신가? 괜찮으신가?"

그는 흥분한 목소리로 물었다.

"네, 박사님. 방에 모셔다 드리고 왔습니다. 그리고 박사님을 모시고 가려고 왔습니다. 그분께서 박사님을 뵙고 싶어 합니다."

"무슨 일이 있는 건가?" 그는 급히 일어서서 책상 앞으로 돌아 나오며 물었다.

나는 머뭇거렸다.

"저런, 무슨 일이 있었나 보군!"

겁에 질려 심장이 심하게 뛰어 대는 바람에 나는 눈앞이 흐려지는 느낌이었다.

"지금은 괜찮습니다, 박사님."

"지금은? 그게 무슨 뜻인가?"

"저, 박사님. 그분께서 잠시 졸도하셨었습니다."

"이런, 세상에! 내가 뭔가 잘못된 줄 알았어. 왜 내게 연락하지 않았나?" 그는 검정 중절모를 집어 들고 문 쪽으로 가면서 말했다. "가세!"

나는 그를 따라가면서 설명해 보려고 했다. "이제는 괜찮으세요, 박사님. 전화 드리기엔 너무 멀리 갔었거든요……."

"왜 그렇게 멀리 모시고 갔나?" 그는 부산스럽게 움직이며 말했다.

"저는 그분이 가자는 곳으로 모시고 갔을 뿐입니다, 박사님."

"어디로 갔는데?"

"노예 지구 안쪽이었습니다." 나는 겁먹은 채 대답했다.

"노예 지구라고! 맙소사, 자네 바보인가? 이사님을 그런 곳에 모시고 가면 안 된다는 생각도 못 했나?"

"그분이 가자고 했습니다, 박사님."

그때 우리는 봄기운이 완연한 거리의 보도 블럭을 따라 내려가고 있었다. 그는 마치 내가 갑자기 흑을 백이라고 우기기라도 한 것처럼 화가 나서 멈추어 선 채 나를 노려보았다.

"그분이 원한다는 말 좀 그만해." 그는 내 옆 좌석으로 올라타며 말했다. "자네는 신께서 개에게 내린 만큼의 머리도 없나? 우리는 백인들을 우리가 원하는 곳으로 데려가야 하고, 그들에게 우리가 보여 주고 싶은 것만 보여 줘야 해. 그걸 모르겠나? 나는 자네가 그래도 어느 정도 머리가 있다고 생각했었어."

라브홀에 이르자 나는 당혹스러워 주눅이 든 채 차를 멈추었다.

"거기 앉아 있지 말고 나와 함께 가세!" 그는 말했다.

건물 안으로 들어서는 순간 나는 또 한 번 충격을 받았다. 거울 앞에 이르러 블레드소 박사가 멈추어 서더니 마치 조각가처럼 자신의 화난 얼굴을 가라앉혀서 부드러운 모습으로 만들었던 것이다. 단지 번득이는 눈빛만이 조금 전 내가 보았던 감정을 드러내고 있었다. 그는 잠시 동안 꼼꼼하게 자신의 모습을 바라보았다. 그러고 나서 우리는 조용한 홀로 살며시 걸어가 계단으로 올라갔다.

한 여학생이 잡지책이 수북이 쌓인 테이블 앞에 우아하게 앉아 있었다. 거대한 창문 앞에는 커다란 어항이 있었고 그 안에서 금붕어들이 채색된 돌들과 조그마한 봉건 시대 성채 모형 주위를 헤엄쳐 다녔다. 금붕어들은 레이스 모양의 지느러미를 움직이고 있었지만 전혀 움직이지 않는 것처럼 보였다. 그건 마치 순간적인 동작이 가져온 시간의 정지 상태와 같았다.

"노턴 씨는 방에 계신가?" 그는 여학생에게 물었다.

"네, 블레드소 박사님. 오시거든 들어오라고 하셨습니다."

문 앞에서 잠시 멈추었을 때 나는 그가 목을 가다듬고 주먹으로 문을 살며시 두드리는 소리를 들었다.

"노턴 씨?" 그는 어느새 입술에 미소를 지으면서 말했다. 대답 소리가 들리자 나는 그를 따라 안으로 들어갔다.

커다랗고 밝은 방이었다. 노턴 씨는 커다란 안락의자에 재킷을 벗은 채 앉아 있었다. 갈아입을 옷 한 벌이 시원해 보이는 침대 시트에 놓여 있었다. 널찍한 벽난로 위에서는 설립자의 초상화가 어렴풋하게, 자애롭게, 슬프게, 그리고 가슴을 조이는 바로 그 순간에는 지극히 환멸을 느끼는 얼굴로 나를 내려다보고 있었다. 그런 후 내 눈 앞에는 장막이 드리워진 것 같았다.

"걱정했습니다, 이사님." 블레드소 박사가 말했다. "오후 회의에 들어오실 줄 알았는데……."

이제 시작이군. 이제…….

그런데 갑자기 그가 앞으로 뛰어나갔다. "노턴 씨, 이마가!" 그는 할머니 같은 기묘하고 걱정스러운 말투로 소리쳤다. "어찌 된 일입니까, 이사님?"

"아무 일도 아니오." 노턴 씨의 표정은 변함이 없었다. "그냥 좀 긁혔을 뿐이오."

블레드소 박사는 격노한 얼굴로 휙 돌아섰다. "의사를 모셔 오게. 왜 노턴 씨가 다치셨다고 말하지 않았어?"

"이미 조치를 취했습니다, 박사님." 나는 그가 뒤돌아서는 모습을 보면서 조용조용 말했다.

"이사님, 노턴 이사님, 정말 죄송합니다." 그는 낮은 목소리로 노래 가락을 읊듯이 말했다. "저는 아주 주의 깊고 영리한 젊은이를 보내 드린 줄 알았는데! 전에는 이런 사고가 전혀 없었습니다. 지난 칠십오 년간 단 한 번도 없었습니다. 이사님, 저 친구를 꼭 처벌하겠습니다. 아주 엄중히!"

"자동차 사고가 있었던 게 아니네." 노턴 씨가 친절하게 말했다. "저 학생 잘못도 아니네. 이제 그를 보내게. 이젠 그가 필요 없으니."

내 눈에는 갑자기 눈물이 맺혔다. 그의 말에 감사의 마음이 물결처럼 밀려왔다.

"친절하게 대하실 필요 없습니다." 블레드소 박사가 말했다.

"이런 녀석들에게 너그럽게 대하시면 안 됩니다. 이런 녀석들의 응석을 받아 주시면 안 됩니다. 학생이 학교의 손님을 모시다가 사고를 내면 분명히 학생의 잘못이죠. 그건 우리 학교의 엄격한 규칙입니다." 그는 그렇게 말하고는 나를 바라보았다. "기숙사로 가서 연락할 때까지 대기해!"

"하지만 그건 제 잘못이 아니었습니다, 박사님." 내가 말했다. "노턴 씨가 말씀하시듯이……."

"내가 설명하지, 젊은 친구." 노턴 씨는 반쯤 미소 지으며 말했다. "모든 걸 다 설명해 주겠네."

"감사합니다, 이사님." 나는 표정 하나 바꾸지 않고 나를 노려보는 블레드소 박사를 보면서 말했다.

"다시 생각해 보니 오늘 저녁 예배시간에 자네가 나오는 것이 좋겠어, 알겠나?"

"알겠습니다, 박사님."

나는 차가운 손으로 문을 열고 나오다가, 블레드소 박사와 함께 방으로 들어갈 때 책상에 앉아 있던 여학생과 마주쳤다.

"안됐지만 고물 양동이를 화나게 만든 것 같네요." 그녀가 말했다.

그녀는 무언가 듣기를 기대하는 눈치로 내 옆으로 다가왔지만 나는 아무 대꾸도 하지 않았다. 내가 기숙사를 향해 걸어갈 때 태양은 캠퍼스에 붉은빛을 드리웠다.

"내 남자 친구한테 말 좀 전해 줄래요?" 그녀는 말했다.

"남자 친구가 누군데요?" 나는 긴장과 두려움을 감추려고 애쓰면서 물었다.

"잭 매스턴이에요." 그녀가 대답했다.

"알았어요. 내 옆방 친구네요."

"잘됐네요." 그녀는 환한 미소를 지으며 말했다. "총장이 일을 시켜서 오후에 그를 못 만났거든요. 그 친구한테 그냥 제가 풀잎은 푸르다고 하더라고 전해 줘요……."

"뭐라고요?"

"풀잎은 푸르다. 이건 우리 암호라서 아마 알아들을 거예요."

"풀잎은 푸르다." 나는 되풀이했다.

"바로 그거예요. 고마워요." 그녀는 말했다.

나는 그녀가 굽이 낮은 신발로 자갈길을 자박자박 걸어 서둘러 건물로 돌아가는 모습을 보며 욕을 퍼붓고 싶은 충동이 들었다. 지금 누구는 일생의 운명이 결정될 판인데 유치한 암호를 가지고 장난이나 치고 있으니 말이다. 풀잎은 푸르다. 그 애들은 결국 만날 것이고 여자애는 임신한 채 집으로 돌려보내질 테지. 그렇다 하더라도 나보다는 덜 불명예스럽다. 그들이 나에 대해 어떤 말을 하고 있는지 알 수만 있다면……. 갑자기 나는 좋은 생각이 떠올라서 그녀를 따라 건물로 들어가 계단을 올라갔다.

복도에는 그녀가 급히 지나가면서 일으킨 미세한 먼지들이 한 줄기 햇빛 속에 날아다니고 있었다. 그녀는 보이지 않았다. 나는 그녀에게 문 앞에서 그들의 말을 엿들었다가 내게 알려 달라고 부탁하려던 참이었다. 하지만 포기하고 말았다. 그녀를 찾더라도 그건 양심에 걸리는 일이었다. 게다가 나는 남들이 내 곤경을 알게 되는 것이 부끄러웠으며, 너무나도 멍청한 짓이라 아무도 믿어 줄 리 없다고 생각했다. 넓고 긴 복도의 저쪽 너머에서 보이지는 않지만 누군가 노래를 부르며 계단을 껑

충껑충 뛰어 내려오는 소리가 들렸다. 여자애의 달콤하고 꿈에 부푼 목소리였다. 나는 조용히 그곳을 나와서 서둘러 기숙사로 돌아왔다.

나는 방에 누워 눈을 감고 생각해 보려고 애썼다. 긴장하여 속이 조여 왔다. 그때 누군가 복도를 걸어오는 소리가 들렸고 나는 몸이 굳어 버렸다. 벌써 그들이 누굴 보낸 걸까? 근처의 문이 열렸다가 닫혔지만 내게는 강한 긴장감이 남아 있었다. 누구에게 도와 달라고 할까? 아무도 생각나지 않았다. 골든데이에서 일어난 일을 누구에게 설명조차 할 수 없었다. 모든 것이 내 안에서 뒤틀려 있다. 특히 노턴 씨에 대한 블레드소 박사의 태도가 가장 혼란스러웠다. 학교에 남게 될 가능성이 더 줄어들까 봐 두려워서 나는 감히 그가 한 말을 되풀이할 수도 없었다. 그건 사실이 아닐 것이다. 내가 잘못 이해했을 것이다. 그는 내가 들었다고 생각하는 그런 말을 했을 리가 없다. 그가 백인들에게 다가설 때 모자를 벗어 들고 아주 겸손하고 공손하게 인사하던 모습을 자주 보지 않았던가. 식당에서도 그는, 학교를 방문한 백인들과 함께 식사하길 마다하고, 백인 손님들이 식사를 마친 후에야 들어가서 앉지도 않고 서서 모자를 손에 든 채 유창하게 연설을 하고는 겸손하게 인사하고 그 자리를 나오지 않았던가. 그는 그런 사람이 아니었던가. 정말 그런 사람이 아니었던가. 나는 식당과 주방 사이의 문을 통해 그의 모습을 자주 엿보았었다. 그가 가장 좋아하는 찬송가는 「겸손한 삶」이 아니었던가. 그리고 일요일 저녁, 교회의 연단에서 수없이 많은 명확한 어휘들을 사용하여 우리에게 만족하는 삶을 살라고 설교하지 않았던가. 그는 그렇게 해 왔고 나는 그를 믿었다. 나는 설립자의 길을 따르는 데서 얻을 수 있는 행복에 대하여 그가 말하는 실례들을 전적으로 믿어 왔다. 그건 나의 삶에 대한 확언이었다. 학교는 내가 하지도 않은 일을 이유로 나를 쫓아내 버릴 수는 없다. 그들은 그래서는 안 된다. 하지만 그놈의 퇴역 군인! 완전히 미쳐서 멀쩡한 사람도 돌게 만드는 작자이다. 세상을 완전히 뒤엎으려고 한 놈이지. 빌어먹을 놈! 그놈이 노턴 씨를 화나게 만들었다. 그는 그런 식으로 백인에게 말할 권리가 없는 놈이다. 나를 벌 받게 할 권리도 없고……

누군가 흔들어서 나는 움찔했다. 나의 발은 축축하게 젖은 채 떨리고 있었다. 룸메이트였다.

"왜 그래, 친구? 밥이나 먹으러 가자." 그가 말했다.

나는 그의 자신만만한 얼굴을 쳐다보았다. 그는 농부가 되겠다는 녀석이었다.

"밥 생각이 없어." 나는 한숨을 쉬며 대답했다.

"좋아. 농담은 좋은데 나중에 안 깨웠다는 말은 하지 마라." 그가 말했다.

"알았어." 내가 말했다.

"누굴 기다리는 건데, 널찍한 엉덩이를 잘 돌리는 아가씨라도 기다리는 거야?"

"아냐." 내가 대답했다.

"그만두는 게 좋아." 그는 히죽거렸다. "몸도 망치고 바보만 된다니까. 여자는 그저 데려다가 설립자의 무덤에 돋아난 푸른 잔디 위로 달이 뜨는 모습만 보여 주면 돼……."

"어서 꺼져." 나는 소리쳤다.

그는 웃으면서 나갔고, 문이 열리자 복도에서 무수한 발소리들이 들렸다. 저녁식사 시간이다. 멀어지는 목소리들. 내 인생의 무언가도 그 소리들과 함께 소용돌이치며 회색빛 아득한 곳으로 물러가는 것 같았다. 그때 문 두드리는 소리가 들렸다. 나는 벌떡 일어섰고 마음은 잔뜩 긴장되었다.

1학년 모자를 머리에 눌러 쓴 조그만 학생이 문 앞에서 소리쳤다. "블레드소 박사님께서 라브홀로 오래요." 그리고 그 녀석은 내가 무언가 묻기도 전에 가 버렸다. 마지막 벨이 울리기 전에 저녁을 먹기 위해 서둘러 가는 그의 쿵쾅거리는 발소리가 복도를 따라 들려왔다.

노턴 씨의 방문 앞에 멈추어 서서 나는 손잡이에 손을 얹고 기도를 웅얼거렸다.

"들어오게, 젊은이." 내가 노크하자 그가 말했다. 그는 산뜻한 리넨 옷차림이었는데 그의 하얀 머리카락이 불빛에 반사되어 마치 명주실처럼 보였다. 작은 거즈 조각이 그의 이마에 붙어 있었다. 그는 혼자였다.

"죄송합니다, 박사님." 나는 사과했다. "블레드소 박사님이 여기서 저를 보자고 하셨다던데……."

"맞네." 그가 대답했다. "그런데 블레드소 박사가 가야 할 일이 생겼지. 예배 끝나고 그분 사무실에 가면 만날 수 있을 것이네."

"감사합니다. 이사님." 나는 그렇게 말하고 나가려고 돌아섰다. 그때 그가 뒤에서 헛기침을 하며 나를 불렀다. "젊은이……."

나는 기대에 부풀어 돌아섰다.

"젊은이, 블레드소 박사에게 자네는 잘못이 없다고 설명했네. 그분도 이해하셨을 거야."

나는 너무나 마음이 놓이다 보니 처음에는 그를 그저 바라보기만 했다. 글썽이는 눈에 비친, 체구가 조그맣고 실크 머리카락을 가진 흰옷 입은 성 니콜라스를.

"정말 감사합니다, 이사님." 마침내 나는 정신을 차렸다.

그는 말없이 나를 살펴보며 눈을 약간 찌푸렸다.

"오늘 저녁에 제가 필요하십니까?" 내가 물었다.

"아닐세. 차는 필요 없을 걸세. 일 때문에 예상보다 일찍 떠나야 하네. 오늘 밤 늦게 떠날 예정이야."

"그럼 제가 역까지 모셔다 드리겠습니다, 이사님." 나는 희망을 가지고 말했다.

"고맙네. 그런데 블레드소 박사가 벌써 준비해 놓았네."

"아." 나는 실망하며 말했다. 나는 남은 기간 동안 그를 보필하며 그의 믿음을 되찾고 싶었다. 이젠 그 기회가 없어졌다.

"그럼, 좋은 여행 하시기 바랍니다, 이사님." 나는 말했다.

"고맙네." 그는 갑자기 미소를 지으며 말했다.

"어쩌면 다음에 오시면 이사님께서 오후에 물으셨던 질문 몇 가지에 대해 제가 답변을 해 드릴 수 있을지도 모르겠습니다."

"질문들?" 그는 미간을 찡그렸다.

"네, 이사님. 그러니까…… 이사님의 운명에 관해서 말입니다." 내가 대답했다.

"아, 그래, 그래."

"그리고 에머슨도 읽어 보도록 하겠습니다……."

"좋아. 자기에 대한 신뢰는 가장 가치 있는 덕목이지. 나도 많은 관심을 가지고 자네가 내 운명에 기여한 소식을 듣게 되기를 기대하겠네." 그는 나에게 문 쪽을 향해 나가라고 손짓했다. "그리고 블레드소 박사를 꼭 만나 보게."

나는 완전히는 아니지만 어느 정도 자신감을 가지고 그곳을 나왔다. 그러나 아직 블레드소 박사를 만나는 일이 남아 있었다. 그리고 예배에도 출석해야 했다.

5장

저녁 예배를 알리는 종소리가 들리자 나는 학생들 무리에 섞여 천천히 캠퍼스를 가로질러 걸어갔다. 학생들의 목소리가 깊이 내려앉은 황혼 속에서 부드럽게 들려왔다. 무광 유리로 만들어진 노란색 전구가 기억난다. 그것은, 우리가 라일락과 인동덩굴, 버베나 향으로 가득한 황혼 속을 봄의 푸른 느낌을 안고 천천히 걸어가는 동안, 푸른 잎과 나뭇가지가 매달린 자갈길과 보도에 레이스 모양의 그림자를 만들어 냈다. 그리고 나는 부드러운 봄날의 잔디 너머로 갑작스럽게 들려온 경쾌한 웃음의 화음을 기억한다. 종소리처럼 울려 퍼진 여성적인 웃음소리는 즐거움으로 가득했으며 멀리까지 흘러가는 듯했고, 거침없이 샘솟았다가 이내 사그라졌다. 마치 엄숙한 교회 종소리와 함께 퍼지는 해질 무렵의 차분하고 장중한 분위기 속으로 순식간에 빨려 들어가 되돌아오지 못하는 것처럼. 뎅! 뎅! 뎅! 내 주변에서 얌전하게 움직이는 발소리와 여러 개의 건물에서 베란다를 내려와 보도로 향하는 발소리들, 그리고 보도를 넘어 하얗게 바랜 돌들이 경계를 이루는 아스팔트 차도로 가는 발소리들 위로 그 신비스러운 메시지가 들려왔다. 그건 방문객들이 기다리고 있는 장소를 향해 조용히 걸어가는 남자와 여자, 소년과 소녀 들에게 들려왔으며 우리는 경배의 마음이라기보다는 심판을 받는 마음으로 걸어가고 있었다. 마치 사물을 여과하는 듯 어스름한 저녁, 진한 남색 하늘 아래 빙글빙글 회전하거나 맹렬하게 돌진하는 나방들 속에서도, 땅으로 떨어진 태양처럼 예배당 뒤에서 핏빛으로 어슴푸레 보이는 달빛이 아직 밤을 비추지 않은 이 순간, 달은 박쥐가 끽끽거리는 여기 황혼도 아니고, 귀뚜라미와 쏙독새가 울어 대는 그 밤도 아닌, 우리가 모인 장소에만 짧은 빛을 집중시키는 것 같았다. 그리고 우리는 경직된 자세로 사지는 뻣뻣하게 굳어 말없이 흘러간다. 모든 것은 마치 어둠 속의 전시물 같았고 달은 백인의 핏발 선 눈처럼 내려다보았다.

나는 심판을 받으러 가는 심정으로 다른 누구보다도 더 뻣뻣하게 굳은 채 발걸음을 옮겼다. 교회의 종소리는 내 혼란스러운 마음을 깊이 휘저어 놓으며 이제 끝이라는 절망감을 갖게 만든다. 마치 달이 땅으로부터 붉게 물든 채 떠오르듯 길고 낮은 처마가 넓게 뻗은 예배당이 기억난다. 예배당은 포도 덩굴로 덮였고 황토색이어서 인간의 손으로 만들어졌다기보다는 대지가 만들어 낸 것처럼 보였다. 나의 마음은 구원을 찾아 서둘며 봄날의 황혼과 꽃향기로부터, 그리고 예수가 십자가에 못 박힌 그 순간의 모습으로부터 벗어나 탄생의 순간으로 향한다. 또 봄날의 황혼과 어스름한 곳으로부터 높고, 깨끗하고, 맑은 겨울의 달과 난쟁이 소나무들 위에서 반짝이는 눈을 향한다. 그곳은 종소리 대신 오르간과 트롬본 소리가 캐롤을 연주하여, 내리는 눈과 더불어서 멀리까지 퍼져 나간다. 그리고 밤 공기를 반짝이는 물의 바다로 만들어 졸음에 빠진 대지와 소리가 닿을 수 있는 가장 먼 곳, 끝없이 먼 곳까지 감싸 안으며 심지어 골든데이나 미치광이 집에까지도 신의 새로운 섭리를 전한다. 그렇지만 여기 해가 저무는 이곳에서, 나는 떠오르는 달빛 아래 꽃향기 가득한 공기 속을 지나 최후의 심판과 같은 종소리를 향해 걸어가고 있다.

나는 소리 없이 문들을 지나 부드러운 불빛 속으로 들어간다. 그리고 등이 바짝 당겨진, 고문하는 것 같은 청교도 의자들을 지나 내게 배정된 자리를 찾아 그 번뇌 위에 몸을 구부린다. 설교대와 반짝이는 놋쇠 장식이 있는 연단의 윗부분에는 피라미드 형태로 쌓인 학생 성가대의 머리들과 흑백의 유니폼 위로 평온하고 무표정한 얼굴들이 보인다. 그리고 그들 위로는 지붕까지 뻗은 거대한 파이프 오르간이 마치 금으로 투박하게 꾸민 고딕 양식의 천사단같이 장엄하게 보였다.

내 주변에는 학생들이 얼굴에 근엄한 가면을 쓴 채 굳은 표정으로 움직인다. 그리고 방문자들이 좋아하는 노래를 기계적으로 부르는 소리가 벌써부터 들리는 듯했다.(좋아한다고? 요구한 것이지. 노래한다고? 접수되고 의식화된 최후의 통첩이지. 그리고 그것이 부여해 줬던 평화를 위해 암송하는 충성의 표시겠지. 아마도 그런 이유로 좋아하는 것이겠지. 패배자들이 정복자들의 상징을 좋아하게 되듯 좋아한 것이겠지. 제시되어 어쩔 수 없이 받아들이는 조건에 대한 수용의 몸짓이지.) 그리고 지금 여기에 뻣뻣이 굳은 채 앉은 나는, 길게 뻗은 연단 앞에 앉아서 두렵기도 하고 기쁘기도 한 저녁을 보내야 했던 걸 기억한다. 또 설교대에서 들려온 짧고 의례적이었던 설교를 기억한다. 설교는 매끄럽고 수식적인 말로 전해졌으며 우리 고향 사람들 대부분이 부끄럽게 여기는 미숙한 성직자들의 거친 감정을 순화시키듯 차분하고 확신 있게 전달되었다. 이러한 논리적인 호소들은 우리를 감동시키거나 위로하기 위해 여러 음절의 단어들이 달래듯이 움직이면서도 확고한 형식을 갖추어 일격을 가하듯 우리에게 전달됐으며 혼란이 없던 시절의 명쾌함만을 요구했다. 나는 초대된 연사들의 말도 기억한다. 모두들 우리에게 이 장대하고 형식을 갖춘 제사에 참여할 수 있게 된 것을 행운으로 받아들이게 하려고 애썼다. 무지와 어둠 속에서 헤매는 것으로부터 보호받는 이 가족에 속해있다는 사실이 얼마나 행운인가를 말이다.

오늘 여기 연단에서 호레이쇼 앨저*의 마법 의식이 하느님의 각본대로 행해졌으며 백만장자들이 내려와 자신의 모습을 보여 주었다. 그들은 두꺼운 종이 가면을 쓰고 자신들의 선행, 부, 성공, 권력, 자비 그리고 권위에 대한 신화를 연기할 뿐만 아니라 자신과 자신들의 미덕을 구체적으로 보여 주었다. 성찬용 빵이나 와인이 아닌, 살과 피로 생생하게 표현했으며 허리가 굽고, 늙어 가고, 시들어 가는 모습조차도 생생하게 표현했다.(그리고 이 장면을 보며 누가 믿지 않겠는가? 의심이나 할 수 있을까?)

---

* 가난한 소년이 근면함을 통해 성공하는 내용을 담은 소설을 주로 쓴 미국의 아동문학가.

그리고 나는 우리가 다른 모든 사람들과 어떻게 직면했는지 기억한다. 이곳 에덴으로 나를 보낸 사람들, 우리가 모르면서도 알고 있던 사람들, 친숙함 속에서도 낯선 사람들, 자신들의 말을 피와, 폭력과, 조소와, 점잖은 미소를 띤 오만을 통해 우리에게 끌어다 붙이는 사람들, 우리의 삶의 한계와 우리의 열망의 엄청난 대담성, 그리고 더 높이 올라서려는 우리의 성급이 얼마나 엄청나게 어리석은지에 대해 순진무구한 말로 훈계하고 위협하는 사람들, 자신들에게 익숙한 담배즙처럼 턱에서 반짝이는 피거품의 환영을 은연중에 내게서 불러일으키는 사람들, 그들의 입술 위에는 수백만 흑인 노예 어미들의 쭈그러든 젖통에서 나온 젖이 말라붙어 있으며 우리 존재에 대한 불안정하고 유동적인 지식으로 우리의 원천을 빨아들이는 것 같더니 이제는 우리에게 오물을 토해 내는 사람들을 기억한다. 그들은 이것이 우리의 세상이라고 설명한다. 이 지평선과 이 대지, 이 계절과 이 기후, 이 봄과 이 여름, 이 가을과 앞으로 다가올 미지의 수천 년의 수확, 이 홍수와 태풍. 그리고 그들은 천둥이며 번개이다. 우리는 그 사실을 받아들이고 사랑해야 한다. 설령 사랑하지 않더라도 받아들여야 한다. 받아들여야만 한다. 그것들이 존재하지 않을 때조차도 받아들여야 한다. 철도를 건설하고 배를 만들고 돌탑을 쌓은 사람들이 우리 눈앞에 서 있다. 그들의 목소리는 각기 다르고 위험에 대한 부담은 없어 보였다. 그들이 우리의 노래 속에서 느끼는 즐거움은 더욱 진지한 것 같았다. 또 우리의 행복에 대한 그들의 관심은 자애롭고 초연해 보인다. 그렇지만 나머지 사람들의 말은 박애주의의 돈보다도 강했으며, 기름이나 황금을 캐기 위해 땅

속에 박힌 기둥보다도 더 깊었고, 과학자의 연구실에서 만들어 내는 기적보다 더 두려움을 불러일으키는 것이었다. 왜냐하면 그들이 말하는 대부분의 순진무구한 말들은 폭력 행위와 다름없었으며 우리가 캠퍼스에서 견디어 내진 못했지만 극히 민감하게 반응했었기 때문이다.

그리고 바로 거기 연단 위에서 나 역시 활보하고 토론했었다. 학생 대표는 내 목소리가 가장 높은 기둥과 가장 먼 서까래까지 울리도록 조정해 주었다. 내 목소리는 마치 광야의 나무들을 향하거나 암회색 물이 담긴 우물로 던져진 소리처럼, 마루 기둥에 음절마다 울려서 딸랑거리며 메아리쳐 왔다. 그것은 의미가 있다기보다는 단순한 소리였으며 건물들의 반향을 이용한 놀이였고 귀의 신전에 대한 공격이기도 했다.

하! 거기 맨 뒷줄의 백발의 부인. 하! 미스 수지, 수지 그레셤. 거기 뒤에서 남학생에게 웃고 있는 여학생을 바라보는 분. 내 말 좀 들어 봐요. 트럼펫과 트롬본의 음색을 흉내 내고 바리톤 나팔처럼 주제 변주곡을 연주하는 어설프고 말 많은 나팔수의 말 좀 들어 봐요. 이봐요! 목소리와 내용이 없는 목소리, 그리고 전할 소식이 없는 바람 소리를 구분하는 노련한 감식가여. 모음 소리와 탁탁거리는 치음을 들어 보세요. 그리고 공허한 고뇌의 낮고 거친 후음을 들어 보세요. 지금은 형상이 손상돼 버린 침례교회에서 오래전 들어 본 목사의 굽이치는 리듬을 이렇게 한번 타 보세요. 태양은 피를 흘리지 않고……, 달은 눈물을 흘리지 않으며……, 지렁이는 신성한 육신을 거부하지 않으며 부활절 아침 흙 속에서 춤을 추지 않는다…….

하! 업적을 노래하기. 하! 성공을 떠들어 대기. 하! 받아들이길 읊어 대기. 하! 익사한 열정이 가득한 말소리들의 강물. 하! 이루지 못한 야망과 유산된 반항의 잔해물들이 떠다니는 곳. 하! 내 앞에서 귀를 기울이려고 목을 앞으로 빼고 뻣뻣하게 굳은 채 도열해 있는 저들의 귀를 휩쓸어 버리기. 하! 천장에 물 뿌리기와 검게 얼룩진 뒤쪽 서까래를 두드리기. 수천의 목소리가 담긴 가마에 익혀 부드럽게 길들인 재목을 잘 말려서 만든 그 가로대를. 하! 실로폰 두드리듯 연주하기. 캠퍼스를 위아래로 오고가는 학생 밴드처럼 행진하며 공허한 승리의 나팔을 불어 대는 말들. 이봐요, 미스 수지. 말이 아닌 말소리, 아직 이루지 못한 업적들을 노래하는 가짜 음표들이 내 목소리의 날개를 타고 노부인, 당신에게 갑니다. 당신은 설립자의 목소리를 알고 있죠. 그리고 그의 약속에 담긴 말의 강세와 반향을 알고 있죠. 내 숨결, 내 풀무 그리고 내 샘을 통해, 내가 마치 분수 속에 있는 밝은 색 공을 던져 올리듯 말을 전할 때, 당신은 백발의 머리를 주변의 젊은이들과 함께 위로 치켜들고 눈은 감은 채 황홀한 표정이군요. 들어 보세요, 노부인. 이제 당신이 전에 보여 준 것 같은 귀한 끄덕임, 눈 감은 채 짓는 미소, 그리고 인정의 묵례를 통해 내 소리를 정당화시켜 주세요. 당신은 말의 내용만으로는, 내 말만으로는, 그리고 당신의 눈꺼풀을 간지럽게 만드는 날아다니는 솜털만으로는 절대 우롱당하지 않습니다. 단지 약속의 메아리 때문에 생긴 환상으로 당신의 눈꺼풀이 펄럭일 때까지는 말입니다. 노래하며 밖으로 행진해 나간 후 당신은 내 손을 잡고 떨리는 목소리로 노래할 것입니다. "이봐요, 언젠가 당신은 설립자를 기쁘게 만들 것이오!"

하! 수지 그레섬, 만인의 어머니 그레섬. 청교도 의자에 앉아 있는 저 열정적인 젊은 여성들의 수호자. 그들은 자신들에게서 나오는 기운 때문에 당신의 요단 강 강물을 보지 못합니다. 당신은 노예 제도의 유물이죠. 학교는 당신을 사랑했으나 이해하지 못했죠. 노예 제도의 연로한 유물이여. 그렇지만 여전히 따뜻하고 정력적이며 모든 걸 견뎌 낼 수 있는 무언가를 품고 있습니다. 그 치욕의 섬에서 우리는 부끄럽게 생각하지 않았습니다. 나는 마지막 줄에 앉은 당신을 향해 말을 쏟아 냈던 것입니다. 또한 내가 예식이 시작하기를 기다리는 동안 부끄러움과 후회스러운 마음으로 생각했던 사람도 당신이었습니다.

귀빈들은 등이 높고 조각이 새겨진 의자를 향해 연단에서 조용조용 움직였다. 블레드소 박사는 풍채 좋은 수석 웨이터처럼 예의바르게 그들을 안내했다. 그는 몇몇 손님들과 마찬가지로 줄무늬 바지와 옷깃에 검정 장식이 달린 연미복을 입었으며 넓고 화려한 넥타이를 매고 있었다. 그것은 블레드소 박사가 그런 행사 때마다 항상 입는 복장이었다. 그렇지만 그는 그런 우아함 속에서도 자신을 낮추어 보이도록 행동했다. 아무튼 그의 바지는 무릎 부분이 튀어나와 있었으며 코트의 어깨 부분도 늘어져 있었다. 그는 처음에는 손님들 한 사람 한 사람을 향해 미소를 지었으며, 그들은 한 사람을 제외하고는 모두 백인이었다. 그리고 그가 그들의 팔에 손을 갖다 대거나 등을 어루만지기도 하고, 또 큰 키에 각진 얼굴을 가진 이사에게 뭐라고 속삭이자 그 사람이 그의 팔을 친근하게 만지는 장면을 보면서 나는 등이 오싹해지는 느낌이 들었다. 나 역시 오늘 백인을 만졌지만 그것은 재앙이었던 느낌이다. 그리고 그때 내가 깨달은 것은, 블레드소 박사는 내가 아는 우리 흑인들 가운데 이발사나 보모 말고는 백인을 아무 문제없이 만질 수 있는 유일한 사람이라는 사실이었다. 그리고 또한 내가 기억하기로는, 그는 백인 내빈들이 연단에 올라오면 언제나 마치 엄청난 마술이라도 부리듯이 자신의 손을 그들에게 올려놓았다. 나는 그가 백인의 손을 잡을 때 번뜩이던 이빨을 바라보았다. 그는 모두가 자리에 앉은 후 가장 끝에 놓인 자기 자리에 가서 앉았다.

내빈들 위로는 학생들의 얼굴이 겹겹이 보였으며 오르간 연주자는 연주대에 앉아 눈을 반짝이며 어깨 너머로 고개를 돌린 채 시작 신호를 기다리고 있었다. 그리고 나는 블레드소 박사를 쳐다보았다. 그는 청중들을 여기저기 살펴보더니 고개를 돌리지 않은 채 끄덕였다. 그건 마치 보이지 않는 지휘봉을 아래로 내리긋는 것처럼 보였다. 오르간 연주자는 고개를 돌리고 어깨를 추켜올렸다. 오르간으로부터 드높은 소리의 폭포가 거품처럼 솟아올랐으며 예배당 전체로 두텁고 신축성 있게 퍼져나갔다. 오르간 연주자는 의자 위에서 몸을 비틀고 꼬았으며, 발은 오르간의 점잖은 소리와는 전혀 무관한 리듬에 맞추어 춤이라도 추듯이 둥둥 떠다녔다.

그리고 블레드소 박사는 속으로 집중하듯 온화한 미소를 지으며 앉아 있었다. 그렇지만 그는 여전히 빠르게 시선을 던지고 있었다. 먼저 학생들이 앉아 있는 줄부터 보고 나서 교수들이 앉아 있는 곳을 향했는데, 다들 그의 재빠른 시선을 두려워했다. 왜냐하면 그가 이 예배에 학생들 모두 참석하라고 명령했기 때문이다. 그 규칙이 장황한 설명과 함께 발표된 곳이 바로 여기였다. 내 자리 쪽을 훑고 지나갈 때 그의 눈이 마치 내 얼굴에만 머물러 있는 것같이 느껴졌다. 나는 연단 위의 내빈들을 바라보았다. 그들은 편안한 자세이지만 방심하지 않고 앉아 있었으며 언제나 위를 바라보는 우리의 눈과 마주쳤다. 나는 그들 중 누구에게 찾아가 블레드소 박사에게 내 일을 중재해 달라고 부탁해야 할지 몰랐다. 하지만 거기에는 아무도 그럴 사람이 없다는 걸 이미 알고 있었다.

그의 주변에 중요한 내빈들이 둘러앉아 있었고 그 자신을 다른 사람보다 낮추어 보이도록 해 주는 겸손함과 굴종적인 자세에도 불구하고(그의 몸집이 더 컸음에도) 블레드소 박사는 우리들에게 훨씬 더 큰 영향력을 가진 존재로 느껴졌다. 나는 그가 이 대학에 오게 된 경위에 대한 전설을 떠올렸다. 교육에 대한 열정만으로 누더기 한 보따리를 메고 두 개의 주를 가로질러서 터벅터벅 걸어왔다는 맨발의 소년 이야기였다. 어떻게 그가 돼지 밥 주는 일을 얻게 되었으며, 어떻게 해서 학교 역사상 최고의 돼지 사육사가 되었는가 하는 이야기, 또 어떻게 해서 설립자가 그에게 깊은 인상을 받아 자신의 사무실 사환으로 고용했는가 하는 이야기이다. 우리는 모두 그가 총장에 이르기까지 오랜 세월 동안 열심히 일했다는 사실을 알고 있으며, 우리는 모두, 학교까지 걸어왔어야 했거나, 수레바퀴를 끌었어야 했거나, 지식에 대한 갈망을 입증하기 위해 결단적이고 희생적인 행동을 했었어야 한다고 가끔씩 생각했다. 나는 캠퍼스의 모든 사람에게 그가 불어넣어 준 찬양과 두려움을 기억했다. 흑인 신문에 엽총으로 발사한 것처럼 폭발하듯 인쇄

된 '교육가'라는 제목이 붙은 사진도 기억났다. 그 속에서 그는 확신에 찬 표정으로 우리를 바라보고 있었다. 우리에게 그는 평범한 대학의 총장 이상의 의미를 가지고 있었다. 그는 지도자이며 우리의 문제점들을 윗사람들에게, 심지어 백악관으로도 가져가 주는 정치가였다. 그리고 과거에 그는 대통령에게 캠퍼스를 안내한 적도 있었다. 그는 우리의 지도자이자 마법사이기도 했다. 그는 기부금을 많이 늘렸으며, 장학 기금을 풍족하게 마련했고, 언론의 다양한 경로를 이용하여 홍보를 했다. 그는 우리가 무서워하던 우리의 시커먼 아버지였다.

오르간 소리가 그치자 성가대의 윗줄 높은 곳에서 갈색의 마른 소녀가 현대 무용수 같은 지극히 절제된 움직임으로 소리 없이 일어나 무반주로 노래를 부르기 시작했다. 그녀는 마치 아주 개인적인 감정을 자기 자신에게 노래하듯이 부드럽게 시작했다. 그녀의 목소리는 청중을 향한 것이 아니라 청중이 그녀의 의도와 관계없이 목소리를 엿듣는 것처럼 들렸다. 그녀가 점점 목소리를 크게 내자 마치 목소리가 육체로부터 이탈하려는 힘으로 변해 육체 속에서 그녀를 산산조각 내고 율동적으로 뒤흔들려는 것 같았다. 마치 그것은 그녀가 직접 창조해 낸 유동적인 직물이라기보다는 그녀의 존재의 근원이 돼 버린 것 같았다.

나는 연단의 내빈들이 뒤를 보기 위해 몸을 돌리는 장면을 보았다. 그들은 오르간 파이프 앞에 하얀 성가대 옷을 입고 서 있는 갈색 피부의 가냘픈 여학생을 올려다보았다. 그녀는 우리 눈 앞에서 냉정하고, 절제되고, 승화된 고뇌가 깃든 하나의 파이프가 되었으며, 얼굴은 음악에 의해 야위고 소박하

게 변했다. 나는 가사를 이해할 수는 없었지만 노래의 슬프고
어렴풋하며 영묘한 분위기는 느낄 수 있었다. 노래에는 향수와
후회 그리고 회개의 감정이 가득했다. 나는 그녀가 천천히 자
리에 앉을 때 가슴이 뭉클한 상태로 앉아 있었다. 그녀의 움직
임은 앉는다기보다는 일종의 절제된 무너짐이었다. 마치 그녀
는 피어오르는 거품과 같은 마지막 음정을 심장의 섬세한 박
동을 통해, 혹은 커다랗게 치켜뜬 두 눈 속의 절제된 눈물로
노래에 열중하는 자신의 존재에 대한 신비스러운 집중을 통해
서 균형을 잡고 지탱하려는 듯했다.

　박수는 없었고 깊은 침묵의 감상만 있었다. 백인 내빈들은
서로 만족스러운 미소를 교환했다. 나는 앉아서 이 모든 것으
로부터 떠나야 하고, 쫓겨나야 한다는 끔찍한 생각을 했다. 그
리고 고향으로 돌아가서 부모님에게 꾸중 들을 일을 상상했다.
나는 깊은 절망감 속에서 지금의 장면을 바라보고 있었다. 나
는 망원경을 거꾸로 보듯 연단과 그 위의 사람들을 쳐다보았
다. 그 속에서 작은 인형 같은 형상들이 무의미한 의식 속에서
움직이는 것 같았다. 연단 위의 누군가가 희미한 불빛이 비치
는 단상에 서서 안내 발표를 했다. 연단 아래, 내 앞으로는 마
른 이끼 같고 기름이 번질번질한 학생들의 머리가 줄지어 보였
다. 또 다른 사람 하나가 일어나서 대표로 기도를 했다. 그러고
나서 주변의 사람들이 모두 「인도하소서, 나보다 높은 바위로
나를 인도하소서」를 노래했다. 마치 그 소리는 살아 있는 그
어떤 조직체보다 더 강렬한 힘을 가진 것 같았으며 나는 그 소
리의 긴박성에 끌려갔다.

　내빈 중 한 사람이 연설을 하기 위해 일어났다. 정말 추한

남자였다. 몸은 뚱뚱했고 둥근 머리가 짧은 목 위에 얹혀 있었다. 코는 얼굴에 비해 지나치게 넓었으며 그 위에 검정 렌즈의 안경이 걸쳐 있었다. 그는 블레드소 박사 옆에 앉아 있었지만 나는 총장에게 너무 집중하다 보니 그를 보지 못했었다. 내 두 눈은 백인들과 블레드소 박사에게로만 집중돼 있었다. 그가 자리에서 일어나서 천천히 연단 가운데로 걸어나오자 나는 마치 블레드소 박사의 일부가 일어나 앞으로 나가고 나머지 부분은 의자에 앉은 채 미소를 짓고 있는 것 같은 생각이 들었다.

그는 편한 자세로 우리 앞에 섰다. 그의 흰색 옷깃은 검은 얼굴과 짙은 옷 사이에서 마치 허리띠처럼 번쩍거리며 머리와 몸통을 구별해 주었다. 그의 짧은 팔은 몸통 앞으로 교차해 놓아서 마치 작은 흑인 부처처럼 보였다. 잠시 동안 그는 마치 생각에 잠긴 듯 머리를 치켜들고 서 있었다. 그러고 나서 말을 시작했다. 그는 쩌렁쩌렁 울리는 활기찬 목소리로 여러 해 만에 다시 한 번 학교를 방문할 수 있게 돼서 기쁘다는 말로 시작했다. 북부의 도시에서 선교활동을 하던 그가 마지막으로 학교를 방문한 것은 설립자의 말년 무렵이었다. 당시 블레드소 박사는 학교의 제2인자였다. "멋진 시절이었지요." 그는 나직이 말했다. "뜻있는 시기였어요. 아주 경이로운 일들로 가득했습니다."

그는 손가락 끝을 모아서 손을 새장처럼 만들면서 말했다. 그런 후 작은 발을 서로 붙이고는 천천히 율동적으로 몸을 흔들었다. 발끝으로 서서 넘어질 듯 몸을 앞으로 기울이다가 다시 뒤꿈치로 내려서곤 했다. 불빛이 그의 검은 렌즈 안경에 반사되어 마치 그의 머리가 몸에서 떠다니는 것처럼 보이게 만들었는데 단지 그의 옷깃에 있는 흰 띠에 의해서 몸에 달라붙어 있는 것처럼 보였다. 그는 몸을 기울여 가면서 리듬이 만들어질 때까지 말을 이어갔다.

그는 우리들의 마음속에 꿈을 되살려 놓았다.

"노예 해방 이후 이 불모의 땅에는……." 그는 억양을 살려 가며 말했다. "이 어둠과 슬픔의 땅, 이 무지와 타락의 땅에서 형제는 서로 등지고, 아버지는 아들에게, 아들은 아버지에게 맞서 싸웠습니다. 주인은 노예에게, 노예는 주인에게 맞서 싸웠습니다. 모든 것이 다 불화와 어둠뿐이었던 고통스러운 땅이었습니다. 이런 땅에 나사렛의 미천한 목수만큼이나 낮은 신분의 예언자가 나타났습니다. 노예의 자식이며 자신도 노예였던 그분은 자신의 어머니만 알았을 뿐 아버지가 누구인 줄도 몰랐습니다. 그분은 노예로 태어났지만 처음부터 총명함과 고귀한 성품이 두드러졌습니다. 그분은 전쟁의 상처가 남은 이 불모지 땅에서도 가장 황량한 곳에서 태어났습니다. 그렇지만 그분은 가는 곳마다 빛을 발산하고 다녔습니다. 여러분은 그분의 불우했던 유년 시절에 대해 들어 본 적이 있을 겁니다. 그분의 소중한 삶이 한 미치광이 사촌에 의해 희생돼 버릴 뻔했습니다. 사촌은 아이를 잿물에 집어던져서 거의 생명의 씨앗을 말려 버릴 뻔했습니다. 어린 아기에 불과했던 그분은 거의 죽음과 같은 혼수 상태에서 구 일 동안이나 누워 있다가 갑자기 기적적으로 회복되었습니다. 그건 마치 죽은 자 가운데서 다시 일어났다거나 혹은 재탄생이라고도 할 수 있을 겁니다."

"오, 젊은 친구 여러분." 그는 환하게 미소 지으며 외쳤다.

"정말 아름다운 이야기입니다. 여러분들도 그 이야기를 벌써 여러 번 들었을 것입니다. 그분이 처음에 어떻게 배우기 시작했는가를 기억해 보세요. 그분이, 늙은 주인들이 의심조차 하지 않는 사이 어린 주인들에게 어떻게 날카로운 질문들을 던졌었는지 기억해 보세요. 또 그분이 어떻게 알파벳을 깨우쳤으며, 자신의 기본적인 지식을 얻기 위해 훌륭한 지혜를 담은 성경에 직감적으로 접근하면서 읽기와 언어의 비밀을 풀어 가는 방법을 어떻게 스스로 터득했는지도 떠올려 보세요. 여러분은 그분이 어떻게 자신이 있던 곳을 벗어나 산을 넘고 계곡을 넘어 이 배움의 장소에 도달했는지 아실 겁니다. 또 여러분은 그분이 배움의 특전을 얻기 위해, 또는 노인들의 말을 따르자면 대학 담벼락에 머리라도 비벼 보기 위해 어떻게 밤낮 가리지 않고 꾸준히 노력했는지 알고 있을 겁니다. 여러분은 그분의 빛나는 경력을 알고 있습니다. 또 어떻게 그분이 일찍이 감동의 웅변가가 되었는지, 그리고 무일푼으로 졸업하여 어떻게 오랜 세월 후 이 지방으로 돌아왔는지 알고 있을 겁니다.

그런 후 그분의 위대한 투쟁이 시작됩니다. 그 장면을 상상해 보세요, 젊은 친구 여러분. 땅 위에는 온통 어둠의 그림자가 드리워져 있었습니다. 흑인과 백인은 모두 두려움과 증오로 가득했으며 진보해 나가길 바랐지만 서로가 서로를 두려워했습니다. 지역 전체가 무시무시한 긴장감에 사로잡혔습니다. 사람들은 모두, 마치 봄을 기다리는 악마처럼 땅에 도사리고 있는 이 두려움과 증오를 해소하기 위해 무엇을 해야 할지 갈피를 잡지 못했습니다. 여러분은 그때 어떻게 그분이 나타나 그들에게 길을 보여 주었는지 알 것입니다. 그렇습니다, 친구 여러분.

여러분들은 확실히 그 이야기를 듣고 또 들었을 것입니다. 이 신성한 분의 노력, 그분의 위대한 겸손과 꺼질 줄 모르는 비전, 그리고 여러분이 지금 향유하는 그 결실에 대한 이야기들 말입니다. 구체적이고 생생한 이야기죠. 그분의 꿈은 노예 제도의 황량함과 어둠 속에서 잉태되어 지금 여러분이 숨 쉬는 공기 속에서도, 여러분들의 혼합된 목소리의 달콤한 조화 속에서도, 그리고 밝고 시설 좋은 강의실에서 여러분 — 노예의 딸이고, 손녀이며, 아들이고, 손자인 — 모두가 얻어 가는 지식 속에서도 실현되었습니다. 여러분은 이 노예가, 이 검은 아리스토텔레스가 달콤한 인내심, 단지 인간에 대한 것만이 아닌 신의 계시에 따른 신념에 대한 인내심을 가지고 천천히 나아가는 모습을 보아야 합니다. 또 그분이 모든 장애물을 하나하나 극복하면서 나아가는 모습을 보아야 합니다. 시저의 것은 시저에게 주면서 말입니다. 맞습니다. 하지만 지금도 그는 여러분이 향유하는 저 밝은 지평선을 향해 꿋꿋하게 나아가고 있습니다……."

그는 손을 앞으로 내밀어 손바닥을 아래로 하고 손가락을 펴 보이면서 말했다. "이 모든 이야기는 이 땅 모든 곳에서 수없이 되풀이되었고 보잘것없지만 급속히 일어서고 있는 사람들에게 영감을 불어넣었습니다. 여러분은 이 이야기를 들었으며 이 풍성한 의미를 갖는 실화이자 실증된 영광과 교만하지 않은 고귀함이 살아 있는 우화는, 말하자면, 여러분을 자유롭게 해 줄 것입니다. 그것은 바로 이번 학기에 이 예배당에 처음 온 사람도 알 것입니다. 여러분은 부모님으로부터 그분의 이름을 들어 보았을 것입니다. 왜냐하면 여러분의 부모님에게 길을 인도해 준 사람이 바로 그분이기 때문입니다. 그분은 마치 위대한 선장처럼 부모님을 인도했습니다. 그분은 마치 자신의 백성을 핏빛 바다 깊은 곳을 가로질러 안전하고 무사하게 인도했던 옛 시대의 위대한 길잡이 같았습니다. 그리고 여러분의 부모님은 이 뛰어난 사람을 따라 편견의 검은 바다를 건넜으며 두려움과 분노의 폭풍을 이겨 나갔습니다. 그들은 필요할 때마다 '우리를 가게 내버려 둬!'라고 외쳤으며 소리를 낮추는 것이 현명하다고 판단될 때는 낮은 소리로 말하기도 했습니다. 그리고 그분의 말을 따랐습니다."

나는 딱딱한 의자에 등을 기댄 채 일종의 마비 상태로 이야기를 들었으며, 내 감정은 베틀 속으로 들어가듯이 그의 말 속으로 얽혀 들어갔다.

"그리고 또 기억해 보세요." 그는 말을 이어갔다. "목화를 딸 무렵 그분이 방문했던 지역에서 적들은 그분을 해칠 음모를 꾸몄었지요. 그리고 이상한 모습의 남자가 여행 중이던 그분의 길을 가로막았던 일을 상기해 보세요. 그 남자의 곰보 얼굴은 그가 흑인인지 백인인지 분간할 수가 없을 정도였습니다······. 어떤 사람은 그를 그리스인이라고 했고, 어떤 사람은 그를 몽골인이라고 했습니다. 또 어떤 사람들은 그를 혼혈이라고도 했습니다. 그런가 하면 그를 그냥 백인 성자라고도 했습니다. 그가 누구였든 혹은 무엇이었든 간에 우리는 그가 바로 하늘에서 내려온 특사일 수 있다는 가능성을 배제해서는 안 됩니다······. 그렇습니다! 그가 어떻게 갑자기 나타났는지 기억해 보십시오. 그는 갑자기 나타나서 우리의 설립자와 말을 깜짝 놀라게 만들었습니다. 그리고 설립자에게 말과 마차를 길에 내버려 두고 당장 오두막으로 피하라고 경고해 주었습니다. 그런 후 그는 소리 없이 사라졌는데, 젊은 친구 여러분, 얼마나 조용하게 사라졌는지 설립자께서는 자신의 눈을 믿을 수가 없을 정도였습니다. 그리고 그 위대하신 분께서 어떻게 저녁 무렵까지 계속해서 걸어가셨는지 여러분도 아실 겁니다. 그분은 도시가 가까워 오자 당황하면서도 결심에 차 있었습니다. 그분은 무엇인가에 정신이 빠져 있었습니다. 그것은 공상이었습니다. 그때 첫 총성이 울렸습니다. 그러고는 거의 치명적인 사격이 일제히 시작되어 그분의 머리에 찰과상을 입혔습니다……. 세상에! 그분은 혼절하셨으며 거의 생명이 끊어진 듯 보였습니다.

저는 그분이 자신의 입으로 직접 말하는 걸 들었습니다. 그놈들이 자신들의 악질적인 행위를 확인하느라 그분을 내려다보고 있을 때 그분의 의식이 돌아왔습니다. 그렇지만 그분은 그놈들이 알아채고는 실수를 덮기 위해, 소위 프랑스인들이 말하는 최후의 일격을 가할까 봐 숨을 죽인 채 꼼짝 않고 쓰러져 있었습니다. 하! 여러분은 그 탈출로 인해서 그분과 함께 지낼 수 있었던 것입니다." 그는 마치 눈물이 가득한 내 눈을 똑바로 바라보는 것처럼 말했다.

"그분이 깨어났을 때 여러분도 깨어났습니다. 그놈들이 더이상 공격을 하지 않고 물러가자 그분이 기뻐했고 여러분도 기뻐했습니다. 그분이 일어설 때 여러분도 일어섰습니다. 여러분은 그분의 눈을 통해 그놈들의 어지러운 발자국들을 보았으며 그분이 쓰러진 자리 주변의 흙에 떨어져 있던 탄창도 보았습니다. 그렇습니다. 그분은 차갑게 식었고 흙으로 범벅이 되었지만 치명적일 만큼의 피를 흘리진 않았습니다. 여러분은 그분과 함께 의심을 가득 품은 채 그 낯선 사내가 말해 준 건물로 서둘러 갔습니다. 그곳에서 그분은 미치광이 같은 흑인 사내를 만났습니다……. 여러분은 그 노인을 기억하시죠? 마을 광장의 어린애들에게 놀림감이 되던, 늙고, 우스꽝스럽게 생겼으며, 솜씨 좋고, 솜 같은 머리를 가진 노인 말입니다. 그렇지만 여러분의 상처를 설립자의 상처로 감싸 준 사람이 바로 그 노인이었습니다. 늙은 노예였던 그는 세균학이나 상처학 같은 분야에서 놀라운 지식을 보여 주었습니다……. 하! 하! 그는 그렇게 불렀습니다. 그리고 그의 젊은이 같은 손재주는 얼마나 뛰어났습니까! 그는 우리의 머리를 면도질한 후 상처를 닦아 내고는 적들의 두목의 집에서 훔쳐 낸 붕대로 깨끗이 동여매 줄 정도로 뛰어났습니다. 하! 그리고 여러분이 설립자이자 지도자이신 그분과 함께 탈출이라는 마술을 시도했던 것을 상기해 보세요. 노예 시절 기술을 터득했던 미치광이 같은 노인에게 처음에는 도움을 받았지만 나중에는 앞장서서 나섰던 걸 생각해 보세요. 여러분은 우리의 설립자와 함께 밤의 가장 어두운 시간에 떠났습니다. 나는 그것을 압니다. 여러분은 모기한테 물려 가며, 올빼미의 울음소리, 박쥐들의 푸드덕거리는 소리, 바위틈을 덜걱거리며 기어 다니는 뱀들의 소리를 들으며 진흙과 열기, 어둠과 한숨 속에서 강둑 밑을 따라 살금살금 서둘러 갔습니다. 여러분은 그 작은 집에서 다음 날 하루 종일 숨어 있었습니다. 그곳에서 열세 사람이 작은 방 세 개에서 잠을 잤으며 벽난로 기둥에서 검댕과 재를 온통 뒤집어쓰며 어두워질 때까지 서 있어야 했습니다……. 하! 하! 노파는 불도 없어 보이는 난롯가에서 졸면서 지키고 있었습니다. 여러분은 어둠 속에 서 있었으며, 짖어 대는 개들을 데리고 온 그놈들은 노파를 미쳤다고 생각했죠. 그렇지만 노파는 알고 있었습니다. 알고 있고말고요! 그녀는 불을 알고 있었습니다! 불을! 그녀는 꺼지지 않고 타오르는 불을 알고 있었던 것입니다. 주여, 그렇습니다!"

"주여, 맞습니다!" 한 여성이 맞장구쳤는데 내 마음속에 떠오른 그의 모습을 더욱 또렷이 해 주었다.

"그리고 여러분은 아침이 되자 마차에 실린 목화 속에 몸을 숨기고 그곳을 떠났습니다. 솜 한가운데에 몸을 숨기고 비상용 장총의 총구를 통해 뜨거운 공기를 들이마셨습니다. 탄창은 하느님 덕분에 사용할 일이 없었지만 손가락을 펼쳐 사이에 끼고는 언제든지 사용할 수 있도록 부채 모양으로 들고 있었습니다. 그리고 여러분은 이 마을에 그와 함께 들어왔습니다. 하루 밤은 친절한 귀족 한 분이 여러분을 숨겨 주었고 다음 날은 아무런 적대감을 보이지 않았던 백인 대장장이가 숨겨 주었습니다. 지하 세계에서는 충격적인 모순이죠. 맞습니다. 여러분을 아는 사람들은 물론 모르는 사람들도 도와주었던 탈출! 그분을 보는 것만으로도 충분했던 사람들도 있었으니까요. 그런가 하면 어떤 사람들은 그마저도 없이 도왔지요. 흑인이고 백인이고 할 것 없이. 그렇지만 도움을 준 대부분은 우리 민족이었죠. 왜냐하면 여러분은 그들의 민족이었고 우리는 항상 우리 민족을 도와 왔기 때문입니다. 나의 젊은 친구 여러분, 나의 형제자매 여러분, 그렇게 해서 여러분은 그분과 함께 갔던 것입니다. 이 오두막에서 저 오두막으로, 밤에도, 이른 새벽에도, 늪을 지나고 언덕을 넘어서. 계속해서 흑인의 손에서 흑인의 손으로, 그리고 또 백인의 손으로. 이 모든 도움의 손으로 우리의 설립자의 자유와 우리의 자유가 이루어졌습니다. 마치 여러 목소리들이 어울려 하나의 심금을 울리는 노래를 만들어 내듯이 말입니다. 그리고 여러분 한 사람 한 사람이 모두 그분과 함께 있었습니다. 아, 여러분은 그 사실을 너무나 잘 압니다. 자유를 향해 탈출한 사람이 바로 여러분이니까요. 그렇습니다. 여러분은 그 모든 이야기를 알고 있습니다."

나는 그가 잠시 쉬는 모습을 바라보았다. 그는 환히 웃었으며 거대한 머리를 마치 등대처럼 구석구석을 향해 돌리면서 예배당을 둘러보았다. 그의 목소리는 내가 감정을 억누르려고 애쓰는 동안에도 여전히 메아리쳐 왔다. 나는 설립자를 생각하며 처음으로 슬픔에 빠졌다. 캠퍼스가 내 앞을 순식간에 지나가 재빠르게 사라진 것 같았다. 마치 선잠에서 깨어나는 순간 꿈이 희미하게 사라지는 것과 같이. 내 옆에 있던 학생은 마치 마음속으로 몸부림치듯 굳은 표정으로 폭포 같은 눈물을 쏟아 내고 있었다. 그 뚱뚱한 사내는 조금도 힘들이는 기색 없이 청중 모두를 마음대로 다루고 있었다. 그는 검은 렌즈의 안경 뒤에 숨어서 매우 평온해 보였으며 단지 그의 목소리의 변칙적인 특징만이 그가 말하는 드라마에 제스처를 더해 주고 있었다. 나는 옆에 앉은 녀석을 팔꿈치로 살짝 찔렀다.

"저 사람이 누구지?" 나는 속삭이듯 물었다.

그는 불쾌한 표정으로, 아니 거의 광분한 표정으로 나를 바라보았다. "호머 바비 목사잖아. 시카고에서 온." 그가 대답했다.

이제 연사는 팔을 단상에 올려놓고는 블레드소 박사 쪽으로 고개를 돌렸다.

"여러분은 지금까지 이 아름다운 이야기의 밝은 시작 부분을 들으셨습니다. 그렇지만 이제 슬픈 결말이 있으며 여러 가지 면에서 어쩌면 그것은 더 풍부한 내용을 담고 있습니다. 영광스러운 아침의 아들이 맞이하는 황혼이겠지요."

그는 다시 블레드소 박사를 돌아보며 말했다. "그날은 운명의 날이었습니다, 블레드소 박사님. 제가 박사님께 그날을 상기시켜 드려도 괜찮다면 말입니다. 저희가 그날 그곳에 있었으니까요. 그렇습니다, 젊은 친구 여러분." 그는 슬프고도 자랑스러운 미소를 지으며 다시 우리 쪽을 돌아보았다.

"나는 그분을 잘 알았으며 그분을 사랑했습니다. 그리고 나는 그곳에 함께 있었습니다. 우리는 그분이 메시지를 전하던 몇 개의 주(州)를 함께 다녔습니다. 사람들은 그 선지자의 말을 듣기 위해 몰려왔으며 많은 사람들이 응답했습니다. 구식 스타일의 사람들, 앞치마와 헐렁한 얼룩무늬 무명천으로 된 옷을 입은 여자들, 직물로 덧댄 작업복 차림의 사내들, 낡고 찌그러진 밀짚모자와 축 늘어진 햇빛 가리개 모자를 쓴 채 고개를 위로 들어 올리고 궁금한 얼굴로 쳐다보는 많은 얼굴들. 그들은 한 무리의 황소나 노새를 몰고 온 사람들이거나 먼 거리를 걸어온 사람들이었습니다. 때는 9월이었고 평년에 비해 추운 날이었습니다. 그분께서는 우리들의 고통스런 영혼에 평화와 확신을 불어넣어 주셨으며 그들 앞에 별 하나를 설정해 주셨습니다. 우리는 계속해서 여러 곳을 다니면서 메시지를 전하고 있었습니다.

아, 끝없는 여행이 계속되던 그 시절, 그 젊은 시절, 그 봄날의 시절. 땅은 비옥하고 꽃이 만발했으며 햇빛이 가득하던 그 약속의 시절. 아, 그렇습니다. 그 끝없는 영광의 시절, 우리의 설립자께서는 그 당시에 황량한 골짜기였던 이곳뿐만이 아니라 이 땅의 방방곡곡에서 꿈을 세우셨고 사람들의 마음속에 꿈을 불어넣어 주셨습니다. 한 나라의 발판을 세우고 계셨던 겁니다. 그분은 잠자는 땅에 씨앗을 뿌리듯이 자신의 메시지를 전하셨습니다. 자신을 희생하시는 분이었으며 자신의 적인 흑인과 백인 모두에게 대항하셨고, 또 그들을 용서하셨습니다. 그렇습니다. 그분의 적은 흑인도 있었고 백인도 있었습니다. 그렇지만 자신이 전할 메시지의 중요성을 인식하고 자신의 임무에 헌신하려는 불굴의 의지를 가지고 계속해서 앞으로 나아갔습니다. 그분은 열정에 빠져서, 그리고 어쩌면 자신의 인간적인 자부심 속에 빠져서 그만 의사의 충고도 무시했습니다. 나는 사람들로 가득 메워져 있던 저 강당의 치명적인 분위기를 떠올려 봅니다. 설립자께선 자신의 웅변을 통해 청중을 부드러운 손바닥 위에 올려놓고는 마음대로 흔들고, 달래고, 가르칩니다. 그리고 그 아래에는 커다란 난로의 화력으로 붉게 달구어진, 황홀경에 빠진 얼굴들이 그분의 열렬한 웅변으로 버찌처럼 빨갛게 변합니다. 그렇습니다. 그분이 전하는 메시지의 절박한 진리에 청중들은 완전히 매혹되어 넋이 나갑니다. 나는 지금, 연설의 중요한 부분을 끝내던 그분의 커다란 목소리가 또다시 들립니다. 그때 청중 가운데서 하얀 백발의 노인이 벌떡 일어나 외칩니다. '우리가 무엇을 해야 할지 말씀해 주세요! 제발 말씀해 주십시오. 지난주에 그들이 제게서 빼앗아 간 아들의 이름으로 말씀해 주십시오!' 그리고 강당 전체에는 애원하는 목소리들로 가득 찹니다. '말씀해 주세요! 말씀해 주세요!' 그러자 설립자께서는 갑자기 눈물이 나서 말을 잇지 못합니다."

늙은 바비 목사의 목소리가 넓게 울려 퍼졌다. 갑자기 그가 엉성한 동작으로 연단 위를 왔다 갔다 하면서 몸짓을 섞어 가며 이야기했기 때문이다. 나는 그 이야기의 일부를 알기에 우울한 마음으로 바라보고 있었으며 마음 한구석으로는 그 슬프고 불가피했던 결말과 대항하여 싸우고 있었다.

"우리의 설립자께서는 잠시 멈추었다가 위대한 감격의 눈물을 흘리며 앞으로 나오십니다. 그분은 팔을 위로 높이 들어 올린 채 말을 시작하시다가 비틀거립니다. 그러자 일대 동요가 일어납니다. 우리는 앞으로 뛰어나가 그분을 부축해 나갑니다. 청중은 경악하여 자리에서 벌떡 일어섭니다. 장내가 모두 공포와 혼란, 신음과 한숨 소리로 가득했습니다. 그때 천둥소리와 같은 블레드소 박사님의 목소리가 채찍 소리처럼 단호하게 들려옵니다. 그것은 희망의 노래입니다. 우리가 설립자를 안정시키기 위해 의자에 앉히는 동안 블레드소 박사는 그 텅 빈 연단에 서서 힘차게 지휘를 하면서 발을 구르고 있습니다. 입이 아니라 뱃속에서 우러나오는 멋들어진 저음으로 지휘를 하는 겁니다. 오, 그는 가수가 아니었나요? 지금도 가수이지 않습니까? 사람들은 일어서서 조용히 바라보다가 그와 함께 위대한 거인이 쓰러진 걸 항변하며 노래를 부르기 시작합니다. 그들의 피와 뼈로 이루어진 긴 암흑의 노래를 부릅니다."

고난과 아픔
그 뜻은 희망!
겸손과 어리석음
그 뜻은 믿음!
어둠 속의 끊임없는 투쟁

그 뜻은 인내!

승리…….

"하!" 바비 목사는 손뼉을 치며 소리를 질렀다. "하! 노래와 노래가 이어졌고 우리의 지도자는 마침내 일어섰습니다!" (짝짝 하는 그의 손뼉 소리)

"그리고 청중들에게 말씀하시길……."

(짝!) "나의 주여, 주여!"

"그들을 안심시키며……." (짝!)

"이렇게 말씀하시며……." (짝!)

"단지 끊임없는 강행군으로 피곤할 뿐이라고 말입니다." (짝!)

"그렇습니다. 그분은 그렇게 청중들을 떠났습니다. 그분은 기뻐하며 돌아가는 그들 모두와 일일이 우정의 악수를 나누었습니다……."

나는 바비 목사가 입술을 굳게 다문 채 감격 어린 표정으로 소리 없이 손바닥을 마주치며 반원의 형태로 이리저리 움직이는 모습을 보았다.

"아, 그분께서 자신의 드넓은 땅을 경작하던 그 시절, 곡식이 뿌리를 내리고 자라는 모습을 바라보던 그 시절, 그 젊고 여름날같이 태양이 빛나던 시절……."

바비 목사의 목소리는 향수에 젖어 탄식처럼 흘러나왔다. 그가 깊은 한숨을 몰아쉬자 예배당에 모인 사람들은 모두 숨을 죽였다. 나는 그가 하얀 손수건을 꺼내 안경을 벗고 눈을 닦는 모습을 지켜보았다. 비록 나는 그들로부터 점점 더 멀리 고립되어 갔지만 귀빈석에 앉은 사람들이 넋이 나간 채 머리를 서서히 가로젓는 모습을 보았다. 그 순간 바비 목사의 목소리가 마치 이젠 몸에서 분리된 것처럼 다시 들려왔다. 그의 말은 마치 한 번도 멈춘 적이 없었던 것 같았고 우리 마음속에 울려 퍼져서 계속해서 리듬의 흐름을 타고 있었던 것처럼 들렸다. 비록 잠시 말을 잇지 못했지만 말이다.

"네, 그렇습니다, 나의 젊은 친구 여러분, 바로 그렇습니다." 그는 매우 슬픈 어조로 말을 이어 갔다. "인간의 희망은 보랏빛 화려한 그림을 그릴 수도 있습니다. 높이 치솟아 다니는 독수리를 우아한 독수리나 구슬픈 소리를 내는 비둘기로 만들 수도 있습니다. 네, 그렇습니다. 그래도 저는 알고 있었습니다." 그가 크게 소리를 치자 나는 깜짝 놀랐다. "마음속에 품은 그 위대하고 고통스러운 희망에도 불구하고 나는 알고 있었습니다. 그 위대한 영혼이 시들어 가고 있으며 외로운 겨울의 시간으로 다가가고 있음을 나는 알고 있었습니다. 위대한 태양이 지고 있었던 것입니다. 때로 우리는 이런 일들을 직감적으로 알게 되지요……. 나는 그것을 안다는 끔찍한 짐에 짓눌려 비틀거렸습니다. 그리고 나는 그런 생각을 품은 나 자신을 저주했습니다. 그렇지만 설립자의 열정은 엄청나서…… 네, 그렇습니다……. 그분과 함께 늦가을의 화창한 날씨 속에서 이 마을 저 마을을 바쁘게 다니다 보니 나는 곧 모든 걸 잊어버렸던 것입니다. 그러고 나서…… 그러고 나서는…… 그러고…… 나서는……."

그의 목소리가 점점 낮아져 속삭이는 듯이 들렸다. 그는 마치 오케스트라의 연주를 마지막 부분의 깊고 낮아지는 소리로 이끌어 가듯 두 손을 앞으로 내밀었다. 그러다가 그의 목소리는 다시 높아지고 활기차졌으며, 확실히 가속도가 붙기 시작했다.

"나는 기차가 출발하던 때를 기억합니다. 기차는 가파른 경사면을 올라가 산으로 접어들 때 신음 소리 같은 것을 내었습니다. 추운 날이었습니다. 창가에는 여러 가지 모양으로 성에가 끼어 있었습니다. 그리고 기차의 기적 소리는 길게 끌리며 외롭게 들려왔습니다. 그것은 산의 깊은 곳으로부터 새어 나오는 한숨 소리 같았죠.

기차의 앞 칸, 즉 철도회사의 사장이 직접 그분에게 배려해 준 침대칸에는 우리의 지도자께서 흔들리며 누워 계셨습니다. 그분은 갑작스럽게 원인 모를 병에 걸렸습니다. 그때 나는 마음의 고통을 느끼면서도 태양이 지고 있음을 부인할 수 없었습니다. 왜냐하면 하늘이 스스로 그 사실을 전해 주었으니까요. 기차는 빠르게 달렸으며 철로 위를 달리는 바퀴에서는 덜컹거리는 소리가 들렸습니다. 나는 그때 꽁꽁 얼어붙은 창밖을 통해 희미하게 북극성을 보았지만 그것을 곧 시야에서 놓쳐 버렸던 일이 기억납니다. 마치 하늘이 눈을 감아 버린 것 같았습니다. 기차는 굽이굽이 산을 돌아가고 있었으며 엔진은 마치 검은 사냥개처럼 뛰었습니다. 또 커브를 달리며 첫 칸과 마지막 칸이 평행을 이루었고, 희고 푸르스름한 수증기를 뿜어 내면서 우리를 가장 높은 곳으로 내던졌습니다. 그리고 곧 하늘은 검게 변했습니다. 달조차 뜨지 않은 채……."

그의 "다-아-알"이란 말이 예배당에 울려 퍼지는 순간 그는 흰색 옷깃이 보이지 않을 정도로 턱을 가슴 쪽으로 바짝 잡아당겼다. 그는 완벽하게 균형 잡힌 검은색 형상이 되었으며 나는 그가 숨을 몰아쉬는 소리를 들을 수 있었다.

"마치 별자리조차도 우리에게 닥친 슬픔을 아는 듯했습니다." 그는 천장을 향해 고개를 들어 올리고 큰 소리로 외쳤다. "저 넓고 거대하게 뻗은 암흑 속에서 한 개의 보석같이 빛나는 별이 떠올랐습니다. 나는 그것이 빛나다가 부서져서 칠흑같이 어두운 하늘의 뺨으로 마지못해 흐르는 외로운 눈물처럼 떨어지는 것을 보았습니다……."

그는 감정에 북받쳐서 머리를 휘저었으며 입술을 오므린 채 "으으음……." 하는 신음 소리를 냈다. 그런 후 그는 블레드소 박사를 향해 돌아섰지만 그를 보는 것 같지는 않았다. "바로 그 운명적인 순간에…… 음, 나는 여러분의 위대한 총장님과 함께 앉아 있었습니다……. 으으음! 우리가 의사들의 말을 기다리는 동안 총장님은 깊은 생각에 잠겨 있다가 그 사라져 가는 별에 대해서 내게 말했습니다.

'여보게, 바비, 자네도 보았나?'

내가 대답했습니다. '네, 박사님. 보았습니다.'

그리고 우리는 이미 목에 슬픔의 싸늘한 손길을 느낄 수 있었습니다. 나는 블레드소 박사님께 말했습니다. '기도합시다.' 우리가 그 흔들리는 객차의 바닥에 무릎을 꿇고 했던 말들은 기도라기보다는 침묵의 소리이자 엄청난 슬픔의 소리였습니다. 바로 그때 우리를 향해 다가오는 의사를 보았습니다. 우리는 빠른 속도로 달리는 기차 때문에 비틀거리며 일어섰습니다. 그리고 우리는 마른침을 삼키면서 의사의 무표정한 표정을 뚫어지게 바라보면서 가까스로 물었습니다. '희망을 가져오셨나요, 아니면 재앙을 가져오셨나요?' 그러자 의사는 그 자리에서, 지도자께서 이제 최종 종착지에 거의 오셨다고 말해 주었습니다…….

최종 선고가 내려진 것입니다. 무자비한 재난이 우리에게 닥쳤으며 우리는 넋을 잃었습니다. 하지만 우리의 설립자께서는 얼마간 우리와 함께 계셨으며 여전히 우리를 이끄셨습니다. 그분은 함께 여행했던 사람들 중에 지금 여러분 앞에 앉아 계신 저분과 나를 신의 사자로서 부르러 보내셨습니다. 그러나 그분은 주로 한밤중에 의논을 하던 친구를 원하셨습니다. 그분은 수많은 투쟁에서 함께한 동지로서 고난의 세월 속에서 승리할 때나 패배할 때나 항상 함께 있었지요.

지금도 나는 그 순간이 눈에 선합니다. 희미한 불이 켜진 어두운 통로와 흔들리며 내 앞을 지나가던 블레드소 박사님. 문앞에는 종업원과 차장이 서 있었습니다. 그들은 남부의 흑인과 백인이었으며 두 사람 모두 눈물을 흘리고 있었습니다. 함께 흐느끼고 있었습니다. 우리가 들어가자 그분은 우리를 바라보았습니다. 그분의 눈은 체념한 듯 보였지만 여전히 흰 베개 위에서도 품위와 용기로 빛나고 있었습니다. 그분은 친구를 바라보며 미소를 지으셨습니다. 자신의 오랜 동료이고, 충성스런 투사이고, 보좌관이고, 비탄과 절망에 빠졌을 때 옛 노래로서 자신의 영혼을 되살려 주었던 훌륭한 가수에게 따듯한 미소를 보낸 것입니다. 그의 친숙한 옛 노래들은 많은 사람들의 의구심과 두려움을 달래 주었습니다. 그는 무지한 사람들과 두려움에 떨며 미심쩍어하는 사람들, 그리고 아직도 노예 제도의 누더기를 벗지 못한 사람들을 다시 결속시켜 주었습니다. 그는, 바로 저기 계신 여러분의 지도자입니다. 그는 태풍의 자손들을 진정시켰던 사람입니다. 우리의 지도자께서는 그를 바라보며 미소를 지으셨습니다. 그리고 자신의 친구이자 동료인 그에게 손을 내밀었습니다. 마치 지금 내가 여러분에게 손을 내밀듯이. 그분은 이렇게 말하셨습니다. '가까이 오게나, 더 가까이.' 그는 침대 옆으로 바짝 다가갔습니다. 그가 그분 옆에 무릎 꿇고 앉자 불빛이 그의 어깨 너머로 비스듬히 비쳤습니다. 그분은 손을 내밀어 가만히 그를 만지면서 말하셨습니다. '이제 자네가 짐을 져야겠네. 저들의 남은 길을 인도해 주게.' 아, 기차의 울부짖음, 눈물조차 흘릴 수 없을 만큼 커다란 고통!

기차가 산 정상에 오를 즈음에 그분은 이제 더 이상 우리와 함께 계시지 않았습니다. 그리고 기차가 비탈을 내려갈 때 그는 이미 세상을 떠나셨습니다.

그것은 진정 슬픔의 기차가 되었습니다. 블레드소 박사께서는 지치고 무거운 마음으로 거기에 앉아 있었습니다. 그는 무엇을 해야 할지 몰랐습니다. 지도자께서는 돌아가셨고 그는 갑자기 한 무리의 우두머리 자리에 던져진 것입니다. 마치 전투 중에 쓰러진 장군의 안장 위로 떨어진 기마병처럼 말입니다. 그는 난폭하고 길이 덜든 군마의 등에 뛰어오른 듯했습니다. 아! 그 검은 색의 빼어나고 우아한 짐승은 소란스러운 전투로 눈이 휘둥그레졌으며 상실감으로 벌써 머리를 뒤로 제쳤습니다. 그는 어떤 명령을 내려야 했을까요? 그는 자신의 짐을 지고 고향으로 돌아가야 했을까요? 이미 뜨겁게 달아오른 전깃줄이 그 비보를 섬광처럼 타전하고 있는 곳으로? 그는 돌아서서 쓰러진 병사를 등에 업고 춥고 낯선 산에 내려서 골짜기를 따라 고향으로 돌아와야 했을까요? 그의 간절한 눈빛은 희미해진 채, 주먹은 불끈 쥔 채 그대로, 숭고한 목소리는 침묵을 지킨 채, 그리고 우리의 지도자는 차갑게 식은 채 따뜻한 계곡으로 돌아갈까요, 그분께서 이제는 인간의 시력으로는 더 이상 빛을 비출 수 없는 그 푸른 언덕으로 말입니까? 그는 떠나버린 지도자의 이상을 따라야 하나요?

아, 물론 여러분은 그 이야기를 알고 있습니다. 그가 시신을 낯선 도시로 운반해 간 것이나 자신의 지도자를 안치하고서 그가 한 연설, 그리고 그 슬픈 소식이 전해지자 지방 전체가 애도의 날로 선포되었던 것들 말입니다. 오, 부유한 자와 가난한 자, 흑인과 백인, 약한 자와 강한 자, 젊은이와 노인 할 것 없이 모두 조의를 표하기 위해 찾아왔습니다. 많은 사람들은 지도자께서 세상을 떠난 후에야 그분의 가치와 자신들의 손실을 깨달았습니다. 자신의 임무를 다한 블레드소 박사가 친구와 함께 누추한 화물칸에서 밤을 지새우면서 돌아온 이야기며 사람들이 경의를 표하기 위해 기차역으로 나왔던 이야기들도 여러분은 알고 있을 것입니다. 기차는 느리게 굴러갔으며 슬픔으로 가득 차 있었습니다. 선로를 따라서, 산이고 계곡이고 관계없이 기차가 그 운명의 노선을 달릴 때마다 사람들은 하나같이 똑같은 슬픔에 잠겼습니다. 사람들은 차가운 강철 레일처럼 슬픔에 못이 박혔습니다. 아, 얼마나 슬픈 출발이었던가!

그리고 또 얼마나 슬픈 도착이었나! 나와 함께 봅시다, 젊은 친구 여러분. 나와 함께 들어 봅시다. 그와 함께 수고했던 사람들의 울음소리와 통곡 소리를. 돌처럼 차갑고 무쇠처럼 굳어 버린 죽음의 상태로 그들에게 돌아온 소중한 지도를. 그들에게 불과 빛을 불어넣고 인생의 절정기에 홀연히 그들을 떠났던 분이 이제 차갑게 식어 이미 동상이 되어 버린 채 그들에게 돌아왔습니다. 오, 그것은 절망이었습니다, 나의 젊은 친구 여러분. 흑인의 암흑 같은 절망 소리를 들어 보세요! 나는 지금 그들의 모습을 떠올려 봅니다. 그들이 이 땅을 방황하는 모습. 이 땅의 벽돌이나 새 혹은 잔디 잎새 하나조차도 소중한 기억을 떠올리게 합니다. 기억 하나 하나는 고향으로 가는 길에 망치가 되어 슬픔의 무딘 못을 내리쳤습니다. 오, 그렇습니다. 그들 중 일부는 지금 백발이 되어 여기 여러분 속에 섞여 있습니다. 그들은 아직도 그분의 비전을 따르며 포도 농장에서 일하고 있습니다. 그렇지만 검게 씌어진 관이 그들 앞에 안치되는 순간 — 생각나지 않을 수 없는 — 노예 제도의 어두운 밤이 다시 자신들에게 드리워지는 느낌을 받았습니다. 그들은 지난날의 어둠의 불결한 악취를 맡았으며, 늙어 죽은 시체의 입 냄새보다 더 지독했던 낡은 노예 제도의 악취를 맡았던 것입니다. 그들의 귀한 빛은 검게 쌓인 관 속에 봉인되었고 그들의 장엄한 태양은 구름 뒤로 돌연 사라지고 말았던 것입니다.

아, 흐느끼는 나팔들의 슬픈 소리여! 나는 지금 그 소리가 들립니다. 캠퍼스의 사방에 설치되어 돌아가신 장군님을 위해 짧게 터져 나오던 나팔 소리들. 그 소리는 슬픈 소식을 알리고 또 알렸으며, 고요히 마비된 대기를 따라서 이 사람, 저 사람에게로 슬픈 계시를 전했습니다. 그 소리는 마치 사람들이 그 소식을 믿지 못하거나, 이해하지 못해서, 혹은 받아들이지 못해서 반복되는 것 같았습니다. 나팔 소리는 사랑하는 사람을 잃고 비통해하는 연약한 여인처럼 흐느끼고 있었습니다. 사람들은 옛 노래를 부르고 자신들의 형언할 수 없는 슬픔을 표현하기 위해서 찾아왔습니다. 검고, 검고, 검은! 검은 사람들이 더 검은 슬픔에 잠겼으며 그들의 솔직한 가슴에는 검은 리본이 달렸습니다. 자신들의 슬픈 흑인 연가를 스스럼없이 부르며 그들은 고통스럽게 발을 옮겼고, 모퉁이를 돌 때는 사람들이 몰려 넘치는 듯 보였습니다. 그들은 축 늘어진 나뭇가지 아래서 흐느끼고 통곡했으며 그들의 낮게 웅얼거리는 목소리는 마치 광야에 부는 바람의 신음 소리처럼 들렸습니다. 그리고 마침내 그들은 언덕 비탈에 모였고, 눈물 젖은 나의 두 눈에 비친 그들의 모습은 고개를 숙인 채 노래를 부르고 있었습니다.

그러고는 침묵이 흘렀습니다. 외로운 구덩이 주변은 향기가 진한 꽃들이 자라 있었습니다. 흰 장갑을 낀 열두 개의 손이 실크 밧줄을 잡은 채 긴장된 상태로 대기하고 있었습니다. 끔찍한 정적이었습니다. 마지막 말이 끝났습니다. 한 송이 들장미가 작별의 의미로 던져졌으며 그것은 천천히 흩어지고 꽃잎들은 머뭇거리며 내려지는 관 위에 눈처럼 흩날렸습니다. 그러고는 땅 속으로 묻혔습니다. 태고의 흙 속으로 돌아갔습니다. 검고 싸늘한 흙으로…… 우리 모두의…… 어머니에게."

바비 목사가 잠시 말을 멈추자 너무나도 완벽한 정적이 흘러서 캠퍼스 너머 멀리 떨어져 있는 발전기가 흥분한 맥박처럼 밤을 진동하는 소리까지도 들렸다. 사람들 사이에서 한 할머니가 구슬프게 흐느끼기 시작했다. 흐느낌 속에서 끝까지 부를 수 없는 슬프고도 완성되지 못한 노래가 시작된 것이다.

바비 목사는 머리를 뒤로 젖히고, 팔은 겨드랑이에 밀착시킨 채 감정을 조절하기 위해 애쓰는 것처럼 두 주먹을 불끈 쥐었다. 블레드소 박사는 손으로 머리를 감싼 채 앉아 있었다. 내 주변 어딘가에서 누군가 코를 풀었다. 바비 목사는 비틀거리며 앞으로 걸어 나갔다.

"아, 그렇습니다. 아, 그렇습니다." 그는 말했다. "아, 그렇습니다. 그것 역시 이 영광스러운 이야기의 일부입니다. 그렇지만 그것을 죽음이라고 생각하지 말고 탄생이라고 생각합시다. 과거에 위대한 씨앗이 하나 뿌려졌습니다. 그 씨앗은 마치 위대한 창조자가 다시 부활한 것처럼 때만 되면 어김없이 항상 결실을 맺어 왔습니다. 어떤 면에서 보면 그분은 육신으로는 아니더라도 영혼으로 존재했기 때문입니다. 또 어떤 면에서 보면 육신으로도 존재했습니다. 왜냐하면 현재의 여러분의 지도자께서 그분의 살아 있는 대행자, 즉 그분의 육체적인 존재가 되지 않았습니까? 그것이 의심스럽다면 여러분의 주위를 둘러보세요, 나의 젊은 친구 여러분, 친애하는 나의 젊은 친구 여러분! 여러분을 이끌고 있는 그분을 내가 어떤 사람이라고 말할 수 있겠습니까? 그가 우리의 설립자에게 한 맹세를 얼마나 잘 수행하고 있는지, 그리고 그의 대리인으로서의 역할을 얼마나 양심적으로 수행하는지 내가 여러분에게 어떻게 전할 수 있겠습니까?

먼저 여러분은 이 학교가 과거에 어떠했는지 알아야 합니다. 물론 그때도 이미 훌륭한 학교였습니다. 그렇지만 그 당시에는 건물이 여덟 개였고 지금은 스무 개입니다. 전에는 교직원이 쉰 명 이었으나 지금은 이백 명입니다. 학생은 수백 명에 불과했으나 지금은 삼천여 명에 이릅니다. 지금은 자동차 타이어가 굴러다니는 이 아스팔트 길이 그 당시에는 소와 노새 그리고 마차가 굴러다니던, 돌을 깨뜨려 만든 길이었습니다. 나는 이렇게 오랜만에 위대한 학교에 되돌아와 풍부한 푸른 숲과 풍성한 농장 그리고 향기로운 캠퍼스를 거닐다 보니 너무나 가슴이 벅차 말로 표현할 수 없을 정도입니다. 아! 여러 개의 마을보다도 더 넓은 지역까지 전력을 공급하는 이 엄청난 발전소는 모두 흑인들의 손에 의해 작동됩니다. 그러니 나의 젊은 친구 여러분, 우리의 설립자께서 만드신 빛은 아직도 타오르고 있는 겁니다. 여러분의 지도자께서는 자신의 약속을 천 배로 지키신 것입니다. 나는 의당 그분을 찬양합니다. 왜냐하면 그분은 위대하고 숭고한 실험에 함께 참여했기 때문입니다. 그는 자신의 친구의 훌륭한 계승자이며 그가 위대하고 뛰어난 지도력으로 우리의 지도자가 된 것은 당연한 일이었습니다. 그의 지도력은 여러분이 본받을 만한 가치가 있는 위대함의 표본입니다. 여러분은 그분을 본받길 바랍니다. 여러분 각자는 언젠가 그분의 발자취를 따를 열정을 가지셔야 합니다. 아직도 위대한 임무가 남아 있습니다. 우리는 빠르게 성장하고 있지만 여전히 젊기 때문입니다. 전설은 아직도 더 창조될 것입니다. 그렇다고 여러분의 지도자의 짐을 지게 될까 봐 걱정할 필요는 없습니다. 설립자의 업적은 계속해서 펼쳐질 영광이며 우리 민족의 역사는 더욱 커져 가는 승리의 영웅담이 될 것입니다."

바비 목사는 두 팔을 앞으로 펼치고 서서 청중들을 향해 환한 미소를 보내고 있었다. 그의 부처 같은 몸은 검은 돌덩이처럼 꼼짝하지 않았다. 예배당 여기저기에서 훌쩍거리는 소리가 들렸다. 감탄의 목소리가 술렁술렁 들려왔으며 나는 그 어느 때보다도 더 갈피를 잡을 수 없었다. 잠시 동안 바비 목사는 내게 비전을 보여 주었다. 나는 이제 학교를 떠난다는 건 내 육신을 떠나는 것과 같다는 것을 깨달았다. 나는 그가 팔을 밑으로 내리고 자기 자리로 돌아가는 모습을 지켜보았다. 그는 마치 멀리서 들려오는 음악 소리를 들으려고나 하듯이 머리를 위로 젖히고 걸어갔다. 내가 눈물을 닦으려고 고개를 숙이는 순간 충격을 받은 거친 숨소리가 들렸다.

고개를 들어 보니 백인 이사 두 사람이 연단을 지나 블레드소 박사의 무릎 위에서 버둥거리는 바비 목사에게 급히 달려가는 것이 보였다. 바비 목사는 그들이 팔을 붙들자 앞으로 미끄러지듯 주저앉으며 양손을 바닥에 짚었다. 그런 후 다시 일어섰는데 나는 그들 중 한 사람이 바닥에서 무언가를 주워 들어 그의 양손에 쥐어 주는 것을 보았다. 그가 고개를 들어 올렸을 때 비로소 나는 그것을 볼 수 있었다. 그의 움직임과 안경이 불투명하게 번쩍이던 짧은 순간에 나는 앞을 보지 못하는 두 눈이 깜빡이는 것을 보았다. 호머 바비는 장님이었다.

블레드소 박사는 여러 번 사과를 하면서 그를 의자로 부축해 갔다. 그런 후 노인이 미소를 지으며 의자에 등을 대고 편히 앉자 연단 끝으로 걸어 나와서 팔을 들어 올렸다. 나는 눈을 감고 그의 입에서 흘러나오는 낮은 목소리와 거기에 응답하는 학생들의 점점 강해지는 음성을 들었다. 이번에는 내빈들을 위한 것이 아니라 스스로를 위한, 진정한 마음이 실린 음악이 들렸다. 그것은 희망과 찬미의 노래였다. 나는 그 건물에서 뛰쳐나가고 싶었지만 감히 그럴 수가 없었다. 나는 딱딱한 의자에 경직된 자세로 똑바로 앉아서 마치 희망에 의지하듯 의자에 의지하고 있었다.

나는 이제 블레드소 박사를 볼 수가 없었다. 늙은 바비 목사가 나에게 죄의식을 느끼게 하고 그것을 인정하도록 만들었기 때문이다. 비록 내가 의도한 바는 아니었지만 꿈이 계속 이어지는 것을 위태롭게 만드는 행위는 일종의 배신 행위였던 것이다.

나는 다음 연사의 말을 듣지 않았다. 그는 키가 큰 백인으로 두 눈을 손수건으로 연신 닦아 댔으며 감정적이고 서투른 말투로 똑같은 말을 계속 반복했다. 연설이 끝나자 오케스트라는 드보르자크의 「신세계 교향곡」의 일부를 연주하였다. 내게는 그 곡의 주제 선율인 「스윙 로, 스위트 채리엇」이 반복해서 들려왔다. 그것은 우리 어머니와 할아버지가 가장 좋아했던 영가였다. 나는 더 이상 견딜 수가 없었다. 그래서 다음 연사가 연설을 시작하기도 전에 교수들과 부인들의 못마땅해하는 시선을 지나 어둠 속으로 서둘러 나와 버렸다.

지빠귀 한 마리가 달빛에 비친 설립자의 손 위에 앉아 영원히 무릎 꿇고 앉은 노예의 머리 위로 달빛에 취한 꼬리를 푸드덕거리면서 지저귀고 있었다. 나는 지저귀는 새소리를 뒤로한 채 그늘 진 도로를 따라 올라갔다. 거리의 가로등들은 캠퍼스의 달빛 꿈속에서 밝게 빛나고 있었으며 저마다 그림자의 울타리 안에서 은은하게 보였다.

나는 예배가 끝날 때까지 기다릴 수도 있었다. 내가 멀리 가지 않았을 때 행진곡을 연주하는 오케스트라 소리가 희미하면서도 밝게 들리고 학생들이 어둠 속으로 몰려나오면서 목소리가 터져 나왔다. 나는 두려운 마음으로 본관을 향해 걸어갔으며 건물에 도착하자 어두운 문 앞에 멈추어 섰다. 내 가슴은, 저 밑 잔디밭에 그림자를 드리운 가로등을 둘러싼 나방들처럼 퍼덕거렸다. 나는 이제 정말 블레드소 박사와 면담을 할 작정이다. 나는 원망과 함께 바비 목사의 말이 떠올랐다. 아직 블레드소 박사의 마음에 바비 목사의 말이 생생할 테니 내 항변에 그가 동정할 리 없었다. 나는 어두운 문 앞에 서서 만약 학교에서 쫓겨나면 미래가 어떻게 될지 곰곰이 생각해 보려고 했다. 어디로 가야 할까, 무엇을 해야 할까? 어떻게 고향에 돌아갈 수 있을까?

6장

경사진 잔디밭 밑으로 남학생들이 기숙사를 향해 걸어가고 있었다. 그들은 이제 내게서 멀리 떨어진 듯이 보였다. 나와는 동떨어진 존재 같았고 그들의 흐릿한 형체 하나하나가 모두 나보다 훨씬 우월한 존재처럼 느껴졌다. 나는 일종의 결핍감을 느끼면서, 가치 있고 영감을 불어넣어 주는 모든 것들로부터 자신을 분리하여 어둠 속으로 내던져 버린 상태였다. 나는 나지막이 화음을 맞추며 걸어가는 학생들의 소리를 들었다. 그리고 제과점에서 굽는 신선한 빵 냄새가 풍겨 왔다. 아침 식사용인 훌륭한 흰 식빵. 노란색 버터가 흘러내리는 롤 케이크. 나는 나중에 방에 돌아와 집에서 가져온 산딸기 잼을 발라 먹으려고 틈만 나면 그 빵을 주머니 속에 넣어 왔다.

여학생 기숙사는, 마치 보이지 않는 손에 의해 일제히 뿌려진 씨앗들이 반짝이며 싹트는 모양으로 불빛이 들어오기 시작했다. 자동차 몇 대가 지나갔다. 나는 마을에 사는 한 무리의 늙은 여인네들이 다가오는 모습을 보았다. 그들 중 하나는 지팡이를 사용하며 마치 장님처럼 가끔씩 바닥을 텅텅 두들기며 공허한 소리를 냈다. 그들의 대화 소리가 조각조각 들려왔다. 그들은 바비 목사의 연설에 대해 열렬히 토론하고 있었으며 떨리는 목소리로 설립자가 살아 있던 시절을 회상하며 이야기를 덧붙이거나 짜내고 있었다.

그때 길게 뻗은 가로수길 아래로 눈에 익은 캐딜락이 다가와 건물 안으로 들어가는 장면이 보였다. 나는 두 발자국도 가지 못하고 뒤돌아서서 다시 어둠 속으로 서둘러 숨어 버렸다. 나는 지금 즉시 블레드소 박사를 만날 자신이 없었다. 나는 몸을 부들부들 떨면서, 길을 따라 올라가는 학생들 뒤를 따랐다. 그들은 어떤 주제를 놓고 격렬하게 이야기를 나누고 있었지만 나는 너무 초조한 나머지 그들의 이야기를 제대로 들을 수 없었으며 그저 그들의 그림자 뒤를 따라가기만 했다. 가로등 불빛 아래를 지날 때 그들의 잘 닦인 구두에서 어슴푸레 빛이 반사되는 것이 보였다. 나는 블레드소 박사에게 할 말을 미리 준비하려고 애썼다. 학생들은 자신들의 건물로 돌아간 것 같았다. 나는 문득 내가 캠퍼스 정문을 지나 고속도로를 향해 가고 있는 것을 깨달았다. 나는 방향을 돌려 다시 본관을 향해 뛰어갔다.

내가 그의 사무실에 들어갔을 때 그는 푸른 장식이 들어간 손수건으로 목을 문지르고 있었다. 그의 안경 렌즈에 비친 어슴푸레한 전등빛 때문에 그의 얼굴 반이 그림자 속에 감추어졌다. 그는 굳게 쥔 주먹을 빛이 있는 자신의 앞쪽으로 길게 뻗었다. 내가 문 앞에서 망설이며 서 있는 동안 오래된 묵직한 가구들, 설립자 시절의 유물들, 인물 사진들, 그리고 도드라지게 새겨진 대통령과 사업가의 액자들이 문득 눈에 들어왔다. 그것들은 마치 트로피나 문장처럼 벽에 고정되어 있었다.

"들어오게." 그는 그림자에 반쯤 가려진 채로 서서 말했다. 그런 후 그는 움직이며 머리를 앞으로 내밀었고 두 눈은 이글이글 불타고 있었다.

그는 조용히 농담을 하듯이 부드럽게 시작하여 내 마음의 균형을 깨트렸다.

"여보게." 그가 말했다. "나는 자네가 노턴 씨를 흑인 지역까지 모시고 갔을 뿐만 아니라 그 하수구 같은 골든데이까지 갔던 걸로 알고 있네만."

그것은 질문이 아니라 서술이었다. 나는 아무런 말도 못하고 있었으며 그는 이전처럼 미소를 지으며 나를 바라보았다. 바비 목사가 노턴 씨를 부드럽게 만들어 준 것일까?

"아니지." 그가 말했다. "그분을 노예 지역까지 모시고 간 것만으로는 충분하지 않아서 더 자세히 돌아보실 수 있게 충분한 접대를 해 드려야 한다고 생각했나? 바로 그것이었나?"

"아닙니다, 박사님……. 그분께서 몸이 아프셨습니다." 나는 대답했다. "그래서 위스키가 꼭 필요했습니다……."

"그래, 자네가 아는 유일한 장소가 그곳이었단 말이지." 그가 말했다. "그래서 자네는 그분을 돌보기 위해서 그곳에 갔단 말이군."

"네, 그렇습니다……."

"그리고 그뿐이 아니라……." 그는 조소와 경탄이 뒤섞인 말투로 이어갔다. "자네는 그분을 바깥으로 모시고 가서 베란다인지 발코니인지, 요즘 어떻게 부르는지 모르지만, 그런 곳에 앉혀 놓고는 명사를 소개시켜 드렸지."

"명사라니요?" 나는 눈살을 찌푸렸다. "아, 아무튼 그분이 차를 세우라고 하셨어요. 저는 어쩔 도리가 없었습니다⋯⋯."

"물론이지." 그는 말했다. "물론 그랬겠지."

"그분께서는 그 오두막집에 관심을 가지셨습니다. 그런 집이 아직도 남아 있다는 사실을 알고는 놀라워하셨습니다."

"그래서 당연히 자네는 차를 세웠던 것이고." 그는 고개를 다시 숙이면서 말했다.

"그렇습니다, 박사님."

"그래, 그분은 오두막집에 들어가 그곳의 내력과 모든 소문들을 다 들으셨군."

나는 그 일에 대하여 해명하려고 했다.

"이것 봐!" 그는 버럭 소리를 질렀다. "자네 농담하는 건가? 우선, 왜 그 길로 들어섰나? 자네가 운전하지 않았나?"

"네, 그런데요⋯⋯."

"그렇다면 우리가 여태까지 얼마나 고개를 숙이고, 긁어모으고, 구걸하고, 거짓말을 해 왔는데 아직도 자네가 그분에게 보여 줄 만한 훌륭한 집이나 도로가 없었단 말인가? 자네는, 백인이 자네에게 슬럼가를 보여 달라고 부탁하기 위해 뉴욕, 보스톤 아니면 필라델피아 같은 곳으로부터 수천 마일이나 달려왔다고 생각하나? 거기 그렇게 서 있지만 말고 말 좀 해 봐!"

"저는 그냥 운전만 했을 뿐인데요, 박사님. 그분이 그곳에 세우라고 명령하셔서 세운 것뿐입니다⋯⋯."

"명령했다고?" 그가 말했다. "그분이 자네에게 명령을 내리셨단 말이지. 빌어먹을. 백인들은 항상 명령만 내린단 말이야. 그게 그들의 습관이야. 왜 자네는 핑계라도 대지 않았나? 그곳 사람들에게 천연두 같은 전염병이 돌았다고 하거나, 아니면 다른 오두막을 택하던가. 왜 하필 트루블러드의 오두막이냔 말이야. 세상에! 이봐! 자넨 흑인이고 지금 남부에 살고 있네. 거짓말하는 법을 잊어버렸나?"

"거짓말을요? 그분께 거짓말을 한다고요? 이사님께요? 제가요?"

그는 무언가 고통스러운 듯 머리를 가로저었다. "머리가 좋은 녀석을 고른 줄 알았는데." 그는 중얼거렸다. "자네가 학교를 위험에 빠뜨리고 있다는 사실을 몰랐나?"

"저는 그분을 즐겁게 해 드리려고 했을 뿐이었는데……."

"즐겁게 해 드린다? 자네는 대학의 3학년 학생이야! 목화밭에서 일하는 가장 멍청한 흑인 새끼조차도 백인을 즐겁게 해 주는 유일한 방법이 바로 거짓말이라는 걸 알아! 여기서 자네는 뭘 배우고 있나? 누가 자네더러 그분을 그곳으로 데려가라고 했지?" 그가 물었다.

"그분께서 그랬습니다. 다른 사람이 아니라 그분께서."

"나한테 거짓말하지 마!"

"사실입니다, 박사님."

"경고하겠네. 누가 시켰나?"

"맹세코, 박사님, 아무도 그런 사람은 없었습니다."

"이 검둥아, 지금 거짓말할 때가 아니야. 나는 백인이 아니야. 그러니 솔직히 말해 봐!"

그는 곧장 나를 때릴 기세였다. 나는 책상 너머를 응시하며 생각에 빠졌다. 이 사람이 나를 그렇게 부르다니…….

"대답해 봐, 이 녀석아!"

그렇게 부르다니. 그의 두 눈 사이로 불거져 나온 핏줄이 부들거리는 것을 보면서 나는 생각했다. 이 사람이 나를 그렇게 불렀어.

"저는 거짓말하지 않습니다, 박사님." 나는 대답했다.

"그러면 자네와 이야기했던 그 환자는 누군가?"

"전에 한 번도 본 적이 없는 사람입니다."

"그가 뭐라고 했나?"

"기억이 나지 않습니다, 박사님." 나는 나지막이 대답했다. "그자는 미쳐 있었습니다."

"크게 말해 봐. 그가 뭐라고 했다고?"

"그는 자기가 프랑스에 살았고 대단한 의사였다고 생각하더군요……."

"계속하게."

"제가 백인이 옳다고 믿는다고 하더군요." 나는 말했다.

"뭐라고?" 갑자기 그의 얼굴이 뒤틀리더니 어두운 수면처럼 갈라졌다.

"자네는 그렇게 믿는구먼, 그렇지?" 블레드소 박사는 불쾌한 웃음을 억누르며 물었다. "안 그런가?"

나는 대답하지 않고, 당신, 당신이…… 하는 생각만 했다.

"그 사람이 누군가? 전에 본 적이 있나?"

"아닙니다, 박사님. 처음이었습니다."

"북부 사람이었나, 남부 사람이었나?"

"모르겠습니다, 박사님."

그는 책상을 쾅 하고 내리쳤다. "흑인들을 위한 대학이야! 이봐, 자넨 반세기가 걸려 세운 대학을 반시간 만에 망쳐 버리는 것 말고는 아는 게 뭐가 있나? 그의 말씨가 북부의 것이던가, 아니면 남부의 것이던가?"

"그는 백인처럼 말했습니다." 나는 대답했다. "목소리만 남부 사람처럼 들렸습니다, 저희들처럼."

"그 작자를 조사해 봐야겠군." 그가 말했다. "그런 검둥이 녀석은 가둬 두어야 해."

캠퍼스 저편에서 십오 분을 알리는 종소리가 울렸는데 내 마음속의 무언가가 그 소리를 덮어 버리는 것 같았다. 나는 그에게 필사적으로 매달렸다.

"블레드소 박사님, 정말 죄송합니다. 그곳으로 갈 생각은 전혀 없었는데 상황이 그렇게 됐을 뿐입니다. 노턴 씨께서는 그 상황에 대해서 잘 아실 것입니다……."

"내 말을 들어 봐, 이 친구야." 그는 크게 소리쳤다. "노턴은 노턴이고, 나는 나란 말이야. 그는 만족스럽게 생각할지도 모르지만 사실은 그렇지 않다는 것을 나는 알아. 자네의 그 무식한 판단이 이 학교에 엄청난 피해를 가져왔어. 자네는 우리 민족의 처지를 향상시킨 것이 아니라 그것을 거꾸로 망쳐 버린 거야."

그는 마치 내가 상상도 할 수 없는 최악의 범죄라도 저지른 것처럼 나를 바라보았다. "우리가 그런 행위를 용인할 수 없다는 걸 모르나? 나는 자네에게 최고의 백인 친구 한 사람을 모실 수 있는 기회를 주었네. 자네를 출세시켜 줄 수도 있는 사람이었지. 그렇지만 그 보답으로 자네는 우리 민족 전체를 진흙탕 속으로 끌어넣었어!"

갑자기 그는 서류 더미 밑에서 무언가를 집어 들었다. 그것은 그가 평소에 '우리 민족의 진보의 상징'이라고 자랑스럽게 떠들던 노예 시대의 낡은 족쇄였다.

"자네는 처벌을 받아야 돼. 이러쿵저러쿵 말할 필요도 없어."

"그렇지만 박사님께서 노턴 씨에게 약속하시지 않았습니까?"

"거기 그냥 서 있지 말고 말해 봐. 내가 이미 다 알고 있어. 내가 무슨 말을 했든, 이 학교의 우두머리로서 이 일을 그냥 지나칠 수는 없어. 이봐, 난 자네를 쫓아낼 걸세."

그 일은 바로 그가 쇳덩이로 책상을 내리쳤던 그때 벌어진 것이 틀림없다. 갑자기 나는 그에게 몸을 내밀면서 격분하여 소리를 질렀던 것이다.

"그분에게 말하겠습니다." 나는 말했다. "노턴 씨에게 찾아가서 말하겠습니다. 박사님이 우리 두 사람 모두에게 거짓말을 했다고……."

"뭐라고!" 그는 소리쳤다. "자네 지금 감히 나를 협박하는 건가? 바로 내 사무실에서?"

"그분께 말할 겁니다." 나는 날카롭게 소리쳤다. "모든 사람들에게 말할 겁니다. 박사님과 싸울 겁니다. 정말입니다. 싸울 거라고요!"

"그래." 그는 뒤로 물러앉으며 말했다. "좋아, 마음대로 해 봐."

잠시 동안 그는 나를 올려보다가 다시 고개를 숙였다. 그의 머리는 다시 그림자 속으로 들어갔고 분노의 외침 소리 같은 가늘고 높은 소리가 들렸다. 그런 후 그의 얼굴이 앞으로 나왔으며 웃는 것이 보였다. 나는 잠시 동안 그를 노려보았다. 그리고 돌아서서 문을 향해 걷기 시작했다. 그때 그가 "잠깐, 잠깐." 하며 뒤에서 다급하게 부르는 소리가 들렸다.

나는 돌아섰다. 그는 양손으로 자신의 거대한 머리를 받치고 숨을 헐떡였으며 얼굴에는 눈물이 흘러내리고 있었다.

"이리 와 보게, 이리 와." 그는 안경을 벗고 눈을 문지르며 말했다. "이쪽으로 와 보게나." 그의 목소리는 재미있는 듯했으며 달래려는 말투였다. 마치 나는 무슨 동아리의 입회식 같은 걸 거친 기분이었으며, 나도 모르게 그에게 돌아가고 있었다. 그는 여전히 고뇌가 깃든 웃음을 지으며 나를 바라보았다. 내 눈은 불타올랐다.

"이봐, 자넨 그야말로 바보로구먼." 그가 말했다. "자네의 백인 친구들은 아무것도 가르쳐 준 것이 없고 자네의 타고난 지혜도 아무런 도움이 되지 못했어. 도대체 우리 흑인 젊은이들은 왜 그런 건가? 난 자네가 이곳의 일이 어떻게 돌아가고 있는지 깨우쳤다고 생각했었네. 그런데 자네는 현실과 희망 사항을 구별도 못하고 있어. 세상에." 그는 숨을 헐떡거렸다. "우리 민족이 지금 어떻게 되어 가는 거야. 이봐, 학생. 자네가 원하는 대로 아무에게나 말해도 좋아. 거기 앉아 보게……. 거기 앉아 보라니까!"

나는 한편으로는 증오심에 불탔으나 다른 한편으로는 마음이 끌려서 마지못해 자리에 앉았다. 그에게 복종하는 나 자신이 미웠다.

"아무에게나 말해 보게." 그는 말했다. "나는 상관없어. 자네를 막으려고 손끝 하나도 움직이지 않겠네. 나는 누구에게도 빚을 진 것이 없기 때문이야. 누구, 흑인들? 흑인들이 이 학교를 운영하는 것이 아닐뿐더러 다른 것도 대부분 마찬가지야. 그것도 아직 모르고 있었나? 절대 아니지. 그들이 학교를 움직이는 것도 아니고 백인 역시 아니야. 물론 그들이 지원을 하는 것은 맞지만 이 학교를 움직이는 사람은 바로 나일세. 나란 사람은 거물이지만 흑인이고 필요할 때면 다른 흑인들 못지않게 큰 소리로 '네, 나리.' 하고 외치지. 그렇지만 여전히 여기에서는 내가 왕일세. 그것이 겉으로는 전혀 다르게 보이더라도 상관없네. 권력은 꼭 겉으로 드러나야 하는 것은 아니니까. 권력은 확신이며 자신감이지. 스스로 시작하고 끝을 맺는 것이며, 스스로 위로하고, 스스로 합리화하는 걸세. 그것을 가져 보면 알게 되네. 흑인들이나 남의 말 하는 놈들 모두 마음대로 비웃으라지. 내가 한 말은 모두 사실이네. 내가 즐겁게 해 주는 척하는 유일한 사람들은 바로 거물급 백인들뿐이네. 그렇지만 그 경우에도 그들이 나를 좌우하기보다는 내가 그들을 좌우하는 편이지. 이것이 바로 권력의 구조이네. 그리고 내가 지배권을 쥐고 있지. 생각해 보게나. 자네가 내게 반항하면 그것은 권력에 반항하는 것이지. 부유한 백인의 권력과 국가의 권력에 반항하는 것이고, 그것은 곧 정부의 권력에 반항하는 것이야!"

그는 말을 가라앉히기 위해 잠시 멈추었으며 나는 마비될 것 같은 엄청난 격분을 느끼며 앉아 있었다.

"자네의 사회학 교수들이 말하기 꺼려하는 것을 내가 하나 말해 주지." 그는 계속해서 이어갔다. "만약 나같이 이렇게 학교를 운영하는 사람이 없다면 남부는 존재하지 않았을 걸세. 북부도 마찬가지지. 아니, 아마 나라도 존재하지 않았을 걸세. 오늘의 이런 형태로 말이야. 그걸 한번 생각해 봐." 그는 웃음을 터뜨렸다. "자네의 연설이나 공부하는 걸로 봐서는 자네가 뭔가를 안다고 생각했었네. 그런데 자네는…… 좋아, 마음대로 하게나. 노턴 씨에게 찾아가게. 가 보면 그분도 자네가 처벌받길 바란다는 걸 알게 될 거야. 그분 자신도 모를 수 있지만 그분은 그것을 원해. 왜냐하면 그를 위해 내가 할 수 있는 최선이 무엇인가를 내가 알고 있다는 사실을 그분 또한 알고 있기 때문이지. 자네는 교육받은 멍청한 흑인일세. 백인들은 신문도 읽고, 잡지도 읽고, 라디오도 듣고, 대변인도 있어서 자신들의 생각을 서로 나누어 갖지. 만약 그들이 세상을 상대로 거짓말을 하고 싶다면 완벽하게 거짓말을 해서 그것이 곧 진실이 돼 버리네. 그리고 만약 자네가 거짓말을 하고 있다고 내가 그들에게 말하면 그들은 세상에게 그렇게 말할 걸세. 자네가 자네 말이 사실이라고 증명을 해도 소용없지. 왜냐하면 그것은 일종의 그들이 듣고 싶은 거짓말이기 때문이야……."

나는 가늘고 높은 웃음소리를 또 들었다. "자네는 아무것도 아니야, 학생. 자네는 존재한다고도 할 수 없어. 그걸 모르겠나? 백인들은 모든 사람들에게 무엇을 생각할지 말해 주지. 나 같은 사람만 제외하고 말일세. 그리고 나는 그들에게 말해 주지. 그것이 내 생활이야. 백인들에게 내가 아는 일에 대하여 어떻게 생각할지 말해 주는 것 말이네. 놀랍지? 그렇지 않나? 어쨌든 일은 그렇게 돌아가네. 그건 역겨운 일이고 나 역시 항상 좋아하는 것은 아니야. 그렇지 들어 봐. 내가 그런 걸 만든 것도 아니고 그것을 바꿀 수도 없어. 그래도 나는 그 속에 내 자리를 잡았네. 나는 이 나라 흑인들을 모두 나뭇가지에 목매달 수도 있어. 만약 그렇게 해서 내 현재의 자리를 지킬 수만 있다면 말일세."

그는 이제 내 눈을 바라보고 있었으며, 목소리는 격앙되었고 진지했다. 마치 내가 믿지도, 거부할 수도 없는 엄청난 사실을 밝히는 고백이라도 하듯이 말이다. 차가워진 땀방울이 등골을 따라 빙하처럼 서서히 흘러내렸다.

"농담이 아냐." 그는 말했다. "나는 지금 내 위치까지 올라오기 위해서 강인해야 했고 확고한 의도를 가지고 있어야 했네. 때를 기다려야 했고, 계획을 세우고, 사방을 핥고 다녀야 했네……. 그래, 검둥이처럼 행동하고 다녔어야 했지." 그는 그렇게 말하고는 또 한 번 힘주어 "맞아!"라고 반복했다.

"나는 그게 그럴 만한 가치가 있었다고 주장하는 건 아니네. 그렇지만 나는 지금 여기 있고, 또 앞으로도 있을 것이란 말이야. 자네가 게임에 이기면 상을 받고, 그것을 단단히 잘 보관하겠지. 그렇지만 그게 다야." 그는 어깨를 움츠렸다. "사람은 자신의 지위를 얻으려고 애쓰다 보면 어느새 늙게 마련이네. 그러니 가서 마음대로 하게. 가서 자네 이야기를 떠들어 보게나. 자네가 말하는 진실과 내 진실을 시험해 보게. 왜냐하면 내가 말한 것이 진실이니까. 더 큰 의미의 진실이란 말일세. 한번 시험해 봐……. 처음 출발할 땐 나도 애송이였지……."

그러나 나는 더 이상 그의 말을 듣고 있지 않았다. 그가 쓴 안경의 금속성 렌즈 위에서 아른거리는 불빛만 보고 있을 뿐이었다. 이제 렌즈는 그의 역겨운 말의 바다 위에서 둥둥 떠다니는 것처럼 보였다. 진실, 진실, 무엇이 진실인가? 내가 아는 그 누구도, 심지어 우리 어머니조차도 내가 말하면 믿지 않을 것이다. 내일이면 나 자신도 믿지 않을 것이라고 생각했다. 나 자신조차도……. 나는 무기력하게 책상의 나뭇결을 응시하다가 그의 머리 너머 의자 뒤에 있는 커다란 술잔 케이스로 눈을 돌렸다. 케이스 위로는 설립자의 초상이 무표정하게 내려다보고 있었다.

"하하!" 블레드소가 웃었다. "나와 복싱을 하기에는 팔이 너무 짧구먼. 한동안 젊은 흑인 녀석을 후려갈길 일이 없었지. 그래, 없었어." 그는 일어나면서 말했다. "그전처럼 건방 떠는 놈들이 없어졌거든."

이제 나는 거의 움직일 수 없었다. 위장이 꼬이고 신장에서 통증이 느껴졌다. 양다리는 고무처럼 휘청거렸다. 대학 삼 년 동안 나는 자신을 사내라고 믿었다. 그런데 여기서 그는 단 몇 마디 말로 나를 신생아처럼 무력하게 만들었다. 나는 몸을 일으켜 세웠다.

"잠깐, 잠깐만 있어 보게." 그는 금방 동전을 던져 올리려는 사람처럼 나를 바라보았다. "자네 용기가 마음에 드네. 자네는 투사일세. 난 그 점이 좋아. 자네에겐 단지 판단력이 없을 뿐이야. 비록 그것 때문에 자네가 망쳐질 수도 있지만. 그래서 바로 내가 자네에게 벌을 주어야 하는 걸세. 자네가 어떤 기분인지 알아. 자네는 고향으로 돌아가 창피를 당하고 싶지 않겠지. 이해가 되네. 자네도 위엄에 대한 어렴풋한 개념은 있을 테니까. 내가 어떻게 하든 관계없이 그런 개념이 겉만 번드르한 선생들과 북부의 유식한 이상주의자들에게 들어 있지. 그래. 자네에겐 뒤를 밀어 주는 백인들이 있네. 자넨 그들과 맞서고 싶지 않겠지. 한 사람의 흑인이 백인들에게 굴욕을 당하는 것보다 더 나쁜 상황은 없을 테니까. 나는 그런 것도 모두 알고 있어.

나이 든 나로서는 욕먹고 조롱받거나 하는 모든 수모는 다 당해 보았네. 나는 예배당에서 그런 이야기를 단지 노래로만 하는 것이 아닐세. 나는 그것에 관해 잘 알아. 그렇지만 그걸 결코 극복할 수 없네. 그건 어리석은 짓이며 많은 돈이 필요하고 중압감이 크다네. 자네는 백인에게 자존심과 위엄에 대해 걱정하게 만들었네. 자네는 자네의 위치가 어디며, 어디서 권력과 영향력을 키우며, 권력과 영향력 있는 사람들과 접촉하는 방법에 대해서도 알게 될 걸세. 그러면 어둠 속에 머물면서 그걸 이용해!"

얼마나 더 이 자리에 서서 나를 비웃으라고 내버려 둬야 하지? 나는 의자의 등받이를 잡은 채 생각했다. 얼마나 오랫동안?

"자네는 배짱 좋은 작은 전사야." 그는 말했다. "우리 민족은 용감하고 똑똑하며 환멸에 찬 전사가 필요하지. 그러니 내가 자네를 도와줄 생각이네. 아마 자네는 내가 오른손으로 때려 놓고 왼손을 내민다고 생각할지도 모르겠네. 만약 자네가, 내가 오른손만으로 지배하는 그런 종류의 사람이라고 생각한다면 말일세. 물론 나는 그렇지 않네만. 그렇지만 그렇다 해도 괜찮아, 그렇게 생각하거나 말거나 말일세. 나는 자네가 여름방학 동안 뉴욕에 가 있으면서 자존심을 살렸으면 좋겠네. 그리고 돈도 벌고. 그곳으로 가서 내년도 등록금을 벌어, 알았지?"

나는 아무 말도 못 하고 고개만 끄덕였다. 마음속으로는 그와 타협할 것을 생각하면서, 그가 했던 말과 지금 말하는 것을 맞추어 보느라 격렬하게 요동치고 있었다.

"자네의 일자리를 알아봐 줄 만한 우리 대학 후원자들에게 편지를 써 주겠네." 그가 말했다. "그렇지만 이번에는 판단을 잘하게. 눈을 크게 뜨고 세상 돌아가는 걸 제대로 보란 말이야. 그리고 만약 성공한다면, 어쩌면…… 음, 어쩌면…… 아무튼 자네에게 달렸네."

그는 말을 멈추고 일어섰다. 그는 키가 크고, 피부가 검고, 동그란 눈에 거대한 몸집이었다.

"이게 전부라네, 젊은 친구." 그는 무뚝뚝하게 사무적인 투로 말했다. "정리할 시간을 이틀 주겠네."

"이틀이요?"

"이틀!" 그는 대답했다.

나는 계단을 내려가 어둠에 잠긴 길을 걸어 올라갔다. 건물 바깥으로 나오자마자 나는 밧줄 같은 덩굴이 매달려 있는 등나무 밑에서 몸을 깊숙이 수그렸다. 거의 창자가 뒤집히는 것 같았다. 잠시 잠잠해지자 나는 반원을 이루듯 높고 차갑게 뻗어 있는 나뭇가지 사이를 올려다보았다. 달이 소용돌이치며 중복된 이미지로 보였다. 눈의 초점을 맞출 수가 없었다. 나는 방을 향해 걷기 시작했으며 길에 돌출되어 나온 나무나 가로등에 부딪히지 않으려고 손으로 한쪽 눈을 가리고 움직였다. 나는 걸어가면서 분노를 느꼈지만 밤이라 아무도 내 꼴을 볼 수 없다는 사실을 다행으로 생각했다. 위장이 쓰려 왔다. 캠퍼스 너머 어딘가에서 오래된 기타 블루스곡을 조율도 안 된 피아노로 연주하는 소리가 들려왔다. 그것은 마치 아련한 빛줄기처럼 느릿느릿, 고독한 열차의 기적소리가 반사되듯이 내게 흘러왔다. 나는 머리를 다시 숙이다가 이번에는 나무에 부딪혔다. 나무가 꽃이 만발한 덩굴을 흔들어 대는 소리가 들렸다.

몸을 움직일 수 있게 되자 머리가 빙빙 돌기 시작했다. 그날의 일들이 머릿속을 스쳐 지나갔다. 트루블러드, 노턴 씨, 블레드소 박사 그리고 골든데이가 미친 듯이 초현실적으로 마음속을 휘돌아 갔다. 나는 한쪽 눈을 가린 채 길에 서서 그날의 일을 마음에서 밀어내려고 하였지만 매번 블레드소가 결정을 내리던 장면에 이르러 헤어나질 못하고 버둥거렸다. 그의 목소리가 아직도 내 마음속에 울려 퍼지고 있었다. 그것이 곧 현실이요, 최종 결정이었던 것이다. 일어난 사건에 대한 내 책임이 무엇이든 간에, 나는 대가를 지불해야 한다는 걸 알고 있었다. 그리고 쫓겨날 것이라는 것도 알고 있었으며, 그런 생각이 다시 내 가슴속을 후벼 팠다. 나는 달빛 아래 서서 이번 일의 결과를 미리 생각해 보려고 했다. 내 성공에 대해 질투심을 가지고 있던 사람들이 만족해하는 모습, 그리고 부모님이 느낄 수치스러움과 실망감을 상상해 보았다. 나는 결코 이 수치를 씻어 버릴 수 없을 것 같다. 나의 백인 후원자들은 내게 정이 떨어질 것이다. 나는 백인 권력자들의 보호를 받지 못하던 사람들에게 항상 붙어 다니는 두려움이란 것을 생각해 보았다.

내가 어쩌다 이렇게 되었을까? 나는 변함없이 내 앞에 놓인 길을 걸어왔다. 남들이 기대하는 사람이 되기 위해 노력해 왔으며 남들의 기대에 맞게 행동해 왔다. 그런데 기대했던 보상을 얻기는커녕 이렇게 비틀거리며 걷고 있다. 눈이 흐려서, 길에 튀어나온 익숙한 물체에 부딪혀 머리라도 깨질까 봐 한쪽 눈을 필사적으로 붙들어 막은 채 걷고 있다. 게다가 더욱 짜증나는 건, 갑자기 할아버지가 어둠속에서 의기양양하게 웃으며 내 주위에 서성거리는 느낌이 드는 것이었다. 나는 참을 수 없었다. 나는 고통을 느끼며 분노하고 있었지만 다르게 살아갈 방법을 알 수가 없었으며 나 같은 사람이 이룰 수 있는 성공의 모습을 그려 볼 수가 없었기 때문이다. 나는 완전히 그런 종류의 사람이 되고 말았으므로 결국 타협을 해야만 했다. 타협을 하든지 아니면 할아버지가 했던 말이 옳다고 인정해야 했다. 그런데 그건 불가능했다. 나는 아직도 자신이 순수하다고 믿지만 트루블러드나 골든데이에 영구적으로 맞서기 위한 유일한 대안은 그 일에 대해 내가 책임을 지는 거라고 생각했다. 어떻게 하든 나는 스스로를 설득하여 나의 신조를 깨뜨리고 형벌을 받아들여야만 했다. 블레드소 박사가 옳다. 나는 스스로에게 말했다. 그가 옳다. 학교와 학교의 상징은 보호되어야만 한다. 다른 방법이 없다. 내가 아무리 고통스럽다 하더라도 가능한 한 빨리 나의 빚을 갚아야 한다. 그리고 내 미래를 세우기 위해 되돌아와야 한다…….

　방으로 돌아와 저축해 놓은 돈을 세어 보니 50달러 정도 되었다. 나는 가능한 한 빨리 뉴욕으로 가기로 결심했다. 만약 블레드소 박사가 일자리를 얻도록 도와주겠다던 마음을 바꾸지 않는다면 그 돈으로 노동자 숙소에서 먹고 자기에는 충분할 것 같았다. 노동자 숙소에 대해 나는 여름방학 동안 그곳에서 생활해 보았던 친구들에게 들은 바가 있었다. 내일 아침이면 떠나리라.

　룸메이트 녀석이 자면서 히죽거리고 웅얼거리는 동안 나는 짐을 꾸렸다.

　이튿날 아침 나는 기상 나팔 소리가 들리기 전에 일어났으며 블레드소 박사가 출근했을 때는, 이미 그의 사무실 앞 의자에 앉아 대기하고 있었다. 그는 발소리를 내지 않고 조용히 나를 향해 걸어왔다. 그가 입은 푸른색 서지 양복의 재킷이 열려 있어서 조끼 양쪽 주머니 사이로 연결된 무거운 금줄이 드러나 보였다. 그는 나를 보지 못한 듯 지나쳐 갔다. 그러나 사무실 문 앞에 이르자 그가 말했다. "나는 자네에 대한 마음을 바꾸지 않았네, 학생. 바꿀 생각도 없고!"

"아, 그 때문에 온 것이 아닙니다." 내가 대답하자 그는 홱 돌아서서 의아스러운 눈초리로 나를 내려다보았다.

"좋아, 자네가 그걸 이해한다니. 바쁘니까 어서 들어와서 용건을 말해 보게."

나는 그가 낡은 놋쇠 모자걸이에 모자를 거는 모습을 바라보며 책상 앞에 앉아서 기다렸다. 그리고 그는 내 앞으로 와서 앉더니 손가락 사이에 시가를 꽂은 다음 시작하라고 내게 고개를 끄덕였다.

내 눈은 이글이글 불탔으며 목소리는 실제와는 전혀 다른 소리로 나왔다. "오늘 아침에 떠나고 싶습니다, 박사님." 나는 말했다.

그의 눈은 흠칫 놀라는 기색을 보였다. "왜 오늘 아침인가?" 그가 물었다. "내일까지 시간을 주지 않았나? 왜 그렇게 서두르지?"

"서두르는 게 아닙니다, 박사님. 어차피 내가 떠나야 할 것이라면 바로 출발하고 싶습니다. 내일까지 머문다고 해서 바뀔 것은 아무것도 없지 않습니까⋯⋯."

"물론이지." 그는 말했다. "좋은 생각이야. 허락하겠네. 다른 용건은?"

"그게 전부입니다, 박사님. 단지 제가 저지른 일에 대하여 사과를 드리고 싶고, 나쁜 감정도 가지고 있지 않다고 말씀드리고 싶습니다. 전혀 고의적으로 했던 일은 아니었지만 아무튼 저는 처벌을 받아들이고 있습니다."

그는 양손의 손가락 끝을 서로 맞대었는데 두꺼운 손가락이 정교하게 맞았다. 그는 무표정한 얼굴이었다. "그건 적절한 태도일세." 그가 말했다. "다시 말하면 자네는 비탄에 빠지고 싶지 않다는 것이지. 안 그런가?"

"그렇습니다, 박사님."

"그래, 이제 비로소 자네가 배우기 시작했다는 것을 알 수 있겠군. 좋네. 우리 민족이 꼭 실천해야 할 두 가지는, 먼저 자신의 행동에 대해 책임을 지는 것이며, 또 하나는 비탄에 빠지지 않는 것이네." 그의 목소리는 예배당에서 말할 때처럼 확신에 차서 높아졌다. "자네가 비탄에 빠지지 않는다면 아무것도 자네의 성공을 가로막을 수 없을 걸세. 그걸 기억하게."

"그렇게 하겠습니다, 박사님." 내가 대답했다. 그러자 목이 메어 왔으며 그가 먼저 일자리에 대해 언급해 주기를 바랐다.

그러나 그는 나를 귀찮다는 듯이 쳐다보며 말했다. "자, 이제 나는 일을 좀 해야겠네. 내 허가가 떨어진 걸세."

"그런데 박사님. 한 가지 부탁드릴게 있는데……."

"부탁?" 그가 곧바로 물었다. "그래, 그것은 또 다른 문제로군. 어떤 부탁인가?"

"별건 아닌데요, 박사님께서 제게 일자리를 줄 만한 학교의 후원자 몇 분을 소개해 주신다고 하셨습니다. 저는 무슨 일이

든 기꺼이 하겠습니다."

"아, 그렇지." 그가 말했다. "그래, 물론이지."

그는 책상 위에 놓인 물건들을 지그시 바라보며 잠시 생각하는 듯 보였다. 그런 후 집게손가락으로 족쇄를 가만히 만지면서 말했다. "알았네. 몇 시에 떠날 생각인가?"

"가능하면 첫 버스로 가려고 합니다, 박사님."

"짐은 꾸렸나?"

"네, 박사님."

"좋아. 가서 가방을 가지고 여기로 삼십 분 내에 다시 돌아오게. 내 비서가 자네에게 학교 후원자 몇 분에게 쓴 편지 몇 장을 줄 걸세. 그들 중 한 사람은 자네에게 무언가를 해 줄 걸세."

"감사합니다, 박사님. 정말 대단히 감사합니다." 내가 말하는 동안 그는 자리에서 일어났다.

"괜찮네." 그가 말했다. "학교는 항상 학교를 위한 일을 찾으려고 하는 걸세. 한 가지만 덧붙이자면, 그 편지들은 모두 봉인돼 있을 걸세. 도움을 원하거든 절대 편지를 열어 보지 말게. 백인들은 그런 문제에 대해 엄격하거든. 편지는 자네를 소개하고 그들에게 자네의 일자리를 부탁하는 내용일세. 자네를 위해 최선을 다할 테니 자네는 편지를 열어 볼 필요가 없어. 알았나?"

"아, 편지를 열어 볼 생각조차 하지 않겠습니다, 박사님." 내가 대답했다.

"좋아. 자네가 돌아오면 바깥의 젊은 아가씨가 편지들을 전해 줄 걸세. 부모님은 어떠신가? 그분들께 알렸나?"

"아뇨. 제가 퇴학당했다고 말씀드리면 너무 많이 상심하실 것 같습니다. 그래서 뉴욕에 가서 일자리를 잡은 다음에 편지로 알려 드릴 생각입니다만……."

"알았네. 어쩌면 그게 상책이겠군."

"그럼, 안녕히 계십시오, 박사님." 나는 손을 내밀며 말했다.

"잘 가게." 그가 말했다. 그의 손은 크고 이상하게도 흐늘흐늘했다.

그는 내가 돌아서자 벨을 눌렀다. 내가 문을 나서는 순간 그의 비서가 나를 스치고 지나갔다.

내가 돌아왔을 때는 편지들이 준비되어 있었다. 모두 일곱 통이었으며 인상 깊은 이름들이 적혀 있었다. 나는 노턴 씨의 이름이 있는지 찾아보았지만 그 이름은 없었다. 편지들을 주머니에 조심스럽게 넣은 나는 가방을 들고 서둘러 버스를 타러 갔다.

7장

버스 정류장은 텅 비어 있었지만 매표소 창구는 열려 있었고 회색 제복을 입은 짐꾼이 비질을 하고 있었다. 나는 표를 사서 버스에 올라탔다. 버스에는 두 명의 승객만이 붉은색과 은회색으로 꾸며진 실내의 뒤편 좌석에 앉아 있었다. 갑자기 나는 꿈을 꾸고 있는 느낌이 들었다. 나를 알아보고 웃음을 지어 보인 사람은 바로 그 퇴역 군인이었다. 그의 옆에는 수행원 한 사람이 앉아 있었다.

"어서 오게, 젊은이." 그는 큰 소리로 나를 불렀다. "이봐요, 크렌쇼 씨. 우리에게 동행이 생겼소." 그는 수행원에게 말했다.

"안녕하세요." 나는 마지못해 대답했다. 나는 그들로부터 떨어진 자리에 앉으려고 주변을 둘러보았다. 버스는 거의 비어 있지만 우리에게 할당된 자리는 뒷자리밖에 없었다. 결국 그들이 있는 뒤편으로 갈 수밖에 없었다. 그건 정말 싫은 일이었다. 퇴역 군인은 내가 의식 속에서 지워 버리려고 노력하고 있는 기억의 너무나도 큰 부분을 차지하고 있었기 때문이다. 그가 노턴 씨에게 말하던 태도가 바로 내 불행의 전조였다. 내가 예감했던 그대로였던 것이다. 이제 나에 대한 처벌을 받아들인 이상, 트루블러드나 골든데이와 관련된 어떠한 것도 기억하고 싶지 않았다.

크렌쇼는 수퍼카고보다는 훨씬 작은 체구의 사내였으며 아무 말도 하지 않았다. 그는 폭력적인 환자를 수행하도록 파견되는 타입의 사람이 아니었다. 그렇지만 나는 그 퇴역 군인에게서 찾아볼 수 있는 폭력적인 면은 유일하게 입뿐이었다는 사실이 떠오르자 곧 기분이 풀렸다. 그의 입은 이미 나를 곤란하게 만들었으며 이젠 백인 운전사에게 입을 놀리지 않기만 바랄 뿐이었다. 그렇게 되면 우리 모두가 죽게 되기 십상이니까 말이다. 어쨌든 그는 지금 무슨 일로 버스에 탄 걸까? 맙소사, 블레드소 박사가 그토록 빨리 조치를 취했단 말인가? 나는 그 뚱뚱한 사내를 노려보았다.

"자네 친구 노턴 씨는 괜찮은가?" 그가 물었다.

"괜찮습니다." 나는 대답했다.

"또 기절하지는 않았나?"

"네."

"그 일로 자네를 꾸짖던가?"

"저를 나무라진 않으셨어요." 나는 대답했다.

"잘됐군. 그 사람이 골든데이에서 당한 일 가운데 무엇보다도 나 때문에 가장 충격을 받았다는 생각이 들었어. 나 때문에 괜히 자네가 곤란해지지 않길 원했어. 학기가 벌써 끝난 건 아니겠지, 그렇지?"

"끝난 건 아니죠." 나는 가볍게 대꾸했다. "일자리를 구하려고 일찍 나온 겁니다."

"훌륭해! 고향으로 가나?"

"아뇨. 뉴욕으로 가면 돈을 더 벌 수 있을 같아서요."

"뉴욕!" 그는 소리쳤다. "그런 곳은 없네. 그곳은 꿈에 불과해. 내가 자네만 할 때는 시카고에 있었네. 요즘은 흑인 애들이 모두 뉴욕으로 달아나지. 불에서 뛰쳐나와 용광로로 뛰어드는 격이야. 할렘에서 삼 개월 쯤 지낸 자네 모습이 어떨지 뻔히 보이네. 자네의 말이 바뀔 걸세. '대학'에 대해서 많이 떠들 테고 노동자 숙소의 강의에도 나가겠지…… 심지어 몇몇 백인도 만날지 몰라. 아무튼 들어 보게." 그는 귓속말을 하려고 내게 몸을 기울였다. "어쩌면 백인 여자애하고 춤도 추게 될 거야!"

"저는 일하러 뉴욕에 가는 겁니다." 나는 주위를 살펴보며 말했다. "그럴 시간이 없을 거예요."

"그래도 그럴 것이야." 그는 비아냥거렸다. "마음속으로는 자네가 들어 본 북부의 자유에 대해 생각하고 있겠지. 한 번쯤은 경험해 보려고 할 거야. 그저 자네가 들었던 게 사실인지 확인해 보려고 말일세."

"쓰레기 같은 늙은 백인 여자들하고 노는 것만이 자유는 아니지." 크렌쇼가 끼어들었다. "저 친구는 쇼도 구경하고 넓은 레스토랑에서 식사도 해 보고 싶을지도 몰라."

퇴역 군인은 빙긋이 웃었다. "물론이지, 크렌쇼. 그런데 이 친구는 거기에 몇 개월만 있을 거라는 걸 잊었나? 대부분의 시간은 일을 할 테고, 그러니까 이 친구의 자유라는 것은 상징적인 것이라 해야겠지. 이 친구에게, 아니 어떤 남자에게라도 가장 쉽게 접근할 수 있는 자유의 상징이 뭐겠어? 바로 여자지. 단 이십 분이면 이 친구는 그 상징을 잔뜩 부풀릴 수가 있어. 평소에는 바빠서 즐기지 못했던 모든 자유를 동원해서 말이야. 이 친구도 알게 될 거야."

나는 화제를 바꾸려고 했다. "어디로 가세요?" 내가 물었다.

"워싱턴으로 가네." 그가 대답했다.

"그럼 회복되신 거예요?"

"회복? 그런 거 없어⋯⋯."

"이 작자, 다른 곳으로 이송되는 중이야." 크렌쇼가 말했다.

"그래, 성 엘리자베스 병원으로 가는 길이지." 퇴역 군인이 말했다. "당국이 하는 일이란 정말 알 수 없다니까. 일 년 동안이나 다른 곳으로 옮겨 달라고 해도 말이 없더니 오늘 아침에 갑자기 짐을 꾸리라지 뭐야. 그래서 자네 친구 노턴 씨하고 이야기를 조금 나누었던 게 무슨 관계가 있나 싶은 생각이 들수밖에 없지 않나."

"어떻게 그분이 관계가 있겠어요?" 나는 블레드소 박사의 위협을 기억하며 대답했다.

"자네가 이 버스에 탄 것과 그 양반이 어떻게 관계가 있겠나?" 그가 말했다.

그는 반짝거리는 눈으로 내게 윙크를 해 보였다. "알았네. 내 말은 잊어버리게. 어쨌든 사물의 이면을 보는 법을 배우게. 안개 속에서 헤어나란 말이야, 젊은 친구. 성공하기 위해서 꼭 완전한 바보가 되란 법은 없어. 게임을 하는 거야. 그런데 그걸 믿어서는 안 돼. 자네 자신을 위해 그 정도는 해야지. 설령 그 일로 인해 포박당하거나 정신병원에 갇힌다 하더라도 말이야. 게임을 하라는 말이야. 자네 자신만의 방식대로. 적어도 일부만이라도 말일세. 게임을 해. 판돈을 올려야 한다네, 젊은 친구. 그리고 어떤 방식으로 그게 돌아가는지, 어떻게 해야 하는지도 배워야 하네. 조금만 더 자네에게 그런 걸 말해 줄 시간이 있다면 좋을 텐데. 우린 앞뒤가 없는 엉터리 민족이긴 하지만, 그래도 자네는 게임에서 이길 수도 있어. 이건 정말 아주 유치한 일이야. 정말 르네상스 시대보다 더 오래된 낡은 게임이란 말이지. 그것은 이미 다 분석이 되었고 책으로도 나와 있지. 그렇지만 요즘 사람들은 그 책을 활용해야 한다는 사실을 잊고 살고 있네. 그것이 바로 자네에겐 기회라네. 여기 이렇게 개방된 공간에서도 자넨 보이지 않는 존재라네. 말하자면 자네가 무엇이든 깨닫기만 하면 그것이 가능하단 말이야. 그들은 자네를 보지 못할 걸세. 왜냐하면 그들은 자네가 무언가를 알 것이라고 생각하지 않기 때문이야. 그리고 그들은 모든 걸 자기 손아귀에 쥐고 있다고 믿으니까……."

"이봐, 자네가 그렇게 자꾸 말하는 '그들'이란 도대체 누굴 말하는 거야?" 크렌쇼가 물었다.

퇴역 군인은 짜증스러운 듯이 보였다. "그 사람들?" 그는 반문했다. "그 사람들 말인가? 우리가 항상 말하는 그런 사람들이지 뭐겠는가. 백인들, 당국, 신, 운명, 상황. 우리가 거부할 때까지 배후에서 우리를 꼭두각시처럼 조종하는 그 힘 말일세. 우리가 있을 것이라고 생각하는 곳에 절대로 없는 거인 말일세."

크렌쇼는 얼굴을 찡그렸다. "자넨 말이 많아." 그가 말했다. "말은 많지만 내용은 하나도 없어."

"아, 난 할 말이 아주 많다네, 크렌쇼. 나는 대부분의 사내들이 마음속으로 느끼는 것들을 조금이나마 말로 옮겨 보는 것이네. 맞아. 나는 말 안 하고는 못 사는 부류의 사람이지. 사실 나는 바보라기보다는 광대라고 할 수 있어. 그런데 크렌쇼." 그는 무릎 위에 있던 신문을 둘둘 말면서 말했다. "자넨 무슨 일인지 모를 거야. 우리 젊은 친구가 난생처음 북부로 가고 있네! 난생처음이 맞지, 그렇지?"

"맞습니다." 내가 대답했다.

"물론이겠지. 자넨 북부에 가 본 적이 있나, 크렌쇼?"

"이 나라에 안 가 본 곳이 없지." 크렌쇼가 대답했다. "나는 어디가 됐든 그 지역 사람들의 일처리 방식을 다 알고 있다네. 그리고 나는 어떻게 대응해야 하는지도 알고 있네. 게다가 자네는 북부로 가는 것이 아니잖아. 진정한 의미의 북부가 아니란 말일세. 자네는 워싱턴으로 가고 있지 않은가. 그곳은 남부의 도시와 다를 바 없어."

"나도 알아." 퇴역 군인이 말했다. "그렇지만 젊은 친구에겐 그것이 무엇을 의미하는지 생각해 보게. 이 친구는 대낮에 혼자 자유롭게 가고 있네. 저 친구 같은 젊은이들이 무언가를 해보기도 전에 어쩌다 처음 범죄를 저지르거나 혹은 범죄자 취급을 받게 되는지 나는 잘 알고 있어. 그런 친구들은 밝은 아침에 떠나지 못하고 어두운 밤에 가야 했지. 그리고 버스도 빠르지 않았고. 안 그런가, 크렌쇼?"

크렌쇼는 초콜릿과자 껍데기를 벗기다 말고는 눈을 찌푸리며 그를 째려보았다. "젠장, 내가 어떻게 알아?"

"미안하네, 크렌쇼." 퇴역 군인이 사과했다. "나는 그저 경험이 있는 사람으로서……."

"글쎄, 나는 그런 경험은 없네. 나는 내 자유 의사로 북부에 갔으니까."

"그렇다면 그런 경우를 들어 본 적이라도 없었나?"

"듣는 것과 경험하는 건 다르지." 크렌쇼가 대답했다.

"그래, 다르지. 그렇지만 자유라는 것 속에는 항상 범죄의 요소가 도사리고 있는 법인데……."

"나는 범죄를 저지르지 않았어!"

"자네가 그랬다는 게 아닐세." 퇴역 군인은 말했다. "사과하겠네. 잊어버리게나."

크렌쇼는 화난 듯이 초콜릿과자를 성큼 한입 베어 물더니 우물우물 씹으며 중얼거렸다. "나는 자네가 어서 우울해졌으면 좋겠네. 그러면 말이 그렇게 많지 않을 테니까."

"알겠습니다, 박사님." 퇴역 군인이 놀리듯 대답했다. "곧 우울해지겠네. 그렇지만 자네가 그 초콜릿과자를 먹는 동안만은 마음껏 떠들게 내버려 두게나. 그 속에는 들을 만한 것도 있다네."

"어휴, 배운 것을 자랑하시려고?" 크렌쇼가 말했다. "자네도 나처럼 여기 흑인들에게 지정된 버스 뒷자리에 탔잖아. 게다가 자네는 미치기도 했고."

퇴역 군인은 내게 윙크를 하고는 버스가 출발하는데도 계속해서 말을 늘어놓았다. 마침내 버스가 달리기 시작했다. 나는 버스가 학교 주변으로 난 고속도로를 달리자 마지막으로 그리움의 눈길을 보냈다. 나는 고개를 돌려 버스 뒤 창문으로 멀어지는 학교를 바라보았다. 태양은 나무 끝에 내리쬐고 나지막하게 자리잡은 건물들과 정돈된 거리를 씻어 내었다. 그리고 이 내 사라졌다. 오 분도 채 안 돼서 내가 세상에서 가장 좋은 곳 이라고 생각했던 장소가 황량하고 경작되지 않은 시골 풍경 속으로 사라져 버렸다. 그때 언뜻 어떤 움직임이 눈에 비쳐 나는 고속도로변으로 고개를 돌렸다. 독사 한 마리가 꿈틀거리며 회색 콘크리트를 재빠르게 가로질러 도로변의 강철 파이프 속으로 사라지는 것이 보였다. 나는 섬광처럼 스쳐 가는 목화밭과 오두막들을 보면서 이제 미지의 세계로 들어가고 있다는 느낌이 들었다.

퇴역 군인과 크렌쇼는 다음 정류장에서 버스를 갈아탈 준비를 했다. 버스에서 내리면서 퇴역 군인은 내 어깨 위에 손을 올리며 친근한 눈으로 나를 바라보았다. 그리고 항상 그랬듯이 내게 미소를 지었다.

"자, 이제 아버지 같은 충고를 해 줘야 할 시간인데 어쩔 수 없이 다음을 위해 아껴 두어야겠군. 나는 나 자신 외에 그 누구의 아버지도 아니니까 말일세. 어쩌면 그것이 자네에게 해 줄 충고인지도 모르겠군. 자기 자신의 아버지가 되게, 젊은 친구. 그리고 명심하게. 세상에는 자네가 찾기만 한다면 불가능한 것은 없네. 마지막으로 덧붙이자면, 노턴 씨는 상관하지 말게나. 내 말이 무슨 뜻인지 모르겠거든 잘 생각해 보게. 그럼, 잘 가게."

나는 버스를 타기 위해 기다리고 있는 승객들 사이로 크렌쇼를 따라가는 키 작고 우스꽝스러운 모습의 그가 돌아서서 손을 흔든 다음 붉은 벽돌로 지은 터미널 건물의 문 뒤로 사라지는 것을 지켜보았다. 나는 안도의 한숨을 쉬며 의자에 깊

숙이 앉았다. 승객들이 다 올라타자 버스는 다시 출발했다. 나
는 슬퍼졌으며 완전히 혼자라는 생각이 들었다.

　버스가 뉴저지의 외곽을 달리고 있을 즈음에야 비로소 나
는 기운이 나기 시작했다. 이전의 자신감과 낙관주의가 되살
아나 북부에서의 생활에 대한 계획을 짜 보려고 했다. 나는 열
심히 일할 것이며 고용주에게 최선을 다해서 그들이 블레드소
박사 앞으로 수없이 많은 찬사의 편지를 보내게 하리라. 그리
고 저축도 해서 가을에는 뉴욕의 문화를 가득 경험하고 돌아
가리라. 어쩌면 라디오에서 들어 본 적이 있는 타운 미팅에 참
석할지도 모른다. 주요 연사의 연설 요령을 배워야지. 그리고
사람들과의 교제를 최대한 이용해야지. 추천서에 이름이 적힌
거물을 만나면 최대한 예절바르게 행동해야겠다. 내가 할 수
있는 가장 세련된 어조로 부드럽게, 동의한다는 듯 미소를 지
으면서 아주 정중하게 말할 테다. 또 그분이('그분'은 중요한 인
사들을 의미한다.) 내가 잘 모르는 화제를 꺼내면(내가 좋아하는
화제를 절대 들먹이지 않겠다.) 미소를 지으며 맞장구쳐야지. 구
두는 깨끗이 닦고, 양복은 잘 다려 입고, 머리는 잘 단장하고
(기름을 너무 많이 바르지 말아야지.) 오른편으로 가르마를 타야
겠다. 손톱도 깨끗이 다듬고 겨드랑이 냄새도 없애야지. 이 마
지막 부분이 중요하다. 우리 흑인들에게서는 모두 더러운 냄새
가 난다는 생각을 사람들이 갖게 해서는 안 된다. 내가 만날
사람들을 생각하는 것만으로도 나는 세련되고 세상물정을 다
아는 사람이 된 것 같은 기분이었다. 주머니 속에 든 일곱 개
의 편지를 만지작거리면서 이런 생각을 하다 보니 나는 가볍

고 한껏 부푼 기분이 들었다.

무심코 경치를 바라보며 꿈에 빠져 있다가 문득 올려다보니 빨간 모자를 쓴 사람이 눈살을 찌푸리며 나를 내려다보고 있었다. "이보게, 친구. 여기서 내릴 거야 말 거야? 내릴 거면 일어나시지." 그가 말했다.

"네, 그럼요." 나는 일어서며 대답했다. "물론입니다. 그런데 할렘은 어떻게 가죠?"

"아주 쉽지. 북쪽으로만 쭉 가면 돼." 그가 말했다.

내가 짐과, 아직도 배틀로열이 벌어지던 날만큼이나 번쩍이는, 상으로 받은 서류 가방을 내리는 동안 그는 지하철 타는 법을 가르쳐 주었다. 그런 후 나는 사람들을 헤치며 나아갔다.

지하철 역으로 내려가는 동안 나는 백인과 흑인이 뒤섞인 무리에 떠밀려 다녔다. 푸른 제복을 입은, 수퍼카고만큼이나 우람한 역무원이 나를 붙잡아 가방과 함께 열차 안으로 억지로 밀어 넣었다. 열차 안은 사람들이 너무나 많아서 모두들 마치 위험을 알리는 신호에 얼어붙어 버린 닭처럼 머리는 뒤로 젖히고 눈은 돌출된 채 서 있는 것 같았다. 내가 들어서자 출입문이 닫혔으며 나는 검은 옷차림의 거대한 여자에게 짓눌렸다. 그녀는 내가 공포에 질린 눈으로, 마치 비에 젖은 평원 위에 솟은 검은 산처럼 그녀의 기름진 하얀 살갗에 솟은 거대한 사마귀를 응시하는 내내 머리를 흔들며 웃었다. 나는 머리부터 발끝까지 그 여자의 고무처럼 부드러운 살을 느낄 수 있었다. 돌아서거나 물러설 수도 없었고 가방들을 내려놓을 수도 없었다. 나는 덫에 걸린 듯 꼼짝할 수 없었고, 너무 밀착되어 있어서 머리만 숙여도 내 입술이 그녀의 입술에 닿을 듯했다. 나는 일부러 그러는 것이 아니라는 걸 그녀에게 알려 주기 위해 손을 들어 올리고 싶은 마음이 굴뚝같았다. 그녀가 소리를 지를 것이라는 생각이 떠나지 않던 참에 마침내 열차가 한쪽으로 쏠려서 나는 왼팔을 자유롭게 움직일 수 있게 되었다. 나는 눈을 감은 채 필사적으로 내 옷깃을 잡고 있었다. 열차가 요란한 소리를 내며 흔들리자 나는 더욱 그녀에게 밀착되었다. 그런데 남몰래 주변을 살펴보니 내게 조금이라도 시선을 두는 사람은 아무도 없었다. 심지어 그녀조차도 자신의 생각에 골몰히 빠져 있는 듯했다. 열차가 갑자기 내리막길로 들어서는 것 같더니 어느 역으로 돌진해 들어갔다. 거기서 나는 플랫폼으로 밀려 나왔는데 마치 미쳐 날뛰는 고래 뱃속에서 쏟아져 나온 느낌이었다. 가방을 안고 씨름을 하면서 군중들 틈에 밀려다니다가 계단을 올라 뜨거운 거리로 빠져나왔다. 내가 어디까지 왔든 상관없었다. 남은 길은 걸어서 가리라.

잠시 동안 나는 상점의 진열창 앞에 멈추어 서서 유리에 비친 내 모습을 바라보면서 그 여자와 몸을 맞대고 지하철을 탔던 상황을 잊어 보려고 했다. 몸이 축 처졌으며 옷은 땀으로 젖어 있었다. '그래도 넌 이제 북부에 와 있어. 북부에 올라와 있단 말이야.' 나는 속으로 중얼거렸다. 그렇지만 그녀가 소리를 질렀더라면……. 다음에 또 지하철을 타게 되면 양손으로 꼭 옷깃을 붙잡고 타야지. 그리고 내릴 때까지 손을 내려놓지 말아야지. 세상에, 그 사람들은 그 정도의 일로도 항상 대혼란을 겪으며 살고 있군. 어쩌다 나는 그런 점에 대해서 미리 읽어 보지 못했을까?

나는 벽돌 건물, 네온사인, 유리창 그리고 소란스러운 차량들 속에서 그처럼 많은 흑인들을 본 적이 없었다. 심지어 토론회 팀과 함께 여행했던 뉴올리언스, 댈러스, 버밍햄에서도 마찬가지였다. 여기는 흑인들이 없는 데가 없었다. 너무 많았으며 매우 급하고 요란스럽게 움직여서 마치 경축일을 기념하려는 것인지 패싸움을 벌이러 가는 것인지 분간할 수가 없었다. 지나가다 보니 싸구려 잡화점 카운터 뒤에도 흑인 소녀들이 있었다. 그리고 네거리에 이르러 보니 흑인 경찰관이 교통정리를 하고 있는 충격적인 장면도 목격했다. 자동차들 안에는 마치 세상에서 가장 자연스러운 일인 것처럼 흑인 경찰관의 신호에 따라 움직이는 백인 운전사들이 보였다. 물론 이런 상황에 대해서 들어 보기는 했지만 이 모든 것들이 실제 상황으로 눈앞에서 벌어지고 있었다. 나는 다시 용기가 생겼다. 이곳이 정말 할렘이다. 이제 그동안 내가 도시 속의 도시라고 들어만 왔던 모든 이야기들이 마음속에서 살아나 쿵쾅거렸다. 그 퇴역 군인의 말이 옳았다. 나에게 이곳은 현실의 도시가 아니라 꿈의 도시였다. 아마도 나는 항상 나의 인생을 남부에 한정지어서 생각해왔기 때문이리라. 그런데 이제 나는 수많은 사람들을 뚫고, 도시의 요란스러운 소음 속에서 가까스로 들려오는 작은 목소리처럼 어렴풋이 보이는 새로운 가능성의 세상으로 나아간다. 나는 눈을 크게 뜨고 움직였으며 인상 깊은 것들의 폭격을 받아들이려고 했다. 그러다 나는 꼼짝없이 멈추어 섰다.

바로 내 앞에서 벌어진 일이었다. 분노와 날카로운 목소리, 그리고 그것을 듣는 순간 나는 어린 시절 아버지의 목소리에 깜짝 놀라면서 느꼈던 충격과 두려움에 빠졌다. 위장이 텅 비어 가는 느낌이었다. 내 앞에서 한 무리의 사람들이 길을 거의 막아서다시피 했고 그들 위에는 작달막한 사내가 작은 성조기들을 여러 개 매달아 놓은 사다리 위에서 분노에 차 크게 외치고 있었다.

"그들을 몰아냅시다." 사내는 외쳤다. "몰아냅시다!"

"그들에게 말합시다, 라스." 누군가 소리를 질렀다.

그러자 작달막한 사내가 올려다보는 얼굴들 위로 분개한 듯 주먹을 흔들며 짤막하게 끊어지는 서인도 말씨로 무언가를 외치는 모습이 보였다. 그의 말에 군중들은 위협적으로 소리를 질렀다. 마치 금세 폭동이라도 일어날 것 같은 분위기였다. 그것이 누구에 대한 것인지는 알 수 없었지만, 나는 당혹스러웠다. 내게 들린 그 사내의 목소리 때문이기도 했고 군중들의 노골적인 분노 때문이기도 했다. 나는 그처럼 많은 흑인들이 공공연하게 분노를 드러내는 장면을 한 번도 본 적이 없었다. 그런데 다른 사람들은 모여 있는 시위대를 거들떠보지도 않고 지나쳐 갔다. 그들 옆으로 다가서자 두 명의 백인 경찰관이 서로 나직이 대화를 나누는 것이 보였다. 그들은 시위대에게 등을 돌린 채 농담을 주고받으며 웃고 있었다. 심지어 군중이 상의를 벗어젖히고 연설자의 말에 분노에 찬 지지를 외칠 때조차도 백인 경찰들은 전혀 관심을 기울이지 않았다. 나는 망연자실했다. 나는 가방을 길 한가운데에 내려놓고 서서 입을 크게 벌린 채 이 광경을 바라보고 있었다. 그때 경관 하나가 우연히 나를 보고는 껌을 느릿느릿 씹고 있던 다른 경찰관을 쿡쿡 찔렀다.

"무슨 일인가, 친구?" 그가 말했다.

"저는 그저 궁금해서……." 나는 나도 모르게 대답했다.

"그래?"

"저는 그저 노동자 숙소로 가는 길이 궁금했던 참입니다, 경관님." 내가 말했다.

"그게 다인가?"

"그렇습니다." 나는 더듬으며 말했다.

"정말이지?"

"그렇습니다."

"저 친구 여기 처음 왔나 보군." 다른 경관이 말했다. "지금 막 여기 도착한 것인가, 친구?"

"그렇습니다. 지하철에서 막 내렸습니다." 나는 대답했다.

"그랬다고? 흠. 어쨌든 조심하게."

"아, 그러겠습니다, 경관님."

"그게 좋은 생각이네. 확실히 기억하게." 그는 내게 말하고 는 노동자 숙소로 가는 길을 가르쳐 주었다.

나는 그들에게 고맙다는 말을 하고는 서둘러 갔다. 연설자는 전보다 더욱 맹렬해졌으며 그의 주장들은 정부에 대한 것이었다. 거리의 한쪽은 고요했는데 그 고요함과 연설자의 열정적인 목소리가 충돌하여 거리의 광경을 뒤죽박죽 기이한 모습으로 만들었으며 나는 시위대가 불타오르는 것을 보게 될까봐 고개를 돌리지 않으려고 애썼다.

나는 땀에 흠뻑 젖은 채 노동자 숙소에 도착했으며 등록을 하자마자 곧바로 방으로 갔다. 할렘은 한 번에 조금씩 알아 가야 할 것 같았다.

8장

방은 작고 깨끗했고 침대에는 짙은 오렌지색 커버가 덮여 있었다. 의자와 서랍장은 단풍나무로 만든 것이었고 작은 테이블 위에는 기드온 성경 한 권이 놓여 있었다. 나는 가방들을 내려놓고 침대 위에 앉았다. 아래 길거리로부터 자동차 소음, 그보다 더 큰 지하철 소음, 그리고 작지만 여러 종류의 사람들 소리가 들려왔다. 방에 혼자 앉아 있다 보니 나는 고향에서 그렇게 멀리까지 왔다는 사실이 믿어지지가 않았다. 하지만 주변의 모든 것들 중에 성경책 말고는 익숙한 것이라고는 하나도 없었다. 나는 성경책을 집어 들고 침대 깊숙이 앉으면서 피처럼 빨갛게 칠해진 모서리를 엄지손가락으로 주르륵 훑어 내렸다. 블레드소 박사가 일요일 저녁에 학생들 앞에서 연설을 하며 성경을 인용하던 것이 떠올랐다. 나는 「창세기」를 펴 보았지만 읽을 수가 없었다. 집 생각이 났고 아버지가 가족 기도를 준비시키느라 애쓰던 모습도 떠올랐다. 식사 시간이면 가족 모두 난롯가에 무릎을 꿇고 둘러앉아 의자 위에 머리를 조아렸고 아버지는 떨리는 목소리로 교회에서 많이 쓰는 문구나 겸허한 표현으로 기도를 했다. 아무튼 성경책이 나를 고향 생각에 빠지게 만드는 것 같아서 한쪽으로 치워 놓았다. 여기는 뉴욕이었다. 나는 일자리를 찾아 돈을 벌어야만 했다.

나는 코트와 모자를 벗고는 편지 꾸러미를 꺼내 들고 침대 위에 누웠다. 명사들의 이름을 읽다 보니 나는 중요한 인물이라도 된 기분이 들었다. 안에 무엇이 들어 있을까? 아무도 모르게 뜯어 볼 수는 없을까? 편지는 모두 단단하게 밀봉되어 있었다. 스팀을 이용하여 편지를 열어 볼 수 있다고 어디서 읽은 적이 있지만 스팀을 구할 수도 없는 노릇이다. 나는 그냥 포기했다. 사실 내용을 꼭 알아야 할 필요도 없었고 블레드소 박사와의 약속을 어겨 봐야 명예롭지도 못하고 안전하지도 않았다. 나는 그 편지가 나와 관련된 내용이고 국가적으로 가장 중요한 인사 몇 사람을 위해 쓰여졌다는 사실을 이미 알고 있었다. 그걸로 충분했다. 나는 나도 모르게 이 편지를 누군가에게 보여 주고 싶어 한다는 걸 깨달았다. 나의 중요한 가치를 올바로 알아줄 누군가에게 말이다. 결국 나는 거울 앞으로 가서 카드의 높은 패들을 펼쳐 놓듯 서랍장 위에 편지들을 펼쳐 놓고는 스스로에게 만족스러운 미소를 지어 보였다.

그러고 나서 나는 다음 날 돌아다닐 계획을 짜기 시작했다. 우선 샤워를 하고 아침을 먹어야겠지. 이런 일은 아주 일찍 끝내야 한다. 그러면 빠르게 움직여야만 하겠지. 그 사람들처럼 중요한 인사를 만날 때는 시간을 꼭 지켜야 한다. 만약 그들 중 누군가와 약속을 하면 유색인종의 시간관념을 보여 줘선 안 된다. 그래. 시계를 하나 구해야겠다. 모든 걸 일정에 따라 처리해야지. 나는 블레드소 박사의 조끼 주머니 사이에 걸린 묵직한 금줄이 생각났다. 그리고 그가 시간을 보기 위해 시계를 꺼내 들던 모습, 입술을 오므리고 턱을 끌어당겨 주름이 여러 겹 생기던 모습, 그리고 이마를 찌푸리던 모습이 생각났다. 그런 후 그는 헛기침을 하고 마치 각 음절마다 매우 중요한 뉘앙스를 포함한다는 듯이 낮은 어조로 명령을 했었지. 나는 퇴학을 당한 사실이 생각났다. 순간적으로 화가 치밀었지만 즉시 가라앉히려고 애를 썼다. 하지만 쉽게 가라앉지는 않았다. 치밀어 오른 분노로 인해 나는 마음이 불편했다. 어쩌면 그것이 최선이었을 거야. 나는 퍼뜩 생각했다. 아마 그런 일이 없었다면 이렇게 유명 인사들을 직접 만날 기회도 없었을 거야. 나는 계속해서 마음속으로 시계를 보는 그의 모습을 떠올렸다. 하지만 이번에는 다른 사람이 함께 떠올랐다. 그것은 젊은 사람, 바로 나였다. 그 모습은 빈틈없고 세련됐으며 칙칙한 옷(예전에 그가 주로 입던 옷처럼)이 아니라 질 좋은 섬유로 디자인된 산뜻한 옷을 입고 있었다. 마치 잡지의 광고에서나 볼 수 있는 모습이었다. 《에스콰이어》에 실린 차세대 경영자와 같은 모습 말이다. 나는 연설을 하는 자신의 모습을 상상해 보았다. 그리고 사람들을 현혹시키는 멋진 연설이 끝날 무렵, 카메라들이 플래시를 터트리면서 나의 인상적인 몸짓을 포착하는 장면도 상상해 보았다. 블레드소 박사의 젊은 모습으로, 투박하지 않고 아주 세련된 모습이다. 나는 거의 속삭이는 정도의 소리로만 말할 것이다. 그리고 항상, 그래, 달리 표현할 방법이 없군. '매력적인' 사람이 될 것이다. 로널드 콜먼*처럼 말이다. 얼마나 멋진 목소리인가! 물론 남부에서는 그런 식으로 말할 수 없다. 백인들이 좋아할 리 없고 흑인들도 '잘난 척한다'고 욕할 테니까 말이다. 그렇지만 여기 북부에서는 나의 남부 말씨를 버려야겠다. 북부에서와 남부에서 각각 다른 말씨를 쓰면 될 것이다. 남부에 가면 남부 사람들이 원하는 대로 해 주면 되는 식이지. 블레드소 박사가 할 수 있다면 나도 할 수 있다. 그날 밤 잠자리에 들기 전에 나는 깨끗한 수건으로 서류 가방을 닦고는 편지들을 그 안에 조심스럽게 담아 두었다.

다음 날 아침 일찍 나는 거의 섬의 끝까지 가야 하는 주소를 골라 들고는 지하철을 타고 월스트리트 구역으로 갔다. 그곳은 건물들이 높고 거리는 좁아서 어둡게 느껴졌다. 내가 번지수를 두리번거리며 찾는 사이에 기동경찰을 태운 장갑차들이 지나갔다. 거리에는 바쁘게 걸어 다니는 사람들로 가득했다. 마치 그들은 태엽에 감겨 보이지 않는 조종기에 의해 움직이는 것 같았다. 많은 사람들이 배달 가방이나 서류 가방들을 들고 다녔으며 나는 중요한 인물이라도 된 것 같은 기분으로 가방을 꽉 움켜쥐었다. 여기저기에서 흑인들이 가죽 가방을 팔목에 걸고 바쁘게 걸어가는 모습이 보였다. 그들의 모습을 보자 쇠사슬로 묶인 죄수들 무리에서 탈출한, 발목에 쇳덩어리를 끌고 다니는 탈옥수 생각이 언뜻 들었다. 그렇지만 그들도 일종의 자신에 대한 중요성을 인식하고 있는 것처럼 보였다.

---

* 미국의 영화배우.

나는 그들 중 하나를 세워서 왜 가방을 손목에 묶고 다니는지 묻고 싶었다. 아마도 그렇게 하고 다니면 보수를 더 받거나, 혹은 가방에 돈이 들었는지도 모를 일이었다. 어쩌면 내 앞에 굽이 닳아빠진 구두를 신고 걸어가는 저 사내도 백만 달러에 묶여 있을지 누가 알겠는가!

나는 혹시 경관이나 형사가 총을 빼 들고 뒤따르는 건 아닐까 살펴보았지만 그런 사람들은 보이지 않았다. 혹시 있더라도 그들은 바삐 움직이는 군중들에 가려 보이지 않을 것이다. 나는 흑인들 중 한 사람의 뒤를 따라가 어디로 가는 길인지 알고 싶었다. 어떻게 사람들은 이 사람을 믿고 그 많은 돈을 맡겼을까? 만약에 이 사람이 돈을 들고 사라져 버린다면 어떻게 될까? 물론 아무도 그렇게 어리석지는 않겠지. 여기는 월스트리트이다. 아마도 누군가 지키고 있을 것이다. 지붕이나 벽 속의 작은 구멍을 통해 누군가 지켜보고 있을 것이다. 그들은 한시도 쉬지 않고 지켜보면서 허튼 행동을 잡아내기 위해 조용히 기다리고 있다. 심지어 지금도 어디선가 한 개의 눈이 나를 포착하여 동작 하나하나를 모두 감시하고 있을지도 모른다. 저기 건너편 회색 빌딩에 있는 시계 앞면에도 감시의 두 눈이 숨겨져 있을지 모를 일이다. 나는 내가 찾는 주소로 서둘러 가다가 정면에 청동 조각이 새겨진, 깎아지른 듯이 높은 흰색 대리석 건물과 마주쳤다. 사람들이 서둘러 안으로 들어갔다. 나는 잠시 그들을 바라보다가 따라 들어갔다. 그리고 엘리베이터에 올라타자 안쪽으로 밀려 들어갔다. 그것은 마치 로켓처럼 치솟았으며 마치 가랑이 사이의 가장 중요한 부분을 로비에 남겨 놓은 것 같은 기분이 들게 했다.

나는 마지막 층에서 내려 쭉 뻗은 대리석 복도를 따라 걷다가 마침내 내가 찾던 이사의 이름이 붙은 문을 발견했다. 나는 들어가려다 말고 겁이 나서 뒤로 물러섰다. 복도를 바라보았다. 텅 비어 있었다. 백인들은 웃기는 사람들이다. 베이트 씨는 아침에 출근하자마자 흑인을 만나는 일을 꺼릴지도 모른다. 나는 돌아서서 복도를 걸어가 창밖을 바라보았다. 잠시 기다릴 생각이었다.

아래쪽으로 남쪽 선착장이 보였다. 한 대의 배와 두 개의 바지선이 강으로 들어가고 있었다. 저 멀리 오른편으로는 자유의 여신상이 눈에 들어왔으며 안개 때문에 횃불은 거의 보이지 않았다. 해변에서는 갈매기들이 부두 위로 안개를 뚫고 솟아올랐다가 다시 내려오곤 했다. 아래쪽은 너무나 아득해서 현기증이 났으며 사람들이 이리저리 오가고 있었다. 나는 그때 자유의 여신상을 지나치는 배를 다시 돌아보았다. 배가 만들어 내는 물결은 포구 위에 넓게 곡선을 만들었으며 갈매기 세 마리가 배 뒤에서 바다로 급강하하곤 했다.

등 뒤의 엘리베이터에서 사람들이 내리고 있었다. 복도를 지나가며 재잘거리는 여자들의 밝은 목소리가 들렸다. 나는 곧 안으로 들어가야 할 것이다. 마음이 점점 불안해졌다. 내 외모가 걱정스러웠다. 베이트 씨가 내 양복을 안 좋아할지도 몰라. 내 머리 모양도 그렇고. 그러면 직장을 얻을 기회가 사라지는 거야. 나는 봉투에 단정하게 새겨진 그의 이름을 바라보면서 이 사람이 어떻게 돈을 벌었을까 생각해 보았다. 나는 그가 백만장자라는 사실을 알고 있었다. 아마도 항상 돈을 많이 벌었을 거야. 아니면 원래 백만장자로 태어났든가. 전에는 결코 지금처럼 돈에 대해 궁금했던 적이 없었는데 지금은 그것에 온통 사로잡혀 있었다. 나는 여기서 일자리를 얻게 될 것이고, 몇 년 후면 신임 받는 전달자가 되어서 수백만 달러의 돈을 팔에 걸고 거리를 활보할지도 모른다. 그런 후 다시 남부로 보내져서 대학을 운영하게 될지도 모른다. 마치 시장의 요리사가 다리를 너무 절어 스토브 앞에 서 있지 못하게 되자 학교의 교장이 된 것처럼 말이다. 나는 북부에 그렇게 오래 있게 되진 않을 것이다. 왜냐하면 그 전에 남부 사람들이 나를 필요로 할 테니까……. 어쨌든 지금은 면접을 받아야 한다.

사무실에 들어서자마자 젊은 여자와 마주쳤다. 그녀는 책상에 앉아 나를 올려다보았으며 나는 커다랗고 밝은 방을 빠르게 둘러보았다. 편해 보이는 의자들 너머로 금박과 가죽으로 제본된 책들이 꽂힌 천정 높이의 책장이 보였고, 여러 개의 초상화들이 눈에 들어왔으며 무슨 일이냐고 묻는 듯한 그녀의 눈과 다시 마주쳤다. 그녀는 혼자 있었다. 내가 그리 일찍 온 건 아닐 텐데…… 하고 생각했다.

"안녕하세요." 그녀는 내가 예상했던 적대감을 전혀 보이지 않고 인사했다.

"안녕하세요." 나는 앞으로 걸어가며 말했다. 어떻게 말을 꺼내야 할까?

"무슨 일이시죠?"

"여기가 베이트 씨 사무실이죠?" 내가 물었다.

"네, 그렇습니다." 그녀가 대답했다. "약속을 하셨습니까?"

"아닙니다, 여사님." 나는 대답하고서 곧바로 너무 젊은 백인 여자에게, 그것도 북부에서 '여사님'이라고 부른 자신이 원망스러웠다. 나는 서류 가방에서 편지를 꺼내 들었지만 내가 설명하기도 전에 그녀가 먼저 말했다.

"제게 보여 주실래요?"

나는 망설였다. 나는 베이트 씨가 아닌 그 누구에게도 편지를 건네주고 싶지 않았다. 그렇지만 내민 손에는 일종의 명령 같은 것이 느껴졌으며 거기에 복종할 수밖에 없었다. 나는 편지를 넘겨주면서 그녀가 뜯어볼 거라고 생각했지만 그녀는 봉투만 보고 말없이 일어나서 칸막이가 있는 문 뒤로 사라졌다.

내가 들어왔던 문까지 죽 깔려 있는 카펫 저편 뒤로 의자 몇 개가 보였지만 어떻게 해야 할지 마음을 정하지 못했다. 나는 모자를 손에 들고 제자리에 서서 주위를 돌아보았다. 그러다 한 쪽 벽에 눈길이 멈추었다. 거기에는 위엄 있는 노신사들의 초상화 세 개가 걸려 있었다. 그들은 날개처럼 새워진 칼라가 달린 옷을 입고 있었고, 백인들과 칼자국 흉터가 있는 무서운 흑인들을 제외하고는 전에 볼 수 없었던 자신만만하고 거만한 자세로 액자 안에서 아래를 내려다보고 있었다. 말없이 둘러만 봐도 교수들을 벌벌 떨게 만드는 블레드소 박사조차도 그런 자신만만함은 가지고 있지 않았다. 그리고 보니 이 사람들이 바로 베이트 뒤에 서 있는 사람들이다. 어떻게 이 사람들은 남부의 백인들, 즉 나에게 장학금을 대 준 사람들과 어울릴 수 있었을까? 나는 계속해서 그림을 응시하면서 그 힘과 신비스러운 마력에 사로잡혀 있었다. 그때 비서가 돌아왔다.

그녀는 나를 묘하게 바라보더니 미소를 지었다. "정말 유감스럽습니다만 베이트 씨께서는 오늘 아침 너무나 바빠서 손님을 만날 틈이 없으십니다. 하지만 이름과 연락처를 남겨 달라고 하셨습니다. 우편으로 그분이 소식을 전해 드릴 겁니다."

나는 실망하여 말없이 서 있었다. "여기에 적으세요." 그녀는 카드 하나를 내밀면서 말했다.

"언제든지 이곳으로 연락 주시면 됩니다." 내가 말했다.

"좋아요." 그녀가 말했다. "곧 연락을 받으실 거예요."

그녀는 매우 친절하고 관심을 가져 주는 것처럼 보였다. 그래서 나는 기분 좋게 그곳에서 나왔다. 나의 두려움은 근거 없는 것이었으며 그럴 만한 이유가 전혀 없었다. 여기는 뉴욕이었다.

나는 그날 이후 며칠 동안 몇몇 이사 비서들을 만날 수 있었다. 그들은 모두 친절했고 내게 용기를 북돋워 주었다. 일부는 나를 의아한 눈으로 보기도 했지만 그것이 곧 반감을 나타내는 것이 아니라는 점을 알고는 무시해 버렸다. 거리를 걸어 다니거나 지하철에서 백인들 옆에 앉고, 백인들과 같은 식당(물론 그들의 자리는 피했지만)에서 밥을 먹으면서 나는 꿈처럼 기묘하고 초점이 맞지 않는 감정을 느꼈다. 옷이 잘 안 맞는 느낌이었고 유력 인사들에게 전할 편지들을 놓고 나는 어떻게 행동해야 할지 갈피를 잡지 못했다. 처음으로 나는 거리를 활보하면서 내가 고향에서 어떻게 행동하고 다녔었는지 의식적으로 생각해 보았다. 나는 사람으로서의 백인들에 대하여 그다지 걱정하지 않았었다. 친절한 사람도 있고 그렇지 않은 사람도 있었기 때문이다. 그러니까 그 양편을 모두 공격해서는 안 된다. 이곳 사람들은 모두 감정이 없는 것 같았다. 하지만 감정이 없어 보일 때도 정중하게 행동하고, 거리를 걷다 몸을 부딪히면 꼭 용서를 구하는 모습에서 나는 충격을 받았다. 그래도 여전히 나는 그들이 나에게 정중하게 대할 때는 나를 제대로 보지 못하기 때문이라고 생각했다. 그 사람들은 곰이 멋대로 돌아다녀도 앞을 보지도 않고 곰에게 용서를 구할 것이다. 혼돈스러웠다. 나는 그것이 바람직한 일인지 그렇지 못한 일인지 알 수가 없었다.

아무튼 내가 할 일은 이사들을 만나는 것이었다. 그런데 이 도시를 한 주 이상 보고 다녔고 비서들에게서만 어렴풋이 용기를 얻다 보니까 점점 초조해지기 시작했다. 나는 에머슨 씨에게 가야 할 편지만 빼 놓고 모두 돌렸다. 나는 신문을 통해 그가 뉴욕을 떠나 여행 중이라는 사실을 알고 있었다. 나는 몇 번이나 상황을 알아보려고 했다가 마음을 바꾸었다. 나는 참을성 없는 사람처럼 보이기 싫었다. 그렇지만 시간은 점점 줄어 갔다. 곧 일자리를 얻지 못하면 가을에 학교에 돌아갈 만큼 돈을 벌 수 없을 것 같았다. 나는 이미 집에다 편지를 보내 이사회의 멤버 중 한 사람을 위해 일하고 있다고 알렸으며 내가 받은 유일한 답장에는 가족들이 모두 잘된 일이라고 생각하고 있으며 사악한 도시의 방식을 조심하라고 경고해 주는 내용이 담겨 있었다. 일자리에 대해 거짓말을 했다는 사실을 밝히지 않고서는 가족들에게 돈을 부쳐 달라고 할 수 없는 노릇이었다.

마침내 나는 전화로 그 주요 인사들에게 연락해 보았지만 비서들로부터 정중하게 거절만 당할 뿐이었다. 그렇지만 운 좋게도 아직은 에머슨 씨에게 가야 할 편지가 남아 있었다. 나는 그것을 이용하기로 마음먹었다. 이번에는 편지를 비서에게 전달하지 않고 편지를 써서 블레드소 씨의 전갈을 가지고 있다고 밝히고 약속을 잡으려고 했다. 어쩌면 내가 비서들에 대해서 잘못 알았을 수도 있겠다는 생각이 들었다. 그들이 내 편지를 찢어 버렸을지도 모른다. 나는 더 신중했어야 했다.

나는 노턴 씨를 생각했다. 만약 이 마지막 편지가 그에게 가는 것이라면 좋으련만. 그분이 뉴욕에만 산다면 직접 만나서 호소해 볼 수 있으련만! 어쩐지 나는 노턴 씨와 가까운 느낌이 들었다. 그분이 나를 보면 내가 그분의 운명과 그토록 밀접하게 연결되어 있다고 말한 것을 기억할지도 모른다는 생각이 들었다. 이제 그것은 마치 까마득한 수십 년 전 이야기 같았으며 다른 시절의 먼 나라 이야기만 같았다. 실제로는 한 달도 안 된 일이지만. 나는 다시 힘이 나서 그에게 편지를 썼다. 내가 그분을 위해서 일하기만 한다면 내 미래가 완전히 달라질 것이고, 그렇게 되면 나에게 뿐만이 아니라 그분에게도 이익이 될 것이라는 믿음을 적었다. 나는 이러한 호소 속에 내 능력이 잘 표현될 수 있도록 각별한 주의를 기울였다. 편지를 타이핑하는 데만도 몇 시간이 걸렸다. 오류 없이 잘 다듬은 문구와 가장 정중한 표현을 담은 완성된 편지가 나올 때까지 썼다가 찢기를 반복했기 때문이다. 나는 서둘러 내려가서 마지막 우편물 수거 시간이 되기 전에 편지를 보냈다. 갑자기 나는 좋은 결과가 있을 것 같다는 어리석은 확신이 들었다. 나는 답장을 기다리며 삼 일 동안이나 건물에 붙어 있었다. 그러나 답장은 오지 않았다. 신이 응답해 주지 않는 기도처럼 반송되지도 않았다.

나의 의심은 커져만 갔다. 모든 일이 잘 안 되어 가는 것 같았다. 다음 날도 하루 종일 나는 방에만 머물렀다. 나는 두려

위하고 있는 자신을 점점 자각하게 되었다. 남부의 그 어느 곳에서보다도 바로 내 방 안에서 두려움이 더 커졌다. 더군다나 여기서는 두려움을 잊게 할 만한 확실한 것이 아무것도 없었기 때문이다. 비서들은 모두 용기를 북돋워 주었다. 저녁에 나는 영화를 보러 나갔다. 그것은 영웅적인 인디언과의 전투, 홍수와 폭풍, 산불과 같은 재난에 맞선 투쟁, 그리고 적은 숫자의 정착자들이 전투에서 이기는 내용을 담은 서부 개척 지역의 삶에 관한 영화였다. 서부로 향하는 마차들의 긴 행렬에 관한 대서사시이기도 했다. 나는 자신을 잊었으며(비록 그 누구도 나만큼 모험을 즐길 사람은 없었지만) 한결 가벼운 기분으로 깜깜한 극장에서 나왔다.

그런데 그날 밤 할아버지 꿈을 꾸고 일어나서 우울해졌다. 나는 건물 밖으로 걸어 나갔다. 나는 내가 알지 못하는 어떤 도식 속에서 하나의 역할을 담당하고 있는 게 아닌가 하는 기묘한 느낌이 들었다. 어떤 면에서는 블레드소와 노턴이 그 뒤에 있을지도 모른다는 생각도 들었다. 하루 종일 나는 수치스러운 말이나 행동을 하게 될까 봐 두려워서 말이나 행동을 자제했다. 하지만 이 모든 것이 환상이라고 나는 스스로에게 말했다. 나는 너무 참을성이 없었던 것이다. 이사들이 움직임을 보일 때까지 기다릴 수 있다. 어쩌면 지금 시험 같은 걸 받고 있는지도 모른다. 그들이 내게 규칙을 알려 주지는 않았지만 나는 그러한 기분이 지속되었다. 어쩌면 퇴학 조치가 갑자기 종료되고 학교로 돌아갈 수 있도록 장학금이 지불되는 것은 아닐까? 그런데 언제? 얼마나 지난 다음에?

무슨 일이든 곧 일어나야 했다. 나는 어려움을 극복하기 위해서 일자리를 찾아야만 할 것이다. 돈은 거의 다 썼으니 무슨 일이든 일어나겠지. 나는 너무 자신만만해서 고향으로 돌아갈 기차 삯도 남겨 두지 않았다. 나는 비참한 꼴이 되었으나 감히 누구에게도 나의 문제에 대해 이야기하지 않았다. 심지어 노동자 숙소의 관리에게조차도 말하지 않았다. 왜냐하면 내가 곧 좋은 일자리를 얻을 것이라고 그들이 알고 있으면 나를 확실히 다르게 대접해 주기 때문이었다. 그래서 나는 점점 커져 가는 의구심을 숨기려고 매우 조심했다. 결국 나는 외상을 요청해야 할 판이었으니 위험 부담이 적은 사람처럼 보여야 했다. 아니, 내가 할 일은 믿음을 잃지 않는 것이었다. 나는 아침이 오면 한 번 더 시도해 볼 작정이다. 내일이면 확실히 무슨 일이든 있겠지. 그리고 그 생각은 적중했다. 에머슨 씨로부터 편지가 온 것이다.

9장

 밖으로 나와 보니 맑고 화창한 날씨였고 햇볕이 눈 위로 따듯하게 내리쬐었다. 눈송이 같은 작은 구름 몇 점만이 푸른 아침 하늘에 높게 걸려 있었다. 벌써부터 한 여자가 지붕 위에서 빨래를 널고 있었다. 걷다 보니 기분이 한결 나아졌다. 다시 자신감이 생겨났다. 섬의 저편 아래로는 고층 빌딩들이 엷은 파스텔빛 안개 속에서 신비스럽게 우뚝 솟아 있었다. 우유를 실은 트럭이 지나쳐 갔다. 나는 학교를 생각했다. 지금 학교에서는 무엇을 하고 있을까? 달은 낮게 가라앉고 해가 맑게 떠올랐을까? 아침식사 나팔이 울렸을까? 덩치가 커다란 종자인 황소의 울음소리가 오늘 아침에도 기숙사 여학생들을 깨웠을까? 봄날 아침 내가 그곳을 지날 때면 항상 그랬듯이 그 울음소리는 종소리나 나팔 소리, 그리고 아침 일상의 소리보다 맑고 풍부하게 들렸었지. 나는 기억을 더듬다 보니 힘이 솟아나 서둘러 걸었다. 그리고 갑자기 오늘이 바로 그날이라는 확신에 사로잡혔다. 무언가 일어날 것이다. 나는 속에 든 편지를 생각하며 서류 가방을 토닥거렸다. 마지막 편지로 첫 응답을 받았으니 좋은 징조이다.

내 앞으로 파란 두루마리 종이를 높이 싣고 길 가장자리에 바짝 붙어서 카트를 밀고 가는 남자가 보였다. 그는 명쾌하게 울리는 목소리로 노래를 하고 있었다. 블루스 곡이었다. 나는 그의 뒤를 따라 걸으며 고향에서 그런 노래를 듣던 시절을 떠올렸다. 이곳에 있다 보니 어떤 기억들은 대학에서의 생활 주변을 미끄러지듯 잠시 맴돌다가, 내 마음에서 오래전에 닫아 버렸던 일들에까지 되돌아가는 것 같았다. 그러한 기억들에서 빠져나올 길은 없었다.

원숭이 발을 가진 그녀
개구리 같은 다리에 — 세상에, 세상에!
하지만 그녀가 날 사랑하기 시작한 순간
후우우 나는 외친다네. 이런 세상에!
나의 그녀를 사랑하니까,
나 자신보다 더 그녀를 사랑하니까…….

그 사람과 나란히 서는 순간, 나는 그가 나를 부르는 소리에 움찔했다.

"여보게, 친구……."

"네." 나는 멈추어 서서 빨갛게 충혈된 그의 눈을 바라보며 대답했다.

"이 좋은 아침, 한 가지만 말해 주게나. 이봐! 잠깐만. 나하고 같은 방향이야!"

"뭔데요?" 내가 물었다.

"내가 알고 싶은 건……." 그는 말했다. "자네가 그 개를 가져갔나?"

"개요? 무슨 개 말이에요?"

"그렇지." 그는 카트를 세우고 받침대로 받치면서 말했다. "그거야. 누군가……." 그는 잠시 말을 멈추고 마치 성경책을 두드리려는 시골 목사처럼 보도 가장자리에 한쪽 다리를 올려놓고 몸을 구부렸다. "그…… 개를…… 가져갔나?" 그는 성난 수탉처럼 한 마디 할 때마다 머리를 획획 돌리며 말했다.

나는 난처하게 웃으면서 뒤로 물러섰다. 그는 약삭빠른 눈초리로 나를 바라보았다. "오, 맙소사, 친구." 그는 갑자기 고함을 질렀다. "누가 그 빌어먹을 개를 가지고 있어? 이제 보니 자네 남부에서 왔구먼. 어떻게 그 말을 전에 한 번도 못 들어 봤다는 듯이 굴 수가 있나! 세상에, 오늘 아침에는 우리 흑인들밖에 없군. 자넨 왜 나를 피하려고 하나?"

나는 갑자기 당혹스럽고 화가 치밀었다. "피하려고 하다니요? 무슨 말이에요?"

"묻는 말에 대답이나 하게. 자네가 가져갔나, 안 가져갔나?"

"개 말이에요?"

"그래, 그놈의 개."

나는 화가 났다. "아뇨, 저는 오늘 아침에 그런 짓을 안 했어요." 내가 대답하자 그의 얼굴에 미소가 퍼졌다.

"잠깐만, 이 사람아. 이제 화내지 말게. 빌어먹을! 나는 자네가 가지고 있다고 확신했었네." 그는 나를 믿지 못하는 척하며 말했다. 나는 다시 걷기 시작했으며 그는 내 옆으로 카트를 밀고 왔다. 나는 갑자기 불쾌한 기분이 들었다. 암만 해도 이 사람은 골든데이에서 만났던 퇴역 군인들과 비슷한 점이 있는데…….

"그렇다면 어쩌면 그 반대일지도 모르겠군." 그는 말했다. "아마 그놈이 자네에게 붙어 있는 것일지도 몰라."

"그럴지도 모르죠." 내가 맞장구쳤다.

"만약 그렇다면 자네는 운이 좋은 거야. 그놈이 그냥 개일 뿐이니까. 내 말 좀 들어 봐, 내게 붙은 건 바로 곰이었다네……."

"곰이라고요?"

"세상에, 그렇다니까. 곰이었어. 그놈이 할퀴는 바람에 이렇게 엉덩이에 반창고를 붙였지 뭔가."

그는 찰리 채플린식 바지의 엉덩이 부분을 한쪽으로 내리고 킥킥거리며 웃음을 터트렸다.

"이보게, 여기 할렘이 바로 곰의 소굴이야. 내 말 한마디만 들어 보게." 그는 갑자기 진지한 표정을 지으며 말했다. "자네와 나 같은 사람에게는 세상에서 가장 좋은 장소이지. 그렇지만 만약 형편이 곧 나아지지 않는다면 곰을 잡아 가지고 절대 놓지 않고 이리저리 끌고 다닐 테다!"

"그놈에게 당하지나 마세요." 내가 말했다.

"천만에, 친구. 나한테 적당한 덩치의 녀석부터 시작할 거네!"

나는 곰에 대해서 할 말을 생각해 내려 했지만 토끼 잭과 곰 잭만이 생각이 났다……. 둘 다 오래전에 잊혀진 녀석들인데 그 녀석들이 불현듯 내 마음에 향수의 물결을 한 차례 불러일으켰다. 나는 그와 헤어지고 싶긴 했으나 그와 함께 걷다 보니 왠지 모를 편안함이 느껴졌다. 마치 전에도 다른 곳에서 아침에 이런 길을 함께 걸었던 것처럼……

"거기 싣고 가는 게 다 뭡니까?" 나는 그의 카트에 쌓인 파란색 종이 두루마리를 가리키며 물었다.

"청사진들이네, 친구. 대충 100파운드나 되는 청사진들이지. 그렇지만 난 아무것도 짓지 못했어!"

"뭐에 쓰는 청사진들인데요?" 내가 물었다.

"젠장, 내가 알면 좋으련만. 전부 다일세. 도시, 마을, 컨트리 클럽. 보통 건물이나 집을 위한 것도 있지. 만약 내가 일본 사람들처럼 종이 집에 살 수만 있다면 빌어먹을 집 한 채는 지을 만큼의 양은 될 거야. 아마 누군가 계획을 바꿔 버렸나 봐." 그는 웃으면서 덧붙였다. "왜 이걸 다 버리느냐고 물었더니 그러더군. 이것들이 거치적거려서 가끔가다 한 번씩 버려야 새로운 설계도들을 보관할 곳이 생긴다는 거야. 사용되지도 않은 것들이 엄청나게 많은 모양이야."

"지금도 꽤 많은데요." 내가 말했다.

"그렇지. 이것도 전부가 아니야. 몇 카트 더 있네. 이것만도 하루 분량의 일거리야. 사람들은 항상 계획을 만들고 바꾸지."

"네, 맞습니다." 나는 내 편지들을 생각하며 맞장구쳤다. "그렇지만 그건 잘못하는 거죠. 계획을 꼭 실천해야 하는 건데."

그는 갑자기 근엄한 얼굴로 나를 바라보았다. "자넨 아직 젊어서 그래, 친구." 그가 말했다.

나는 대답하지 않았다. 우리는 언덕마루의 모퉁이까지 왔다.

"자, 친구. 옛 고향에서 올라온 젊은 친구하고 이야기를 해서 즐거웠네. 이제 헤어져야 할 것 같네. 여기서부터는 그 옛날의 멋진 내리막길 중 하나일세. 잠시 쭉 미끄러져 내려가면 하루 일을 마치고 나도 덜 피곤할 거야. 아이고, 이것들이 나를 무덤으로 끌고 가진 않겠지. 언제 또 보세. 그런데 자네 그거 아나?"

"뭘요?"

"처음에 자네가 나를 피하려고 한다고 생각했어. 그런데 지금은 자네를 만나서 정말 반가웠네……"

"저도 그랬으면 좋겠습니다." 내가 말했다. "그럼 잘 지내세요."

"아, 그럴 걸세. 여기 사람 사는 도시에서 잘 지내려면 말이지 약간의 허풍과 근성과 타고난 재치만 있으면 된다네. 그런데 젠장, 난 이 세 가지를 모두 타고났지 뭐야. 사실 나는일곱번째아들의일곱번째아들로서두눈위로대망막을뒤집어쓴채태어났고검은고양이뼈다귀로자라서지체높은정복자와매끄러운지폐를……" 그는 반짝이는 눈으로 입술을 빠르게 움직이면서 말했다. "내 말 알아듣겠나, 친구?"

"너무 빨리 말씀하시네요." 나는 웃음을 터뜨리며 대답했다.

"알았네, 그럼 천천히 말하지. 천천히 시처럼 읊어 주지. 그렇다고 자네를 욕하진 않겠네. 내 이름은 피터 윗스트로야. 악마의 유일한 사위야. 그래서 이런 걸 굴리고 다니지. 자네는 남부에서 왔지, 그렇지?" 그는 마치 곰처럼 머리를 한쪽으로 기울이며 말했다.

"네." 내가 대답했다.

"그러면 들어 보게! 내 이름은 블루. 나는 쇠스랑을 들고 너에게 괴성을 지르며 달려든다. 으랏차차! 누가 사악한 자에게 총을 쏘겠나? 염병할 가오리 같으니라고!"

나는 나도 모르게 씩 웃고 말았다. 답을 모르긴 했지만 그 말이 마음에 들었다. 나는 어렸을 적부터 그 이야기를 알고 있었으나 잊었던 것이다. 학교에서 배웠던 건데…….

"내 말 알아듣겠나, 친구?" 그는 웃었다. "이봐, 가끔 나를 보러 오게. 나는 피아노 연주자이고, 건달이고, 술꾼이고, 일거리를 찾아다니는 떠돌이지. 내가 자네에게 꼭 필요한 나쁜 습관들을 좀 가르쳐 줌세. 자넨 그게 필요할 거야. 그럼 행운을 비네." 그가 말했다.

"안녕히 가세요." 나는 인사를 하고는 멀어지는 그의 모습을 지켜보았다. 그가 카트의 손잡이에 몸을 힘껏 기울인 채 모퉁이를 돌아 언덕마루로 밀고 가는 모습이 보였다. 그리고 내리막을 내려가기 시작하면서 그의 목소리가 이젠 희미하게 들려왔다.

원숭이 같은 발을 가진 그녀
다리는
다리는, 미친 불도그 같은
다리…….

그게 무슨 뜻이지? 평생 그 가사를 들었지만 갑자기 낯설게 들려왔다. 여자에 대한 노래였나? 아니면 스핑크스 같은 괴상한 동물에 관한 노래였던가? 물론 그 가사에 맞는 여자는 그 사람의 여자가 아니고는 어떤 여자도 없겠지. 그런데 왜 사람을 그토록 모순되는 단어들로 묘사하는 걸까? 스핑크스였나? 그 늙은 채플린 바지를 입은 작자, 늙고 더러운 엉덩이 같은 작자가 그녀를 사랑했단 말인가 아니면 싫어했단 말인가? 아니면 그냥 노래일 뿐인가? 어쨌든 도대체 어떤 여자가 저런 더러운 작자를 사랑할 수 있겠는가? 그리고 노래 가사처럼 혐오감을 주는 여자라면 그 사람이라고 사랑할 수 있을까? 나는 앞으로 걸어갔다. 어쩌면 사람은 다 누군가를 사랑하나 보다. 잘 모르겠지만 아무튼 사랑에 대해선 깊이 생각해 볼 겨를이 없었다. 멀리 여행하기 위해서는 마음을 비워야 한다. 그리고 내 앞에는 캠퍼스로 돌아갈 긴 여정이 남아 있다. 나는 성큼성큼 걸어가면서 카트를 끌던 사람의 노랫소리가 쓸쓸해지다가 폭넓은 휘파람이 되어 구절이 끝날 때마다 떨리고 슬픈 음조의 화음으로 피어나는 소리를 들었다. 그리고 오르락내리락하는 노랫가락에서 나는 외로운 밤을 가로지르며 외롭게 전속력으로 달려가는 기차 소리를 들었다. 맞다. 그는 악마의 사위였다. 그리고 그는 휘파람으로 세 개의 톤이 합쳐진 화음 소리를 낼 수 있는 사람이었다……. 빌어먹을. 나는 속으로 외쳤다. 염병할 민족 같으니라고! 나는 갑자기 섬광처럼 머리를 스쳐가는 것이 자부심이었는지 혐오감이었는지 알 수 없었다.

길모퉁이에 이르자 나는 식당으로 들어가서 카운터 앞에 자리를 잡았다. 몇 사람이 그릇에 몸을 수그린 채 음식을 먹고 있었다. 커피를 끓이는 둥근 유리 주전자가 푸른 불꽃 위에서 부글거리고 있었다. 나는 요리사가 그릴 덮개를 열어 얇은 베이컨을 뒤집고 다시 덮개를 닫는 모습을 지켜보았다. 베이컨 굽는 냄새가 뱃속 깊숙이 파고들었다. 위쪽, 카운터 맞은편으로는 금발의 여대생이 햇볕에 그을린 얼굴로 아래를 향해 미소 짓고 있었다. 그녀는 마치 식당 안에 있는 모두에게 콜라를 권하는 듯 보였다. 종업원이 다가왔다.

"손님이 드실 만한 좋은 게 있습니다." 그는 내 앞에 물 한 잔을 내려놓으며 말했다. "오늘의 특별 요리 어떻습니까?"

"특별 요리가 어떤 건데요?"

"포크찹, 갈아 낸 옥수수, 달걀 한 개, 뜨거운 비스킷과 커피!" 그는 마치 자, 꼬마야, 그 정도면 너한텐 충분하겠지, 하는 표정으로 카운터로 몸을 기울였다. 내가 남부에서 왔다는 걸 누구나 알아볼 수 있단 말인가?

"그냥 오렌지 주스와 토스트, 그리고 커피로 주세요." 나는 퉁명스럽게 말했다.

그는 머리를 가로저었다. "손님에게 속았네요." 그는 말하면서 토스터기에 식빵 두 쪽을 요란하게 집어넣었다. "저는 손님이 포크찹을 좋아할 거라고 생각했죠. 주스는 큰 걸로 드릴까요, 작은 걸로 드릴까요?"

"큰 걸로 주세요." 내가 대답했다.

나는 그가 오렌지를 자르는 동안 묵묵히 그의 뒤통수를 바라보며 생각했다. 특별 요리를 주문하고는 일어서서 나와 버리는 거였는데. 그러면 이자는 어떤 기분일까?

씨 하나가 주스의 표면에 뜬 두꺼운 과즙 사이로 떠다녔다. 나는 그것을 스푼으로 건져 내고는 시큼한 주스를 들이켰다. 포크찹과 옥수수를 거부한 일을 뿌듯하게 생각하며. 그것은 일종의 훈련이었고 내게 다가오고 있는 변화의 신호였다. 그리고 그것은 나를 보다 원숙한 사람으로 만들어 대학으로 돌아가게 해 주리라. 나는 근본적으로는 변함이 없을 것이다. 나는 커피를 저으며 생각했다. 그렇지만 북부에 와 보지 못한 사람들의 관심을 끌 만큼 교묘하게 바뀔 것이다. 남들과 조금 다르다는 것은 대학 생활에 항상 도움이 된다. 특히 지도적인 역할을 하고 싶을 때 말이다. 그렇게 되면 사람들은 그 사람에 대해 이야기하고, 그 사람이 누구인지 알아내려고 할 것이다. 물론 나는 아주 조심해야 한다. 너무 북부의 흑인처럼 말해서도 안 된다. 사람들이 좋아하지 않을 테니까. 나는 얼굴에 미소를 지으며 떠올렸다. 내가 할 일은 사람들에게 암시를 주는 거야. 요컨대 내가 하는 모든 행동이나 말의 이면에는 넓고도 신비스러운 의미가 담겨 있어서 무겁게 받아들여지도록 말이지. 남부 사람들은 그런 걸 좋아해. 말할 때 모호하면 모호할수록 더 좋아. 사람들이 항상 추측하도록 만들어야 해. 바로 그들이 블레드소 박사에 대해 추측하듯이. 이를테면 이런 것들 말이다. 블레드소 박사가 뉴욕을 방문하면 값비싼 백인 호텔에 묵을까? 이사들과 함께 파티에 돌아다닐까? 그러면 그는 어떻게 행동할까?

"이보게, 그 양반 충분히 즐기고 다닐 걸세. 사람들이 그러는데 그 양반이 뉴욕에 가면 빨간 불에도 멈추지 않고 달린대. 그리고 빨간색 고급 위스키만 마시고 검은색 최고급 시가만 피우고. 여기 학교에 있는 무식한 검둥이들은 완전히 잊어버린다더군. 그 양반이 북부에 가면 사람들에게 꼭 블레드소 박사님이라고 부르라고 한다더라."

나는 그 대화가 생각나서 웃음이 나왔다. 기분이 좋았다. 어쩌면 학교에서 쫓겨난 것이 아주 잘된 일인 것도 같았다. 나는 더 많은 것을 배웠다. 이제까지의 학교의 모든 입방아들은 단지 악의적이고 무례한 것들로 보였다. 하지만 이제 나는 블레드소 박사에게 이득이 되는 점을 알 수 있었다. 우리가 그를 좋아하든 말든, 그는 항상 우리들 생각 속에서 떠나지 않았던 것이다. 그게 바로 그의 리더십의 비밀이었다. 내가 지금 이런 걸 생각하다니, 이상한 일이다. 전에 그런 걸 생각해 본 적이 전혀 없었는데도 늘 알고 있었던 사실 같다. 그런데 학교로부터 멀리 떨어진 여기에 와서야 그 사실이 명확하고 선명해졌으며, 나는 이제 아무 두려움 없이 그것을 생각했다. 이곳에선 그것이 마치 내가 아침 식대로 카운터에 동전을 내려놓듯 쉽게 나의 것이 되었다. 식대는 15센트였다. 주머니를 더듬어 보니 5센트짜리 동전이 손에 잡혀서 10센트짜리 동전을 다시 꺼내면서 생각했다. 우리 흑인이 백인에게 팁을 준다면 모욕일까?

카운터 종업원이 어디 있는지 찾아보니 그가 엷은 노란색 콧수염을 기른 손님에게 포크찹과 옥수수가 담긴 접시를 내놓고 있는 모습이 보였다. 나는 그를 지켜보았다. 그러다가 나는 카운터에 10센트짜리 동전을 딱 소리가 나게 내려놓고 나왔다. 10센트짜리 동전이 50센트만큼 큰 소리가 나지 않아 짜증난 채로.

에머슨 씨의 사무실 문 앞에 이르자 업무 시간이 시작될 때까지 기다려야 할지도 모른다는 생각이 언뜻 들었다. 하지만 그 생각을 무시하고 그냥 들어갔다. 내가 일찍부터 찾아온 것으로 인하여 내가 얼마나 일자리를 절실하게 원하는지, 그리고 얼마나 신속하게 내게 주어진 일을 수행할 수 있는지 알아

주길 바랐다. 게다가 첫 번째 손님은 싼값에 물건을 살 수 있다는 말도 있지 않은가. 그건 유태인들의 장사에서나 하는 소리인가? 나는 서류 가방에서 편지를 꺼냈다. 에머슨은 기독교식 이름인가 아니면 유대인식 이름인가?

문을 열고 들어서니 실내는 마치 박물관 같았다. 나는 시원한 열대풍의 색으로 장식된 커다란 응접실로 들어갔다. 한쪽 벽은 거대한 컬러 지도로 거의 다 덮여 있었다. 지도의 각 지방마다 가는 명주 리본들이 여러 개의 검은 버팀대 위로 팽팽하게 늘어져 있었다. 버팀대 위에는 여러 나라의 자연 표본물을 담은 유리 항아리들이 놓여 있었다. 그곳은 수입을 하는 회사였다. 나는 놀란 눈으로 사방을 둘러보았다. 여러 가지 그림들, 청동 물건들, 벽걸이 장식품들이 아름답게 배치되어 있었다. 나는 현기증이 났으며 너무 놀란 나머지 누군가 "무슨 일로 오셨나요?" 하고 묻는 소리가 나자 서류 가방을 거의 떨어트릴 뻔했다.

그는 양복 광고에 나올 만한 모습이었다. 매끈하게 빗은 금발에 얼굴 혈색이 좋았으며 여름용 직물 양복은 넓은 어깨로부터 우아하게 떨어져 있었다. 그리고 윤곽이 뚜렷한 안경테너머로 보이는 그의 회색 눈동자는 신경질적으로 보였다.

나는 약속이 있다고 설명했다. "아, 그렇습니까." 그는 말했다. "편지를 보여 주시겠습니까?"

나는 편지를 건네주면서 그가 손을 내미는 순간 부드럽고 하얀 소매에 매달린 금색 고리를 보았다. 봉투를 힐끗 보고 나서 그는 묘한 관심이 어린 눈으로 나를 돌아보며 말했다. "앉아서 기다리시죠. 곧 돌아오겠습니다."

그는 소리 없이 걸어 나갔다. 엉덩이를 흔들며 성큼성큼 걸어가는 그의 모습을 보며 나는 눈살이 찌푸려졌다. 나는 에메랄드빛의 녹색 실크 쿠션이 놓인 티크목 의자로 가서 서류 가방을 무릎 위에 올려놓고 등을 똑바로 세우고 앉았다. 내가 들어오기 전에 그가 그 의자에 앉아 있었던 게 분명했다. 아름다운 분재 화분이 놓인 테이블 위에 옥으로 만든 재떨이가 있었고 그 안에서 담배 연기가 모락모락 올라오는 것이 보였기 때문이다. 그 옆에는 『토템과 터부』라는 책이 펼쳐져 있었다. 나는 건너편에 있는 불이 켜진 중국풍의 장식장을 바라보았다. 거기에는 섬세해 보이는 말과 새 조각, 작은 도자기와 그릇들이 각각 나무로 조각된 받침대 위에 정돈돼 있었다.

　　방 안은 마치 무덤처럼 조용했는데 갑자기 요란하게 푸드덕거리는 날갯짓 소리가 들려왔다. 나는 창문 쪽을 바라보았으며 마치 느닷없는 강풍이 밝은 색 천 조각들을 휘몰아쳐 올린 듯 색채가 피어오르는 광경이 눈에 들어왔다. 열대 새들이 들어 있는 커다란 새장이 넓은 창문 근처에 있었던 것이다. 푸드덕거리는 날갯짓이 잠잠해지자 창문 아래로 푸른 해협을 지나는 두 척의 배가 보였다. 큰 새 한 마리가 노래를 부르기 시작하자 내 시선은 파랗고 빨갛고 노란, 화려한 색으로 된 새의 떨리는 목 부위로 이끌렸다. 놀랄 만한 광경이었다. 새들이 푸드덕거리는 모습을 보노라니 마치 부채가 확 펼쳐지는 것처럼 순간적으로 여러 가지 색들이 펼쳐지는 듯 보였다. 나는 더 자세히 보기 위해 새장 옆으로 가고 싶었지만 그만두었다. 사무적인 태도로 보이지 않을 것 같았기 때문이다. 나는 그냥 의자에 앉은 채로 방을 둘러보았다.

이 사람들은 그야말로 세상의 왕이구나! 나는 새의 추한 울음소리를 들으며 생각했다. 대학 박물관에도 이런 물건들은 없었다. 아니 내가 가 본 다른 어느 곳에도 이런 것들은 없었다. 내가 기억하는 것은 단지 몇 개의 부서진 유물들뿐이었다. 무쇠 주전자, 고대시대의 종, 족쇄와 사슬 한 쌍, 원시적인 베틀, 물레, 물 떠먹는 조롱박, 빈정대는 것 같은 추한 모습의 검은색 아프리카 신상(여행 중이던 어떤 백만장자가 학교에 기증한 것이다.), 구리 징이 박힌 가죽 채찍, MM이라는 두 글자가 새겨진 낙인을 찍는 무쇠……. 비록 나는 그 유물들을 아주 가끔씩만 보았지만 눈에는 선명했다. 그것들을 보는 일은 그다지 유쾌하지 않았다. 그래서 나는 그곳을 방문할 때면 항상 그 물건들이 놓인 유리 상자에서 눈을 돌려 남북 전쟁 직후의 시절, 바로 맹인 바비가 묘사했던 시대와 가까운 무렵을 보여 주는 사진들을 주로 보았다. 그렇다고 그런 사진들을 자주 본 것도 아니었다.

나는 긴장을 풀려고 애썼다. 의자는 멋졌지만 딱딱했다. 이 남자가 도대체 어디로 간 거야? 그가 나를 보았을 때 적대감을 보였던가? 내가 그를 먼저 보지 못한 것 때문에 마음이 불편했다. 그러한 세세한 것도 보아야만 한다. 갑자기 새장에서 날카로운 울음소리가 들려왔다. 나는 다시 한 번 광란하는 섬광을 보았다. 그것은 마치 새들이 날개를 푸드덕거리며 심술궂게 대나무 줄기를 때려 대며 자연적으로 불꽃을 확 일으키는 것 같았다. 그러나 문이 열리자 갑자기 수그러들었다. 금발의 남자가 문고리를 잡고 서서 내게 신호를 보냈다. 나는 잔뜩 긴장하여 그쪽으로 갔다. 수락된 걸까 아니면 거부된 걸까?

그는 무언가 묻는 듯한 눈빛이었다. "들어오시오." 그가 말했다.

"감사합니다." 나는 그를 따라 들어가기 위해 머뭇거리면서 대답했다.

"이쪽으로." 그는 엷은 미소를 지으며 말했다.

나는 그의 앞으로 걸어가면서 그의 어조에 담긴 뜻이 무얼까 추측해 보았다.

"몇 가지 물어보고 싶소." 그는 내 편지를 든 손으로 두 개의 의자가 있는 곳을 가리키며 말했다.

"네, 말씀하시죠." 내가 말했다.

"말해 보시오. 무슨 일을 하고 싶은 것이오?"

"저는 일자리를 원합니다. 가을에 학교로 돌아가기 위해 돈을 벌어야 하거든요."

"다니던 학교 말이오?"

"네, 그렇습니다."

"알겠소." 잠시 그는 말없이 나를 살펴보았다.

"언제 졸업할 예정이오?"

"내년입니다. 3학년까지 마쳤거든요⋯⋯."

"아, 그렇소? 훌륭하군. 몇 살이오?"

"이제 곧 스무 살입니다."

"열아홉에 3학년이라? 우수한 학생이군."

"감사합니다." 나는 대답하면서 인터뷰가 점점 즐거워지기 시작했다.

"운동 잘하오?" 그가 물었다.

"아뇨⋯⋯."

"체격은 좋은데." 그는 나를 위아래로 훑어보면서 말했다.

"뛰어난 육상 선수가 될 수도 있겠는걸. 단거리 선수 말이오."

"해 본 적은 없습니다."

"혹시 자신의 모교에 대해 어떻게 생각하느냐고 묻는다면 우스운 질문이 되겠소?"

"세계 최고의 대학 중 하나라고 생각합니다." 나는 대답하면서 내 목소리가 내면의 깊은 감정으로부터 끓어오르는 것같이 느껴졌다.

"알겠소, 알겠소." 그의 갑작스러운 불쾌한 말투에 나는 깜짝 놀랐다.

그가 알아들을 수 없는 말로 '하버드 대학에 대한 향수'를 운운하자 나는 다시 긴장됐다.

"그래도 만약 다른 학교에서 공부를 마칠 기회가 주어진다면 어떡하겠소?" 그는 안경 너머로 눈을 크게 뜨면서 말했다. 그의 얼굴에는 다시 미소가 돌아왔다.

"다른 대학이라고요?" 나는 묻는 순간 가슴이 요동치기 시작했다.

"그렇소. 이를테면 뉴잉글랜드에 있는 대학일 수도 있고……."

나는 잠자코 그를 바라보았다. 이 사람이 지금 하버드를 말하는 건가? 이것이 잘된 일인가? 아니면 잘못된 일인가? 일이 어떻게 되어 가는 거지? "저는 잘 모르겠습니다." 나는 조심스럽게 대답했다. "그런 건 생각해 본 적이 없습니다. 그리고 앞으로 일 년밖에 안 남았는걸요. 음, 또 예전의 학교에는 다 제가 아는 사람이고 그들도 저를 알고 있으니까……."

나는 혼란스러운 마음에 말을 멈추었고 그는 체념한 듯 한

숨을 내쉬며 나를 바라보았다. 그의 마음속에는 무엇이 들어 있는 걸까? 어쩌면 학교로 돌아가는 것에 대해 내가 너무 솔직했던 것 같다. 그는 우리 흑인들이 고등교육을 받는 것에 대해 부정적일 수도 있는데⋯⋯. 그렇지만 뭐, 그는 비서에 불과한데⋯⋯. 아니, 비서가 맞긴 맞나?

"알겠소." 그는 조용히 말했다. "내가 다른 대학을 운운한 것은 주제넘은 짓이었소. 누군가에게 모교는 일종의 부모와도 같은 것인데⋯⋯. 신성한 문제이지."

"네, 그렇습니다." 나는 서둘러 맞장구쳤다.

그는 미간을 찌푸렸다. "아무튼 이제 난처한 질문을 하나 해야겠소. 그래도 괜찮겠소?"

"물론 괜찮습니다." 나는 불안한 마음으로 대답했다.

"이런 걸 묻고 싶지는 않지만 아무래도 꼭 필요한 것 같아서⋯⋯." 그는 고통스러운 듯 찌푸리며 몸을 앞으로 기울였다. "말해 보시오. 에머슨 씨에게 가져온 편지를 미리 읽어 보았소? 이것 말이오." 그는 테이블에서 편지를 꺼내 보여 주었다.

"아뇨. 수신자가 제가 아닌데요. 그래서 당연히 열어 볼 생각조차 안 했는데요⋯⋯."

"물론 안 그랬겠지. 당신이 그럴 사람이 아니란 걸 알고 있소." 그는 손을 내저으며 똑바로 앉았다. "미안하오. 잊어버리시오. 요즘 많이 볼 수 있는, 개인적인 감정이 개입되지 않은 것처럼 가장하면서 사람을 짜증나게 만드는 질문 정도로 생각하시오."

나는 그를 믿지 않았다. "그런데 편지가 열려 있었습니까? 누군가 제 물건에 손을 댄 것 같은데⋯⋯."

"아, 아니, 그런 건 아니오. 내가 물어본 것은 잊어 주시오. 그건 그렇고 졸업 후의 계획에 대해서 말해 주겠소?"

"아직 확실하진 않습니다만, 교수로서 대학에 남고 싶습니다. 아니면 행정 직원도 괜찮고요. 그리고……."

"말해 보시오. 그리고 또?"

"글쎄요. 음, 블레드소 박사님의 조교가 되고 싶기도 합니다."

"아, 알겠소." 그는 뒤로 깊숙이 물러나 앉으며 입술을 가늘고 동그란 모양으로 오므렸다. "아주 야망이 크군."

"네, 그런 것 같습니다. 그렇지만 열심히 해 볼 생각입니다."

"야망은 아주 훌륭한 힘이오." 그가 말했다. "그렇지만 때로는 맹목적일 수도 있지……. 반면에 성공의 열쇠가 될 수도 있소. 우리 아버지의 경우처럼……. 그의 목소리에서 새로운 느낌이 전해졌다. 그는 이마를 찌푸리며 자신의 양손을 내려다보았다. 손이 떨리고 있었다. "야망 때문에 생길 수 있는 유일한 문제는, 그것으로 인하여 사람들이 가끔 현실을 보지 못하게 된다는 점이지……. 말해 보시오. 이런 편지를 몇 개나 가지고 있소?"

"일곱 개 정도였습니다." 나는 그의 새로운 목소리에 어리둥절한 채 대답했다. "그것들은……."

"일곱 개!" 그는 벌컥 화를 냈다.

"네, 그렇습니다. 그분께서 주신 게 모두……."

"그러면 이 사람들 중에 몇이나 만나 볼 수 있었소? 물어봐도 되겠소?"

나는 가슴이 푹 꺼지는 느낌이었다. "아무도 직접 뵙지는 못했습니다."

"그러면 이게 마지막 편지요?"

"네, 그렇습니다. 그렇지만 그분들로부터 연락이 올 거라고 기대하고 있습니다……. 그분들 말이……."

"물론 그렇겠지. 일곱 사람 모두로부터. 그분들은 모두 애국적인 미국인들이니까."

그의 목소리에는 확실히 무언가 비아냥거리는 느낌이 있었다. 나는 무슨 말을 해야 할지 몰랐다.

"일곱 통이라." 그는 이해할 수 없는 투로 되뇌었다. "아, 기분 나쁘게 생각하지 마시오." 그는 자신을 나무라는 것 같은 우아한 제스처를 취하면서 말했다. "어제 저녁에 나는 우리 분석자들과 힘든 회의를 했었소. 그래서 아주 작은 일에도 폭발할 지경이거든. 마치 멈출 수 없는 알람시계 소리처럼 말이오. 맞아!" 그는 손바닥으로 허벅지를 찰싹 내리치면서 말했다. "도대체 그게 무슨 뜻이지?" 갑자기 그는 흥분했다. 그의 얼굴 한 면이 실룩거리며 부어올랐다.

나는 그가 담배에 불을 붙이는 모습을 보면서 생각했다. 도대체 이게 다 무슨 일인가?

"말로 표현할 수 없을 만큼 부당한 것들도 있소." 그는 담배 연기를 내뱉으며 말했다. "또 말이나 개념으로 표현하기에는 너무 모호한 것들도 있지. 어쨌든 캘러머스 클럽에 가 본 적이 있소?"

"한 번도 들어 보지 못한 것 같은데요." 나는 대답했다.

"못 들어 봤다고? 아주 유명한 곳인데. 내 할렘 친구들 대부분이 그곳에 다니오. 작가나 화가를 비롯한 모든 종류의 유명인들이 다 모이는 곳이지. 이 도시에 그만한 장소가 없소. 그 곳은 조금 야릇한 방식으로 정말 대륙적인 냄새를 풍기지."

"저는 나이트클럽에 한 번도 가 본 적이 없습니다. 돈을 벌기 시작하면 어떤 곳인지 보러 한번 가 볼 참입니다만." 나는 일자리에 관한 문제로 화제를 되돌리길 바라며 말했다.

그는 획 하고 머리를 돌리더니 나를 바라보았다. 그의 얼굴은 다시 실룩거리기 시작했다.

"그 문제를 내가 또 피하고 있었나 보군. 항상 그렇듯이 말이오. 이보시오." 그는 충동적으로 말을 내뱉었다. "당신은 두 사람, 그러니까 서로 한 번도 만난 적이 없는 낯선 두 사람이 만나서 정말 솔직하고 진지하게 대화를 나눌 수 있다고 생각하오?"

"네?"

"아, 빌어먹을! 내 말은, 우리 두 사람이 사람들을 서로 격리시키는 관습과 예절의 가면을 벗어던지고 정말 정직하고 솔직하게 대화할 수 있다고 생각하는지 묻는 것이오."

"정확히 무슨 말씀을 하시는지 저는 모르겠습니다."

"정말이오?"

"저는……."

"물론 그럴 것이오. 내가 쉽게 말할 수 있다면 좋으련만! 내가 당신을 혼란스럽게 만들고 있군. 우리의 동기가 모두 순수하지 못하니 그런 솔직함이란 불가능할 테지. 내가 한 말은 잊어버리시오. 이런 식으로 말해 보겠소. 그리고 이 이야길 기억해 주시오……."

나는 머리가 빙빙 돌았다. 그는 나에게 아주 친근하게 몸을 기울이면서 말했다. 마치 서로 오랫동안 알고 지냈던 사이처럼. 나는 오래전에 할아버지가 해 준 말이 떠올랐다. "절대 백인이 네게 자기 문제를 말하게 두어선 안 된다. 왜냐하면 결국 백인 은 너에게 말한 걸 창피해하고 너를 미워할 것이니까. 사실 백 인은 항상 너를 미워하고 있다는 말이지……."

"……당신에게 가장 중요한 현실을 몇 가지 밝혀 주고 싶소. 그렇지만 미리 말해 두겠는데, 마음이 아플 것이오. 아니, 그래 도 이야기를 끝내야겠소." 그는 내 무릎에 가볍게 손을 댔다가 내가 자세를 고쳐 앉자 얼른 손을 빼며 말했다.

"내가 하고 싶은 일 가운데 이루어진 건 거의 없소. 솔직 히 말해서 내가 여러 번의 심한 좌절을 견디지 못했다면 그 런 일이 일어날 수도 없었겠지. 보다시피, 나는 좌절한 사람이 오……. 아, 빌어먹을. 또 시작이군. 나 자신만을 생각하는 꼴 이라니……. 우리는 모두 좌절했소, 이해하겠소? 우리 둘, 모두 말이오. 그래서 나는 당신을 돕고 싶소……."

"그러면 에머슨 씨를 만나게 해 주시겠단 말입니까?"

그는 얼굴을 찡그렸다. "너무 그런 것에 행복해하는 것처럼 보이지 마시오. 그리고 성급하게 결론에 뛰어들지 말고. 나는 도와주고 싶은데 학대하는 것 같아서……."

"학대라뇨?" 나는 가슴이 굳어지는 느낌이었다.

"그래. 그런 식의 표현이 맞는 것 같소. 왜냐하면 당신을 도 우려면 환상에서 깨어나게 만들어야 하니까 말이오……."

"아, 저는 상관없습니다. 에머슨 씨를 만나기만 하면 제가 알 아서 해야 할 일이니까요. 제가 원하는 건 그분에게 직접 말씀 드리는 것뿐입니다."

"그분에게 말한다." 그는 갑자기 일어서서 떨리는 손가락으로 재떨이에 담배를 비벼 *끄*며 내 말을 반복했다. "그분에게 말할 수 있는 사람은 아무도 없소. 그분만이 말을 하오." 그는 갑자기 말을 멈추었다. "다시 생각해 보니 당신의 주소를 여기다 두고 가는 게 좋을 것 같소. 그러면 내가 오전에 에머슨 씨의 답장을 보내 주겠소. 그분은 정말 매우 바쁘시거든."

그의 태도가 완전히 돌변했다.

"그렇지만……." 나는 온통 혼란스러워서 벌떡 일어났다. 이자가 날 데리고 장난치는 건가? "단 오 분만이라도 그분과 이야기하게 해 주실 수 없나요?" 나는 애원했다. "제가 일할 자격이 있다는 걸 확실히 보여 드릴 수 있습니다. 혹시 누군가 제 편지를 위조했다면 제 신분을 증명해 드릴 수 있습니다……. 블레드소 박사님께서……."

"신분이라! 세상에! 도대체 누구의 신분이 확실하다는 말이오? 문제가 그렇게 간단한 것이 아니오. 이보시오." 그는 고통스러운 몸짓을 하며 말했다. "나를 믿겠소?"

"네, 그럼요. 믿습니다."

그는 앞으로 몸을 수그렸다. "이보시오." 그가 말하는 순간 그의 얼굴이 요란하게 꿈틀거렸다. "내가 당신에 대해서 많은 걸 알고 있다는 사실을 말해 주려던 참이었소. 꼭 당신만을 말하는 것이 아니라 당신 같은 사람들에 대해서 말이오. 특별히 많이 아는 것도 아니지만 남들 이상은 알고 있소. 우리에게 그것은 여전히 짐과 허클베리 핀이오. 내 친구 중에는 재즈 연주자가 많고 나는 그들과 자주 어울려 왔소. 나는 당신이 어떤 환경에서 지내는지 알고 있소. 그만 가 보는 것이 어떻겠소,

친구? 자유가 더 많은 곳으로 가면 할 일이 많을 것이오. 어쨌든 당신은 돌아가도 당신이 하고자 하는 걸 찾을 수 없을 것이오. 왜냐하면 당신이 알기 힘든 수많은 것들이 서로 연관되어 있기 때문이지. 나를 똑바로 이해해 주시오. 나는 지금 당신에게 좋은 인상을 주려고 이 모든 걸 말하는 게 아니오. 나 자신에게 무슨 가학적인 카타르시스를 주기 위해서도 아니고. 정말 아니라오. 하지만 나는 당신이 지금 들어가려 하는 그 세상에 대해서 잘 알고 있소. 그 모든 미덕과 말할 수 없는 많은 것들. 하, 그래. 말할 수 없는 것들. 안됐지만 우리 아버지도 나를 말할 수 없는 것들 중 하나로 취급하지……. 나는 허클베리 핀이오. 보다시피……."

그는 마른 웃음을 웃었으며 나는 그의 말을 이해해 보려고 했다. 허클베리? 왜 자꾸 이자는 그 꼬마의 이야기를 운운하는 걸까? 나와 일자리를 연결하는 사이에 있는 이자가 그런 식으로 말할 수 있다는 사실이 나를 황당하고 짜증스럽게 만들었다. 그리고 학교는…….

"그렇지만 저는 일자리를 원할 뿐인데요." 나는 말했다. "나는 학교로 돌아갈 만큼의 돈을 모으고 싶을 뿐입니다."

"물론 그렇겠지. 그렇지만 당신도 그 이상의 무엇이 있다고 의심은 하겠지. 사물의 얼굴 뒤에 무엇이 있는지 궁금하지 않소?"

"그렇습니다. 하지만 저는 일자리에 더 관심이 있는걸요."

"물론 그렇겠지." 그가 말했다. "그러나 산다는 것이 그렇게 단순한 게 아닌데……."

"그래도 저는 다른 것들에는 신경 쓰지 않습니다. 그것이 무엇이든 관계없이. 그것들은 제가 끼어들 일도 아니고 저는 학교로 돌아가서 허락되는 만큼 오랫동안 머무는 것으로 만족하거든요."

"그렇지만 나는 당신이 최선의 길을 가도록 돕고 싶소." 그가 말했다. "최선의 길 말이오. 생각해 보시오. 당신에게 최선의 선택이 되는 길을 가고 싶소?"

"네, 그렇습니다. 그런 것 같습니다만……"

"그렇다면 대학으로 돌아가는 것을 포기하고 다른 길을 찾아가시오……."

"떠나라는 말씀이세요?"

"그래. 포기하라는 것이오……."

"그렇지만 도와주신다고 했잖아요!"

"그랬지. 그리고 그렇게 할 것이고……."

"그러면 에머슨 씨를 뵙는 일은 어떻게 됩니까?"

"오, 세상에! 그분을 만나지 않는 것이 최상책이라는 걸 모르겠소?"

갑자기 나는 숨이 멎을 것 같았다. 나는 서류 가방을 움켜쥐고 일어섰다. "제게 무슨 감정이 있습니까?" 나는 불쑥 말했다. "제가 선생님께 무슨 잘못을 했나요? 그분을 만나게 해 줄 생각이 처음부터 없었던 거죠? 제가 소개서를 보여 드렸음에도 불구하고 말입니다. 왜 그러시죠? 왜? 제가 선생님의 일자리를 위협하는 것도 아니잖아요."

"아니, 아니, 아니! 물론 아니오." 그는 자리에서 일어나며 소리쳤다. "당신은 나를 오해하고 있소. 그래서는 안 돼. 세상에, 이렇게 오해가 많다니까! 제발 내가 우리…… 아니 에머슨 씨를 만나는 걸 막고 있다는 편견을 가지고 생각하지 마시오."

"아뇨, 저는 그렇게 생각합니다!" 나는 화난 어조로 말했다.
"그분의 친구가 저를 이곳으로 보냈습니다. 그런데 편지를 읽
어 보시고도 그분을 만나지 못하게 하고 있잖습니까. 그리고
이젠 저를 학교에서 쫓아내려고 하잖아요. 도대체 뭐 하는 분
이세요? 제게 무슨 감정이 있는 겁니까? 북부의 이 백인 양반
께서 말입니다."

그는 고통스러운 듯 보였다. "내가 말을 잘못했소. 그렇지만
당신이 최선의 길을 가도록 조언해 주려고 했다는 걸 믿어 주
시오." 그는 안경을 낚아채듯 벗었다.

"그렇지만 저를 위한 최선의 선택이 무엇인지는 저도 압니
다." 나는 말했다. "아니면 적어도 블레드소 박사님은 아실 겁
니다. 오늘 제가 에머슨 씨를 뵐 수 없다면 언제 뵐 수 있는지
말해 주시죠. 그러면 다시 오겠습니다……."

그는 입술을 깨물며 두 눈을 감았다. 그리고 마치 고함 소리
가 터져 나오는 것을 막으려는 듯 머리를 이리저리 흔들었다.
"미안하오. 이 모든 말을 시작해서 정말 미안하오." 그는 말하
고서 갑자기 조용해졌다. "당신에게 충고하려 했던 것은 어리
석은 짓이었소. 하지만 내가 당신이나…… 혹은 당신 민족에게
어떤 나쁜 감정이 있었던 것은 아니니까 믿어 주시오. 나는 당
신의 친구요. 내가 아는 가장 좋은 사람 중 일부는 흑인이오.
음, 에머슨 씨는 내 아버지요."

"부친이시라고요!"

"내 아버지, 맞소. 물론 그렇지 않다면 더 좋겠지만. 아무튼
그분은 내 아버지요. 그분을 만날 수 있도록 주선해 줄 수는

있소. 그렇지만 정말 솔직히 말하자면 그만큼 냉소적일 수가 없소. 당신에게 절대 도움이 안 될 거요.”

“그렇지만 저는 기회를 잡고 싶습니다, 에머슨 씨, 선생님…… 이건 제게 매우 중요한 일입니다. 내 모든 인생이 거기에 달렸습니다.”

“그러나 당신에겐 기회가 없소.” 그가 말했다.

“그래도 블레드소 박사님이 저를 이리로 보냈는데 기회가 있어야 할 것 아닌지요…….” 나는 점점 흥분하며 말했다.

“블레드소 박사님이라.” 그는 혐오감을 보이며 말했다. “그는 마치 나의……. 그 작자는 채찍질을 당해야 해! 이것 보시오.” 그는 편지를 획 집어 들고는 바삭거리는 소리를 내는 그것을 내게 내밀었다. 나는 그것을 받아 들고는 나를 향해 이글거리는 그의 눈을 바라보았다.

“자, 어서 읽어 보시오.” 그는 흥분하여 외쳤다. “어서!”

“저는 이걸 원했던 게 아닙니다.” 내가 말했다.

“읽어 보라니까!”

　친애하는 에머슨 씨에게

　이 편지를 소지한 자는 예전의 저희 학생입니다.(‘예전’이라고 말씀드리는 이유는 어떤 상황이 되더라도 이 사람은 저희 대학에 재등록이 허락될 수 없기 때문입니다.) 이자는 학교의 엄격한 규율에 위배되는 심각한 잘못을 저질러서 퇴학 처분을 받았습니다.

　그러나 사정상 이자에게는 자신의 퇴학 처분에 대하여 모르게 하는 것이 학교에 최선의 이익이 될 것임을 알려 드립니다.

자초지종에 대해서는 다음번 이사회에서 말씀드리도록 하겠습니다. 이자는 가을학기에 학교로 되돌아오기를 강력히 희망하고 있기 때문입니다. 하지만 우리가 최선을 다해 노력하고 있는 이 위대한 과업의 이익을 위해서는 이자가 우리로부터 최대한 떨어진 곳에서 자신의 헛된 망상 속에서 고립되어 지내도록 해야 할 것입니다.

친애하는 에머슨 씨. 이번 경우는 우리가 큰 기대감을 가지고 키웠던 학생이 애석하게도 길을 잘못 들었으며, 그러한 상태에서 일부 불순한 사람들과 학교 사이의 미묘한 관계를 악화시킬 수도 있는 드물고도 난처한 사례를 보여 주었습니다. 따라서 이 편지를 소유한 자는 더 이상 우리 학교의 구성원이 아니지만 그를 학교로부터 격리시키는 일이 가능한 한 고통 없이 수행되도록 힘써야 할 것입니다. 바라건대, 희망을 품고 가는 여행자에게 항상 찬란하게 보이면서 닿을 수 없이 멀리 물러가 버리는 수평선 같은, 그런 약속을 향해서 이자가 계속 나아갈 수 있도록 도와주셨으면 합니다.

당신의 미천한 하인

A. 허버트 블레드소

나는 고개를 들었다. 그에게 편지를 건네받고 내가 그 의미를 생각하는 동안 이십오 년이란 세월이 지나가 버린 듯했다. 나는 믿을 수가 없었고 그래서 다시 읽어 보려 했다. 도저히 믿을 수가 없었지만 이미 모든 일이 일어난 뒤라는 생각이 들었다. 나는 두 눈을 비볐고, 눈물이 갑자기 모두 말라 버린 듯 눈이 따가웠다.

"유감이오, 정말 유감이오." 그가 위로했다.

"제가 무슨 짓을 했는데요? 저는 항상 옳은 일만 하려고 노력했는데……."

"그 점을 내게 말해 주시오. 그 사람이 말하고 있는 게 무엇이오?"

"모르겠습니다. 무슨 일인지……."

"그래도 무언가 한 일이 있을 것 아니오?"

"어떤 분을 차로 모셔다 드리는데 그분이 갑자기 아팠습니다. 그래서 도와 드리기 위해 골든데이라는 곳으로 모시고 들어갔죠……. 저는 모르겠습니다……."

나는 트루블러드의 집을 방문했던 일과 골든데이로 갔던 일, 그리고 퇴학을 당한 상황에 대하여, 각각의 내용마다 반응을 보이던 그의 여러 가지 표정을 지켜보면서 더듬거리며 이야기했다.

"별일 아니군." 내가 설명을 마치자 그는 대답했다. "그 사람을 이해할 수가 없군. 아주 복잡한 사람이야."

"저는 그저 돌아가서 도움을 주고 싶었을 뿐입니다." 나는 말했다.

"당신은 다시는 돌아가지 않을 거요. 이젠 돌아갈 수도 없고." 그가 말했다. "그걸 모르겠소? 정말 유감이오. 그래도 당신에게 말하려는 충동을 누르지 못한 것이 다행이라는 생각도 드는군. 잊어버리시오. 나라도 받아들이기 힘들었을 테지만 그래도 좋은 충고요. 진실을 외면해서 좋은 것은 하나도 없지. 눈을 뜨시오……."

나는 멍한 상태로 일어나서 문을 향해 걸어갔다. 그는 내 뒤를 따라 응접실로 들어왔다. 새장 속에는 새들이 불에 타오르 듯 푸드덕거리며 마치 악몽 속에서 내지르는 비명같이 꽥꽥거 리며 울고 있었다.

그는 죄지은 듯 더듬거리며 말했다. "우리가 나눈 이야기를 절대 아무에게도 발설하지 마시오."

"알겠습니다." 내가 말했다.

"나는 상관없지만 내 아버지는 내가 발설한 것을 최악의 배 신 행위로 생각하실 테니까…… 당신은 이제 그에게서 자유 로운 몸이 되었소. 나는 아직 그에게 구속된 상태이고. 당신은 자유로운 몸이란 말이오, 무슨 뜻인지 모르겠소? 나는 아직도 투쟁해야 한다는 말이오." 그는 거의 울음을 터뜨릴 듯했다.

"아무에게도 말하지 않겠습니다." 내가 말했다. "아무도 저 를 믿어 주지 않을 텐데요. 저 자신도 믿을 수 없는데요. 무언 가 잘못된 것이 틀림없어요. 틀림없이……"

나는 문을 열었다.

"이보시오." 그가 불렀다. "나는 오늘 저녁 캘러머스에서 파 티를 열 예정이오. 파티에 오겠소? 어쩌면 당신에게 도움이 될 지도……"

"감사하지만 사양하겠습니다. 저는 괜찮습니다."

"내 시종을 해 볼 생각은 없소?"

나는 그를 바라보았다. "아뇨, 괜찮습니다." 내가 대답했다.

"정말 당신을 돕고 싶어서 그렇소." 그가 말했다. "아, 리버 티 페인트 회사에 자리가 하나 있다고 들었소. 아버지도 그곳 에 사람을 몇 번 보낸 적이 있지……. 한번 가 보시오."

나는 문을 닫았다.

엘리베이터는 총알처럼 나를 데려다 주었다. 나는 밖으로 나가 거리를 걸었다. 해는 이제 밝게 빛나고 있었으며 거리의 사람들은 모두 나와는 멀리 동떨어진 듯 보였다. 나는 교회 묘지의 비석들이 마치 건물의 꼭대기처럼 머리 위로 높이 솟아 있는 어느 회색 담장 앞에 멈추어 섰다. 길 건너편 차양 그늘에서는 구두닦이 소년이 동전을 구걸하며 춤을 추고 있었다. 나는 모퉁이를 돌아 버스에 올라타고는 기계적으로 뒷좌석으로 걸어갔다. 바로 앞좌석에서는 시원한 여름 모자를 쓴 흑인 사내가 이빨 사이로 휘파람을 불고 있었다. 내 생각은 빙글빙글 맴돌고 있었다. 블레드소, 에머슨 그리고 다시 처음으로. 말도 안 되는 소리야. 그건 장난일 거야. 맙소사, 장난일 수가 없어. 그래, 그건 장난이야…… 갑자기 버스가 덜컹거리며 멈추었다. 나는 나도 모르게 앞좌석에 있던 사내가 휘파람을 불던 곡조를 흥얼거리고 있었다. 가사가 떠올랐다.

오, 사람들은 불쌍한 울새의 깃털을 다 뽑아 버렸네.
오, 사람들은 불쌍한 울새의 깃털을 다 뽑아 버렸네.
사람들은 불쌍한 울새를 말뚝에 묶고
맙소사, 울새 엉덩이 주변의
깃털을 몽땅 뽑아 버렸네.
아, 그들은 불쌍한 울새의 깃털을 다 뽑아 버렸네.

그러다가 나는 일어서서 버스 출구로 서둘러 나갔다. 종이 조각을 빗살에 대고 문지르는 것 같은 가느다란 휘파람 소리가 정류장에 내린 후에도 들려왔다. 나는 부들부들 떨며 길 가장자리에 서서 그 사내가 나를 따라서 문에서 뛰어 내리기를 어렴풋이 기대하며 쳐다보고 있었다. 그가 오래전 잊었던, 엉덩이가 헐벗은 울새에 대한 곡조를 휘파람으로 불면서 내리는 모습을 보고 싶었다. 마음이 온통 그 곡조에 빠져 있었다. 나는 지하철에 올라탔다. 그리고 노동자 숙소의 내 방에 들어와 침대에 드러누운 후에도 그 곡조가 계속 귓가에 맴돌았다. 불쌍한 늙은 울새의 누가, 무엇을, 언제, 왜, 어디서는 무슨 뜻일까? 그 새는 도대체 무엇을 했고, 누가 그를 묶었으며, 왜 깃털을 뽑았으며, 왜 우리는 그 새의 슬픈 운명을 노래하나? 단지 웃기 위해서였다. 웃기 위해서. 어린아이들이 모두 웃고 웃었다. 그리고 옛날 엘크 밴드의 익살맞은 튜바 연주자는 자신의 둥그런 나팔로 그 곡을 독주했다. 익살맞은 장식음과 구슬픈 구절을 담고서. "부 부 부 부우우, 불쌍한 울새의 깃털을 다 뽑아 버렸네." 마치 장송곡을 조롱하듯……. 하지만 누가 울새이고 무엇을 잘못했다고 그토록 상처 입고 모욕을 당해야 했단 말인가?

갑자기 나는 누운 채 분노로 몸이 떨렸다. 소용없는 일이었다. 나는 에머슨의 아들을 생각했다. 만약 그자가 은밀한 목적을 가지고 거짓말을 했다면 어떡하나? 주변의 모든 사람들이 나에 대하여 어떤 계획을 가지고 있는 것 같았다. 그 이면에는 더욱 비밀스러운 계획이 있고. 그렇다면 에머슨의 아들은 무슨 계획을 가지고 있는 걸까? 그리고 왜 내가 연관되어야 하는가? 도대체 나는 누구란 말인가? 나는 발작적으로 몸을 뒤척였다. 어쩌면 내 선의와 믿음에 대한 시험일지도 몰라. 하지만 나는 그것이 거짓말이라고 생각했다. 그것은 거짓말이고 누구나 거짓말이라는 걸 안다. 나는 편지를 읽었다. 그건 한마디로 나를 죽이라는 주문을 하고 있었던 것이다. 아주 서서히…….

"친애하는 애머슨 씨." 나는 큰 소리로 말했다. "이 편지를 소지한 올새는 예전에 우리 학생이었던 자입니다. 그자가 죽도록 기원하여 주십시오. 그리고 끝없이 달리도록 만들어 주십시오. 당신의 가장 미천하고 복종하는 하인, A. H. 블레드소……."

분명 이런 식이었을 것이라고 나는 생각했다. 내 목덜미를 향한 짧고 간결한 일격의 표현이었을 것이다. 에머슨은 답장했을까? 당연히 했겠지. "친애하는 블레드. 올새를 만나서 궁둥이 깃털을 다 뽑았다네. 서명, 에머슨."

나는 침대에 앉아 웃음을 터뜨렸다. 그들이 나를 빈민굴로 보냈군, 좋아. 웃다 보니 몸이 마비되고 무기력해지는 걸 느낄 수 있었다. 곧 고통이 엄습할 것이고 내게 무슨 일이 일어나더라도 나는 더 이상 예전의 나일 수 없다는 사실을 깨달았다. 나는 온몸이 마비되는 느낌이었으나 계속 웃었다. 숨이 막혀서 헐떡거리며 웃음을 멈추는 순간 나는 돌아가서 블레드소를 죽이기로 결심했다. 맞다. 나는 우리 민족과 나 자신에게 진 빚이 바로 그것이라고 생각했다. 그를 죽일 것이다.

그와 같은 생각의 대담성과 그 뒤에 숨겨진 분노가 나로 하여금 단호한 행동을 취할 수 있게 해 주었다. 일자리를 잡아야 했고 내가 희망하는 걸 먼저 쟁취하는 것이 가장 빠른 수단이었다. 나는 에머슨의 아들이 말했던 공장에 전화를 했으며, 그것이 받아들여졌다. 다음 날 아침에 찾아오라는 것이었다. 일이 너무나 순식간에 풀리는 바람에 나는 잠시 모든 게 거꾸로 돌아가는 것처럼 느껴졌다. 그들이 이런 식으로 계획을 꾸며

놓은 것은 아닐까? 하지만 아니다. 그들은 두 번 다시 나를 사로잡을 수 없을 것이다. 이번에는 내가 앞서 움직일 테니까.

　나는 복수에 대한 꿈으로 잠을 거의 이루지 못했다.

10장

공장은 롱아일랜드에 있었다. 나는 그곳으로 가기 위해 안개가 자욱한 다리를 건너 노동자들 틈에 끼어 걸어 내려갔다. 내 앞으로 거대한 전광판이 실타래처럼 떠다니는 안개를 뚫고 메시지를 드러냈다.

리버티 페인트로
아메리카를
깨끗하게

전광판 아래에 미로같이 놓인 건물들마다 깃발들이 바람결에 나부끼고 있었다. 잠시 동안 마치 먼 거리에서 장대한 애국적인 의식을 바라보는 느낌이 들었다. 하지만 축포도 없었고 나팔 소리도 없었다. 나는 안개 속을 뚫고 다른 사람들과 함께 앞장서서 서둘러 갔다.

나는 에머슨의 이름을 허락도 없이 사용한 터라 걱정이 되었다. 그러나 인사 담당 사무실을 찾아갔을 때 그 이름은 마치 마법과도 같은 힘을 발휘했다. 나는 맥더피라는 눈이 약간 처진 남자에게 면접을 했으며 킴브로라는 사람에게로 보내졌다. 어린 사환이 나와서 안내를 해 주었다.

"만약 킴브로가 이 사람을 쓴다고 하면 이리로 돌아와서 선적부의 일당 명부에 이 사람 이름을 올리도록 해라."

"엄청나군." 나는 건물에서 나오며 말했다. "마치 작은 도시 같아."

"정말 커요." 사환은 대답했다. "우리 회사가 이 분야에서 가장 큰 회사 중에 하나예요. 정부에도 엄청난 양의 페인트를 공급하거든요."

이제 우리는 한 건물로 들어가 새하얗게 칠이 된 복도를 따라 걸어갔다.

"로커에 소지품을 놔두고 가시는 게 좋을 거예요." 그는 문을 열면서 말했다. 열린 문 안으로 납작한 나무 의자들과 줄지어 놓인 녹색의 로커들이 보였다. 몇 개의 로커에 열쇠가 꽂혀 있었고 그는 그중 하나를 내게 주었다. "소지품을 거기 넣고 열쇠를 가져가세요." 그가 말했다. 나는 긴장한 채 옷을 갈아입었다. 그는 한쪽 다리를 의자에 걸치고는 성냥개비를 씹으며 나를 자세히 들여다보았다. 에머슨이 나를 보낸 사실에 대해 이 녀석이 의심하고 있는 건가?

"여기에 한바탕 말썽이 생겼어요." 그는 손가락으로 성냥개비를 비비 꼬며 말했다. 그의 목소리에는 무언가 암시하는 낌새가 있었다. 나는 신발 끈을 묶다가 의식적으로 태연한 척 숨을 가다듬으며 그를 올려다보았다.

"무슨 말썽?" 내가 물었다.

"아, 잘 알잖아요. 잘난 사람들이 일반 사람들을 내쫓고는 아저씨 같은 흑인 대학생들을 쓴다니까요. 정말 약은 수법이죠." 그는 대답했다. "그런 식으로 하면 회사는 노동조합 규정의 임금을 주지 않아도 되거든요."

"내가 대학 다닌 걸 어떻게 알았어?" 내가 물었다.

"아, 벌써 여기 아저씨 같은 사람이 한 여섯 명쯤 있거든요. 일부는 실험실에서 일하죠. 모두들 그런 사실을 알고 있어요."

"그렇지만 나는 그런 이유로 고용됐다는 걸 전혀 몰랐는걸." 내가 말했다.

"신경 쓰지 말아요." 그가 말했다. "아저씨 잘못이 아니에요. 아저씨처럼 새로운 사람들은 사정을 모르잖아요. 조합에서 말하듯이 사무실에서 일하는 잘난 녀석들이 문제예요. 그 사람들이 아저씨 같은 사람들을 이용해서 파업을 망치는 거죠. 자, 서둘러 가야겠어요."

우리는 헛간같이 생긴 기다란 건물로 들어갔다. 한쪽 면을 따라서 위로 들어 올리는 셔터 문들이 줄지어 있었고 맞은편으로는 작은 사무실들이 줄지어 있었다. 나는 소년을 따라서 회사의 상표인, 울부짖는 독수리 마크가 붙어 있는 깡통, 양동이 그리고 드럼통이 끝도 없이 쌓여 있는 사이의 통로로 걸어 들어갔다. 페인트는 콘크리트 바닥을 따라 피라미드 모양으로 질서정연하게 쌓여 있었다. 한 사무실로 들어가다가 소년이 잠깐 멈추어 서더니 씩 웃었다.

"저 소리 좀 들어 보세요!"

누군가 사무실 안에서 전화에 대고 험하게 욕설을 내뱉고
있었다.

"저 사람이 누군데?" 내가 물었다.

그는 씩 웃었다. "아저씨의 보스, 무시무시한 킴브로 씨예요.
우리는 그를 '대령'이라고 부르죠. 하지만 그 사람에게 잡히면
안 돼요."

나는 그 상황이 마음에 들지 않았다. 그는 실험실에서 저지
른 실수 같은 것에 대하여 고함을 지르고 있었고 나는 곧 불
안한 마음이 들었다. 저런 더러운 기분으로 있는 사람 밑에서
일을 시작해야 한다는 상황이 싫었다. 어쩌면 대학을 나온 사
람 중 하나에게 저렇게 화가 났을 수도 있고, 그러면 나에게도
친절하게 대할 기분이 아닐 것이다.

"들어가요." 사환이 말했다. "저도 돌아가야 하거든요."

우리가 사무실로 들어서자 그 사내는 전화기를 쾅 하고 내
려놓고 서류 뭉치를 집어 들었다.

"맥더피 씨께서 여기 새로 온 사람이 필요한지 물어보라 하
셨습니다." 사환이 말했다.

"그럼, 당연하지. 내가 그 사람을 쓰도록 하지. 그런데……."
그는 말끝을 흐렸으며 두 눈은 군인같이 뻣뻣하게 기른 수염
위로 무섭게 빛났다.

"그러면 이 사람을 쓰실 수 있는 거죠?" 사환이 재차 물었
다. "가서 이 사람의 카드를 작성해야 되거든요."

"오케이." 그가 마침내 승낙했다. "이 친구를 쓰겠어. 써야만
하지. 이 친구 이름이 뭐야?"

사환은 카드에서 내 이름을 읽어 주었다.

"좋아." 그가 말했다. "바로 가서 일하도록 하게. 그리고 너." 그는 사환을 향해 말했다. "월급날마다 너한테 낭비되는 돈만큼 더 일을 시키기 전에 어서 여기서 꺼져 버려!"

"앗, 저 갑니다. 노예 감독님." 사환은 사무실에서 서둘러 나가면서 말했다.

얼굴이 빨개진 킴브로가 나를 돌아보았다. "따라오게. 일을 시작해 보세."

나는 그를 따라서 기다란 건물로 들어갔다. 숫자가 적힌 표시판들이 지붕에 매달려 있었고 그 아래에는 수많은 페인트들이 바닥에 쌓여 있었다. 건물 끝부분에서는 두 명의 남자가 트럭에서 무거운 페인트 통들을 내려서 낮은 적재장에 말끔하게 쌓고 있었다.

"자, 똑바로 알아듣게." 킴브로는 걸걸하게 말했다. "여기는 바쁜 부서야. 그러니 여러 번 설명할 수 없네. 자네는 지시 사항을 그대로 따라야 하네. 그리고 잘 모르는 일을 하게 될 테니 먼저 지시사항을 잘 듣고 똑바로 해야 한단 말이야! 나는 일을 멈추고 일일이 설명해 줄 시간이 없어. 그러니까 내가 말하는 대로 하면서 일을 해 나가야 할 것이네. 알겠나?"

나는 복도 저편의 사람들이 멈춰서 듣기 시작하자 그의 목소리가 더 커지는 걸 느끼면서 고개를 끄덕거렸다.

"좋아." 그가 연장 몇 개를 집어 들면서 말했다. "자, 이제 이쪽으로 오게."

"킴브로야." 사람들 중 하나가 말했다.

나는 그가 무릎을 꿇고 페인트 통 하나를 열고는 우유 같은 갈색 액체를 휘젓는 모습을 지켜보았다. 구역질 나는 악취가 풍겼다. 나는 물러서고 싶었다. 그러나 그는 그것이 흰 덩어리처럼 뭉칠 때까지 힘차게 저었다. 그는 주걱을 마치 섬세한 도구처럼 손에 쥐고서 내용물이 주걱에서 흘러 통으로 떨어지는 상태를 유심히 살폈다. 킴브로는 눈살을 찌푸렸다.

"빌어먹을 실험실 멍청이 녀석들 다 뒈지라고 해! 염병할 통마다 전부 첨가물을 넣어야 되겠어. 자네가 할 일이 바로 이거야. 그리고 11시 30분 전에 트럭에 실을 수 있도록 전부 넣어야 한다는 거야." 그는 나에게 흰 에나멜 눈금 용기와 배터리 액체 비중계처럼 생긴 것을 건네주었다.

"각각의 통을 열고는 이 액체를 열 방울씩 떨어뜨리게." 그가 설명했다. "그러고 나서 액체가 사라질 때까지 저어. 다 섞은 다음에는 이 붓으로 이것들 중 하나에 샘플로 칠을 해 보는 거야." 그는 재킷 주머니 안에서 여러 개의 작은 사각형 종이판과 작은 붓을 꺼냈다. "알겠나?"

"알겠습니다." 그러나 나는 흰 눈금 용기를 보면서 잠시 머뭇거렸다. 안에 든 액체가 검은색이었기 때문이다. 나를 놀리려는 건가?

"뭐가 문제인가?"

"잘 모르겠습니다만……. 제 말은, 저…… 처음부터 바보 같은 질문을 하고 싶지는 않지만 혹시 이 용기 안에 든 것이 무엇인지 아세요?"

그의 눈이 갑자기 번득거렸다. "당연히 알지." 그가 대답했다. "자네는 그저 시키는 대로 하기만 해!"

"저는 그저 확실히 하고 싶었을 뿐입니다." 내가 말했다.

"이봐." 그는 과장되게 참는 시늉을 하며 한숨을 내쉬면서 말했다. "그 점적기를 가득 채워 보게……. 어서 하라니까!"

나는 그것을 가득 채웠다.

"자, 이제 열 방울을 페인트에 떨어뜨리게……. 그래, 그거야. 너무 빨리 하지 말고. 좋아. 열 방울 이상도, 그 이하도 안 되네."

나는 천천히 반짝이는 액체 방울들을 세면서 그것들이 페인트 표면에 떨어져 더욱 검게 되고 가장자리까지 확 퍼지는 모습을 지켜보았다.

"바로 그거네. 자네는 그 일만 하면 돼." 그가 말했다. "그게 어떻게 보이든 상관하지 말게. 그건 내 소관이야. 자네는 시키는 대로만 하면 돼. 생각하려고 하지 말고. 예닐곱 통을 하고 나서는 돌아와서 샘플이 말랐는지 확인하게……. 자, 이제 서둘러. 여기 한 무더기를 11시 30분까지 워싱턴으로 보내야 하니까……."

나는 신속하게, 그렇지만 조심스럽게 작업했다. 이 킴브로 같은 사람은 일이 조금만 잘못되어도 골치 아플 것 같았다. 그러니 나는 생각을 해서는 안 된다. 빌어먹을 놈. 아첨꾼, 북부의 무식한 노동자, 거짓말쟁이 양키! 나는 페인트를 철저하게 섞고는 종이판 하나에 부드럽게 칠했다. 솔질이 균등하게 가도록 주의하면서.

유난히 꽉 닫힌 뚜껑 하나를 열어 보려고 애쓰면서 나는 우리 학교에 쓰인 페인트도 리버티 사의 것인지, 아니면 이 '광학적 백색' 페인트는 오로지 정부를 위해서만 제조되는 것인지 궁금해졌다. 아마 특별히 배합된 좋은 품질의 페인트일 것이다. 나는 마음속에 봄날 아침의 밝고 깨끗하게 손질된 학교 건물들을 떠올렸다. 가을에 새로 칠을 하고 나면 겨울에 가벼운 눈이 내리고, 하늘에는 구름이 흘러가고 새들이 쏜살같이 날아갔지. 건물들은 나무와 넝쿨 들로 감싸였고. 그 건물들만이 유일하게 규칙적으로 페인트가 칠해졌기 때문에 항상 인상적으로 보였지. 보통 주변의 집과 오두막 들은 손질되지 않은 채 풍파에 방치되어, 색이 바래고 표면이 투박한 회색으로 변해 있었다. 일부 울퉁불퉁한 나무판자 조각들 중에는 비바람과 햇볕에 시달려 표면이 부풀어 오른 것들도 보였고, 그래서 벽의 판자들은 매끄럽고 은빛 생선처럼 번들번들 빛났어. 마치 트루블러드의 오두막이나 골든데이처럼……. 골든데이는 한때 하얀색으로 칠해진 적이 있지. 이젠 오랜 세월이 지나서 페인트가 조각조각 떨어져 나가고 손톱으로 긁기만 해도 우수수 떨어져 버린다. 빌어먹을 골든데이! 그래도 인생이 이리저리 연결되는 걸 보면 참 신기하단 말이야. 내가 노턴 씨를 페인트가 부식된 그 낡고 허물어져 가는 건물로 데려갔기 때문에 지금 이곳에 와 있지 않은가! 만약 사람이 심장 박동과 기억을, 드럼통으로 이렇게 천천히 떨어지지만 순식간에 확산되는 검은 액체 방울의 속도로 늦출 수 있다면 그 일은 마치 열정적인 꿈속의 한 연쇄적인 장면처럼 보일 것이라고 나는 생각했다. 나는 공상에 너무 깊이 빠져 있다 보니 킴브로가 다가오는 소리도 듣지 못했다.

"일 잘돼 가나?" 그는 양손을 엉덩이에 대고 서서 말했다.

"잘됩니다."

"어디 보세." 그는 샘플 종이판을 하나 들고는 엄지손가락으로 문질러 보았다. "바로 이거야. 조지 워싱턴의 나들이용 가

발같이 하얗고 전능한 달러만큼이나 확실하군. 이게 바로 페인트야!" 그는 자랑스럽게 말했다. "이 페인트야말로 뭐든지 덮어 버릴 수 있어!"

그는 내가 의심스러운 표정이라도 지은 듯 내 얼굴을 쳐다보았다. 그래서 나는 서둘러 맞장구쳤다. "정말 완전히 하얀색이네요."

"하얀색! 이건 어디서도 볼 수 없는 순백색이야. 그 누구도 이보다 더 하얗게 만들 수는 없지. 이 물량은 국가 기념물에 쓰일 거야!"

"그렇군요." 나는 꽤 감명받은 듯이 대답했다.

그는 손목시계를 들여다보았다. "계속하게. 서두르지 않으면 생산 회의에 늦겠어! 이봐, 첨가물이 거의 떨어졌군. 자넨 창고에 가서 다시 채워 가지고 오는 게 좋겠네. 더 이상 시간 낭비하면 안 되겠어. 난 이만 가 보겠네."

그는 내게 창고가 어딘지도 말해 주지 않고 총알처럼 나가 버렸다. 창고를 찾는 것은 어렵지 않았지만 탱크가 여러 개일 줄은 몰랐다. 모두 일곱 개의 탱크가 있었는데 제각각 알 수 없는 부호가 찍혀 있었다. 내게 아무것도 안 가르쳐 주는 건 킴브로와 똑같군. 나는 속으로 중얼거렸다. 아무도 믿을 수 없다니까. 어쨌든 상관없어. 파이프에 연결된 적하 깡통의 내용물을 보고 찾아내면 되겠지.

그런데 처음 다섯 개의 탱크에 담긴 액체에서는 송진 냄새가 났으며, 마지막 두 개에는 첨가물과 같은 검은 액체가 들어 있었지만 각기 다른 부호가 찍혀 있었다. 그래서 나는 선택을 해야 할 수밖에 없었다. 첨가물하고 가장 유사한 냄새가 나는 적하 깡통이 달린 탱크를 선택해서 계량 용기를 채웠다. 킴브로가 돌아올 때까지 시간을 낭비하지 않은 사실에 대해 기뻐하면서 말이다.

작업은 이제 빠르게 속도가 붙었으며 혼합하는 일은 더욱 쉬워졌다. 염료와 중유가 훨씬 빠르게 바닥에서 올라왔으며 킴브로가 돌아올 무렵, 나는 최고의 속도로 작업을 하고 있었다. "몇 통이나 끝냈나?" 그가 물었다.

"아마 일흔다섯 통쯤 될 겁니다. 정확히 세어 보질 못했어요."

"아주 좋아. 그래도 더 빨라야 하네. 물건을 빨리 출하하라고 내게 압력을 넣고 있단 말이야. 어디 보세. 내가 도와주겠네."

나는 이 사람이 무릎을 꿇고 앉아 투덜거리며 통 뚜껑들을 벗기기 시작하는 모습을 보면서 회사로부터 엄청난 압력을 받는구나 하는 생각이 들었다. 그렇지만 그는 일을 시작하기도 전에 불려 갔다.

그가 가고 없는 동안 나는 마지막 샘플들을 살펴보다가 깜짝 놀랐다. 처음에 보았던 매끄럽고 견고한 표면 대신에 끈적거리는 액체로 덮여 있었던 것이다. 그리고 그 밑으로는 나무결까지 다 보였다. 이게 도대체 무슨 일이람! 페인트가 전처럼 하얗고 윤이 나지 않았으며 회색빛이 돌았다. 나는 그것을 힘껏 저어 보았다. 그런 후 헝겊을 가지고 종이판을 깨끗이 닦아 내고는 각각의 통에서 새로 샘플을 채취했다. 내가 일을 마무리하기 전에 킴브로가 돌아올까 봐 초조해졌다. 맹렬하게 서둘러서 일을 마쳤다. 그러나 페인트가 마르려면 몇 분 정도는 걸리기 때문에 나는 완성된 페인트 두 통을 들어다가 적하장으로 옮겼다. 그때 등 뒤에서 쩌렁거리는 목소리가 들리자 나는 그만 그것들을 쿵 하고 바닥에 떨어뜨렸다. 킴브로였다.

"뭐야 이건!!" 그는 샘플 하나를 손가락으로 문지르더니 버럭 소리를 질렀다. "이건 아직 마르지도 않았잖아!"

나는 무슨 말을 해야 할지 몰랐다. 그는 나중에 칠한 샘플 몇 개를 휙 집어 들고 문질러 보더니 신음 소리를 냈다. "별꼴을 다 보네. 일 잘하는 놈들은 다 가져가고 이제 자네 같은 사람을 보내다니. 그래, 무슨 짓을 한 거야?"

"아무 짓도 안 했어요. 그냥 지시대로만 했는데요." 나는 변명하듯 대답했다.

나는 그가 계량 용기를 자세히 살피고 점적기를 집어 들어서 냄새를 맡는 모습을 지켜보았다. 그의 얼굴은 화가 치밀어 붉게 달아올랐다.

"도대체 어떤 놈이 이걸 주던가?"

"아무도……."

"그러면 어디서 난 거야?"

"탱크실에서요."

갑자기 그는 액체를 사방에 떨어뜨리며 탱크실로 달려갔다. 나는 마음속으로 생각했다. 세상에, 큰일 났군. 내가 미처 그를 따라 나서기도 전에 그는 격분하여 문으로 뛰쳐나왔다.

"엉뚱한 탱크에서 꺼냈잖아!" 그가 고함을 질렀다. "빌어먹을, 자네 지금 회사를 말아먹으려는 거야? 백만 년이 걸려도 저걸로는 안 돼. 저건 박리제야. 농축 박리제란 말이야! 그렇게도 구별을 못 하나?"

"네, 못 합니다. 제게는 다 똑같아 보였습니다. 제가 지금 쓰고 있는 게 무엇인지 몰랐습니다. 제게 말씀도 안 해 주셨고. 저는 시간을 절약해 보려고 그냥 맞다 싶은 것을 골라 넣었던 겁니다."

"그렇지만 왜 하필 이건가?"

"냄새가 똑같아서……." 나는 설명하려고 했다.

"냄새라고!" 그가 소리쳤다. "염병할, 냄새가 이렇게 가득한 데서는 똥 냄새도 못 맡는다는 걸 몰라? 내 사무실로 따라와!"

나는 정당성에 대해 항변해야 할지, 애원해야 할지 갈피를 잡을 수 없었다. 전적으로 내 잘못은 아니므로 비난받기 싫었다. 그렇지만 정말 그날 하루만큼은 일을 끝내고 싶었다. 나는 그를 따라가며 분노가 치밀어 마음이 쿵쾅거렸다. 그가 인사과에 전화하는 소리가 들렸다.

"여보세요? 맥? 이보게 맥, 나 킴브로야. 자네가 아침에 보내준 친구 말일세. 지금 그쪽으로 보내서 일당을 받아 가라고 하겠네……. 이 친구가 무슨 짓을 했냐고? 이 친구가 만족스럽지 않네. 그게 이유야. 이 친구 하는 일이 마음에 들지 않아……. 그럼, 노인네한테 보고를 해야 한다고? 그러면 어때? 보고하면 되잖아. 이 염병할 친구가 정부에 공급할 물량 한 무더기를 망쳤다고 해. 이봐! 아니, 그 말은 하지 말고……. 내 말 좀 들어 보게, 맥. 거기 다른 사람은 없나? ……알았네. 잊어버리게."

그는 전화기를 쾅 하고 내려놓고는 나를 획 돌아보았다. "자네 같은 친구들을 왜 고용하는지 정말 모르겠다니까. 자네는 이런 페인트 공장에 맞지 않아. 이리 오게."

어찌할 바를 모르고 나는 그를 따라서 탱크실 안으로 들어

갔다. 그만 때려치우고 이 작자에게 지옥에나 떨어지라고 하고 싶은 마음이 굴뚝같았다. 그러나 나는 돈이 필요했다. 그리고 여기가 북부라고 해도 나는 부득이한 경우가 아니라면 싸울 생각이 없었다. 여기서 나 혼자서 얼마나 많은 사람을 상대해야 하겠는가.

나는 그가 계량 용기의 액체를 탱크에 쏟아 버리는 모습을 지켜보았다. 그리고 그가 SKA-3-69-T-Y라고 적힌 탱크로 가서 계량 용기를 다시 채우는 모습을 주의 깊게 지켜보았다. 다음번엔 알 수 있으리라.

"자, 이제 제발." 그는 내게 계량 용기를 건네주며 말했다. "조심하고 일 좀 똑바로 하게. 어떻게 하는지 모르면 아무에게라도 물어보게. 나도 사무실에 있을 걸세."

나는 소용돌이치는 감정으로 통들이 쌓인 곳으로 돌아왔다. 킴브로는 망친 페인트들을 어떻게 처리하라고 지시하는 것을 잊었다. 그것을 보면서 나는 갑자기 분노의 충동에 사로잡혔다. 아무튼 새 첨가물로 계량 용기를 채우고는 통마다 열 방울씩 떨어뜨리고 휘저은 뒤 뚜껑을 덮었다. 그건 정부가 알아서 하겠지. 그리고 나는 뚜껑이 열리지 않은 통들을 골라 작업하기 시작했다. 팔뚝이 아플 때까지 휘젓고 가능한 한 매끄럽게 샘플을 칠했다. 하면 할수록 더 숙련되어 갔다.

킴브로가 아래로 내려와서 지켜볼 때도 나는 말없이 힐끗 쳐다보고는 계속해서 페인트를 저었다.

"어떻게 돼 가나?" 그가 눈살을 찌푸리며 물었다.

"모르겠습니다." 나는 샘플을 하나 집어 들고 망설이며 대답했다.

"이건?"

"아무것도 아니에요…… 먼지 자국인데요." 나는 서서 샘플을 내밀며 말했다. 마음속으로는 긴장감이 고조되었다.

그는 그것을 얼굴 가까이 드밀고는 손가락으로 표면을 문질러 본 후 눈을 가늘게 뜨고 결을 살폈다. "이제 좀 낫군." 그가 말했다. "바로 이런 식으로 하는 거야."

나는 그가 엄지손가락으로 샘플을 문질러 보고는 내게 돌려주며 더 이상 말하지 않고 나가는 모습을 미심쩍은 듯 바라보았다.

나는 페인트가 칠해진 널빤지를 바라보았다. 이전과 똑같이 보였다. 회색빛 색조가 흰색 위로 드러나 보였는데 킴브로는 그걸 발견하지 못했다. 나는 잠시 동안 유심히 바라보았다. 내가 제대로 보고 있는 것인지 의심스러워 하나하나 계속 살펴보았다. 모두 똑같았다. 하나같이 회색이 퍼져 있는 밝은 흰색이다. 나는 잠시 눈을 감았다가 다시 바라보았지만 여전히 똑같았다. 글쎄, 그 작자가 만족하기만 하면…….

그렇지만 나는 무언가가 잘못됐다는 느낌이 들었다. 페인트보다 훨씬 중요한 그 무엇. 내가 킴브로를 속이고 있는가 아니면 그가 블레드소나 이사들처럼 나를 속이고 있는가…….

트럭이 적하장으로 후진해서 들어올 무렵 나는 마지막 통의 뚜껑을 덮고 있었다. 킴브로는 내 위쪽에 서 있었다.

"자네 샘플 좀 보세." 그가 말했다.

내가 가장 하얀 것을 집으려고 손을 뻗는 순간 푸른 셔츠를 입은 트럭 인부들이 적하장 입구로 올라왔다.

"어때요, 킴브로." 그들 중 하나가 물었다. "일을 시작해도 되겠어요?"

"잠깐만 기다리게." 샘플을 살펴보며 그는 말했다. "잠깐만……."

나는 긴장한 채 그를 바라보았다. 그가 회색빛에 대해서 화내기를 기다리면서 긴장하고 두려워하는 나 자신이 원망스럽기도 했다. 뭐라고 말하지? 그런데 그는 트럭 인부들을 향해 돌아섰다.

"좋아, 친구들. 어서 실어 가게."

"그리고 자네." 그는 나를 향해 말했다. "맥더피에게 가 보게. 오늘 일은 끝났네."

나는 그 자리에 서서 그의 뒤통수와 납작한 작업모 아래로 드러난 분홍빛 목덜미, 그리고 철회색 머리칼을 지켜보았다. 그러고 보니 그는 단지 섞는 작업을 끝마치기 위해 나를 여기에 놔두었던 것이다. 나는 돌아섰다. 내가 할 수 있는 일은 아무것도 없었기 때문이다. 나는 인사과 사무실로 가는 내내 그를 저주했다. 오늘 있었던 일에 대해 사장에게 편지를 써 버릴까? 어쩌면 회사 측에서는 킴브로가 페인트의 품질에 대해서 이토록 간여하는 걸 모를 수도 있다. 어쩌면 이곳에서는 일이 원래 이렇게 처리되는 건지도 몰라. 페인트의 진짜 품질은 항상 그걸 젓는 사람이 아니라 선적하는 사람에 의해 결정되는 것일 수도 있겠군. 모든 일이 다 엉망이다……. 다른 일자리를 구해야겠다.

그러나 나는 해고되지 않았다. 맥더피는 2번 건물의 지하로 나를 보내 새 일거리를 주었다.

"거기 내려가거든 브로크웨이에게 말하게. 스파랜드 씨가 조수가 필요하다고 했다고. 자네는 그가 시키는 대로만 하면 돼."

"이름 좀 다시 말씀해 주시겠어요?" 내가 물었다.

"루시어스 브로크웨이." 그가 대답했다. "그가 책임자이네."

그곳은 지하 깊숙한 곳이었다. 지하 3층으로 내려가서 '위험' 표시가 적힌 무거운 철문을 밀고 들어가 요란하고 불빛이 희미한 방으로 내려갔다. 방 안을 가득 채운 냄새는 무언가 익숙한 느낌이 들었으며 소나무 냄새를 떠올리는 순간 높은 톤의 흑인 목소리가 기계 돌아가는 소리 위로 들려왔다.

"누굴 찾으려 여기까지 내려온 건가?"

"이곳 책임자를 찾고 있는데요." 목소리가 들려오는 곳을 찾으려고 애쓰면서 나는 대답했다.

"내가 책임자이네. 무슨 일인가?"

그 사람은 그늘진 곳에서 걸어 나와 무뚝뚝한 태도로 나를 바라보았다. 그는 키가 작고 말랐지만 강인해 보였고, 더러운 복장이었지만 말쑥해 보였다. 그에게 다가가 보니 얼굴에 주름이 많았으며 솜처럼 흰 머리카락이 꼭 끼는 줄무늬 기사모자 밑으로 드러나 보였다. 그의 태도에 나는 어리둥절했다. 나는 그가 자기 자신의 무언가에 대한 죄의식을 느끼고 있었던 것인지, 아니면 내가 무슨 죄를 저질렀다고 생각하던 것인지 알수 없었다. 나는 더 가까이 가서 그를 유심히 바라보았다. 그는 키가 겨우 150센티미터 정도였으며 그의 작업복은 마치 검은색 기름 속에 빠졌다 나온 것처럼 보였다.

"좋아." 그가 말했다. "난 바쁜 사람이거든. 무슨 일인가?"

"저는 루시어스라는 분을 찾아왔습니다." 내가 말했다.

그는 눈살을 찌푸렸다. "그건 나라니까. 그리고 내 이름을 그렇게 부르지 말게. 자네 같은 사람들은 나를 브로크웨이 씨라고 불러야 한단 말이야……."

"그럼 아저씨께서……?" 나는 말을 꺼냈다.

"그래, 나야! 그건 그렇고 누가 자네를 이리로 내려 보냈나?"

"인사과 사무실에서요." 내가 대답했다. "저보고 가서 전하라고 했습니다. 스파랜드 씨께서 주임님께 조수가 필요하다고 했다고요!"

"조수라!" 그가 말했다. "빌어먹을, 난 조수 따윈 필요 없어! 늙은 스파랜드는 내가 자기만큼 늙었다고 생각하는군. 이곳 일을 나 혼자 삼 년째 처리해 왔는데 이젠 내게 조수를 보내려고 한단 말이야. 자네가 돌아가서 전해 주게. 조수가 필요하면 그때 말하겠노라고!"

나는 그와 같은 책임자를 만난 것이 너무 기분 나빠서 말없이 돌아서서 계단을 올라가기 시작했다. 처음에는 킴브로, 이제는 이 늙은……

"이봐! 잠깐만!"

돌아서 보니 그가 손짓하며 부르고 있었다.

"이리 잠깐 돌아와 보게." 그가 말했다. 그의 목소리는 용광로 돌아가는 소리를 뚫고 날카롭게 들려왔다.

나는 되돌아갔다. 그가 주머니에서 하얀 천을 꺼내서 압력계의 유리면을 닦고는 눈을 가늘게 뜨고 몸을 구부린 채 눈금자의 위치를 확인하는 것이 보였다.

"여기." 그는 몸을 세우고 내게 천을 건네주면서 말했다. "내가 그 노인네하고 연락을 취할 때까지는 여기 있어도 좋네. 여기 이 부분들은 깨끗하게 유지되어야 내가 얼마나 높은 압력을 받는지 알 수가 있네."

나는 말없이 천을 받아 들고는 유리면을 닦기 시작했다. 그는 흠을 잡으려는 듯 나를 바라보았다.

"자네 이름은 뭔가?" 그가 물었다.

나는 용광로의 요란한 소리 속에서 이름을 크게 외쳤다.

"잠깐만." 그는 파이프들이 복잡하게 얽혀 있는 저편으로 가서 밸브 하나를 돌렸다. 소음이 더 커져서 거의 정신을 못 차릴 정도로 높아졌으나 오히려 소리치지 않고도 목소리가 흐릿하게 소음 아래로 오가면서 서로 들을 수 있게 되었다.

그는 되돌아와서 날카로운 눈빛으로 나를 바라보았다. 그의 주름진 얼굴은 날카롭고 붉은 눈을 가진 살아 있는 검은 호두처럼 보였다.

"회사에서 자네 같은 사람을 보낸 건 처음이야." 그는 의아하다는 듯이 말했다. "내가 자네를 다시 부른 이유가 바로 그거야. 보통 젊은 백인 친구를 내려 보내거든. 회사에서는 그런 친구가 며칠간 나를 지켜보면서 빌어먹게 많은 질문을 하고 나면 결국 내 일을 대신하게 할 수 있다고 생각하거든. 어떤 녀석들은 말할 수 없을 정도로 단순하기도 했고." 그는 이를 드러내고 웃으면서 포기하듯 손을 격렬하게 저었다. "자네 엔지니어인가?" 그는 나를 흘끔 쳐다보며 물었다.

"엔지니어요?"

"그래, 그거 말이야." 그는 도전적으로 되풀이했다.

"아, 아닙니다. 엔지니어가 아니에요."

"정말?"

"물론입니다. 그런데 제가 엔지니어면 안 됩니까?"

그는 안심이 되는 듯 보였다. "그렇다면 괜찮네. 나는 그 인사과 녀석들을 조심해야 해. 그들 중 한 놈이 나를 여기서 쫓아내려고 하거든. 루시어스 브로크웨이는 자신을 지키려는 의도만 가지고 있는 것이 아니라 어떻게 대처해야 하는 줄도 알거든. 모두들 이 공장이 처음 지어진 이래로 줄곧 내가 여기서 일했다는 걸 알고 있네. 심지어 이곳을 설립하는 첫 삽을 함께 뜨기도 했단 말일세. 그 노인네가 날 채용했어. 다른 누구도 아닌. 그러니 그 노인네가 아니면 절대로 나를 해고할 수 없어!"

나는 압력계를 닦으면서 왜 이 사람이 이렇게 흥분하는지 궁금했다. 그러나 어쨌든 그가 나에게 개인적인 반감이 없는 것 같아서 조금은 마음이 놓였다.

"어느 학교를 다녔나?" 그가 물었다. 나는 말해 주었다.

"정말? 거기서 뭘 전공했지?"

"일반 과목들이었습니다. 보통의 대학 과정이지요." 나는 대답했다.

"기계학?"

"아, 아뇨. 그런 건 없었어요. 일반 인문 과정뿐이었어요. 무역도 없고."

"그런가?" 그는 의심스럽다는 듯 되물었다. 그러더니 갑자기 말했다. "지금 그 압력계에 내가 얼마나 압력을 받고 있는 걸로 나오나?"

"어느 것이죠?"

"그거 보이지?" 그는 손으로 가리키며 말했다. "바로 저기,

저것 말일세."

나는 압력계를 보고 불러 주었다.

"43과 10분의 2파운드."

"어허, 어허, 맞았어." 그는 압력계를 슬쩍 본 후 나를 되돌아보았다. "어디서 이렇게 계기를 읽는 법을 배웠나?"

"고등학교 물리 시간에요. 시계 읽는 것과 비슷하잖아요."

"그런 걸 고등학교에서 가르쳐 주더라고?"

"네, 그래요."

"좋아, 그러면 자네가 그 일을 맡아 주면 되겠네. 여기서는 십오 분마다 계기들을 확인해야 하거든. 자네가 그 일을 할 수 있어야 하네."

"할 수 있을 것 같습니다." 나는 대답했다.

"하는 사람도 있고, 하지 못하는 사람도 있지. 어쨌든 자네를 채용한 사람이 누군가?"

"맥더피 씨입니다." 나는 왜 이런 질문들을 하는지 의아해하며 대답했다.

"그래, 그럼 오전에는 어디 있었나?"

"1번 건물에서 일했습니다."

"거긴 건물이 수두룩한데 어디서 일했다는 말인가?"

"킴브로 씨 밑에서 했습니다."

"알았어, 알았어. 이렇게 늦은 시간에 회사에서 사람을 채용할 리 없다는 걸 알아서 물어본 걸세. 킴브로가 무슨 일을 시키던가?"

"잘못된 페인트에 첨가제를 넣는 일이었습니다." 나는 너무 많이 물어보는 것에 짜증나서 지친 목소리로 대답했다.

그는 호전적으로 입술을 불쑥 내밀었다. "어떤 페인트가 잘못된 것들인데?"

"정부에 납품하는 것들 같던데……."

그는 머리를 번쩍 들었다. "어떻게 아무도 나에게 그런 걸 말해 주지 않았는지 모를 일이군." 그는 생각에 잠겨 말했다. "그게 큰 통에 든 거였나, 아니면 조그만 깡통에 든 거였나?"

"큰 통이었습니다."

"아, 그렇다면 그렇게 나쁜 건 아니지. 작은 것들은 손이 많이 가거든." 그는 높고 건조한 소리를 내며 웃었다. "이 일에 대해서는 어떻게 들었나?" 그는 마치 내 방어막을 끌어내리려는 듯 갑작스럽게 물었다.

"음." 내가 느릿느릿 대답했다. "아는 분이 이 일에 대해 말해 주셨어요. 그리고 맥더피 씨가 저를 채용했고요. 오늘 아침에는 킴브로 씨 밑에서 일했습니다. 그리고 다시 맥더피 씨가 저를 이곳으로 보냈습니다."

그의 표정이 굳었다. "저기 흑인들 중에 친구가 있나?"

"누구요?"

"저 위 실험실 친구들 말이야."

"아뇨." 내가 대답했다. "또 아시고 싶은 게 있나요?"

그는 한참 동안 의심스럽다는 표정으로 나를 바라보고는 뜨거운 파이프에 침을 뱉었다. 김이 맹렬히 피어올랐다. 나는 그가 무거워 보이는 엔지니어용 시계를 윗주머니에서 꺼내 들고는 유심히 바라보다가 벽에 있는 전자시계와 맞추어 보려고 돌아서는 모습을 지켜보았다. "자네는 그 압력계를 계속 닦도록 하게." 그가 말했다. "나는 가서 압력을 봐야겠네. 그리고 여길 보게" 그가 계기 하나를 가리켰다. "여기 이 빌어먹을 놈은 특별히 신경 써서 봐야 해. 지난 며칠 동안 이놈 때문에 너무 빨리 상승시키는 버릇이 생겼단 말이야. 이것 때문에 문제가 많았어. 이놈이 75를 넘기 시작하면 바로 소리쳐. 크게 소리치란 말이야!" 그는 다시 그늘 속으로 사라졌고 나는 한 줄기 밝은 빛이 들어오는 것을 보고 문이 열린 것을 알 수 있었다.

나는 천 조각으로 계기를 닦으면서 저런 무식한 노인이 어떻게 이런 중책을 맡을 수 있게 됐을지 생각해 보았다. 그는 분명 엔지니어처럼 보이진 않았다. 그런데도 그가 혼자서 책임을 맡고 있다. 물론 확실히 알 수는 없는 일이다. 왜냐하면 고향에서 수도국의 수위로 일하는 노인네가 사실은 모든 수도관의 위치를 알고 있는 유일한 사람인 경우도 있었으니까 말이다. 그 노인은 기록이 보관되기도 전인 처음부터 고용되어서 수위 월급을 받으면서도 실제로는 엔지니어 노릇을 했었다. 어쩌면 이 늙은 브로크웨이는 무언가로부터 자신을 보호하고 있는지도 모른다. 그는 우리 같은 사람이 고용된 사실에 대해 반감을 가지고 있었다. 아니면 그는 대학의 몇몇 교수들처럼 위장을 한 것일 수도 있다. 그들은 주변의 작은 마을을 운전하고 다닐 때 운전기사 모자를 쓰고 마치 자신의 차를 백인의 소유인 것처럼 가장했다. 그런데 그는 왜 위장한 걸까? 그의 일이 무엇이란 말인가.

나는 주변을 둘러보았다. 그곳은 단순한 기관실이 아니었다. 기관실에는 전에도 몇 번 가 본 적이 있고 가장 최근에는 학교에서도 보았기 때문에 나는 알 수 있었다. 여기에는 무언가가 더 있다. 우선 용광로들의 모양이 달랐고, 용광로의 금이 간

틈으로 보이는 이글이글 타오르는 불꽃도 지나치게 강렬하고 푸른빛을 띠었다. 게다가 냄새도 났다. 아니다. 그는 여기서 무언가를 만들고 있는 것이다. 페인트와 관련된 어떤 것이겠지. 어쩌면 아무리 돈을 준다 하더라도 백인들이 맡기에는 너무 더럽고 위험한 일인지도 모른다. 이것은 페인트는 아니다. 왜냐하면 페인트는 위층에서 만들어진다고 들었기 때문이다. 위층을 지나치면서 나는 가득 채워진 염료가 소용돌이치고 있는 커다란 용기와 그 주변에서 얼룩진 앞치마를 두르고 일하는 사람들을 보았다. 적어도 한 가지는 분명했다. 이 미친 브로크웨이를 조심해야 한다는 것. 그는 내가 여기서 일하는 것을 싫어했다…… 그때 그가 계단을 내려와 방으로 들어왔다.

"일이 잘돼 가나?" 그가 물었다.

"문제없습니다." 나는 대답했다. "단지 소리가 더 시끄러워지는 것만 빼면요."

"아, 여기 아래는 원래 꽤 시끄럽지. 그건 괜찮네. 원래 시끄러운 부서야. 내가 그런 부서를 책임지고 있는 거지…… 계기가 표시를 넘어갔었나?"

"아뇨, 꾸준하게 유지되고 있습니다." 내가 대답했다.

"좋아. 최근에 그것 때문에 고생이 많았거든. 그걸 내리고 내가 탱크를 비우면 자세히 살펴봐야 하네."

어쩌면 그는 정말 엔지니어인지도 몰라. 나는 그가 계기를 살펴보고 여러 개의 밸브를 조정하기 위해 다른 방으로 가는 모습을 보면서 생각했다. 그는 벽에 설치된 전화기를 들고 몇마디 말을 하더니 밸브를 가리키며 나를 불렀다.

"나는 그걸 위층으로 올라가도록 조정하고 있는 중이야." 그가 비장한 어조로 말했다. "내가 신호를 하면 밸브들을 완전히 열도록 해. 그리고 내가 다시 신호를 보내면 다시 밸브들을 잠 그도록 해. 여기 이 빨간 밸브부터 시작해서 똑바로 가로질러 가며 작업하도록……."

나는 그가 계기 옆으로 다가서자 내 위치로 가서 기다렸다.

"열어." 그가 소리쳤다. 나는 밸브를 열었고 거대한 파이프 속으로 액체 흘러가는 소리가 들렸다. 벨 소리가 들려서 나는 위를 올려다보았다……

"이제 잠가." 그가 고함을 질렀다. "뭘 보는 거야? 밸브들을 잠가!"

"도대체 무슨 일이야?" 마지막 밸브를 잠그자 그가 물었다.

"저를 부르실 줄 알았어요."

"내가 신호를 준다고 했잖아. 신호와 부르는 것의 차이를 모르겠나? 빌어먹을. 내가 버저를 울렸잖아. 다신 그러면 안 돼. 내가 버저로 자네에게 신호를 보내면 무언가 조치를 취하라는 것이네. 자, 빨리 해."

"제 보스시니까 말씀대로 합지요." 나는 비꼬듯이 말했다.

"자네 말 잘했네. 내가 보스야. 잊으면 안 돼. 자, 이제 이쪽 으로 오게. 할 일이 있네."

우리는 이상하게 생긴 기계 쪽으로 왔다. 그것은 드럼처럼 생긴 바퀴들과 연결된 거대한 크기의 기어들로 구성돼 있었다. 브로크웨이는 삽을 들고는 바닥에서 갈색의 결정체들을 퍼서 능숙하게 기계 꼭대기에 있는 용기에 던져 넣었다.

"삽을 들고 일을 시작하자고." 그는 기세 좋게 명령했다. "이 런 일을 전에 해 본 적이 있나?" 그는 내가 삽질을 하자 물었다.

"오래전이었습니다." 내가 대답했다. "이게 무슨 재료입니까?"

그는 삽질을 멈추고는 한참 동안 험상궂은 눈빛으로 쳐다보다가 갈색 더미 쪽으로 돌아갔다. 그의 삽이 바닥에 부딪히는 소리가 났다. 이 의심 많은 늙은이한테는 질문을 해서는 안 돼. 갈색 더미에 삽질을 하며 나는 생각했다.

곧 온몸에 땀이 흘렀다. 손바닥이 쓰렸으며 기진맥진이 되었다. 브로크웨는 곁눈질로 나를 보면서 소리 없이 히죽거렸다.

"무리하지 말게, 젊은 친구." 그가 부드럽게 말했다.

"곧 익숙해지겠지요." 나는 한 삽 가득 퍼 올리며 말했다.

"아, 그럼, 그럼." 그가 말했다. "물론이지. 힘들면 좀 쉬는 게 좋을 걸세."

나는 멈추지 않았다. 계속 그 재료를 퍼 올리고 있는데 그가 말했다. "저기 우리가 찾던 공구가 있네. 저게 바로 우리가 원하던 거야. 잠깐 뒤에 서 있게. 저게 작동하도록 고쳐야 하니까."

나는 뒤로 물러나면서 그가 가서 스위치를 켜는 모습을 지켜보았다. 기계가 진동하기 시작하면서 갑자기 전기톱 같은 날카로운 소리를 냈다. 그리고 내 얼굴로 날카로운 결정체들을 톡톡 튕겨 냈다. 나는 어정쩡하게 뒤로 물러났으며 브로크웨이가 말린 자두처럼 이를 드러내고 웃는 모습이 보였다. 맹렬하게 소용돌이치던 기계의 소리가 줄어들면서 작은 결정체들이 정적 속에 천천히 쏠려 가는 소리가 들렸다. 그것들은 마치 모래처럼 관을 타고 미끄러져 내려가서 아래에 놓인 통으로 떨어졌다.

나는 그가 밸브를 여는 모습을 지켜보았다. 코를 찌르는 또 다른 기름 냄새가 솟아올랐다.

"이제 요리할 준비가 끝났네. 기계에 열만 가해 주면 돼." 그는 기름 용광로의 연소기처럼 보이는 것에 달린 스위치를 눌렀다. 분노하는 듯 요란한 소리가 들리더니 작은 폭발이 일어나며 무언가를 흔들어 놓고는 다시 낮게 윙윙거리는 소리가 들려왔다.

"이게 다 요리되면 무엇이 되는지 아나?"

"아뇨." 내가 대답했다.

"이게 바로 내용물이 되는 거야. 소위 페인트 용액이라고 하지. 여기에 내가 다른 물질을 넣기만 하면 그렇게 되는 거야."

"페인트는 위층에서 만들어지는 줄 알았는데……."

"아니야. 위에서는 단지 색을 섞는 것뿐이지. 예쁘게 보이도록 말이지. 진짜 페인트는 바로 여기서 만들어지는 거라네. 내가 일을 안 하면 그놈들은 아무것도 할 수 없어. 한마디로 헛수고하는 거지. 나는 기초 재료를 만들 뿐 아니라 니스와 많은 양의 오일도 만들어 내지……."

"그렇군요." 내가 맞장구쳤다. "저는 주임님께서 이곳에서 무슨 일을 하시는지 궁금했어요."

"사람들은 다들 한번 와 보지도 않고 그런 소리를 한다니까. 그렇지만 내가 말했듯이, 이 루시어스 브로크웨이의 손을 거치지 않고서는 한 방울의 페인트도 공장 밖으로 나갈 수 없어."

"이 일을 하신 지는 얼마나 되셨어요?"

"내 일에 도통할 만큼 오래 했지." 그가 대답했다. "나는 여기, 이 밑으로 배치받은 녀석들이 알아야 할 지식들을 배우지 않고도 알게 됐지. 일을 하면서 배웠다는 말이야. 빌어먹을 인사과 녀석들은 그런 사실을 알려고 하지 않아. 리버티 페인트

회사는 나에게 여기서 질 좋고 강력한 기초 재료를 만들게 하지 않았다간 땡전 한 푼의 값어치도 없을 거야. 늙은 스파랜드도 그건 알고 있지. 내가 폐렴으로 누워 있던 때를 생각하면 저절로 웃음이 나와. 회사에서 소위 엔지니어라는 놈을 하나 이 아래로 내려 보냈었지. 그런데 페인트들이 엉망이 되기 시작하자 어쩔 줄을 몰라 했어. 페인트가 줄줄 흐르고 주름이 잡혀서 아무것도 칠할 수가 없었어. 자네도 알다시피 페인트가 흘러내리는 이유를 알아내는 사람은 갑부가 될 걸세. 어쨌든 모든 게 다 엉망이 돼 버렸네. 그때 회사에서 그 녀석을 내 자리에 앉혔다는 전갈이 왔어. 그래서 나는 병이 나은 후에도 돌아갈 수가 없었지. 나는 이 회사와 그토록 오래 함께했는데, 그리고 충성을 다하고 모든 것을 다 바쳤는데 말이네. 젠장. 그래서 그놈들에게 내 말을 전했지. 루시어스 브로크웨이는 이제 그만둔다고!

그러자 그 노인네가 내게 달려온 거야. 그는 너무 늙어서 운전기사의 도움을 받아 가까스로 가파른 계단을 올라 우리 집을 찾아왔지. 숨을 헉헉거리며 들어와서는 말하더군. '루시어스, 듣자 하니 그만둔다고 했다던데 무슨 뜻인가?'

나는 이렇게 대답했네. '잘 아시다시피 제가 한동안 꽤 아팠습니다. 그런데 제 자리에 들어온 이탈리아 친구가 일을 아주 잘한다고 하더군요. 그래서 전 집에서 편히 쉬는 것이 좋겠다고 생각했습니다.'

자네는 내가 그를 저주하거나 욕했을 것이라고 생각하나 보군. '자네 지금 무슨 소리를 하는 거야, 루시어스 브로크웨이.' 그는 이렇게 말했지. '회사는 공장에서 일해 줄 자네가 필요한

데 집에서 푹 쉬고 있겠다니? 가장 빨리 죽는 길이 바로 은퇴라는 걸 모르나? 지금 공장에 있는 자는 용광로의 용 자도 몰라. 나는 그자가 무슨 일을 저지를지 걱정돼 죽겠다니까. 그자가 공장을 다 날려 버릴지도 모를 지경이라 보험료도 추가로 내야 할 판이네. 그자가 자네 일을 맡을 수는 없네. 그자는 솜씨가 부족해. 자네가 나간 뒤로는 일등급 페인트를 만들어 낼 수가 없었네.' 이 모든 게 다 그 노인네가 직접 말한 것이야!" 루시어스 브로크웨이는 말했다.

"그래서 어떻게 됐나요?" 내가 물었다.

"어떻게 되다니, 그게 무슨 뜻이지?" 그는 세상에서 가장 엉뚱한 질문이라도 들은 듯이 나를 바라보며 말했다.

"젠장, 며칠 있다가 노인네가 나를 이곳의 총책임자로 데려다 놓았지. 그 엔지니어 녀석은 내 명령을 받게 되자 열불이 났는지 다음 날 바로 그만두더군."

그는 바닥에 침을 탁 뱉고는 웃음을 터뜨렸다. "헤헤헤, 그녀석은 바보야. 바로 그거야. 바보! 그 녀석은 내 상관이 되길 원했던 건데 보일러니 뭐니 하는 여기 지하의 일은 내가 누구보다도 많이 알고 있었던 거야. 나는 여기에 파이프를 비롯한 모든 걸 처음 설치할 때 도왔거든. 내 말은, 나는 각각의 파이프는 물론 스위치와 케이블, 선재 등 모든 것들의 위치를 알고 있다는 뜻이야. 바닥부터 벽이나 심지어 마당 밑까지도 말이네. 아무렴! 그뿐이 아니지. 나는 머릿속에 그것들을 선명하게 담고 있어서 마지막 너트와 볼트의 위치까지도 종이 위에 그릴 수 있네. 하지만 나는 공업학교 같은 곳을 다녀 본 적이 없네. 심지어 내 기억으로는 근처에 가 본 적도 없지. 자, 자넨 그걸 어떻게 생각하나?"

"엄청나다고 생각합니다." 나는 대답하면서 생각했다. 이 늙은이, 정말 맘에 안 들어.

"아, 나라면 그렇게 말하지 않겠네." 그는 말했다. "나는 단지 여기에 너무 오래 있었던 것뿐이네. 이 기계를 이십오 년이 넘도록 들여다보아 왔네. 그런데 그 친구는 학교도 다녔고, 청사진을 읽거나 보일러에 불을 넣은 법을 배웠으니까 자기가 루시어스 브로크웨이보다 이 공장에 대하여 더 많이 안다고 생각한 것이지. 그 바보 녀석은 엔지니어가 될 자격이 없어. 코앞에서 자기를 노려보고 있는 걸 보지도 못하는 녀석이니까……. 이봐, 자네 계기 보는 걸 잊었군."

나는 서둘러 가서 계기 바늘이 일정한 위치에 있는 걸 확인했다.

"모두 괜찮습니다." 내가 큰 소리로 말했다.

"좋아. 그래도 거기서 눈을 떼지 말고 잘 살펴야 하네. 여기서는 그걸 잊으면 안 돼. 잘못하면 모두 날려 버릴 수도 있으니까 말이네. 이 기계를 가지고 있는 건 회사지만 그게 전부는 아니네. '우리야말로 기계 속에 있는 기계이지.' 우리 페인트 중에 가장 잘 팔리는 게 뭔지 아나? 이 사업을 살려 주는 놈 말이야." 그는 내가 그를 도와 용기에 냄새나는 액체를 채우는 사이에 물었다.

"아뇨, 모르겠는데요."

"우리가 만드는 흰 페인트야. 광학적 백색 말이야."

"왜 하필 다른 색도 아니고 흰색이죠?"

"왜냐하면 처음부터 그걸 내세웠거든. 우리는 세계 최고의 백색 페인트를 생산한단 말이야. 누가 뭐라 하든 상관없지. 우리 백색은 순백이라서 석탄 덩어리에도 칠할 수 있어. 커다란 망치로 깨부숴 봐야지 그게 흰색이 아니란 걸 증명할 수 있을걸!"

그의 눈은 확신감에 가득 차서 번뜩였고 나는 웃음을 감추려고 고개를 숙여야 했다.

"자넨 건물 꼭대기에 붙은 광고판을 봤나?"

"아, 어디에서나 보이던걸요." 내가 대답했다.

"슬로건을 읽었나?"

"기억나지 않는데요. 서둘러 걷는 바람에요."

"글쎄, 자네는 안 믿을지도 모르지만 내가 그 슬로건을 만드는 걸 도와주었지. '광학적 백색, 진정한 백색.'" 그는 손가락을 들어 올리며 인용했다. 마치 전도사가 신성한 메시지를 인용하듯이. "그 아이디어를 떠올렸다고 300달러를 포상금으로 받았네. 최신 유행을 따라가는 광고업자들이 다른 색에 대해서 무언가 생각해 내려고 고심하고 있지. 무지개니 뭐니 떠들면서 말이지. 하지만 아직 아무것도 못 해냈지……."

"광학적 백색이라면 진정한 백색이다." 나는 그 슬로건을 되뇌어 보다가 어린 시절의 한 곡조가 떠올라 갑자기 터져 나오려는 웃음을 참아야 했다.

"당신이 백인이면 모두 옳습니다." 내가 말했다.

"바로 그거야." 그가 맞장구쳤다. "바로 그게 그 노인네가 아무도 이곳에 내려 보내지 않는 이유야. 나를 망치게 하지 않으려고 말일세. 그는 새로운 친구들이 모르는 걸 안단 말이야. 그는, 우리 페인트가 좋은 이유는 바로 오일과 합성수지가 탱크 안에 남아 있는 사이에 압력을 넣는 루시어스 브로크웨이

만의 방식 때문이란 걸 알고 있지." 그는 심술궂게 웃었다. "사람들은 여기 일은 모두 기계가 한다고 생각하지. 그게 전부야. 다 미쳤어! 내 시커먼 손을 거치지 않고는 되는 일이 단 한 가지도 없는데! 염병할 기계는 데우기만 할 뿐이야. 바로 이 손이 양념을 친다, 이 말일세. 그렇고말고. 이 루시어스 브로크웨이가 바로 정곡을 찌르는 거야! 내 손가락을 집어넣어서 맛을 내는 거야. 자, 이리와 식사하세……."

"계기는 어떡하고요?" 나는 그가 저편으로 건너가 용광로 근처의 선반에서 보온병을 꺼내는 모습을 보며 물었다.

"여기서도 충분히 계기를 볼 수 있네. 그건 걱정 말게나."

"그런데 저는 도시락을 1번 빌딩의 로커에 두고 왔는데요."

"이리 가져와서 먹게. 여기서는 항상 자리를 뜨면 안 되거든. 남자는 먹는 데 십오 분 이상 걸리면 안 돼. 그러면 나는 다시 작업장으로 보내 버려."

문을 열면서 나는 실수했다는 생각이 들었다. 군데군데 칠이 묻은 페인트공 모자와 작업복을 입은 사내들이 여러 개의 의자에 앉아 있었다. 그들은, 결핵환자처럼 보이는 삐쩍 마른 사람이 코맹맹이 소리로 뭐라고 떠드는 소리에 귀를 기울이고 있었다. 모두들 나를 바라보았다. 그리고 내가 나가려고 하는 순간 그 마른 사람이 나를 불렀다. "늦게 온 사람도 앉을 수 있는 자리가 충분해요. 들어오시오, 동지……."

동지라고? 북부에 와서 몇 주가 지났지만 이 호칭은 여전히 놀라운 것이었다. "저는 로커룸을 찾는 중인데요." 나는 다급하게 말했다.

"여기가 바로 거기요, 동지. 오늘 집회에 대해서 못 들었소?"

"집회라니요? 아뇨, 못 들었습니다."

의장은 얼굴을 찡그렸다. "이것 보시오. 주임급들이 이렇게 비협조적이란 말이오." 그는 다른 사람들을 보며 말했다.

"동지, 동지의 주임은 누구요?"

"브로크웨이 씨입니다." 내가 대답했다.

갑자기 사람들이 발을 구르며 욕을 하기 시작했다. 나는 주변을 돌아보았다. 왜 이러는 거지? 내가 브로크웨이에게 존칭을 붙인 것이 마음에 안 들어서 그러는 걸까?

"조용하시오, 동지들." 의장은 귀에 손을 갖다 대고 테이블 앞으로 몸을 숙이면서 말했다.

"자, 뭐라고 했소, 동지. 동지의 주임이 누구라고요?"

"루시어스 브로크웨이입니다." 나는 존칭을 빼고 말했다.

그러나 그 때문에 그들은 내게 더 적대감을 보이는 듯했다. "저 녀석을 쫓아내 버려!" 그들이 외쳤다. 나는 돌아섰다. 방 안 저편 구석에 있던 한 무리의 사람들이 의자를 걷어차면서 소리를 질렀다. "갖다 던져 버려! 던져 버려!"

나는 조금 뒤로 물러섰다. 작은 사내가 질서를 잡으려고 테이블을 내리치는 소리가 들렸다. "여러분, 동지들! 이 동지에게 기회를 줍시다……"

"그 자식, 더러운 끄나풀 같아! 그럴듯하게 위장한 끄나풀!"

그 쉰 목소리는 마치 성난 남부인의 입에서 튀어나온 '검둥이'란 말처럼 귀에 거슬렸다…….

"동지들, 제발!" 의장은 양손을 흔들었으며 나는 문을 열기 위해 손을 등 뒤로 내밀었다. 그 순간 손에 누군가의 팔이 닿았고 그는 세차게 팔을 뿌리쳤다. 나는 손을 내려뜨렸다.

"누가 이 끄나풀을 우리 집회에 보낸 거요, 의장 동지? 그놈에게 물어보시오!" 한 사내가 요구했다.

"아니, 잠깐만." 의장은 말했다. "말을 너무 심하게 하지 말고……."

"그놈에게 물어보시오, 의장 동지!" 다른 사내가 외쳤다.

"알았소. 하지만 확실히 밝혀질 때까지는 끄나풀이란 말은 쓰지 마시오." 의장은 나를 향해 돌아섰다. "어쩌다 이 안에 들어오게 됐소, 동지?"

사람들은 모두 조용히 귀를 기울였다.

"점심 도시락을 로커에 놔두었거든요." 나는 입이 마르는 것을 느끼며 답했다.

"누가 이 집회에 보낸 것이 아니란 말이오?"

"아닙니다. 저는 집회에 대해 전혀 몰랐습니다."

"엿 먹으라고 그래. 이런 끄나풀들은 절대 모른다니까!"

"그 더러운 새끼를 내다 버리라니까!"

"잠깐만요." 내가 말했다.

그들은 더 요란하고 위협적으로 변했다.

"제발 의장을 존중하시오!" 의장이 소리쳤다. "우리는 이곳의 민주적인 조합이오. 민주적인 것을 따르는……."

"신경 쓰지 마시오. 그 끄나풀 녀석을 당장 쫓아내시오!"

"……절차를 따릅시다. 모든 근로자를 동지로 만드는 게 우리의 임무요. 모두를 말이오. 그래야 우리 조합이 강해집니다. 이 동지의 말을 한번 들어 봅시다. 소란은 이제 그만 피우시오!"

나는 식은땀이 줄줄 흘렀으며 극도로 예민해진 두 눈으로 적개심을 품은 얼굴들을 선명하게 볼 수 있었다.

"언제 고용됐소?"

"오늘 아침입니다." 내가 대답했다.

"보시오, 동지들. 이 사람은 새로 들어온 사람입니다. 주임을 보고 그 밑에 일하는 근로자를 판단하는 실수는 없어야 합니다. 동지들 중에도 더러운 자식 밑에서 일해 본 사람이 있지 않습니까?"

갑자기 사람들에게서 웃음과 욕지거리가 터져 나왔다. "바로 여기에 한 사람 있지." 그들 중 하나가 소리를 질렀다.

"내 주임 녀석은 사장 딸하고 결혼하길 바라고 있어. 빌어먹을, 미친놈 같으니라고!"

그들의 태도가 이처럼 갑작스럽게 변하자 나는 당혹스럽고 화가 났다. 마치 이 사람들이 나를 데리고 노는 것 같은 느낌이 들었다.

"진정하시오, 동지들! 어쩌면 이 동지도 우리 조합에 가입하고 싶지 않겠소. 어떻소, 동지?"

"네⋯⋯?" 나는 무슨 말을 해야 할지 몰랐다. 나는 조합에 대해 아는 것이 거의 없었다. 그렇지만 이자들 대부분은 내게 적대심을 가지고 있는 듯 보였고⋯⋯. 그리고 내가 대답을 하기도 전에 덥수룩한 회색 머리의 뚱뚱한 사내가 벌떡 일어서더니 성난 듯이 소리쳤다.

"나는 반대요! 동지들, 이자는 끄나풀일 수도 있소. 지금 막 고용됐다 하더라도 말이오! 내가 누군가에게 불공평하게 대하려고 그러는 건 물론 아니오. 어쩌면 끄나풀이 아닐 수도 있지만." 그는 열정적으로 계속 이어갔다. "그러나 동지들, 나는 아무도 그건 알 수 없는 일이란 걸 상기시켜 주고 싶소. 내 생각에는 그 짐승 같은 배신자 브로크웨이 밑에서 십오 분 이상 일하면 누구나 타고난 첩자 본능이 살아나게 됩니다. 제발, 동지들!" 그는 조용히 해 달라고 팔을 휘저으며 간절하게 말했다. "동지들 중에는 처자식의 고통을 통해서 알게 된 사람도 있겠지만, 끄나풀은 끄나풀 역할을 하기 위해서 꼭 노동조합에 대해 알아야만 하는 것은 아니요. 끄나풀 짓? 염병할, 나도 그 짓에 대해 연구 많이 했소. 그걸 원래 타고나는 사람들이 있소. 마치 색채 감각을 타고나는 사람이 따로 있듯이 그것도 타고나는 것이오. 그렇소. 이건 정직하고 과학적인 진리요! 끄나풀은 조합에 대해 들어 보지 못했어도 관계없다는 말이오." 그는 광적인 표현을 쓰며 소리쳤다. "그자를 조합 근처에 데려다만 놓아도 그다음 일어날 일은 여러분도 알 것이오. 쉿, 그자는 여기저기 끄나풀 짓을 하고 다닐 것이오."

그의 목소리는 지지하는 고함 소리들 속에 묻혔다. 사람들은 나를 보려고 난폭하게 몸을 돌렸다. 나는 숨이 콱콱 막히는 느낌이었다. 나는 고개를 숙여 버리고 싶었지만 그들을 똑바로 바라보아야 그자의 말을 부정하는 표시일 것 같아서 그대로 그들을 바라보았다. 그때 지지하는 고함 소리들을 뚫고 또 다른 목소리가 들렸다. 그 소리는 안경을 낀 작은 사내의 입에서 매우 급박하게 흘러나왔다. 그는 한쪽 집게손가락을 들어 올리고 엄지손가락은 작업복 멜빵에 낀 채 말했다.

"나는 이 동지의 발언을 동의의 형식으로 처리했으면 좋겠습니다. 따라서 신임 근로자가 끄나풀인지 아닌지를 충분한 조사를 통해서 결정할 것을 제안하는 바입니다. 만약 이 사람이 끄나풀이라면 그 일을 시킨 자가 누구인지 밝혀야 합니다! 그렇게 하면, 동지 조합원 여러분, 이 근로자에게 시간을 주게 될 것입니다. 만약 이 사람이 끄나풀이 아니라면 그 사이 조합의 활동과 목적에 대해 알게 되겠지요. 어쨌든 동지 여러분, 우리가 명심할 것은 이 사람 같은 근로자는 오랫동안 노동운동에 참여해 온 몇몇 동지들처럼 고도로 의식화된 상태가 아니라는 사실입니다. 그러니 이 사람에게 그동안 우리가 근로자의 환경을 개선하기 위해 어떻게 노력해 왔는지를 알게 될 시간을 주자는 말입니다. 그런 후, 만약 이 사람이 끄나풀이 아니라면 우리는 민주적인 방법으로 이 사람을 조합에 가입시킬 것인지 아닌지를 결정할 수 있습니다. 조합원 동지 여러분, 감사합니다!" 그는 쾅 하고 소리 내어 앉았다.

방이 술렁거렸다. 내 마음속에서는 맹렬한 분노가 솟았다. 내가 자기들처럼 고도로 의식화되지 못했다니! 그게 무슨 말인가. 자기들은 전부 무슨 박사라도 된단 말인가. 나는 움직일 수조차 없었다. 내게 너무나 많은 일이 일어났다. 마치 이 방에 들어옴으로써 내가 조합원이 되겠다고 지원이라도 한 것 같은 분위기였다. 나는 조합이 존재한다는 사실조차 몰랐고 그저 차가운 돼지고기 샌드위치를 가지러 온 것뿐인데 말이다. 나는 떨면서 서 있었다. 그들이 내게 가입하라고 요구할까 봐 걱정됐지만 앞에서 너무 많은 사람들이 나를 거부하자 화도 치밀었다. 최악의 상황은, 나는 그들이 자신들의 조건을 내게 받아들이도록 강요하고 있다는 걸 알고 있으면서도 그 자리를 빠져나올 수 없다는 것이었다.

"좋소, 동지들. 우리 투표로 정합시다." 의장이 소리쳤다. "동의에 찬성하는 사람은 '찬성'이라고 말하시오……."

찬성이라는 소리에 그의 목소리가 묻혀 버렸다.

"찬성으로 통과되었습니다." 의장이 공표하자 몇몇 사람들이 돌아서서 나를 노려보았다. 마침내 나는 움직일 수가 있었다. 나는 거기에 들어간 이유도 잊은 채 서둘러 나가려고 했다.

"들어오게, 동지." 의장이 불렀다. "점심을 가지고 가야지. 문 앞에 있는 동지들, 그가 갈 수 있도록 자리를 비켜 주시오!"

내 얼굴은 마치 뺨을 얻어맞은 듯 얼얼했다. 그 사람들은 내게 한 마디 말할 틈도 주지 않고 자기들끼리 결정했다. 거기 있던 사람들 모두가 적의에 차서 나를 쳐다보는 것 같았다. 비록 나는 적대감 속에서 평생 살아왔지만 지금 처음으로 그것이 피부에 와 닿는 것 같았다. 이들의 존재를 미리 알고 있지도 못했지만 다른 누구도 아닌 바로 이들에게 당할 것이라고 마치 예상이라도 한 듯이 말이다. 바로 이 방 안에서 내 방어 수단들은 거부되고, 강탈당했고, 문 앞에서 검색도 당했다. 마치 토요일 골든데이에서 시골 녀석들이 면도날이나 나이프, 혹은 총 같은 무기를 소지했는지 수색을 당했던 것처럼. 나는 칙칙하고 황갈색 얼룩이 진 초록색 로커까지 걸어가는 내내 눈을 내리깔고는 "실례합니다, 실례합니다." 하고 웅얼거렸다. 샌드위치를 꺼냈으나 더 이상 먹고 싶은 마음이 없었다. 가방을 만지작거리며 나가는 동안 사람들의 얼굴을 마주치기가 두려웠다. 그리고 걸어가며 사과를 해야 하는 자신을 여전히 증오하며 말없이 사람들을 스쳐 지나 문으로 돌아갔다.

문 앞에 이르자 의장이 불렀다. "잠깐만, 동지. 우린 동지에게 개인적인 감정이 있어서 그런 것이 아니니까 이해해 주길 바라오. 여기서 동지가 본 것은 바로 이 공장의 특별한 상황 때문에 비롯된 것이오. 우리는 단지 스스로를 보호하려고 그러는 것이오. 언젠가 동지도 우리의 어엿한 조합원이 되길 바라오."

여기저기서 내키지 않는 박수 소리가 들리다가 이내 사라졌다. 나는 침을 꿀꺽 삼키고는 허공을 노려보았다. 벌겋고 뿌연 저편에서 나를 향한 말들이 튀어나왔다.

"자, 동지들." 의장의 목소리가 들렸다. "내보내 줍시다."

나는 마당으로 나와 밝은 햇빛 속을 비틀거리며 걸어갔다. 잔디에 앉아 잡담하는 사무직원들을 지나 2번 건물로 들어간 뒤 지하로 내려갔다. 나는 내장이 위산으로 가득 찬 것 같은 거북한 느낌으로 계단 위에 섰다. 왜 그냥 나와 버리지 못했을까? 나는 비통한 마음으로 후회했다. 그리고 거기 남아 있으면서 왜 한마디 말도 못하고, 자신을 방어하지도 못했단 말인가? 나는 샌드위치 포장을 갑자기 확 잡아 뜯고는 이빨로 거칠게 베어 물었다. 푸석푸석한 빵 덩어리가 짓이겨져서 잔뜩 수축된 목구멍으로 넘어갔다. 나는 아무 맛도 느끼지 못하고 삼켜 버렸다. 먹다 남은 것을 가방에 쑤셔 넣고는 마치 매우 위험한 상황에서 탈출이라도 한 듯 다리가 후들거려서 난간을 붙잡았다. 다리가 진정이 되자 나는 철문을 밀어 열었다.

"왜 이리 오래 걸렸나?" 브로크웨이가 수레에 앉은 채 불쑥 물었다. 그는 더러운 손으로 하얀 컵을 받쳐 들고 무언가를 마시고 있었다.

나는 그의 주름진 이마와 희끗희끗한 머리에 빛이 비치는 모습을 멍하니 바라보았다.

"이봐, 왜 이리 오래 걸렸냐니까!"

이 사람이 무슨 상관이람. 나는 흐려진 눈동자로 그를 바라보며 생각했다. 나는 그가 싫다. 그리고 정말 피곤하다는 걸 깨달았다.

"내 말은……." 그가 다시 말하기 시작했다. 나의 경직된 목에서 가까스로 소리가 나왔으며, 그때 시계를 보니 내가 나간 지 겨우 이십 분밖에 안 된 사실을 알았다.

"조합 집회 장소에 우연히 들어갔는데……."

"조합!" 그가 꼬고 있던 다리를 풀고 불쑥 일어나면서 하얀 컵을 바닥에 떨어뜨려 산산조각 나는 소리가 들렸다. "네놈이 그 골칫덩이 외국 놈들과 한 패거리라는 걸 알고 있었어! 그럴 줄 알았다니까! 나가!" 그는 비명을 지르듯 소리쳤다. "여기 지하에서 썩 꺼지라니까!"

그는 마치 꿈속에서나 나올 듯한 모습으로 계기의 바늘처럼 떨면서 내게 다가와 계단을 가리키며 찢어지는 목소리로 말했다. 나는 눈을 동그랗게 뜨고 그를 바라보았다. 뭔가 잘못된 것 같았다. 나는 아무런 반응도 할 수 없었다.

"그런데 왜 이러십니까?" 나는 머뭇거리며 낮은 목소리로 물었다. 나는 이해할 것 같으면서도 아직 정확히 이해할 수는 없었다. "뭐가 잘못된 건데요?"

"내 말 못 들었나? 꺼지라니까!"

"하지만 전 무슨 일인지 이해가 안 가는데요……."

"닥치고 나가!"

"그렇지만 브로크웨이 씨." 나는 무언가 사라져 가는 걸 잡으려고 애쓰면서 외쳤다.

"이 더러운 골칫덩이 조합원 녀석아!"

"잠깐만요." 나는 다급하게 외쳤다. "저는 어떤 조합에도 소속돼 있지 않아요."

"이 지저분한 스컹크 녀석아, 당장 꺼지지 않으면······." 그는 거칠게 바닥을 내려다보면서 말했다. "네놈을 죽여 버릴 수도 있어. 하느님께 맹세코 네놈을 죽여 버릴 거야."

정말 믿기 힘든 일이었다. 모든 게 너무 빨리 일어나고 있었다. "어떻게 하신다고요?" 나는 더듬거리며 물었다.

"너를 죽여 버리겠다, 바로 그 말이야!"

그는 그 말을 반복했고 무언가 나에게서 떨어져 나갔다. 나는 황급히 나 자신에게 이렇게 말하고 있는 것 같았다. "넌 이런 늙은이들의 멍청한 짓도 받아들일 수 있도록 훈련받았지. 심지어 그들을 광대나 바보라고 생각할 때도 말이지. 넌 그들을 백인과 동일하게 존경하고 그들의 권위와 힘을 인정해 주는 척할 수 있는 훈련도 받았어. 백인들 앞에서 굽실거리고, 아부하고, 두려워하고, 사랑하고, 흉내까지 내는 그들이지만 말이야. 그리고 심지어 화가 났거나, 악의를 가지고 혹은 권력에 취해서 그들이 막대기나 가죽 띠를 들고 달려들어도 너는 반항하지 않고 단지 흔적 없이 모면하는 것도 배웠어." 그렇지만 이건 너무하다······. 이 사람은 할아버지도, 삼촌도, 아버지도 아니다. 목사도 아니고 선생도 아니다. 무언가가 뱃속에서 꿈틀거렸다. 나는 확실한 사람의 얼굴이라기보다 흐릿하게 보이는 검은 형상에 불과하면서 내 눈을 괴롭히는 그에게 다가서며 소리쳤다. "누굴 죽인다고요?"

"네놈, 바로 너 말이야!"

"내 말 들어 봐, 이 바보 같은 늙은이야. 죽인다는 말을 함부로 하지 마! 설명할 기회를 줘야 할 것 아냐. 나는 아무 데도 가입하지 않았어. 그래, 해 봐. 집어 들어 보시지. 어서!" 나는 그의 시선이 뒤틀린 쇠막대기에 가 있는 걸 보며 고함을 쳤다. "당신은 우리 할아버지뻘 나이지만 저 막대기에 손만 댔다간 그걸 입속에 처박아 줄 테야!"

"내가 말했지, 내 지하실에서 썩 꺼지라고! 이 뻔뻔스런 개자식아." 그가 소리를 질렀다.

나는 그가 허리를 구부려서 막대기를 집으려 하자 앞으로 달려들었다. 그는 바닥에 넘어져 끙끙거렸으며 내가 달려드는 힘 때문에 밑에서 구르는 듯했다. 마치 단단한 쥐새끼 한 마리 위에 올라앉은 기분이었다. 그는 내 밑에서 이리저리 움직이며 악을 썼으며 내 얼굴을 치고 나서 막대기를 사용하려고 했다. 나는 그의 손에서 막대기를 비틀어 빼앗는 순간 어깨에 날카로운 고통이 느껴졌다. 이자가 칼을 썼구나. 순간적으로 머릿속에 떠올랐다. 나는 팔꿈치로 그의 얼굴을 후려쳤다. 제대로 맞았나 싶더니 그의 머리가 뒤로 젖혀졌다가 다시 올라오는 것이 보였다. 나는 또다시 내리쳤으며 무언가가 마루를 가로질러서 바닥으로 날아가는 소리를 듣고는 생각했다. 떨어뜨렸군. 칼을 떨어뜨렸어. 그리고 그가 내 목을 조르려고 하자 다시 내리쳤다. 그의 까딱거리며 움직이는 머리를 연속적으로 쳐 대다가 막대기가 떨어져 나온 걸 보고 그의 머리를 향해 내리쳤다. 그것이 맞지 않자 다시 치켜들고는 가격하려는 순간 그가 고함을 질렀다. "그만, 그만! 네놈이 이겼어. 네놈이 이겼어!"

"머리통을 부숴 버릴 거야!" 나는 바싹 마른 목으로 말했다. "나를 찌르다니……."

"아냐." 그는 헐떡거렸다. "이제 그만 해. 이제 그만 하라는 말 안 들려?"

"이길 수 없으니 그만 하고 싶다고! 염병할 놈. 칼로 날 쑤시면 네 머리를 박살내 버릴 거야!"

나는 조심스럽게 그를 경계하며 일어섰다. 막대기를 땅에 떨어트리는 순간 갑자기 뜨거운 열기가 내게 엄습해 왔다. 그의 얼굴이 함몰돼 있었다.

"도대체 왜 이러는 거야, 이 영감아?" 나는 신경질적으로 고함을 질렀다. "자기 나이의 3분의 1도 안 되는 젊은 애한테 대들어선 안 된다는 걸 몰라?"

그는 영감이라는 말에 얼굴이 창백해졌다. 나는 그 말을 반복하면서 할아버지한테 들었던 모욕적인 말들을 덧붙였다. "이 촌스럽고, 노예 시절 네 어미가 만든 손수건을 머리에 두른 자식아, 그것도 모르다니! 도대체 어떻게 내 목숨을 위협할 수 있다고 생각한 거야? 나는 당신과 아무 상관도 없어. 난 여기로 가라고 해서 온 것뿐이야. 당신이나 조합 따위에 대해 나는 아무것도 몰랐어. 왜 내가 여기 오는 순간부터 날 괴롭히는 거야? 당신들 다 미친 거야? 이 페인트가 머릿속으로 파고들어간 거야? 그걸 처마시는 거야?"

그는 지쳐서 숨을 헐떡이며 나를 쏘아보았다. 찐득거리는 것을 뒤집어쓴 탓에 그의 작업복의 접힌 부분들이 들러붙어서 커다랗게 주름이 져 있었다. 빼도 박도 못할 상황이군. 나는 내 앞에서 그를 지워 버리고 싶었다. 그러나 이제 분노가 행동에서 말로 빠르게 이동하고 있었다.

"나는 점심을 가지러 갔을 뿐인데 그자들이 내게 누구 밑에서 일하냐고 묻더라고. 그래서 그들에게 당신 이름을 말해 주자 나보고 끄나풀이라고 하는 거야. 끄나풀! 당신네들 전부 정신이 나갔어. 그런데 당신은 내가 여기로 돌아오자마자 나를 죽이겠다고 소리를 질러 댔잖아! 도대체 무슨 일이야? 왜 나한테 성질을 내는 거야? 내가 무슨 잘못을 했다고?"

그는 말없이 나를 노려보다가 바닥을 가리켰다.

"가서 다시 집어 들기만 해 봐." 내가 경고했다.

"사람이 자기 이빨도 못 줍나?" 웅얼거리는 그의 목소리가 이상했다.

"이빨?"

그는 굴욕적으로 얼굴을 찡그리며 입을 벌렸다. 오므라든 잇몸에서 푸른빛이 돌았다. 바닥으로 스쳐 날아간 것은 칼이 아니라 그의 틀니였던 것이다. 한순간 나는 그를 죽이려는 욕망의 정당성이 빠져나가 버리는 걸 느끼면서 절망적인 생각이 들었다. 나는 손가락으로 어깨를 만져 보았는데 그것은 피가 아니라 옷이 젖은 것이었다. 이 늙은 바보가 나를 깨물었던 것이다. 내 분노를 뚫고 한바탕 웃음이 나오려는 걸 간신히 억눌렀다. 나를 깨물다니! 나는 바닥을 내려다보았다. 산산조각 난 컵과 바닥 한구석에서 흐릿하게 번득이는 틀니가 보였다.

"가져와요." 나는 말하면서 부끄러운 생각이 들었다. 이빨이 없는 그를 보니 그에 대한 증오도 어느 정도 사라져 버린 듯했다. 그래도 나는 그가 틀니를 주어 세면대로 가서 수돗물 아래에 대고 있는 동안 그에게 가까이 붙어 있었다. 그가 엄지손가락에 힘을 주자 이빨 하나가 떨어져 나갔다. 나는 그가 입 안에 틀니를 끼워 넣으며 투덜거리는 소리를 들었다. 그리고 턱을 이리저리 움직이자 본래의 모습이 돌아왔다.

"날 정말 죽이려고 했어." 그는 말했다. 그는 도저히 믿을 수 없다는 투였다.

"먼저 죽이려고 한 건 주임님이잖아요. 나는 싸움이나 하고 다니는 건달이 아니에요." 내가 말했다. "왜 내게 설명할 기회를 안 줬어요? 조합에 들면 법에 걸리나요?"

"그놈의 염병할 조합." 그는 거의 울듯이 소리쳤다. "그 염병할 조합! 그 자식들이 내 일을 빼앗으려 한단 말이야! 그 자식들이 내 일을 빼앗으려 한다는 걸 내가 다 알고 있거든! 우리 중 누구 하나라도 그 염병할 조합에 가입한다면, 우리에게 목욕통에서 목욕하는 법을 가르쳐 준 사람의 손을 깨물어 버리는 것이나 다름없어! 나는 그러기 싫어. 나는 그놈들을 이 공장에서 쫓아낼 때까지 무슨 일이든 계속하겠다는 말이야. 그 자식들이 내 일을 빼앗으려고 한다니까, 그 개똥 같은 새끼들이!"

그의 양쪽 입가에 거품이 일었다. 그는 증오로 부글부글 끓어오르는 듯했다.

"그런데 그게 나와 무슨 상관이에요?" 나는 갑자기 더 연장자가 된 느낌으로 물었다.

"저 위 실험실에 있는 그 빌어먹을 젊은 검둥이 녀석들이 거기에 가입하려고 해. 바로 그것 때문이지! 여기 주인인 백인이 그놈들에게 일자리를 주었단 말이야." 그는 마치 항변하듯이 색색거리며 말했다. "그놈들에게 그것도 좋은 자리를 주었단 말이야. 그런데 감사하기는커녕 가서 그 헐뜯기나 좋아하는 조합에 가입을 하다니! 나는 그렇게 악랄한 배은망덕한 놈들은 본 적이 없어. 그놈들이 하는 일이라고는 나머지 사람들에게 해를 끼치는 것뿐이야!"

"어쨌든 미안합니다." 나는 말했다. "그런 일들이 있다는 걸 몰랐어요. 저는 단지 임시로 여기 일자리를 얻은 것뿐이고 그런 문제들에 끼어들 생각은 추호도 없었어요. 아무튼 저는 지금 우리가 다툰 것에 대해 다 잊어버리고 싶은데요, 괜찮으시다면……." 손을 내미는 순간 어깨에 통증이 느껴졌다.

그는 퉁명스러운 눈으로 나를 바라보았다. "늙은이와 싸우다니, 자존심도 없나?" 그가 말했다. "내겐 자네보다도 나이 많은 아들 녀석들이 있네."

"전 주임님이 절 죽이려는 줄 알았어요." 나는 여전히 손을 내민 채 말했다. "칼로 저를 찌른 줄만 알았거든요."

"어쨌든 이러쿵저러쿵하며 골치 아프기 싫어." 그는 내 눈을 피하면서 말했다. 그런데 그가 끈적끈적한 손을 내게 내미는 순간이 마치 신호라도 된 듯했다. 내 뒤의 보일러에서 날카롭게 쉭쉭거리는 소리가 들려서 돌아보는 순간 브로크웨이가 고함을 쳤다. "계기를 잘 살피라고 했잖아! 저기 큰 밸브로 가, 어서!"

나는 분쇄기 근처의 벽에 돌출되어 있는 밸브 손잡이들 쪽으로 달려갔다. 동시에 브로크웨이가 서둘러 다른 방향으로 뛰어가는 모습을 보면서 생각했다. 저 사람은 어디로 가는 거야? 내가 밸브에 도착했을 때 그의 고함 소리가 들려왔다. "돌려! 돌려!"

"어느 걸요?" 나는 손을 들이대며 외쳤다.

"하얀 것 말이야, 이 바보야, 하얀 것!"

나는 펄쩍 뛰어올라 그걸 잡았다. 그런 후 체중을 실어서 끌어 내리자 밸브가 돌아가는 느낌이 들었다. 그러나 소리는 더욱 커지기만 했다. 나는 두리번거렸고 그가 계단을 서둘러 올라가는 모습을 보았다. 그의 웃음소리리가 들리는 듯했다. 그는 마치 공중에다가 벽돌을 집어 던진 어린애처럼 손으로 뒤통수를 감싸 쥐고 목을 잔뜩 움츠리고 있었다.

"이봐요! 이봐요!" 나는 고함을 질렀다. "이봐!" 그러나 너무 늦었다. 모든 동작이 너무 느리고 뒤죽박죽인 것 같았다. 나는 손잡이가 꼼짝하지 않아서 되돌려 보려 했으나 소용없었다. 다시 앞으로 돌려 보려 했지만 그것이 내 손바닥에 들러붙었고 손가락은 뻣뻣하게 굳어 끈적거리기만 했다. 급히 돌아서서 계기를 보니 바늘 하나가 미친 듯이 돌아가고 있었고, 그것은 마치 통제 불능 상태의 부표 같았다. 나는 냉정하게 생각하려 애쓰면서 두 눈으로 탱크와 기계가 있는 방에서 멀리 계단 위까지, 여기저기를 살폈다. 경사진 곳을 빠르게 달려 올라가는 느낌이 드는 순간 새롭고 명확한 소리가 들려왔다. 그런 후 갑작스러운 가속도로 앞으로 튕겨 나가 하얀 욕조 같은 검은 공간 안에서 축축한 돌풍 속으로 휘말려 들어가는 것 같았다.

그것은 공간 속으로의 추락이었지만 추락이 아니라 공중에 뜬 것 같았다. 그리고 나서 엄청난 무게가 나를 눌렀다. 잠깐씩 정신이 들 때마다 내가 부서진 기계 더미 아래서 허우적거리는 것 같았다. 머리는 거대한 손잡이에 짓눌려 있었고 몸은 냄새 나는 끈적끈적한 액체에 범벅이 되어 있는 듯했다. 어딘가에서 엔진이 요란한 소리를 내며 맹렬하게 헛돌았다. 뒤통수

부위에 통증이 몰려오면서 먼 암흑 속으로 튕겨 내는가 싶더니 또 다른 통증이 다시 정신을 들게 했다. 잠깐 정신이 드는 순간 눈을 뜨니 엄청나게 밝은 빛이 보였다.

정신을 차리려고 애쓰면서 나는 누군가 옆에서 철벅거리며 오가는 소리를 들었다. 그리고 노인이 수다스럽게 말하는 소리도 들렸다. "그래서 내가 말했잖소. 요즘 젊은 애들은 이런 일에 쓸모가 없다고. 이놈들은 체력이 부족해요. 그럼요. 이놈들은 체력이 없다니까."

나는 말해 보려고 했다. 대답을. 그렇지만 무언가 무거운 것이 다시 움직였다. 나는 완전히 이해했고 뭐라고 다시 대답을 하고 싶었지만 무거운 호수 한가운데로 가라앉아 멈춰 선 것 같았다. 나는 돌이킬 수 없이 중요한 승리를 놓쳤다는 상실감과 함께 꼼짝 못한 채 마비되어 갔다.

11장

　나는 차갑고 딱딱한, 흰 의자에 앉아 있었다. 한 사내가 이마 가운데 달린 번쩍이는 세 번째 눈으로 나를 내려다보고 있었다. 그는 손을 내밀어 내 머리를 조심스럽게 만져 보고는 마치 어린 애한테 말하듯 힘내라는 투로 말했다. 그러고 나서 손을 가만히 떼었다.

　"이걸 먹게." 그가 말했다. "몸에 좋은 거야." 나는 단번에 꿀꺽 삼켰다. 갑자기 여기저기 온몸이 근질거렸다. 나는 새 작업복을 입고 있었는데 이상하게도 흰색이었다. 입 안에 쓴맛이 돌았다. 손가락이 떨렸다.

　그때 의자 끄트머리에서 거울을 단 사람의 가는 목소리가 들렸다. "그 사람 좀 어때요?"

　"심각한 건 아닌 것 같아요. 그냥 기절한 것뿐입니다."

　"이제 퇴원시켜도 될까요?"

　"아니요. 혹시 모르니까 여기 며칠 더 두도록 하죠. 이 친구를 더 살펴보고 싶습니다. 그런 후 퇴원시키죠."

나는 간이침대에 누워 있었으며 그 번쩍이는 눈은 그가 나간 후에도 여전히 내게로 타들어 오고 있었다. 방은 조용했고 내 몸에는 감각이 없었다. 나는 눈을 감았으나 곧 누군가가 깨웠다.

"이름이 뭐죠?" 누군가의 목소리가 들렸다.

"머리가……." 내가 말했다.

"네, 아무튼 이름이 뭐죠? 주소는?"

"머리가……. 저 타는 눈……."

"눈?"

"눈 속." 내가 말했다.

"엑스레이를 찍어 봐." 다른 목소리가 들렸다.

"제 머리가……."

"조심해!"

어딘가에서 기계가 윙윙거리기 시작했으며, 나는 나를 내려다보는 그 남자와 여자를 믿을 수 없었다.

그들이 나를 단단히 붙잡아서 몸이 얼얼했다. 게다가 귀에는 베토벤 교향곡 5번의 시작 부분이 계속 들려왔다. 세 번의 짧은 소리와 한 번의 긴 울림. 이것이 여러 가지 음량으로 반복해서 들리고 또 들려왔다. 나는 그것으로부터 벗어나려고 안간힘을 쓰며 일어나 보려 했으나 여전히 등을 뗄 수가 없었다. 핑크빛 얼굴의 두 사내가 웃으며 내려다보고 있었다.

"조용히 하게." 그들 중 하나가 단호하게 말했다. "괜찮아질 걸세." 나는 눈을 치켜떴으며 흰 옷을 입은 젊은 여자 둘이 내려다보는 것이 희미하게 눈에 들어왔다. 세 번째 여자는 코일들과 문자판들이 사막의 열선처럼 나열된 저편 패널에 앉아 있었다. 내가 어디에 있는 것인가? 내 아래 저 밑에서는 이발소 의자 같은 것이 쿵쿵거리기 시작했으며, 나는 바닥에서부터 그 소리를 타고 올라가는 느낌이 들었다. 한 사람의 얼굴이 이제 내 얼굴 높이와 나란히 맞추어졌다. 그 사람은 자세히 나를 살피며 무언가 알 수 없는 말을 했다. 짤깍거리는 소리와 함께 윙 하는 소리가 나기 시작했으며 나는 갑자기 천정과 바닥 사이에서 뭉개지는 줄만 알았다. 양쪽에서 밀어붙이는 힘이 배와 등을 무자비하게 쥐어뜯었다. 열기를 품은 섬광이 나를 감쌌다. 나는 짓누르는 기계의 압력 사이에서 연거푸 강타 당했다. 연주자의 양손 사이에 끼인 아코디언처럼 전류가 통하는 전극 사이에서 심하게 고동쳤다. 허파는 주름 상자처럼 압축되었고 나는 숨이 돌아올 때마다 전기의 율동적인 운동에 맞추어 비명을 질러 댔다.

"쉿, 젠장." 한 사람이 나무랐다. "우린 자넬 고쳐 주려는 거야. 그러니 입 좀 닥쳐!"

그 목소리는 냉혹한 권위로 쩌렁거렸다. 나는 잠자코 통증을 참아 보려고 했다. 나는 이제야 머리에 차가운 쇳덩어리가 씌워 있는 걸 깨달았다. 그것은 마치 전기의자에 앉은 사형수가 쓰는 무쇠 모자와도 같았다. 나는 소리를 내 보려고 애썼지만 소용없었다. 사람들은 너무 멀리 있고 통증은 아주 가까이 있었다. 둥그렇게 불빛이 비치는 자리로 사람들이 들어오고 나갔다. 그들은 잠깐씩 나를 살펴보고 사라지곤 했다. 금테 안경을 쓴, 주근깨가 있는 빨간 머리의 여자가 나타났다. 그리고 이마에 둥그런 거울을 단 사내가 나타났다. 의사였다. 그렇다. 이 사람은 의사이고 여자들은 간호사들이었던 것이다. 이제 명확해졌다. 나는 병원에 있는 것이다. 이들이 나를 치료해 줄 테고 이제 통증이 완화되겠지. 나는 고마운 생각이 들었다.

나는 어떻게 여기에 오게 됐는지 기억해 보려고 했지만 아무것도 떠오르지 않았다. 정신이 텅 빈 상태였다. 마치 지금 막 세상에 태어난 사람처럼. 또 다른 얼굴이 나타났다. 그의 두 눈이 두꺼운 안경알 뒤에서 나를 처음 본다는 듯 껌벅거리는 것이 보였다.

"괜찮네, 친구. 괜찮아. 조금 참기만 하게나." 그 목소리는 깊은 초연함으로 공허하기만 했다.

나는 뒤로 멀어져 가는 것 같았다. 불빛들은 어두운 시골길을 달려가는 자동차 후미등처럼 멀어져 갔다. 나는 따라갈 수 없었다. 날카로운 통증이 어깨를 쑤셨다. 나는 등을 뒤틀며 보이지 않는 무엇과 씨름을 했다. 그리고 조금 지나자 내 시력이 깨끗하게 돌아왔다.

한 사내가 내게 등지고 앉아서 패널 위의 다이얼을 돌리고 있었다. 그를 부르고 싶었지만 5번 교향곡이 다시 나를 괴롭혔다. 그는 너무도 침착하고 초연해 보였다. 우리 사이에는 밝은 색의 강철봉들이 가로놓여 있었다. 나는 목을 잡아당겨서 돌아보고서야 내가 수술대 위에 누워 있는 것이 아니라 일종의 유리와 금속으로 된 통 속에 있다는 사실을 깨달았다. 그리고 통의 뚜껑이 위로 열려 있었던 것이다. 나는 왜 여기 있는 걸까?

"의사 선생님! 의사 선생님!" 나는 소리쳐 불렀다.

대답이 없었다. 아마 못 들었겠지. 또 한 번 불러 보았으나 기계의 찌르는 것 같은 진동만 다시 느껴졌다. 나는 바닥으로 폭 꺼지는 느낌이 들었으며 그것으로부터 벗어나려고 애를 썼다. 위로 올라온다 싶은 순간 머리 뒤에서 대화를 나누는 목소리가 들렸다. 정전기 소리가 낮고 조용한 소리로 변했다. 일요일 분위기가 나는 음악 소리가 멀리서 흘러들어 왔다. 눈을 감고 숨을 죽인 채 나는 통증이 오는 것을 피했다. 목소리는 화음을 이루며 낮은 소리로 들려왔다. 라디오 소리인가? 아니면 축음기 소리인가? 숨겨진 오르간에서 나는 인간의 목소리인가? 그렇다면 무슨 오르간이지? 어디에 있는 거야? 몸이 더워지는 것 같았다. 붉은 들장미들이 눈부시게 덮여 있는 초록 울타리들이 내 눈 속에 나타나서 무한하게 비어 있는 공간까지 완만하게 곡선을 그리며 뻗어 갔다. 투명하고 푸른 공간 속으로. 여름의 그늘진 잔디밭 광경이 지나쳐 갔다. 그리고 제복을 입은 군악대가 음악회장에 멋들어지게 도열해 있는 모습도 보였다. 연주자들은 모두 머리에 단정하게 기름을 바르고 있었다. 「성스러운 도시」를 연주하는 달콤한 트럼펫 소리가 부드러운 호른 소리 위로 둥둥 떠다니며 멀리서 울려 퍼져 오는 소리도 들렸다. 그리고 머리 위에서는 앵무새가 음계를 흉내 내고 있었다. 나는 현기증이 느껴졌다. 공기는 작고 흰 각다귀들로 가득해지는 것 같았으며 내 눈을 가리고 너무 두껍게 들끓어서 마치 흑인 트럼펫 연주자가 그것들을 들이마셨다가 금빛 나팔 속으로 뱉는 것 같았다. 활기 있는 하얀 구름 하나가 둔탁한 공기 위에서 음악 소리와 함께 지나갔다.

다시 정신이 들었다. 여전히 나지막한 목소리가 내 위에서 들렸다. 나는 그들이 싫었다. 왜 안 가고 있는 걸까? 잘난 척이나 하는 놈들. 아, 의사 양반. 나는 비몽사몽간에 생각했다. 아침을 먹기도 전에 개울물을 건너 본 적이 있어요? 사탕수수를 씹어 본 적은 있어요? 있잖아요, 의사 양반. 죄수복을 입고 쇠사슬을 끌며 도망가는 흑인들과 그들을 뒤쫓던 사냥개를 내가 처음 본 바로 그 가을날, 우리 할머니는 나와 앉아서 눈물을 반짝이며 노래를 하셨죠.

전능하신 하느님께서 원숭이를 만드셨네
전능하신 하느님께서 고래를 만드셨네
전능하신 하느님께서 악어를 만드셨네
꼬리에 부스럼이 잔뜩 난…….

아니면, 여보세요, 간호사. 당신은 알고 있었나요? 당신이 속이 비치는 얇은 핑크색 드레스 차림에 꽃장식이 달린 챙 넓은 모자를 쓰고, 케이프 자스민 숲 사이를 거닐면서 애인에게 사탕수수처럼 진하고 느린 말투로 사랑을 속삭일 때 우리 검둥이 아이들은 숲 속의 비밀장소에 숨어서 너무나 크게 소리를 질러 대서 당신은 감히 들을 수조차 없었던 것을.

마가렛 양이 물 끓이는 걸 본 적이 있나요?
이봐요, 그녀는 멋진 모양으로 수증기를 쉭쉭
십칠 마일하고도 반이나 더 뿜어 나오게 했지요.
이봐요, 그러면 아무도 수증기 때문에 그녀의 주전자를 볼
수 없죠…….

그렇지만 이제 그 노래는 여성의 전형적인 고통스러운 울음

소리가 되어 버렸다. 나는 눈을 떴다. 유리와 쇳덩어리 들이 내 위에 매달려 있었다.

"좀 어떤가, 친구?" 누군가의 목소리가 들렸다.

한 쌍의 눈동자가 코카콜라병 밑바닥만큼이나 두꺼운 안경알 너머로 나를 바라보았다. 눈동자는 마치 알코올 속에 보존된 오래된 생물표본처럼 튀어나온 채 빛을 발했고 혈관이 드러나 보였다.

"너무 자리가 비좁아요." 나는 짜증 내듯 말했다.

"아, 그건 치료를 위해서 필요한 것이네."

"그렇지만 좀 더 넓었으면 좋겠어요." 나는 고집했다. "꼼짝할 수가 없잖아요."

"걱정 말게, 친구. 조금 지나면 곧 익숙해질 것이네. 배와 머리는 좀 어떤가?"

"배요?"

"그래, 그리고 머리는?"

"모르겠어요." 나는 말하면서 머리와 몸의 부드러운 부분을 짓누르는 압력밖에는 아무것도 못 느끼는 상태임을 깨달았다. 그렇지만 나의 감각들은 여전히 날카롭게 반응하는 것 같았다.

"못 느끼겠어요." 나는 긴장한 채 부르짖었다.

"아하, 그렇지! 내 이 작은 장치가 모든 걸 해결해 준다니까!" 그가 갑자기 내뱉었다.

"모르겠는데요." 다른 목소리가 들렸다. "저는 여전히 수술이 좋다고 생각합니다. 그리고 특히 이런 경우에는 말입니다. 음…… 이런 출신에게는 몇 마디 기도의 효과도 무시할 수는 없을 것 같아요."

"말도 안 되네. 지금부터는 내 작은 장치에 대고 기도하게. 치료는 내가 하겠네."

"잘 모르긴 해도, 해결 방법, 즉 치료 방법이…… 에…… 원시적인 경우에 적용되는…… 에…… 좀 더 진보된 방식으로 해 본다 하더라도 그것과 똑같은 효과가 있을 거라고 믿는 것은 실수인 것 같아요. 만약 이 사람이 하버드 출신의 뉴잉글랜드 사람이라면 어떻겠습니까?"

"이제 정치까지 따지는군." 첫 번째 목소리가 비아냥거리는 투로 말했다.

"아, 아뇨. 그렇지만 그건 확실히 문제입니다."

나는 대화 소리가 점점 낮아져서 속삭이듯 들리자 점점 불안한 마음이 들었다. 그들의 가장 단순한 말조차도 무언가 다른 의미가 있는 것 같았다. 마치 내 머릿속에 떠돌아다니는 많은 생각들처럼 말이다. 나는 그들의 대화가 나에 대한 것인지, 아니면 다른 사람에 대한 것인지 알 수가 없었다. 어떤 부분은 역사에 대한 토론처럼 들리기도 했다.

"이 기계는 메스의 부작용 없이 전두엽 앞부분을 절개할 수 있네." 첫 번째 목소리가 말을 이었다. "보다시피, 전두엽, 그러니까 한 겹의 전두엽을 절개하는 대신에 중추 신경계에다가 적절한 정도의 압력을 가하는 거야. 즉 게슈탈트 개념이지. 그 결과는 사람의 인간성을 완전히 바꾸어 놓는 것이지. 마치 유명한 동화에서 범죄자가 뇌수술이라는 유혈이 낭자한 사건을 거친 뒤에 우호적인 인물로 변하는 것처럼 말이네. 그리고 더 나아가서 이 환자의 신체나 신경계통이 완전한 상태가 되는 것이지." 그 목소리는 의기양양하게 들렸다.

"그렇지만 이 사람의 심리는 어떡하고요?"

"그건 절대로 중요하지 않아!" 첫 번째 목소리가 대답했다.

"이 환자는 살 만큼 살게 될 걸세. 완전무결한 상태로 말이
네. 누가 더 이상 요구하겠나? 이 사람은 충동이 분리되는 걸
느끼지 못할 것이야. 더 좋은 점은, 사회가 이 사람으로 인해
고통받을 일이 없다는 걸세."

잠시 정적이 흘렀다. 종이 위에 펜이 긁히는 소리가 들렸다.
그러더니 누군가가 익살스럽게 물었다. "거세는 안 하시나요,
선생님?" 그 말에 나는 몸을 움찔했고 그 순간 통증이 몸을
찢어 내는 듯했다.

"또 피를 보려는 습관이 도지는군." 첫 번째 목소리가 웃었
다. "외과의사에 대해 이럴 때 뭐라고 정의를 내려야 하나, 양
심 없는 도살자?"

그들은 킥킥대며 웃었다.

"웃을 일이 아니에요. 이런 경우를 규정해 보려는 것이 더
과학적인 자세일 겁니다. 삼백 년이 넘게 발전되어 온⋯⋯."

"규정? 나 참, 여보게, 그건 우리가 다 아는 것이야."

"그러면 전기를 더 흘려 보지 그래요?"

"그렇게 하라는 건가?"

"네, 안 될 것도 없죠."

"그렇지만 위험하지 않을까⋯⋯?" 목소리 끝이 흐려졌다.

나는 그들이 내게서 멀어지는 소릴 들었다. 의자 바퀴가 구
르는 소리가 들렸다. 기계는 윙윙 소리를 냈으며 나는 그들이
나에 대해 이야기하고 있는 걸 확실히 알았다. 나는 충격에 대
비해 마음을 단단히 먹었지만 소용없었다. 전류가 빠르고 짧막

짤막하게 흘렀으며 점점 강해져서 양극 사이에서 완전히 춤을 추는 꼴이 되었다. 이가 덜덜 떨렸다. 나는 눈을 감고 비명을 참기 위해 입술을 깨물었다. 따뜻한 피가 입 안에 가득 찼다. 눈꺼풀 사이로 손과 얼굴 들이 맴도는 것이 보였으며 불빛 때문에 눈이 부셨다. 어떤 사람들은 차트에 무언가를 쓰고 있었다.

"이봐, 이 녀석이 춤을 추고 있네." 누군가 외쳤다.

"그럴 리가, 정말?"

기름이 번질번질한 얼굴 하나가 내려다보았다. "충격에 정말 리듬이 있네, 안 그런가? 더 신나게 해 봐, 친구! 더 신나게!" 그 얼굴은 웃음을 터뜨리며 말했다.

갑자기 당혹감이 사라지면서 분노하고 싶어졌다. 죽이고 싶을 정도의 분노를 느끼고 싶었다. 하지만 아무래도 내 몸을 강타하는 전류의 진동 때문에 그렇게 될 수 없었다. 무언가의 연결이 끊겨 있었다. 비록 나는 화를 내거나 분개하는 일이 아주 드물었지만 그렇다고 아예 그런 걸 못하는 것은 절대 아니었기 때문이다. 자기를 개새끼라고 부르면 화가 나든 안 나든 일단 싸워야 한다는 것을 아는 사람처럼 나는 스스로 화난 모습을 상상해 보려고 애썼다. 그러나 무언가 더욱 동떨어진 느낌만 들 뿐이었다. 나는 화를 낼 수가 없었다. 단지 당혹스러울 뿐이었다. 나를 내려다보는 사람들도 그걸 알아차린 것 같았다. 충격을 피할 길이 없었고 나는 동요하는 조류에 굴러다니며 어둠 속으로 빠져 들어갔다.

내가 어둠 속에서 나왔을 때 불빛은 아직도 같은 자리를 비추고 있었다. 나는 맥없이 유리판 아래 누워 있었다. 사지가 다 절단된 것 같았다. 실내는 매우 후덥지근했다. 흐릿한 흰색 천정이 내 머리 위로 뻗어 있었다. 눈에 눈물이 잔뜩 고였다. 왜 그런지 알 수가 없었다. 걱정이 됐다. 나는 유리를 두드려 사람들의 주의를 끌어 보고 싶었지만 꼼짝할 수 없었다. 조금이라도 무언가 해 보려면 마음만 앞설 뿐 이내 피곤해졌다. 나는 그냥 누운 채 내 몸의 알 수 없는 변화 과정을 경험하고 있었다. 나는 모든 균형 감각을 다 잃어버린 것 같았다. 내 몸은 어디서 끝났으며 어디서부터 이 빛나는 하얀 세상이 시작된 것인가? 나는 아무 생각도 할 수 없었고 오로지 병원의 흰색만 펼쳐져 있을 뿐이었다. 나를 그곳과 연결시켜 주는 건 오로지 희미한 잿빛 조각뿐이었다. 내 피가 몸 안에서 어슬렁거리며 아우성치는 소리 말고는 아무런 소리도 나지 않았다. 나는 눈을 뜰 수가 없었다. 마치 나는 다른 차원에 존재하는 것 같았다. 완전히 홀로 된 채. 얼마간의 시간이 지난 후 간호사가 몸을 구부리고는 내 입술을 벌리고 따뜻한 액체를 집어넣었다. 나는 입속에 가득 찬 액체를 꿀꺽 삼켰다. 액체는 내 힘없는 몸통 속으로 천천히 흘러 들어갔다. 거대한 무지개 색 거품이 나를 감싸는 느낌이었다. 부드러운 손길이 몸 위로 느껴지며 희미한 기억 속의 모습들이 떠올랐다. 나는 따뜻한 액체로 씻겨졌으며 내 육체의 모호한 경계에까지 부드러운 손길이 닿는 것이 느껴졌다. 그리고 가볍고 살균된 시트가 나를 감쌌다. 나는 몸이 튀어 올라 지붕 위로 던져진 공처럼 안개 속을 날아가다가 고장 난 기계 더미 너머에 있는 보이지 않는 벽에 부딪혀 되돌아오는 느낌이었다. 시간이 얼마나 지났는지 몰랐다. 아무튼 이제 손들이 움직이는 것이 보였으며 그 위에서 다정한 목소리가 들려왔다. 익숙한 말들이었지만 의미를 알 수는 없었다. 나는 열심히 귀를 기울였으며 문장의 형식이나 흐름을 파악했고, 드디어 물어보는 소리와 진술하는 소리의 미묘한 리듬의 차이까지 알 수 있었다. 그러나 내가 길을 잃어버린 이 거대한 백색 속에서 여전히 말의 의미는 찾을 수 없었다.

다른 목소리들이 들려왔다. 마치 기이한 물고기들이 수족관 유리벽을 통해 근시안처럼 응시하듯 여러 얼굴들이 내 위에 모여 내려다보았다. 나는 내 위에서 꼼짝하지 않고 떠 있는 그들의 얼굴을 보았다. 잠시 후 두 사람이 둥둥 떠내려갔다. 처음에는 머리가, 다음에는 지느러미 같은 손가락 끝이 상자 위에서 꿈처럼 움직이며 사라졌다. 정말 신비롭게 나타났다 사라지는 광경이었다. 마치 완만하게 굽이치는 파도 같았다. 두 사람이 크게 입을 움직이는 것이 보였지만 무슨 말을 하는 것인지 알 수 없었다. 그들은 다시 말했으나 여전히 무슨 말인지 의미를 알 수 없었다. 나는 거북한 느낌이 들었다. 그들은 카드에 무언가를 써서 내게 보여 주었다. 알파벳이 뒤죽박죽 섞여 있었다. 그들은 열렬히 무언가를 의논했다. 어쩐지 그것이 나 때문인 것 같았다. 견디기 힘든 외로움이 몰려왔다. 사람들은 이해할 수 없는 판토마임을 하고 있는 것처럼 보였다. 이런 각도에서 그들을 올려다보니 어지러웠다. 그들은 매우 멍청해 보였으며 나는 그것이 마음에 안 들었다. 그건 옳지 않았다. 한 의사의 코에 묻은 얼룩이 보였으며 간호사의 턱은 두 겹으로 축 늘어져 있었다. 다른 얼굴들도 보였으며 그들의 입은 소리 없이 격렬하게 움직였다. 그렇지만 우리는 모두 같은 인간이야. 나는 속으로 중얼거렸다. 그리고 그게 무슨 말인지 곰곰이 되씹어 보았다.

검은 옷을 입고 긴 머리를 한 남자가 나타났다. 그는 다정하고 적극적인 표정 속에서도 날카로운 눈으로 나를 바라보았다. 다른 사람들은 그의 주변에서 그가 번갈아 가며 나를 보고 차트에 대해 묻는 동안 불안한 눈빛으로 서 있었다. 그런 후 그는 커다란 카드에 무언가를 쓰더니 내 눈앞에 가져다 대었다.

당신 이름이 무엇이오?

온몸이 부르르 떨렸다. 그건 마치 그가 갑자기 내게 이름을 지어 준 것 같았다. 그리고 머릿속을 떠다니던 모호함을 정리해 준 것 같았다. 나는 순간적으로 수치심에 사로잡혔다. 나는 나 자신의 이름도 기억하지 못한다는 사실을 깨달았다. 나는 눈을 감고 슬픔에 겨워 머리를 가로저었다. 처음으로 나와 인간적인 대화를 시도하는 것이었는데 내가 대답을 할 수 없었던 것이다. 나는 다시 기억해 내려고 안간힘을 쓰며 마음의 암흑 속으로 뛰어들었다. 그러나 소용이 없었다. 오로지 고통만 있었다. 나는 카드를 다시 보았다. 그는 천천히 단어를 하나하나 짚어 주었다.

당신…… 이름이…… 무엇이오?

나는 어둠의 바닥으로 뛰어들어 기진맥진하여 늘어질 때까지 필사적으로 노력해 보았다. 그것은 마치 혈관이 하나 터져서 나의 에너지가 그 속으로 다 퍼져 나간 것 같았다. 나는 단지 말없이 쳐다볼 수밖에 없었다. 그러나 그는 짜증스러운 행동으로 다른 카드에다가 무언가를 적었다.

당신은…… 누구요?

내 안에서 무언가 느릿한 동요가 일어났다. 이 질문은 이
전 질문이 불꽃만 일으키고 꺼져 버린 곳에 일련의 약하고 희
미한 빛을 던져 주는 것 같았다. 내가 누구인가? 나는 스스로
물었다. 그러나 그것은 마치 내 몸의 느린 혈관을 타고 돌아다
니는 특정한 세포를 찾아내는 것과도 같았다. 어쩌면 나는 바
로 암흑이고 혼란이며 고통일지도 모른다. 그렇지만 그것은 내
가 어딘가에서 읽었던 내용보다도 더 부적절한 대답 같다.
카드가 다시 눈앞에 나타났다.

당신의 어머니 이름은 무엇이오?

어머니, 누가 나의 어머니였나? 어머니, 우리가 고통을 당할
때 비명을 지르는 사람……. 그렇지만 누구인가? 이건 정말 멍
청하다. 자기 어머니 이름은 누구나 항상 알고 있지. 그러면 비
명을 지르는 사람은 누구였나? 어머니? 그런데 비명은 기계에
서 나온다. 기계가 나의 어머니? ……확실히 나는 제정신이 아
니었다.
그는 내게 질문들을 던졌다. 당신은 어디서 태어났소? 이름
을 생각해 보시오…….
나는 많은 이름들을 떠올리며 애써 보았지만 소용없었다.
아무 이름도 맞는 것이 없었다. 그래도 어쩐지 내가 그들의 일

부인 것처럼 느껴졌고 그들 속에 스며들어 갈피를 잡지 못하는 것 같았다.

'꼭 기억해 내야 합니다.' 카드 위에 그렇게 적혀 있었다. 그러나 허사였다. 매번 나는 내게 붙어 있는 하얀 안개 속으로 들어갔고 내 이름은 내 손끝을 벗어나 있었다. 나는 머리를 가로저었다. 그가 잠시 사라지더니 누군가와 함께 다시 나타났다. 그 사람은 키가 작았으며 학자처럼 보이는 남자였는데 표정 없이 나를 뚫어지게 바라보았다. 나는 그가 어린이용 석판과 분필을 꺼내 다음과 같이 쓰는 모습을 지켜보았다.

당신의 어머니는 누구였나요?

나는 그를 바라보았다. 순간적으로 혐오감을 느꼈으나 반쯤은 재미도 느끼면서 생각했다. 나는 스무고개 놀이를 못해. '당신'의 어머니는 오늘 어때?

생각해 보시오.

나는 그를 응시했다. 그는 이마를 찌푸리며 한참 동안 무언가를 적었다. 석판은 의미 없는 이름들로 가득 차 있었다.

나는 그의 두 눈에 짜증스러운 빛이 도는 걸 보며 미소를 지었다. 이전의 '다정스런 얼굴'이 무언가를 이야기했다. 새로 온 남자가 질문을 하나 적었으며 나는 재미있어서 눈을 번쩍 뜨고 그것을 응시했다.

사슴 눈 토끼는 누구였소?

나는 마음이 혼란스러웠다. 왜 이 사람이 이런 걸 생각해 냈을까? 다시 그는 질문을 글자마다 짚어 보았다. 나는 아주 마음속 깊은 곳에서 웃음을 터뜨렸다. 나 스스로를 발견한 기쁨과 그것을 감추려는 욕망으로 현기증이 일었다. 어떻게 보면 내가 바로 오하이오의 토끼이거나…… 이전에 그랬는지도 몰랐다. 어린 시절 먼지투성이 거리에서 맨발로 춤추며 노래하지 않았던가.

사슴 눈 토끼
흔들어요, 흔들어요
사슴 눈 토끼
움직여요, 움직여요…….

그렇다. 나는 스스로 그것을 인정하도록 만들 수는 없었다. 너무 말도 안 되는 일이었다. 그리고 어쩌면 너무 위험한 것이기도 했기 때문이다. 그가 옛 정체를 알게 된 점은 짜증나는 일이었고 나는 머리를 좌우로 흔들어 댔다. 그가 입을 오므리며 날카롭게 나를 쏘아보았다.

이봐, 누가 형 토끼였지?

그는 네 엄마의 애인이었지. 나는 속으로 외쳤다. 누구나 그둘이 하나이고 같은 것임을 알고 있다. 아주 어린 시절, 커다란 두 눈 속에 자신을 감출 때 그것은 '사슴 눈'이고 나이가 들면 '형'인 것이다. 그런데 이 사람은 지금 왜 이런 어린아이들 이름을 가지고 장난치는 걸까? 나를 어린아이로 생각하는 걸까? 왜 도대체 나를 그냥 내버려 두지 않는 것이지? 나를 기계에서 빼 주면 곧 기억할 수도 있을 텐데⋯⋯. 손바닥 하나가 유리를 세차게 내리쳤지만 나는 이미 그들에게 진저리가 나 있었다. 그래도 내 시선은 이전의 친절한 얼굴에 고정되어 있었으며 그 사람은 기분이 좋아 보였다. 나는 그 이유를 몰랐지만 아무튼 그는 웃으며 그렇게 있다가 새로 온 조수들과 함께 사라졌다.

혼자 남겨진 나는 내 자신의 정체에 대하여 애태우고 있었다. 내가 정말 나 자신과 어떤 게임을 하고 있는 건 아닌지, 그리고 그들이 거기에 끼어든 것은 아닌지 의심이 갔다. 이것은 일종의 전투 게임이다. 사실 그들도 나처럼 이미 알고 있으며 어떤 이유에서인지 나는 그것과 대면하기를 꺼려했다. 그것은 짜증스러운 일이었다. 그리고 나를 교활하고 민감해지도록 만들었다. 곧 나는 그 비밀을 풀 수 있을지도 모른다. 나는 마치 말썽을 부리는 아이를 잡으려고 애쓰는 노인처럼 생각 속에서 빙글빙글 돌고 있는 나 자신을 상상했다. 나는 누구인가? 그러나 소용없었다. 나는 마치 광대가 된 기분이었다. 내가 강도나 형사가 될 순 없었다. 왜 하필 강도인지는 나도 모르겠지만.

나는 기계를 단전시킬 방법을 짜기 시작했다. 어쩌면 내가 몸을 들면 저 두 개의 양극이 붙을지도 몰라. 아냐, 공간도 없을뿐더러 잘못하면 내게 전기가 통할 수도 있어. 몸서리가 났다. 내가 누구인 줄은 모르지만 삼손은 아니었다. 나 자신을 파괴할 생각은 추호도 없다. 그것이 기계를 부숴 버릴 수 있는 길이라 하더라도. 내가 원했던 것은 자유이다. 파멸이 아니다. 그러나 그것은 너무나 지치는 일이었다. 왜냐하면 어떤 도식을 그려 봐도 절대 사라지지 않는 결함이 하나 있기 때문이다. 그것은 바로 나 자신이었다. 그것은 극복할 도리가 없다. 나는 내 정체를 알아낼 수 없는 만큼 그곳을 벗어날 방법도 알 수 없었다. 어쩌면 두 개의 사실이 서로 연관되어 있을지도 모른다는 생각이 들었다. 내가 누구라는 걸 알아내면 빠져나갈 수 있을 거야.

마치 탈출에 대한 나의 생각이 그들을 민감하게 만든 것 같았다. 위를 쳐다보니 의사 두 사람과 간호사 하나가 흥분해 있었다. 너무 늦었군. 나는 땀에 젖은 채 누워서 그들이 기계를 조절하는 모습을 지켜보았다. 나는 이전과 같은 충격이 올 것에 대비했지만 아무 일도 일어나지 않았다. 대신 그들은 덮개로 손을 내밀어 나사를 풀기 시작했다. 내가 반응을 보이기도 전에 그들은 덮개를 열고 나를 일으켜 앉혔다.

"무슨 일이죠?" 나는 나를 살펴보기 위해 서 있는 간호사에게 물었다.

"글쎄요?" 그녀는 대답했다.

나는 소리 없이 입을 움직였다.

"자, 이쪽으로 내려와요." 그녀가 말했다.

"여기가 무슨 병원이죠?" 내가 물었다.

"여긴 공장 병원이에요." 그녀가 대답했다. "자, 이제 조용히 해 주세요."

사람들이 둘러서서 내 몸을 검사하기 시작했다. 나는 점점 더 당혹스러워졌으며 그들의 모습을 지켜보며 생각했다. 공장 병원이라니?

무언가 배를 잡아당기는 것이 느껴져서 아래를 내려다보니 의사 하나가 내 배의 전극에 연결된 코드를 떼어 내고 있었다. 그 때문에 나는 앞으로 불쑥 당겨졌다.

"이게 뭐죠?" 내가 물었다.

"가위를 가져와요." 그가 말했다.

"알겠습니다." 다른 사람이 대답했다. "시간 낭비 맙시다."

나는 마치 코드가 내 몸의 일부라도 되는 듯이 몸을 안쪽으로 움찔했다. 그들은 그것을 떼어 냈고 간호사는 배에 붙여 놓은 반창고를 잘라 내어 무거운 전극을 제거했다. 나는 말을 해 보려고 입을 열었으나 의사 하나가 머리를 가로저었다. 그들은 신속하게 움직였다. 전극들이 떨어지자 간호사가 알코올로 그 자리를 닦았다. 그런 후 나는 상자에서 내려오라는 지시를 받았다. 나는 어쩔 줄 모른 채 이 얼굴 저 얼굴을 바라보았다. 이제는 자유의 몸이 된 듯 보였지만 감히 그런 상황을 믿을 수가 없었다. 만약 이 사람들이 나를 더 고통스러운 기계로 옮겨 넣으려는 것은 아닐까? 나는 그 자리에 앉아서 움직이려 하지 않았다. 이 사람들에게 저항해야 할까?

"그의 팔을 잡아 주게." 그들 중 하나가 말했다.

"저도 할 수 있습니다." 나는 겁에 질려 내려오며 말했다.

나는 그들이 청진기로 내 몸을 검사하는 동안 그 자리에 서 있도록 지시를 받았다.

"관절은 어때요?" 차트를 든 사람이 내 어깨를 살펴보던 사람에게 물었다.

"완벽해요." 그 사람이 대답했다.

나는 어깨가 뻑뻑한 느낌이 들었지만 통증은 없었다.

"이 친구가 놀랍도록 강하다고 말해야겠지." 다른 사람이 말했다.

"드렉슬을 부를까요? 이렇게 강한 것이 오히려 이상할 수 있잖아요."

"아니, 그냥 차트에 적어만 놓죠."

"좋아, 간호사. 이 친구에게 옷을 가져다주시오."

"저를 어떻게 하시려고요?" 내가 물었다. 간호사는 내게 깨끗한 속옷과 흰 작업복 한 벌을 건네주었다.

"묻지 말고 빨리 옷이나 입어요." 그녀가 말했다.

기계 바깥은 공기가 극도로 희박한 것 같았다. 나는 신발 끈을 묶으려고 몸을 구부렸다가 졸도할 뻔했지만 가까스로 버티었다. 내가 비틀거리며 일어서자 그들은 나를 위아래로 훑어보았다.

"자, 친구. 이제 완쾌가 된 것 같네." 그들 중 하나가 말했다. "자네는 새로운 사람이야. 잘 견뎌 냈어. 우리와 함께 가세."

우리는 천천히 방을 나가서 길고 흰 복도를 지나 엘리베이터로 갔다. 그리고 곧장 세 개의 층을 올라가 의자가 줄줄이 놓인 응접실로 들어갔다. 뿌옇게 가려진 유리문과 벽으로 이루어진 개인 사무실 여러 개가 정면에 있었다.

"여기 앉게." 그들이 말했다. "상무님이 곧 오실 것이네."

나는 앉아서 그들이 사무실 안으로 잠깐 들어갔다가 나와서 말없이 내 앞을 지나쳐 가는 모습을 지켜보았다. 나는 사시나무 떨듯 떨고 있었다. 저 사람들이 나를 정말 놓아주는 것일까? 머리가 빙빙 돌았다. 나는 내 흰색 작업복을 내려다보았다. 간호사 말로는 여기가 공장 병원이라고 했는데……. 여기가 무슨 공장이었는지 왜 기억이 나지 않는 걸까? 그리고 왜 공장 병원이란 말인가? 맞아……. 어렴풋이 공장이 기억난다. 아마 그곳에 다시 보내졌던 모양이다. 그래. 누가 주임 의사가 아니라 상무라고 불렀었지. 그것이 같은 한 사람일 수도 있을까? 어쩌면 이미 내가 공장에 와 있는지도 몰라. 나는 귀를 기울였지만 기계 소리는 들리지 않았다.

방 건너편 의자 위에 신문이 놓여 있었지만 나는 너무 긴장한 상태라서 가져다 읽을 수가 없었다. 어딘가에서 선풍기 도는 소리가 단조롭게 들렸다. 그때 흐린 유리문 하나가 열리더니 흰색 코트를 입은 키 크고 위엄 있어 보이는 남자가 차트를 들고 내게 오라고 손짓했다.

"이리 오게." 그가 말했다.

나는 일어서서 그를 지나쳐 단정하게 정리된 커다란 방으로 들어서면서 생각했다. 이젠 알게 되겠지. 이젠.

"앉게나." 그가 말했다.

나는 그의 책상 옆에 있는 의자에 편하게 앉았다. 그는 과학자 같은 눈초리로 말없이 나를 바라보았다.

"자네 이름이 무언가? 아, 여기. 자네 이름이 여기 있군." 그는 차트를 보면서 말했다. 그때 마치 내 안의 누군가가 그에게 말하지 말라고 하려는 것 같았다. 그러나 그는 이미 내 이름을 불렀다. 나는 내 입에서 "아!" 하는 탄식이 나오는 소리를 들었다. 마치 통증이 머리를 쑤시고 지나간 것처럼. 나는 벌떡 일어서서 거칠게 주위를 휘둘러보았다. 그리고 기억을 더듬으며 빠르게 앉았다 일어섰다가 다시 앉았다. 내가 왜 그랬는지 나도 모른다. 그렇지만 나를 열심히 바라보는 그가 갑자기 내 눈에 들어왔다. 이번에는 앉은 채 가만히 있었다.

그가 질문하기 시작하자 나는 나도 모르게 아주 유창하게 대답하고 있었다. 비록 속으로는 테이프를 빠른 속도로 거꾸로 되감을 때 나는 소리처럼 찍찍거리면서 빠르게 바뀌는 감정의 영상들 때문에 휘청거리고 있었지만 말이다.

"어쨌든, 친구." 그는 말했다. "자네는 이제 완치됐네. 그러니 이제 자네를 내보내 줄 생각이네. 어떻게 생각하나?"

갑자기 나는 영문을 알 수가 없었다. 청진기 옆에 놓인 회사 달력과 은색의 작은 페인트 붓이 눈에 띄었다. 지금 나보고 병원에서 나가라는 거야, 아니면 회사에서 나가라는 거야?

"네?" 내가 물었다.

"어떻게 생각하느냐고 물었네."

"좋습니다." 나는 얼떨떨한 목소리로 대답했다. "직장으로 돌아가게 돼서 기쁩니다."

그는 차트를 쳐다보더니 이마를 찌푸렸다. "자네는 나가게 되겠지만 직장에 대해서는 미안하지만 실망하게 될 걸세." 그가 말했다.

"무슨 뜻이죠?"

"자네는 아주 힘든 일을 당했네." 그가 대답했다. "고된 공장 일을 감당할 준비가 안 됐어. 이제 좀 쉬면서 회복기를 갖는 것이 좋겠네. 자넨 다시 몸을 추스르고 기력을 되찾을 필요가 있어."

"그렇지만……."

"너무 서두르면 안 돼. 나가게 돼서 기쁘지 않은가?"

"네, 물론입니다. 그렇지만 어떻게 살아야 할까요?"

"산다고?" 그는 눈썹을 추켜올리더니 다시 내렸다. "다른 일을 찾아보게." 그가 말했다. "조금 더 편하고 조용한 일로 말이야. 자네가 감당할 수 있을 만한 일 말이야."

"감당할 수 있다니요?" 나는 그를 보면서 생각했다. 이 사람도 그걸 안단 말인가? "아무 일이라도 다 하겠습니다."

"그건 문제가 아니네, 이 친구야. 자네는 우리 공장의 환경에서 일할 준비가 안 돼 있다는 말이야. 아마 나중에는 모르지만 지금은 안 돼. 그리고 들어 보게. 자네가 겪은 일에 대해 적절하게 보상을 받을 수 있을 걸세."

"보상을 받는다고요?"

"아, 물론이지." 그가 말했다.

"우리는 개화된 인본주의 정책을 따른다네. 우리 종업원들은 전원 자동으로 보장을 받는다네. 자네는 몇 가지 서류에 서명만 하면 되지."

"어떤 종류의 서류 말입니까?"

"우리는 회사의 책임을 면해 줄 진술서가 필요하네." 그가 대답했다. "자네의 경우는 아주 어려운 경우야. 그래서 여러 명의 전문가를 불러야 할 판이지. 그렇지만 원래 모든 새로운 일에는 위험이 따르게 마련이지. 위험도 이를테면 일종의 성장 과정이고 적응해 가는 과정이지. 그런 기회를 이용하는 거야. 그걸 감당할 능력이 되는 사람도 있고 안 되는 사람도 있는 법이지."

나는 그의 주름진 얼굴을 바라보았다. 이 사람은 의사인가, 회사 간부인가, 아니면 둘 다인가? 도저히 알 수가 없었다. 이제 그는 내 시야를 가로질러 앞뒤로 움직이는 것처럼 보였다. 그는 분명 의자에 꼼짝 않고 앉아 있었는데도 말이다.

"노턴 씨를 아십니까?" 나도 모르게 입에서 질문이 터져 나왔다.

"노턴?" 그는 이맛살을 찌푸렸다. "무슨 노턴을 말하는 건가?"

나는 질문을 하나 마나 한 꼴이 되었다. 그 이름이 이상하게 들렸다. 나는 손으로 양 눈을 비볐다.

"죄송합니다." 나는 사과했다. "혹시 아실지도 모른다는 생각이 들었거든요. 그냥 제가 전에 알던 분입니다."

"알았네." 그는 서류를 집어 들었다. "아무튼 그런 방식으로 처리되는 것이네, 친구. 조금 지나면 우리가 무언가 해 줄 수 있을 것이야. 원한다면 자네가 서류를 가져가도 좋아. 우리에게 우편으로 보내주기만 하면 돼. 서류가 돌아오면 자네에게 수표가 발송될 거야. 시간은 자네 원하는 만큼 주겠네. 우리가 정말 공정하다는 걸 알게 될 걸세."

나는 접힌 서류들을 들고는 그를 바라보았다. 그를 너무 오랫동안 바라본 느낌이 들었다. 그는 왠지 동요하는 듯 보였다. 그러자 나도 모르게 또 말이 튀어나왔다. "그분을 아세요?" 내 목소리가 커졌다.

"누구?"

"노턴 씨요." 내가 말했다. "노턴 씨요!"

"아, 아니. 모르네."

"그렇죠." 내가 말했다. "아무도 아는 사람이 없었어요. 그리고 너무나 오래전 일이죠."

그는 눈살을 찌푸렸고 나는 웃음이 나왔다. "그 사람들이 불쌍한 울새의 털을 다 깎아 버렸죠." 내가 말했다. "그러면 혹시 블레드는 아시나요?"

그는 나를 바라보며 머리를 한쪽으로 갸웃했다. "그 사람들이 자네 친구들인가?"

"친구요? 아, 그렇죠." 나는 대답했다. "우리는 모두 좋은 친구입니다. 옛날 친구들이죠. 그런데 같은 울타리 안에서 어울리지 못하는 것 같아요."

그는 눈을 크게 떴다. "맞네." 그가 말했다. "보통 그렇게 지내지 못하지. 그래도 좋은 친구는 사귈 만한 가치가 있지."

나는 머리가 가벼워진 느낌이었으며 웃음이 나오기 시작했다. 그는 다시 동요하는 모습이었다. 나는 그에게 에머슨에 관해서도 물어볼까 생각했으나 그가 헛기침을 하며 그만 나가라는 신호를 주었다.

나는 작업복 속에 접힌 서류들을 넣고는 밖으로 걸어 나왔다. 일렬로 늘어선 의자들 뒤에 있는 문이 아주 멀게 느껴졌다.

"잘 지내게." 그가 말했다.

"선생님도요." 나는 말하면서 생각했다. 이제 시간이 됐다. 이제 시간이 지났어.

나는 갑자기 되돌아서서 책상 쪽으로 기운 없이 걸어갔다. 그는 변함없이 과학자 같은 눈초리로 나를 올려다보았다. 나는 격식을 갖추어야 한다는 생각이 들었으나 적절한 형식을 떠올릴 수 없었다. 그래서 손을 조심스럽게 내밀고는 터지려는 웃음을 기침으로 억눌렀다.

"간단한 대화, 아주 즐거웠습니다, 선생님." 내가 말했다. 나는 내 목소리와 그의 대답에 귀를 기울였다.

"정말 그랬네." 그는 대답했다.

그는 엄숙하게 내 손을 흔들면서 놀라거나 꺼리는 빛을 보이지 않았다. 내려다보니 그는 주름진 얼굴 뒤의 어딘가에서 손을 내밀고 있었다.

"이제 저희 대화가 끝났군요." 내가 말했다. "안녕히 계세요."

그는 손을 들어 올렸다. "잘 가게." 그는 애매한 목소리로 말했다.

그를 뒤로하고 페인트 냄새가 나는 밖으로 나오면서 나는 주제넘은 말을 했다는 느낌이 들었다. 나답지 않은 말과 행동을 보였던 것 같다. 그리고 내 안 깊은 곳에 머물고 있는 낯선 인격에게 사로잡혔던 것 같다. 마치 심리학 수업 시간에 읽었던 한 하녀의 이야기처럼. 그녀는 인사불성의 상태에서도, 어느 날 일하다가 우연히 엿들은 그리스 철학을 몇 페이지나 암송했다지 않은가. 그건 마치 내가 어떤 미치광이 영화에나 나오는 한 장면을 연기한 것과도 같았다. 아니, 어쩌면 나 자신을 찾아내어 여태껏 억압했던 감정들을 말로 표현한 것일지도 모른다. 아니면 이제 더 이상 겁을 모르는 사람이 된 것일까? 나는 거리를 걸으며 생각했다. 가던 길을 멈추고 나는 태양과 그늘로 비스듬해 보이는 밝은 거리의 건물들을 쳐다보았다. 나는 더 이상 겁나는 것이 없었다. 중요한 인사도, 이사들도, 아니면 그런 부류의 어떤 사람도 겁나지 않았다. 그들로부터 기대할 것이 아무것도 없다는 걸 알게 된 지금 그들을 두려워할 이유가 없었다. 그 때문이었나? 나는 머리가 가벼워지는 느낌이 들었으며 귀는 윙윙거리며 울렸다. 나는 계속 걸어갔다.

보도를 따라서 건물들이 똑같은 모습으로 바짝 붙어 있었다. 하루해가 지고 있었다. 모든 건물의 꼭대기에서는 깃발이 펄럭이다가 내려앉고 있었다. 나도 내려앉을 것이라는 느낌이 들었다. 아니 이미 내려앉았는지도 모른다. 내 몸을 빠르게 휩쓸고 지나가는 조류에 저항하듯 몸을 움직여 나갔다. 광장과 거리를 지나자 내가 넘어왔던 다리가 보였다. 그렇지만 다리 꼭대기를 통과하는 전차 길로 이어지는 계단이 어지러울 정도로 너무나 가팔라서 올라갈 수도, 헤엄칠 수도, 아니 날아갈 수도 없었다. 대신 나는 지하철을 찾아갔다.

내 주변의 모든 일이 너무도 빠르게 소용돌이쳤다. 나의 마음은 천천히 몰려다니는 파도 속에서 번갈아 가며 밝아졌다 어두워졌다 했다. 우리, 그 사람, 그 사람과 ─ 내 마음과 나는 ─ 더 이상 같은 울타리 안에서 어울릴 수 없었다. 내 몸도 마찬가지였다. 기차역의 불빛이 뒤로 스쳐 지나갈 때마다 통로 저편에 있는 백금빛 금발의 젊은 여자가 빨간색 사과를 베어 먹는 모습이 보이곤 했다. 전동차는 곤두박질치며 내달렸다. 나는 진공 상태처럼 마음이 텅 비고 어지러운 상태에서 굉음 속으로 빠져들었다. 그리고 아래로 빨려들었다가 늦은 오후의 할렘가로 나왔다.

12장

지하철에서 나와 보니 레녹스 가는 술에 취해 바라볼 때처럼 기울어 보였다. 나는 어린아이 같은 호기심에 찬 눈으로 위아래로 움직이는 거리의 광경을 집중해서 바라보았다. 머리가 욱신거렸다. 상한 아이스크림 피부색을 지닌 거대한 여성 둘이 뚱뚱한 엉덩이를 뒤룩거리며 지나쳐 갔다. 넓게 퍼진 엉덩이 살이 마치 활활 타오르는 화염처럼 흔들렸다. 그들은 내 앞의 보도로 가로질러 걸어갔다. 비스듬히 비추는 밝은 오렌지빛 햇살이 끓어오르는 것같이 느껴졌는데 어느 순간 나도 모르게 쓰러져 버렸다. 다리에 힘이 쭉 빠졌으나 머리는 맑았다. 너무나 맑아서 내 주위에 모이는 군중들을 머릿속에 모조리 기록하고 있었다. 그들의 다리, 발, 눈, 손, 구부린 무릎, 닳아 버린 신발, 호기심에 찬 표정. 그리고 멈추지 않고 움직이는 사람들도 있었다.

그때 커다란 몸집의 흑인 여성이 낮은 허스키 목소리로 묻

는다. "젊은이, 괜찮아요? 무슨 일이죠?" 나는 말한다. "괜찮아
요, 잠깐 힘이 빠진 겁니다." 나는 일어서 보려고 애쓴다. 다시
그녀가 말한다. "조금 물러서 주세요. 이 젊은이가 숨 좀 쉬도
록. 거기 모두들 좀 물러서요." 그런데 이젠 사무적인 투의 목
소리가 메아리쳐 온다. "다들 가요, 해산하세요." 한편에는 흑
인 여성이, 다른 편에는 한 사내가 나를 부축해서 일으켜 세운
다. 그리고 경찰관이 묻는다. "괜찮나?" 나는 대답한다. "네, 그
냥 힘이 빠졌던 겁니다. 현기증이 났던 것 같은데 이젠 괜찮아
요." 그는 사람들에게 가라고 지시한다. 그러자 내 곁의 두 남
녀만 남고 모두 갈 길로 가 버린다. 경찰관이 다시 묻는다. "정
말 괜찮겠나, 젊은이?" 나는 그렇다고 머리를 끄덕인다. 흑인
여성이 내게 묻는다. "어디 사나, 젊은이, 이 근처 어디인가?"
나는 그녀에게 노동자 숙소라고 말한다. 그러자 그녀는 나를
보며 머리를 가로저었다. 그리고 말한다. "노동자 숙소, 노동자
숙소, 자네 같은 상태의 사람이 있을 곳이 못 되는 험한 곳이
야. 젊은이는 몸이 안 좋고 돌봐 줄 여자가 필요한 처지인데."
나는 말한다. "그렇지만 이젠 괜찮아요." 그러자 그녀는 말한
다. "그럴 수도 있고 그렇지 못할 수도 있겠지. 내가 바로 저기
모퉁이에 살고 있으니 따라와서 기운이 날 때까지 좀 쉬도록
하게. 내가 노동자 숙소에 전화해서 자네가 어디 있다고 알려
줄 테니까."

　나는 거절할 힘도 없었으며 그녀는 이미 내 팔을 잡고 있었
다. 그리고 옆의 남자에게 다른 팔을 붙들게 했다. 나는 양쪽
으로 부축을 받으며 걸었다. 마음속으로는 거절하려고 했지만
결국 그녀의 지시에 따랐다. "천천히 걷게. 내가 전에 다른 사

람들을 돌봐 준 것처럼 젊은이도 돌봐 주겠네. 내 이름은 메리 람보야. 할렘의 이쪽 동네에서는 나를 모르는 사람이 없어. 당신도 들어 봤죠, 그렇죠?" 내 옆의 사내가 말한다. "물론이죠. 저는 제니 잭슨의 아들입니다. 저도 아주머니를 알아요. 아시잖아요, 메리 아주머니." 그녀는 말한다. "제니 잭슨, 맞아. 자네도 나를 알고 나도 자네를 안다고 해야겠군. 자넨 랠스턴이겠지. 자네 어머니는 애들이 둘 더 있지. 남자애는 플린트, 여자애는 로라진. 그러니 자넬 안다고 해야겠지. 나와 자네 어머니와 아버지는 예전에……." 그때 내가 말한다. "전 이제 괜찮아요. 정말 괜찮아요." 그녀가 대답한다. "그렇게 보이긴 하네만, 보이는 것보다 안 좋을 수도 있어."

그녀는 나를 끌어당기며 말한다. "여기가 우리 집이야. 바로 여기. 이 젊은이가 계단을 올라가 안으로 들어가도록 좀 도와주게. 젊은이는 걱정할 필요 없네. 내가 전에 자네를 본 적도 없으며 내가 상관할 바도 아니지. 젊은이가 나를 어떻게 생각해도 좋네. 하지만 젊은이는 지금 몸이 쇠약해 있고 거의 걷지도 못하는 상태야. 거기다 먹지도 못한 것처럼 보이네. 그러니까 그냥 들어와서 내가 젊은이를 위해 무언가 해 줄 수 있도록 내버려 두게. 이 늙은 메리가 도움이 필요할 때 젊은이가 또 무언가를 해 주면 되지 않은가. 돈 드는 것도 아닌데, 뭘. 나도 젊은이 일에 끼어들고 싶지 않아. 그냥 누워서 조금 쉬다가 나아지면 갈 바랄 뿐이네." 그러자 남자가 그녀의 말을 받아서 계속한다. "이봐요, 당신은 좋은 분의 도움을 받는 거예요. 메리 아주머니는 항상 누군가를 도와주는 분이거든요. 당신에게는 도움이 필요해요. 얼굴을 보니 나처럼 흑인이면서 백인 녀석들 말마따나 종이처럼 하얗거든요. 발 조심해요." 몇 계단을 올라가고 쉬었다가 또 몇 계단을 오르고 나니 점점 힘이 빠진다. 양쪽에서 나를 부축하는 두 사람의 따듯함. 그리고 방은 서늘하고 어둡다. "여기네. 이 침대야. 이 친구를 여기에 눕히게. 여기. 그렇지. 바로 그거야, 랠스턴. 이제 이 친구 다리를 올리게. 침대 시트는 걱정 말게. 거기, 좋았어. 부엌으로 가서 물 한 잔 따라 오게. 아이스박스 안에 물병이 있어." 그는 부엌으로 갔고 그녀는 내 머리 아래에 베개를 하나 더 갖다 넣으며 말한다. "자, 이제 곧 나아질 거야. 괜찮아지면 젊은이도 알게 될 걸세. 얼마나 자기 상태가 엉망이었다는 걸 말이야. 여기, 물 한 모금 마시게." 나는 물을 마시면서 컵을 들어 주고 있는 그녀의 거친 갈색 손가락을 쳐다본다. 거의 잊어버린, 오래전의 안도감이 나를 감싼다. 그리고 그녀의 말이 귀에 울리는 사이 생각한다. "내가 무너지고 있다는 생각이 들지 않더라도 내가 어떤 구멍에 있는지를 봐 두어라." 그리고 부드럽고 서늘하게 쏟아지는 잠.

잠에서 깨어 보니 그녀는 방 건너편에 앉아 신문을 읽고 있었다. 그녀는 신문에 열중해 있었고 안경은 코 위로 낮게 걸려 있었다. 그때 나는 그녀의 안경이 여전히 아래쪽으로 기울어 있었지만 두 눈은 신문을 보는 것이 아니라 내 얼굴을 향해 있고 슬며시 미소를 지으며 환히 빛나는 걸 알 수 있었다.

"이제 좀 어떤가?" 그녀가 물었다.

"훨씬 나아졌어요."

"그럴 줄 알았어. 내가 부엌에 수프를 준비해 놓았네. 그걸 먹으면 더 나아질 걸세. 젊은이, 제법 오랫동안 자더군."

"그랬나요? 지금 몇 시죠?" 내가 물었다.

"10시쯤 됐어. 자는 걸 보면서 젊은이에게 필요한 건 휴식이라는 생각이 들었네…… 아니, 아직 일어나지 말게. 수프를 먹고 가도록 해." 그녀는 부엌으로 가면서 말했다.

그녀는 접시 위에 사발을 들고 왔다. "이게 젊은이를 회복시켜 줄 거야. 노동자 숙소에서는 이런 걸 해 주는 사람이 없을 거야, 그렇지? 자, 거기 앉아서 천천히 먹게. 나는 신문이나 읽고 있으려니까. 나는 누구와 이야기하는 걸 좋아하네. 아침에는 바쁜가?"

"아뇨, 한동안 아팠어요." 내가 대답했다. "그렇지만 일자리를 찾아야만 해요."

"젊은이 몸이 안 좋은 줄 알았어. 왜 그걸 숨기려고 하지?"

"저는 누구에게도 폐 끼치고 싶지 않아요." 나는 대답했다.

"사람은 모두 누군가에게 신세를 지는 게 당연하다네. 게다가 젊은이는 방금 병원에서 나왔잖아."

나는 올려다보았다. 그녀는 흔들의자에 앉아 몸을 앞으로 수그리고 있었으며 양손은 앞치마가 덮인 무릎 위에 편하게 포개져 있었다. 그녀가 내 주머니를 뒤졌을까?

"어떻게 그걸 아셨어요?" 내가 물었다.

"또 의심하기 시작하는군." 그녀는 준엄하게 말했다. "이게 요즘 세상의 문제라니까. 아무도 서로를 믿지 않아요. 젊은이 몸에서 병원 냄새가 났지. 젊은이 옷에 마취약 냄새가 잔뜩 배어 있어서 개 한 마리 정도는 잠들게 할 수 있을 정도였어!"

"제가 병원에 있었다고 말한 기억이 없거든요."

"말 안 했지, 말할 필요도 없었고. 나는 냄새를 맡고 알았지. 여기 이 도시에 아는 사람이 있나?"

"아뇨." 내가 대답했다. "제가 아는 사람들은 모두 저 아래 남부에 있어요. 저는 이곳에 일하러 왔어요. 그래야 학교로 돌아갈 수 있거든요. 그런데 아프게 됐어요."

"저런, 어쩌면 좋아. 그렇지만 젊은이는 잘 해낼 거야. 그래 앞으로 무슨 일을 할 생각인가?"

"지금은 잘 모르겠어요. 교육자가 되고 싶어서 여기 오긴 했지만. 아무튼 지금은 잘 모르겠어요."

"교육자가 되는 데 무슨 문제가 있나?"

나는 맛있고 따뜻한 수프를 조금씩 떠먹으며 생각해 보았다. "문제는 없어요. 그냥 다른 걸 하고 싶다는 생각이 들 뿐이에요."

"좋아, 무슨 일이든 우리 민족에게 도움이 되면 좋겠네."

"저도 그러면 좋겠어요." 나는 말했다.

"그러면 좋겠다고만 하지 말고 그렇게 되도록 해 보게."

나는 내가 하려고 했던 것과 어디서부터 그것을 포기했었는지 생각하며 그녀를 바라보았다. 내 앞에 있는 그녀의 육중하고 평온한 모습이 눈에 들어왔다.

"바로 젊은이와 같은 사람들이 변화를 이끌어야 하네." 그녀가 말했다. "젊은이들이 주역이란 말이야. 젊은이들이 나서고 투쟁을 해야 해. 그리고 우리 모두를 조금 더 높은 곳으로 올려 주어야 하지. 더 말하자면, 그 일을 해야 할 사람은 바로 남부의 젊은이들이네. 그 사람들이야말로 불을 알고 그것이 어떻게 타오르는지 확실하게 기억하고 있거든. 여기 사람들은 대부분 잊어버렸어. 자기들 살 궁리만 하면서 밑바닥에 있는 사람들은 잊어버리지. 아, 물론 많은 사람들이 이런저런 일들에 대해 말하지만 정말 다 잊어버린다니까. 암, 그러니까 기억하고 이끌어야 할 사람은 바로 자네와 같은 젊은이들이라네."

"알겠습니다." 내가 대답했다.

"아무튼 몸조심하게, 젊은이. 할렘에게 당하지 말고. 나는 뉴욕에 살지만 내 마음에는 뉴욕이 없어. 무슨 말인지 알겠나? 타락하지 말게."

"안 그럴게요. 그리고 열심히 살겠습니다."

"좋아, 보아하니 젊은이는 무언가 해낼 사람 같아 보여. 그러니 몸조심하게."

나는 가려고 몸을 일으켰다. 그녀는 의자에서 몸을 일으켜 문 앞까지 나와 함께 갔다.

"노동자 숙소 말고 다른 곳으로 옮길 생각이 있으면 내게 말하게." 그녀가 말했다. "월세는 많이 받지 않을 테니까."

"기억해 둘게요." 내가 대답했다.

나는 생각했던 것보다 빨리 그 말을 기억해야 했다. 나는 노동자 숙소의 밝고 요란한 로비에 들어서자마자 소외감과 적대감에 사로잡혔다. 내 작업복이 사람들의 시선을 끌었고 나는 더 이상 그곳에 살 수 없다는 것과 내 삶의 한 국면이 이제 지나갔다는 사실을 깨달았다. 로비는 여러 종류의 사람들이 모이는 장소였으며 그들은 내 머릿속에서 부메랑처럼 빠져나간 환상에 아직도 사로잡혀 있었다. 남부의 학교로 되돌아가기 위해 일하는 대학생들. 흑인 산업 제국을 세우려는 유토피아적인 계획을 가지고 인종적 진보를 주창하는 나이 든 세대들. 스스로의 권위만 있을 뿐 공식적인 임명을 받지 못한 채 교회나 신도도 없고 성체와 성혈인 빵과 와인조차 없이 떠드는 목사들. 추종자 없는 공동체 지도자들. 인종차별 속에서도 남북 전쟁 이후의 자유에 대한 망상에 아직도 사로잡혀 있는 육십 대 혹은 그 이상의 노인들. 그저 그런 일자리를 가졌거나 보잘것없는 연금을 받으면서도 대단히 거대한 회사를 소유한 체하며 신사가 되겠다는 망상에만 빠져 있거나, 마치 남부의 국회의원인 양 행동하면서 사람들 앞을 지날 때면 곳간 마당을 거니는 늙은 수탉처럼 머리를 숙이거나 고개를 끄덕이는 불쌍한 작자들. 자신들이 꿈을 꾸고 있다는 걸 아직도 인식하지 못하는 사람들에게 몽상에서 깨어난 사람만이 느끼는 것과 같은 경멸감을 느끼게 해 주는 젊은 녀석들. 남부의 경영대학에 다니는 학생들. 그들에게 비즈니스는 노아의 방주만큼이나 고리타분한 규칙을 따라야 하는 모호하고 추상적인 게임이지만 그들은 아직도 재정 문제에만 취해 있다. 그렇다. 이와 유사한 열망을 지닌 나이 든 집단, 근본주의자들, 상상 속에서만 브로커의 지위를 얻으려 하는 배우들. 월가의 브로커들 사이에서 유행하는 옷을 사 입는 데 수입의 대부분을 지출하는 경비원이나 사환 집단. 그들은 브룩스 브라더스 양복과 중산모자, 영국제 우산, 검정 송아지 가죽 구두, 노란 장갑으로 멋을 낸다. 그리고 어떤 셔츠에 어떤 넥타이가 어울린다거나, 정강이 보호대에 어떤 정도의 회색이 맞다거나, 특정한 계절 행사에 웨일즈의 왕자는 어떤 옷을 입는가, 휴대용 쌍안경을 왼쪽 어깨에 걸어야 하는가 아니면 오른쪽 어깨에 걸어야 하는가와 같은 진부한 내용들을 가지고 열띤 논쟁을 벌인다. 그들은 재정 문제에 대한 기사들은 전혀 읽지도 않으면서 《월 스트리트 저널》을 신앙적으로 사서 왼쪽 팔꿈치 안에 바짝 눌러서 끼고 다니거나 손에 들고 다닌다. 그리고 날이 좋든 나쁘든 항상 매니큐어를 바르고 장갑을 낀 채 여유로우면서도 빈틈없는 자세로 걸어 다녔다.(아, 정말 멋있긴 했다.) 한편 다른 손으로는 단단하게 말아 놓은 우산을 적당한 각도로 휙휙 흔들었다. 또 유행에 따라서 체스터필드 외투나 폴로 코트에 고급 중절모를 반듯하게 착용하고 다녔다.

나는 사람들의 시선을 느낄 수 있었다. 나는 그들을 모두 바라보았으며, 나의 성공 가능성이 사라졌다는 걸 그들이 알게 된 시간도 보았고 또 장래와 자존심을 잃어버린 대학생인 나에게 그들이 보내는 경멸도 보았다. 나는 모든 것을 볼 수 있었다. 심지어 여기의 관리들이나 나이 든 사람들조차도, 마치 내가 무슨 블레드소의 세계에서 나의 자리를 잃어버림으로써 자기들을 배신이라도 한 듯 나를 경멸하는 것을 알 수 있었다. 나는 그들이 내 작업복을 바라보는 모습을 보면서 그 사실을 알 수 있었다.

엘리베이터를 향해 걷기 시작했을 때 웃음소리와 함께 목소리가 들려왔다. 돌아서 보니 그가 로비의 의자에 앉아 있는 사람들에게 열변을 토하고 있었다. 그의 짧은 머리카락과 주름지고 둥글게 솟은 머리 뒤로 겹겹이 쌓인 비곗덩어리가 보였다. 나는 바로 이 사람이라고 확신했다. 이것저것 생각할 것도 없이 나는 허리를 구부려 더럽고 번쩍이는 내용물이 가득 든 것을 집어 들었다. 그리고 길게 두 걸음 걸어가서 그 엄청난 양의 투명한 갈색 액체를 그자의 머리 위에 철벅 쏟았다. 방 저편에서 누군가 조심하라 외쳤지만 이미 늦었다. 그리고 그 사람이 블레드소가 아니라 유명한 침례교 목사라는 사실을 내가 알게 된 것도 이미 늦은 뒤였다. 그는 믿을 수 없다는 듯 분노하여 눈을 크게 뜨고 노려보았으며 나는 주변을 둘러보다가 누군가 나를 붙들기 전에 서둘러 로비를 빠져나왔다.

아무도 나를 따라오지 않았다. 나는 스스로의 행동에 대해 통쾌한 마음이 들어 거리를 이리저리 돌아다녔다. 조금 지나자 비가 오기 시작했으며 나는 노동자 숙소 근처의 처마로 살그머니 들어갔다. 나는 재미있어하는 짐꾼을 설득해서 내 짐을 빼 오도록 했다. 나는 "구십구 년하고도 하루 더" 그 건물에 출입할 수 없도록 금지령이 내려진 것을 알았다.

"다시는 돌아와서는 안 될걸세, 친구." 짐꾼이 말했다. "그렇지만 자네가 일을 저질렀으니 맹세컨대 사람들은 언제나 자네 이야기를 하고 다닐 걸세. 자네가 정말 그 늙은 목사에게 세례를 주었으니 말이야."

바로 그날 밤 나는 메리 아줌마의 집으로 돌아갔다. 겨울이 올 때까지 그곳의 작지만 편안한 방에서 살았다.

그때는 평온한 기간이었다. 나는 보상금으로 생활을 해 나갔으며 그녀와 지내는 것이 매우 유쾌했다. 그녀에게 지도력이나 책임감 따위에 대해서 끊임없이 들어야 했던 점을 빼고는. 그리고 내가 생활비를 감당할 수 있을 때였으니 참을 만한 것이었다. 그러나 보상금은 아주 적었다. 몇 달 지나자 돈이 다 떨어졌고, 나는 다시 새 일자리를 찾으러 다녔다. 그녀의 잔소리가 너무나 짜증스러워졌다. 그러나 여전히 그녀는 내게 방세를 독촉하지 않았으며 식사 때도 이전처럼 음식을 후하게 제공했다. "단지 어려운 시기를 맞은 것뿐이야." 그녀는 이렇게 말하곤 했다. "누구나 제 몫을 하려면 어려운 시기를 겪는 법이지. 그리고 젊은이가 언젠가 성공하게 되면 여기서 지낸 것과 같은 어려운 시기가 큰 도움이 됐다는 사실을 깨닫게 될 거야."

나는 그런 식으로 생각하지 않았다. 나는 방향 감각을 잃어버렸다. 일자리를 구하러 다니지 않을 때는 대부분의 시간을 방에 앉아서 도서관에서 빌려 온 수많은 책들을 읽으며 보냈다. 어쩌다 돈이 남았거나 식당 아르바이트를 해서 몇 푼이라도 벌게 되면 밖에 나가서 식사를 하고 밤늦도록 거리를 걸어 다니곤 했다. 메리 아줌마 말고는 단 한 명의 친구도 없었으며 친구를 바라지도 않았다. 그렇다고 메리 아줌마를 친구로 생각했던 것도 아니다. 사실 그녀는 그 이상이었다. 하나의 힘, 안정되고 친숙한 힘이었다. 그것은 마치 감히 마주칠 수 없는 미지의 세계로 내가 빠져 들어가는 것을 막아 주는, 나의 과거로부터 나오는 무언가와 같았다. 그렇지만 동시에 그것은 가장 고통스러운 입장이기도 했다. 메리 아줌마는 끊임없이 내가 무언가를, 즉 어떤 지도자적인 행위나 뉴스거리가 될 만한 업적을 이루어 낼 거라고 나를 일깨우려 들었다. 나는 그 점 때문에 그녀에게 화가 나기도 했지만 동시에 막연한 희망에 활기를 불어넣어 주던 그녀를 사랑하기도 했다.

분명 나는 무언가를 할 수는 있었다. 그렇지만 무엇을? 어떻게? 나는 아는 사람도 없고 아무것도 믿지 않았다. 그리고 공장 병원에서부터 생각하기 시작했던 내 정체에 대한 강박관념이 복수심과 함께 돌아왔다. 나는 누구인가? 내가 어떻게 존재하게 되었는가? 확실히 나는 캠퍼스를 떠날 때의 모습에서 변할 수밖에 없었다. 하지만 이제는 완전히 낯설고 고통스럽고 모순적인 목소리가 내 안에서 자라났다. 그리고 복수심과 메리 아줌마의 말 없는 압력 사이에서 나는 죄의식과 당혹감으로 요동치고 있었다. 나는 평화와 고요를 원한다. 하지만 내 안에는 너무나 많은 혼란이 있었다. 나의 인생으로 인하여 내 머리가 의식적으로 만들어 놓은, 감정을 얼려 버린 그 얼음덩어리 아래 어디선가부터 검은 분노의 불씨가 타올랐고 뜨거운 붉은 빛을 발했다. 그것을 켈빈 경*이 알았더라면 자신의 공식을 수정했을지도 모를 정도였다.

멀리 떨어진 어딘가에서 폭발이 일어났다. 아마도 에머슨의 집이었거나 그날 밤 블레드소의 사무실이었는지도 모른다. 그 폭발은 만년설을 녹여서 아주 작은 조각을 움직여 놓았다. 하지만 그 작은 조각, 그 파편은 돌이킬 수 없는 것이었다. 뉴욕에 온 것은 아마도 그 예전의 냉동 장치를 계속 움직이게 하려는 무의식적인 시도였는지도 모른다. 그러나 작동하지 않았다. 뜨거운 물이 그 코일 속으로 들어가 버렸다. 단 한 방울일지도 모르지만 그것이 범람의 첫 물결이었다. 한순간 나는 뜨거운 석탄 위에 기꺼이 누울 수도 있다고 믿었다. 학교에 자리를 얻을 수 있다면 무슨 일이든지 하겠다는 생각이었다. 그런데 철

---

* 영국의 물리학자. 열역학적으로 생각할 수 있는 최저 온도인 '절대영도'를 고안했다.

컥! 그것은 끝나 버렸다. 이제는 그걸 잊어버리는 문제만 남아 있다. 내 머릿속에서 아우성치는 상반된 목소리들을 잠재우고 하나의 조화된 노래를 부를 수만 있다면 좋으련만. 불협화음만 내 주지 않는다면 그것이 무엇이든 상관하지 않으리라. 그렇다. 음계에서 불확실한 극단적인 음만 피한다면 말이다. 그렇지만 안심할 수 없다. 나는 화가 나서 통제할 수 없을 정도였으나 지나치게 자제하고 있었다. 그 얼어붙은 미덕, 그 얼어붙은 악습. 화가 나면 날수록 옛 연설을 하려는 나의 옛 충동이 되살아났다. 거리를 걸어 다니는 동안에도 내 입에서 통제할 수 없는 말들이 웅얼거리며 새어 나왔다. 나는 내가 무슨 짓을 할지 걱정되기 시작했다. 모든 것이 정말 내 마음속에 떠 있었다. 나는 고향이 그리웠다.

그 얼음이 녹아 나를 익사시킬지도 모르는 홍수를 이루는 사이, 어느 날 오후 잠에서 깨어 보니 북부에서의 첫 겨울이 왔음을 깨달았다.

13장

처음에는 창문에서 돌아앉아 책을 읽으려고 했지만 생각은 계속해서 예전의 문제에서 맴돌았다. 나는 더 이상 그것을 억누를 수가 없어 극도로 혼란스러웠지만, 강렬한 생각을 떨쳐 버리고 차가운 바람을 쐬기 위해 바깥으로 서둘러 나갔다.

출구에서 나는 한 여자와 부딪쳤다. 그녀가 마구 욕을 했으나 나는 더 빠르게 걸어갔다. 불과 몇 분 만에 나는 여러 블록을 걸어갔으며 시내 중심가로 향하는 거리로 발걸음을 옮겼다. 거리는 얼음과 검게 더러워진 눈으로 덮여 있었다. 머리 위로는 안개에 가려진 태양이 희미하게 보였다. 나는 고개를 숙인 채 날카로운 바람을 맞으며 걸었다. 하지만 여전히 내부의 열기가 끓어오르고 있었다. 자동차 한 대가 바퀴에 감은 체인을 철커덕거리며 얼음 위에서 한 바퀴 빙그르 돌 때까지 나는 거의 아래만 보고 있었다. 그런 후 차는 조심스럽게 방향을 바꾸어 철커덕거리며 사라졌다.

나는 차가운 바람 속에서 눈을 껌벅이며 계속해서 천천히 걸어갔다. 마음속은 끊임없이 계속되는 강렬한 갈등으로 혼란스럽기만 했다. 할렘 도시 전체가 휘날리는 눈 속에서 찢겨 나가는 것처럼 보였다. 길을 잃었다고 상상하니 순간적으로 오싹한 적막감이 돌았다. 눈 위로 떨어지는 눈 소리가 들리는 듯 상상해 보았다. 그게 무슨 의미인가? 나는 걸었다. 끊임없이 이어지는 상점들에게 시선을 고정시켰다. 이발관, 미용실, 제과점, 식당, 생선 가게, 돼지고기 가게들. 나는 상점 쇼윈도에 바짝 붙어서 걸어갔으며 눈송이들이 그 사이로 재빠르게 커튼 모양으로 베일을 형성했다가 사라지곤 했다. 종교 예물들이 가득 찬 쇼윈도를 지날 때 붉은색과 금색의 번쩍이는 빛이 눈에 들어왔다. 유리에 얇게 낀 성에 너머로 엉성하게 칠해진 마리아와 예수 석고상 두 개가 보였다. 그것들은 해몽서, 사랑의 분말, '신의 사랑'이라는 표시판, 값비싼 오일, 그리고 플라스틱 주사위 따위에 둘러싸여 있었다. 누비아 노예의 검은 나신상 하나가 금색 터번 밑에서 나에게 미소를 보내고 있었다. 나는 그곳을 지나 이번에는 뻣뻣한 가발 타래들과 검은 피부를 하얗게 만들어 주는 기적을 보장한다는 연고들이 진열된 쇼윈도로 갔다. "당신도 진정으로 아름다워질 수 있습니다." 하고 선언하는 광고문이었다. "더 하얀 피부로 더 큰 행복을 얻으세요. 사교계에서 더욱 돋보이세요."

나는 주먹으로 유리창을 깨부수고 싶은 격한 충동을 누르고 서둘러 갔다. 바람이 한 가닥 불어왔으며 눈발은 가늘어졌다. 어디로 갈까? 영화를 볼까? 거기서 잘 수 있을까? 나는 이제 쇼윈도를 보지 않고 걸었다. 그리고 또 혼자 중얼거리고 있다는 사실을 깨닫게 됐다. 거리의 모퉁이 끝까지 왔을 때 한 노인이 괴상하게 생긴 수레의 양쪽에 손을 대고 녹이는 모습이 보였다. 수레에 달린 화로의 연통에서는 가느다란 연기가 나선형으로 모락모락 피어오르고 있었다. 연기에서 고구마 굽는 냄새가 서서히 전해져 왔고 순간적으로 가슴을 찌르는 향수가 몰려왔다. 나는 마치 총에 맞은 듯 멈추어 서서 숨을 깊이 들이마셨다. 마음이 과거로 물결쳐 가면서 옛일이 생각났다. 고향에서 우리는 화로의 뜨거운 석탄에 고구마를 넣어 굽곤 했지. 그리고 차갑게 식은 고구마를 점심때 먹으려고 학교에 가져가곤 했지. 제일 큰 책인 『세계지리』 뒤에 숨어 선생님 몰래 껍질을 벗긴 부드럽고 달콤한 내용물을 우적우적 먹었지. 그래. 우리는 고구마를 설탕에 절이거나 파이 반죽에 섞어 기름이 깊이 배도록 구운 것도 좋아했지. 돼지고기하고 같이 익힌 후 누렇게 된 기름을 번들번들 발라 먹는 맛도 좋았어. 그냥 날것으로 씹기도 했었지. 고구마들을. 벌써 오래전의 일이었다. 시간은 휘돌아 올라가는 연기처럼 가늘게 펼쳐져 기억의 저편으로 무한히 늘어난 것 같았지만 그 오래전 시간보다 고구마가 더욱 그리웠다.

나는 다시 걷기 시작했다. "따끈따끈하게 구운 캐롤라이나 군밤 사세요!" 노인이 큰 소리로 외쳤다. 길모퉁이에서 노인은 군대식 외투를 두르고, 발에는 마대 자루를 덮었으며, 머리에는 털실로 짠 모자를 쓴 채 종이 봉지들을 느릿느릿 쌓고 있었다. 화로의 선반 아래서 이글거리며 타오르는 석탄의 열기 가까이로 다가가 보니 수레의 한쪽에는 '군고구마'라고 쓰인 조잡한 표시판이 붙어 있었다.

"군고구마 얼마예요?" 나는 갑자기 허기를 느끼며 물었다.

"10센트인데 아주 달아요." 그는 노쇠하여 떨리는 목소리로 대답했다. "이놈들은 모두 변비에도 좋지. 여기 이놈들은 정말 달콤하고 노란 고구마예요. 몇 개나 드릴까?"

"하나요." 나는 대답했다. "그렇게 좋다면 제겐 하나면 충분하죠."

그는 나를 훑어보았다. 그의 눈 끝에는 눈물이 고여 있었다. 그는 싱긋이 웃으며 임시로 만든 오븐의 뚜껑을 열고는 장갑 낀 손을 조심스럽게 넣었다. 철사로 만든 선반에 놓여 있는 고구마 중에는 즙이 나오면서 거품이 이는 것도 있었다. 선반 아래에는 석탄이 이글거리고 있었는데 공기가 들어가자 푸른 불꽃이 낮게 솟아올랐다. 그가 고구마 하나를 꺼내고 뚜껑을 닫는 순간 화끈한 열기가 내 얼굴을 달아오르게 했다.

"여기 있소." 그는 고구마를 봉지에 담으며 말했다.

"봉지는 필요 없어요. 바로 먹을 거예요. 이리 주세요……"

"고맙소." 그는 10센트를 받아 들었다. "만약 달지 않으면 내가 공짜로 하나 더 드리지."

나는 가르기도 전에 그것이 달다는 것을 알 수 있었다. 노란 즙이 부글거리며 껍질 밖으로 삐져나와 있었기 때문이다.

"어서 갈라 보구려." 노인이 말했다. "여기서 바로 드실 거라면 내가 버터를 좀 넣어 드리다. 집으로 가져가는 손님들이 대부분이지. 집에 가면 버터가 다 있으니까."

나는 고구마를 갈랐고 달콤한 알맹이가 차가운 공기 속에 모락모락 김을 냈다.

"이리 가져와 보구려." 그가 말했다. 그는 수레의 한편 선반에서 단지를 꺼냈다. "이쪽으로 대요."

나는 그것을 들고는 그가 고구마 위에 버터를 한 숟가락 붓는 모습과 그것이 스며들어 가는 것을 지켜보았다.

"고맙습니다."

"천만에. 그리고 할 말이 있소."

"무슨 말인데요?" 내가 물었다.

"그 고구마가 한동안 먹어 본 것 중에 가장 맛있는 것이 아니라면 돈을 돌려 드리리다."

"그렇게 확인시켜 주시지 않아도 됩니다." 내가 말했다. "저도 보면 좋은 것인지 알 수 있어요."

"맞소. 그렇지만 좋아 보인다고 다 좋다는 법은 없지. 그래도 이놈들은 좋지만."

나는 한 입 베어 먹었다. 내가 먹어 본 것 중 가장 달고 뜨거운 고구마였다. 갑자기 고향 생각이 물밀듯 몰려오자 나는 감정을 조절하기 위해 돌아섰다. 나는 고구마를 베어 먹으며 걸었고 순간적으로 자유에 대한 강렬한 욕망에 사로잡혔다. 단순히 길을 걸으면서 먹는다는 사실 때문이었다. 그건 신나는 일이었다. 누가 나를 보든, 내가 어떤 행동을 하든 더 이상 걱정할 필요가 없었다. 될 대로 되라지. 그리고 실제로 고구마가 단 것만큼이나 그것은 생각만으로도 꿀맛이었다. 만약 학교나 고향에서 나를 알던 사람이 지나가다 나를 본다면 어떨까. 얼마나 큰 충격을 받을까! 그들을 길옆으로 밀어붙이고는 고구마 껍질로 얼굴을 문질러 줄 테다. 우린 대단한 족속이라는 생각이 들었다. 좋아하는 것을 들이대기만 해도 우리는 엄청난 굴욕감을 느끼니 말이다. 우리 모두는 아니지만 적어도 다수가 그렇다는 이야기이다. 밝은 대낮에 가까이 다가가서 곱 창 한 덩어리나 잘 삶은 돼지 내장만 흔들어도 그렇지! 기절초 풍할 거야. 나는 블레드소에게 다가가는 내 모습을 그려 보았 다. 그는 사람들로 붐비는 노동자 숙소의 로비에서 가장된 겸 손함을 드러내며 서 있다. 나는 그를 보지만 그는 나를 보고도 무시한다. 나는 격분하여 갑자기 한두 자쯤 되는 씻지도 않은 날곱창을 꺼내 들고는 끈적거리는 액체를 뚝뚝 떨어뜨리며 그 의 얼굴 앞에서 흔들며 소리친다.

"블레드소, 당신은 창자를 처먹는 뻔뻔한 인간이야! 돼지 창 자를 즐겨 먹지! 엉! 그것도 그냥 먹는 것이 아니라 남들이 안 본다고 생각될 때 몰래 숨어서 먹지! 당신은 몰래 숨어서 창자 나 즐기는 인간이야! 난 당신이 더러운 버릇에 빠져 있는 인간 이라는 걸 폭로한다. 그것들을 다 꺼내 놔, 블레드소! 우리가 볼 수 있게 다 끄집어 내놓으라고! 나는 세상의 눈앞에 당신을 폭로한다." 그는 몇 미터나 되는 창자들을 나무라는 듯한 흐린 눈을 한 채 모두 꺼내 놓는다. 겨자 잎과 돼지 귀, 돼지고기와 검은눈콩들과 함께.

나는 그 광경이 눈앞에 아른거리자 고구마 때문에 숨이 막 힐 정도로 크게 웃었다. 맞아. 다른 사람들이 보는 앞에서라 면 그가 몸무게가 40킬로그램이고 애꾸눈에 절름발이인 아흔 아홉 살 노파를 강간했다고 폭로하는 것보다도 더 최악의 상 황일 거야! 블레드소는 산산조각이 나고 완전히 쪼그라들겠 지! 깊은 한숨을 몰아쉬며 수치심으로 고개를 들지 못하겠지. 사회적 지위도 잃게 될 것이고. 주말 신문들이 그를 비난할 테 지. 그의 사진 위에 이런 말이 쓰이겠지. "탁월한 교육자가 저

속한 흑인 근성으로 돌아가다!" 그의 경쟁자들은 그를 젊은이들에게 나쁜 본보기라고 비난할 것이다. 그리고 신문 사설들은 그에게 공식적으로 사과하거나 공직에서 물러나라고 요구할 테지. 남부의 백인들은 그를 버리겠지. 그는 이미 어디를 가나 소문이 나 버려서 이사들 모두의 돈을 합쳐도 그의 떨어지는 위신을 올려 세울 수 없을 거야. 결국 추방자로 전락하여 자동판매 식당에서 접시나 닦는 신세가 되겠지. 남부에서는 분뇨차 모는 일자리도 얻지 못할 테니까.

이건 전부 말도 안 되고 유치한 짓이라고 나는 생각했다. 그렇지만 빌어먹을, 좋아했던 걸 가지고 부끄러워하다니! 이제 이런 짓은 그만하자. 나는 나다! 나는 고구마를 게걸스럽게 먹어 치우고는 노인한테 서둘러 되돌아갔다. 그리고 그에게 20센트를 건넸다. "두 개 더 주세요."

"물론이지. 내가 가지고 있는 만큼은 원하는 대로 주겠소. 보아하니 고구마를 아주 좋아하는 게 분명하군, 젊은 친구. 바로 다 먹어 버렸소?"

"네, 받자마자." 내가 대답했다.

"버터를 넣어 줄까요?"

"그래 주세요."

"알았소. 그래야 가장 좋은 맛이 나죠. 확실히 넣어 드리지." 그는 고구마를 건네며 말했다. "손님은 보아하니 옛날식 고구마 애호가 같네."

"선천적으로 그걸 좋아하죠." 나는 말했다. "고구마가 곧 나라고 할 수 있어요."

"그럼 손님은 사우스캐롤라이나 출신인가?" 그는 미소를 지으며 물었다.

"사우스캐롤라이나는 아무것도 아니죠. 제가 온 곳에서는 고구마라면 정말 사족을 못 쓰죠."

"더 먹을 수 있으면 오늘 저녁이나 내일 또 와요." 그는 내 등 뒤에 대고 큰 소리로 말했다. "우리 늙은 마누라가 따끈한 고구마 튀김 파이를 가지고 나올 테니까."

따끈한 튀김 파이라······. 걸어가면서 나는 서글픈 생각이 들었다. 어쩌면 하나를 먹어도 소화가 안 될 거야. 내가 항상 좋아했던 것들에 대해 더 이상 부끄럽게 생각하지 않기로 한 이상 그것들을 많이 소화시킬 수는 없을 것 같았다. 나 스스로가 하고 싶은 것을 하지 않고, 남들이 내게 기대하는 것만 하려고 하면서 얼마나 많은 것들을 잃어 왔던가? 쓸데없는 짓, 얼마나 말도 안 되는 쓸데없는 짓이었나! 그렇지만 실제로 좋아하지 않았던 것들은 어떤가? 그것을 좋아하면 안 돼서가 아니고, 또 그것들을 싫어하는 것이 완숙함이나 교육의 결과로 간주되기 때문도 아니었고 단지 그것이 정말 싫어서 싫어했던 것인가? 바로 이 생각이 나를 괴롭혔다. 어떻게 그걸 알 수 있을까? 그것은 선택의 문제와 연관되는 것이다. 나는 결정을 내리기 전에 여러 가지를 조심스럽게 따져 봐야 했다. 내가 그동안 많은 것들에 대해 주관적인 태도를 취해 본 적이 없는 것만으로도 꽤 많은 문제를 초래할 수도 있는 노릇이었다. 나는 일반적으로 수용되는 태도만을 수용해 왔으며 그 때문에 내 인생은 단순한 것처럼 보였는데······.

그러나 고구마는 아니다. 고구마와 관계된 문제는 하나도 없었다. 고구마는 언제 어디서든 생각만 있으면 먹을 작정이었다.

고구마 수준에서 계속 지내라. 그러면 인생도 달콤하리라. 어쩐지 좀 누르스름하긴 하지만. 아무튼 거리에서 고구마를 먹을 수 있는 자유는 도시에 오면서 내가 기대했던 것에는 훨씬 못 미치는 것이었다. 고구마 끄트머리를 씹는 순간 입 안에 찝찔한 맛이 돌자 거리로 던져 버렸다. 그것은 서리를 맞았던 고구마였다.

바람이 불자 나는 샛길로 들어섰는데 아이들이 그곳에서 종이 박스에 불을 붙이고 있었다. 회색빛 연기가 낮게 깔렸고 그것은 내가 불꽃을 피하려고 고개를 숙이고 눈을 감은 채 걸어가는 사이 더욱 짙어지는 것 같았다. 폐에 통증이 느껴졌다. 나는 고개를 들고 눈을 비비며 기침을 했다. 나는 거의 연기 위로 쓰러질 뻔했다. 그것은 보도를 따라서 큰길로 이어지는 모퉁이까지 뒤범벅이 된 채 쌓여 있었다. 마치 치워지길 기다리는 많은 쓰레기 더미처럼 보였다. 그러고 나서 나는 음울한 얼굴의 사람들을 보았다. 한 건물을 바라보니 두 명의 백인이 노파가 앉아 있는 의자를 끌어내고 있었다. 보고 있자니 노파는 주먹으로 힘없이 그 사람들을 때리고 있었다. 어머니 같은 인상의 노파는 손수건으로 머리를 감싸고 있었으며 남성용 신발과 무거워 보이는 푸른색 남성용 스웨터를 걸치고 있었다. 놀라운 광경이었다. 군중들은 말없이 바라보고 있었다. 두 백인은 의자를 나르면서 노파의 주먹을 피하려고 했다. 노파의 얼굴에는 성난 눈물이 흘렀고 그들을 향해 주먹을 휘두르며 버둥거리고 있었다. 믿을 수가 없었다. 무언가 예감이 들었다. 깨끗하지 못한 일이라는 순간적인 예감이었다.

"제발 좀 내버려 둬요." 그녀는 울부짖었다. "제발 좀 내버려 두라니까!" 남자들은 그녀의 주먹을 피해 머리를 뒤로 빼며 그녀를 불쑥 도로 가장자리에 앉혔다. 그런 후 건물로 서둘러 되돌아갔다.

도대체 무슨 일이야. 나는 주변을 둘러보며 생각했다. 도대체 무슨 일이지? 노파는 훌쩍거리면서 도로 가장자리에 쌓인 물건들을 가리켰다. "이놈들이 해 놓은 짓 좀 봐요." 그녀는 말하면서 눈물이 고인 눈으로 나를 바라보았다.

당황스러워진 나는 시선을 돌려 빠르게 모여드는 군중들을 바라보았다. 건물 위의 창문에서는 사람들이 뚱한 표정으로 엿보고 있었다. 두 남자가 납작해진 서랍장을 옮기느라 계단 끝에 다시 나타났을 때, 나는 또 한 사람이 걸어 나와 그들 뒤에 멈추어 서는 모습을 보았다. 그는 군중들이 모인 것을 바라보며 한쪽 귀를 잡아당겼다.

"서둘러요, 형씨들." 그는 말했다. "서둘러요. 하루 종일 할 수는 없잖아요."

남자들은 서랍장을 가지고 내려왔으며 군중들은 그들이 걸어갈 수 있도록 묵묵히 길을 터 주었다. 그들은 좌우도 둘러보지 않고 건물로 되돌아갔다.

"저것 좀 봐요." 내 근처에 있던 마른 체구의 남자가 말했다. "저런 녀석들은 죽도로 패 줘야 해!"

나는 말없이 그의 얼굴을 들여다보았다. 그의 얼굴은 차가운 공기 속에서 긴장되어 잿빛으로 변했으며 두 눈은 계단을 올라가는 남자들을 따라가고 있었다.

"맞아, 저놈들을 못 하게 막아야 해." 또 다른 남자가 말했다. "하지만 이 가운데에 그만한 용기를 가진 사람이 없단 말이야."

"용기는 충분해요." 마른 사람이 말했다. "필요한 건 누군가 불을 붙여 주는 거죠. 리더만 있으면 돼요. 당신 말은 당신이 용기가 없단 뜻이겠죠."

"누구, 나요?" 그 남자가 말했다. "나 말이오?"

"그렇소, 당신."

"이거나 좀 봐요." 노파가 말했다. "이거나 좀 보라고요." 그녀의 얼굴은 여전히 나를 향해 있었다. 나는 돌아서서 두 사람 옆으로 다가갔다.

"저 사람들이 누구예요?" 나는 더 바짝 붙어 서며 물었다.

"집행관이라던가 뭐 그런 것이오. 저 빌어먹을 놈들이 누구인지 알 바는 아니지만."

"집행관이라고, 엿 먹으라고 그래." 다른 남자가 말했다. "저 짐 나르는 녀석들은 전부 모범수들이지. 일을 마치는 대로 다시 수감될 거야."

"누구든 상관없소. 저 사람들에게 이런 노인들을 길바닥으로 내쫓을 권리는 없잖소."

"저 사람들이 이런 노인들을 아파트에서 쫓아내고 있다는 말이에요?" 내가 물었다. "저 사람들이 여기서 그래도 되는 건가요?"

"이봐요, 어디에서 왔소?" 그는 나를 향해 휙 돌아서며 물었다. "그러면 어디서 이들을 쫓아내는 것 같소? 호화판 열차에서? 지금 강제로 퇴거당하는 거라니까!"

나는 당혹스러웠다. 모두들 돌아서서 나를 바라보았다. 나는 퇴거당하는 광경을 본 적이 없었다. 누군가 히죽거리며 웃었다.

"그 친구 어디에서 왔대요?"

뜨거운 열기가 순간적으로 몰려왔으며 나는 돌아서서 말했다. "이봐요." 내 목소리에서 날카로움이 느껴졌다. "나는 상식적인 걸 물었던 겁니다. 대답할 생각이 없으면 안 하면 되잖아요. 그렇지만 나를 우스운 꼴로 만들 생각은 말아요."

"우스운 꼴? 염병할, 검둥이들은 다 우스운 꼴이지. 도대체 당신은 누구요?"

"몰라도 돼요. 나는 그냥 나예요. 나한테 쓸데없는 말은 지껄이지 말아요." 나는 그를 향해 내뱉듯이 말했다.

바로 그때 짐을 나르던 남자가 물건을 한 아름 들고서 계단을 내려왔다. 그때 노파가 그에게 매달리며 고함을 질렀다. "내 성경에서 손 떼지 못해!" 그러자 사람들이 앞으로 몰려갔다.

백인이 성난 눈동자로 사람들을 훑어보았다. "어디요, 할머니?" 그는 말했다. "성경은 안 보여요."

그때 그녀가 그의 팔에서 책 한 권을 홱 잡아채는 것이 보였다. 그녀는 그것을 허겁지겁 움켜쥐고는 날카로운 비명을 질렀다. "이놈들이 댁들 집에도 쳐들어 가서 자기들 맘대로 할 수 있잖아요. 그냥 쿵쾅거리고 들어와서 우리 생활을 뿌리 채 망가뜨린단 말이에요. 그렇지만 여기 이것은 마지막 희망이란 말이야. 내 성경까지 만지면 안 돼!"

백인은 사람들을 바라보았다. "이봐요, 할머니." 그는 그녀보다는 우리를 향하여 말했다. "나도 이러고 싶지 않아요. 그렇지만 어쩔 수 없어요. 나보고 이 일을 처리하라고 보냈는데 어떡하겠어요. 나한테 권한이 있다면 지옥이 얼어붙을 때까지라도 여기 살아도 상관없는데……."

"이놈의 백인 놈들, 오 하느님. 이놈의 백인 놈들." 그녀는 눈을 하늘로 치켜뜨고 신음 소리를 냈다. 그때 한 노인이 나를 밀치고 그녀에게 갔다.

"여보, 여보." 그는 그녀의 어깨 위에 손을 얹으며 말했다. "그놈의 중개인이 문제야. 이 사람들이 아니라. 그 중개인 때문이라고. 그놈은 은행과 관계있다고 하지만, 당신도 알잖아, 그놈이 장본인이라는 걸. 그놈과 이십 년이 넘게 거래를 해 왔으니."

"그런 말 말아요." 그녀가 말했다. "다 똑같은 백인 놈들이라니까요. 한 사람이 아니라. 그놈들은 모두 우리를 경멸하잖아요. 하나도 빠짐없이 더러운 놈들이에요."

"그녀 말이 맞아요!" 쉰 목소리가 들려왔다. "그녀 말이 맞아요! 그놈들은 다 그래요!"

무언가가 내 안에서 강렬하게 움직였다. 그리고 잠시 다른 사람들에 대해서는 잊어버렸다. 나는 그들에게서 자의식을 찾을 수 있었다. 마치 그들이, 아니 우리가 강제 퇴거의 현장을 목격한 것이 부끄러운 듯, 어떤 수치스러운 사건에 우리 모두가 어쩔 수 끼어들게 된 듯 말이다. 그래서 우리는 도로변에 늘어놓은 물건을 손대거나 유심히 보지 않으려고 조심했다. 우리는 보고 싶지 않은 것을 보고 있었기 때문이다. 부끄러우면서도 궁금하고 흥미를 느꼈지만 말이다. 또 그 늙은 여성이 그 일이 벌어지는 내내 가슴이 메어지는 울음소리를 냈기 때문이기도 했다.

나는 노인들을 바라보았다. 내 눈이 불타오르고 목이 메어오는 걸 느꼈다. 노파의 울음은 나에게 이상한 영향을 주었다. 마치 어린아이가 부모의 눈물을 보며 울음에 대한 두려움과 공감을 동시에 느끼는 것처럼 말이다. 나는 내가 두려워했던 뜨겁고, 어두우며 소용돌이쳐 오르는 감정으로 인해 그 노부부에게 끌리는 무엇을 느끼며 돌아서서 갔다. 그들이 길가에서 울고 있는 광경이 나에게 어떤 감정을 전달해 주는 것 같았으며 나는 그것을 경계했던 것이다. 나는 발길을 옮기고 싶었지만 그러기에는 너무 창피했으며, 또 그 광경을 피하기에는 이미 너무나 빠른 속도로 그 사건의 일부가 되어 버렸던 것이다.

나는 옆으로 비켜서서 두 남자가 계속해서 인도에 쌓고 있는 뒤죽박죽이 된 살림살이들을 바라보았다. 그러다가 사람들에게 등을 떠밀리면서 아래를 보게 되었다. 동그란 액자 속에서 늙은 부부의 젊은 시절의 초상이 나를 바라보고 있었다. 슬프면서도 강한 위엄이 서린 얼굴이었다. 나는 어두운 거리에서 신경질적으로 지껄여 대는 목소리처럼 이상한 기억들이 머릿속에 울려 퍼지는 걸 느낄 수 있었다. 나를 바라보는 사진 속 얼굴들은 마치 19세기에조차도 거의 세상에 기대하는 것이 없었던 것처럼 보였다. 환상에 빠지지 않은 긍지와 미소를 머금은 얼굴이 갑자기 질책과 경고처럼 생각되었다. 내 시선은 조잡하고 번들번들하게 조각된 한 쌍의 골제품으로 옮겨 갔다. 그것은 '딱따기'로, 흑인 악단이 통속무용의 반주에 사용하던 것이었다. 소나 양의 납작한 늑골로 만드는 것인데 그것을 치면 마치 묵직한 캐스터네츠나 드럼의 테두리를 때리는 것 같은 소리가 났다.(이 사람이 악단이었을까?) 여러 개의 화분이 더러운 눈 위에 일렬로 놓였다. 아이비, 칸나, 토마토였는데 차가운 기온 때문에 분명 죽게 될 것이다. 바구니 안에는 머리카락을 펴는 빗, 가발 몇 타래, 머리를 마는 인두, 진홍색 벨벳 바탕에 은색 글씨가 새겨진 카드가 보였다. 카드에는 "신이여, 우리 가정을 축복하소서."라고 쓰여 있었다. 옷장 위에는 행운의 돌인 정복자 존의 광석들이 흩어져 있었다. 나는 백인들이 바구니 하나를 내려놓는 모습을 보았다. 그 안에는 얼음사탕과 장뇌가 가득 든 위스키 병과 작은 이디오피아 국기, 에이브러햄 링컨의 빛바랜 철판 사진, 그리고 잡지에서 뜯어낸 영화배우의 웃는 사진이 들어 있었다. 그리고 베개 위에는 세인트 루이스 세계박람회를 기념하여 제작된, 심하게 금이 가 버린 정교한 중국식 접시들이 놓여 있었다. 나는 현기증을 느끼며 흑옥과 진주가 박히고 레이스가 달린, 접혀 있는 낡은 부채를 바라보았다.

백인들이 다시 나타나자 사람들이 모여들었다. 그들이 서랍장을 넘어뜨리자 내용물들이 눈 위의 내 발 앞으로 쏟아졌다. 나는 허리를 굽혀서 물건들을 치우기 시작했다. 구부러진 비밀공제조합 기장, 녹슨 소매 단추 한 세트, 구리 반지 세 개, 행운을 위해 못으로 구멍을 뚫어 발목에 끈으로 걸 수 있게 만든 10센트짜리 동전 한 개, 어린아이 글씨로 "할머니 사랑해요."라고 쓰인 예쁜 카드 한 장. 또 다른 카드에는 흑인으로 분장한 백인이 오두막 문간에 앉아 밴조를 퉁기는 사진이 붙어 있었다. 그 위에는 한 소절의 악보와 "나의 옛 오두막으로 돌아가는 길"이라는 가사가 적혀 있었다. 못 쓰게 된 홉입기 한 개, 변색된 고리가 달린 반짝이는 유리 목걸이 한 개, 토끼발 하나, 포수의 글러브 모양으로 생긴 셀룰로이드 야구 점수판 하나. 거기에는 수년 전 어느 게임의 점수가 기록되어 있었다. 오래돼서 고무 꼭지 부분이 누렇게 변한 구식 수유기 하

나. 낡은 아기 신발과 색이 변하고 쭈글쭈글해진 파란색 리본으로 묶인 먼지 낀 어린아이 머리카락 한 타래. 나는 구역질이 날 것 같았다. 나는 손에 '무효'라는 천공이 찍힌, 시효가 지난 세 장의 생명보험증을 들고 있었다. 그리고 '마커스 가비* 추방되다'라는 문구와 함께 덩치 큰 흑인의 사진이 있는 누렇게 바랜 신문 한 장.

나는 몸을 돌려 허리를 구부리고는 내가 보지 못한 것이 있나 찾아보려고 더러운 눈 위를 살폈다. 그러던 중 꽁꽁 얼어붙은 발자국 속에 놓인 무언가에 손가락이 닿았다. 그것은 아주 얇은 종이였고 오래돼서 부스러질 것 같은 상태였다. 검정 잉크로 쓴 글씨는 노랗게 변색되어 있었다. 무슨 내용인지 읽어 보았다. "해방 증서. 만인에게 고하노니, 1859년 8월 6일부로 나의 하인 프리머스 프로보는 나의 허락하에 자유의 몸이 되었음. 서명 : 존 사뮤엘즈, 메이컨에서……." 나는 그것을 황급히 접었다. 그리고 노란 종이 위에서 반짝이는, 눈이 녹은 물방울을 닦아 내고는 서랍에 다시 집어넣었다. 나는 손이 떨렸고 마치 장거리를 달려온 것처럼, 복잡한 거리에서 웅크리고 있는 뱀이라도 본 것처럼 숨소리가 거칠어졌다. 이건 그것보다 오래전 일이야, 더 오래전에 사라진 일이야. 나는 혼자 중얼거렸다. 그렇지만 아직도 해결되지 않았다는 걸 나도 안다. 나는 옷장에 서랍을 다시 넣고는 술 취한 모양으로 그것을 길 가장자리로 밀고 갔다.

그러나 생각처럼 되질 않았다. 입 안으로 쓰디쓴 위산이 올

---

* 흑인 분리 독립을 주장한 인권 운동가.

라 와서 노파의 물건들을 향해 뱉었다. 나는 돌아서서 뒤범벅이 된 물건들을 물끄러미 바라보았다. 사실 내 눈앞에 널린 것들을 바라본 것이 아니라 내면으로나 외면으로나, 아득히 멀고 오래전에 존재한 어둠 속으로 들어가는 모퉁이를 본 것이었다. 그것은 내 자신의 기억이라기보다는 떠오르는 말들이었고, 서로 연결된 말들의 메아리이고 이미지였으며, 고향에서 귀를 기울이지 않아도 들려오던 그런 것이었다. 그것은 마치 나 스스로가 잃어버려서는 안 될 것을, 고통스럽지만 값진 어떤 것을 박탈당하는 느낌이었다. 그리고 그것은 썩은 이빨처럼 곤혹스러운 문제이다. 말하자면 짧지만 격심한 고통을 참아 내면 그것을 제거할 수 있는데도 막연히 고통을 감수하며 살아가는 것과 같다. 이러한 박탈감과 함께 어렴풋한 인식의 고통도 따라왔다. 이 쓰레기, 허름한 의자들, 무거운 구식 다리미들, 바닥이 우그러진 양은 세숫대야들. 이 모든 것들이 보통 때보다 더 많은 의미를 가지고 내 마음속에서 요동쳤다.

왜 나는 사람들 사이에서 어느 바람 부는 추운 겨울날 빨래를 널던 어머니의 환상을 보았을까? 너무나도 춥다 보니 따듯한 빨래들이 김이 증발하기도 전에 얼어 버려 빨랫줄에 뻣뻣하게 매달려 있었지. 치맛자락을 날리는 바람 속에서 어머니의 손은 희고 거칠었어. 어머니의 희끗희끗한 머리는 어두워진 하늘에 그대로 드러나 보였고……. 왜 그것들은 물체로서의 본질적인 의미를 훨씬 넘어와 나를 불편하게 하는 걸까? 그리고 왜 나는 지금 좁은 거리에 부는 차가운 바람에 펄럭이며 금방이라도 들려 올라 갈 듯 위협하는 베일 뒤에 있는 그 모습들을 보는 걸까?

"안으로 들어갈 테야!" 고함치는 소리에 나는 휙 돌아섰다. 노부부는 계단 위에 가 있었다. 노인은 아내의 팔을 붙잡고 있었고 백인들은 위에서 몸을 내밀었다. 나는 사람들에게 떠밀려 계단 가까이까지 갔다.

"들어가면 안 돼요, 할머니." 백인 남자가 말했다.

"기도하고 싶어!" 그녀가 말했다.

"어쩔 수 없어요, 할머니. 거기 바깥에서 기도하셔야 해요."

"들어간다니까!"

"이 안에서는 안 돼요!"

"그냥 들어가서 기도만 한다니까." 그녀는 성경을 꽉 움켜쥐며 말했다. "이런 길거리에서 기도하는 건 옳지 않아!"

"미안해요." 그는 말했다.

"이봐요, 들어가서 기도하게 놔둬요." 사람들 속에서 누군가 말했다. "어차피 그 사람들 물건을 모조리 바깥에다 내놨잖소. 뭘 더 원하시오? 피라도 보겠단 말이오?"

"맞소, 노인들이 기도하도록 내버려 둬요."

"우리는 바로 그게 문제야. 그 빌어먹을 기도 말이야." 다른 누군가 말했다.

"들어가면 안 돼요, 알았어요?" 백인이 말했다. "법에 따라 강제 퇴거를 당한 거란 말이에요."

"그렇지만 안에 들어가 마루에 무릎 꿇고 기도만 하겠다는 거잖소." 노인이 말했다. "여기서 이십 년이 넘도록 살아왔소. 그런데 우리가 단 몇 분조차도 들어갈 수 없는 까닭을 알 수가 없으니……."

"이봐요, 내가 말했잖아요." 백인이 말했다. "나는 지시를 받왔어요. 이제 시간 낭비하지 맙시다."

"들어갈 거야!" 노파가 말했다.

너무 갑작스럽게 일어난 일이라 나는 종잡을 수가 없었다. 노파가 성경을 움켜쥐고는 계단으로 서둘러 올라갔고 그녀의 남편이 뒤를 따랐다. 그리고 백인은 그들 앞에 양팔을 벌리고 섰다. "잡아넣을 거요." 그는 고함을 질렀다. "맹세코 잡아넣을 거라고!"

"그 할머니한테서 손 떼지 못해!" 사람들 속에서 누군가 외쳤다.

그때 계단 꼭대기에서 백인들이 노인을 밀어붙였고 나는 노파가 뒤로 넘어지는 걸 보았다. 마침내 사람들은 분노를 터뜨렸다.

"저 쓰레기 같은 녀석을 잡아라!"

"저놈이 할머니를 때렸어!" 서인도 여성이 내 귀에 대고 비명을 질렀다. "저 더러운 짐승 녀석이 할머니를 때렸어!"

"물러서, 안 그러면 쏠 테다." 백인은 눈을 부릅뜨고 총을 꺼내 들면서 외쳤다. 그는 두 모범수가 팔에 물건을 잔뜩 들고는 어쩔 줄 모르고 서 있는 문 쪽으로 물러섰다. "정말 쏠 테다! 당신들은 지금 무슨 짓을 하고 있는지 몰라. 어쨌든 쏠 테다!"

사람들은 주춤했다. "그 총엔 총알이 여섯 발밖에 안 들었잖아." 작은 남자가 소리쳤다. "다 쏘고 나면 어쩔 건데?"

"그래, 그러면 염병할 네놈이 숨을 곳은 없어."

"이 일에 상관하지 않는 것이 좋을걸." 집행관이 소리쳤다.

"이 동네에 와서 우리 여자를 때릴 수 있다고 생각했나, 이 바보야?"

"잔소리 그만 하고 저 개새끼를 잡아 죽이자!"

"다시 생각하는 게 좋을걸." 백인이 소리쳤다.

나는 사람들이 계단으로 달려 올라가는 것을 보았으며 갑자기 머리가 쪼개지는 것 같은 느낌이 들었다. 사람들이 백인을 공격할 것이 분명해 보였다. 나는 두렵기도 하고 화가 나기도 했다. 불쾌하기도 하고 흥분되기도 했다. 나는 그걸 원하기도 했으나 결과가 두렵기도 했다. 그리고 내가 목격한 것에 대하여 분노하고 화가 치밀기도 했지만 두려움에 휩싸이기도 했다. 그것은 그 백인이나 폭력에 대한 결과 때문이 아니라 그 폭력의 장면이 내 안에 풀어 놓을지도 모르는 그 어떤 것 때문이었다. 그리고 그 밑에서 내가 평생 동안 배웠던 완충 작용을 하는 문구들이 끓어올랐다. 나는 마치 거대한 암흑 구멍의 가장자리에서 비틀거리는 것 같았다.

"안 돼요, 안 돼." 나도 모르게 고함을 지르고 있었다. "흑인 여러분! 형제들! 흑인 형제들! 이건 올바른 방법이 아닙니다. 우리는 법을 지키는 사람입니다. 쉽게 분노하지 않는 사람들입니다."

나는 재빠르게 사람들 사이를 뚫고 나가 그들을 마주하고 계단에 서서 생각할 겨를도 없이 감정에 북받쳐서 말을 쏟아 냈다. "우리는 법을 지키는 사람입니다. 그리고 쉽게 분노하지 않는 사람들입니다……." 사람들은 동작을 멈추고 내 말을 들었다. 심지어 백인조차도 놀란 모습이었다.

"맞아, 그렇지만 지금은 모두 열 받았다고." 누군가 외쳤다.

"네, 맞습니다." 나는 대답했다. "우리는 화가 났습니다. 그렇지만 현명해집시다. 그러니까 내 말은…… 지난번 신문에 났던 위대한 지도자의 현명한 행동을 본받자는 겁니다…….”

“누구? 누구 말이에요?” 서인도 여성이 외쳤다.

“서둘러! 이 친구는 무시하고 누가 저 백인 자식을 도우러 오기 전에 어서 잡아서 혼을 내 주자고…….”

“안 돼요, 잠깐.” 나는 고함을 질렀다. “지도자를 따릅시다. 우리 조직을 만듭시다. 조직을. 우리는 현명한 지도자 역할을 해 줄 사람이 필요합니다. 읽어 봤을 겁니다. 알라바마에서 있었던 일. 그분은 마음속의 분노에도 불구하고 현명한 선택을 할 수 있는 강한 분이었습니다…….”

“누구요, 누구 말이오?” 바로 이거다. 나는 속으로 외쳤다. 사람들이 듣고 있다. 열심히 듣고 있다. 아무도 웃지 않는다. 만약 웃는다면 나는 죽어야지! 나는 배에 힘을 주었다.

“그 현명한 분은.” 나는 말했다. “읽으신 대로, 군중들 속에서 도망간 탈주자가 그의 학교로 달려 들어가 보호를 요청했지만, 그 현명한 분은 법을 준수하는 일을 할 수 있을 만큼 강건하셔서 그를 법과 질서의 집행자들에게 넘겨주시고…….”

“그래.” 어디서 목소리가 울려 퍼졌다. “그래, 그래서 그놈들이 그를 붙잡아 족칠 수 있었겠지.”

맙소사. 이건 아니다. 기술이 부족했나 보다. 이건 내가 의도했던 반응이 아니야.

“그는 현명한 지도자였습니다.” 나는 고함을 질렀다. “그분은 법의 테두리 안에 있었습니다. 지금 그것이 바로 현명한 행동이 아니겠습니까?”

“그래, 그분은 현명하시겠지.” 한 남자가 분노의 웃음을 터뜨렸다. “자, 이제 저리 비키시지. 우리가 이 백인 자식을 때려잡게 말이야."

사람들이 고함을 질렀고 나는 최면이라도 걸린 듯 웃음으로 응수했다.

"하지만 그것이 인간으로서 해야 할 도리가 아닙니까? 결국 그분은 자신을 보호해야 했습니다. 왜냐하면……."

"그 사람은 백인에게 아첨하는 쥐새끼야!" 한 여성이 소리를 질렀다. 그녀의 목소리는 경멸감으로 부글거렸다.

"맞아요, 맞습니다. 그는 현명하고 비겁했습니다. 하지만 우리는 어떻습니까? 우리는 어떻게 해야겠습니까?" 나는 그녀의 반응에 갑작스럽게 전율을 느끼며 고함을 질렀다. "저 사람을 보세요." 나는 외쳤다.

"그렇소, 저 사람을 보시오!" 중산모를 쓴 노인이 마치 교회에서 목사에게 대답하듯 소리쳤다.

"그리고 저 노부부를 보시오……."

"그렇소. 프로보 자매는 어떻소?" 그는 말했다. "이건 지독하게 부끄러운 일이오!"

"그리고 저기 길바닥에 던져진 물건들을 보세요. 저 눈 위에 나뒹구는 저분들의 물건들을 한번 보시라고요. 연세가 어떻게 되십니까, 어르신?" 나는 큰 소리로 물었다.

"여든일곱이네." 노인은 나지막하고 당황스러운 목소리로 대답했다.

"그게 어떻습니까? 크게 외쳐 주세요. 쉽게 분노하지 않는 우리 동포들이 들을 수 있도록."

"나는 여든일곱 살이오!"

"들으셨습니까? 이분은 여든일곱입니다. 여든일곱. 이분이

여든일곱 해 동안 쌓아 온 걸 보세요. 닭 내장처럼 눈 바닥에
흐트러진 것들 말입니다. 그래도 우리는 법을 지키고 쉽게 분
노하지 않는 민족입니다. 한 주 동안 하루도 빠짐없이 한쪽 뺨
을 맞으면 다른 뺨을 내밀었죠. 우리는 어떻게 해야 할까요?
여러분은 어떻고, 저는 어떻습니까? 이분은 어떻게 해 오셨을
까요? 어떻게 해야 될까요? 저는 우리가 현명한 행동, 법을 준
수하는 행동을 해야 한다고 생각합니다. 이 난장판을 보세요.
이 두 노인이 이런 난장판에서 살아야겠습니까, 더러운 방에
갇혀서? 정말 위험한 일입니다. 화재 위험도 있죠! 낡고 금이
간 접시와 부서져 내린 의자들. 그렇습니다. 그렇습니다! 저 할
머니를 보세요. 어쩌면 누군가의 어머니이고, 누군가의 할머니
일 수도 있습니다. 우리는 그들을 '큰 엄마'라고 부르죠. 저분
들은 저희들의 응석을 받아 주었습니다……. 하지만 저희는 법
을 지킵니다……. 저는 바구니 속에서 뼈로 된 물건들을 보았
습니다. 목뼈가 아니라 늑골이었죠. 딱따기였습니다……. 이 노
부부는 춤을 추곤 했던 겁니다……. 저는 보았습니다. 무슨 일
을 하시죠, 아버님?" 내가 물었다.

"나는 일용직 노동자라네……."

"……일용직 노동자, 모두들 들었죠? 그렇지만 눈 바닥에 곱
창처럼 나뒹구는 그의 물건들을 보세요……. 그의 노동의 대가
가 어디로 갔습니까? 저분이 거짓말을 하는 겁니까?"

"절대 아니지. 거짓말이 아니야."

"아냐, 아니고말고."

"그러면 이분의 노동의 대가는 다 어디로 갔나요? 이분의
낡은 블루스 음반들과 할머니의 화분들을 보세요. 이분들은

소박한 분들입니다. 그런데 모든 것들이 마치 쓰레기처럼 내동 댕이쳐져서 태풍 속으로 여든일곱 해의 세월이 휘말려 가 버렸습니다. 여든일곱 해의 세월, 그것이 마치 폭풍우 속의 콧바람처럼 획! 저분들을 보세요. 저분들은 우리 어머니, 우리 아버지 같습니다. 우리 할머니, 우리 할아버지 같습니다. 저는 여러분을 닮았고, 여러분은 저를 닮았습니다. 저분들을 보세요. 하지만 우리는 현명하고 법을 지키는 사람이란 걸 잊지 마세요. 여러분 저 위의 문에 45구경 권총을 들고 서 있는 법을 보면서 그것을 잊지 마세요. 저자를 보세요. 푸른 강철로 만든 권총을 들고 푸른색 서지 양복을 입고 있는, 혹은 45구경을 들고 있는 한 사람을. 여러분, 우리는 저마다 열 명을 보고 있습니다. 열 개의 총과 열 개의 따뜻한 옷, 열 개의 살찐 배와 일천만 개의 법을 보고 있습니다. 법, 그게 바로 남부에서 그들을 부르는 호칭입니다.

우리는 현명하고 법을 지키는 사람입니다. 그리고 여기 모서리가 접힌 성경을 들고 계시는 할머니를 보세요. 이분이 여기서 무엇을 얻으려는 걸까요? 이분은 신앙을 머리로 생각하십니다. 그렇지만 신앙이란 마음에 있는 것이란 사실을 우리 모두 알고 있습니다. 머리가 아니죠. '마음이 순수한 자는 축복을 받느니'라는 말이 있죠. 머리가 가난한 자에 대해서는 아무 말도 없습니다. 이분이 원했던 것은 무엇이죠? 머리가 맑은 자는 어떻게 하죠? 너무 시력이 좋아서 거짓말을 놓칠 리가 없는 얼음물의 시력을 가진, 맑은 눈을 가진 자는요? 서랍이 열린 저분의 캐비닛을 보세요. 저것을 채우는 데 여든일곱 해가 걸렸습니다. 그 안에는 잡동사니만 가득합니다. 그리고 이제 그녀는 법을 어기려고 합니다……. 저분들에게 무슨 일이 일어난 것입니까? 저분들은 우리 민족이고 여러분의 민족이고 나의 민족입니다. 여러분의 부모이고 나의 부모입니다. 저분들에게 무슨 일이 있는 것이지요?"

"내가 말하지!" 한 뚱뚱한 남자가 사람들을 밀치면서 외쳤다. 그의 얼굴에는 분노가 가득했다. "염병할, 이분들은 재산을 박탈당했단 말이야. 이 미친 개자식아, 썩 꺼져!"

"재산 박탈이라고요?" 나는 손을 들면서 목에서 날카로운 소리가 나오도록 외쳤다. "그거 좋은 말이네요. 재산 박탈! 재산 박탈. 여든일곱 해와 무엇을 박탈한다고요? 저분들은 아무것도 없어요. 그 사람들이 가져갈 것도 없어요. 저분들은 무언가를 가져 본 적이 없어요. 그러면 누가 박탈당한다는 것이죠?" 나는 으르렁거리며 말했다. "우리는 법을 지키는 사람입니다. 그러면 누가 박탈당하고 있는 것이죠? 우리일까요? 이 노인들은 눈 바닥으로 쫓겨났습니다. 그러나 우리가 여기 그들과 함께 있습니다. 이분들의 물건을 보세요. 쉬쉬하며 욕할 구멍도 없고 사건을 외쳐 댈 창문도 없습니다. 그러나 우리가 함께 있습니다. 이분들을 보세요. 들어가서 기도할 오두막도 없고 블루스를 함께 부를 뒷골목도 없습니다! 이분들은 권총 앞에 섰으며 우리도 이분들과 함께 그 앞에 섰습니다. 이분들은 세상을 달라고 하는 것이 아닙니다. 단지 예수님만을 원하고 있습니다. 이분들은 예수님만을 원할 뿐입니다. 양탄자도 깔리지 않은 마룻바닥에서 단 십오 분만 예수님을 만나고 싶어 하는데……. 어떻습니까, 법 집행관님? 당신은 세상을 소유하셨으니 우리는 우리의 예수님을 소유할 수 있겠습니까?"

"나는 지시를 받았다네, 젊은 친구." 백인은 빈정대며 권총을 흔들면서 말했다. "자네 잘하고 있네. 사람들에게 이 일에 상관하지 말라고 말해 주게. 이건 합법이고 나는 필요하면 발포할 테니까……."

"그렇지만 기도는 어떡하고요?"

"안으로 들어갈 수 없다니까!"

"정말입니까?"

"정말이고말고." 그가 대답했다.

"이 사람을 보세요." 나는 성난 사람들을 향해 소리쳤다. "푸른색 강철 권총과 푸른색 서지 양복을 입은 이 사람을 보세요. 이 사람 말을 들었겠죠. 이 사람은 곧 법입니다. 이 사람 말이, 우리가 법을 지키는 사람이라서 우리를 쏘겠다고 합니다. 그래서 우리는 재산을 박탈당했고요. 더 웃긴 것은 이 사람은 자신을 신이라고 생각하네요. 저 위를 보세요. 범죄자를 양옆에 두고 기둥에 기대어 서 있는 저 사람을 보세요. 찬바람이 느껴지지 않나요? 바람이 이렇게 묻는 소리가 들리지 않나요? '중노동을 해서 무엇을 얻었소? 무엇을 했소?' 여러분이 여든일곱 해 동안 못한 것을 돌아보면 부끄러운 생각이 들 것입니다……."

"저들에게 그것을 말해 주게나, 형제." 한 노인이 가로막았다. "그러면 자기가 사람이 아니란 걸 느끼게 될걸세."

"네, 이 노부부는 꿈에 관한 책을 가지고 있어요. 그러나 책장은 비어 있고 페이지 숫자도 없어요. 이 책의 제목은 '보고 있는 눈'입니다. '위대한 제도적 해몽서', '아프리카의 비밀', '이집트의 지혜'로도 불렸습니다. 하지만 눈은 멀었고 광채를 잃었어요. 모두 백내장이 끼어서 사팔뜨기 목수처럼 똑바로 보지 못합니다. 우리가 가진 것은 성경이 전부인데 지금 법이 그것을 갖지 못하게 합니다. 그러면 우리는 어디로 가야 할까요? 여기서 어디로 가야 할까요, 냄비 하나 없이……."

"우리는 저 백인 자식한테 간다." 뚱뚱한 사내가 계단으로 올라가면서 외쳤다.

누군가가 나를 밀쳐냈다. "안 돼, 잠깐만요." 나는 소리쳤다. "이제 여기서 꺼져."

사람들이 갑자기 밀치는 바람에 나는 뒤로 넘어졌으며 그 순간 한 발의 총성이 들렸다. 나는 어지럽게 빙빙 도는 발길들의 소용돌이 속에 빠졌으며 차가운 눈이 내 손 위에서 짓밟혀 뭉개졌다. 위에서는 봉투를 터트리는 것 같은 총소리가 또 한 번 들려왔다. 나는 가까스로 일어서서, 계단 꼭대기에서 총을 쥔 백인의 손이 요란하게 움직이는 사람들의 머리 위로 들려 올라가는 광경을 보았다. 그리고 다음 순간 사람들은 그를 눈 바닥으로 끌어냈다. 그들은 필사적으로 힘을 쓰느라 낮고 팽팽하게 긴장된 소리를 내면서 좌우에서 백인을 향해 주먹을 날렸다. 하나의 불평 소리가 천 번의 조용한 주먹질과 이글이글 타오르는 저주로 폭발했다. 나는 한 여자가 뾰족한 구두 굽으로 때리는 모습을 보았다. 그녀는 움푹 들어간 검은 눈에 무표정한 얼굴로 그를 겨냥하여 때리고, 또 겨냥하여 때리기를 반복하여 결국 피를 솟구치게 만들었다. 그리고 사람들이 태형을 하듯 양쪽에 서서 주먹질을 하는 동안, 그녀는 그의 다리를 질질 끌고 가는 남자 곁에 서서 함께 따라갔다. 갑자기 수갑 한 쌍이 번쩍 빛나며 허공으로 날아가 반원을 그리며 길 건너편에 떨어지는 것이 보였다. 한 소년이 사람들 틈을 비집고 들어가 집행관의 말쑥한 모자를 주워 썼다. 집행관은 이쪽 저쪽으로 휘둘리다가 재빠른 주먹질을 당하면서 밀려갔다. 나는 흥분하여 어찌할 줄을 몰랐다. 사람들은 마치 덩치 큰 남자가 좁은 공간에서 몸을 돌려 보려고 하듯 이리저리 몸을 돌리면서 그를 향해 몰려갔다. 그중에는 웃는 사람도 있었고, 욕을 퍼붓는 사람도 있었으며, 계속 침묵을 지키는 사람도 있었다.

"이 짐승 같은 놈이 저 얌전한 할머니를 때렸어, 저 불쌍한 분을!" 서인도 여자가 외쳤다. "흑인 여러분, 저런 짐승을 본 적이 있습니까? 저놈이 신사입니까? 짐승이지요? 그에게 본때를 보여 주세요, 흑인 여러분. 저 짐승에게 천 배로 갚아 줍시다. 저놈의 3대, 4대까지도 이어질 수 있도록 되돌려 줍시다. 저놈을 때려 줘요. 우리의 자랑스러운 흑인 여러분. 당신들의 흑인 여자들을 보호해요! 저 건방진 놈에게 자손 대대로 이어지도록 빚을 갚아 줍시다!"

"우리는 재산을 박탈당했어요." 나는 목소리를 높여서 외쳤다. "박탈당했으며 우리는 기도를 원합니다. 들어가서 기도합시다. 커다란 기도회를 엽시다. 그렇지만 앉을 의자가 필요할 텐데……. 무릎을 꿇고 기도를 하려면 의자가 좀 필요합니다!"

"여기 의자가 좀 있어요." 한 여자가 인도 쪽에서 외쳤다. "의자 몇 개를 가지고 들어가면 어때요?"

"좋습니다." 나는 큰 소리로 대답했다. "다 가져와요. 저 쓰레기는 숨기세요! 그것들을 원래 있던 곳에 가져다 놓으세요. 그것들 때문에 도로와 인도가 막혔어요. 그러면 법에 위배되거든요. 우리는 법을 지키는 사람입니다. 그러니 거리에서 쓰레기를 치웁시다. 안 보이는 곳으로 옮겨 놓으세요. 숨깁시다. 저분들의 수치를 숨깁시다! 우리들의 수치를 숨깁시다!"

"서두르세요, 여러분." 나는 계단을 뛰어 내려가 의자 하나를 들고 올라가면서 고함을 질렀다. 내 행동의 의미에 대해서 더 이상 갈등하거나 생각하지 않았다. 다른 사람들은 나를 따라서 가구를 들어 건물 안으로 옮겼다.

"진작 이랬어야 했어." 한 남자가 말했다.

"맞아, 확실히 이렇게 했어야 해."

"기분이 너무 좋아요." 한 여자가 말했다. "기분이 너무나 좋아요!"

"흑인 여러분, 정말 당신들이 자랑스러워요." 서인도 여자가 가는 목소리로 외쳤다. "자랑스럽다고요!"

우리는 서둘러 썩은 배추 냄새가 나는 어둡고 좁은 아파트 안으로 들어갔다. 그리고 가구들을 내려놓고 나머지를 가지러 나갔다. 남자, 여자, 아이들 할 것 없이 모두들 물건들을 들고 소리치거나 웃으면서 안으로 들어왔다. 나는 두 모범수를 찾아보았지만 이미 사라져 버렸다. 그런 후 거리로 내려오다가 한 사람을 본 것 같았다. 그는 의자를 안으로 옮기던 중이었다.

"당신도 법을 지키는 사람이군요." 나는 큰 소리로 말했지만 알고 보니 다른 사람이었다. 백인이었지만 전혀 다른 사람이었다.

그 남자는 나를 향해 웃으면서 안으로 들어갔다. 내가 거리로 다시 나왔을 때는 몇 명의 남녀가 서서 가구가 들어갈 때마다 격려를 보내고 있었다. 마치 무슨 축제일 같았다. 나는 그것을 막고 싶지 않았다.

"저 사람들 누구예요?" 나는 계단 위에서 물었다.

"어떤 사람들 말이오?" 누군가 되물었다.

"저기." 나는 그들을 가리키며 말했다.

"저기 백인들 말이오?"

"네, 저들이 뭘 원하는 거죠?"

"우리는 민중의 친구들입니다." 백인들 중 하나가 소리쳤다.

"누구의 친구들이라고요?" 나는 그 사람이 "당신네 민중들."이라고 대답하면 그에게 바로 달려들 기세로 물었다.

"우리는 모든 사람의 친구들이란 말이오." 그가 외쳤다. "우리는 여기 도와주기 위해 왔소."

"우리는 형제애를 믿소." 다른 사람이 외쳤다.

"그렇다면 소파를 들어서 옮겨 주시오." 나는 대답했다. 나는 그들과 함께 있는 것이 불편했으며 그들이 다른 사람들과 섞여서 내던져진 물건들을 안으로 옮겨 넣는 모습을 보며 실망감을 느꼈다. 내가 저 사람들에 대하여 어디서 들어 본 적이 있던가?

"우리 행진을 하는 게 어때요?" 백인들 중 하나가 지나가며 말을 건넸다.

"행진을 합시다!" 나는 생각해 보지도 않고 바로 길가에 대고 소리쳤다.

사람들은 즉시 그것을 받아들였다.

"행진합시다……."

"좋은 생각이야."

"우리 시위를 하자……."

"퍼레이드를 벌입시다!"

그 순간 사이렌을 울리며 순찰차들이 동네 안으로 돌아 들어오는 것이 보였다. 경찰이었다! 나는 사람들의 얼굴 표정을 살펴보려고 했다. 그때 누군가 고함을 질렀다. "경찰이 왔다." 그리고 다른 사람들이 대꾸했다. "올 테면 오라고 해!"

일이 어떻게 돌아가는 거지? 그때 백인 하나가 건물 안으로 뛰어 들어갔으며 경관들이 차에서 내려 급히 우리를 향해 달려왔다.

"무슨 일이오?" 금빛 배지를 단 경관이 계단을 올려다보며 외쳤다.

주위가 조용해졌다. 그리고 아무도 대답하지 않았다.

"무슨 일이냐고 물었소." 그는 반복했다. "당신." 그는 나를 똑바로 가리키며 불렀다.

"저희는…… 저희는 여기 인도에 버려진 쓰레기를 치우고 있었습니다." 나는 마음속으로 잔뜩 긴장한 채 대답했다.

"저건 무엇이오?" 그가 물었다.

"저건 청소 캠페인입니다." 나는 웃으려고 노력하면서 말했다. "여기 노인들이 자기들 물건을 길거리에다 온통 늘어뜨려 놓아서 우리가 거리를 치우는 건데……."

"그러면 퇴거를 방해하고 있다는 말이군." 그가 사람들을 뚫고 들어오며 말했다.

"이 사람은 아무 짓도 안 했어요." 한 여자가 내 뒤에서 외쳤다.

나는 뒤를 돌아보았다. 바로 몇 발자국 뒤에는 안에 들어가 있던 사람들로 가득했다.

"우리는 모두 하나입니다." 사람들이 한곳으로 모이자 누군가 외쳤다.

"거리를 비우시오." 경관이 명령했다.

"우리가 바로 그걸 하고 있었던 겁니다." 사람들 뒤에서 누군가 말했다.

"마호니!" 그는 다른 경관을 큰 소리로 불렀다. "폭동 진압대를 불러!"

"무슨 폭동이요?" 백인들 중 하나가 그에게 외쳤다. "폭동 같은 것은 없소."

"내가 폭동이라고 하면 폭동이오." 경관은 말했다. "그리고 당신네 백인들은 여기 할렘에서 지금 뭘 하고 있는 것이오?"

"우리는 시민이오. 우리는 원하는 곳이면 어디든지 갈 수 있소."

"이봐! 여기 경찰들이 더 온다!" 누군가 소리쳤다.

"오라고 해!"

"경찰 국장보고 오라고 해!"

내가 감당할 수 없는 상황이 되었다. 모든 상황이 걷잡을 수 없게 돼 버린 것이다. 내가 무슨 말을 했다고 이런 상황이 되어 버렸나? 나는 계단 위의 사람들 뒤로 조심스럽게 가서 복도로 걸어갔다. 나는 어디로 가야 하나? 나는 노부부의 아파트로 서둘러 올라갔다. 하지만 여기 숨을 수는 없어. 계단으로 다시 내려가면서 나는 생각했다.

"안 돼요, 그쪽으로 가면 안 돼요." 누군가 말했다.

나는 휙 돌아섰다. 백인 여자 하나가 문간에 서 있었다.

"여기서 뭐 하는 거요?" 두려움이 불같은 분노로 변해 나는 소리를 질렀다.

"놀라게 하려고 그랬던 게 아니에요." 그녀는 말했다. "동지, 동지는 아주 훌륭한 연설을 했어요. 나는 끝 부분만 들었지만 확실히 사람들을 감동시켜서 행동하게 만들었어요……."

"행동." 나는 말했다. "행동이라……."

"겸손해하지 말아요, 동지." 그녀는 말했다. "나는 당신 연설을 들었어요."

"이봐요, 아가씨. 우리는 여길 빠져나가야 해요." 나는 마침내 고동치는 목청을 가라앉히며 말했다. "아래층에 경찰이 쫙 깔려있는 데다 더 오고 있어요."

"아, 그렇죠. 지붕 위로 빠져나가도록 해요." 그녀가 말했다. "그러지 않으면 누군가 당신을 확실히 지목할 거예요."

"지붕 위로?"

"쉬워요. 건물 지붕으로 올라가서 이 블록의 마지막 집에 이를 때까지 건너가요. 그리고 문을 열고 아래로 걸어 나가면 돼요. 마치 방문하고 돌아가는 사람처럼. 서둘러요. 경찰들이 당신을 모르는 상태로 오래 버틸수록 효과적일 수 있을 거예요."

효과적이라? 무슨 뜻일까? 그리고 이 '동지'라는 것은 또 뭘까?

"고마워요." 그렇게 말하고는 바로 계단을 향해 서둘러 갔다.

"잘 가요." 그녀의 목소리가 뒤에서 불안정하게 들려왔다. 돌아보니 그녀의 하얀 얼굴이 어두운 복도의 희미한 불빛에 어렴풋이 보였다.

나는 단번에 계단을 뛰어올라 조심스럽게 문을 열었다. 갑자기 태양이 지붕 위에서 이글이글 빛났고, 차가운 바람이 불었다. 내 앞으로는 눈이 얼어붙은 나지막한 벽이, 긴 블록의 모퉁이까지 허들처럼 뻗은 건물들의 구획을 가르고 있었다. 텅 빈 빨랫줄은 바람에 떨리고 있었다. 나는 바람에 흐트러지는 눈 속을 가르며 다음 건물의 옥상으로 넘어갔고, 그리고 그다 음 건물로 연속해서 빠르면서도 조심스럽게 넘어갔다. 비행기 들이 남동쪽 먼 곳에 있는 활주로에서 이륙하고 있었다. 그리 고 나는 지금 달리고 있다. 오르고 내리면서 교회의 뾰족탑들 을 보았으며 굴뚝의 연기는 하늘을 향해 수평으로 드러누워 피어오르고 있었다. 아래쪽 길거리는 사이렌 소리와 아우성치 는 소리로 요란했다. 나는 서둘러 갔다. 그런데 벽을 기어오르 면서 뒤를 돌아보자 한 남자가 황급히 뒤따르고 있는 모습이 보였다. 그는 미끄러지고 넘어지면서 지붕을 가르는 나지막한 벽들을 헉헉거리면서 넘어오고 있었다. 나는 돌아서서 달렸으 며 줄 지어 선 굴뚝을 사이에 두고 뒤따르는 남자로부터 벗어 나려고 했다. 하지만 그가 왜 "멈춰!"라고 고함을 지르거나 총 을 발사하지 않는지 의아스러웠다.

나는 달렸다. 엘리베이터 건물 뒤로 잽싸게 몸을 피했다가 다음 지붕으로 넘어가서 아래로 내려갔다. 양손에 차가운 눈 이 닿았으며 무릎은 서로 부딪혔고 발가락들은 단단히 오므 라들었다. 그리고 다시 올라가 달리다가 뒤를 돌아보니 검은 복장의 키 작은 남자가 아직도 따라오고 있었다. 모퉁이까지 는 약 1마일 정도 남은 것 같았다. 나는 내 앞에 솟아 있는, 아 직도 넘어가야 할 지붕의 수를 세어 보려고 했다. 일곱까지 세 고는 아우성치는 소리와 사이렌 소리가 더 크게 들리자 다시 달리기 시작했다. 뒤를 돌아보니 그는 아직도 나를 뒤따르고 있었다. 그는 짧은 다리로 허우적거리며 달렸지만 내가 건물의 문을 열고 내려가려고 하는 순간에도 여전히 따라오고 있었다. 그런데 문이 열리지 않았다. 나는 다시 달리기 시작했으며 눈 위에서 지그재그로 달렸다. 발밑에 자갈이 바스락거리며 밟혔다. 그리고 그는 여전히 뒤에 있었다. 나는 칸막이를 뛰어넘어 커다란 새장을 지나쳤는데 놀란 하얀 새들이 광적으로 날아올랐다. 갑자기 내 눈앞에서 난폭하게 날갯짓을 하는 새들이 그 순간 말똥가리만큼이나 커다랗게 보였다. 그것들이 푸드덕거리며 솟아올라 날아갔다가 성난 듯 활강하며 돌아오자 태양이 어지럽게 보였다. 나는 다시 달리기 시작하면서 뒤를 돌아보았다. 그리고 아주 잠시 그가 사라졌다는 생각이 들었지만 다시 머리를 흔들며 뒤를 따르는 그가 보였다. 왜 이 사람은 총을 쏘지 않는 거야? 왜? 동네 사람들을 다 알고 지내는 고향만 같다면 좋을 텐데. 고향에서는 얼굴을 보거나 이름만 들어도 알 수 있으며, 혈통과 출신으로, 창피스러운 일과 자랑스러운 일로, 그리고 종교만으로도 서로를 알아볼 수 있었다.

복도에는 카펫이 깔려 있었다. 나는 고동치는 가슴을 안고 아래로 내려갔다. 아파트 옥상에서 개 한 마리가 요란하게 짖어 대고 있었다. 나는 서둘러 움직였다. 나는 마치 몸에 유리라도 품은 듯 조심스럽게 미끄러지며 계단의 귀퉁이를 돌아 내려갔다. 계단 아래쪽을 내려다보니 저 아래 현관문의 유리에서 희미한 불빛이 새어나오고 있었다. 아까 그 여자는 어떻게 됐을까? 그녀가 이 남자를 내 뒤에 붙였을까? 그녀는 거기서 무얼 하고 있던 걸까? 나는 아래로 뛰어내렸으나 아무도 나타나지 않았다. 나는 현관에 서서 깊이 심호흡을 한 뒤, 문 위에서 그 남자의 소리가 들리는지 귀를 기울여 보았다. 그리고는 옷매무새를 매만졌다. 그런 후 나는 영화에서 본 사람들처럼 태연하게 거리로 나갔다. 위에서는 아무 소리도 나지 않았다. 악의에 차 짖어 대던 개 소리조차도 잠잠했다.

긴 블록이었다. 나는 동서로 뻗은 거리가 아닌 남북으로 뻗은 거리와 마주한 건물로 내려왔다. 기마경찰 분대가 모퉁이를 빠른 속도로 돌아서 질주해 갔다. 눈 위를 달리는 말들의 발굽 소리가 둔탁하게 쿵쿵 울렸고 경관들은 안장에서 높이 몸을 세우고 고함을 지르고 있었다. 나는 속도를 높였지만 달리는 것처럼 보이지 않으려고 주의하며 빠져나갔다. 끔찍한 일이었다. 내가 도대체 무슨 말을 했기에 이런 일들이 일어난 걸까? 그리고 어떻게 끝장이 날 것인가? 누군가 죽게 될지도 모른다. 머리를 권총으로 두들겨 맞는 사람들도 있을 것이다. 나는 모퉁이에 멈춰 서서 뒤쫓아 오는 형사가 있는지 살펴보았다. 그리고 버스를 기다렸다. 하얗고 길게 뻗은 거리가 텅 비었고 날아오르는 비둘기들만이 머리 위에서 맴돌았다. 나는 지붕들을 훑어보며 그자가 어디선가 엿보고 있는지 살폈다. 고함 소리는 점점 더 커져 갔으며 그때 또 한 대의 녹색과 흰색으로 칠한 순찰차가 모퉁이를 돌아 빠른 속도로 내 옆을 지나 사건이 벌어진 그 구역을 향해 질주해 갔다. 나는 한 블록을 가로질렀는데 그곳에는 네온사인으로 치장한 여러 개의 장의사들이 있었다. 모두가 구식의 대리석 건물 안에 자리 잡고 있었다. 치장한 영구차들이 길 가장자리에 주차돼 있었고 그중 하나는 진한 회색 차였는데 고딕 아치 모양의 창문이 달려 있었다. 그 안으로 관 위에 놓인 조화들이 보였다. 나는 서둘러 갔다.

나는 아직도 낮은 계단 아래 서 있던 그 여자의 얼굴이 생각났다. 그런데 내 뒤를 쫓아서 지붕을 넘어오던 자는 누구였을까? 왜 그자는 그토록 말없이 따라왔을까? 왜 한 사람뿐이었을까? 맞아. 왜 그들은 나를 체포하기 위해 순찰차를 보내지 않았을까? 나는 서둘러 장의사들이 있는 블록을 지나쳐서 거리의 눈을 녹여 버리는 밝은 햇볕 아래로 나갔다. 그리고 여유 있게 천천히 걸으면서 절대 서두르는 기색을 보이지 않으려고 했다. 나는 생각이나 연설 같은 것을 전혀 못하는 멍청이처럼 보이길 원했다. 그리고 발을 질질 끌며 걸어 보려고 하다가 뒤에서 힐끔거리며 바라보는 눈길이 느껴지자 창피해서 그만두었다. 그때 내 바로 앞에서 차가 멈추더니 한 남자가 왕진 가방을 들고 뛰어내렸다.

"서둘러요, 의사 선생님." 한 남자가 현관에서 외쳤다. "벌써 진통이 시작됐단 말이에요!"

"잘됐소." 의사가 말했다. "우리가 기다려 왔던 것 아니오?"

"그래요. 그렇지만 예상했던 날짜가 아니잖아요."

나는 그들이 집 안으로 사라지는 모습을 바라보았다. 제길, 태어나는 시간이 정해져 있나. 나는 모퉁이에서 신호가 바뀌길 기다리는 사람들 틈으로 섞여 들어갔다. 그리고 탈출에 성공했다고 안심하려던 순간, 옆에서 문득 나지막하면서도 힘 있는 목소리가 들려왔다.

"정말 설득력 있는 뛰어난 연설이었소, 동지."

나는 팽팽한 스프링처럼 잔뜩 긴장하여 거의 마비된 상태로 돌아보았다. 작고 평범해 보였으며, 짙은 눈썹을 가진 남자가 미소를 지으며 내 곁에 서 있었다. 경찰처럼 보이진 않았다.

"무슨 말입니까?" 나는 덤덤한 목소리로 느릿하게 물었다.

"경계하지 말아요." 그가 대답했다. "나는 친구입니다."

"저는 누굴 경계할 이유가 전혀 없는데요. 그리고 당신은 제 친구가 아닙니다."

"그렇다면 숭배자라고 하죠." 그는 유쾌하게 말했다.

"무엇을 숭배한다는 거죠?"

"당신의 연설이요." 그는 말했다. "나도 듣고 있었소."

"무슨 연설? 저는 연설을 한 적이 없습니다." 나는 말했다.

그는 다 안다는 듯 미소를 지었다.

"보아하니 당신은 훈련을 잘 받은 것 같소. 이리 와요. 당신이 거리에서 나와 같이 있는 걸 누가 보면 안전하지 못해요. 어디 가서 커피 한 잔 합시다."

나는 거절해야 한다는 생각이 들었지만 호기심도 생겼고 무엇보다 우쭐한 기분이 들었다. 그리고 거절하면 죄를 인정하는 셈이 될 수도 있을 것이었다. 게다가 그는 경관이나 형사처럼 보이지도 않았다. 나는 말없이 그를 따라가서 그 블록의 끝 부분에 있는 카페로 갔다. 그는 들어가기 전에 창문을 통해 실내를 유심히 살폈다.

"테이블에 가서 앉으시오, 동지.-우리가 조용히 이야기할 수 있게 저쪽 벽 근처 자리에. 내가 가서 커피를 가져오겠소."

나는 그가 탄력 있고 부드러운 걸음으로 카페를 가로질러 가는 모습을 바라보았다. 그런 후 테이블에 가서 앉아 계속 그를 지켜보았다. 카페 안은 따뜻했다. 늦은 오후여서 몇 안 되는 손님만이 여기저기 테이블에 흩어져 앉아 있었다. 그는 카운터 앞으로 익숙하게 걸어가서 주문을 했다. 패스트리가 진열된 밝게 빛나는 선반을 살펴보는 그의 움직임은 마치 분주하게 움직이는 작은 동물 같았다. 목표물인 케이크 조각을 킁킁거리며 추격하는 강아지처럼. 이 사람이 내 연설을 들었다는 말이군. 좋아, 그러면 이 사람이 무슨 말을 하는지 들어 보자. 나는 탄력 있고 부드럽게, 뒷발의 뒤꿈치가 떨어지기 전에 앞발의 뒤꿈치를 땅에 닿게 하는 걸음걸이로 서둘러 나를 향해 걸어오는 그를 보며 생각했다. 그는 의도적으로 그런 식으로 걷는 것처럼 보였으며, 어쩐지 나는 그가 무언가 가장을 하는 것 같다는 생각이 들었다. 그가 무언가 숨기고 있다는 생각 말이다. 그렇지만 나는 곧 그런 생각을 떨쳐 버렸다. 어차피 그날 오후가 알 수 없는 일로 가득했으니까 말이다. 그는 내가 어디 있는지 둘러보지도 않고 곧바로 내가 앉은 테이블로 왔다. 빈 테이블이 많았지만 마치 내가 바로 이 테이블에 앉을 것이라고 예상이나 했던 것처럼 말이다. 그는 컵 위에 케이크 접시를 올린 채 가지고 와서 능숙하게 내려놓았다. 그리고 의자에 앉으며 내게 컵 하나를 내밀었다.

"치즈 케이크를 좋아할 것 같았소." 그는 말했다.

"치즈 케이크요?" 나는 말했다. "들어 본 적도 없는걸요."

"맛이 좋소. 설탕 넣을래요?"

"먼저 넣으세요." 내가 대답했다.

"아니, 먼저 넣으시오, 동지."

나는 그를 바라보았다. 그리고 설탕을 세 스푼 넣고 그에게 설탕 통을 건넸다. 나는 다시 신경이 곤두섰다.

"고맙습니다." 나는 '동지'라고 하는 것에 대하여 그에게 한마디 해 주고 싶은 충동을 억누르며 말했다.

그는 미소를 지으며 포크로 치즈 케이크를 잘라서 한 입에

먹기에는 너무나 큰 조각을 입에 밀어 넣었다. 이 사람 정말 매너가 형편없군. 나는 치즈 케이크를 작게 잘라서 입에 깨끗하게 넣으면서 마음속으로 그를 열등한 위치에 두려고 했다.

"그러니까 말이오." 그는 커피를 한 모금 마시면서 말했다. "나는 조직에 있는 동안 그처럼 효과적인 연설을 들어 본 적이 없었소. 아주 오랫동안 말이오. 당신은 사람들을 순식간에 움직이게 만들었소. 어떻게 그럴 수 있었는지 이해가 안 가요. 우리 조직의 연설가들이 들었다면 좋았을걸! 단 몇 마디 말로 당신은 사람들을 움직이게 했단 말이오. 다른 사람이라면 아직도 장황한 말로 시간만 낭비하고 있었을 것이오. 내게 아주 교훈적인 경험을 하게 해 주어서 감사드리고 싶소!"

나는 말없이 커피를 마셨다. 그를 못 믿었을 뿐 아니라 어느 정도 말을 해야 무사할지 알 수 없었기 때문이다.

"이 집 치즈 케이크는 맛이 좋아요." 내가 대답하기 전에 그가 말을 이었다. "정말 아주 좋소. 아무튼 어디서 연설하는 법을 배웠소?"

"아무 데서도 배운 적 없어요." 나는 곧바로 대답했다.

"그렇다면 타고난 것인가 보군요. 당신은 천부적이오. 정말 믿기 힘든 일이오."

"저는 단지 분노가 치밀었을 뿐입니다." 나는 그의 정체를 파악하기 위해서 그 정도까지는 인정하기로 마음먹고 대답했다.

"그러면 그 분노를 능숙하게 조절하셨나 보군요. 거기에는 웅변적인 면이 있었소. 왜 그랬던 것이오?"

"왜냐고요? 아마 안됐다는 생각이 들었던 것이겠죠. 저도 잘 모르겠습니다. 어쩌면 그냥 연설을 하고 싶은 충동을 느꼈을 수도 있고요. 사람들이 무언가를 기다리고 있었고 저는 몇 마디 말을 했을 뿐입니다. 믿지 않으시겠지만, 사실 저는 무슨 말을 해야 할지도 몰랐었는데……."

"부탁이오." 그는 무언가 안다는 듯 미소를 지으며 말했다.

"무슨 말입니까?" 내가 물었다.

"당신은 냉소적으로 보이기 위해 애쓰지만 나는 당신의 마음을 알 수 있소. 나는 당신이 한 말을 아주 주의 깊게 들었소. 당신은 매우 흥분해 있었지. 감정이 격해 있었소."

"그랬을 수도 있죠." 나는 말했다. "어쩌면 그들을 보면서 무언가가 떠올랐는지도 몰라요."

그는 몸을 앞으로 기울이면서 나를 뚫어지게 바라보았으나 입가에는 여전히 미소가 감돌았다.

"그 광경을 보면서 아는 사람들이 떠올랐던 것이오?"

"그런 것 같습니다." 나는 대답했다.

"이해할 수 있을 것 같습니다. 당신은 일종의 죽음을 목격하고 있었으니……."

그 순간 나는 포크를 떨어뜨렸다. "아무도 죽지 않았어요." 나는 긴장한 상태로 말했다. "지금 뭘 하려는 겁니까?"

"도시 포장도로에서의 죽음. 이건 내가 어디선가 읽었던 탐정 소설의 제목인데……." 그는 웃음을 터뜨렸다. "나는 그저 은유적으로 말을 하려던 것뿐이오. 그들은 살아 있소. 그렇지만 죽었소. 삶 속의 죽음……. 두 상반된 것의 결합."

"그게 무슨 애매한 말입니까?" 내가 물었다.

"그 노인들 말이오. 알다시피 농촌 스타일의 사람들이잖소. 산업 사회라는 환경 때문에 박살난 사람들이오. 그리고 쓰레기 더미에 던져져 폐기돼 버린 신세죠. 당신이 잘 지적했소. '여든일곱 해의 삶, 그런데 보여 줄 것 하나 없다.'라고 말했잖소. 당신의 말이 절대적으로 옳소."

"그런 상태의 그들을 보고는 기분이 매우 언짢았던 것 같아요." 나는 말했다.

"물론 그랬을 것이오. 그래서 당신은 효과적인 연설을 했소. 그렇지만 당신은 그런 개인들에게 감정을 낭비해서는 안 되오. 그들은 중요하지 않소."

"누가 중요하지 않다고요?" 나는 물었다.

"그 노인들 말이오." 그는 잔인하게 말했다. "슬픈 일이지. 그렇지만 그들은 이미 죽은 것이오. 기능이 정지됐단 말이오. 역사는 그들을 지나쳤소. 불운하지만 그들을 위해 해 줄 일이 없소. 그들은 죽은 가지들과 같아서 나무가 새로운 열매를 맺도록 잘라 내져야 하는 것이오. 안 그러면 역사의 폭풍이 어차피 그들을 날려 버릴 테니까. 폭풍이 그들을 강타하는 게 차라리 나을지도……."

"그렇지만 말이에요……."

"아니, 내 말 좀 더 들어 보시오. 그 사람들은 늙었소. 사람은 늙게 마련이고 사람의 양식도 진부해지게 되오. 그리고 그들은 아주 나이가 많소. 그들이 남긴 것이라고는 종교밖에 없지. 그 사람들이 생각할 수 있는 것은 그것밖에는 없단 말이오. 그래서 그들은 버려지게 되는 것이오. 보다시피 그들은 죽었소. 왜냐하면 그들은 역사적 상황이 요구하는 것을 충족해 줄 수가 없기 때문이지."

"그래도 저는 그 사람들을 좋아합니다." 나는 말했다. "저는 그들이 좋아요. 그분들은 제가 아는 남부의 사람들을 생각나게 해 주거든요. 사실 아주 오래 걸려서 깨달은 바지만, 그분들도 저와 똑같은 사람입니다. 단지 내가 교육만 몇 년 더 받은 것뿐이죠."

그는 빨갛고 둥근 머리를 좌우로 흔들었다. "아니오, 동지. 잘못 생각한 것이오. 너무 감상에 빠졌소. 혹시 전에는 그랬을지 몰라도 이젠 더 이상 아니오. 그렇지 않다면 그런 연설을 할 수 없었을 것이오. 전에 그랬을지 몰라도 그건 다 지나간 과거요. 죽은 것이지. 당신은 지금은 그걸 깨닫지 못할 수도 있지만, 과거의 당신은 죽었소! 당신은 과거의 자신을 완전히 떼어 내지는 못한 것 같소. 바로 그 옛 농촌의 자신을 말이오. 그렇지만 그것은 죽었소. 당신은 그것을 완전히 떼어 내고 새로운 무언가로 태어날 것이오. 역사는 바로 당신의 두뇌에서 탄생한 것이오."

"이보세요." 나는 말했다. "지금 무슨 말을 하시는지 저는 모르겠습니다. 저는 농장에서 살아 본 적도 없고 농학을 공부하지도 않았어요. 그러나 제가 왜 연설을 했는지는 압니다."

"왜였소?"

"왜냐하면 노인들이 거리로 내쫓기는 걸 보고 마음이 언짢았어요. 그게 이유입니다. 당신이 어떻게 생각해도 상관없어요. 저는 화가 났던 것뿐입니다."

그는 어깨를 으쓱했다. "그 문제에 대해 이러쿵저러쿵하지 맙시다. 나는 당신이 그런 연설을 또 할 수 있다고 생각해요. 어쩌면 우리를 도와 일해 줄 수 있을 것도 같은데."

"누구를 도와서요?" 나는 갑자기 흥분이 되어 물었다. 이 사람의 의도가 무얼까?

"우리 조직에서 말이오. 우리는 이 지역을 일으키기 위해 훌륭한 연설가가 필요하오. 사람들의 고충을 표현해 줄 수 있는 누군가가 말이오." 그는 말했다.

"그렇지만 그들의 고충에 대해 아무도 신경 쓰지 않습니다." 나는 말했다. "설령 말한다 한들 누가 듣거나 관심을 갖겠어요?"

"그럴 사람이 있소." 그는 알고 있다는 듯 미소를 지으며 응수했다. "그럴 사람들이 있소. 항변의 외침이 들려오면 그것을 듣고 행동으로 옮길 사람들이 있단 말이오."

그의 말투에는 무언가 신비스럽고 잘난 체하는 것이 느껴졌다. 무슨 이야기를 하든 마치 모든 것을 다 꿰뚫고 있는 듯했다. 이 최고로 잘난 백인 좀 보게나, 심지어 그는 내가 두려워한다는 사실도 모르면서 그토록 확신 있게 말했다. 나는 일어섰다.

"미안합니다만." 내가 말했다. "저는 일이 있습니다. 그리고 제 일이 아닌 남의 고충 같은 것에는 관심이 없는데요……."

"그렇지만 동지는 그 노부부를 걱정했잖소." 그는 눈살을 찌푸리며 말했다. "그 사람들이 친척이라도 되는 거요?"

"그럼요, 우리는 같은 흑인이잖아요." 나는 말하면서 웃음을 터뜨렸다.

"농담이 아니라 정말 그들이 친척이었소?"

"그럼요. 우리는 모두 같은 오븐에서 구워져 나오거든요." 나는 대답했다.

효과는 확실했다. "왜 당신네 흑인들은 항상 민족을 운운하는 거요?" 그는 눈을 이글거리며 날카롭게 말했다.

"그럼 어떤 말을 원하나요?" 나는 당혹해하며 대답했다. "그 사람들이 백인이었다면 내가 거기에 있었을 것 같습니까?"

그는 양손을 흔들며 웃었다. "이제 그건 그만 따집시다." 그는 말했다. "당신은 그 사람들을 매우 효과적으로 도왔소. 당신은 아주 개인주의자인 척하지만 나는 그걸 믿지 않소. 당신은 대중을 향한 자신의 의무가 무엇인지 알고 있고 그 일을 잘 수행해 나가는 사람으로 보였기 때문이오. 당신이 개인적으로 어떻게 생각하든 관계없이 당신은 민족의 대변인이었고 그들의 이익을 위해 일할 의무가 있소."

그는 내게 너무 복잡한 사람이었다. "아무튼 커피와 케이크 잘 먹었습니다. 저는 그 노인들이나 당신의 일에 더 이상 관심이 없습니다. 저는 그냥 나서서 말하고 싶었던 것뿐이었습니다. 연설을 좋아하거든요. 그 후에 일어난 일은 저도 알 수 없는 것이었습니다. 사람을 잘못 고르셨네요. 경찰관한테 대들기 시작했던 사람들 중 하나를 골랐어야 하는데……." 나는 자리에서 일어섰다.

"잠깐만." 그는 봉투 하나를 꺼내서 뭔가를 휘갈겨 쓰면서 말했다. "마음이 바뀔 수도 있어요. 그 사람들은 내가 이미 알고 있는 사람들이오."

나는 그가 내민 손에 있는 하얀 종이를 내려다보았다.

"당신이 나를 믿지 않는 것은 영리한 처사요." 그는 말했다. "당신은 내가 누구인지 모르니 당연히 나를 믿지 못하겠지. 원래 그렇게 하는 것이 맞소. 그래도 희망을 갖고 싶소. 언젠가는 당신이 나를 찾아올 테니까 말이오. 그때는 당신도 준비가 돼 있을 테니 상황이 다르겠지. 이 번호로 전화해서 잭 동지를 찾으시오. 당신의 이름을 밝힐 필요 없이 단지 우리가 한 대화만 언급하시오. 혹시 오늘 마음을 정한다면 8시경에 전화를 주시오."

"알았습니다." 나는 종이를 받으며 대답했다. "이게 필요할 것 같진 않지만, 혹시 모르니까."

"아무튼 생각해 보시오, 동지. 지금은 중요한 시기이며 당신은 아주 분개한 것처럼 보이니까."

"저는 그냥 연설을 하고 싶었던 것뿐이라니까요." 나는 다시 말했다.

"그렇지만 당신은 분개하고 있었소. 그리고 때로는 개인의 분노와 조직화된 분노 사이의 차이는 범죄 행위와 정치적 행위 사이의 차이와 동일한 것이오." 그는 말했다.

나는 웃었다. "그래서 어쨌는데요? 저는 범죄자도 정치가도 아닙니다, 동지. 그러니 사람을 잘못짚었죠. 그래도 커피와 치즈 케이크 잘 먹었습니다, 동지."

나는 자리에서 일어났고 그는 얼굴에 조용한 미소를 짓고 앉아 있었다. 나는 거리를 가로질러 가는 순간에도 그 사람이 여전히 그 자리에 앉아 있는 모습을 창문을 통해 보았다. 문득 나를 쫓아서 지붕을 넘어오던 자가 바로 저 사람이었을지도 모른다는 생각이 들었다. 그는 나를 뒤쫓은 것이 전혀 아니고 단지 방향이 같았던 것이다. 나는 그가 말한 많은 부분을 이해할 수 없었다. 절대적인 확신을 가지고 말했다는 점을 제외하고는 말이다. 어쨌든 내 속도가 더 빨랐던 것이다. 어쩌면 모두 속임수일 수도 있다. 그는 많은 것을 이해하는 것 같은 인상을 내게 주었으며 겉으로 표현된 자신의 말보다 훨씬 깊은 지식을 가지고 말한다는 인상도 주었다. 어쩌면 나와 같은 경로를 통해서 탈출했던 지식이 전부일지도 모른다. 그렇지만 그는 무엇을 두려워해야 했나? 연설을 했던 사람은 나이지, 그가 아니다. 아파트에 있던 그 여자 말로는 내가 발각되지 않고 오래 버틸수록 더 효과적일 수 있다고 했는데, 그것 역시 아무 의미가 없는 말이다. 하지만 어쩌면 그것 때문에 그가 달렸는지도 모른다. 그는 발각되지 않고 효과적인 사람으로 남길 원했다. 그런데 어떤 점에 대해 효과적이란 말인가? 그는 분명 나를 비웃었다. 지붕을 넘어 다니고, 하얀 비둘기가 옆에서 날아오를 때 내가 검은 얼굴의 희극 배우가 귀신을 본 듯 몸을 움츠렸던 것이 얼마나 우스꽝스럽게 보였을까? 지옥이나 가라지. 그는 그렇게 무게를 잡을 필요가 없었다. 그가 몰랐던 것을 내가 아는 경우도 있었다. 다른 사람이나 찾으라지. 그는 무언가를 위해 나를 이용하고 싶었을 뿐이다. 누구나 필요할 때는 사람을 쓰고 싶어 한다. 왜 그는 나를 연설가로서 영입하고 싶어 했을까? 자기가 직접 하라지. 나는 집을 향했다. 그자를 완전히 떨쳐 버렸다는 만족감이 점점 커졌다.

날이 어두워지기 시작했다. 그리고 더욱 추워졌다. 내 평생 그렇게 추운 건 처음이었다. 도대체 뭐람. 나는 바람이 불자 머리를 숙인 채 걸으며 골똘히 생각했다. 고향의 온화한 날씨를 버리고 이 추운 곳까지 와서 돌아가지도 못할 운명으로 만든 것이 무엇이란 말인가? 추위에 고생하면서, 심지어 쫓겨나기까지 하면서도 기대할 가치가 없는 것이라면. 나는 슬픈 마음이 들었다. 한 늙은 여자가 지나쳐 갔다. 그녀는 두 개의 쇼핑백을 들고 허리를 구부린 채 걸었으며 시선은 질척거리는 길에 고정되어 있었다. 나는 강제로 퇴거당한 노부부가 떠올랐다. 어떻게 일이 마무리됐으며 지금 그분들은 어디에 있을까? 정말 끔찍한 기분이었다. 그가 뭐라고 불렀던가. 도시 포장도로에서의 죽음? 얼마나 자주 그런 일이 있었을까? 그는 메리 아줌마에 대해 뭐라고 말할까? 그녀는 죽음과는 거리가 멀었으며 뉴욕에서 뭉개지지도 않았다. 제길. 그녀는 여기서 살아가는 방법을 아주 잘 알았다. 대학에서 훈련을 받은 나보다도 훨씬 더 잘 알고 있었다. 대학의 훈련이라니! 블레드소식 방법. 그렇게 표현할 수 있겠지. 그리고 뭉개지는 건 그녀가 아닌 나다. 그녀를 생각하니 기분이 좋아졌다. 나는 퇴거당한 노파처럼 무력한 모습의 메리 아줌마는 상상조차 할 수 없었다. 나는 아파트에 도착했을 무렵에는 우울한 기분에서 벗어나 있었다.

14장

메리 아주머니의 양배추 요리 냄새가 내 마음을 바꾸어 놓았다. 복도에 가득 찬 냄새에 휩싸이면서 나는 문득 현실적으로 그 일자리를 거절할 처지가 못 된다는 생각이 들었다. 양배추는 항상 어린 시절 빈곤하게 살았던 우울한 기억을 되살렸다. 나는 그녀가 양배추를 줄 때마다 속으로 고통스러웠다. 그런데 이번 주 들어서 벌써 세 번째인 걸 보면 메리 아주머니에게 돈이 떨어진 게 분명했다.

그런데 지금, 그녀에게 얼마나 빚을 졌는지도 모르면서 일자리를 거절하고 자축하고 있다니! 갑자기 속이 거북해졌다. 어떻게 그녀의 얼굴을 볼 수 있을까? 나는 말없이 내 방으로 들어가 침대에 누워 이런저런 생각에 잠겼다. 이 집에는 일자리를 가진 하숙생도 있었다. 그리고 나는 그녀가 친척들로부터 도움을 받고 있는 사실도 알고 있었다. 그렇지만 틀림없는 사실은, 메리 아줌마는 여러 종류의 음식을 좋아하므로 유독 양배추만 요리하는 것은 절대 우연이 아니라는 점이다. 왜 나는 진작 눈치채지 못했던가? 그녀는 너무 친절해서 절대 독촉하는 일이 없었다. 누워 있자니 그녀의 목소리가 들리는 듯했다. "이봐, 그런 사소한 문제로 나를 괴롭히지 말라니까. 차차 시간이 지나면 무언가 구할 수 있겠지" 그녀는 내가 밀린 방세와 밥값에 대해 사과하려고 하면 그렇게 말했다. 어쩌면 다른 하숙생이 이사를 나갔거나 직장을 잃었는지도 모른다. 어쨌든 메리 아줌마에게 무슨 문제가 있는 걸까? 그 붉은 머리 남자 말마따나 누가 "그녀의 고충을 말해 줄 것인가?" 그녀는 몇 달 동안 나를 돌봐 주었는데도 나는 아무 생각도 하지 않았다. 나는 어떤 종류의 사람이 되어 가고 있는 걸까? 나는 그녀의 도움을 너무나도 당연하게 생각했기 때문에 일자리를 거절하면서 그녀에게 진 빚을 생각조차 하지 않았다. 그런가 하면 불법 연설을 했다고 경찰이 나를 체포하기 위해 집으로 들이닥칠 경우, 그녀가 나로 인해 당할 곤혹스러움도 전혀 염두에 두지 않았다. 갑자기 나는 그녀를 보러 가야겠다는 충동을 느꼈다. 어쩌면 실제로는 그녀를 한 번도 제대로 본 적이 없었는지도 모른다. 나는 어른이 아니라 아이처럼 굴었던 것이다.

나는 구겨진 종이를 꺼내 들고 전화번호를 찾았다. 그가 어떤 조직을 언급했었지. 뭐라고 했더라? 안 물어봤군. 바보같이! 최소한 내가 어떤 일자리를 거절하는지는 알아 두었어야 했다. 그 붉은 머리 남자를 안 믿었더라도 말이다. 내가 거절한 이유는, 분노는 물론 두려움도 있었기 때문이 아니었나? 왜 그자는 나에게 자기 잘난 척만 하고 조직에 대해서는 아무 말도 하지 않았던가?

그때 복도 끝에서 메리 아주머니의 노랫소리가 들려왔다. 고달픈 내용이 담긴 노래를 부르고 있었지만 그녀의 목소리는 맑고 평온하게 들렸다. 그 노래는 「침체 속의 블루스」였다. 나는 누운 채 귀를 기울였다. 노랫소리는 내 방으로 흘러 들어와 내 주위를 감쌌으며 내가 빚을 지고 있다는 생각을 조용히 일깨워 주었다. 노랫소리가 잦아들자 나는 일어나서 코트를 걸쳐 입었다. 어쩌면 아직 늦지 않았을지도 모른다. 전화기를 찾아서 그에게 연락을 해야겠다. 그러면 그는 내게 원하는 것을 자세히 이야기해 줄 테고 나는 합리적인 결정을 내리리라.

이번에는 메리 아주머니가 내 소리를 들었다. "이봐, 언제 들어왔어?" 그녀가 부엌에서 머리를 불쑥 내밀며 물었다. "아무 소리도 안 들리던데."

"조금 전에 들어왔어요." 내가 대답했다. "바쁘신 것 같아서 방해하지 않으려고 했어요."

"그런데 어딜 또 금방 나가는 거야? 저녁은 안 먹을 셈이야?"

"먹을게요, 아주머니." 나는 대답했다. "그런데 지금 나가 봐야 하거든요. 깜빡 잊은 일이 있어서요."

"저런! 이런 추운 밤에 무슨 할 일이 있다는 거야?" 그녀가 물었다.

"아, 어쩌면 아줌마를 깜짝 놀라게 해 줄지도 몰라요."

"나는 아무것도에도 놀라지 않아." 그녀가 말했다. "어쨌든 빨리 돌아와서 뱃속을 뜨거운 것으로 좀 채워."

공중전화 부스를 찾아 차가운 공기 속을 뚫고 걸어가면서 나는 그녀에게 놀라게 해 주겠다고 약속해 버린 사실을 깨달았다. 그리고 약간의 열정이 생겼다. 아무튼 그것은 연설에 대한 나의 재능을 발휘할 수 있는 직업이다. 또 보수가 조금이라도 지급된다면 지금보다는 나을 것이다. 최소한 메리 아주머니에게 진 빚을 조금이라도 갚을 것 아닌가. 그녀는 자신의 예상이 결국 적중했다는 만족감도 얻을 수 있겠지.

나는 양배추 냄새에 온통 사로잡힌 듯했다. 공중전화가 있는 작은 식당에서도 그 냄새가 풍겨 나왔다.

잭 동지는 내 전화를 받고도 전혀 놀라는 기색이 없었다.

"그 일에 대해 조금 더 알고 싶은데요……."

"될 수 있는 한 빨리 이곳으로 오시오. 우리는 곧 나갈 참이니까." 그는 레녹스 가의 주소를 알려 주고는 내가 무언가를 더 묻기도 전에 전화를 끊었다.

나는 차가운 바깥으로 나왔다. 그가 놀라는 기색을 보이지 않은 사실과 전화를 받으며 짧게 잘라서 말하던 태도에 기분이 언짢았지만, 나는 천천히 그 주소를 향해 걸어가기 시작했다. 그리 멀지 않은 곳이었다. 레녹스 가의 모퉁이에 이를 무렵 자동차 한 대가 내 앞으로 와 멈추어 섰다. 차 안에 몇 명의 사내가 타고 있었는데 잭도 미소를 지으며 그들과 함께 앉아 있었다.

"타시오." 그가 말했다. "목적지로 가면서 말합시다. 파티에 가는 길인데, 당신도 좋아할 것이오."

"그런데 저는 정장을 안 입었는데요." 나는 말했다. "내일 전화드리면……."

"정장?" 그는 킬킬거리며 웃었다. "괜찮소, 어서 타시오."

나는 뒷자리에 세 남자가 앉아 있는 모습을 힐끔 본 후, 그와 운전사 사이에 앉았다. 그러자 차는 곧바로 출발했다.

아무도 말을 하지 않았다. 잭 동지는 바로 깊은 생각에 빠진 듯이 보였다. 다른 사람들은 바깥의 밤거리를 바라보고 있었다. 마치 우리는 지하철의 같은 칸에 우연히 함께 앉은 승객들과 다를 바 없이 보였다. 나는 우리가 어디로 가는지 몰라서 불안했다. 그렇지만 아무것도 묻지 않기로 마음먹었다. 차는 눈이 녹은 진창길을 빠르게 미끄러져 갔다.

지나치는 밤거리를 지켜보다가 나는 이 사람들이 누구인지 궁금해졌다. 확실히 그들은 사교적인 파티에 가는 사람들처럼 행동하지 않았다. 나는 배가 고팠으나 저녁 식사 시간에 맞추어 돌아갈 수 있을 것 같지 않았다. 글쎄, 그래도 그럴 가치는 충분하겠지. 메리 아줌마나 나 모두에게 말이야. 최소한 그 양배추는 안 먹어도 될 테니까!

신호등 앞에서 차가 잠시 멈추어 섰다. 그런 후 우리는 가로등과 지나치는 차들이 신경질적으로 쏘아 대는 헤드라이트 불빛으로 군데군데 밝혀진, 길게 뻗은 눈 덮인 거리를 빠르게 돌아다녔다. 이제는 하얗게 변해 버린 센트럴 파크를 쏜살같이 지나고 있었다. 마치 갑자기 평화로운 시골의 정경 속으로 빠져 들어간 것 같았다. 그러나 이 밤, 여기 가까운 곳 어딘가에 위협적인 맹수들이 사는 동물원이 있다는 걸 나는 알고 있었다. 난방이 설치된 우리 속의 사자와 호랑이들, 잠에 빠진 곰들, 땅 속에 단단하게 똬리를 튼 뱀들. 또 거기에는 눈과 밤, 내리는 눈과 내려앉는 밤에 완전히 뒤덮였고, 흑과 백, 잿빛 안개와 침묵에 묻힌 검은 저수지도 있었다. 운전사 앞 유리를 통해 건물들의 벽이 거대한 모습을 드러냈다. 차는 천천히 신호등 방향으로 진입했다가 언덕 아래로 빠르게 내려갔다.

우리는 도시의 낯선 구역에 세워진 호화스러운 건물 앞에 멈추어 섰다. 비를 피하도록 인도 위에 펼쳐져 있는 천막 위에 '지하 세계'라고 쓰인 단어가 보였다. 나는 다른 사람들과 함께 차에서 내려 낯선 친숙감이 느껴지는 제복 차림의 도어맨을 지나, 뿌연 유리 뒤에 설치된 전구가 침침하게 불빛을 밝히는 로비를 향해 서둘러 걸어갔다. 방음이 된 엘리베이터로 들어가 분속 1마일로 날아가면서 나는 마치 이전에 이런 것들을 모두 경험해 본 것 같은 느낌이 들었다. 그런 후 우리는 약간의 반동과 함께 멈추었으며, 나는 우리가 상승한 것인지 아니면 하강한 것인지 분명히 알 수 없었다. 잭 동지는 복도를 지나 어느 문 앞으로 나를 안내했다. 문에는 큰 눈의 부엉이 형상으로 된 구리 손잡이가 달려 있었다. 그때 그는 잠시 머뭇거렸고 마치 무언가를 엿듣듯이 머리를 앞으로 내밀었다. 그리고 나서 그는 부엉이가 보이지 않게 손잡이를 잡았다. 나는 노크 소리가 날 거라고 예상했으나 맑은 벨 소리가 차갑게 울렸다. 곧바로 문이 조금 열리더니 단정한 복장의 여자가 나타났다. 차갑지만 반듯하게 생긴 그녀의 얼굴에 미소가 비쳤다.

"들어오세요, 동지들." 그녀가 말했다. 관능적인 향수 냄새가 로비에 퍼졌다.

나는 그녀의 옷에서 번쩍이는 다이아몬드 핀에 눈을 고정한 채 다른 사람들 옆으로 비켜서려고 하였다. 하지만 잭 동지는 나를 앞으로 밀었다.

"실례합니다." 내가 말했지만 그녀는 비켜서질 않았다. 나는 그녀의 향기 나는 부드러운 몸에 어색하게 부딪혔으며, 그녀는 마치 그곳에 우리 둘만 있는 듯 미소를 지어 보였다. 그런 후 나는 안으로 들어갔다. 나는 몸이 너무나도 가깝게 닿았기 때문이라기보다는 어쩐지 이 모든 일을 전에 경험해 본 것 같은 느낌이 들어서 혼란스러웠다. 영화 속에서 유사한 장면을 보았던 것인지, 책에서 읽은 것인지, 아니면 자주 등장하지만 아주 깊이 묻혀 있는 꿈에서 본 것인지 확실히 알 수는 없었다. 그게 무엇이든 지금 나는, 우회할 수밖에 없었던 상황 때문에 먼 발치에서 바라만 보았던 그런 장면 속으로 들어가는 기분이었다. 이 사람들은 어떻게 이렇게 으리으리한 건물을 소유할 수 있을까? 나는 의심스러운 생각이 들었다.

"소지품은 서재에 놔두세요." 그녀가 말했다. "저는 가서 마실 것 좀 찾아볼게요."

우리는 책들이 즐비하고 오래된 악기들로 치장된 방으로 들어갔다. 아일랜드 하프, 사냥꾼의 나팔, 클라리넷, 그리고 나무 플루트가 목 부분에 핑크색과 푸른색 리본으로 묶인 채 벽에 걸려 있었다. 방에는 가죽 소파 하나와 여러 개의 의자가 놓여 있었다.

"코트는 소파 위에 놓아두시오." 잭 동지가 말했다.

나는 코트를 벗고 주변을 살펴보았다.

마호가니 원목 책장 한쪽에 설치된 라디오의 다이얼에 불이 들어와 있었지만 아무 소리도 들리지 않았다. 그리고 넓은 책상 위에는 은과 크리스털로 만들어진 필기구가 놓여 있었다. 함께 온 사내들 중 하나가 책장을 물끄러미 바라보는 사이 나는 그 방의 화려함과 그들의 남루한 옷차림이 너무도 대조적으로 보여서 깜짝 놀랐다.

"다른 방으로 갑시다." 잭 동지가 내 팔을 잡으며 말했다.

우리는 커다란 방으로 들어갔다. 벽에는 모두 이탈리아식 붉은 커튼이 천장부터 여러 겹으로 접힌 채 아래까지 드리워져 있었다. 옷을 잘 차려입은 여러 명의 남녀가 여기저기 모여 있었다. 그랜드 피아노 옆에 모여 있는 사람들도 있고 엷은 베이지색 쿠션이 있는 금빛 나무 의자에 늘어지듯 기대어 앉은 사람들도 있었다. 나는 여기저기에서 매력적인 여자들을 볼 수 있었으나 그들을 한 번 이상 바라보지 않으려고 조심했다. 사람들은 나를 한번 힐끔 쳐다보고는 더 이상 특별한 관심을 보이지 않았으나 나는 여전히 매우 불편했다. 마치 그 사람들은 나를 못 보았다는 듯이 행동했다. 마치 내가 여기 존재하지만 존재하지 않는 것처럼 말이다. 함께 온 다른 사람들은 이리저리 돌아다니며 여러 사람들과 어울렸다. 그때 잭 동지가 나의 팔을 잡아끌었다.

"이리 오시오. 한잔합시다." 그는 나를 방의 구석으로 이끌어 가며 말했다.

우리를 처음 안내한 여자는 나이트클럽을 꾸며도 될 만큼 멋진, 최신 스타일의 바 뒤에서 칵테일을 만들고 있었다.

"엠마, 우리 마실 것 좀 줄래요?" 잭 동지가 말했다.

"글쎄요, 생각 좀 해 봐야겠네요." 그녀는 팽팽하게 당겨 올린 머리를 갸우뚱 기울이고 미소를 지으며 대답했다.

"생각하지 말고 줘요." 그가 말했다. "우린 아주 목마른 사람들이거든. 이 젊은이는 오늘 역사를 이십 년이나 전진시켰다오."

"어머." 그녀는 내게 시선을 보내며 말했다. "그 사람 이야기 좀 해 줘요."

"내일 아침 신문을 봐요, 엠마. 이제 일이 시작됐단 말이오.

맞아, 미래를 향한 도약이 시작됐지." 그는 의미심장하게 웃었다.

"무엇을 드릴까요, 동지?" 그녀는 내 얼굴을 천천히 살펴보며 물었다.

"버번으로 주세요." 나는 남부 지방에서 맛볼 수 있는 최고의 버번을 떠올리다가 다소 지나치게 큰 소리로 대답했다. 나는 얼굴이 달아올랐으나 과감하게 그녀의 시선을 피하지 않고 계속 바라보았다. 그것은 내가 남부에서 맛보았던 '같은 인간으로서의 상대방에 대한 무관심'을 의미하는 무자비한 시선은 아니었다. 말하자면 마치 흑인을 말이나 벌레처럼 여기면서 휙 훑어보는 그런 종류의 무자비한 시선이 아니었다. 그 시선에는 무언가 직접적인 의미가 있었다. '지금 만난 사람이 어떤 사람일까'라는 느낌의 시선이며 그것은 내 피부 속까지 파고들어 가는 듯했다……. 다리 어딘가에서 근육이 요란하게 경련을 일으켰다.

"엠마, 버번! 버번으로 두 잔." 잭 동지가 말했다.

"저 말이에요." 그녀는 술병을 집어 들며 말했다. "호기심이 생기네요."

"당연하지. 항상 호기심이 생기고, 호기심을 끌고. 아무튼 목말라 죽겠소."

"조급하시긴." 그녀는 술을 따르며 말했다. "당신 말이에요. 어디서 이 젊은 영웅을 발견했는지 말 좀 해 줘요."

"발견한 게 아니오." 잭 동지가 대답했다. "이 사람이 사람들 속에서 그냥 솟아올랐소. 사람들은 항상 자기들의 지도자를 던져 올리지, 그렇잖소……."

"던져 올린다." 그녀는 되풀이했다. "말도 안 돼요. 사람들은 지도자들을 껌처럼 씹어서 내뱉어 버리잖아요. 지도자는 만들어지는 법이지 태어나는 것이 아니에요. 그런 후 제거되는 법이죠. 항상 그렇게 말했잖아요. 여기 있습니다, 동지."

잭 동지는 그녀를 찬찬히 바라보았다. 나는 묵직한 크리스털 잔을 받아서 입술로 갖다 대었다. 그녀의 눈에서 시선을 뗄 수 있는 구실을 만들어서 기분이 좋았다. 흐릿한 담배 연기가 방 안에 가득 떠다녔다. 뒤에서 피아노의 화려한 아르페지오 선율이 들려오자 나는 고개를 돌려 그쪽을 바라보았다. 그때 엠마라는 여자가 목소리를 낮추지도 않고 이렇게 말하는 소리가 들려왔다. "저 친구, 더 검어야 하는 거 아니에요?"

"쉿, 바보 같으니라고." 잭 동지가 날카롭게 쏘아붙였다. "우리에게 필요한 것은 그의 외모가 아니라 목소리란 말이오. 그리고 엠마, 당신도 좀 관심을 갖도록 해 봐요……."

나는 갑자기 덥고 숨이 막혀 와서, 방 건너편의 창문이 눈에 들어오자 그쪽으로 가서 바깥을 내다보았다. 우리는 꽤 높이 올라와 있었다. 가로등과 차량들이 저 아래의 밤 풍경을 만들어 내고 있었다. 그래, 저 여자는 내가 충분히 까맣지 않다 이거지. 저 여자는 뭘 원하는 걸까? 새까만 얼굴을 한 코미디언? 그건 그렇고, 저 여자는 누구일까? 잭 동지의 아내? 그의 여자 친구? 아마도 그녀는 내가 석탄이나 잉크, 구두약, 또는 흑연 같은 땀을 흘리는 걸 보고 싶은 것이겠지. 나는 무엇인가? 사람인가 아니면 천연자원인가?

층이 워낙 높아서 밑에서 차들이 달리는 소리를 거의 들을 수가 없었다……. 시작이 좋지 않다. 그렇지만 제기랄, 나는 잭 동지에게 고용된 상태잖아. 중요한 건 이 엠마라는 여자가 아니라 잭 동지다. 그가 원하기만 하면 된다. 내가 얼마나 분명한 흑인이지 그녀에게 보여 주고 싶다. 나는 한꺼번에 버번을 들이켜며 생각했다. 매끄럽고 차가웠다. 이걸 조심해야만 한다. 너무 마시면 무슨 일이 일어날지 모르니까. 또 이 사람들을 아주 조심해야 한다. 항상 주의를 기울여야지. 사람을 만날 때면 항상 조심해야지…….

"경치가 멋지지 않소?" 누군가 말했다. 홱 돌아보니 키 큰 흑인이 서 있었다. "하지만 이제 그만 서재로 오지 않겠소?" 그가 말했다.

잭 동지와 함께 차를 타고 온 사내들과 처음 보는 사람 둘이 기다리고 있었다.

"들어오시오, 동지." 잭이 말했다. "일을 먼저 하고 나서 즐기는 것이 언제나 현명한 법이오. 누가 됐든 말이오. 언젠가는 일과 즐기는 것을 동시에 할 수 있는 방법이 나오겠죠. 노동의 즐거움이 함께할 테니까 말이오. 앉으시오."

나는 그게 다 무슨 소리인지 어리둥절해하며 그의 정면에 있는 의자에 앉았다.

"있잖소, 동지." 그가 말했다. "보통 우리는 일 때문에 사교 모임을 중단하는 경우는 없소. 그렇지만 오늘 동지가 왔으니 어쩔 수 없소."

"정말 죄송합니다." 나는 말했다. "더 일찍 전화를 했어야 했는데."

"죄송하다고? 무슨 말을, 우린 지금 너무나 기분이 좋소. 우리는 당신을 수개월 동안 기다려 왔소. 당신이 했던 일을 할 수 있는 사람을 말이오."

"그렇지만 어떤……?" 내가 물었다.

"우리가 무슨 일을 하는지, 우리의 임무가 무엇인지 묻는 것이오? 그것은 간단하오. 우리는 모든 사람들을 위한, 보다 나은 세상을 만들기 위해 일하고 있소. 이렇게 간단한 것이오. 너무나도 많은 사람들이 자신들의 재산을 박탈당했소. 우리는 그런 현실에 대하여 무언가를 이루어 보기 위해 동지애로 뭉쳤소. 그 점에 대하여 어떻게 생각하시오?"

"물론 좋은 일이라고 생각합니다." 나는 그 말의 의미를 완전히 이해하려고 애쓰면서 대답했다. "아주 훌륭한 일이라고 생각합니다. 그렇지만 어떻게?"

"당신이 오늘 오전에 한 것처럼 사람들을 행동으로 옮기도록 선동하는 것이오……. 동지들, 나는 그 자리에 있었소." 그는 다른 사람들을 향해 말했다. "그리고 이 사람은 아주 대단했소. 단지 몇 마디의 말로 강제 퇴거에 저항하는 효과적인 데모를 이끌어 내었소!"

"나도 그 자리에 있었소." 다른 사람이 말했다. "정말 놀라웠소."

"우리에게 당신의 내력을 좀 말해 주시오." 잭 동지가 말했다. 그의 목소리와 태도는 진실한 대답을 요구하고 있었다. 나는 대학을 마치기 위해 돈을 벌어야 했으므로 직장을 얻으려고 왔으나 실패했다고 간단하게 설명했다.

"아직도 돌아갈 계획을 가지고 있소?"

"아뇨." 나는 대답했다. "이젠 포기했습니다."

"그럼 잘됐소." 잭 동지가 말했다. "거기 남부에서는 배울 것이 거의 없소. 하지만 대학 교육이 나쁜 것은 아니지. 대학에서 배운 것의 대부분은 잊어버리게 되지만 말이오. 경제학을 전공했소?"

"약간은요."

"사회학은?"

"네."

"그럼, 이제 그것을 잊어버리길 바라오. 우리의 프로그램에 대하여 자세히 설명된 자료와 읽을 책을 몇 권 주겠소. 아, 그런데 우리가 너무 빨리 앞서 가고 있는 것 같소. 당신은 동지회를 위해 일할 생각이 없을 수도 있는데 말이오."

"제가 해야 할 일에 대해서 아직 아무것도 말해 주지 않았잖아요." 내가 말했다.

그는 꼼짝 않고 나를 바라보았다. 그리고 잔을 천천히 들어서 길게 한 모금을 마셨다.

"다른 식으로 말해 보겠소." 그는 이윽고 말을 이었다. "제2의 부커 워싱턴이 되는 것은 어떻소?"

"뭐라고요?" 나는 웃음을 짓는 그의 온화한 눈을 바라보았다. 그의 붉은 머리는 옆으로 약간 돌아가 있었다. "이젠……." 나는 말했다.

"그렇소, 나는 진지하게 말하고 있소."

"그렇다면 저는 이해할 수가 없습니다." 내가 취했었나? 나는 그를 바라보았다. 그는 멀쩡해 보였다.

"그 생각에 대해 어떻게 생각하시오? 아니 더 쉽게 물어보자면, 부커 워싱턴에 대해서 어떻게 생각하시오?"

"그야 당연히 중요한 인물이었다고 생각하죠. 적어도 대부분의 사람들이 그렇게 대답할 겁니다."

"하지만?"

"글쎄요." 나는 무슨 말을 해야 할지 몰랐다. 그는 다시 너무 빠르게 나가고 있었다. 그 생각 자체가 있을 수 없는 일이었다. 그런데도 그 방의 사람들은 말없이 나를 바라보고 있었다. 그때 그중 한 사람이 담배 파이프에 불을 붙였다. 바지직 소리를 내며 성냥에 불이 붙었다.

"그게 무엇이오?" 잭 동지가 다그쳤다.

"글쎄요, 저는 그분도 저희 설립자만큼 위대하신 것 같지는 않네요."

"그래요? 왜 그렇죠?"

"글쎄요, 우선 설립자께서는 부커 워싱턴보다 먼저 활동하셨고, 그가 했던 활동보다도 훨씬 더 많은 일을 하셨습니다. 그리고 더 많은 사람들의 존경을 받죠. 부커 워싱턴에 대해서는 많은 논란이 있었지만 저희 설립자에 대해서는 거의 논란의 여지가 없었죠……."

"그렇긴 하지. 하지만 어쩌면 당신네 설립자는 역사의 바깥에 존재했지만 워싱턴은 아직도 살아 있는 세력이기 때문일지도 모르오. 하지만 제2의 워싱턴은 가난한 사람들을 위해 일하게 될 것이오……."

나는 버번이 든 내 크리스털 잔을 뚫어지게 바라보았다. 믿기 힘든 일이었으나 이상하게도 흥분이 되었다. 내가 중요한 사건을 만들어 내는 데 동참하고 있는 느낌이 들었다. 마치 커튼이 올라가 온 나라가 어떻게 돌아가는지 힐끔 볼 수 있도록 허락된 듯이 말이다. 그렇지만 그 방에 있는 누구도 유명한 사람은 없었다. 심지어 그들 중 누구의 얼굴도 신문에서 본 적이 없었다.

"구시대의 모든 해답이 오류로 드러난 혼란의 시대에 사람들은 죽은 자들을 돌아보고 해결의 실마리를 찾아야 합니다." 그는 말을 이었다. "그들은 과거에 활동했던 사람들을 처음에는 이 사람, 다음에는 저 사람, 하나 둘 불러 봐야 합니다."

"괜찮다면, 동지." 파이프를 문 남자가 끼어들었다. "조금 더 구체적으로 말해 줘야 할 것 같소."

"미안하지만 내 말을 가로막지 말아 주시오." 잭 동지가 차갑게 응수했다.

"나는 단지 과학적인 용어가 있다는 걸 알려 주려고 했던 것뿐이오." 그 남자는 파이프를 흔들며 자신의 말을 강조하면서 말했다. "결국 우리는 과학자라고 할 수 있지 않소. 그러니 과학자답게 말합시다."

"때가 되면." 잭 동지가 말했다. "때가 되면…… 동지도 알다시피." 그는 나를 돌아보며 말했다. "죽은 자들이 할 수 있는 일은 거의 없다는 것이 문제요. 그렇지 않다면 그들은 죽은 것이 아니겠지. 아니지! 그렇지만 한편으로는 죽은 자들이 절대적으로 무력하다고 가정하는 것도 큰 실수일지 모르오. 그들이 무력하다는 것은, 역사가 산 자들에게 제시하는 새로운 문제들에 대해 그들이 단지 완전한 해답을 줄 수 없다는 사실 때문이오. 그렇지만 죽은 자들은 해답을 찾으려고 노력하고 있소! 위기에 처한 사람들의 절박한 외침을 들을 때마다 그들은 응답을 하지요. 지금 바로 이 나라에서는 수많은 거국적 집단들과 더불어 모든 구세대의 영웅들이 되살아나도록 부름을 받고 있소. 제퍼슨, 잭슨, 플라스키, 가리발디, 부커 T. 워싱턴, 쑨

이셴, 대니 오커널, 에이브러햄 링컨, 그리고 다른 수많은 지도자들이 역사의 무대에 다시 한 번 발을 들여놓도록 요청받고 있소. 우리가 지금 역사의 종착점에, 그러니까 최대의 위기의 순간에 서 있다고 아무리 강조해도 부족하지 않을 것이오. 세상이 변하지 않는 한 파멸은 바로 앞에 놓여 있소. 그러니 세상은 필히 변해야만 하는 것이오. 바로 대중들에 의해 변해야 하는 것이오. 왜냐하면 동지, 인류의 적들이 우리에게서 세계를 강탈하고 있기 때문이오! 이해하겠소?"

"이제 이해가 될 것 같습니다." 나는 크게 감명을 받아 대답했다.

"다른 용어로도 설명이 가능하오. 이런 모든 걸 조금 더 자세하게 설명할 수 있는 방법이 있단 말이오. 하지만 지금은 그럴 시간이 없소. 일단 쉽게 이해할 수 있는 관점에서 말하는 것이오. 마치 동지가 오늘 아침 군중에게 말한 것처럼."

"알겠습니다." 나는 그가 빤히 바라보는 것에 거북함을 느끼며 대답했다.

"그러니까 이것은 당신이 제2의 부커 워싱턴이 되길 바라거나 바라지 않거나 상관없는 일이오, 동지. 부커 워싱턴은 오늘 할렘의 강제 퇴거 현장에서 부활했소. 그는 무명의 군중 속에서 걸어 나와 사람들을 향해 연설했소. 보다시피 나는 농담하는 것이 아니오. 말장난하는 것도 아니오. 이런 현상에 대하여 과학적인 설명이 가능하오. 우리의 박식한 동지께서 친절하게 상기시켜 주었듯이 말이오. 당신도 때가 되면 알게 될 것이오. 아무튼 당신이 어떻게 생각하든 세계적인 위기라는 현실은 명백한 사실이오. 여기 우리는 모두 현실주의자들이고 물질주의자들이오. 누가 운동의 방향을 결정하게 될 것인지, 그것이 문제이지요. 당신을 여기로 데리고 온 이유는 바로 그 때문이오. 오늘 아침 당신은 사람들의 호소에 응답을 했소. 그래서 우리는 당신이 민중의 진정한 대변자가 되어 주길 바라오. 당신은 제2의 부커 워싱턴이 될 것이며 어쩌면 더 위대한 인물이 될 수도 있소."

주위에 침묵이 흘렀다. 파이프를 빠는 소리가 들렸다.

"어쩌면 저 동지에게 우리 일에 대한 자신의 생각을 말할 기회를 줘야 할 것 같소." 파이프를 문 남자가 제안했다.

"글쎄, 어떻소, 동지?" 잭 동지가 물었다.

나는 내 말을 기다리고 있는 그들의 얼굴을 유심히 들여다보았다.

"모든 일이 제게는 너무나 새로워서 무슨 생각을 해야 할지 모르겠습니다." 나는 대답했다. "정말 적합한 사람을 선택했다고 생각하십니까?"

"그런 건 절대로 걱정하지 마시오." 잭 동지가 말했다. "당신은 임무를 잘 수행할 것이오. 열심히 준비하고 지시를 따르기만 하면 돼요."

그들은 모두 자리에서 일어섰다. 나는 그들을 바라보며 현실이 아닌 것 같은 느낌을 억누르려고 애를 썼다. 그들은 마치 대학 친목단체에 내가 처음 가입할 때 교우들이 그랬듯이 나를 주의 깊게 바라보았다. 단지 이것은 현실이며 지금 나는 결심을 하거나, 아니면 이들이 미쳤다고 생각하고 그냥 메리 아주머니 댁으로 돌아가겠다고 말해야 할 순간이다. 하지만 잃을 것이 무언가? 최소한 이들이 나를, 흑인들 중의 한 사람으로서 무언가 거사를 앞두고 초청한 것 아닌가. 게다가 그들과 일하지 않으면 어디로 갈 것인가? 기차역의 짐꾼으로나 갈까? 최소한 여기서는 연설할 기회는 있다.

"언제 시작할까요?" 내가 물었다.

"내일. 우리는 낭비할 시간이 없소. 그런데 어디 사시오?"

"할렘의 한 아주머니 댁에서 하숙합니다." 나는 대답했다.

"가정주부요?"

"과부입니다." 나는 대답했다. "방을 세놓고 살죠."

"그 여자의 교육 수준은 어떻소?"

"아주 조금 학교를 다닌 것 같아요."

"아까 강제로 쫓겨난 노부부와 비슷한 정도인가요?"

"어느 정도는요. 그러나 그분들보다는 자신의 앞가림을 더 잘하지요. 아주 생활력이 강해요." 나는 웃으며 말했다.

"그 여자가 물어보는 것이 많소? 가깝게 지내요?"

"제게 아주 잘해 줍니다." 나는 대답했다. "제가 방세를 못 내게 된 후에도 계속 머물게 해 줬어요."

그는 머리를 가로저었다. "안 되겠소."

"무슨 말씀이죠?" 내가 물었다.

"집을 옮기는 게 좋겠소." 그는 말했다. "쉽게 연락이 될 수 있도록 중심가 가까운 곳에 머물 곳을 찾아봐 주겠소……."

"그렇지만 제겐 돈이 없는데요. 그리고 그녀는 아주 믿을 만합니다."

"그건 우리가 알아서 하겠소." 그는 손을 저으며 말했다.

"우리가 하는 일의 대부분은 반대를 무릅쓰는 일이라는 사실을 알아 두시오. 그러므로 우리의 원칙은 누구에게도 말하지 않으며 무심결에 정보가 새어 나갈 상황은 피하는 것이오. 그러니 과거는 이제 잊도록 하시오. 가족이 있소?"

"네."

"그들과 연락을 하나요?"

"물론이죠. 집에 가끔씩 편지를 씁니다." 나는 대답하면서 그의 묻는 방식이 불쾌해지기 시작했다. 그의 목소리는 냉정하게 캐묻는 투가 돼 있었다.

"그러면 당분간은 연락을 끊는 게 가장 좋겠소." 그는 말했다. "어쨌든 매우 바쁠 것이오. 여기 있소." 그는 조끼 주머니를 뒤적이며 무언가를 찾다가 갑자기 일어섰다.

"왜 그러시오?" 누군가 물었다.

"아무것도 아니오. 잠깐 실례하겠소." 그는 말하고 나서 문쪽으로 걸어가 누군가를 손짓으로 불렀다. 곧 그 여자가 나타났다.

"엠마, 내가 줬던 종이 한 장. 그걸 우리 새 동지에게 주시오." 그는 그녀가 안으로 들어와 문을 닫자 말했다.

"아, 당신이군요." 그녀는 의미심장한 미소를 지으며 말했다.

나는 그녀가 화려한 파티 드레스의 가슴에 손을 넣어 하얀 봉투를 꺼내는 모습을 보았다.

"이게 당신의 새 신분이오." 잭 동지가 말했다. "열어 보시오."

그 안에는 이름이 쓰인 종이쪽지가 들어 있었다.

"그것이 당신의 새 이름이오." 잭 동지가 말했다. "이 순간부터는 자신을 그 이름으로 인식하도록 하시오. 그 이름을 명심해서 한밤중에라도 누군가 부르면 반응할 수 있도록 하시오. 머지않아 당신은 그 이름으로 전국에 알려질 것이오. 다른 이름으로 불렀을 때는 대답하면 안 되오, 알겠소?"

"그렇게 해 보겠습니다." 나는 대답했다.

"그의 숙소를 잊지 마시오." 키가 큰 사내가 말했다.

"알았소." 잭 동지는 미간을 찡그리며 말했다. "엠마, 돈 좀 주시오."

"얼마나 드릴까요, 잭?" 그녀가 물었다.

그는 나를 돌아보았다. "방세가 많이 밀렸소?"

"너무 많이 밀렸습니다." 내가 대답했다.

"삼백을 줘요, 엠마." 그가 말했다.

"신경 쓰지 마시오." 그 금액에 내가 놀란 표정을 짓자 그가 말했다. "이거면 빚을 갚고 옷도 좀 살 수 있을 거요. 아침에 전화 주시오. 당신 숙소를 찾아 놓겠소. 우선 당신은 주당 60 달러를 받게 될 것이오."

주당 60달러! 나는 할 말이 없었다. 그 여자는 방을 가로질러 책상으로 가더니 돈을 들고 와 내 손에 쥐어 주었다.

"잘 넣어 둬요." 그녀는 꾸밈없이 말했다.

"자, 동지들, 이제 다 끝난 것 같소." 그가 말했다. "엠마, 술 한 잔 주겠소?"

"그래야죠, 그래야죠." 그녀는 캐비닛으로 가서 술과 유리잔을 꺼내고는 맑은 술을 1인치 정도씩 따랐다.

"여기 있습니다, 동지들." 그녀가 말했다.

잭 동지는 잔을 받아 들자 코에 갖다 대고 향기를 깊이 들이마셨다. "인류의 동지애를 위하여……. 역사를 위하여, 개혁을 위하여." 그는 자신의 잔을 내 잔에 부딪치면서 말했다.

"역사를 위하여." 우리는 다 함께 외쳤다.

술은 매우 독했고 나는 쏟아져 나오는 눈물을 감추기 위해 머리를 숙여야 했다.

"아!" 누군가 매우 만족스러운 듯한 소리를 냈다.

"갑시다." 엠마가 말했다. "다른 사람들과 어울려요."

"자, 이제 좀 즐겨 봅시다." 잭 동지가 말했다. "새 이름을 잊지 마시오."

나는 생각을 좀 해 보고 싶었지만 그들이 틈을 주지 않았다. 나는 커다란 방으로 이끌려 갔으며 새 이름으로 소개를 받았다. 모두들 웃고 있었으며 나를 만나길 기다렸던 것처럼 보였다. 마치 그들은 내가 할 역할을 이미 다 아는 듯이 말이다. 모두들 내 손을 따뜻하게 잡아 주었다.

"현재의 여성의 권리에 대하여 어떻게 생각해요, 동지?" 커다랗고 검은 벨벳 두건을 쓴 평범해 보이는 여자가 물었다. 그러나 내가 입을 열기도 전에 잭 동지는 나를 한 그룹의 남자들이 있는 곳으로 밀고 갔다. 그들 중 하나는 강제 퇴거 사건과 관련된 모든 것을 아는 듯 보였다. 근처의 피아노 주변에서는 한 무리의 사람들이 피아노 소리보다 더 크게 민요들을 부르고 있었다. 우리는 이 무리에서 저 무리로 옮겨 다녔다. 잭 동지는 상당히 권위적이었고 다른 사람들은 항상 그를 존중하는 태도였다. 그는 힘 있는 사람이 분명했다. 광대는 절대 아닐 거라는 생각이 들었다. 그렇지만 제기랄 그놈의 부커 워싱턴 수작. 일을 하긴 하겠지만 나는 나 자신일 뿐, 그 누구도 되지 않을 테다. 내가 누구였든 간에 말이다. 나는 우리 설립자의 삶을 본받아 내 삶을 설계할 테다. 사람들은 내가 부커 워싱턴처럼 행동한다고 생각할지도 몰라. 그럴 테면 그러라지. 그러나 나 자신에 대한 나의 생각은 비밀로 해야지. 그래. 내가 연설을 할 때 두려워했다는 사실을 감추어야 할 거야. 갑자기 속에서 웃음이 터져 나올 것 같았다. 이 역사라는 일과 과학을 알아야 해.

우리는 이제 피아노 옆에 와서 섰다. 그곳에서는 아주 열성적인 젊은 사내가 할렘 지역의 여러 지도자들에 대하여 집요하게 물었다. 나는 그들의 이름만 알 뿐이었으나 모두 잘 알고 있는 척했다.

"좋아요." 그는 말했다. "좋아요, 우리는 앞으로 그런 힘 있는 사람들과 함께 일해야만 해요."

"그래요, 지당한 말씀입니다." 나는 잔을 딸랑딸랑 울리게 돌리며 말했다. 키 작고 어깨가 넓은 사내가 나를 보고는 다른 사람들에게 조용히 하라고 손을 흔들었다. "이봐요, 동지." 그가 불렀다. "음악 좀 꺼 줘요, 친구들. 음악 좀 끄라니까!"

"네, 저…… 동지." 나는 더듬거리며 대답했다.

"당신은 바로 우리에게 필요한 사람이오. 우리는 당신을 기다리고 있었소."

"아!" 나는 감탄했다.

"영가 하나 불러 주시겠소, 동지? 아니면 옛날 진정한 흑인들의 노동가는 어떻소? 이런 거 말이오. '나는 애틀란타에 갔었다오. 한 번도 가 보지 못한 그곳을.' 그는 노래를 부르며 한 손엔 시가, 다른 손에는 술잔을 든 채 양팔을 마치 펭귄 날개처럼 펼쳤다. '백인은 솜털 침대에서 잔다네. 검둥이는 마룻바닥에서 자고……'. 하하, 어때요, 동지?

"이 동지는 노래를 부르지 않소!" 잭 동지가 마디마디 끊어

가며 큰 소리로 말했다.

"무슨 소리, 노래 안 하는 흑인이 어디 있어?"

"그건 바로 무의식적인 인종적 배타주의의 극악한 본보기요." 잭이 말했다.

"무슨 소리, 나는 그들의 노래를 좋아한다고." 어깨가 넓은 사내가 고집스럽게 말했다.

"이 동지는 노래를 부르지 않소!" 잭 동지는 얼굴을 새빨갛게 붉히며 소리쳤다.

그 사내는 고집스럽게 그를 응시했다. "그 친구에게 노래를 할지, 말지 말해 보라고 하면 어때? 이봐, 동지. 기분 내라고! 모세여, 내려가라." 그는 시가를 내려놓고 손가락을 딱딱 퉁기며 불쾌한 바리톤 목소리로 고함치듯 말했다. "이집트의 영토까지 내려가라. 그리고 저 늙은 파라오에게 우리 흑인 친구가 노래할 수 있게 말해다오! 나는 이 흑인 동지에게 노래할 권리가 있다고 생각해!" 그는 대들 듯이 소리를 질렀다.

잭 동지는 숨이 막힌다는 표정이었다. 그는 손을 들어서 신호를 보냈다. 나는 방 저편에서 두 사람이 튀어나와 그 키 작은 사람을 거칠게 끌고 나가는 모습을 보았다. 그들이 문으로 나가자 잭 동지도 따라 나갔다. 실내는 쥐 죽은 듯 조용했다.

나는 잠시 문에서 눈을 떼지 않고 서 있었다. 그런 후 돌아섰다. 손에 든 잔은 뜨거웠고 얼굴은 마치 폭발할 것만 같았다. 왜 모두들 내 책임인 양 나를 바라보는 걸까? 왜 빌어먹게 나를 바라보는 거야? 갑자기 나는 고함을 질렀다. "왜들 그래요? 술 취한 사람 처음 보나요?" 그때 로비 바깥 어디선가 그 어깨 넓은 사내의 목소리가 술 취한 듯 어눌하게 들려왔다.

"세인트 루이스의 메이미이이이…… 다이아몬드 바아아안지를 끼고……." 그리고 문이 쾅 하고 닫히자 소리가 끊겼다. 방 안에 있는 사람들은 모두 당혹스러운 표정이었다. 갑자기 나는 킬킬거리며 웃음을 터뜨렸다.

"저자가 내 얼굴을 쳤어." 나는 씩씩거렸다. "저자가 1미터도 넘는 곱창으로 내 얼굴을 후려쳤어!" 나는 연거푸 허리를 구부리며 웃었고 웃음을 터뜨릴 때마다 방 전체가 뒤흔들리는 것처럼 보였다.

"그자가 돼지 곱창을 던졌다고요." 나는 외쳤지만 아무도 무슨 말인지 못 알아듣는 것 같았다. 내 눈에는 눈물이 고여서 앞을 거의 볼 수가 없었다. "그자는 조지아의 소나무만큼이나 높이 술이 올랐어요." 나는 내 바로 옆의 무리를 돌아보며 웃음을 터뜨렸다. "그자는 완전히 취했다고요……. 음악을 틀어요!"

"그래, 알았소." 한 사내가 머뭇거리면 대답했다. "하, 하……."

"곤드레만드레 취했어요." 나는 이제야 숨을 고르면서 웃었다. 그러자 방 안 사람들의 고요했던 긴장감은 웃음의 물결로 바뀌기 시작했으며 방 안 전체로 급속하게 퍼져 나가 크고 작은 여러 가지 모양의 웃음바다를 이루었다. 모두가 웃음을 터뜨렸다. 방이 떠나갈 듯했다.

"잭 동지의 얼굴을 봤소?" 한 사내가 머리를 흔들며 외쳤다. "살벌했어!"

"모세여, 내려가라!"

"정말 살벌했다고!"

방 건너편에서는 사람들이 누군가의 등을 두들기며 숨을

고르도록 해 주고 있었다. 사방에서 손수건을 꺼내 코를 풀어 대고 눈물을 닦았다. 유리잔 하나가 바닥에 떨어져 깨지고 의자가 뒤집혔다. 나는 고통스러울 정도로 웃었다. 그리고 조금 진정이 되자 나를 당혹스럽고 감사하는 눈빛으로 바라보는 사람들이 보였다. 그들의 행동은 진지해 보였지만 별일이 없었다고 가장하려는 듯했다. 그들은 미소를 지었다. 몇 사람은 내 쪽으로 와서 등을 두드려 주고 악수를 하려는 듯 보였다. 마치 그들이 듣고 싶어 하던 무언가를 내가 말해 준 것 같았다. 그리고 그들에게, 나도 잘 이해가 안 가지만, 아주 중요한 봉사를 한 것도 같았다. 그러나 그것은 그들의 얼굴에 표현된 것이었다. 나는 배가 아팠다. 나는 그 자리를 나와서 그들의 시선을 피하고 싶었다. 그때 마르고 작은 여자가 내게 다가와서 손을 잡았다.

"이런 일이 일어나서 미안해요." 그녀는 아주 느린 백인 목소리로 말했다. "정말 진심으로 미안해요. 보다시피 우리 동지들 중에는 교육을 많이 못 받은 사람도 있어요. 비록 자기들은 잘한다고 생각하지만 말이에요. 제 사과를 대신 받아 주셔야 해요……."

"아, 그 사람은 그냥 술에 취했을 뿐이에요." 나는 그녀의 가냘픈, 뉴잉글랜드 사람다운 얼굴을 보며 대답했다.

"그래요, 저도 알아요. 그렇게 보이더군요. 저라면 절대 우리 흑인 동지들에게 노래하라고 안 시켜요. 아무리 그들의 노래를 좋아해도 말이에요. 왜냐하면 그것은 아주 퇴보적인 행동이니까요. 동지는 우리와 함께 싸우기 위해 여기에 왔지 즐겁게 해 주려고 온 게 아니잖아요. 제 말을 이해하실 거라고 생각해요.

그렇죠, 동지?"

나는 그녀에게 말없이 미소를 보냈다.

"물론 그러시겠죠. 이제 가야 할 것 같아요. 또 봐요." 그녀는 흰 장갑을 낀 손을 내밀고는 떠났다.

나는 머리가 혼란스러웠다. 그녀의 말은 무슨 의미였을까? 사람들이 우리를 보고 연예인이나 타고난 가수라고 할 때, 우리가 분개한다는 사실을 자기가 이해한다는 뜻인가? 그러나 서로 웃고 난 뒤에도 마음이 석연치 않았다. 우리에게 노래를 요청할 어떤 방법이 있어야 하지 않을까? 그 키 작은 사내의 동기가 의식적으로든 무의식적으로든, 악의적이었던 것으로 받아들여지지 않고 실수로 받아들여질 수 없는 걸까? 결국, 그는 노래를 했거나 하려고 했던 것이다. 만약 내가 그에게 노래를 시켰다면 어땠을까? 나는 그 작은 여자가 선교사처럼 검은 드레스를 입고 사람들 속을 구불구불 헤치고 나가는 모습을 지켜보았다. 도대체 저 여자는 여기서 무엇을 하고 있었던 걸까? 그녀의 역할은 무얼까? 아무튼 그녀의 말이 무슨 뜻이든 간에 그녀는 멋졌고 나는 그녀가 좋았다.

바로 그때 엠마가 나타나서 나에게 춤을 추자고 했다. 나는 그녀를 이끌고 피아노가 연주되고 있는 무대로 나갔다. 나는 그 퇴역 군인의 예언을 생각하며, 마치 매일 저녁 그녀와 춤추기라도 한 듯 그녀를 내 쪽으로 끌어당겼다. 일단 일을 하기로 한 이상, 나는 전혀 경험해 보지 못한 일에 직면하더라도 놀라거나 불쾌한 모습을 보여서는 안 될 것이라는 생각이 들었다. 그렇지 않으면 나는 미덥지 못하거나 값어치 없어 보일 수 있으리라. 어쩐지 그들은 내가 미처 경험 속에서 대비하지 못한 — 상상 속에서 경험한 일은 제외하고 — 임무도 수행해 주길 바라고 있는 것처럼 생각됐다. 그래도 전혀 새로운 것은 없다. 백인들은 항상 우리에게 숨겨 왔던 모든 일들을 우리가 알고 있길 바라는 듯하다. 일단 해야 할 일은 준비를 하는 것이다. 마치 할아버지가 투표할 자격을 확인하는 시험에서 미국 헌법 전문을 외우라는 요구를 들었을 때처럼 말이다. 할아버지는 시험에 통과해서 사람들을 모두 당황하게 만들었다. 물론 그들은 그럼에도 그에게 투표권을 주지 않았지만…… 어쨌든 이 경우는 다르다.

춤과 버번을 즐기다 보니 새벽 5시가 다 돼서야 메리 아주머니 집에 도착했다. 메리 아주머니가 침대 시트만 갈았을 뿐 방이 내가 나갔던 상태 그대로 있는 걸 보며 나는 놀라운 생각이 들었다. 친절한 메리 아주머니. 나는 슬픈 마음에 술이 확 깼다. 그리고 옷을 벗으며 낡은 옷들을 바라보았다. 그것들을 버려야만 한다는 걸 깨달았다. 확실히 그래야 할 때였다. 모자도 버려야겠지. 푸른색이 햇볕을 너무 받아서 마치 겨울 눈을 맞은 잎사귀처럼 갈색으로 변했으니까. 내 새 이름에 맞는 새 모자가 필요하다. 검고 챙이 넓은 모자로. 어쩌면 중절모로…… 중절모? 나는 웃음이 나왔다. 아무튼 내일 짐을 싸서 떠나야지. 나는 짐이 아주 적었다. 그 점은 어쩌면 더 잘된 일이다. 손쉽게 신속하고 멀리 다닐 수 있으니까 말이다. 그들은 빠르게 움직이는 사람들이니 잘됐다. 메리 아주머니와 내가 찾아가는 사람들 사이에는 커다란 차이가 있다. 그런데 왜 꼭 이래야만 되는가? 그녀가 내게 기대했던 것을 실현시켜 줄 수 있는 직업이 왜 하필 나를 그녀에게서 떠나게 만드는가? 잭 동지는 나를 위해 어떤 식의 방을 구해 놓을까? 왜 내가 선택할 수 없는 걸까? 할렘의 리더가 되려는 사람이 다른 곳에 거주해야 한다는 점은 옳지 않은 것 같다. 그러나 전부가 틀린 것 같아도 그들의 판단에 의존해야 할 것이다. 그런 문제에 있어서는 그들이 전문가 같으니까.

하지만 그들을 어느 정도까지 믿을 수 있을까? 이 사람들은 어떤 점에서 이사들과 다를까? 무엇이든 간에 나는 결정을 내렸다. 이들과 함께 일하는 과정을 배워야 한다. 나는 기억을 되살리며 생각했다. 지폐는 빳빳한 새 돈이었다. 나는 밀린 방세와 밥값을 받고 깜짝 놀랄 메리 아주머니를 떠올려 보았다. 내가 장난하는 줄 알 테지. 그렇지만 그녀의 친절함을 돈으로 다 갚을 수 있겠는가! 그녀는 일자리를 얻자마자 곧바로 집을 나가려는 나를 절대 이해하지 못하리라. 만약 내가 어떤 식으로든 성공을 한다면 정말 배은망덕한 것으로 보일 것이다. 어떻게 그녀의 얼굴을 볼 수 있을까? 그녀는 어떠한 보상도 요구한 적이 없었다. 그녀가 말하는 "민족의 지도자"가 되어 주는 것 말고는 내게 원하는 것이 거의 없었다. 나는 차가운 공기에 몸을 떨었다. 그녀에게 떠난다고 말하는 것은 힘든 일이다. 나는 그것을 생각조차 하기 싫었지만 더 이상 감상적일 수는 없는 노릇이었다. 잭 동지가 말했듯이, 역사는 우리 모두에게 힘든 요구를 하고 있다. 하지만 역사의 희생자가 아닌 지배자가 되려 한다면 그러한 요구들을 충족시켜 줘야 하는 것이다. 내가 그런 걸 믿었었나? 어쩌면 이미 그 대가를 치르기 시작한 건지도 모른다. 게다가 나는 이제 메리 아주머니 같은 사람에게도 내가 싫어하는 면이 많을 수도 있다는 사실을 인정하는 편이 나을 것이라는 생각도 들었다. 그들은 대개 자신들의 삶이 어디까지이고 상대방의 삶이 어디서부터 시작되는지 모른다. 내가 항상 '나'라는 관점에서 생각하려는 경향이 있는 반면 그들은 보통 '우리'라는 관점에서 생각한다. 그런 점 때문에 마찰이 있어 왔다. 심지어 내 가족과도 말이다. 잭 동지와 다른 사람들은 '우리'라는 관점에서 말하지만 그건 다른 의미다. 더 큰 '우리'이기 때문이다.

아무튼 나는 새 이름을 얻는 동시에 새로운 문제도 얻었다. 나의 과거는 청산하는 편이 낫다. 어쩌면 메리 아주머니를 보지 않는 것이 최선의 방법일 수도 있다. 그냥 봉투 속에 돈을 담아서 그녀가 확실히 발견할 수 있도록 식탁 위에 놓아두자. 그게 더 좋은 방법이다. 나는 나른한 상태로 생각했다. 그러면 그녀 앞에 서서 기껏해야 얽히고설켜 뒤죽박죽이 돼 버릴 변명과 감정들 때문에 더듬거릴 필요도 없겠지……. 지하 세계에서 본 사람들의 경우를 보면, 그들은 모두 자기 느낌이나 의도를 냉철하고 명확하게 말할 줄 아는 듯 보였다. 그 점 역시 내가 배워야 할 것이다……. 나는 침대 시트 밑으로 몸을 쭉 뻗었으며 밑에서 스프링이 삐걱거리는 소리가 들려왔다. 방은 냉랭했다. 나는 집 안에서 들려오는 밤의 여러 가지 소리들에 귀를 기울였다. 시계는 마치 시간을 쫓아가 잡으려는 듯 쓸데없이 급하게 째깍거렸다. 거리에선 사이렌 소리가 길게 울려 퍼졌다.

(2권에서 계속)

세계문학전집 **190**

보이지 않는 인간 1

1판 1쇄 펴냄 2008년 11월 7일
1판 22쇄 펴냄 2022년 6월 14일

지은이 랠프 엘리슨
옮긴이 조영환
발행인 박근섭, 박상준
펴낸곳 (주)민음사

출판등록 1966. 5. 19. (제 16-490호)
서울특별시 강남구 도산대로1길 62(신사동) 강남출판문화센터 5층 (우편번호 06027)
대표전화 02-515-2000 팩시밀리 02-515-2007
www.minumsa.com

한국어 판 ⓒ (주)민음사, 2008. Printed in Seoul, Korea

ISBN 978-89-374-6190-3 04800
ISBN 978-89-374-6000-5 (세트)

세계문학전집 목록

1·2 변신 이야기 오비디우스 · 이윤기 옮김 서울대 권장도서 100선

3 햄릿 셰익스피어 · 최종철 옮김 서울대 권장도서 100선 | 미국대학위원회 선정 SAT 추천도서

4 변신 · 시골의사 카프카 · 전영애 옮김 서울대 권장도서 100선

5 동물농장 오웰 · 도정일 옮김 미국대학위원회 선정 SAT 추천도서 | 《타임》 선정 현대 100대 영문소설

6 허클베리 핀의 모험 트웨인 · 김욱동 옮김 《뉴스위크》 선정 100대 명저

7 암흑의 핵심 콘래드 · 이상옥 옮김 미국대학위원회 선정 SAT 추천도서 | 《뉴스위크》 선정 10대 명저

8 토니오 크뢰거 · 트리스탄 · 베니스에서의 죽음 토마스 만 · 안삼환 외 옮김 노벨 문학상 수상 작가

9 문학이란 무엇인가 사르트르 · 정명환 옮김

10 한국단편문학선 1 김동인 외 · 이남호 엮음 국립중앙도서관 선정 청소년 권장도서

11·12 인간의 굴레에서 서머싯 몸 · 송무 옮김

13 이반 데니소비치, 수용소의 하루 솔제니친 · 이영의 옮김 노벨 문학상 수상 작가

14 너새니얼 호손 단편선 호손 · 천승걸 옮김

15 나의 미카엘 오즈 · 최창모 옮김

16·17 중국신화전설 위앤커 · 전인초, 김선자 옮김

18 고리오 영감 발자크 · 박영근 옮김

19 파리대왕 골딩 · 유종호 옮김 노벨 문학상 수상 작가 | 《타임》 선정 현대 100대 영문소설

20 한국단편문학선 2 김동리 외 · 이남호 엮음

21·22 파우스트 괴테 · 정서웅 옮김 서울대 권장도서 100선 | 미국대학위원회 선정 SAT 추천도서

23·24 빌헬름 마이스터의 수업시대 괴테 · 안삼환 옮김

25 젊은 베르테르의 슬픔 괴테 · 박찬기 옮김 논술 및 수능에 출제된 책(1998~2005)

26 이피게니에 · 스텔라 괴테 · 박찬기 외 옮김

27 다섯째 아이 레싱 · 정덕애 옮김 노벨 문학상 수상 작가

28 삶의 한가운데 린저 · 박찬일 옮김

29 농담 쿤데라 · 방미경 옮김

30 야성의 부름 런던 · 권택영 옮김

31 아메리칸 제임스 · 최경도 옮김

32·33 양철북 그라스 · 장희창 옮김 노벨 문학상 수상 작가 | 서울대 권장도서 100선

34·35 백년의 고독 마르케스 · 조구호 옮김 노벨 문학상 수상 작가 | 서울대 권장도서 100선

36 마담 보바리 플로베르 · 김화영 옮김 서울대 권장도서 100선

37 거미여인의 키스 푸익 · 송병선 옮김

38 달과 6펜스 서머싯 몸 · 송무 옮김

39 폴란드의 풍차 지오노 · 박인철 옮김

40·41 독일어 시간 렌츠 · 정서웅 옮김

42 말테의 수기 릴케 · 문현미 옮김

43 고도를 기다리며 베케트 · 오증자 옮김 노벨 문학상 수상 작가 | 서울대 권장도서 100선

44 데미안 헤세 · 전영애 옮김 노벨 문학상 수상 작가

45 젊은 예술가의 초상 조이스 · 이상옥 옮김 서울대 권장도서 100선

46 카탈로니아 찬가 오웰 · 정영목 옮김

47 호밀밭의 파수꾼 샐린저 · 공경희 옮김 《타임》 선정 현대 100대 영문소설 | 미국대학위원회 선정 SAT 추천도서 | 《뉴스위크》 선정 100대 명저 | BBC 선정 꼭 읽어야 할 책

48·49 파르마의 수도원 스탕달 · 원윤수, 임미경 옮김

50 수레바퀴 아래서 헤세 · 김이섭 옮김 노벨 문학상 수상 작가 | 국립중앙도서관 선정 청소년 권장도서

51·52 내 이름은 빨강 파묵 · 이난아 옮김 노벨 문학상 수상 작가

53 오셀로 셰익스피어 · 최종철 옮김 서울대 권장도서 100선

54 조서 르 클레지오 · 김윤진 옮김 노벨 문학상 수상 작가

55 모래의 여자 아베 코보 · 김난주 옮김

56·57 부덴브로크 가의 사람들 토마스 만 · 홍성광 옮김 노벨 문학상 수상 작가

58 싯다르타 헤세 · 박병덕 옮김 노벨 문학상 수상 작가

59·60 아들과 연인 로렌스 · 정상준 옮김 《뉴스위크》 선정 100대 명저

61 설국 가와바타 야스나리 · 유숙자 옮김 노벨 문학상 수상 작가 | 서울대 권장도서 100선

62 벨킨 이야기 · 스페이드 여왕 푸슈킨 · 최선 옮김

63·64 넙치 그라스 · 김재혁 옮김 노벨 문학상 수상 작가

65 소망 없는 불행 한트케 · 윤용호 옮김 노벨 문학상 수상 작가

66 나르치스와 골드문트 헤세 · 임홍배 옮김 노벨 문학상 수상 작가

67 황야의 이리 헤세 · 김누리 옮김 노벨 문학상 수상 작가

68 뻬쩨르부르그 이야기 고골 · 조주관 옮김

69 밤으로의 긴 여로 오닐 · 민승남 옮김 노벨 문학상 수상 작가 | 미국대학위원회 선정 SAT 추천도서

70 체호프 단편선 체호프 · 박현섭 옮김

71 버스 정류장 가오싱젠 · 오수경 옮김 노벨 문학상 수상 작가

72 구운몽 김만중 · 송성욱 옮김 서울대 권장도서 100선 | 국립중앙도서관 선정 청소년 권장도서

73 대머리 여가수 이오네스코 · 오세곤 옮김

74 이솝 우화집 이솝 · 유종호 옮김 논술 및 수능에 출제된 책(1998~2005)

75 위대한 개츠비 피츠제럴드 · 김욱동 옮김 《타임》 선정 현대 100대 영문소설

76 푸른 꽃 노발리스 · 김재혁 옮김

77 1984 오웰 · 정회성 옮김 《타임》 선정 현대 100대 영문소설 | 《뉴스위크》 선정 100대 명저

78·79 영혼의 집 아옌데 · 권미선 옮김

80 첫사랑 투르게네프 · 이항재 옮김

81 내가 죽어 누워 있을 때 포크너 · 김명주 옮김 노벨 문학상 수상 작가

82 런던 스케치 레싱 · 서숙 옮김 노벨 문학상 수상 작가

83 팡세 파스칼 · 이환 옮김

84 질투 로브그리예 · 박이문, 박희원 옮김

85·86 채털리 부인의 연인 로렌스 · 이인규 옮김

87 그 후 나쓰메 소세키 · 윤상인 옮김

88 오만과 편견 오스틴 · 윤지관, 전승희 옮김 미국대학위원회 선정 SAT 추천도서

89·90 부활 톨스토이 · 연진희 옮김 논술 및 수능에 출제된 책(1998~2005)

91 방드르디, 태평양의 끝 투르니에 · 김화영 옮김

92 미겔 스트리트 나이폴 · 이상옥 옮김 노벨 문학상 수상 작가

93 뻬드로 빠라모 룰포 · 정창 옮김

94 차라투스트라는 이렇게 말했다 니체 · 장희창 옮김 국립중앙도서관 선정 청소년 권장도서

95·96 적과 흑 스탕달 · 이동렬 옮김 국립중앙도서관 선정 청소년 권장도서

97·98 콜레라 시대의 사랑 마르케스 · 송병선 옮김 노벨 문학상 수상 작가 | BBC 선정 꼭 읽어야 할 책

99 맥베스 셰익스피어 · 최종철 옮김 서울대 권장도서 100선 | 미국대학위원회 선정 SAT 추천도서

100 춘향전 작자 미상 · 송성욱 풀어 옮김 서울대 권장도서 100선

101 페르디두르케 곰브로비치 · 윤진 옮김

102 포르노그라피아 곰브로비치 · 임미경 옮김

103 인간 실격 다자이 오사무 · 김춘미 옮김

104 네루다의 우편배달부 스카르메타 · 우석균 옮김

105·106 이탈리아 기행 괴테 · 박찬기 외 옮김

107 나무 위의 남작 칼비노 · 이현경 옮김

108 달콤 쌉싸름한 초콜릿 에스키벨 · 권미선 옮김

109·110 제인 에어 C. 브론테 · 유종호 옮김 BBC 선정 꼭 읽어야 할 책

111 크눌프 헤세 · 이노은 옮김 노벨 문학상 수상 작가

112 시계태엽 오렌지 버지스 · 박시영 옮김 《타임》 선정 현대 100대 영문소설 | 《뉴스위크》 선정 100대 명저

113·114 파리의 노트르담 위고 · 정기수 옮김 미국대학위원회 선정 SAT 추천도서

115 새로운 인생 단테 · 박우수 옮김

116·117 로드 짐 콘래드 · 이상옥 옮김 《뉴스위크》 선정 100대 명저

118 폭풍의 언덕 E. 브론테 · 김종길 옮김 미국대학위원회 선정 SAT 추천도서

119 텔크테에서의 만남 그라스 · 안삼환 옮김 노벨 문학상 수상 작가

120 검찰관 고골 · 조주관 옮김

121 안개 우나무노 · 조민현 옮김

122 나사의 회전 제임스 · 최경도 옮김 미국대학위원회 선정 SAT 추천도서

123 피츠제럴드 단편선 1 피츠제럴드 · 김욱동 옮김

124 목화밭의 고독 속에서 콜테스 · 임수현 옮김

125 돼지꿈 황석영

126 라셀라스 존슨 · 이인규 옮김

127 리어 왕 셰익스피어 · 최종철 옮김 서울대 권장도서 100선 | 《뉴스위크》 선정 100대 명저

128·129 쿠오 바디스 시엔키에비츠 · 최성은 옮김 노벨 문학상 수상 작가

130 자기만의 방 울프 · 이미애 옮김

131 시르트의 바닷가 그라크 · 송진석 옮김

132 이성과 감성 오스틴 · 윤지관 옮김

133 바덴바덴에서의 여름 치프킨 · 이장욱 옮김

134 새로운 인생 파묵 · 이난아 옮김 노벨 문학상 수상 작가

135·136 무지개 로렌스 · 김정매 옮김

137 인생의 베일 서머싯 몸 · 황소연 옮김

138 보이지 않는 도시들 칼비노 · 이현경 옮김

139·140·141 연초 도매상 바스 · 이운경 옮김 《타임》 선정 현대 100대 영문소설

142·143 플로스 강의 물방앗간 엘리엇 · 한애경, 이봉지 옮김 미국대학위원회 선정 SAT 추천도서

144 연인 뒤라스 · 김인환 옮김

145·146 이름 없는 주드 하디 · 정종화 옮김

147 제49호 품목의 경매 핀천 · 김성곤 옮김 《타임》 선정 현대 100대 영문소설

148 성역 포크너·이진준 옮김 노벨 문학상 수상 작가 | 퓰리처상 수상 작가

149 무진기행 김승옥

150·151·152 신곡(지옥편·연옥편·천국편) 단테·박상진 옮김 서울대 권장도서 100선 | 미국 대학위원회 선정 SAT 추천도서 | 국립중앙도서관 선정 청소년 권장도서 | 《뉴스위크》 선정 100대 명저

153 구멍이 플라토노프·정보라 옮김

154·155·156 카라마조프가의 형제들 도스토옙스키·김연경 옮김 서울대 권장도서 100선 | 국립중앙도서관 선정 청소년 권장도서

157 지상의 양식 지드·김화영 옮김 노벨 문학상 수상 작가

158 밤의 군대들 메일러·권택영 옮김 퓰리처상 수상 작가

159 주홍 글자 호손·김욱동 옮김 서울대 권장도서 100선 | 미국대학위원회 선정 SAT 추천도서

160 깊은 강 엔도 슈사쿠·유숙자 옮김

161 욕망이라는 이름의 전차 윌리엄스·김소임 옮김

162 마사 퀘스트 레싱·나영균 옮김 노벨 문학상 수상 작가

163·164 운명의 딸 아옌데·권미선 옮김

165 모렐의 발명 비오이 카사레스·송병선 옮김

166 삼국유사 일연·김원중 옮김 서울대 권장도서 100선

167 풀잎은 노래한다 레싱·이태동 옮김 노벨 문학상 수상 작가

168 파리의 우울 보들레르·윤영애 옮김

169 포스트맨은 벨을 두 번 울린다 케인·이만식 옮김

170 썩은 잎 마르케스·송병선 옮김 노벨 문학상 수상 작가

171 모든 것이 산산이 부서지다 아체베·조규형 옮김 《타임》 선정 현대 100대 영문소설 | 《뉴스위크》 선정 100대 명저

172 한여름 밤의 꿈 셰익스피어·최종철 옮김 미국대학위원회 선정 SAT 추천도서

173 로미오와 줄리엣 셰익스피어·최종철 옮김 미국대학위원회 선정 SAT 추천도서

174·175 분노의 포도 스타인벡·김승욱 옮김 노벨 문학상 수상 작가 | 《타임》 선정 현대 100대 영문소설

176·177 괴테와의 대화 에커만·장희창 옮김

178 그물을 헤치고 머독·유종호 옮김 《타임》 선정 현대 100대 영문소설

179 브람스를 좋아하세요... 사강·김남주 옮김

180 카타리나 블룸의 잃어버린 명예 하인리히 뵐·김연수 옮김 노벨 문학상 수상 작가

181·182 에덴의 동쪽 스타인벡·정회성 옮김 노벨 문학상 수상 작가

183 순수의 시대 워튼·송은주 옮김 《뉴스위크》 선정 100대 명저 | 퓰리처상 수상작

184 도둑 일기 주네·박형섭 옮김

185 나자 브르통·오생근 옮김

186·187 캐치-22 헬러·안정효 옮김 《타임》 선정 현대 100대 영문소설 | 《뉴스위크》 선정 100대 명저 | BBC 선정 꼭 읽어야 할 책

188 숄로호프 단편선 숄로호프·이항재 옮김 노벨 문학상 수상 작가

189 말 사르트르·정명환 옮김

190·191 보이지 않는 인간 엘리슨·조영환 옮김 《타임》 선정 현대 100대 영문소설 | 미국대학위원회 선정 SAT 추천도서 | 《뉴스위크》 선정 100대 명저

192 왑샷 가문 연대기 치버·김승욱 옮김 퓰리처상 수상 작가

193 왑샷 가문 몰락기 치버·김승욱 옮김 퓰리처상 수상 작가

194 필립과 다른 사람들 노터봄·지명숙 옮김

195·196 하드리아누스 황제의 회상록 유르스나르·곽광수 옮김

197·198 소피의 선택 스타이런·한정아 옮김 퓰리처상 수상 작가

199 피츠제럴드 단편선 2 피츠제럴드·한은경 옮김

200 홍길동전 허균·김탁환 옮김

201 요술 부지깽이 쿠버·양윤희 옮김

202 북호텔 다비·원윤수 옮김

203 톰 소여의 모험 트웨인·김욱동 옮김

204 금오신화 김시습·이지하 옮김

205·206 테스 하디·정종화 옮김 미국대학위원회 선정 SAT 추천도서 | BBC 선정 꼭 읽어야 할 책

207 브루스터플레이스의 여자들 네일러·이소영 옮김

208 더 이상 평안은 없다 아체베·이소영 옮김

209 그레인지 코플랜드의 세 번째 인생 워커·김시현 옮김 퓰리처상 수상 작가

210 어느 시골 신부의 일기 베르나노스·정영란 옮김

211 타라스 불바 고골·조주관 옮김

212·213 위대한 유산 디킨스·이인규 옮김 서울대 권장도서 100선 | BBC 선정 꼭 읽어야 할 책

214 면도날 서머싯 몸·안진환 옮김

215·216 성채 크로닌·이은정 옮김

217 오이디푸스 왕 소포클레스·강대진 옮김 서울대 권장도서 100선

218 세일즈맨의 죽음 밀러·강유나 옮김

219·220·221 안나 카레니나 톨스토이·연진희 옮김 서울대 권장도서 100선

222 오스카 와일드 작품선 와일드·정영목 옮김

223 벨아미 모파상·송덕호 옮김

224 파스쿠알 두아르테 가족 호세 셀라·정동섭 옮김 노벨 문학상 수상 작가

225 시칠리아에서의 대화 비토리니·김운찬 옮김

226·227 길 위에서 케루악·이만식 옮김 《타임》 선정 현대 100대 영문소설 | 《뉴스위크》 선정 100대 명저

228 우리 시대의 영웅 레르몬토프·오정미 옮김

229 아우라 푸엔테스·송상기 옮김

230 클링조어의 마지막 여름 헤세·황승환 옮김 노벨 문학상 수상 작가

231 리스본의 겨울 무뇨스 몰리나·나송주 옮김

232 뻐꾸기 둥지 위로 날아간 새 키지·정회성 옮김 《타임》 선정 현대 100대 영문소설 | 《뉴스위크》 선정 100대 명저

233 페널티킥 앞에 선 골키퍼의 불안 한트케·윤용호 옮김 노벨 문학상 수상 작가

234 참을 수 없는 존재의 가벼움 쿤데라·이재룡 옮김

235·236 바다여, 바다여 머독·최옥영 옮김

237 한 줌의 먼지 에벌린 워·안진환 옮김 《타임》 선정 현대 100대 영문소설

238 뜨거운 양철 지붕 위의 고양이·유리 동물원 윌리엄스·김소임 옮김 퓰리처상 수상작

239 지하로부터의 수기 도스토옙스키·김연경 옮김

240 키메라 바스·이운경 옮김

241 반쪼가리 자작 칼비노·이현경 옮김

242 벌집 호세 셀라·남진희 옮김 노벨 문학상 수상 작가

243 불멸 쿤데라·김병욱 옮김

244·245 파우스트 박사 토마스 만·임홍배, 박병덕 옮김 노벨 문학상 수상 작가

246 사랑할 때와 죽을 때 레마르크·장희창 옮김

247 누가 버지니아 울프를 두려워하랴? 올비·강유나 옮김

248 인형의 집 입센·안미란 옮김

249 위폐범들 지드·원윤수 옮김　노벨 문학상 수상 작가

250 무정 이광수·정영훈 책임 편집　서울대 권장도서 100선

251·252 의지와 운명 푸엔테스·김현철 옮김

253 폭력적인 삶 파솔리니·이승수 옮김

254 거장과 마르가리타 불가코프·정보라 옮김

255·256 경이로운 도시 멘도사·김현철 옮김

257 야콥을 둘러싼 추측들 욘존·손대영 옮김

258 왕자와 거지 트웨인·김욱동 옮김

259 존재하지 않는 기사 칼비노·이현경 옮김

260·261 눈먼 암살자 애트우드·차은정 옮김　《타임》 선정 현대 100대 영문소설

262 베니스의 상인 셰익스피어·최종철 옮김

263 말리나 바흐만·남정애 옮김

264 사볼타 사건의 진실 멘도사·권미선 옮김

265 뒤렌마트 희곡선 뒤렌마트·김혜숙 옮김

266 이방인 카뮈·김화영 옮김　노벨 문학상 수상 작가 | 미국대학위원회 선정 SAT 추천도서

267 페스트 카뮈·김화영 옮김　노벨 문학상 수상 작가 | 국립중앙도서관 선정 청소년 권장도서

268 검은 튤립 뒤마·송진석 옮김

269·270 베를린 알렉산더 광장 되블린·김재혁 옮김

271 하얀 성 파묵·이난아 옮김　노벨 문학상 수상 작가

272 푸슈킨 선집 푸슈킨·최선 옮김

273·274 유리알 유희 헤세·이영임 옮김　노벨 문학상 수상 작가

275 픽션들 보르헤스·송병선 옮김　서울대 권장도서 100선

276 신의 화살 아체베·이소영 옮김

277 빌헬름 텔·간계와 사랑 실러·홍성광 옮김

278 노인과 바다 헤밍웨이·김욱동 옮김　노벨 문학상 수상 작가 | 퓰리처상 수상작

279 무기여 잘 있어라 헤밍웨이·김욱동 옮김　미국대학위원회 선정 SAT 추천도서

280 태양은 다시 떠오른다 헤밍웨이·김욱동 옮김　《타임》 선정 현대 100대 영문 소설

281 알레프 보르헤스·송병선 옮김

282 일곱 박공의 집 호손·정소영 옮김

283 에마 오스틴·윤지관, 김영희 옮김

284·285 죄와 벌 도스토옙스키·김연경 옮김　미국대학위원회 선정 SAT 추천도서

286 시련 밀러·최영 옮김

287 모두가 나의 아들 밀러·최영 옮김

288·289 누구를 위하여 종은 울리나 헤밍웨이·김욱동 옮김　노벨 문학상 수상 작가

290 구르브 연락 없다 멘도사·정창 옮김

291·292·293 데카메론 보카치오·박상진 옮김

294 나누어진 하늘 볼프·전영애 옮김

295·296 제브데트 씨와 아들들 파묵·이난아 옮김　노벨 문학상 수상 작가

297·298 여인의 초상 제임스·최경도 옮김　미국대학위원회 선정 SAT 추천도서

299 압살롬, 압살롬! 포크너·이태동 옮김 노벨 문학상 수상 작가

300 이상 소설 전집 이상·권영민 책임 편집

301·302·303·304·305 레 미제라블 위고·정기수 옮김

306 관객모독 한트케·윤용호 옮김 노벨 문학상 수상 작가

307 더블린 사람들 조이스·이종일 옮김

308 에드거 앨런 포 단편선 앨런 포·전승희 옮김 미국대학위원회 선정 SAT 추천도서

309 보이체크·당통의 죽음 뷔히너·홍성광 옮김

310 노르웨이의 숲 무라카미 하루키·양억관 옮김

311 운명론자 자크와 그의 주인 디드로·김희영 옮김

312·313 헤밍웨이 단편선 헤밍웨이·김욱동 옮김 노벨 문학상 수상 작가

314 피라미드 골딩·안지현 옮김 노벨 문학상 수상 작가

315 닫힌 방·악마와 선한 신 사르트르·지영래 옮김

316 등대로 울프·이미애 옮김 《타임》 선정 현대 100대 영문소설 | 《뉴스위크》 선정 100대 명저

317·318 한국 희곡선 송영 외·양승국 엮음

319 여자의 일생 모파상·이동렬 옮김

320 의식 노터봄·김영중 옮김

321 육체의 악마 라디게·원윤수 옮김

322·323 감정 교육 플로베르·지영화 옮김

324 불타는 평원 룰포·정창 옮김

325 위대한 몬느 알랭푸르니에·박영근 옮김

326 라쇼몬 아쿠타가와 류노스케·서은혜 옮김

327 반바지 당나귀 보스코·정영란 옮김

328 정복자들 말로·최윤주 옮김

329·330 우리 동네 아이들 마흐푸즈·배혜경 옮김 노벨 문학상 수상 작가

331·332 개선문 레마르크·장희창 옮김

333 사바나의 개미 언덕 아체베·이소영 옮김

334 게걸음으로 그라스·장희창 옮김 노벨 문학상 수상 작가

335 코스모스 곰브로비치·최성은 옮김

336 좁은 문·전원교향곡·배덕자 지드·동성식 옮김 노벨 문학상 수상 작가

337·338 암 병동 솔제니친·이영의 옮김 노벨 문학상 수상 작가

339 피의 꽃잎들 응구기 와 시옹오·왕은철 옮김

340 운명 케르테스·유진일 옮김 노벨 문학상 수상 작가

341·342 벌거벗은 자와 죽은 자 메일러·이운경 옮김 퓰리처상 수상 작가

343 시지프 신화 카뮈·김화영 옮김 노벨 문학상 수상 작가

344 뇌우 차오위·오수경 옮김

345 모옌 중단편선 모옌·심규호, 유소영 옮김 노벨 문학상 수상 작가

346 일야서 한사오궁·심규호, 유소영 옮김

347 상속자들 골딩·안지현 옮김 노벨 문학상 수상 작가

348 설득 오스틴·전승희 옮김

349 히로시마 내 사랑 뒤라스·방미경 옮김

350 오 헨리 단편선 오 헨리·김희용 옮김

351·352 올리버 트위스트 디킨스·이인규 옮김

353·354·355·356 전쟁과 평화 톨스토이·연진희 옮김

357 다시 찾은 브라이즈헤드 에벌린 워·백지민 옮김

358 아무도 대령에게 편지하지 않다 마르케스·송병선 옮김

359 사양 다자이 오사무·유숙자 옮김

360 좌절 케르테스·한경민 옮김 노벨 문학상 수상 작가

361·362 닥터 지바고 파스테르나크·김연경 옮김 노벨 문학상 수상 작가

363 노생거 사원 오스틴·윤지관 옮김

364 개구리 모옌·심규호, 유소영 옮김 노벨 문학상 수상 작가

365 마왕 투르니에·이원복 옮김 공쿠르상 수상 작가

366 맨스필드 파크 오스틴·김영희 옮김

367 이선 프롬 이디스 워튼·김욱동 옮김 퓰리처상 수상 작가

368 여름 이디스 워튼·김욱동 옮김 퓰리처상 수상 작가

369·370·371 나는 고백한다 자우메 카브레·권가람 옮김

372·373·374 태엽 감는 새 연대기 무라카미 하루키·김연경 옮김

375·376 대사들 제임스·정소영 옮김

377 족장의 가을 마르케스·송병선 옮김 노벨 문학상 수상 작가

378 핏빛 자오선 매카시·김시현 옮김

379 모두 다 예쁜 말들 매카시·김시현 옮김

380 국경을 넘어 매카시·김시현 옮김

381 평원의 도시들 매카시·김시현 옮김

382 만년 다자이 오사무·유숙자 옮김

383 반항하는 인간 카뮈·김화영 옮김 노벨 문학상 수상 작가

384·385·386 악령 도스토옙스키·김연경 옮김

387 태평양을 막는 제방 뒤라스·윤진 옮김

388 남아 있는 나날 가즈오 이시구로·송은경 옮김

389 앙리 브륄라르의 생애 스탕달·원윤수 옮김

390 찻집 라오서·오수경 옮김

391 태어나지 않은 아이를 위한 기도 케르테스·이상동 옮김 노벨 문학상 수상 작가

392·393 서머싯 몸 단편선 서머싯 몸·황소연 옮김

394 케이크와 맥주 서머싯 몸·황소연 옮김

395 월든 소로·정회성 옮김

396 모래 사나이 E. T. A. 호프만·신동화 옮김

397·398 검은 책 오르한 파묵·이난아 옮김 노벨 문학상 수상 작가

399 방랑자들 올가 토카르추크·최성은 옮김 노벨 문학상 수상 작가

400 시여, 침을 뱉어라 김수영·이영준 엮음

401·402 환락의 집 이디스 워튼·전승희 옮김

403 달려라 메로스 다자이 오사무·유숙자 옮김

404 아버지와 자식 투르게네프·연진희 옮김

405 청부 살인자의 성모 바예호·송병선 옮김

406 세피아빛 초상 아옌데·조영실 옮김

407·408·409·410 사기 열전 사마천·김원중 옮김 서울대 권장도서 100선

세계문학전집은 계속 간행됩니다.